suhrkamp taschenbuch 5484

Israel, 1974-2008. Zwei Polizisten führen uns durch fast vier Jahrzehnte israelischer Geschichte. Cohen, der Strippenzieher im Hintergrund, und Avi Sagi, der den korrumpierenden Versuchungen seines Jobs nicht widerstehen kann. Diese Geschichte ist die dunkle Geschichte Israels. Der Patriot Cohen kennt nur eine Aufgabe – seinen Staat zu beschützen, auch wenn er dafür die bittersten Realitäten akzeptieren muss und danach gnadenlos handelt. Cohen und Sagi haben es mit jüdischen, arabischen und türkischen Gangstern, mit der CIA und dem KGB, mit den Contras und den Kartellen, mit militanten Orthodoxen und anderen Playern zu tun. Cohen versucht, »die Dinge in der Balance zu halten«, und kennt dabei keine Grenzen.

Tidhar entwirft ein gewaltiges, kaleidoskopisches Panorama aus politischen Skandalen, Korruption, Mord und Verbrechen auf staatlicher und privater Ebene, das sich auch auf die weltweiten Aktivitäten Israels bezieht. Ein Epos, das zu Recht mit Balzac und Dickens verglichen wurde. Ein Epos auch über Moral und Realpolitik, eine Art Chronique scandaleuse Israels und ein grimmiges, schwarzhumoriges Plädoyer für dessen Existenzrecht. *Maror* eben, wie die bitteren Kräuter auf dem Sederteller: »Mit bitteren Kräutern sollen sie es essen.« (Exodus, 12:8)

> »Ein Polit-Krimi, der einen wirklich umhaut, nicht nur inhaltlich, sondern auch ästhetisch ... ein literarisch herausragendes Buch. Ein richtiger Paukenschlag, ganz, ganz großartig!« *Ulrich Noller, WDR 5*

LAVIE TIDHAR, geboren 1976 in Israel, ist ein Superstar und gleichzeitig Enfant terrible der Science-Fiction und Fantasy. Ausgezeichnet u. a. mit dem World Fantasy Award und dem John W. Campbell Memorial Award. Seit 2013 lebt er in London.

CONNY LÖSCH, geboren 1969 in Darmstadt, lebt als Literaturkritikerin und Übersetzerin in Berlin.

Lavie Tidhar

MAROR

Thriller

Aus dem Englischen von
Conny Lösch

Herausgegeben von
Thomas Wörtche

Suhrkamp

Die Originalausgabe erschien 2022 unter dem Titel
Maror
bei Head of Zeus Ltd, part of Bloomsbury Publishing Plc.

2. Auflage 2025

Erste Auflage 2025
suhrkamp taschenbuch 5484
© der deutschsprachigen Ausgabe
Suhrkamp Verlag GmbH, Berlin, 2024
Copyright © Lavie Tidhar, 2022
Alle Rechte vorbehalten.
Wir behalten uns auch eine Nutzung des Werks
für Text und Data Mining im Sinne von § 44b UrhG vor.
Umschlagillustrationen: Bloomsbury Publishing, London (Kraut);
FinePic®, München (Handgranate)
Umschlaggestaltung: zero-media.net, München
Druck und Bindung: CPI books GmbH, Leck
Printed in Germany
ISBN 978-3-518-47484-6

Suhrkamp Verlag GmbH
Torstraße 44, 10119 Berlin
info@suhrkamp.de
www.suhrkamp.de

MAROR

1

»IST DAS HERZ KRANK, FOLGT DER KÖRPER«

2003

1 INFECTED MUSHROOM

»Niemand weiß was, niemand hat was gesehen, und auf den
Friedhöfen liegen lauter Unschuldige.« – Natasha

Als das Telefon klingelte, lag Avi mit Natasha im Bett.

In seinem Kopf hämmerten noch die Beats von Infected Mushroom. Gestern Nacht im Barbie. Stroboskoplicht und eine riesige Wolke aus Zigarettenqualm. Ecstasy. Keine Waffe, sondern eine Flasche Goldstar in der Hand. Er war zwar nicht im Dienst gewesen, die Ersatzpistole hatte er aber trotzdem hinten in seinem Hosenbund dabeigehabt.

Gestalten im diesigen Licht, ihre Gesichter waren kaum zu erkennen gewesen. Nur deshalb hatten sie sich so in der Öffentlichkeit treffen können. Natasha hatte natürlich trotzdem mal wieder einen echten Auftritt hingelegt. Wie immer. War im Pelzmantel direkt auf ihn zugekommen und hatte ihn auf die Lippen geküsst, ihm ihre Zunge in den Mund gestoßen, eine Pille dabei rübergeschoben und gelacht. Er hatte sie gierig zurückgeküsst. Er konnte gar nicht genug von ihr kriegen.

Das Telefon klingelte immer weiter.

Avi tastete nach dem Hörer und sagte: »Was?«

Im Zimmer war es dunkel, vereinzelt drang Licht durch die Ritzen der Jalousie. Draußen hupten Autos, Presslufthämmer ratterten auf dem Asphalt, rissen die Straße auf. Die Stimme am anderen Ende klang kurz angebunden. Avis Mund schmeckte nach Aschenbecher. Er knirschte mit den Zähnen. War am Durchdrehen.

»Was ist?«, fragte Natasha, drehte sich um und presste sich an ihn. Ihre Haut glühte. Avi sagte: »Okay«, und legte auf. Dann: »Ich muss los.«

Natasha schmollte. Sie griff ihm zwischen die Beine und grinste, als er einen Steifen bekam, bewegte die Hand rauf und runter. »Bist du sicher?«, fragte sie.

Avi knirschte wieder mit den Zähnen. Natasha rieb weiter. Avi tastete nach der Fernbedienung und schaltete den Fernseher ein.

Sirenen, Schaulustige, ein eingestürztes Gebäude, die verkohlte Karosserie eines ausgebrannten Wagens. Armee und Polizei riegelten die Umgebung ab. Ein Reporter mit Mikro. Avi drehte lauter.

»In der Yahuda Halevy Street ist heute am frühen Morgen eine Autobombe explodiert«, berichtete der Reporter. »Kinder befanden sich unbekümmert und nichtsahnend auf dem Weg zur Schule, als es vor einem Grillrestaurant, das erst wenige Minuten zuvor geöffnet hatte, zur Tragödie kam.«

In Avis Kopf hämmerte es. Natasha fragte: »Was …?«

Sie ließ von seinem Schwanz ab, zog die Hand weg.

»Die mit einer riesigen Sprengladung versehene Autobombe ging in einem gewaltigen Feuerball auf«, fuhr der Reporter fort. Er sprach in dem typischen, monotonen Singsang, betonte jedes Wort gleichmäßig bis auf die vorletzte Silbe, der er umso mehr Nachdruck gab. Tragödie er-EIG-nete. Feu-ER-Ball. Avi atmete stoßweise.

»Inmitten der Trümmer Verletzte, Sterbende und Tote.« Der Reporter legte eine Kunstpause ein.

Und Tote.

»Unter den Opfern befinden sich auch zwei Kinder. Insgesamt kamen fünf Menschen ums Leben, weitere wurden bei dem abscheulichen Anschlag verletzt.«

Natasha setzte sich auf, schlug die Hand vor den Mund.

»Das ist ja schrecklich«, sagte sie, drehte sich um und sah Avi an, als hätte er die Menschen retten können. Unmöglich, ihrem Blick zu entkommen, sie strahlte. Ihre Augen erinnerten an das Tote Meer bei Sonnenuntergang.

Er sagte: »Ich bin verrückt nach dir, Tash.«

»Polizei und Magen David Adom Rettungswagen waren innerhalb weniger Minuten vor Ort. Bislang hat sich noch keine Terrororganisation zu dem Anschlag bekannt. In Jerusalem kündigte der Premierminister an, man werde nichts unversucht lassen, um die Täter …«

Avi riss sich schweren Herzens los. Er tastete nach der Fernbedienung und schaltete den Fernseher aus, sagte: »Ich muss los.«

»Ist nicht weit von hier«, meinte Natasha.

Avi schnappte sich seine Jeans vom Boden, zog in Papier eingewickelte Pillen aus seiner Gesäßtasche, schluckte eine davon trocken runter. Das schrille Jaulen in seinem Kopf wurde zum Bienensummen. Er schlüpfte in ein Hemd. Zog sich an. Steckte seine Pistole ein.

»Wozu brauchen die dich?«, fragte Natasha.

»Weiß ich nicht.«

Er ging in die Knie, um sie noch einmal zu küssen. Sie schlang die Arme um ihn. »Geh hinten raus«, sagte sie. »Und pass auf, dass dich keiner sieht.«

»Weiß doch niemand was von der Wohnung«, erwiderte Avi.

»Niemand weiß was, niemand hat was gesehen«, sagte Natasha, »und auf den Friedhöfen liegen lauter Unschuldige.«

Klang wie ein Spruch von einem ihrer Brüder – beim Gedanken an Natashas Brüder wurde das Summen in Avis Kopf wieder lauter.

»Ich pass auf«, sagte er.

Er ging, ließ sie dort zurück, nahm zwei Stufen auf einmal. Am Notausgang blieb er stehen, zog ein kleines schwarzes Filmdöschen aus der Tasche und hob den Deckel ab, schüttelte sich ein kleines Häufchen Pulver auf die Faust und schniefte es.

Das Licht wurde heller, die Geräusche lauter. Er stieß die Tür auf, die Sonne blendete ihn, so dass er seine Sonnenbrille aufsetzen wollte. Die Presslufthämmer weiter oben an der Straße bohrten sich direkt in sein Gehirn. In der schmalen Gasse neben dem Haus war niemand. Er ging nach vorne zur Straße und sah keine verdächtig geparkten Fahrzeuge, niemanden auf Beobachtungsposten. Er ging zwei Straßen weiter, wo sein eigener Wagen stand. Stieg ein. Schob eine Kassette in die Anlage und drehte die Lautstärke hoch, ein Techno-Remix aus Beethovens »Für Elise« pumpte los. Stammte wohl aus der Türkei, jedenfalls hatte das der Bootleg-Verkäufer am Zentralen Busbahnhof behauptet, dem er das Tape abgekauft hatte. Die Beats und Klavierklänge übertönten den Lärm in Avis Kopf und überführten ihn in reine Musik. Sie versetzte ihn zurück in die Zeit, als er, wie alt war? Elf oder zwölf? Jeden Donnerstagnachmittag hatte er Klavierunterricht bei Mrs Idelovich gehabt, die Hebräisch mit breitem ungarischem Akzent sprach, dünne Mentholzigaretten rauchte und ihn piesackte, obwohl er doch eigentlich nur draußen sein wollte. Das war der Sommer, in dem sein Vater einen Schlaganfall erlitt. Der Sommer, in dem Avi zum ersten Mal den Goldins begegnete.

Er trat aufs Gas und raste die Straße entlang, vorbei an den Bauarbeitern, deren Presslufthammerlärm sich mit den elektronischen Beats seines Tapes mischte. Auf der Har Ziyon Avenue herrschte reger Verkehr. Avi trat auf die Bremse, als ein Taxi und ein Egged-Bus einander direkt vor ihm nur knapp verfehlten. Der Taxifahrer lehnte sich aus dem Fenster und fuchtelte wütend mit einer Zigarette Richtung Busfahrer.

»Pass doch auf, wo du hinfährst!«, schrie er.

»Hast deinen Führerschein wohl im Lotto gewonnen!«, brüllte der Busfahrer stinksauer zurück. »Scheiß Taxis, ihr seid wie Ungeziefer hier in der Stadt!«

Er sprach im Tonfall eines ehemaligen rabbinischen Schülers. Avi drückte auf die Hupe. Beide Fahrer sahen ihn böse an, vereint in ihrem Hass. Avi hielt ihnen sein Dienstabzeichen entgegen.

»Polizei!«, schrie er, drückte erneut auf die Hupe und schob sich an dem Bus vorbei, kaum dass sich dieser wieder in Bewegung gesetzt hatte – dicht genug, um den verdutzten Gesichtsausdruck des Fahrers zu seiner Rechten zu sehen, dann trat er aufs Gas, bis er die Levinsky Street mit den Flüchtlingen rechts hinter sich gelassen und mit quietschenden Reifen scharf um die Kurve auf die Menachem Begin Road abgebogen war.

Laster, Taxis und Fahrradkuriere, die Luft war heiß und stickig. Avi schnitt durch den Verkehr, bog rechts ab und überfuhr eine rote Fußgängerampel. Er brüllte vor Lachen, als die Passanten auseinandersprangen. Dann wieder rechts, und da war schon die unvermeidliche Polizeiabsperrung. Mit quietschenden Reifen kam er zum Stehen und stieg schwankend aus dem Wagen. Allmählich wirkten die Pillen.

Kurz ließ er sein Dienstabzeichen aufblitzen und sagte »ja, ja«, als ihn ein uniformierter Polizist aufhalten wollte.

»Was ist los?«, fragte Avi.

»Keine Ahnung«, erwiderte der Uniformierte. »Ich regle nur den Verkehr.«

»Das machen Sie gut«, lobte Avi ihn, klopfte ihm auf die Schulter und schlenderte weiter. Er sah sich auf der Straße um. Es wimmelte vor Polizisten, den Kollegen vom Sprengstoffkommando, Sanitätern und Journalisten. Unverletzt gebliebene Anwohner streckten die Köpfe zu den Fenstern der oberen Stockwerke hinaus und beobachteten das Geschehen unten.

Der explodierte Wagen stand am Bordstein. Mehr als das rußschwarze Fahrgestell war nicht übrig. Die Scherben der zersprungenen Fensterscheiben lagen auf dem Boden. Blut trocknete auf dem Asphalt. Detectives sprachen mit Zeugen. Der Wagen stand vor einer Geldwechselstube, deren Ladentür sich nach innen gewölbt hatte, die Außenmauer war eingestürzt, aber das Schild noch zu erkennen. Links der Geldwechselstube befand sich ein Lebensmittelladen und rechts ein Grillrestaurant, so eins ohne Schnickschnack mit Serviettenspendern auf den Tischen, wo man sich satt essen konnte und auf einen Fünfziger sogar noch Wechselgeld herausbekam.

Irgendwie fühlte Avi sich durch all das an etwas erinnert, aber auf keine gute Art. Sein Kopf hämmerte, und er knirschte immer noch mit den Zähnen. Ronen kam und drückte ihm einen Plastikbecher Kaffee in die Hand, schnupperte Richtung Avi und sagte: »Du stinkst wie eine Nutte.«

Avi nahm einen Schluck. Der Kaffee war heiß, süß und schwarz, brannte in seiner Kehle. Er sagte: »Was machen wir hier, Ronen?«

»Sag du's mir, Avi.«

»Eine Autobombe«, erwiderte Avi. »Terroristen?«

Ronen zuckte mit den Schultern. »Kann sein«, meinte er.

»Was denn sonst?« Avi fiel etwas anderes ein, das ihn beunruhigte. Er fragte: »Woher wusstest du, wo du mich findest?«

»Ich hab's nicht gewusst«, sagte Ronen. »Cohen hat mir die Nummer gegeben und gesagt, ich soll dich herbestellen.«

»Cohen?« Das ungute Gefühl verschlimmerte sich. Eigentlich hätte niemand wissen dürfen, wo er war. Niemand hätte die Telefonnummer haben dürfen. »Scheiße.«

Ronen nickte in Richtung der Kamera-Crews, die sich in respektvoller Entfernung zum Tatort, aber noch in Sichtweite versammelt hatten. »Gleich gibt's eine Pressekonferenz, müsste jeden Augenblick losgehen.«

»Was will er von mir?«, fragte Avi. Er hatte sich während seiner gesamten Dienstzeit möglichst von Cohen ferngehalten.

»Ich bin kein Orakel, Avi. Komm schon.« Ronen nickte zur wartenden Presse. »Vielleicht erfahren wir ja beide was.«

»Hast du mir ein Sandwich mitgebracht?«

»Ich hab dir kein Sandwich mitgebracht. Hier.« Er zog ein verkrumpeltes Päckchen Noblesse aus der Tasche und klopfte damit auf seinen Handballen, bis eine Zigarette hervorlugte. Avi nahm sie und ließ sich Feuer geben. Er sog den Rauch ein und trank den türkischen Kaffee.

»Danke, Ronen.«

»Ruhe! Die fangen an.«

Ruhe war gut. Genau das, was er brauchte. Inzwischen wirkten die Pillen. Der elektronische Drum Beat hämmerte beständig weiter in seinem Kopf. Der Wagen schwelte noch. Verletzte Zeugen mit verbundenen Armen oder Beinen sprachen mit Polizisten. Kameras blitzten. Er merkte, dass die Journalisten stiller wurden, folgte ihren Blicken, dann sah er ihn.

Groß, adrett, ungefähr Ende fünfzig. Graue Augen, so kalt wie das Meer in einem fernen Land. Ganz bestimmt nicht das Mittelmeer. Es hieß, sein Blick sei kalt, sein Blut aber heiß. Und angeblich war er klug. Für einen Polizisten jedenfalls zu klug.

Die Journalisten waren jetzt leise. Alle schalteten einen Gang runter und verstummten. Avi erstarrte, nur sein Herz schlug noch im Rhythmus der Musik. Er schüttelte den Bann von sich ab, zog noch einmal an der Zigarette und hustete. Seine Hand mit dem Kaffee zitterte. Cohen drehte sich um, sah ihn an und erkannte ihn. Er nickte, dann ging er zu den Pressevertretern.

»Chief Inspector Cohen«, stellte er sich vor. »Aber Sie kennen mich.«

Er wartete. Hinter ihm der ausgebrannte Wagen.

»Ein Bombenanschlag«, fuhr Cohen fort. »Fünf Tote, darunter zwei Kinder.« Er blickte finster in die Kameras. »Mal wieder ein grausames Attentat, das mal wieder Schlagzeilen machen wird.«

Er schüttelte theatralisch den Kopf.

»Nein!«, donnerte er. »Was sich heute hier ereignet hat, übersteigt das Maß des Erträglichen. Es handelt sich um einen kriminellen Terrorakt.«

»Was?«, fragte Avi

»Was?«, fragte Ronen.

»Der Wagen war mit Sprengstoff beladen«, sagte Cohen. »Er wurde in den frühen Morgenstunden direkt vor der Wechselstube abgestellt, die der Unternehmer Aryeh Rubenstein kurz vor der Explosion noch besucht hatte.«

Avi wurde kalt. Der Beat stampfte. Die Journalisten brüllten Fragen. Cohen stand stolz und erhobenen Hauptes da.

»Laut Augenzeugenberichten hielt sich Rubenstein zirka fünf-zehn Minuten in der Wechselstube auf. Die Bombe explodierte, in dem Moment, in dem er sie verließ. In der kurzen Verzögerung, die der Detonation unmittelbar vorausging, gelangte Rubenstein bis an seinen Wagen, der zwei Parklücken weiter auf ihn wartete. Er wurde nur geringfügig verletzt und wird derzeit wegen kleine-rer Blessuren am Arm im Krankenhaus behandelt.«

»Wollen Sie sagen, der Anschlag galt ihm? Wollte ihn eine andere kriminelle Familie töten?«, schrie ein Reporter von Chan-nel 2 News.

»Zum gegenwärtigen Zeitpunkt können wir nichts ausschlie-ßen«, erwiderte Cohen. »In Absprache mit der Armee und dem Grenzschutz behandeln wir den Anschlag als kriminelle Tat. Ich denke, dass es sich um ein Attentat auf Mr Rubenstein handelt. Er hatte Glück – die Mitarbeiter der Wechselstube nicht. Als die Bombe explodierte, kam zufällig eine Gruppe Kinder auf dem Weg zur Schule vorbei. Ein Junge und ein Mädchen starben so-fort. Ein anderes Kind befindet sich noch in kritischem Zustand im Krankenhaus.«

Cohen versagte die Stimme. »Auf unseren Straßen sterben Kinder!« Er fuchtelte zornig mit dem Finger in die Kameras. Die Reporter wichen zurück. »Ich versichere Ihnen, die Polizei wird nichts unversucht lassen, bis die Täter zur Rechenschaft gezogen wurden.« Er hielt inne, ließ seinen Arm sinken und sagte: »Ich ste-he Ihnen jetzt für Fragen zur Verfügung.«

Die Reporter schrien ihre Fragen. Avi drehte sich um, er hat-te genug gesehen. Er ließ den leeren Kaffeebecher fallen und schnippte die Zigarette von sich.

»Rubenstein, hm?«, sagte Ronen. »Damit wäre eine Grenze überschritten. Ein Bombenattentat an einem öffentlichen Ort wie diesem hier? Das ist krimineller Terror.«

Avi wunderte sich nicht darüber, wie schnell Ronen sich den neuen Begriff angeeignet hatte. Krimineller Terror. Wer hatte sich das ausgedacht?, fragte er sich. Vermutlich Cohen höchstpersönlich.

Was wollte der von ihm? Was hatte Cohen gegen ihn in der Hand?

Er dachte an das schwarze Filmdöschen in seiner Tasche, er würde sonst was geben für eine schnelle Line. Stattdessen folgte er Ronen zu dem Zeugen aus dem Grillrestaurant.

Der Mann war Araber und sehr nervös – aus gutem Grund. Unter diesen Umständen war's nicht gut, Araber zu sein. Und auch sonst nicht.

»Und?«, fragte Avi. »Was haben Sie gesehen?«

»Das hab ich dem anderen doch schon erzählt«, erwiderte der Mann. Er sah Ronen flehend an. »Was soll ich denn machen?«, fragte er. »Wenn das Restaurant nicht geöffnet ist, werde ich nicht bezahlt.«

»Sie können von Glück sagen, dass Sie in keiner Zelle sitzen«, sagte Ronen.

»Einer Zelle? Wieso in einer Zelle? Ich hab Ihnen doch gesagt, ich arbeite bloß in der Spülküche.«

Ronen seufzte, zog eine Noblesse aus dem Päckchen und bot auch dem Zeugen eine an. Der nahm sie dankbar entgegen, gab sich selbst Feuer. »Schrecklich war das, wirklich«, sagte er. »Die Kinder, die kommen jeden Tag zur selben Zeit hier vorbei. Ich hätte mir das niemals vorstellen können. Ich hab den Wagen gesehen, aber bloß gedacht … na, ich hab mir gar nichts gedacht. War ja bloß ein Auto.«

Avi trat von einem Fuß auf den anderen, bediente sich an Ronens Zigaretten und sagte: »Vergessen Sie die Kinder. Erzählen Sie mir was über den Mann im Wagen.«

»Über den?« Jetzt guckte der Tellerwäscher noch nervöser. »Ein großer Kerl mit einer dicken Wampe, kam in einem schwarzen Mercedes an und ist hinten ausgestiegen, also muss er einen Fahrer gehabt haben. Der ist aber im Wagen geblieben. Außerdem war noch ein anderer dabei, der die ganze Zeit vor der Tür stehen geblieben ist, so lange, wie er drinnen war.«

»Wieso haben Sie das alles gesehen?«, fragte Avi.

»Ich hab eine geraucht. War früh dran, die Küche hatte noch nicht geöffnet.«

»Haben Sie ihn erkannt?«, fragte Avi.

»Wen?«

»Den Mann.«

»Ich weiß von nichts«, erwiderte der Tellerwäscher.

»Ja oder nein?«, fragte Avi mit einem Hauch Schärfe in der Stimme.

»Vielleicht, keine Ahnung. Manchmal kommt er her. Ungefähr einmal die Woche. Geht mit leeren Händen rein und kommt mit einer Tasche wieder raus.«

»Was ist in der Tasche?«

»Woher soll ich das wissen?«, fragte der Tellerwäscher zurück und zeigte auf die zerstörte Ladenfront. »Das ist eine Wechselstube«, sagte er. »Was haben die denn außer Geld?«

»Was ist passiert, als der Mann rauskam?«, fragte Avi.

»Nichts. Er ist zu seinem Wagen gegangen, und sein Leibwächter ist ihm gefolgt. In dem Moment kamen die Kinder vorbei. Ich hatte fertig geraucht, wollte rein und sauber machen. Ungefähr zwei Sekunden später ist die Bombe hochgegangen.« Er sah Avi an mit dem Blick eines verwundeten Vögelchens. »Ich habe Glück, dass ich noch lebe«, sagte er.

»Gilt das nicht für uns alle?«

»Ich vermute mal, der Typ hatte auch Glück«, sagte der Tellerwäscher.

»Vermutlich schon«, entgegnete Avi. Jemand rief seinen Namen, und er drehte sich um.

Cohen bedeutete ihm, zu ihm zu kommen.

»Danke«, sagte Avi zu dem Tellerwäscher.

»Wofür?«, fragte er, aber Avi hörte schon nicht mehr hin.

Er ging zu Cohen, stand stramm und salutierte.

»Stehen Sie bequem!«, sagte Cohen. »Ist doch kein Appell hier.« Er streckte ihm die Hand entgegen. »Detective Avi Sagi? Ich bin Chief Inspector Cohen.«

»Ich weiß, wer Sie sind.«

Cohen sah ihn amüsiert an. »Und ich weiß, wer du bist«, erwiderte er.

»Ja, Sir.«

»Ich habe deine Berichte gelesen.«

Avi schwitzte.

»Ja, Sir«, sagte er.

»Hör auf damit. Sag ruhig Cohen.«

Avi nickte.

»Wieso bist du nie zu mir gekommen?«, fragte Cohen und klang beinahe gekränkt. »In meinem Team ist immer Platz für gute Leute. Und ich habe gehört, du bist gut, Avi.«

Gute Leute.

Avi knirschte mit den Zähnen. Cohen nickte, als hätte er etwas entschieden.

»Komm«, sagte er.

»Wohin?«, fragte Avi, obwohl er glaubte, es längst zu wissen.

2 DORN UND STECHSTRAUCH

»Und wenn ihr uns beleidigt, sollen wir uns nicht rächen?« – Shylock

In dem Sommer, in dem Avi bei Mrs Idelovich Klavierstunden nahm und er die Goldin-Brüder kennenlernte, erlitt Avis Vater einen Schlaganfall. Avi erinnerte sich an das Krankenhaus: an den Linoleumboden, der quietschte, wenn man darüber ging, an das viel zu grelle Licht, die rauchenden Männer in den Gängen und daran, wie erschrocken er war, wenn er aus einem der Zimmer ein Weinen oder Schluchzen hörte. Die Wände waren noch genauso schmutzig weiß gestrichen, aber jetzt hingen überall neue »Rauchen verboten«-Schilder und vor Aryeh Rubensteins Tür standen zwei bewaffnete Polizisten.

Cohen und Avi hatten sich am Krankenhauseingang getroffen. Sie waren in getrennten Fahrzeugen hergekommen, was Avi eine kurze Schonfrist verschafft hatte, für die er dankbar war. Auf der Fahrt hatte er ein Pfefferminz gelutscht und das Lenkrad fest umklammert.

»Ein abscheuliches Verbrechen«, sagte Cohen jetzt. Er sah Avi so ungerührt an wie ein Biologielehrer, der vor versammelter Klasse einen Frosch seziert. »Es wird nicht ungesühnt bleiben. Vergeltung, Detective Sagi. ›Die Rache ist mein‹, sagt der Herr. Fünftes Buch Mose 32:35. ›Wer Menschenblut vergießt, dessen Blut wird durch Menschen vergossen.‹ Erstes Buch Mose. Weißt du, dass ich eine Enkeltochter habe, die so alt ist wie die toten Kinder?« Er packte Avi an den Schultern. Avi zuckte zusammen.

»Und wenn ihr uns beleidigt«, sagte Cohen leise, »sollen wir uns nicht rächen?«

»Zweites Buch Mose?«, riet Avi.

»›Kaufmann von Venedig‹«, erwiderte Cohen. »Shakespeare.«

»Ah.«

»Wer auch immer das getan hat, ich werde ihn finden, Detective Sagi.«

»Verstehe.«

»Wirklich?«, fragte Cohen. »Verstehst du das?«

Avi starrte Cohen in die Augen, sah die kalte Unerbittlichkeit darin.

Er schluckte.

Und sagte: »Ja.«

»Dann komm.« Cohen ließ Avis Schulter los.

Sie gingen die Treppe nach oben und mehrere Gänge entlang.

Eine Tür stand halb offen, dahinter sah Avi ein kleines Mädchen auf einem Bett, umringt von Monitoren. Er sah ihren Herzschlag, die gezackte rote Linie. Eine Schwester im Raum sah ihn böse an und schloss die Tür.

Sein Vater verbrachte den Sommer damals im Wohnzimmer, er saß reglos in dem Sessel, in dem er früher immer Zeitung gelesen hatte. Das Haus war so still, dass man nichts hörte, außer dem Klavier, wenn Avi stockend »Clair de Lune« und »Für Elise« spielte. Das verdammte Klavier. Im Haus war es viel zu still. Die Rollläden waren permanent heruntergelassen, und nur seine Mutter ging ein und aus. Avi wollte nur noch weg. Am liebsten hätte er irgendwas kaputt geschlagen.

»Stehen Sie bequem, Gentlemen«, sagte Cohen. Die beiden Polizisten, die vor der Tür Wache hielten, sahen ihn und rührten sich. Cohen steckte einem von ihnen ein frisches Päckchen Marlboro zu.

»Geht rauchen«, sagte er.

»Wir dürfen nicht …«, sagte der andere, aber sein Partner packte ihn am Arm und zog ihn weg.

»Danke, Cohen.«

»Lasst euch ruhig Zeit«, sagte Cohen und stieß die Tür auf, Avi folgte ihm ins Zimmer.

»Bleiben Sie …«, sagte ein stämmiger Mann und wollte sich ihnen in den Weg stellen. Cohen boxte ihn in die Magengrube, und als er zu Boden sackte, rammte er ihm ein Knie unters Kinn. Avi hörte Knochen brechen und zuckte zusammen.

»Hey, was … ach, du bist das, Cohen.«

Der Leibwächter stöhnte und blieb liegen. Avi half ihm auf.

»Zum Glück sind wir im Krankenhaus«, sagte er.

»Geh, bring dich in Ordnung, Semyon«, sagte der Mann im Bett. Rubenstein. Er sah Cohen böse an. »Was willst du? Und wer ist der andere?«

»Der gehört zu mir.«

Semyon, der Leibwächter, ging aus dem Zimmer. Jetzt waren sie zu dritt, aber eigentlich wäre Avi lieber gar nicht dort gewesen. Er hatte das Gefühl, dass hier einiges aus dem Ruder lief und das möglicherweise schon seit geraumer Zeit.

Avi war noch ein Kind gewesen, als er Rubenstein zum letzten Mal persönlich begegnet war – in der Nacht, in der Shai Goldin angeschossen wurde.

»Hör zu«, sagte Rubenstein. »Ich hatte nichts damit zu tun, Cohen. Die Wichser wollten mich umbringen!«

»Wegen dir steh ich jetzt saublöd da, Aryeh«, sagte Cohen, »eine Bombe in einer Wohngegend. Zivile Opfer. Du hast die Situation nicht mehr im Griff.«

Rubenstein erhob sich wütend. Avi sah, dass er nur geringfügig verletzt war, ein Kratzer an der Wange und ein Arm in einer Schlinge. »So was lasse ich mir nicht bieten, Cohen. Das ist eine Kriegserklärung.«

»Ich kann keinen Krieg gebrauchen, Aryeh.«

Rubenstein zuckte mit seiner schiefen Schulter. »Das haben du und ich nicht mehr zu entscheiden, Cohen«, erklärte er. »Jetzt liegt es an Gott.«

»Du unternimmst nichts«, befahl Cohen. »Ist das klar?«

»Willst du mir jetzt Vorschriften machen?« An Rubensteins Hals traten Adern hervor. »Du vergisst, wer du bist.«

»Wir finden eine saubere Lösung.«

»Sauber«, sagte Rubenstein, als hätte er das Wort nie zuvor gehört und als würde es ihm ganz und gar nicht gefallen. »Hör zu«, sagte er. »Selbst wenn ich wollte, die Jungs sind stinksauer, die wollen was unternehmen.«

»Dann nimm sie an die Leine.«

»Ich kann dir ein paar Tage geben«, sagte Rubenstein. »Eine Woche vielleicht. So eine Scheiße ist schlecht fürs Geschäft, aber ich will Köpfe rollen sehen.«

»Haben Sie denn eine Ahnung, wer das war?«, fragte Avi. Seine Stimme kam ihm eingerostet vor, weil er so lange nichts gesagt hatte. Rubenstein drehte sich zu ihm um.

»Ich bin Geschäftsmann«, sagte Rubenstein. »Ich habe keine Feinde.«

»Na schön«, sagte Cohen. »Ich will, dass du den Ball eine Weile flach hältst. Mach Urlaub in deinem Haus auf Zypern.«

»Oh, glaub mir, eine solche Chance biete ich denen kein zweites Mal«, sagte Rubenstein.

»Lass uns mal kurz allein, Avi«, sagte Cohen.

»Klar.«

Avi ging raus, machte die Tür zu, lehnte sich an die Wand und atmete tief durch. Seine Hände zitterten. In seiner Tasche vibrierte etwas. Er fischte sein Handy heraus, klappte es auf. Zwei Nachrichten, eine von Natasha – *Muss dich sehen*. Die andere von Benny, der um ein Treffen bat.

Scheiße, und Scheiße. Er durfte unter gar keinen Umständen auch nur in der Nähe von Natasha gesehen werden, jetzt erst recht nicht. Er folgte den Schildern Richtung Toiletten, vergewisserte sich, dass die Kabinen leer waren, zog eine Line und dachte, scheiß drauf, dann zog er noch eine. Mehr war in dem Filmdöschen nicht drin. Er zog sein Hemd aus und wusch sich mit Papiertüchern unter den Achseln, fing Wasser aus der Leitung und trank. Dann trocknete er seine Hände unter dem Gebläse.

Als er zurückkam, stand die Tür offen, der Leibwächter war mit einem Pflaster und Groll im Gesicht zurück. Cohen wollte gerade gehen. Die beiden Polizisten waren immer noch in der Zigarettenpause.

»Was ist mit meinem Polizeischutz?«, fragte Rubenstein.

»*Ich* bin dein Polizeischutz«, sagte Cohen.

Avi lief hinter ihm her, holte ihn im Gang ein, ihre Schritte hallten, als sie an Krankenschwestern, Ärzten und besorgten Angehörigen vorbei nach draußen in die heiße, schwüle Luft eilten. Avi roch Benzin, Zigaretten und Meer.

»Ich hab deinen Vater gekannt«, sagte Cohen.

»Wirklich?«

»War ein guter Mann. Ehrlich.«

»Das war er.«

»Wirklich schlimm, was ihm passiert ist.« Cohen schüttelte den Kopf. »»Verflucht sei der Acker um deinetwillen««, sagte er. »In Beschwer sollst du von ihm essen alle Tage deines Lebens. Dorn und Stechstrauch lässt er dir schießen.«« Er blickte Avi fragend an. »»Denn Staub bist du und zum Staub kehrst du zurück.««

»Zweites Buch Mose«, sagte Avi. Ein bisschen was wusste er noch aus dem Bibelunterricht. Plötzlich hatte er ein Déjà-vu, als hätte er diesen Moment schon einmal erlebt.

»Ich will, dass du die Männer findest, die das getan haben, Avi. Mach's richtig. Sei schnell. Bevor Rubenstein seine Hunde von der Leine lässt und meine Stadt in Flammen aufgeht. Kann ich mich auf dich verlassen?«

»Klar«, sagte Avi. Jede andere Antwort wäre falsch gewesen, das wusste er. Dorn und Stechstrauch, dachte er.

»Ich habe bereits mit deinem Vorgesetzten gesprochen«, sagte Cohen. »Du wirst bis auf Weiteres in meine Einheit beim Dezernat für Schwerverbrechen versetzt, bis ich was anderes sage. Trotzdem wird das ein Alleingang für dich. Halte mich über deine Fortschritte auf dem Laufenden, aber nur mich.« Er reichte ihm ein Handy. Avi nahm es wortlos entgegen.

»Und, Avi?«, sagte Cohen.

»Ja?«

»Wenn du die Täter findest und sie dir Ärger machen … dann weißt du, was du zu tun hast.«

Die Sonne stand bereits hoch am Himmel, schluckte sämtliche Schatten.

Avi spürte seine Pistole im Kreuz.

Er sagte: »Klar, Cohen.«

»Bist ein guter Mann, Avi.« Cohen klopfte ihm auf den Rücken.

Avi starrte ihm hinterher. Wieder klingelte sein Handy.

Er klappte es auf.

»Ja?«

»Nicht am Telefon«, sagte Benny.

Avi seufzte, fuchtelte mit dem Handy.

Und sagte: »Bin in fünfzehn Minuten da.«

3 SÜSSWASSERAALE

»Man fängt keine Schlägerei an, die man nicht gewinnen kann.«
– Benny

Benny Pardes saß dort, wo er heutzutage immer saß, am Tisch in dem alten persischen Restaurant, das es länger gab, als Avi auf der Welt war. Promifotos aus früheren und besseren Zeiten, als das Shiraz noch total angesagt war, hingen an den Wänden. Gesichter, an die Avi sich vage aus den Achtzigern erinnern konnte: ein Moderator aus dem Kinderfernsehen, der sich breit grinsend mit dem Restaurantinhaber ablichten ließ, ein paar Politiker, Generäle in Uniform, ein ehemaliger Premierminister.

Jetzt war nur Benny hier. Tapete löste sich von der Wand und in den Ecken sammelte sich Staub. Ein einsamer Kellner hielt sich bereit, verschwand aber schnell wieder in die Küche.

»Und nu?«, fragte Benny. »Das ist ein schlechtes Geschäft.«

»Allerdings«, sagte Avi. Er kam sich verwegen vor. »Hast du Kaffee?«

»Yossi, bring Kaffee!«, schrie Benny. Avi fragte er, »Willst du was essen?«, und schrie, »Yossi, bring was zu essen!«, ohne die Antwort abzuwarten.

»Setz dich, setz dich«, sagte er. »Wieso stehst du?«

Benny war eigentlich kein außergewöhnlich schlechter

Mensch. Der Kellner kam mit schwarzem Kaffee und einer Portion Lammgulasch auf Reis. Avis Magen ver- und entknotete sich sofort wieder. Er schnappte sich eine Gabel und machte sich über das Essen her, ohne zu warten. Er schmeckte Limette, Petersilie, Frühlingszwiebeln und Lamm und schlang alles heiß in sich hinein. Benny grinste.

»Das ist Gormeh Sabzi wie von deiner Mutter«, sagte er.

Avi antwortete nicht. Er kaute Fleisch und Bohnen. Benny sah ihm beim Essen zu. Es hatte etwas Beunruhigendes, sich von Benny beim Essen zusehen zu lassen.

»Du bist zu dünn«, sagte Benny. »Du musst mehr essen. Und du brauchst ein Mädchen, das sich um dich kümmert, Avi.«

»Ich brauche kein Mädchen«, murmelte Avi.

»Nein?« Benny sah ihn an. »Ich hab aber gehört, du hast eins.«

Avi verschluckte sich und Benny schrie: »Yossi, Wasser!«

Der Kellner kam mit einer Karaffe und Gläsern, die er auf dem Tisch abstellte.

»Iss langsamer«, sagte Benny.

Avi trank Wasser und fragte: »Was für ein Mädchen?«

»Woher soll ich das wissen? Dein Mädchen.«

Avi zuckte mit den Schultern. »Gibt halt Mädchen, na und?«, sagte er.

»Ich bin jetzt fast dreißig Jahre verheiratet«, erwiderte Benny. »Was weiß ich über Mädchen?«

»Hör auf mit dem Scheiß, Benny«, sagte Avi. Er legte Messer und Gabel ab, der Teller war leer. »Was willst du?«

»Ich hab einen Job für dich.«

»Jetzt?«

»Gibt's einen besseren Zeitpunkt? Die fleißigen Bienchen sind alle anderswo beschäftigt.«

»Ich kann nicht. Ich ermittle in einem Fall, Benny.«

»Du? Wieso du?«

Warum ich, dachte Avi, und antwortete: »Befehl von oben.«

»Von wem?«, wollte Benny wissen.

»Cohen«, sagte Avi. »Cohen gibt die Befehle.«

Benny schrie: »Yossi, Gebäck!« Der Kellner war schon mit einem Teller und einer Kaffeekanne unterwegs. Er schenkte ihnen beiden nach. Avi nahm ein Gebäckstück.

»Schmeckt gut«, sagte er mit vollem Mund.

»Das will ich meinen, dass das gut schmeckt. Du bist hier ja auch im besten persischen Restaurant des ganzen Landes«, behauptete Benny. »Was will Cohen?«

»Er will den Täter fassen. Hast du eine Ahnung, wer's war?«

Benny machte eine finstere Miene. »Ich hab dir gesagt, du sollst dich von Cohen fernhalten.«

»Hab ich ja versucht. Er ist zu mir gekommen.«

»Hat er was gegen dich in der Hand?«

Avi antwortete nicht. Benny sagte: »Mir würden ein paar Namen einfallen. Könnten die Goldins gewesen sein, Aharoni, Bogdan oder die verfluchten Russen.«

»Bogdan? Ich dachte, du arbeitest mit ihm.«

»Manchmal, ja. Persönlich liebe ich den Frieden. Man fängt keine Schlägerei an, die man nicht gewinnen kann, nur so bleibt man im Geschäft. Aber zwischen ihm und Rubenstein gibt's böses Blut und die Russen haben keinen Codex. Trotzdem. Ich weiß nicht.«

»Komm schon, Benny, rück was raus.«

»Ich brauch dich für den Auftrag. Dieselbe Bezahlung wie beim letzten Mal. Und guck mich nicht so an, Avi. Heb dir die schönen Augen für deine Freundin auf.«

Avi trank Kaffee und dachte nach.

»Sag mir, wen du kennst, der so was durchziehen könnte«, sagte er.

»So einen Anschlag?« Benny rieb sich über das Gesicht. »Die Abadis in Jaffa. Abu-Ramzi, der Vater von denen, der hatte eine Baufirma, und der älteste Bruder, Ramzi, hat schon mit Nitroglyzerin gespielt, bevor er lesen konnte. Der hat echtes Talent dafür. Die jüngeren Brüder, Ahmad und Fuad, haben im Familienunternehmen mitgeholfen.«

»Kennst du sie?«

»Ich hab für Bomben nichts übrig«, sagte Benny. »Da kann viel zu viel schiefgehen. Du musst dich weiter umhören.«

»Na gut.«

»Was hältst du von Cohen?«, fragte Benny unerwartet.

Avi dachte nach. »Als ich klein war«, sagte er, »haben wir manchmal meine Cousins im Kibbuz besucht. Ich weiß nicht, ob es meiner Mutter dort besonders gefallen hat, aber mir und meinem Vater schon. Ich war noch klein, und der Kibbuz lag auf einem Hügel, und wenn man runter ins Tal gefahren ist, war da ein Schwimmbecken. Ein richtig großes, wie bei Olympia, und außerdem ein Kinderbecken mit Wasserrutsche, da sind wir samstags immer hin. Die Erwachsenen haben geredet und geraucht, und ich hab mit meinen Cousins gespielt. Das war schön.«

Benny betrachtete ihn amüsiert. »Willst du auf was Bestimmtes raus?«, fragte er.

»Das Schwimmbecken befand sich an einem Wadi, und durch das Wadi floss ein Bach. Als das Schwimmbecken gebaut wurde, haben die das Wasser umgeleitet, aber man konnte noch sehen, wo es sich früher in einer Art Felstümpel gesammelt hatte und den ganzen weiten Weg bis ins Meer geflossen ist. Da war es kühler, dort im Schatten, abseits von dem Schwimmbecken, und deshalb sind wir manchmal dorthin, haben uns einfach hingestellt und aufs Wasser gestiert. Und eines Tages waren da lauter dunkle Schatten im Wasser. Die waren vom Wasserfall in den Felstümpel geschwommen und sind dort immer im Kreis herum und haben das Wasser aufgewühlt. Sie waren lang und dünn, und wenn man einen fangen wollte, ist er einem durch die Finger geglitscht und abgehauen.«

»Aale«, sagte Benny.

»Genau, Aale«, sagte Avi. »Ich habe gelernt, dass die im Salzwasser geboren werden, aber wenn sie sich der Küste nähern, verändern sie sich, und wenn sie in einem Fluss ankommen und stromaufwärts schwimmen, dann sind sie Süßwasseraale. Sie schwimmen einfach immer weiter stromaufwärts. Über Dämme, Wehre und Wasserfälle. Und dabei jagen sie ununterbrochen. Sie verstecken sich und lauern ihrer Beute auf. Das sind Killer. Und immer, wenn man dachte, jetzt hat man einen erwischt, hat er sich gewunden und ist abgehauen, und irgendwann ist einem klargeworden, dass man sich die ganze Zeit nur eingebildet hat, man wüsste, was die da machen. In Wirklichkeit hat man nur das eigene Spiegelbild auf dem Wasser angestarrt.«

»Wie alt warst du damals?«, fragte Benny.

»Weiß nicht mehr. Ungefähr sechs.«

Benny schüttelte den Kopf. »Und du meinst, so ist Cohen?«, fragte er.

»Denke schon. Eigentlich kenn ich ihn kaum.«

»Na ja, er kennt dich«, erwiderte Benny. »Also machst du dich besser an die Arbeit. Die Anweisung von oben lautet, unauffällig verhalten und abwarten.«

»Von oben«, dachte Avi, also von Rubenstein.

»Und das heißt, ich hab niemanden, den ich arbeiten lassen kann«, sagte Benny. »Kennst du den Club in der Allenby Street?«

»Der neben dem Striplokal?«

»Genau der.«

»Ah ja, denn kenne ich.«

»Mach's kurz«, sagte Benny. Er zog einen dicken Umschlag aus der Tasche und schob ihn über den Tisch. »Das ist nur ein Vorgeschmack, Avi. Der Rest kommt, wenn der Auftrag erledigt ist. Du kennst das ja.«

Avi öffnete den Umschlag. Bargeld und ein Foto von einem Mann. Er betrachtete das Foto, schob es wieder in den Umschlag und steckte das Geld ein.

»Na gut. Und danke für den Tipp.«

»Man hilft, wo man kann, Officer«, sagte Benny. »Alles, was Sie brauchen.«

Avi trat hinaus in die Sonne, ging an Bennys Leibwächtern vorbei, die am Eingang des Shiraz standen. Er nickte ihnen zu, sie nickten zurück. Benny hielt Anteile an fast allem im Tel Aviver Süden: Wechselstuben, Schutzgelderpressung, Bordelle, Casinos, Drogen. Sogar schwarz gehandelte Spenderorgane, das war eine echte Wachstumsbranche und eigentlich auch eher eine Grauzone als ein Schwarzmarkt, denn es gab gar kein Gesetz, das den Handel damit verbot. Außerdem hatte er noch alle möglichen legalen Unternehmen wie Schawarma- und Saftstände, das Striplokal in der Allenby Street sowie mehrere Obst- und Gemüsestände auf dem Karmel-Markt. Alles, wo bar bezahlt wurde, so dass man dort schmutziges Geld waschen konnte. Nur mit dem Flaschenrecycling wollte er nichts zu tun haben. In Tel Aviv starben inzwischen mehr Menschen wegen leerer Flaschen als früher am Fieber. Nein, den Krieg hatten Lior und Yair Goldin für sich entschieden, und es hatte sie einiges gekostet.

Er fragte sich, ob sie auch den Anschlag auf Rubenstein in Auftrag gegeben hatten. Wäre die naheliegendste Vermutung.

Aber eigentlich war es ihm egal.

Das iranische Lammgericht hatte ihn satt gemacht, der schwarze Kaffee aufgekratzt, er hatte Bargeld in der Tasche und ein leeres Filmdöschen, das aufgefüllt werden musste, wenn auch nicht mit einer Filmspule. Er trat hinaus in die Sonne, in die Fußgängerzone von Neve Sha'anan, wo sich früher lauter gute alte Geschäfte befunden hatten, Druckereien oder Schuhmacherwerkstätten. Und Ideologen mit utopischen Träumen, die Jaffa den Rücken gekehrt hatten, um eine neue Stadt zu errichten, wo vorher keine war.

Jetzt war das Viertel voller afrikanischer Flüchtlinge und asiatischer oder osteuropäischer Einwanderer, die Schuhe, billige Kleidung und billiges Gemüse verkauften. In den zweiten und dritten Stockwerken der Gebäude hing Wäsche von den Balkonen, und in den kleinen Wohnungen lebten viel zu viele Menschen zusammengepfercht. Illegal kopierte DVDs und Kassetten lagen auf Decken ausgebreitet auf dem Bürgersteig. Avi kannte die Hälfte der Titel nicht. Er kaufte ein Päckchen Zigaretten von einem alten Somali und ging zu dem stillgelegten Busbahnhof. Die meisten Bussteige waren verschwunden, aber ein paar gab es noch, auch wenn sie nicht mehr in Betrieb waren. Er ging vorbei an der Metzgerei »Kingdom of Pork« und bog links ab, dann weiter bis zur Fein Street.

Avi war sich bewusst, dass er beobachtet wurde. Als der Bahnhof noch in Betrieb war, befanden sich die Büros der Egged-Bus Company im Haus mit der Nummer eins. Inzwischen wurde der gesamte Komplex von Dealern, Zuhältern und Prostituierten okkupiert, und wenn man einen Schuss oder einen günstigen Blowjob brauchte, war man hier richtig. Avi ließ vorsichtshalber im Vorbeigehen seine Dienstwaffe aufblitzen, und die Junkies, die sich vor dem Haus tummelten, zeigten ihm ihre Mittelfinger, aber das war's auch schon.

Er wusste, dass man ihn hinter heruntergelassenen Jalousien beobachtete und registrierte, aber in der Fein Street Nr. 1 machte sich eigentlich niemand ernsthaft Gedanken wegen der Polizei. Wenn es eine Razzia gab, wurden vorübergehend ein paar Leute verhaftet, aber anschließend machte man sich einfach wieder an die Arbeit. Die Polizei war wie Regen, hieß es, hin und wieder wurde man nass, aber der Ernte konnte das nichts anhaben.

Avi ging vorbei an heruntergekommenen Peepshowläden und Wohnblocks, wo trotz allem noch Menschen lebten, und plötzlich hörte er Geschrei. Ein Mann rannte mit heruntergelassener Hose durch eine Gasse, sein Schwanz schlackerte hin und her, er brüllte aus voller Kehle und versuchte, eine Frau mit langen verfilzten Haaren einzuholen, die offenbar gerade mit seiner Lederbrieftasche türmte. Sie kam direkt auf Avi zu, er ballte eine Faust, und als sie auf seiner Höhe angekommen war, schlug er ihr schnell und fest auf die Nase.

Die Frau ging zu Boden. Avi nahm ihr die Brieftasche ab, sah hinein und entdeckte amerikanische Hundertdollarscheine. Wer lief an so einem Ort mit so viel Geld herum? Jetzt kam der Mann keuchend an.

»Hat sie dir wenigstens noch schnell einen geblasen?«, fragte Avi.

Der Mann sah ihn finster an. »Nein«, sagte er. »Die wollte die Kohle vorher bar auf die Hand.«

»Das ist viel Geld. Zieh deine Hose hoch.«

»Ach, ja.« Der Mann zog seine Hose hoch.

Die Frau beschwerte sich: »Du hast mir meine scheiß Nase gebrochen!«

»Ich brech dir deine verfluchte Nase gleich wirklich«, sagte der Mann und drehte sich zu Avi um. »Gib mir die Brieftasche.«

Avi ließ seine Dienstmarke aufblitzen. Der Mann plusterte sich auf, sagte: »Also dann, herzlichen Dank, Officer. Dürfte ich bitte meine Brieftasche wiederhaben?«

»Du bist Bulle?«, fragte die Prostituierte. »Na toll.«

»Wie viel sind da drin, zwölfhundert?«, fragte Avi. »Wer bist du denn? Ein hohes Tier?«

»Ich mache Geschäfte, wieso?«, sagte der Mann.

»Und du hattest einfach mal Lust auf einen kleinen Ausflug und eine Runde Blindekuh?«

»Ich wollte nur …«

»Vergiss es«, sagte Avi. »Hier. Das ist für dich.« Er gab der Frau hundert Dollar.

»Super«, sagte sie.

»Hey!«, maulte der Mann.

Avi zog zwei weitere Scheine aus der Brieftasche, überlegte kurz, nahm noch einen dritten und steckte sie in die eigene Tasche.

»Für die Steuer«, sagte er.

»Was für eine Steuer?!«, fragte der Mann.

»Das ist wohl deine«, sagte Avi und gab ihm die Brieftasche zurück. »Hat noch jemand ein Problem?«

»Ich nicht«, sagte die Frau. »Danke, Officer.«

Der Geschäftsmann starrte Avi an, dann sah er Avis Pistole und nickte zögerlich.

»Kein Problem«, sagte er.

»Genau«, sagte Avi. »Also, dann seht zu, dass ihr Leine zieht, alle beide.«

»Für fünfzig blas ich dir einen«, sagte die Frau.

»Ein anderes Mal«, erwiderte Avi. Er ging weiter und gelangte an einen kleinen Laden mit einem Schild über dem Schaufenster mit der Aufschrift Bentovich Books. Im Fenster lagen verstaubte Lehrbücher, Geografiebände des lange verstorbenen Y. Paporish mit Karten von Ländern, die gar nicht mehr existierten. Avi drückte auf den Summer. Ein altes verlebtes Gesicht spähte zwischen den Gitterstäben der Sicherheitstür hervor.

»Ach, du bist's.«

Die Tür ging auf. Avi trat ein.

Im Laden war es dunkel und staubig. Überall stapelten sich Bücher, Taschenbücher in englischer und französischer Sprache konkurrierten mit vergessenen hebräischen Romanen. Uralte Comics baumelten an Schnüren von der Decke. Aus einem Radio im Regal dudelte Dudu Zakai, er sang »Elad Went Down to the Jordan«. Die langsame, altmodische Musik versetzte Avi vorübergehend in ein anderes Jahrzehnt.

An der Wand hing die detailreich illustrierte Vorstellung eines Künstlers des Tel Aviver Zentralen Busbahnhofs der Zukunft. Ein eleganter Turm erhob sich gen Himmel, ein für die fünfziger Jahre futuristisch anmutendes Gebäude mit Wendeltreppen und schwimmenden Blumenbeten, glücklichen, wohlgenährten und gut gekleideten Anwohnern, Männern in Krawatte und Anzug,

Frauen in geblümten Kleidern, alle lächelten, hielten sich an den Händen und bestaunten das Wunder moderner Baukunst.

»Zum Heulen, oder?«, meinte der Ladenbetreiber. Er zeigte auf die Straße hinter dem Gitter draußen. »Erst letzte Woche wurde direkt gegenüber jemand ermordet. Alles geht vor die Hunde, Avi, und ich bin der Einzige, der noch übrig ist. Aber wovon soll ich die Miete zahlen?«

»Ich bin sicher, dir fällt was ein, Bento«, sagte Avi.

»Mr Bentovich für dich«, sagte der Mann. Er war klein und rundlich, blickte hitzig durch dicke Brillengläser. »Was kann ich für dich tun, Motek? Willst du Pornos? Hab gerade was Deutsches reinbekommen, sehr roh, sehr sadistisch. Mit Peitschen und Ketten und so.«

»Was? Nein.«

»Japanische hab ich auch, mit Anpinkeln, wenn dir das lieber ist.« Bento betrachtete ihn traurig und ohne große Hoffnung. »Ich nehme nicht an, dass du wegen einem Buch hier bist.«

»Bin ich nicht.«

»Das war mal ein richtiges Geschäft«, erklärte Bento. »Die Kinder aus dem Viertel haben ihre Schulbücher hier gekauft. Ich hatte Literatur auf Lager. Alle sind sie hergekommen, Hanoch Levin ist in der Gegend aufgewachsen, der war ständig hier.«

»Wirklich?«, sagte Avi. Die Musik ging ihm auf die Nerven und Bento auch. Hanoch Levin interessierte ihn einen Scheiß. Er zog hundert Schekel aus der Tasche und wedelte damit vor der Nase des Buchhändlers.

»Was hast du da, Bento?«

»Na schön, Avi.«

Bento ging um seinen Schreibtisch herum, drückte auf einen Knopf, und eine Schublade sprang auf. Bento betrachtete deren Inhalt durch seine Brillengläser. Avi sah allerhand verschiedene kleine Päckchen.

»Wonach steht dir der Sinn, Avi? Ich hab Haschisch aus Ägyp-

34

ten, Marihuana aus dem Libanon, Ecstasy aus Holland, wirklich allerbeste Qualität. Ich hab auch Khat, hast du das mal probiert? Da standen die alten Jemeniten während der Operation Magic Carpet drauf, in den Vierzigern.«

»Das Zeug, das man kaut?«, fragte Avi.

»Genau. Bringt dich hoch.«

»Nein. Ich will dasselbe wie immer.«

»Koks und Speed«, sagte Bento, »das Polizisten-Special. Na klar. Hab ich da.«

Er nahm eine Schachtel Pillen aus der Schublade und ein Tütchen mit Pulver.

»Hör mal Bento«, sagte Avi. »Verkaufst du auch an Araber?«

»An Araber? Was soll ich mit Arabern?«

»Araber aus Jaffa«, sagte Avi.

»Hör mal, Bubeleh«, erwiderte Bento. »Da mach ich keine Unterschiede. Ich fühl den Leuten nicht auf den Zahn, wenn du verstehst, was ich meine? Jude, nicht Jude, was interessiert mich das? Hast du dich in letzter Zeit mal hier im Viertel umgesehen? Ich verkaufe Meth an Thais, Hasch an Somalis, Gras an reiche weiße Jugendliche aus Ramat Gan und Koks an alle, die's bezahlen können. Das Einzige, wovon ich die Finger lasse, ist H. Den Ärger kann ich nicht gebrauchen. Siehst du, was da draußen los ist? Das ist ein Dschungel. Vom H lass ich die Finger. Hier, alles wie bestellt.« Er schob die Drogen über den Schreibtisch.

»Danke«. Avi legte ihm das Geld hin und steckte die Ware ein.

»Willst du eine Party feiern?«, fragte Bento. »Mit dem Zeug bleibst du tagelang wach.«

Die Radiomusik verstummte, zum Glück, und es folgten Nachrichten. »Armee-Einheiten durchsuchten heute die palästinensischen Autonomiegebiete, nachdem am Morgen im Zentrum von Tel Aviv eine Autobombe explodiert war«, sagte der Nachrichtensprecher. »Bislang hat sich noch keine Organisation zu dem Anschlag bekannt. Die Polizei schließt nicht aus, dass es sich um einen gescheiterten Mordversuch in Unterweltkreisen handelt, aber das Division Brigadier General's Office von Judäa und Samaria hat bestätigt, dass die Armee aktiv terroristische Zusammenhänge prüft und Massenverhaftungen in den Autonomiegebieten durchführt. Eine Reihe schwer verletzter Opfer befindet sich zur Stunde noch im Krankenhaus, darunter eine Person in kritischem Zustand. Während sich die Suche nach Saddam Hussein intensiviert, dauern die Kämpfe der amerikanischen Streitkräfte im Irak an. Die Weltgesundheitsorganisation warnt vor einem neuen tödlichen Virus, das sich zurzeit in Asien verbreitet. SARS hat seinen Ursprung in China und …«

»Schrecklich, das ist schrecklich«, sagte Bento. »Die armen Kinder.«

Avi legte noch ein paar Scheine auf den Tisch. Bento folgte dem Geld mit Blicken. »Arabische Kunden«, sagte er leise. »Aus Jaffa.«

Bento schluckte. »Das musst du schon ein bisschen weiter einschränken«, bat er. »Hast du einen Namen?«

»Ramzi Abadi«, sagte Avi.

»Abadi, Abadi«, wiederholte Bento. »Nein, mit dem hab ich nichts zu tun, Avi, tut mir leid.«

»Wer denn?«

»Hör mal, worum geht es eigentlich?«, fragte Bento. »Ich will keinen Ärger, verstehst du?«

»Du kriegst keinen Ärger«, beschwichtigte ihn Avi.

»Ein Mann namens Chamudi, er arbeitet für die Goldins. Und alle möglichen anderen Leute. Auch aus Gaza, wenn du verstehst, was ich meine? Wenn du in Jaffa auch nur drei Gramm verkaufen willst, muss das über ihn laufen. Okay? Ich bin bloß ein kleiner Fisch, Motek. Ich kann's nicht gebrauchen, dass mir jemand meinen Laden in die Luft jagt.«

»Verstanden«, sagte Avi. Bento nahm das Geld vom Tisch.

»Dabei hasse ich den Laden«, sagte er. »Weißt du das?«

»Das weiß ich«, sagte Avi.

»Früher hab ich mal Bücher verkauft.«

»Wie auch immer, Bento. Wir sehen uns.«

»Übertreib's nicht mit dem Zeug, Motek.«

4 ES KOMMT NOCH SCHLIMMER

»Kein Sterbenswörtchen.« – Avi

Den ganzen Sommer über Klavierstunden und drückende Stille in dem Haus mit den heruntergelassenen Rollläden ... Avi verzog sich, wann immer er konnte. Er trieb sich einfach irgendwo im Viertel herum, weil es niemanden gab, der es ihm hätte verbieten können. Er wollte nur noch weg.

Er spielte mit seinen Freunden aus der Nachbarschaft, aber die hatten alle ein behütetes Zuhause, in das sie zurückkehren konnten, ein geordnetes Leben, an dem er keinen Anteil mehr hatte. Sie gingen im Kinneret oder dem Sakhne schwimmen oder fuhren mit ihren Eltern nach Eilat, besuchten die Drusendörfer in Karmel, gingen ins Kino oder in den Safari Park in der Nähe.

Avi machte nichts davon.

Hin und wieder spielten sie auf der Straße, die das Viertel vom nahegelegenen Givat Shmuel trennte. An den meisten Tagen kam noch eine andere Gruppe von Kindern aus der entgegengesetzten Richtung angelaufen, und wenn sie Avi und seine Freunde sahen, brachen sie in wildes Kriegsgeheul aus und stürmten über die Straße, schwangen Stöcke, und Avi und seine Freunde rannten weg. Eines Tages stand Avi allein dort auf dem heißen Asphalt und sah die Jungs mit Stöcken auf sich zukommen, lief aber nicht weg. Er wusste nicht, warum. Er hatte es satt, wegzulaufen. Er wollte, dass etwas passierte – irgendwas. Die anderen Jungs umzingelten ihn.

»Was ist das?«, sagte einer und piekte ihn mit einem Stock.

»Kann es sprechen?«

Sie lachten. »Hey, Goldin! Goldin, komm sieh dir das an!«

Sie machten Platz, als ein Junge ungefähr im selben Alter wie Avi lässig heranschlenderte. Er war kleiner als Avi, trug eine Brille und hatte seine dunklen Haare zum Igelschnitt kurzgeschoren. Er sah Avi neugierig an.

»Wieso bist du nicht weggelaufen?«, fragte er.

»Warum sollte ich?«, fragte Avi zurück.

Der Junge schlug Avi blitzschnell und fest in die Magengrube. Avi krümmte sich. Der Schmerz trieb ihm Tränen in die Augen, aber er weinte nicht, nicht vor denen. Langsam richtete er sich wieder auf.

»Deshalb«, sagte der Junge.

Avi blinzelte die Tränen zurück.

»Du schlägst zu wie ein Mädchen«, sagte Avi.

Jemand aus der Bande lachte, und ein anderer schlug ihm auf den Hinterkopf, befahl ihm, die Klappe zu halten, aber weder Avi noch der andere Junge beachteten ihn.

»Wie heißt du?«, fragte der Junge.

»Avi. Und du?«

»Lior.«

»Goldin, komm schon!«

»Wir sehen uns«, sagte Lior Goldin. Dann rannte er mit seiner Bande davon.

Avi zündete sich eine Zigarette an und ging zum Wagen zurück. Gestern Nacht hatte Spaß gemacht, tanzen mit Natasha im Barbie. Gestern Nacht war das Leben noch schön und er hatte keine Sorgen gehabt. Dann kam der Morgen und trat ihm in die Eier, so dass es weh tat. Er musste die Situation erst mal einschätzen, fand er. Nichts daran war okay, aber er wusste nicht, was er machen sollte, außer den Weg zu gehen, der sich vor ihm auftat. Er wollte Natasha anrufen. Wollte sie treffen.

Er lehnte sich an die Motorhaube seines Wagens und dachte nach. Rauchte. Viele hätten Rubenstein gerne tot gesehen – das stand mal fest. Jemand musste den Befehl gegeben und vermutlich einen privaten Subunternehmer mit der Ausführung beauftragt haben. Er kannte diese Abadis nicht, vermutete aber, dass Bento ihm den Namen nicht serviert hätte, wenn nichts dran wäre.

Also ging er der Sache lieber nach.

Er überlegte, ob er noch eine Pille einwerfen sollte, aber sein Herz raste und seine Sicht verschwamm. Avi blinzelte, bis er die Welt wieder scharf sah. Nein. Lieber eine Weile clean bleiben. Wasser trinken. Es war heiß. Er blinzelte sich den Schweiß aus den Augen. Schrecklich, was da passiert ist, dachte er. Vom Verstand her wusste er das. Das Blut auf dem Boden, der zerstörte Laden, das Entsetzen in den Augen des Zeugen. Lauter Einzelheiten.

»Der ist okay«, verkündete Lior Goldin, als Avi zum dritten Mal nicht davonlief. Und das war's. An diesem Tag schloss er sich ihnen an. Sie rannten runter zum Bach, Frösche fangen. Einer der Jungs hatte ein halb leeres Zigarettenpäckchen dabei, das er seinem Vater geklaut hatte, und sie rauchten abwechselnd, husteten und lachten. Dann warfen sie Steine in den Bachlauf.

Niemanden interessierte, dass Avis Vater Polizist war oder was ihm passiert war, und niemand fuhr nach Eilat zum Schwimmen. Sie waren einfach da, es war ein perfekter Sommertag, und sie hatten ihn ganz allein für sich. Avi vergaß Zuhause, für kurze Zeit konnte er mit seinen neuen Freunden er selbst sein.

Das war ein guter Tag.

Er schnippte die Zigarette weg, klemmte sich hinters Steuer, trat aufs Gas und fuhr dieselbe Strecke zurück, bis er wieder auf dem Krankenhausparkplatz ankam. Seine Benommenheit wich rasendem Zorn, der ihm zu mehr Klarheit verhalf. Klarheit war gut. Fast rannte er in das Gebäude. Zurück zu dem Zimmer, in dem das kleine Mädchen gelegen hatte und die Schläge ihres mühsam pochenden Herzens auf einem Bildschirm angezeigt wurden. Als er das Zimmer fand, war es leer.

»Wo ist sie?«, fragte er eine Krankenschwester. »Wo ist sie?«

Die Krankenschwester ließ ihn abblitzen. »Im OP«, behauptete sie. Er zeigte ihr seine Dienstmarke.

»Sie dürfen da nicht rein«, sagte sie.

»Was ist mit ihr?«

Die Krankenschwester sah ihn unentschlossen an. »Ihr Zustand hat sich verschlechtert«, erklärte sie. »Die Ärzte tun, was sie können.« Sie fasste ihn sachte an der Schulter, fast schreckte er vor der Berührung zurück.

»Ich hoffe, dass Sie die Täter fassen«, sagte sie. »Diese Bestien.«

»Darf ich das Mädchen sehen?«

»Tut mir leid. Zurzeit darf niemand zu ihr.«

Sie stierte ihn noch einen Augenblick länger an, drehte sich um und ging. Er starrte ihr nach. Als er wieder aus dem Gebäude trat, sah er Cohens Wagen in eine Parklücke gleiten. Cohen schälte sich vom Fahrersitz.

»Was machst du hier?«, fragte er Avi, als er ihn sah.

»Sie ist im OP.«

Cohens Züge wurden milder. »Ich weiß«, erwiderte er. »Ich bin sofort losgefahren, als ich's gehört habe.«

»Ich werde die Täter schnappen«, behauptete Avi.

»Das weiß ich. Ich verlasse mich auf dich.«

Avi ging zu seinem Wagen, stieg ein, starrte aufs Steuer und flüsterte: »Dann geh endlich und schnapp sie.«

Auf der Fahrt durch die Stadt hörte er keine Musik. Er ließ die Scheibe runter, heiße Luft wehte an sein Gesicht, und er dachte an das kleine Mädchen, das im Krankenhaus um ihr Leben kämpfte. Er fuhr durch die Allenby Street und hielt schließlich vor der angegebenen Adresse. Er nahm die Pistole aus dem Handschuhfach. Am besten, man macht kurzen Prozess. Er ging durch die Gasse hinter das Haus. Hier standen Mülltonnen, eine Ratte von der Größe einer kleinen Katze ergriff die Flucht. Die Tür war unbeschriftet. Avi presste sich flach an die Wand, zog eine Skimaske und Handschuhe über und wartete.

Die Tür ging auf, und ein Mann mittleren Alters kam heraus. Er trug Jeans und ein kariertes Hemd, das er straff in die Jeans gesteckt hatte, sein Bauch quoll über den Gürtel. Der Mann hatte gute Laune und sang leise »Hava Nagila«, machte ein paar kleine Tanzschritte dazu. Er roch nach Alkohol. Avi stahl sich rein.

Draußen vor dem Haus herrschte Mittagshitze, drinnen hätte es auch jede andere Zeit sein können. Der Türsteher saß mit dem Rücken zur Wand. Er würde sich nicht wehren. Er zog dem Türsteher den Griff seiner Pistole über und flüsterte: »Kein Sterbenswörtchen.« Auf der anderen Seite des Vorraums befand sich ein Perlenvorhang, dahinter hörte Avi Jetons klappern und Männer leise miteinander sprechen. Er roch Zigaretten. Dann stahl er sich auf die andere Seite und spähte hinein. Es gab keine Fenster und auch keine Bar, aber hinten im Raum stand ein Tisch mit einer Flasche Whiskey, daneben Tee, Kaffee und Plastikbecher sowie ein Samowar. Es gab mehrere Tische im Raum, aber um die Uhrzeit waren nur zwei besetzt. Avi sah den Mann, wegen dem er hier war. Der Mann hatte einen Stapel Jetons vor sich und betrachtete seine Karten mit gerunzelter Stirn.

Avi ging hinein. Er beeilte sich nicht, ging aber auch nicht langsam. Er hielt dem Mann die Pistole an den Kopf und drückte ab. Der Knall war so laut, dass die Männer auf beinahe komische Art erstarrten, dann knallte der Kopf des Mannes auf die Tischplatte und sein Blut lief über die Karten. Avi verschwand blitzschnell. In der Gasse zog er die Maske ab, stieg in seinen Wagen und fuhr davon. Fertig. Sein Herz raste wie verrückt. Er schrie und schlug aufs Steuer. Er schaltete das Kassettendeck ein und drehte die Lautstärke hoch.

In Florentin bog er auf einen Schrottplatz ein, wo keine Fragen gestellt wurden. Er ging zur Verbrennungsanlage und warf die Waffe ohne Munition hinein, dann die Maske und die Handschuhe. Auf solchen Schrottplätzen konnte man praktisch alles verschwinden lassen.

Dann fuhr er zu jemandem, den er kannte.

5 PALESTINE, TEXAS

»Hier gibt's gar keine anderen Zeiten, außer guten alten.« – Farooq

Mohammed Farooq war ein großer und meist heiterer Mann. Als er aber Avi in seinen Kiosk kommen sah, verging ihm das Grinsen. Avi hatte in der Nähe vom Bloomfield Stadion geparkt. Nicht weit davon entfernt befand sich eine Großbaustelle, wo das neue Polizeipräsidium entstand. Er ging an der Bibliothek und einem ausgebrannten Restaurant vorbei. Als er noch Uniform getragen hatte, war er in Jaffa Streife gelaufen und Mohammed Farooq dabei zum ersten Mal begegnet.

Mohammed hatte eine Nichte, die er abgöttisch liebte, und eines Tages war diese Nichte am Alma Beach von einem einheimischen, der Polizei bereits bekannten Sexualstraftäter, der sich am Strand herumtrieb und kleine Mädchen begaffte, überfallen worden. Farooq hatte besagten Straftäter ausfindig gemacht, und Avi hatte Farooq dabei erwischt, wie er ihn zu Brei prügelte. Avi schaltete die Sirene und das Blaulicht ein, aber das schien Farooq nicht im Geringsten abzuschrecken, bis Avi ihn ansprach und sich erkundigte, worum es eigentlich ging. Als Farooq es ihm erklärte und ausführte, dass die Polizei nichts unternommen hatte, weil der Sexualstraftäter Jude und mit einem der Captains auf der Wache befreundet war, sogar regelmäßig Shesh Besh mit ihm spielte, hatte Avi vollstes Verständnis. In diesem Fall, erklärte er, sei er ihm gerne behilflich. Farooq und er sorgten nun also gemeinsam dafür, dass der Mann nie wieder gehen konnte, und schlugen ihm darüber hinaus auch noch den Großteil seiner Zähne aus. Anschließend erklärte Avi dem Mann behutsam, dass es ihm nicht gut bekommen würde, zur Polizei zu gehen, und er ihn umbringen würde, sollte er ihn noch einmal irgendwo antreffen. Seitdem hatte Avi Farooq hin und wieder als vertraulichen Informanten zu Rate gezogen, was sehr praktisch war in einer Stadt wie Jaffa, in die sich weder jüdische Polizisten noch jüdische Verbrecherfamilien trauten.

»Mister Policeman«, sagte Farooq, als er ihn sah. »Ich wollte gerade schließen.«

Avi sagte: »Du schließt doch nie.«

Der Kiosk befand sich an der Ecke der Jerusalem Avenue, der Hauptverkehrsstraße, die sich durch ganz Jaffa bis nach Bat Yam zog. Dort konnte man Spirituosen, Süßigkeiten, Zigaretten, geröstete Nüsse und Kerne kaufen und, wenn man danach fragte, auch eine Auswahl an halblegalen Partydrogen mit aufgeklebten Etiketten wie »Aromatherapie Kräuterextrakt«, »Ätherische Öle« oder »Nur als Räucherstäbchen verwenden« kaufen. Die genaue chemische Zusammensetzung der Drogen änderte sich ebenso regelmäßig wie die juristischen Definitionen. Weil sich der Kiosk in Jaffa befand, stand er unter dem Schutz der Familie Mualem, die fast ganz Jaffa und Ajami bis zur Grenze nach Bat Yam kontrollierte. Dahinter begann das Territorium von Moshe »Big Moysh« Uzan.

»Ich hab Kopfschmerzen«, sagte Farooq. »Ich wollte gerade zumachen, ehrlich, Avi. Es sei denn, du möchtest ein Päckchen Marlboro, das kann ich dir verkaufen, aber dann musst du gehen.«

»Ich hatte gehofft, wir könnten uns ein bisschen unterhalten«, sagte Avi. »Um der guten alten Zeiten willen.«

»Hier gibt's gar keine anderen, außer guten alten«, sagte Farooq.

»Wie geht's deiner Nichte?«

Farooq wurde milder. »Ihr geht's gut. Hat gerade mit der Juniorenmannschaft eine Medaille in Leichtathletik gewonnen.«

»Masel tov.«

»Was willst du, Avi? Ich hab's nicht gerne, wenn du hier auftauchst. Ich hab gedacht, du hast das alles hinter dir. Dachte, du bist eine große Nummer als Detective.«

»Ich suche Ramzi Abadi.«

»Ich weiß nichts über einen Abadi, Mann! Willst du jetzt was kaufen oder nicht?«

»Na gut«, sagte Avi. »Also schön. Kein Abadi. Dann erzähl mir was anderes. Wie und wo erwische ich Chamudi?«

»Wen?«

»Chamudi«, wiederholte Avi geduldig.

»Keine Ahnung, von wem du sprichst.«

»Doch ich glaube schon, Farooq. Der ganze Mist, den du hier verkaufst …«

»Hey Mann, das sind legale Rauschmittel.«

»Wär doch schade, wenn ich das melden müsste«, sagte Avi.

»Melden?« Farooq lachte ihn aus. »Bei wem denn? Wir sind hier in Jaffa, Avi, nicht in Ramat Gan.«

»Zwing mich nicht, dich noch mal zu fragen«, sagte Avi. Zwei junge Soldaten kamen in den Kiosk und kauften Zigaretten. Avi wartete, während Farooq sie bediente. Als sie gegangen waren, nahm Avi sich einen Riegel Pesek Zman.

»Willst du den bezahlen?«, fragte Farooq.

»Klar.« Avi zog dreihundert Schekel aus der Tasche und legte sie auf den Tresen. »Genügt das?«

»Avi … komm schon.«

»Wegen der guten alten Zeiten, Farooq«, sagte Avi leise.

Farooq nahm das Geld, griff nach einem Stift und schrieb eine Telefonnummer auf. »Ruf da an und frag, was du fragen musst. Das ist wie Pizza bestellen.«

»Danke.«

»Aber komm nicht wieder her.«

»Ich hoffe, das wird nicht nötig sein.«

»Und jetzt Nachrichten aus Jerusalem«, tönte es aus dem Radio. »In den besetzten Gebieten wird noch immer nach Mitgliedern der Al-Aksa-Märtyrerbrigaden gefahndet, die verdächtigt werden, an dem Bombenanschlag heute Vormittag in Tel Aviv beteiligt gewesen zu sein. Die Organisation hat sich noch nicht zu der Tat bekannt. In den frühen Morgenstunden starben zwei Teenager bei einem Autounfall in der Nähe von Afula. Heute Abend findet in Jerusalem ein Trauergottesdienst für den israelischen Astronauten Ilan Ramon statt, der in der tragisch verunglückten Raumfähre Columbia in Palestine, Texas ums Leben kam …«

»Palestine, Texas«, sagte Farooq. Er schaltete das Radio aus. »So was Blödes kann man sich gar nicht ausdenken … und die Autobombe heute Morgen, wieso müsst ihr uns wieder die Schuld dafür in die Schuhe schieben? Alle wissen, dass sie Rubenstein galt.«

»Weil ihr alle anderen Autobomben in diesem Jahr gelegt habt«, sagte Avi.

»Ich hab einen Scheiß gelegt«, erklärte Farooq hitzig. »Ständig schiebt ihr uns für alles die Schuld in die Schuhe. Ihr nehmt uns immer mehr, bis uns keine Luft zum Atmen bleibt, und dann drückt ihr uns zum Spaß auch noch die Kehle zu. Wir haben gar keine andere Wahl mehr, als Autos in die Luft zu jagen, wenn ihr unsere Schreie nicht hört.«

»Seit wann bist du unter die Poeten gegangen?«, fragte Avi.

»Fick dich.«

Avi ließ ihn in Ruhe und trat nach draußen. Vom Geruch eines Schawarma-Stands in der Nähe wurde ihm übel. Erneut schlug sein Herz viel zu schnell. Er wollte mit Natasha sprechen, rief stattdessen aber Ronen an.

»Avi, wo bist du?«, fragte Ronen. »Das ist Wahnsinn hier. Cohen hat angeordnet, jeden einzelnen Goldin-Mann zwischen Bat Yam und Kfar Shmaryahu zu verhaften, aber mindestens die Hälfte von denen ist abgetaucht. Und hast du schon das von dem Mord in der Allenby Street gehört? Gibt natürlich keine Zeugen, war ja illegales Glücksspiel. Der Türsteher spricht kaum Hebräisch und wenn doch, dann beschimpft er uns als Schwanzlutscher. Wann kommst du ins Büro?«

»Gar nicht«, sagte Avi. »Ich gehe einem Hinweis nach.«

»Einem Hinweis? Hör mal, du hast dich doch mit Cohen auf nichts eingelassen, oder?«

Ronen senkte seine Stimme. »Wenn es schlimm ist …«

»Alles koscher«, sagte Avi. »Aber ich brauche einen zweiten Mann für eine Verfolgung.«

»Scheiße, ich weiß nicht …«

»Ich kann das auch mit Cohen klären.«

»Nein, lass ruhig. Wo bist du?«

»Jaffa, am Bloomfield Stadion.«

»O Mann, na gut. Bin in fünfzehn Minuten da.«

Er legte auf.

Avi ging zurück zum Wagen. Er wartete vor dem verlassenen Alhambra Theater, zündete sich eine Zigarette an und dachte an das kleine Mädchen im Krankenhaus. Er fragte sich, warum Cohen ihn ganz allein losgeschickt hatte, um einer Spur nachzugehen, während der Rest der Einheit Goldins Leute verhaftete.

»Wollen wir wetten, Avi?«

»Was?«

Sie standen vor einem Kiosk und Lior Goldin grinste. »Ich wette, du traust dich nicht, was mitgehen zu lassen.«

»Du meinst, etwas zu stehlen?«

»Bist du feige, oder was?« Avi betrat den Kiosk. Der Betreiber saß halb schlafend hinter dem Tresen. Avis Herz schlug heftig und schnell. Er drehte sich immer wieder um, wollte sehen, ob er beobachtet wurde, dann griff er ins oberste Regal und nahm eine Zeitschrift mit Nacktfotos heraus.

»Hey, Kleiner …«

Dann rannte Avi aus dem Kiosk. Er rannte und rannte, und Lior rannte ihm lachend hinterher.

»O Mann, du hättest mal dein Gesicht sehen sollen!«, sagte Lior. »Was hast du da? Boah, die ist geil.« Er schlug die Zeitschrift in der Mitte auf und bewunderte das Foto.

»Wenn ich groß bin«, sagte er. »Werde ich alles Geld der Welt und so viele Frauen haben, wie ich will.«

»Und wenn ich groß bin«, erwiderte Avi, »werde ich Polizist.«

Ein Auto hupte und ließ ihn hochschrecken. Avi schlug die Augen auf und sah Ronen, der sich aus dem Fenster lehnte.

»Siehst scheiße aus«, sagte Ronen. Er parkte den Wagen, stieg aus, mampfte zufrieden einen Bureka. »Musste mir schnell unterwegs noch was zu essen holen.«

»Ich seh's.«

»Wen verfolgen wir?«, fragte Ronen.

»Einen Dealer«, sagte Avi, »hoffe ich.«

»Einen Dealer in Jaffa?«, fragte Ronen. »Das ist wie Fisch auf dem Fischmarkt suchen. Ich hasse Fisch. Was willst du von dem?«

»Nichts«, sagte Avi. »Ich will nichts von dem.«

6 AUCH BULLEN RAUCHEN GRAS

»Du willst es, du bezahlst es.« – Der Fahrer

»Hallo?«

  »Hallo, Chamudi?«

  »Wer ist da?«

»Ich heiße Avi. Ich suche Stoff?«

»Was für Stoff?«

»Braun oder grün.«

»Ich kenne dich nicht. Bist du'n Bulle?«

»Was? Nein. Ich hab deine Nummer von Galit. Sie hat gesagt, du hast so was.«

Avi hatte sich überlegt, dass er bestimmt eine Galit kannte. Jeder kannte eine.

»Tut mir leid, ich kann dir nicht helfen.«

Dann war die Leitung tot.

»War's das?«, fragte Ronen.

Avi starrte das Handy an. »Hast du eine Idee?«

Ronen sah sich um. Ein abgebranntes Restaurant neben einem alten verlassenen Theater. Ein Obdachloser hockte neben den Mülltonnen und kackte ungeniert, die Hose an den Knöcheln und eine Rolle Klopapier in der Hand.

»Ich kenne das hier«, sagte Ronen. »Siehst du den Hof?«

»Ja?«

»Das war mal ein altes arabisches Kino, damals während des Völkerbundmandats unter britischer Herrschaft. Man sieht noch den prächtigen Eingang von dem Sozialwohnungsblock da drüben.«

»Und?«

»Und nichts. Jetzt sind das Wohnungen. Warte mal, da ist jemand. Hey, du! Du da drüben!«

Ein schlaksiger Teenager kam aus dem Tor und schlenderte zu ihnen.

»Ja?«

»Wo kann man hier Gras kaufen?«

Der Teenager musterte sie mitleidig. »Was seid ihr denn für welche? Bullen?«

»Auch Bullen rauchen Gras«, erwiderte Ronen.

»Amen«, sagte der Teenager. »Aber ich hab keins.«

»Kennst du Chamudi?«

»Wer kennt den nicht? Okay, wartet.«

Der Teenager nahm sein Handy. Seine Finger tanzten über die Tastatur, dann tutete das Handy, und der Teenager steckte es wieder ein.

»Er schickt jemanden. Zehn Minuten.«

»Hey, danke«, sagte Ronen und schob dem Teenager zwanzig Schekel zu.

»Nicht der Rede wert. Scheiß auf die Polizei, hab ich recht?«

»Amen«, sagte Ronen und drehte sich grinsend zu Avi um.

»Du willst mich wohl verarschen«, sagte Avi.

»Mr Detective«, sagte Ronen. »Ich hab's dir doch gesagt, das ist Jaffa. Also was jetzt?«

Avi sagte: »Wir warten.«

»*Du* wartest. Ich hab noch eine Cola light im Wagen.«

Avi wartete. Ronen hing tief hinter dem Steuer. Es dauerte nicht lang, dann kam ein Motorrad angefahren und hielt am Bordstein. Der Fahrer trug einen schwarzen Helm, nahm ihn aber nicht ab.

»Hast du was?«, fragte Avi.

»Was willst du?«, fragte der Fahrer.

»Ein Gramm Haschisch.«

»Lohnt sich kaum, dafür herzufahren, macht hundertfünfzig.«

»Ganz schön teuer«, moserte Avi.

»Du willst es, du bezahlst es«, sagte der Fahrer.

»Hier.«

Avi gab ihm das Geld. Der Fahrer öffnete die Tasche an seinem Bike und holte ein kleines Tütchen heraus.

»Da, bitte.«

»Danke.«

Der Fahrer nickte und fuhr auf seinem Motorrad davon. Ronen ließ den Wagen an und folgte ihm.

Avi roch am Haschisch. War gutes Zeug. Er steckte es ein.

Vielleicht würde er es später mit Natasha rauchen, wenn das alles vorbei war. Endlich klingelte sein Handy.

»Tashi?«

»Motek, ich kann nicht lange sprechen.« Er hörte Leute im Hintergrund herumschreien und Natashas Schritte, Absätze auf Marmor. »Ich bin in dem Haus im Moschaw, von dem die Polizei nichts weiß. O Gott, ich hasse es hier! Hier gibt's nichts außer Hühnern und Kühen. Die sind total paranoid, Avi. Weißt du, was los ist?«

»Ich weiß nicht ...« Avi wollte noch sagen: »Ich glaube, Cohen ...«

»Natasha! Mit wem redest du?«

»Hau ab, du scheiß Psycho!«

»Wer ist da!« Eine Männerstimme am Telefon. Avi schloss die Augen.

»Avi, du Drecksack, bist du das? Ich hab dir gesagt, du sollst dich von meiner Schwester fernhalten!«

»Ich lass mir von dir nicht vorschreiben, was ich zu tun habe, Lior, du blödes Arschloch!«

Er hörte Natasha schreien, Glas brechen und dann Natashas Lachen.

»Hast du gerade ›Cohen‹ gesagt? Wieso will uns der Wichser fertigmachen, Avi? Sag dem verdammten Pisser, wir verlangen ein Treffen, hast du gehört! Und halt dich von meiner Schwester fern!«

»Fick dich, Lior!«

»Lass das, Natasha! Scheiße!« Avi hörte noch irgendetwas zu Bruch gehen, dann war die Leitung tot.

Avi zwickte sich in den Nasenrücken. Er hatte Kopfschmerzen.

Mit achtzehn war er zur Armee gegangen, einem Kampfverband beigetreten und hatte vor dem Truppenabzug im Südlibanon gedient. Eines Tages war er zum Stützpunkt zurückgekehrt und hatte etwas aus dem Depot holen wollen, als er dort ein bekanntes Gesicht hinter dem Tresen entdeckte.

»Lior?«

»Avile!«

Vor der Armeezeit hatten sie sich nicht mehr so oft gesehen und das aus Gründen, über die Avi lieber nicht nachdachte.

»Was machst du denn hier?«, fragte Avi.

»Ich bin Depotverwalter«, sagte Lior. »Die wollten nicht, dass ich zur Armee gehe, aber ich hab mich durchgesetzt. Mein großer Bruder ist auf Burg Beaufort gefallen. Hast du das gewusst?«

Avi erinnerte sich an das Haus der Goldins und dort im Regal an das Foto eines lächelnden jungen Mannes in Uniform.

»Schön, dich zu sehen«, sagte er und merkte, dass er es wirklich so meinte.

Lior grinste. »Gleichfalls. Sieh dich an! Ein echter Soldat.«

»Ist hart da draußen«, sagte Avi und meinte auch das so, wie er's sagte. Es wurde von Tag zu Tag schwieriger, den besetzten Streifen Land jenseits der Grenze zu halten. Es gab ständig feindliche Übergriffe, dauernd lag er auf der Lauer, das Gewehr im Anschlag, bereit zu schießen. Und man schoss, um zu töten.

»Wir schaffen das«, sagte Lior.

Danach sahen Avi und er sich öfter.

Das Hupen weckte ihn. Hatte er geschlafen? Er blinzelte. Die Wirkung der Pillen ließ nach. Er brauchte etwas, das ihn wieder hochbrachte.

»Avi, komm schon!«

»Ronen. Was hast du rausbekommen?«

»Er ist in einen Wohnblock in der Pushkin Street um die Ecke von der Jerusalem Avenue gefahren«, sagte Ronen. »Ruhige Straße. Mehr kann ich dir auch nicht sagen. Brauchst du mich noch?«

»Ich glaube, ich komme klar.«

»Gut. Weil mir das nämlich kein bisschen gefällt.« Ronen kniff die Augen zusammen, sah Avi an. »Ist einfach mal wieder so ein Tag, oder?«, sagte er. »Man fragt sich, wie viele Menschen noch sterben müssen, bis es aufhört.«

»Menschen sterben immer«, sagte Avi. Dann fiel ihm etwas ein. »Was ist eigentlich mit Cohen los?«, fragte er. »Irgendwie nimmt er das alles ganz schön persönlich.«

»Das weißt du nicht? Er hat eine Enkeltochter im selben Alter wie die Kinder. Sie hat eine Krankheit. Ich weiß nicht, was für eine. Ich vermute mal, er denkt an sie.« Ronen schüttelte den Kopf. »An Goldins Stelle würde ich mich ganz schnell in ein Flugzeug setzen und irgendwohin weit weg düsen.«

»Es gibt keinen Beweis dafür, dass die Goldins den Mord in Auftrag gegeben haben«, sagte Avi.

»Spielt das eine Rolle, Avi? Die sind doch alle gleich. Wir sehen uns!«

»Danke, Ronen.«

»Nicht der Rede wert. Und das meine ich, wie ich es sage. Kein Wort zu irgendjemandem, dass ich hier war.«

Avi stieg wieder in den Wagen. Er fuhr langsam, glitt dahin.

»Du musst nicht mehr machen«, sagte Lior, »als das Tor öffnen und sie durchlassen. Das sind gute Leute, die sind von der Südlibanesischen Armee. Niemand wird Fragen stellen.« Sie tranken Kaffee auf dem Stützpunkt.

»Was bringen die rein?«, fragte Avi.

Lior zuckte mit den Schultern. »Fernseher, Zigaretten, Arak, Haschisch … spielt das eine Rolle?«

»Vertraust du ihnen?«

»Avile, die sind von der SLA, die brauchen uns mehr als wir sie.«

Die Südlibanesische Armee war eine christliche Miliz, die von den israelischen Streitkräften aufgestellt wurde. Avi wusste, dass sie sich Sorgen machten, Israel könnte sich endgültig aus dem

Südlibanon zurückziehen. Zwanzig Jahre waren eine lange Zeit, um auf einer Grenze zu sitzen. Als Arik die Truppen 82 wieder losschickte, war dies eigentlich als kurzer Einsatz geplant gewesen. Höchstens drei Monate, hatte es geheißen. Und jetzt saß Avi hier immer noch mit Lior Goldin fest.

Goldin war fleißig. Als Depotverwalter hatte er Zugang zu allen anderen Depots, zu den Fahrern und so weiter. Für ihn war es einfach, Sachen rauszuschmuggeln. Und er hatte sich mit den Leuten von der SLA angefreundet. Zu Hause kümmerte sich sein Bruder Yair um alles, was sie mitbrachten.

Und was schadete es schon? Alle schmuggelten irgendwas aus dem Libanon, schon seit der Invasion, und niemand wollte freiwillig einer guten Sache den Riegel vorschieben.

»Na klar«, sagte Avi.

In der Nähe sprang die Alarmanlage eines Autos an und Avi zuckte zusammen. Er war um den alten Uhrturm gefahren. Die Türken hatten ihn damals gebaut, um die lange Herrschaft des osmanischen Sultans zu feiern. Gleich daneben befand sich das verfallene alte Gefängnis. Avi bog in eine freie Parklücke ein und blieb noch eine Weile sitzen, dann stieg er aus, ging zur Promenade und starrte aufs Meer.

Es war heiß und still. In der Nähe rauchte jemand einen Joint, und der Geruch lag schwer in der Luft. Mädchen in Bikini-Oberteilen zogen lachend an Avi vorbei zum Strand. Eine arabische Familie, die Frau mit Kopftuch schob einen Buggy, der Mann telefonierte und rauchte. Zwei junge orthodoxe Juden mit breitem Pelzrand an den Hüten diskutierten angeregt im Gehen. Ein Bodybuilder mit nichts als einer Shorts bekleidet schlenderte vorbei, seine Brust glänzte vom Öl. Angler ließen Schnüre über die Mauer ins Wasser hängen. Avi schluckte noch eine Pille trocken runter.

Als er wieder im Wagen saß, kam im Radio die Meldung, dass das kleine Mädchen im Krankenhaus ihren Verletzungen erlegen war und in die Pathologie nach Abu Kabir gebracht wurde.

7 SCHÖN RUHIG

»Du musst bescheuert sein.« – Chamudi

Verbrechen war nicht schwierig, und die meisten Verbrecher waren nicht sehr schlau. Es brachte nichts, alles übermäßig zu durchdenken, deshalb wartete Avi einfach ab. Der Wohnblock befand sich in der Pushkin Street, in einem Geflecht von Nebenstraßen hinter der Jerusalem Avenue, die allesamt nach toten Schriftstellern benannt waren. Hier lebten jüdische und arabische Bewohner bunt gemischt, draußen waren Fahrräder angeschlossen und auf der Straße gab es kaum Verkehr. Es war schön ruhig.

Avi wartete und sah wenig später wieder den Motorradfahrer, der von einer weiteren Lieferung zurückkehrte. Er bog in die Straße ein und parkte rechts neben dem Eingang. Avi ging leise hinter ihm her und wartete, bis der Mann auf die Wohnungsklingel gedrückt hatte, der Summer ertönte und die Tür mit einem Klick aufsprang, dann presste er ihm seine Pistole in den Rücken.

»Schön ruhig bleiben«, sagte Avi.

Der Mann widersetzte sich nicht. Er ging die Treppe hoch, dicht gefolgt von Avi. Es hatte keinen Sinn, eine Waffe zu ziehen, wenn man nicht bereit war, sie zu benutzen. Avi hatte das begriffen. Der Fahrer auch. Sie erreichten den zweiten Stock und anschließend die letzte Tür im Gang. Avi beugte sich dicht an den Rücken des Fahrers, beinahe berührten seine Lippen die Ohren des Mannes.

»Mach das richtig«, flüsterte er.

Der Fahrer klopfte, drei Mal. Die Tür ging auf. Avi stieß ihn fest gegen die Tür, so dass sie nach innen aufflog und den Mann traf, der sie geöffnet hatte. Avi platzte in den Flur.

»Was soll der Scheiß?«, fragte der Mann drinnen. Seine Nase blutete.

»Polizei. An die Wand. Alle beide. Sofort.«

»Blödsinn, Polizei«, sagte der Mann, gehorchte aber trotzdem. Avi wollte dem Fahrer Handschellen anlegen, überlegte es sich anders und schlug ihm stattdessen die Pistole über den Schädel. Der Fahrer blieb ausgestreckt auf dem Boden liegen, das Gesicht nach unten.

»Zieh ihn ins Bad«, sagte Avi.

»Mach's doch selbst«, erwiderte der Mann. »Jüdischer Hurensohn!«

»Du musst Chamudi sein«, sagte Avi.

»Und du musst bescheuert sein.«

»Schon möglich«, erwiderte Avi und trat den Fahrer sicherheitshalber noch ein paar Mal. Um den Kopf des Mannes bildete sich eine kleine Blutlache, aber er atmete. Avi vermutete, dass er erst mal nicht aufstehen würde, und sagte: »Ich mach's kurz.«

»Ich werde dich später finden«, sagte Chamudi. Er war klein und dünn und erinnerte Avi an die Messer, die man heimlich mit in Clubs schmuggelte, falls es Ärger gab.

»Beweg dich«, sagte Avi.

»Schwanzlutscher.«

Chamudi ging ins Wohnzimmer weiter. Avi folgte ihm. Die Wohnung hatte hohe Decken und war sehr geräumig. Avi pfiff durch die Zähne.

»Schöne Wohnung.«

»Fick d…«

Avi trat ihm ins Kreuz, so dass er vorwärtsflog. Chamudi drehte sich blitzschnell um, hatte plötzlich ein Messer in der Hand und stürzte sich damit auf Avi.

Es hat keinen Sinn, eine Waffe zu ziehen, wenn man nicht bereit ist, sie zu benutzen. Avi feuerte, der Schuss hallte laut in den Raum, trotzdem ging er davon aus, dass sich die Nachbarn wohl kaum beschweren würden. Chamudi sackte zu Boden. Er blutete an der Schulter.

»Du hast mich angeschossen, verflucht!«

»Ich will dir nur ein paar Fragen stellen.«

»Ich komme nicht drauf, ob du dumm, verrückt oder beides bist«, sagte Chamudi.

Avi zeigte ihm seine Dienstmarke.

»Ich bin Polizist«, sagte er.

»Wir bezahlen euch doch!«

»Wo finde ich die Abadis?«

»Hast du's mal mit dem Telefonbuch versucht?«

Chamudi starrte ihn an. »Du hast nicht mal reingeguckt, oder?«

»Stehen die da drin?«, fragte Avi.

»Du bist so verdammt bescheuert«, sagte Chamudi. »Ein Wunder, dass du überhaupt lebensfähig bist.«

»Soll ich dir noch eine Kugel verpassen?«

Chamudi spuckte aus. »Was hast du vor, mich umbringen?«

»Was ist das hier?«, fragte Avi. Er sah sich im Raum um, an der Wand stapelten sich Kisten.

»Was ist das?«

Chamudi sagte nichts. Avi ging und sah nach.

Blieb stehen.

»Ach du Scheiße«, sagte er.

»Eben«, sagte Chamudi.

Avi sah Sturmgewehre, Granaten, Uzis, Zielfernrohre für Scharfschützen, ein paar Granatwerfer. Alles aus Armeebeständen.

Er sagte: »Was zum Teufel soll das?«

Chamudi hustete. »Na und? Wir verkaufen halt auch noch andere Sachen, nicht nur Drogen.«

»An Terroristen?«

»An alle mit Geld.«

Avi dachte an den Libanon und wie dort manchmal Ausrüstung verschwunden war. Er hatte gewusst, dass Goldin Waffen und Sprengstoff stahl. Damals bereitete er sich auf einen Krieg vor, nur dass weder er noch Avi das wussten.

Avi sah sich weiter um. Zwei Bricks Heroin. Eine Steige Pillen. Er zog den Kühlschrank auf, randvoll mit Gras.

Avi sagte: »Scheiße.«

»Und? Willst du mich festnehmen?«, fragte Chamudi.

»Sag mir, wo die Abadis sind, dann kommst du hier raus«, sagte Avi.

»Wo soll ich denn hin?«, fragte Chamudi, aber Avi sah die verzweifelte Hoffnung in seinen Augen.

»Sag schon«, sagte er.

»Scheiß drauf«, sagte Chamudi. »Ich kann die Dreckschweine sowieso nicht ausstehen. Die haben ein Grundstück in Ajami, in der Nähe vom Friedhof.«

Er gab Avi die Adresse. »Aber das wird dir nicht guttun, Herr Polizist. Die haben das ganze Gelände mit Sprengfallen vermint. Und sie haben Schusswaffen. Wenn ihr da Einsatzwagen hinschickt, habt ihr einen Krieg am Hals.«

»Und wie komme ich sonst an die ran?«

Chamudi sah Avi an und dessen Pistole. Die Hoffnung in seinen Augen starb.

Er fragte: »Machst du's kurz?«

»Versprochen.«

Chamudi sagte es ihm. Avi nickte, setzte die Pistole beinahe sanft an Chamudis Stirn und drückte ab.

Avi starrte die Leiche an.

Avi starrte auf das Blut.

Und sagte: »Scheiße!«

Er hörte ein Stöhnen. Drehte sich um. Der Motorradfahrer. Der Mann sah ihn an.

Wieder sagte Avi: »Scheiße!«

Und schoss dem Motorradfahrer ebenfalls in den Kopf.

Seine Hände zitterten. Er nahm sein Koks und legte sich Lines auf Chamudis Sofatisch. Bang. Pow. Ein Feuerwerk wie am Unabhängigkeitstag.

Er wusste, wem die Wohnung gehörte. Die Familie Mualem kontrollierte Jaffa. Die arabischen Verbrecherfamilien arbeiteten oft eng mit den jüdischen zusammen. Mit dem Problem konnte er schlecht zu jemandem gehen. Man legte sich nicht mit den Mualems und Rubensteins dieser Welt an.

Nur hatte jemand versucht, Rubenstein aus dem Weg zu räumen, und Avi hatte es sich gerade im großen Stil mit den Mualems verscherzt.

Blieb nur noch eins.

Er handelte schnell. Der Boden war schmierig von dem ganzen Blut, und er musste sich immer wieder den Schweiß aus den Augen blinzeln. Er nahm die Tasche des Fahrers und packte die Heroinbricks, das Gras und die Pillen ein, bediente sich außerdem an den leichteren Schusswaffen und den Granaten. Sogar einen Granatwerfer nahm er mit, hängte ihn sich in der Hülle über die Schulter. Dann stieg er vorsichtig über den toten Motorradfahrer, öffnete die Tür und warf noch einen letzten Blick zurück.

Was für eine Schweinerei, dachte er.

Aber jetzt war es zu spät, etwas daran zu ändern.

Er zog eine Granate aus der Tasche, entsicherte sie, warf das Ding in die Wohnung und knallte die Tür hinter sich zu.

Dann rannte er los.

Die Granate explodierte, als er noch auf der Treppe war. Er stolperte und fiel, fing sich mit den Händen ab und hörte Schreie. Er rannte nach draußen, warf die Sachen auf den Rücksitz und fuhr los, aber ganz langsam. Die Haut an seinen Handflächen war wund und rot. Er suchte einen Radiosender. Arik Einstein sang »Drive Slowly«. Avi lachte. Die Klänge seiner akustischen Gitarre erfüllten den Wagen und Avi dachte an starken Regen. Dabei mochte er Arik Einstein nicht mal.

8 SCHÖNE GRÜSSE AN MAYA

»Der Gerechtigkeit, ja, der Gerechtigkeit jage nach.« – Cohen

»Ich schwöre«, sagte Avi. »Ich hatte nichts damit zu tun.«

Ronen flüsterte wütend ins Telefon. »Willst du mich verarschen?«

»Hör zu, Mann, ich hatte nichts damit zu tun! Okay? Ich war nicht mal in der Nähe. Wer auch immer das getan hat, es war derselbe, der den Mord an Rubenstein angeordnet hat. Anscheinend wollte jemand aufräumen.«

»Wie? Dann war das Zufall?«

»Nein«, sagte Avi. »Das ist ein Zeichen, das hat was zu bedeuten. Ich komme den Attentätern näher, Ronen.«

»Ach du Scheiße.«

»Eben.«

Avi glaubte es fast selbst.

»Hast du mit Cohen gesprochen?«, fragte Ronen.

»Noch nicht.«

»Solltest du aber.«

»Er weiß, wie er mich erreicht«, erwiderte Avi.

»Wo bist du überhaupt?«, wollte Ronen wissen.

»Ähm …«

»Nein, sag's nicht. Blöder Arsch. Was für ein Tag. Ich kann's nicht abwarten bis Feierabend. Ich will nur noch nach Hause.«

»Schöne Grüße an Maya.«

»Fick dich, Avi.« Ronen legte auf.

Avi war in die Ben Avigdor gefahren, eine schmale Straße zwischen der Ha'masger Street und dem Highway. Die ganze Gegend war ein einziges Labyrinth aus winzigen alten Garagen, Werkstätten und Industrielagern. Avi hatte eine kleine Garage dort gemietet, die er einmal im Monat bar bezahlte. Nebenan hörte er eine

Rockband in einem Loft proben, und vor dem russischen Bordell auf der Straßenseite gegenüber standen ein paar Typen und teilten sich eine Zigarette. Er starrte die Heroin-Bricks an. Und den Granatwerfer. Cohens Burnerphone klingelte.

»Wie läuft's, Boychik?«

»Lief schon mal besser.« Cohen lachte. »»Denn was bleibt dem Menschen von all seiner Müh und von der Strebung seines Herzens, damit er sich abmüht unter der Sonne? Denn all seine Tage sind Schmerzen, und Verdruss ist sein Geschäft.'«

Avi sagte nichts.

»Prediger 2:22«, löste Cohen auf.

»Super.«

»Schönes Schlamassel da in Jaffa. Ich hab das Gefühl, als würde ich den ganzen Tag irgendjemandes Schweinerei beseitigen.«

»Ich hab gehört, sie ist gestorben«, sagte Avi und seine Kehle schnürte sich zu. »Das kleine Mädchen.«

»Stimmt, ich bin gerade beim Pathologen in Abu Kabir. Nicht dass der mir was Neues sagen könnte. Sie ist durch die Bombe gestorben. Hat nur eine Weile gedauert. Sie war eine kleine Kämpferin, Avi. So wie mein kleines Mädchen.«

»Deine Enkeltochter«, sagte Avi, erinnerte sich an das, was Ronen ihm erzählt hatte.

Cohen seufzte. »Genau. Sie hat ein krankes Herz. Das ist schrecklich, wenn ein Kind krank wird. Keine Mutter und kein Vater sollte je das eigene Kind begraben müssen. Das ist der Fluch unseres Landes, denke ich manchmal, wenn ich sentimental werde. Wir sind eine Nation, die ihre Kinder frisst.«

»Tut mir leid«, sagte Avi.

»Sie ist eine Kämpferin«, sagte Cohen.

»Hör mal«, setzte Avi an. »Wegen Jaffa …«

»Nur eine weitere Episode in dem bevorstehenden Bandenkrieg«, sagte Cohen. »Jetzt werden auch noch die Mualems mit reingezogen. Das lässt sich gar nicht mehr verhindern. ›Der Gerechtigkeit, ja, der Gerechtigkeit jage nach.‹ Fünftes Buch Mose. Du befindest dich auf dem rechten Weg, Detective, und alle sollen erzittern, wenn sie dich kommen sehen. Du hast meinen Segen, das Richtige zu tun. Haben wir beide uns verstanden?«

Avi starrte in die Ferne. »Haben wir«, sagte er.

Dann war die Leitung tot.

Avi setzte sich auf eine Kiste. Wollte Cohen einen Bandenkrieg? Die Rockband nebenan drehte die Lautstärke auf, ein unfähiger Schlagzeuger und drei Gitarristen, außerdem jaulte noch jemand ins Mikrophon. In Tel Aviv spielte absolut jeder in einer Band.

Avi hatte ein Problem. Er konnte es nicht allein durchziehen, und zur Polizei konnte er auch nicht gehen.

Sie waren auf Heimaturlaub, sieben Tage Freiheit, sieben Tage lang raus aus der Armee, raus aus dem Libanon, keine Hinterhalte, keine Raketenangriffe und auch nicht die ständige Angst, dass es dieses Mal wirklich so weit sein könnte. Eines Nachts wurde Avi zu einem abgelegenen Beobachtungsposten an der Grenze geschickt, wo die einzigen beiden Wächter am Tor einfache Gefreite waren, frisch rekrutiert und direkt nach der Grundausbildung hierher versetzt. Avi war spät angekommen und hatte sich schlafen gelegt, hatte nachts Stimmen gehört und den Anlasser eines Wagens. Am Morgen ging er zu den Gefreiten.

»Gab's Probleme gestern Nacht?«, fragte er.

»Nee, aber da sind so ein paar Typen mit einem Pick-up gekommen«, berichtete der eine. »Die waren bewaffnet. Ich hab sie gefragt, ob sie von der Hisbollah sind, aber sie meinten, nein.«

»Du hast was?«, fragte Avi.

»Schon okay«, sagte der andere Gefreite. »Wir haben ihnen erklärt, dass wir ein israelischer Posten sind, und dann sind sie abgerauscht.«

Als Avi auf den Beobachtungsturm stieg und auf die Straße

direkt hinter der Grenze blickte, entdeckte er, dass dort lauter Pick-ups und bewaffnete Männer standen, die Hisbollah-Flaggen schwenkten. Später begriff er, dass sie wohl gedacht hatten, der Posten sei verlassen. Warum in der Nacht keiner von ihnen getötet wurde, blieb ihm ein Rätsel. Eigentlich hätten sie tot sein müssen. Alles danach war ein Geschenk.

Er hatte Heimaturlaub mit Lior bekommen, eine ganze Woche ohne Armee, ohne Libanon, Raketenangriffe und Hinterhalte, und das alles versuchte er, Lior beim Bier zu erklären. Sie waren in einem Club und Lior guckte immer wieder zur Tür, bis Avi schließlich sagte: »Was?«

»Nichts, gar nichts. Nur die Pisser aus Pardes Katz.«

Das Viertel im Osten.

»Yair ist ein bisschen mit denen aneinandergeraten. Kann sein, dass die Sache hochkocht.« Lior kratzte sich an der Nase. Er trug eine Nickelbrille. »Denen werden wir schon zeigen, was der Name Goldin hier in der Gegend bedeutet.«

In diesem Moment öffnete sich die Clubtür, und eine Gruppe von vier Männern, ungefähr im gleichen Alter wie sie, kam hereinstolziert. Avi kannte sie nicht, aber Lior verspannte merklich.

»Hier«, sagte er und schob Avi unter dem Tisch ein Messer zu, Avi nahm es.

Die Männer sahen sich um, bis sie Lior entdeckten, dann kamen sie rüber.

»Goldin.«

»Baruch …«

Zwei von Baruchs Männern griffen nach Lior und wollten ihn vom Stuhl zerren. Lior trat aus und biss einen von ihnen in die Hand, und als der Mann fluchte und losließ, stach Lior ihm in den Bauch. Der Mann schrie, und Baruch drehte sich mit einem fiesen kleinen Springmesser zu ihm um und wollte auf Lior einstechen, als Avi aufsprang und ihm sein Messer tief in die Seite rammte. Er trat einen von Baruchs Soldaten und brach einem anderen die

Nase, dann schnappte er sich Lior und schleppte ihn nach draußen. Seine Hände waren blutverschmiert und sein Herz raste, im Mund hatte er den Geschmack von Alkohol und Zigaretten.

Später kam die Polizei. Sie knöpften sich Lior vor, aber er sagte nichts, Baruch und seine Leute ebenso wenig. Niemand redete mit der Polizei. Und niemand stellte Avi Fragen. Später übergab Lior ihm einen dicken Umschlag voller Hundert-Schekel-Scheine.

»Hab nicht mal einen Kratzer abbekommen«, sagte er stolz.

»Wofür ist das?«, fragte Avi, steckte das Geld aber sowieso ein.

Lior sagte: »Heute Abend bekommt Baruch Besuch von uns. Kommst du mit?«

»Weiß nicht«, antwortete Avi.

»Blödsinn, Avi. Wir sind doch Freunde.«

Also kam Avi mit. Sie fuhren in einem frisierten Wagen zu einem Tankstellen-Café, das die Gang aus Pardes Katz als Treffpunkt nutzte. Sie rollten langsam und mit ausgeschalteten Scheinwerfern heran und hielten. Durch die Fenster des Cafés sah Avi Männer an Tischen sitzen und rauchen. Lior griff nach einer Einkaufstüte mit SuperPharm-Logo, zog die Tüte auf und holte Handgranaten heraus.

»Und?«, sagte er.

Sein Bruder saß mit ihm im Wagen, aber Yair sagte nie viel. Außerdem war noch ein Mann dabei, den Avi kaum kannte und den sie Small Baruch nannten, um ihn von dem Baruch aus Pardes Katz zu unterscheiden. Small Baruch saß am Steuer. Avi ging mit den beiden Goldins mit. Sie stiegen leise aus und ließen die Wagentüren offen. Sie liefen zu dem Café und warfen die Granaten rein, dann rannten sie zurück zum Wagen und rasten davon. Hitze und Lärm der Explosion folgten ihnen, ließen die Straße vor ihnen flammend hell aufleuchten.

Avi starrte in die Ferne. Seine Zigarette war bis zum Filter runtergebrannt. Er wollte schlafen, am liebsten für immer. Stattdessen zog er noch eine Line. Koks war geil. Damit blieb man einfach immer wach. Nach dem Bombenanschlag in Pardes Katz feierten sie eine Riesenparty in dem Club, in dem es auch zu der Messerstecherei gekommen war. Inzwischen gehörte der Laden inoffiziell sowieso den Goldins. Sie tranken Schnaps, zogen Lines und tanzten zu Dana International. Und betranken sich dabei besinnungslos. Am nächsten Tag fuhr Avi zurück zur Armee.

Zwei der Pardes-Katz-Typen starben bei der Explosion in jener Nacht, und Baruch verlor beide Beine unterhalb der Knie. Zwei Wochen später wurde Small Baruch bei einer Messerstecherei getötet und auf Yair Goldin wurde geschossen, aber daneben.

Avi nahm sein Handy und erledigte den Anruf, vor dem er sich gedrückt hatte.

Eine vertraute Stimme meldete sich.

»Wer ist da?«

»Ich bin's, Avi.«

»Du hast vielleicht Nerven, mich anzurufen«, sagte Lior Goldin.

»Ich hab dir ein geschäftliches Angebot zu unterbreiten.«

»Nicht am Telefon, du Manyak.«

»Wir treffen uns an den Dünen, an derselben Stelle wie immer. In einer halben Stunde.«

Lior legte auf. Avi starrte aufs Handy.

Dann fing er an zu packen.

9 ALTE FREUNDE

»Glaubst du, Präsidenten sind keine Vergewaltiger?« – Benny

Die Dünen von Rishon Le'tsion südlich von Bat Yam, ein wilder Küstenabschnitt, der Tel Aviv von den alten Küstenstädten Aschkelon und Aschdod trennt. Damals, als Yossi Banai »In the Dunes« sang, kamen Leute her, wenn sie jemanden aufreißen wollten. Inzwischen waren die Dünen aber nur noch angesagt, wenn man Drogenlieferungen abzuholen oder eine Leiche zu verklappen hatte. Vor allem Obdachlose lebten hier, hatten sich hier und da notdürftig ein paar Hütten gezimmert und hüteten sich davor, den Mund aufzumachen. Die Polizei konnte hier sowieso nicht Streife fahren, und deshalb blieb alles, wie es war, abgeschieden und verwildert, und damit die beste Adresse für Schieber, Mörder und hin und wieder auch mal einen Serienkiller wie Vladimir Pinyov.

Als die Goldins Krieg gegen die Gang aus Pardes Katz führten, landeten einige Leichen in den Dünen. Nach Pinyovs Festnahme 2000 befürchtete man, die Polizei würde noch mehr Tote ausgraben, und tatsächlich rückte auch ein Bagger an. Aber dann beging Pinyov Selbstmord im Gefängnis, und da sämtliche Opfer obdachlos waren, machte sich niemand mehr die Mühe, nach weiteren Toten außer den drei bereits bekannten zu suchen.

Avi beeilte sich, zum Treffpunkt zu kommen. Er fuhr von der Straße ab, möglichst dicht an die Dünen heran, und dachte einfach nur, wie schön es trotz allem hier war. Möwen schrien in der Ferne, und wieder roch er das Meer. Meilenweit war niemand zu sehen, und sollte sich doch jemand hier herumtreiben, würde er sich bestimmt um seinen eigenen Kram kümmern.

Avi wartete, im Mund den Geschmack von Asche. Es dauerte nicht lange, dann sah er den Konvoi näher kommen. Drei Autos wirbelten Sand auf. Sie hielten und mehrere Männer stiegen aus.

»Lior«, sagte Avi.

»Bist du bewaffnet?«

Avi zuckte mit den Schultern. Einer von Liors Männern tastete ihn ab, nahm ihm beide Pistolen weg. Die anderen standen im Halbkreis in einigem Abstand zueinander um ihn herum, hatten die Waffen gezogen, aber nicht auf ihn gerichtet.

»Bist du verkabelt?«, fragte Lior.

»Wofür hältst du mich?«

»Für ein Stück Scheiße«, sagte Lior Goldin. »Ich hab dir gesagt, du sollst dich von Natasha fernhalten.«

»Du hast ihr gar nichts zu sagen«, sagte Avi, und Lior lachte.

»Sieh dich an«, sagte er. »Du bist total im Arsch. Früher oder später bist du sowieso tot oder im Gefängnis. Tashi hat was Besseres verdient.«

»Ich hab ja versucht, mich von ihr fernzuhalten«, sagte Avi. »Aber sie hat mich nicht gelassen.«

»Sie hat eben ihren eigenen Kopf«, sagte Lior. »Avi, warum sind wir hier?«

»Du musst mir einen Gefallen tun.«

»Ich bin dir nichts schuldig, Avile. Eigentlich frage ich mich, warum ich dich hier überhaupt lebend abziehen lassen sollte.«

»Im Kofferraum«, sagte Avi.

Lior nickte. Einer seiner Soldaten ging nachsehen.

»Hey, Lior, sieh dir das mal an«, sagte er.

Avi wartete. Wenig später kam Lior mit einem der Heroin-Bricks wieder.

»Was zum Teufel hast du gemacht?«, fragte er.

»Kannst du haben, wenn du willst«, erwiderte Avi.

»Ich weiß, wo das herkommt«, sagte Lior. »Ich weiß, wem das gehört. Den Stress kann ich nicht gebrauchen.«

»Was passiert ist, ist passiert«, sagte Avi. »Ging nicht anders.«

Lior starrte ihn an.

»Wir waren das nicht mit Rubenstein«, sagte er.

»Dann war's jemand anders.«

»Allerdings. Und zwar jemand, der's verdammt noch mal besser hätte machen sollen. Die Bombe ist zu spät hochgegangen. Fast als hätten die gewollt, dass der Wichser davonkommt.«

»Dann hilf mir, es zu beenden«, sagte Avi.

»Aber wer war's?«, sagte Lior.

»Eine Familie, die Abadis, in Jaffa.«

»Ah«, sagte Lior. »Okay. Wir haben ein paar Mal mit denen gearbeitet, aber ich arbeite nicht gerne mit Arabern. Wieso glaubst du, dass sie's waren?«

»Ich weiß es nicht«, sagte Avi. »Aber ich werd's herausfinden.«

»Jedenfalls hätte ich denen den Auftrag gegeben«, sagte Goldin. »Araber sind gut, wenn du eine gewisse Distanz wahren willst.«

»Aber du hast ihnen den Auftrag nicht gegeben«, sagte Avi.

»Nein.«

»Und?«

»Ich weiß nichts darüber«, sagte Lior.

»Bullshit, Lior. Wir sind doch alte Freunde.«

Lior starrte Avi an.

»Sind wir das?«, fragte er.

Er wog den Brick in der Hand.

»Ich nehme, was du hast«, sagte er.

»Ich ruf dich an, wenn ich so weit bin«, erwiderte Avi.

Er sah zu, wie Drogen und Waffen umgeladen wurden. Dann fuhr er davon, zurück nach Jaffa, und hörte dabei Nachrichten. Nichts über das tote Mädchen. Präsident Katsav traf sich mit dem amerikanischen Außenminister Colin Powell zum Staatsdinner. Benny hatte Avi mal erzählt, dass er was gegen Katsav in der Hand hatte. Avi hatte gefragt: »Was?«

»Sexkram. Er fasst gerne Mädchen an. Manchmal auch mehr. Ob sie's wollen oder nicht.«

»Quatsch«, sagte Avi. »Der ist der Präsident!«

»Meinst du, Präsidenten sind keine Vergewaltiger?«

Avi zuckte nur mit den Schultern. Er hielt es immer noch für Blödsinn. Aber man konnte nie wissen.

Es war früher Nachmittag. Der Flohmarkt in Jaffa machte dicht. Am Abend verwandelte er sich in eine angesagte Ausgehmeile mit geöffneten Bars und bunten Lichtern über den Dachsparren, tagsüber aber hockten hier auf dem Platz Händler auf dem Boden und verkauften Trödel für ein paar Schekel. An ein paar Ständen gab es auch Elektro- und Küchengeräte oder Schnickschnack aus dritter Hand. Avi parkte seinen Wagen am Hang, weiter oben demonstrierten Orthodoxe. Ein paar demonstrierten immer da oben, weil neu gebaut wurde und immer mehr Juden aus Tel Aviv nach Jaffa zogen und die Bauarbeiter ständig alte Gräber aushoben, was die Orthodoxen für eine Schändung der Toten hielten, weil es ja alte jüdische Friedhöfe gewesen sein könnten.

Oben auf dem Hügel befand sich Victory Ice Cream, und weil es ein heißer Tag war, ging Avi dorthin, setzte sich und holte sich ein Eis. Am Tisch nebenan futterte ein dicker Junge mechanisch eine Waffel mit mehreren Kugeln Eis, Sprühsahne, gerösteten Nüssen, Streuseln und drei verschiedenen Sorten Sauce. Die Kundschaft war sehr gemischt. Eis brachte immer alle zusammen, Araber und Juden, wenn auch nur so lange, wie es dauerte, einen Banana-Split zu verzehren.

Avi wartete. Es war die Tageszeit, in der die Hitze, die bis eben noch drückend schwer auf allem lag, endlich nachließ. Eine willkommene Kühle breitete sich über den Pflastersteinen aus und die Stimmen der Demonstranten bekamen eine ätherische Qualität, so dass Avi selbst das Gefühl hatte, davongetragen zu werden, so wie Nils Holgersson in der Zeichentrickserie, die früher jeden Sommer im Fernsehen lief.

Dann sah Avi Fuad Abadi in den Eis-Salon spazieren.

10 EIN NOTWENDIGES ÜBEL

»Die Methoden sind schmutzig, aber der Job ist sauber.« – Avi

Vor seinem unglücklichen und recht abrupten Ableben hatte Chamudi Avi erzählt, dass der jüngste der Abadi-Brüder eine Schwäche für Süßes hatte. Egal, an welchem Tag der Woche, ob die Polizei Jagd auf die Intifada machte, ob mitten im Winter oder ob Maccabi Tel Aviv schon wieder die Meisterschaft verloren hatte, am späten Nachmittag war er immer bei Victory anzutreffen. Vielleicht hatte es auch damit zu tun, dass Umm Ramzi ihn immer dorthin mitgenommen hatte. Möglicherweise hätte Chamudi gerne weiter davon erzählt, aber ihm blieb keine Zeit dafür, bevor Avi ihn erschoss. Letzterer hatte ihm allerdings genug Zeit gelassen, Fuad Abadi genau zu beschreiben: Er war dicklich, trug eine große goldene Rolex am Handgelenk, und ihm fehlte das linke Ohr; laut Chamudi hatte er es bei einem Einsatz der Brüder im Negev verloren. Auf jeden Fall war er leicht zu erkennen.

Avi schickte schnell eine Nachricht von seinem Handy, während er gleichzeitig Fuad im Auge behielt. Fuad bekam nicht das Geringste von Avis gesteigertem Interesse mit, er ging zum Tresen und bestellte sich zwei Kugeln in der Waffel, Schokolade und Vanille, mit Schokosauce und Streuseln. Erst als er sich mit seinem Eis in der Hand umdrehte und gehen wollte, stellte Avi sich hinter ihn. Und schob ihm seine Pistole ins Kreuz.

»Weitergehen«, sagte er. Fuad atmete tief durch und guckte verdattert.

»Iss dein Eis«, befahl Avi.

Sie verließen den Laden, ohne von den anderen beachtet zu werden. Der dicke Junge hatte sein Eis inzwischen restlos vertilgt. In einer Ecke stritt sich ein Pärchen im wütenden Flüsterton. Avi sagte: »Und jetzt schön vorsichtig über die Straße, Fuad.«

»Wer zum Teufel bist du?«, fragte Fuad.

»Ich will nur reden.«

Sie waren fast am Wagen angekommen. Avi hatte den Finger am Abzug. Wie viele noch, bis der Tag endlich zu Ende war?

»Einsteigen. Es ist offen.«

»Du lässt deinen Wagen hier in der Gegend unverschlossen stehen?«, lachte Fuad. Er fasste an den Griff. Dann wirbelte er herum und rammte Avi eine fleischige Faust ins Gesicht.

Ein Schuss löste sich, aber die Kugel schlug aufs Pflaster. Avi trat Fuad zwischen die Beine. Fuad sackte auf die Knie. Avi packte ihn am Arm.

»Steig ein!«

Er musste ihn schieben. Der Kerl war groß. Avi legte ihm Handschellen an und hörte Geschrei. Er drehte sich um und brüllte: »Polizei!«

Sie stiegen in den Wagen und Avi fuhr los.

»Du bist Bulle?«, fragte Fuad. »Wieso hast du das nicht gesagt?«

»Was macht das für einen Unterschied?«, fragte Avi.

»Gar keinen. Ich hasse Bullen.«

»Niemand mag Bullen, Fuad. Aber wir sind ein notwendiges Übel.«

»Wo fahren wir hin? Auf die Wache?«

»Wie wär's, wenn wir zu deiner Familie nach Hause fahren?«, sagte Avi.

»Meinst du, die lassen dich rein, Bulle?«

»Wenn du dabei bist, vielleicht schon.«

»Ich hab nicht mal mein Eis gegessen«, sagte Fuad.

»Habt ihr den Anschlag auf Rubenstein in Auftrag gegeben?«, fragte Avi.

»Auf wen?«

Avi seufzte.

»Na schön«, sagte er. »Dann eben auf die harte Tour.«

Er musste nicht weit fahren. Er war heute schon mal da gewesen. Am alten Alhambra Theater, das schon lange leer stand. In den sechziger Jahren war es ein angesagter Club gewesen. Im Alhambra waren alle Großen aufgetreten: Umm Kulthum, Farid al-Atrash, Leila Mourad. Davor war es ein Kino gewesen. Jetzt war es riesig, dunkel und verlassen.

»Komm schon, Mann, das ist keine Polizeiwache!«, sagte Fuad.

»Ich hab dich nett gefragt«, sagte Avi. Er stieß ihn vor sich her. Jemand hatte das Schloss an der Tür schon aufgebrochen, also spazierten sie einfach rein.

»Komm schon, Mann«, sagte Fuad.

Lior Goldin und drei seiner Männer waren bereits dort. Vor Lior brannte ein tragbarer Gaskocher, die Flammen tauchten alles in fröhlich flackerndes Licht, und Lior brühte Kaffee auf. Er sagte: »Setz dich.«

Ein einziger Stuhl stand dort. Fuad wollte wegrennen. Avi versetzte ihm ein paar Tritte und Fuad fiel hin, dann kamen Liors Männer und zogen ihn auf den Stuhl.

»Habt ihr das Attentat an Rubenstein in Auftrag gegeben?«, fragte Avi.

»Was geht dich das an?«, erwiderte Fuad und fing an zu schwitzen. »Auftrag ist Auftrag. Wenn jetzt alle auf selbständige Subunternehmer schießen, wer erledigt dann noch die Drecksarbeit?«

»Da hat er nicht ganz unrecht«, sagte Lior.

»Komm schon, Goldin. Du kennst mich«, sagte Fuad.

»Liegt nicht in meiner Hand, Fuad.«

»In wessen denn? In seiner?«

Lior sah Avi an. »Der dient höheren Mächten.«

»Komm schon, Mann.«

»Hör zu«, sagte Avi. »So ist das nicht. Die Methoden sind schmutzig, aber der Job ist sauber. Und ich will mit deinen Brüdern ja auch nur reden.«

»Reden? Das nennst du reden?«

»Ich musste ja erst mal dafür sorgen, dass du mir zuhörst.«

»Und worüber wollen wir reden?«, fragte Fuad verzweifelt.

»Du kommst freiwillig mit, bekommst eine Haftstrafe, aber mehr nicht. Bei guter Führung bist du in Nullkommanichts wieder draußen.«

»Auf gar keinen Fall, Mann.«

Avi hielt Fuad seine Pistole an die Stirn.

»Dann eben so«, sagte er. »Aber wegen mir muss das nicht sein.«

Avi hatte das Gefühl, nicht nur Fuad, sondern auch sich selbst überzeugen zu müssen.

»Klar, in Ordnung«, sagte Fuad. »Ich fahr mit dir hin. Kein Problem. Du willst reden, wir können reden. Wollen wir gehen? Ich hab meinen Roller am Eisladen stehen.«

»Wir nehmen dich mit«, sagte Lior Goldin.

11 DIE ABADIS

»Jetzt warten wir.« – Avi

Sie fuhren durch Ajami, vorbei am Old Man and the Sea, dem großen Restaurant. Es war rammelvoll mit Kundschaft, zwischen den Tischen eilten Kellner umher, servierten unzählige Teller mit Dips und Salaten, wobei Avi wieder einfiel, dass er Hunger hatte. Rechts von ihnen war der alte verlassene Strand. Die Stadt plante immer wieder, einen Park und eine Promenade dort anzulegen, aber es passierte nichts. Dann kamen sie zu dem alten muslimischen Friedhof.

Lior schickte seine Leute vor. Er hatte einen Scharfschützen, einen rothaarigen Typen, der sein Handwerk bei der Armee gelernt hatte. Lior übernahm gerne Leute aus der Armee. Er sagte, die hätten eine kostenlose Ausbildung genossen, und es wäre schade, das ganze Fachwissen einfach verkommen zu lassen. Statt mit dem Rucksack nach Goa oder sonst wohin in Südamerika zu reisen, Acid einzuwerfen oder Pilze zu futtern, arbeiteten sie für ihn. Die Kohle war besser und die Drogen auch.

Das Haus der Abadis befand sich auf einem abgelegenen Grundstück oberhalb der Küste. Es war umgeben von einem hohen Lattenzaun. Unmöglich zu sehen, was sich dahinter abspielte. Avi hörte Hundegebell und wiehernde Pferde. Vielleicht hatten sie da drinnen einen ganzen Stadtbauernhof. Er ging mit Fuad zum Tor.

»Bau keinen Scheiß«, ermahnte Avi ihn.

»Du bist der Einzige, der hier Scheiße baut, mein Freund«, erwiderte Fuad.

Dem konnte Avi nicht widersprechen. Fuad öffnete das Tor, und sie gingen hinein.

Es war erstaunlich hübsch. Hinter den Mauern wuchsen Bäume, und irgendwo links sah Avi Stallungen. Hühner liefen über den Rasen. Direkt vor ihnen stand ein Haus, und er hörte Geräusche von dort, dann kam Ramzi Abadi mit einem Sandwich in der Hand auf die Veranda gerannt. »Fuad? Fuad, wen kenet?«

Dann erst sah er Avi.

Ramzi schnalzte mit der Zunge. Zwei gefährlich aussehende Bulldoggen kamen hinter den Bäumen hervorgelaufen. Danach ging alles ganz schnell. Fuad rannte auf das Haus zu. Ramzi zog eine Pistole. Avi feuerte auf die Hunde. Einer ging von einem jämmerlichen Jaulen begleitet zu Boden. Der andere versenkte seine Zähne in Avis Bein.

Avi schrie. Ramzi feuerte auf ihn, die Schüsse schlugen in den Boden ein und wirbelten Sand auf, was die Sicht erschwerte. Avi schoss auf den Hund, woraufhin der Hund von Avis Bein abließ. Der Schmerz wogte wellenförmig durch Avis ganzen Körper. Er biss die Zähne zusammen. Weitere Männer kamen hinter Bäumen hervor, sie waren bewaffnet.

Ramzi klappte auf der Veranda zusammen und wirkte verdattert. Blut breitete sich auf seiner Brust aus. Endlich griff Liors Scharfschütze ein.

Dann musste wohl jemand den Granatwerfer zum Einsatz gebracht haben.

Avi schrie noch einmal, aber niemand hörte es. Explosionen erschütterten das gesamte Gelände, Rauchwolken stiegen auf, und Avi konnte nichts mehr sehen. Er rannte weiter, auf das Haus zu. Stolperte über den toten Fuad. Er hörte Schreie und arabische Flüche.

Er schaffte es bis zu den Stufen. Sein Bein pochte. Er stieg auf die Veranda, packte Ramzi Abadis reglosen Körper und zog ihn nach drinnen, verwendete ihn als Schutzschild.

»Nicht schießen!«, schrie Avi.

Er sah den dritten Bruder, Ahmad, mit gezogener Waffe. Avi feuerte. Er traf den Fernsehbildschirm. Der Fernseher explodierte. Ahmad feuerte, und Avi spürte, dass sein Arm Feuer fing. Er drückte erneut ab, blindlings, wieder und immer wieder. Möbel explodierten, Holzspäne flogen, überall zersprang Glas. Avi hörte erst auf, als ihm die Kugeln ausgingen.

Er wartete darauf, dass Ahmad die Sache beendete, aber es kam kein Schuss.

Avi lauschte. Draußen war jetzt alles still, kein Hundegebell und kein Geschrei mehr.

Auch drinnen herrschte Stille. Er spähte rüber und sah Ahmad ausgestreckt auf dem Küchenfußboden, sein halber Schädel war abgesprengt.

Nichts regte sich.

Nichts rührte sich.

Avi fiel neben Ramzi Abadi zu Boden.

»Du …«

Ramzi öffnete die Augen.

Irgendwie war er noch am Leben.

Avi wollte einfach nur für immer schlafen.

Er zog sein Handy heraus, rief die Polizei und gab durch, wohin sie mussten. Es dauerte nur wenige Sekunden, dann ließ er das Handy fallen. Er konnte kaum noch die Waffe halten.

»Was ... jetzt?«, fragte Ramzi. »Jetzt warten wir«, sagte Avi. Er war so müde.

Ramzi bewegte seinen Kopf unter größter Kraftanstrengung und starrte ihn an. »Sag Cohen ... er kann mich mal«, sagte er.

Avi schwieg.

Ihm wurde kalt.

Ramzi schloss die Augen.

Sein Brustkorb hob sich nicht mehr.

Avi ließ die Waffe sinken.

Er legte sich auf den Boden und wartete, bis er die Sirenen in der Ferne hörte.

12 AUTOPSIE

»Wir alle teilen ihren Schmerz.« – Cohen

»Was zum Teufel war da los?«, fragte Ronen.

Avi war schwummrig von den Schmerzmitteln. »Steht alles im Bericht«, sagte er.

»Der Bericht ist Blödsinn.«

Auf der Wache lief der Fernseher. »Am frühen Abend wurde das Grundstück der Familie Abadi in Jaffa gestürmt«, berichtete der Nachrichtensprecher, »wodurch die Ermittlungen über die Hintergründe des Terroranschlags heute Morgen im Stadtzentrum von Tel Aviv abgeschlossen werden konnten. Inzwischen hat der Anschlag sechs Menschenleben gefordert. Weitere Personen werden noch im Krankenhaus behandelt. Aufgrund von Informationen aus vertraulicher Quelle näherte sich eine Einsatztruppe der Abteilung für Schwerverbrechen in Zusammenarbeit mit der Yamam dem Grundstück, um Verdächtige zur Vernehmung mitzunehmen. Bei dem darauffolgenden Schusswechsel wurden drei Angehörige der Familie Abadi getötet und ein Polizist schwer verletzt. Chief Inspector Cohen hat bereits mit uns telefoniert.«

»Wo ist Cohen?«, fragte Avi.

»Keine Ahnung. Irgendwas ist mit seiner Enkeltochter.«

Cohens Stimme tönte aus dem Fernseher. »Die Kollegen haben mutig und korrekt gehandelt und konnten die Ermittlungen in diesem abscheulichen Fall abschließen«, sagte er. »Wir haben ein beachtliches geheimes Waffenlager entdeckt sowie Sprengstoff und Materialien sichergestellt, wie sie zum Bau von Sprengsätzen verwendet werden, außerdem mehrere einsatzfähige Rohrbomben. Heute ist ein guter Tag für Recht und Ordnung, Margalit. Meine besondere Anerkennung gilt den Beamten, die mit Engagement und Tapferkeit den Einsatz geleitet haben. Den Hinterbliebenen der Opfer kann dies nur ein schwacher Trost sein. Mein Mitgefühl gilt ihnen, jedem Einzelnen. Wir alle teilen ihren Schmerz. Aber wie es in der Torah heißt, Margalit, ›wer Menschenblut vergießt, dessen Blut wird vergossen‹.«

»Erstes Buch Mose, 9:6«, sagte Ronen. »Was?«, fragte er, als er Avis Gesichtsausdruck sah. »Ist einer seiner Lieblingssprüche.«

»Heute wurde Gerechtigkeit geübt«, fuhr Cohen fort. Jetzt wurde wieder Margalit mit finsterer Miene gezeigt. »Und nun zum Wetter«, sagte sie.

»Ich hab dich halb tot gefunden, sonst war niemand da, und überall lagen Leichen – wer zum Teufel war mit dir da drin?«

»Ist geheim«, sagte Avi schulterzuckend. »Frag Cohen.«

»Bestimmt nicht. Was für ein scheiß Tag. Soll ich dich nach Hause bringen?«

»Nein«, erwiderte Avi. »Ich kann fahren.«

Er ließ Ronen stehen. Hatte Stunden gedauert. Im Krankenhaus hatten sie ihn zusammengeflickt, danach musste er seine Aussage machen. Er wurde mit Samthandschuhen angefasst, und ihm fiel auf, wie ihn alle ansahen.

Wie einen Helden.

Er humpelte zum Wagen. Die Schmerztabletten versetzten ihn in einen angenehm milden Rausch. Als er wieder zu sich kam, waren Lior Goldin und seine Leute natürlich längst weg und mit ihnen auch die Waffen und die Drogen, die Avi bei Chamudi hatte mitgehen lassen.

Lior hatte Wort gehalten. Und Avi war ein Held.

Er fuhr beinahe ziellos herum. Die Scheinwerfer der vorüberfahrenden Autos wirkten gedämpft. Im Radio liefen alte Songs. Chava Alberstein sang für ihn und behauptete, in London würde man schneller verzweifeln. London wartet nicht auf mich, erklärte sie immer wieder. Auch dort werde ich allein sein.

Scheiß auf London, dachte Avi. Er war nie in London gewesen und auch nie in New York. Wie Chava Alberstein machte sich Avi keinerlei Illusionen über diese Städte.

Plötzlich befand er sich auf der Ben-Zvi. Die Straße rauf ging's nach Jaffa. Ohne nachzudenken, bog er auf einen Parkplatz ein und merkte erst jetzt, dass er zur Pathologie in Abu Kabir gefahren war.

Es war Abend. Avi klopfte an die Tür, bis jemand öffnete.

»Was!«

»Ich wollte das kleine Mädchen von dem Bombenanschlag heute Morgen sehen.«

»Wieso?«, fragte der Mann. Er war klein und dünn, trug eine gewebte Kippa und eine Nickelbrille. Er betrachtete Avi misstrauisch. »Das ist doch gar nicht nötig«, sagte er.

Avi packte den kleinen Mann am Hemd, aber der sah ihn nur mitleidig an.

»Sie sehen ja selbst schon aus wie halbtot«, sagte er.

»Hatte einen langen Tag«, erwiderte Avi.

»Hören Sie, ich weiß nichts«, sagte der Mann. »Ich hab sie nicht mal aufgenommen. Das hat Dr. Ziss persönlich gemacht. Er ist der Chefpathologe.«

»Und wo ist Dr. Ziss?«

»Zum Essen nach Hause, Chaveriko. Ich bin der Einzige, der noch da ist.«

»Wo ist der Polizist, der vorhin hier war?«

»Cohen?« Die Miene des Mannes hellte auf. »Das ist ein guter Mann, ein echter Mensch. Bringt immer Kaffee und was Süßes mit. Haben Sie das gewusst?«

»Kommt er häufig her?«

»Zwangsläufig durch seinen Job«, sagte der Mann. Aber er spricht immer direkt mit Ziss. Ich bin bloß die Nachtschicht.«

»Bringen Sie mich zu ihr.«

»Darf ich nicht. Das ist nicht erlaubt. Fahren Sie nach Hause.«

Avi schubste ihn. Er hatte fast keine Kraft mehr, und die Waffe hatten sie ihm auch abgenommen. Viel war ihm nicht geblieben.

Er ließ den Mann los und schaute in seine Brieftasche. »Ich hab fünfzig Schekel«, sagte er verzweifelt. Vor der Razzia hatte er sein Geld und auch alles andere in seinem Versteck gelassen.

»Klar. Was sind Sie, ein Freak?«

»Bringen Sie mich einfach zu ihr«, sagte Avi.

Der Mann führte ihn durch leere Gänge in einen kalten dunklen Raum. Nachts allein mit den Toten. Der Mann schaltete das Licht ein.

»Nur ein Blick«, sagte er.

Als er die Schublade im Leichenkühlhaus aufzog, lag niemand drin.

»Hören Sie, ich weiß von nichts«, sagte der Mann. »Vielleicht wurde sie schon zur Beisetzung geholt. Wie gesagt, ich hab auch nicht gesehen, wie sie gebracht wurde.«

»Vielleicht wurde sie ja gar nicht gebracht«, sagte Avi.

Ihm war schlecht. Hier stimmte etwas nicht. Er schob den Nachtwächter beiseite und taumelte nach draußen.

Er fischte sein Handy aus der Tasche. Wählte Bennys Nummer.

»Du hast mich ins offene Messer laufen lassen«, sagte er.

»Ich kann jetzt nicht sprechen, Avi. Geh ins Bett.«

»Du hast mir das mit den Abadis eingeflüstert.«

»Nicht am Telefon. Außerdem weiß ich nicht, was du meinst. Ist jetzt keine gute Zeit.«

»Wo bist du?«

Benny seufzte. »Ich mach Überstunden«, sagte er. Avi hörte Geräusche im Hintergrund. Männer, die Russisch redeten, ein Radio dudelte, Shlomo Artzi oder so ein Mist. Avi konzentrierte sich. Er hörte einen Motor anspringen, ausgehen, irgendetwas fuhr da herum – ein Gabelstapler? Avi hatte mal einen Sommer lang in einem Lagerhaus gearbeitet und kannte das Geräusch.

Er wollte nachdenken, aber Denken fiel ihm schwer.

Benny hatte irgendwo ein Lager, Avi hatte sich einmal nach einem Auftrag dort mit ihm getroffen. Goldin hatte ihm nie verziehen, dass er zur Polizei gegangen war, und dann hatte Avi Lior nie verziehen, dass er mit Benny Geschäfte machte, aber das war nach ihrem letzten gemeinsamen Ding gewesen, das schrecklich schiefgegangen war. Sie hatten den Typen in den Dünen vergraben, aber dann war da ausgerechnet so ein verdammt bescheuerter Sechzehnjähriger rumspaziert und hatte sie gesehen. Lior hatte gemacht, was nur Lior hinbekam, und als der Junge wegrennen wollte, hatte Lior ihn erschossen. Von hinten. Avi hatte es verhindern wollen, aber es war zu spät, und dann hatte er sich mit Lior geprügelt. Viel fehlte nicht, und sie hätten sich gegenseitig umgebracht. Danach hatten sie nicht mehr miteinander geredet. Es gab nichts zu reden. Bis Avi Natasha wiedersah und sie plötzlich erwachsen war.

»Avile? Bist du noch dran? Geh schlafen«, sagte Benny. Er

klang selbst müde und ein bisschen traurig. »Komm bei mir vorbei, wenn's dir besser geht. Okay?«

Er legte auf.

Avi taumelte benommen zum Wagen. Er wusste, dass er eigentlich nicht fahren sollte. Die Schmerzmittel und die Schmerzen alles durcheinander. Außerdem hatten sie ihm die Zigaretten abgenommen.

Scheiß drauf. Er setzte sich hinters Steuer und ließ den Wagen an. Das Lagerhaus befand sich irgendwo in der Nähe des Hafens.

13 BLÜHENDER MOHN

»Gut gemacht.« – Cohen

Übereinandergestapelte Maersk-Container. Ein Stacheldrahtzaun. Avi hatte weder Schlüssel noch Werksausweis, weshalb er einfach vor dem Tor aufs Gas trat. Ein Frontscheinwerfer ging dabei flöten, und Avi wurde beim Aufprall derart durchgeschüttelt, dass er vor Schmerz aufschrie. Er hatte sehr viel Blut verloren, blieb aber mit dem Fuß auf dem Gas und raste weiter, grelle Flutlichtscheinwerfer blendeten ihn, und er hörte Männer schreien. Dann hielt er mit quietschenden Reifen, es stank nach verbranntem Gummi, und er blieb einfach sitzen. Atmete schwer.

»Steig aus, aber langsam, Motherfucker! Halt die Hände so, dass ich sie sehen kann.«

Avi gehorchte. Das Lagerhaus sah mehr oder weniger noch genauso aus, wie er es in Erinnerung hatte. Jetzt standen hier Männer mit Gewehren, alle auf ihn gerichtet.

Avi sagte: »Ich will mit Benny sprechen.«

»Wer ist der Clown?«, fragte einer. Avi blinzelte, versuchte etwas zu erkennen. Die Scheinwerfer waren viel zu grell. In der Halle parkte ein Gabelstapler.

»Erschießt ihn nicht«, sagte ein anderer. Benny trat aus dem Lagerhaus. Er sah müde aus. Er musterte Avi von oben bis unten und schüttelte den Kopf.

»Ich hab gesagt, fahr nach Hause«, schimpfte er.

»Ich kann nicht nach Hause«, erwiderte Avi.

»Du siehst scheiße aus, Avi. Wieso kannst du nicht nach Hause?«

Avi blinzelte, trotzdem kamen ihm die Tränen. Benny war nur ein verschwommener Umriss in einem Heiligenschein aus Licht.

Avi sagte: »Ich muss es wissen.«

»Du musst *was* wissen?«, fragte Benny. »Niemand muss irgendwas wissen, Avi. Wozu ist Wissen gut? Fahr nach Hause. Schlaf dich aus.«

»Nein.«

»Was soll ich machen, dich erschießen?«, fragte Benny. »Komm schon.«

»Ich will es wissen.«

»Du kannst gar nicht mehr klar denken.«

Avi gab nicht nach. Die Männer schienen das Interesse verloren zu haben und wanderten ab. Avi hörte das Radio drinnen, Shoshana Damari sang über blühenden Mohn. Der Abend kommt, sang sie, der Sonnenuntergang glüht auf den Bergen. Eine zweite Gestalt trat aus der Lagerhalle und stellte sich neben Benny.

Zwei Silhouetten umrahmt von Licht. Avi blinzelte.

»Lass ihn durch«, sagte Cohen.

Avi ging wie ein Betrunkener. Aus der Nähe sah er Cohens müdes, aufgewühltes Gesicht. Er legte einen Arm um Avi, half ihm beim Gehen.

»Hast du gut gemacht, Boychik«, sagte er. »Gut gemacht.«

Sonnenuntergänge verglühen, sang Damari, nur der Mohn wird immer wieder blühen. Cohen sang mit Damari mit. Er hatte eine schöne Stimme.

»Hab ich das?«, fragte Avi. »Hab ich's gut gemacht?«

»Ich habe schon mit Commissioner Raphael gesprochen«, sagte Cohen. »Du bekommst eine Tapferkeitsmedaille. Und ich glaube, eine Beförderung ist auch fällig. Was hältst du davon, Inspector zu werden? Es soll wohl eine neue Spezialeinheit eingerichtet werden, die sich mit dem organisierten Verbrechen befasst. Ich denke, du wärst genau der Richtige.«

»Du?«, fragte Avi. Es gab so vieles, das er sagen wollte, aber er brachte nichts davon heraus.

»Der Zweck heiligt die Mittel«, sagte Cohen. »Sonnenuntergänge verglühen, aber der Mohn wird immer wieder blühen. Komm.«

Avi sah es jetzt. Sie bewegten sich aus dem grellen Flutlicht heraus, in der Lagerhalle war es ruhig und düster. Nur das Radio lief. Cohen führte ihn tiefer in das Lagerhaus hinein. Ganz hinten war etwas aus vorgefertigten Wandelementen aufgebaut. Hätte ein Büro sein können. Hätte alles Mögliche sein können. Ein Mann im weißen Arztkittel kam dort heraus und nickte Cohen zu.

»Bitten Sie mich nicht noch einmal um so etwas«, sagte er.

»Ich bitte nicht«, sagte Cohen. Der Mann ging.

»Dr. Shvartsman ist ein guter Arzt«, sagte Cohen. »Ein bisschen kurz angebunden, jetzt wo es vorbei ist, aber das muss man ihm nachsehen. Zu Hause in Russland war er Herzchirurg.«

»Und hier?«, fragte Avi.

»Er ist mit dem Gesetz in Konflikt geraten«, erwiderte Cohen. »Aber geht uns das nicht allen hin und wieder so? Ich habe ihm eine zweite Chance gegeben. Ich gebe allen gerne eine Chance, Avi. Komm. Zieh das über.«

Er gab Avi einen Arztkittel und eine Maske.

»Sie schläft«, sagte Cohen.

Avi folgte ihm. Was hätte er sonst tun sollen? Er sah die Krankenhausausstattung, die Schwestern und ein Mädchen in einem Bett. Das Mädchen war über Schläuche und Drähte mit Monitoren verbunden. Sie schlief. Ihre Brust hob und senkte sich. Sie wirkte sehr klein und hilflos in dem provisorischen Raum.

»Meine Enkelin«, sagte Cohen. »Sie ist schwer herzkrank. Und wenn das Herz krank ist, folgt der Körper. Ich konnte es nicht ertragen. Sie ist das Licht meines Lebens.«

»Du?«, flüsterte Avi. Er dachte an die Autobombe. Er dachte an die Kinder.

»Alles, was ich tue, tue ich aus Liebe«, fuhr Cohen fort und Avi hörte die absolute Wahrheit in seiner Stimme. »Ich liebe dieses Land, seine Menschen und das Gesetz.«

Avi dachte an die Kinder, die durch die Explosion zerfetzt wurden.

»Das Herz«, sagte er.

»Die Kinder sind mit ihr zur Schule gegangen. Ich habe nur eins gebraucht.«

»Wie?«, fragte Avi.

Cohen zuckte mit den Schultern. »Das Mädchen im Krankenhaus war hirntot, aber ihr Körper hat gelebt. Ich habe sie für die Operation herbringen lassen.«

»Wo ist sie?«

»Ihr Leichnam wird inzwischen in Abu Kabir sein«, antwortete Cohen.

»Aber wie?«, fragte Avi.

»Dr. Ziss handelt nebenher mit Organen«, erklärte Cohen. »Hauptsächlich Nieren und Hornhaut. Damit hilft er Menschen. Wir helfen Menschen. Wir retten Leben, Avi.«

»Und er wird dich decken?«

»Die Papiere sind alle in Ordnung«, sagte Cohen. »Das Mädchen starb, wurde nach Abu Kabir gebracht, und dort wurde eine Autopsie durchgeführt. Was macht das für einen Unterschied, ob ihr Körper zwischendurch einen kleinen Umweg genommen hat?« Er sah Avi an, bis Avi den Blick abwandte.

»Wie kann man ein einzelnes Leben dem vieler vorziehen«, fragte Cohen.

Avi zwang sich weiterzumachen.

»Und die Bombe?«, fragte er.

»Du hast den Fall doch selbst aufgeklärt«, sagte Cohen. »Ich hatte vollstes Vertrauen in dich. Die Abadis waren eine Gefahr für die Zivilgesellschaft. Du hast gut daran getan, die Welt von ihnen zu befreien.«

»Du hast sie angeheuert«, sagte Avi.

Cohen zuckte mit den Schultern. »Rubenstein hat eine Lektion gebraucht, und ich habe ihm eine erteilt. Jetzt wird er es den Goldins in die Schuhe schieben, und die Goldins werden sich rächen. Und weil du sie ausgeraubt hast, werden die Mualems auch noch mit hineingezogen. Auf wessen Seite, kann ich dir ehrlich nicht sagen, aber das spielt auch gar keine Rolle. Beide Fraktionen sind zu mächtig geworden. Die werden sich gegenseitig dezimieren, und wenn sich die Aufregung gelegt hat, tritt jemand anders auf den Plan und stellt Recht und Ordnung wieder her.«

»Du?«, fragte Avi.

»Benny«, sagte Cohen. »Er ist ein vernünftiger Mensch in diesen unvernünftigen Zeiten.«

»Du hast an alles gedacht«, sagte Avi. Er betrachtete das kleine Mädchen in dem Bett, sah sie atmen.

Er sagte: »Und ich?«

»Du?« Cohen klopfte ihm auf die Schultern. »Auf dich setze ich große Hoffnungen, Boychik! Du steigst auf und wirst über kurz oder lang Commissioner, dann sage ich ›Sir‹ zu dir. Ich freu mich drauf. Wir brauchen gute Leute, und gute Leute sind schwer zu finden.«

»Sir«, sagte Avi. »Ja, Sir.«

»Du siehst müde aus«, sagte Cohen. Er führte Avi weg, und Avi ließ es zu. »Fahr nach Hause. Ruh dich aus. Schlaf mit diesem wunderschönen Ding. Natasha. Ich glaube, sie wartet auf dich.«

»Glaubst du das oder weißt du's?«, fragte Avi. Die Worte schmeckten bitter in seinem Mund, wie Maror an Pessach.

»Wenn du's weißt, dann musst du nicht nachdenken«, sagte

Cohen. »Du hast mir heute einen großen Dienst erwiesen, und das werde ich dir nicht vergessen.«

»Ja«, sagte Avi.

Er ging nach draußen, dort stand Benny und überreichte ihm einen Umschlag, prallvoll mit Geld.

»Für vorhin«, sagte er.

»Wer war der Mann?«, fragte Avi. »Der bei dem Kartenspiel.«

»Rubensteins Buchhalter«, sagte Benny. Er sah Avi an und schüttelte den Kopf. »Ist nur ein Geschäft«, sagte er.

»Na, klar«, sagte Avi. »Klar.«

Er nahm das Geld und ging zurück zu seinem Wagen.

Irgendwie konnte er immer noch fahren. Er fuhr durch das Tor, das er kurz zuvor durchbrochen hatte, und sah, dass Bennys Männer bereits dabei waren, es zu reparieren. Sie starrten ihm hinterher.

Er folgte der Straße bis zu der Wohnung. Er stieg die Treppe hinauf und blieb an der Tür stehen. Natasha wartete auf ihn.

»Ach, Avi«, sagte sie. Sie kam zu ihm und half ihm aufs Bett, streichelte mit den Händen über seine Seite.

»Du bist verletzt«, sagte sie.

Die Wohnung war nur spärlich beleuchtet. Draußen fuhren Autos vorbei, und ihre Scheinwerfer leuchteten kurz durch die Jalousien.

Natasha küsste ihn. Das Licht fiel auf ihr herzförmiges Gesicht und Avi dachte, wie wunderbar sie war.

»Ich mache uns was zu trinken«, sagte sie. Sie stand auf, und einen kurzen Moment lang war Avi allein. Er hörte Eis im Glas klappern und vergrub sein Gesicht in den Händen.

»Ich hasse dieses Land«, sagte er. Und weinte.

2

DAS MÄDCHEN AM STRAND

1974

14 FRÜHLING

»Die Gegend ist nicht sicher.« – Eddie

Das Radio war auf voll aufgedreht, und Shoshana Damari sang über blühenden Mohn. Den Song sang sie schon seit der israelischen Unabhängigkeitserklärung und würde so schnell nicht damit aufhören. Eddie Raphael fuhr. Cohen saß neben ihm auf der Beifahrerseite. Er rauchte eine Zigarette, lehnte sich aus dem geöffneten Fenster des Ford Escort. Es war Frühling, auf den Hügeln blühten Iris und Tulpen. Es lag ein anderer Duft in der Luft. Ein frischer. Gut.

In der Woche zuvor war er auf Streife gewesen und hatte ein Mädchen in einem Hauseingang in der Sirkin Street schreien hören. Eddie und Cohen waren hingerannt und hatten gerade noch rechtzeitig verhindern können, dass Heavy Ezra das Mädchen vergewaltigte. Sie hatten Ezra von ihr runtergezogen und ihm ein paar mit der flachen Hand verpasst, dann hatte Cohen seinen Schlagstock gezogen.

»Warum, Ezra?«, hatte er gefragt.

Ezra hatte ihn einfach nur schulterzuckend angesehen und gesagt: »Ist doch Frühling!«

Als Cohen zuschlug, stand Eddie daneben. Ezra kauerte auf dem schmutzigen Boden. Der Schlagstock traf ihn voll im Gesicht, direkt auf den Mund. Ezra spuckte Zähne. Ezra weinte. Das Mädchen weinte auch. Eddie ging mit ihr die Straße runter, bis zur nächsten Laterne.

»Pass lieber auf«, sagte er zu ihr. »Die Gegend ist nicht sicher.«

»Klar«, erwiderte sie, »na klar.« Dann war sie weggegangen, und er hatte gedacht, dass sie wahrscheinlich kein einziges Wort verstanden hatte.

Aus einer Wohnung in der Sirkin Street wurde gedealt. Eddie kannte sie und Cohen auch, manchmal sahen sie Kundschaft kommen und gehen, manchmal auch die Kuriere, aber sie unternahmen nie etwas dagegen. Beim ersten Mal hatte Eddie die Dealer verhaften wollen, aber Cohen hatte nur gelacht und behauptet, das würde sich nicht lohnen.

»Wenn du die verhaftest, kommen sie später einfach wieder«, sagte er, »und wenn du sie öfter verhaftest, dann ziehen sie eine Ecke weiter. Meinst du, in Hadar gibt's nicht genug leerstehende Wohnungen? Oder Leute, die einen Schuss brauchen? Außerdem sind das taktische Entscheidungen, und die trifft die Bezirksleitung oder das Drogendezernat. Wir sind nur die Soldaten, Eddie. Wir halten schön die Füße still.«

»Und?«, fragte Eddie. »Heißt das, wir lassen sie machen, was sie wollen?«

»Nein, Eddie, wir *studieren* sie. Wir knüpfen Kontakte. Ein Polizist ist immer nur so gut wie seine Informanten«, erklärte Cohen.

Am selben Abend organisierte er im Schawarma-Imbiss in der Herzl Street ein Treffen mit Eddie und zwei Dealern, Sammy P und Baldy.

Cohen war nur wenige Jahre älter als Eddie, aber er wirkte auf ihn, als wäre er bereits in Uniform zur Welt gekommen.

Cohen, Sammy P und Baldy begrüßten einander herzlich. »Ich sage dir«, erklärte Sammy P, »wenn's mir liegen würde, wäre ich auch bei der Polizei. Jeden Monat Geld auf dem Konto und kein Ärger. Mehr kann man nicht verlangen.« Er wischte sich Tahina vom Kinn. »Diese anderen Geschäfte, wozu sind die gut? Ich sag's dir, für nichts. Aber wenigstens kann ich die Miete davon bezahlen.«

Eigentlich mochte Eddie ihn irgendwie. Er kannte einige wie Sammy P, viele davon waren mit ihm auf der Polizeischule gewesen und die meisten trugen inzwischen Uniform. So war's immer. Wobei man bei der Polizei nicht gut bezahlt wurde, aber wenigstens kam das Geld pünktlich.

Baldy sagte nicht viel. Er war stiller. Nachdem sie gegessen hatten und bevor sie gingen, sagte er etwas zu Cohen und Cohen nickte.

»Heute Nacht soll der Juwelier in der Melchett Street ausgeraubt werden«, sagte Cohen zu Eddie.

Eddie stellte keine Fragen. Sie warteten im Schutz der Dunkelheit, und es war genau, wie Cohen gesagt hatte. Die Einbrecher kamen zu dritt, waren dunkel gekleidet, brachten Taschen mit. Einer war etwas älter, hatte einen Werkzeugkasten dabei und brach die Tür in Nullkommanichts auf. Eddie und Cohen erwischten sie auf frischer Tat. Sie lieferten sie auf der Wache ab und sogar Sergeant Moskovich, der schon vor dem Krieg dort war, zeigte sich beeindruckt.

»Das war Eddie ganz allein«, behauptete Cohen und zwinkerte Eddie zu. »Sein Tipp, seine Festnahme.«

Später tranken sie Kaffee in dem Laden unten am Hafen, der niemals zumachte, und Eddie fragte ihn, warum er das gesagt hatte.

Cohen zuckte mit den Schultern.

»Ich werde niemals ganz nach oben aufsteigen«, sagte er. »Das liegt mir nicht. Aber du, du könntest eines Tages Commissioner werden.«

Eddie lachte, aber Cohen machte keine Witze. Eddie verstand Cohen nicht. Aber das spielte eigentlich auch gar keine Rolle.

»Wieso denkst du so viel nach?«, fragte Cohen jetzt. Das Autofenster war heruntergelassen, ein warmes Lüftchen wehte herein, und Cohen hatte den Radiosender auf Reshet Bet umgestellt. Dort lief »Red Dress« von der Nahal Army Band. Beide mussten über die fröhliche Musik lachen. Der Song handelte davon, dass ein kleines Mädchen in einem roten Kleid und Pferdeschwänzen fragte, Warum?, und niemand eine Antwort darauf hatte.

Sie waren befördert worden und hatten einen Wagen zugeteilt bekommen. Das mit dem Juwelierraub hatte ihnen nicht geschadet. Der ganze North District gehörte jetzt ihnen. Von der libanesischen Grenze bis Netanya. Eddie liebte es. Der Norden war grenzenlos, der Karmel immer grün, in den Tälern darunter befanden sich grasbewachsene Kibbuzim, umgeben von Orangenhainen, Avocadoplantagen und Weizenfeldern. Es sah aus wie auf einem Werbeplakat vor dem Krieg für eine Kreuzfahrt mit P&O nach Palästina. Sie kamen gerade von einem Einsatz in einer Privatwohnung in Caesarea zurück und hatten es vor der Rückfahrt gerade noch geschafft, Fisch im Hafen zu essen, als das Motorola-Funkgerät summte.

»An alle Einheiten im Süden und an der Küste, in Tantura wurde die Leiche einer weiblichen Person gefunden, ich wiederhole, in Tantura wurde die Leiche einer Frau gefunden. Bitte geben Sie Ihren Standort durch, over.«

Cohen nahm das Handmikro.

»Hier ist Wagen 05, Constable Cohen hier. Wir befinden uns auf der Küstenstraße unterwegs in nördlicher Richtung, wir sind« – er sah Eddie fragend an, suchte Bestätigung – »zehn Minuten von Tantura entfernt? Sollen wir übernehmen? Over.«

Kratziges Rauschen, dann war der Disponent wieder in der Leitung zu hören.

»Übernehmen Sie, fahren Sie nach Tantura, sichern Sie den Fundort. Der Gerichtsmediziner ist unterwegs. Over and out.«

Cohen stieß einen Freudenschrei aus. Eddie trat aufs Gas. In fünf Minuten würden sie dort sein.

Er schaltete Sirene und Blaulicht ein. Der kleine Ford Escort schoss los, die wenigen Autos auf der Küstenstraße wichen ihnen aus und machten Platz. Sie fuhren vorbei am Kibbuz Ma'agan Michael mit den Fischteichen am Meer. Rechts erhob sich Sichron Ja'aqov am Hang, darunter lag das arabische Dorf Fureidis. Cohen und er hatten vorher überlegt, dort anzuhalten und Olivenöl zu kaufen.

Tantura lag direkt vor ihnen und Eddie fuhr schnell. Bis zum

Unabhängigkeitskrieg war das Dorf arabisch gewesen, danach hatten einige Anwohner Zuflucht in Fureidis gesucht, andere waren ins Westjordanland oder nach Jordanien geflohen, wer wohin, wusste Eddie nicht so genau.

Heute war hier vor allem ein Badestrand. Eddie erinnerte sich, dass er manchmal im Sommer mit seinen Eltern dort gewesen war. Sie hatten Käse-Tomaten-Sandwiches gegessen und gebettelt, bis sie Eis vom Kiosk bekamen. Jetzt bogen sie auf den kleinen Parkplatz an der Zufahrt ein, wo bereits ein nervöser Wachmann wartete.

»Nicht hier«, sagte er immer wieder, »da unten an der Baracke. Ich hab die Polizei nur von hier aus angerufen, weil es das einzige Telefon ist. Kommen Sie.«

Eddie und Cohen wechselten verwirrte Blicke und folgten dem Mann. Am Strand waren nur wenige Menschen. Eine Familie picknickte im Sand, aber der Mann steuerte nach links, weg von der kleinen Bucht und den winzigen Inseln, die noch genauso aussahen, wie Eddie sie in Erinnerung hatte, und vorbei an winzigen Gästehäusern.

Inzwischen war da kein Strand mehr, nur noch kleine Buchten, Felsen und Fische, die durchs seichte Wasser schwammen. Es war sehr hübsch. Der Strandwärter keuchte schwer.

»Wurde sie angespült?«, fragte Cohen. Der Mann schüttelte den Kopf und nuschelte.

»Werden Sie schon sehen«, sagte er.

Ein Trampelpfad führte von der Hauptstraße zu dem Strandabschnitt vor ihnen, und sie gelangten an eine Ruine oder Baracke, wie der Mann das zerfallene Steinhaus genannt hatte, daneben ein kleine Gruppe Wanderer. Eddie sah etwas im Sand liegen.

»Wieso haben die uns gerufen, wenn sie ertrunken ist?«, fragte Eddie Cohen leise.

Cohen zündete sich eine Zigarette an, gab sie an Eddie weiter.

»Die wirst du brauchen«, sagte er und zündete eine weitere für sich selbst an.

Eddies unheilvolle Vorahnung wuchs und seine gute Laune verpuffte. Hier war der Tod und den hatte er in seinem Leben bereits oft genug gesehen. Erst einen Monat zuvor waren Cohen und er in den Hafen von Haifa gerufen worden, wo eine halb verweste Leiche angespült worden war. Und im Vorjahr, während des Krieges im Sinai, hatte er gegen die Ägypter gekämpft, bis sie flüchten und sämtliche bereits eroberten Gebiete aufgeben mussten. Auch da hatte er viel gesehen.

Er hatte keine Angst vor dem Anblick einer Leiche. Trotzdem. So wie sich der Strandwärter benahm und so betreten, wie die Wanderer dort herumstanden, war klar, dass hier etwas ganz und gar nicht in Ordnung war.

Als sie sich der Ruine näherten, wichen die Wanderer schweigend zurück. Eddie sah, dass einem von ihnen, einem großen sonnengebräunten Mann, noch Erbrochenes in seinem üppigen schwarzen Vollbart hing. Die beiden Mädchen neben ihm wirkten blass und hatten geweint.

Cohen war sehr still. Eddie guckte.

Irgendwie wollte er nicht. Er sah die langen schwarzen Haare im Sand.

Bleiche, nackte Haut, kleine Brüste.

Die schmale Armbanduhr am Handgelenk, eine billige Uhr, wie man sie an einem der Stände am Busbahnhof kaufen konnte.

Er sah die Blutergüsse, den BH um ihren Hals.

Und hatte genug gesehen.

»Habt ihr sie gefunden?«, fragte Cohen. Die Wanderer nickten.

»Wann?«

»Vor einer Stunde. Wir wollten Pause machen, dachten, wir kochen uns Kaffee. Stattdessen haben wir …« Das Mädchen verstummte.

»Habt ihr was angefasst?«

»Nein! Ich meine …«

»Ich hab ihren Puls gefühlt«, sagte der Mann. »Ich war Sanitäter bei der Armee. Aber sie war tot. Ich glaube, ich hab's gewusst, ich wollte es nur nicht wahrhaben, wissen Sie?«

Eddie nickte. Cohen sagte, »Ich muss euch bitten zurückzutreten, alle. Eddie, kannst du sichern?«

Eddie nickte, bewegte sich mechanisch. Er sperrte den Tatort ab, passte auf, dass niemand über den Sand lief. Er starrte zu dem Trampelpfad, der zum Strand herunterführte. Das musste eine Abzweigung von der Küstenstraße sein, wahrscheinlich waren sie im Wagen dran vorbeigekommen.

»Reifenspuren?«, fragte er. »Fußabdrücke?«

»Ja«, sagte Cohen. »Wie im Film, oder?«

Er drückte die Zigarette mit den Fingern aus und steckte den Stummel ein. »Einer von uns sollte in der Zentrale anrufen und durchgeben, dass sie die Abzweigung nehmen sollen, sonst wird der Gerichtsmediziner sauer.«

»Wir werden euch ein paar Fragen stellen müssen«, sagte Eddie vorsichtig zu den Wanderern. »Eine Aussage aufnehmen.«

»Na klar«, sagte das Mädchen, das auch vorher schon etwas gesagt hatte. »Aber wir wissen nichts.«

»Habt ihr jemanden bei ihr gesehen?«

»Ich hab Ihnen doch schon gesagt, wir haben sie genau so gefunden.«

»Sie war schon ganz steif«, sagte der Bärtige. »Ich denke, sie ist vergangene Nacht gestorben. Die Leichenstarre hat längst eingesetzt.«

»Aha«, sagte Eddie. Er konnte sich nicht konzentrieren. Immer wieder sah er heimlich zu dem toten Mädchen am Strand, hatte aus irgendeinem Grund ein schlechtes Gewissen, als hätte er ihre Privatsphäre verletzt. Er hätte sie gerne irgendwie zugedeckt. Es war nicht richtig, dass sie einfach so da liegen blieb, wie Abfall.

»Ich geh«, sagte er zu Cohen. Er joggte ein Stück an der Küste entlang, auf und ab über das steinige Gelände, runter zum Strand, den kleinen Inseln, ein dickes Kind leckte an einem Eis, während die Mutter ihre Zehen ins Wasser streckte und der Vater im Schatten lag, die *Davar* las, sein Gesicht mit der Zeitung vor der Sonne schützte. Eddie fand das Telefon und rief an, erklärte alles und die in der Zentrale meinten, sie würden die Info an den Gerichtsmediziner weiterleiten. Er sei unterwegs.

Dr. Schatz musste sehr schnell gefahren sein, denn als Eddie wieder zurück zum Fundort kam, näherte sich Schatz' Wagen auf dem Trampelpfad. Als er ausstieg, sagte er als Allererstes: »Habt ihr was angefasst?«

Eddie schüttelte den Kopf. Schatz tätschelte ihm den Arm. Schatz sprach mit breitem ungarischen Akzent. Es hieß, er habe den Holocaust überlebt, sich angeblich bis Kriegsende zwei Jahre lang auf der Straße durchgeschlagen. Von seinen Angehörigen lebte niemand mehr.

Es hieß auch, er würde mit seinen Leichen reden. »Was haben wir denn hier?«, fragte Schatz. »Macht mal Platz, macht Platz!«, verlangte er gereizt und kniete sich neben die Tote.

»Wer hat dir das angetan?«, fragte er. »Du wirst es mir verraten«, sagte er, »du wirst es Schatz einflüstern … Menachem, mach Bilder.«

Der Fotograf stand schon bereit, knipste mit seiner Canon ein Foto nach dem anderen. Schatz untersuchte die Leiche zunächst, ohne sie zu berühren.

»Blutergüsse an den Armen und der Brust«, sagte er, »ein eingerissener Nagel, Bluterguss am linken Handgelenk – du hast dich gewehrt, oder?« Er summte bei der Arbeit, sprach leise. »Sperma auf …«, sagte er. Eddie wandte sich ab und kotzte ins Gebüsch.

Als er sich aufrichtete, war Cohen bei ihm. Sie sahen einander an. Cohen nickte.

»Das ist fürchterlich«, sagte Eddie.

»Wir werden ihn finden. Er wird dafür bezahlen.«

»Denkst du wirklich?«

Sie sagten nichts mehr. Der Rest des Tages verging schnell. Sie nahmen Zeugenaussagen auf, der Fotograf kam und ging, der Gerichtsmediziner stellte den Tod des Opfers fest und wies die Kollegen an, die Leiche in den Krankenwagen zu verladen. Inzwischen herrschte reger Betrieb am Strand, Streifenpolizisten und Detectives waren eingetroffen, Eddie und Cohen wurden im allgemeinen Trubel vergessen. Cohen zündete zwei weitere Zigaretten an, und sie lehnten sich an einen Felsen, betrachteten das auf dem Meer funkelnde Sonnenlicht und die kleinen Fische, die hin und wieder in die Luft sprangen.

»Ich weiß noch, wie ich vor Jahren schon mal hier war«, sagte Eddie. »Wir sind schwimmen gegangen und haben erst im Wasser gemerkt, dass alles voller Quallen war. Die kleinen lilafarbenen, weißt du?«

»Die, die so brennen?«

»Genau die. Plötzlich waren sie überall um mich herum. Ich hab die erste gespürt, dann die nächste, ich fing an zu weinen, das Wasser war tief und ich hatte Angst. Ich war noch klein. Ich bin mit den Füßen nicht auf den Boden gekommen und die Viecher waren einfach überall.«

Eddie zog an seiner Zigarette und hustete. Eigentlich war er kein starker Raucher und mochte den Gestank nicht, aber es rauchten nun mal alle. Außerdem sah es im Kino immer toll aus, so wie bei Belmondo in *Der Teufel mit der weißen Weste*.

Cohen wartete. Hinter ihnen wurde die Leiche fortgeschafft, aber keiner von ihnen beiden verlor ein Wort darüber. Sie stierten aufs Meer hinaus.

»Und was ist passiert?«, fragte Cohen.

»Mein Vater ist reingesprungen und hat mich rausgezogen. Ich hatte überall Flecken. Als hätte jemand Zigaretten auf mir ausgedrückt.«

»Muss schön gewesen sein«, meinte Cohen und Eddie sagte: »Was?«

»Vom eigenen Vater gerettet zu werden.«

»War's auch. War ein guter Typ, mein Papa. Ist er immer noch.«

Cohen nickte.

»Und deiner?«, fragte Eddie.

»Er ist tot«, sagte Cohen. »Abgeknallt von einem arabischen Scharfschützen im Unabhängigkeitskrieg, ein einziger Schuss, direkt in den Kopf, von der Rushamia Bridge.«

Eddie zuckte zusammen. Cohen sprach sehr sachlich darüber.

»Einen Monat später bin ich auf die Welt gekommen.« Cohen grinste um seine Zigarette herum.

»Am Tag, an dem Ben Gurion die Unabhängigkeit erklärt hat.«

»Tut mir leid«, sagte Eddie.

»Was tut dir leid?« Cohen schnippte die Zigarette ins Meer. »Ich will was tun, Eddie. Ich will das Schwein schnappen. Koste es, was es wolle.«

»Wir sind bloß Streifenpolizisten«, sagte Eddie.

»Und wenn wir ihn haben, will ich ihm wehtun«, sagte Cohen.

»Ich hör auf zu rauchen, das ist widerlich«, sagte Eddie.

»Hörst du mir überhaupt zu?«, fragte Cohen.

»Was soll ich machen?«, fragte Eddie. »Was sollen *wir* machen, Cohen?«

»Keine Ahnung. Helfen.«

Eddie sagte: »Dann lass uns jemanden suchen, dem wir helfen können.«

15 DIE MÜHLEN DER JUSTIZ

»Alles Mist. Aber so ist der Job.« – Cohen

»Ja«, sagte Detective Sagi. Er war nur wenige Jahre älter als sie, hatte sich aber sehr schnell über die verschiedenen Dienstgrade hochgearbeitet. Er hatte einen dicken Schnurrbart, dicke Arme und trug das karierte Hemd in der Jeans. Sein Notizblock und zwei Stifte lugten aus seiner Hemdtasche. »Constable Eddie Raphael, korrekt? Und Sie sind Cohen. Kommen Sie mit.«

»Ja, Sir«, sagte Eddie.

»Das Mädchen wurde ohne Kleidung oder sonstige Habseligkeiten gefunden, korrekt?«, fragte Detective Sagi.

»Ja, Sir«, erwiderte Eddie. »Abgesehen von ihrem BH. Damit wurde sie, äh, stranguliert, der BH befand sich noch an der Leiche.«

»Korrekt«, sagte Detective Sagi. »Wenn auch nichts, das uns unbedingt weiterbringt, Constable. Ich möchte, dass Sie gemeinsam mit den anderen die Gegend absuchen. Mal sehen, ob Sie etwas finden, egal was. Die Schuhe. Die Tasche. Vielleicht ist ihr Ausweis drin. Vielleicht finden Sie ja sogar einen Zettel mit dem Namen und der Adresse des Killers. Das würde helfen.« Er lachte bellend über seinen eigenen Witz. »Alles, was irgendwie auffällig wirkt, verdächtig scheint oder auch nicht. Wir wissen noch nicht, wer sie war, aber wir überprüfen alle kürzlich eingegangenen Vermisstmeldungen, und in der Zwischenzeit ... fangen Sie an zu suchen, meine Herren.«

»Ja, Sir«, sagte Eddie.

Eine halbe Stunde später hatte Eddie drei Zigarettenstummel, zwei Kondome, einen Herrenschuh Größe zwölf mit Löchern, eine Feldflasche von der Armee, einen kaputten Stift, fünf Patronenhülsen, einen geplatzten Luftballon in Hellblau mit der Aufschrift Happy Birthday, ein leere Dose Mais, eine Cola-Flasche, ebenfalls leer, und ein kaputtes Feuerzeug gefunden. Dafür hatte er unzählige Mückenstiche an den Armen und im Gesicht in Kauf nehmen müssen, und jetzt hatte er's satt.

»Das ist einfach alles nichts«, sagte er.

Cohen hob eine Patrone auf. »Hey, schaut mal, die ist noch ganz.«

»Du willst doch nicht – o Mann, komm schon, Cohen, du bist doch kein Kind mehr.«

Cohen grinste glücklich. Vorsichtig zog er den Patronenkopf heraus und leerte das Schießpulver aus der Hülse in seine Handfläche. »Habt ihr das auch immer gemacht?«, fragte er.

»Na klar, wer denn nicht? Wir haben auf dem Karmel nach Kugeln gesucht, da, wo die Soldaten ausgebildet wurden. Wir haben sie wie Pilze unter den Bäumen herausgeklaubt und dann das Schießpulver angezündet.«

Cohen machte ein ordentliches kleines Häufchen auf dem Boden und zündete es mit dem Feuerzeug an. Das Schießpulver zischte. Cohen lachte.

»Ich liebe das«, sagte er.

»Meinst du, irgendwas davon hilft uns weiter?«, fragte Eddie.

»Alles Mist«, sagte Cohen. »Aber so ist der Job.«

»Was, glaubst du, ist passiert?«

»Ich glaube, er ist mit ihr zu den Felsen gefahren, dann hat er sie vergewaltigt und getötet, anschließend ihre Leiche im Sand liegen lassen, sich wieder ins Auto gesetzt und ist weggefahren. Das denke ich.«

»Und ihre Klamotten, wo sind die? Ihre Tasche?«

»Wenn er schlau war, hat er alles mitgenommen und verbrannt.«

»Und wenn er nicht schlau war?«, fragte Eddie. »Dann hat er sie einfach unterwegs weggeschmissen. Die meisten Mörder sind nicht schlau, Eddie. Die sind wie Polizisten. Wenn sie schlau wären, hätten sie was anderes aus ihrem Leben gemacht.«

Sie trotteten weiter, fanden aber nichts mehr. Als es dunkel wurde, brach Detective Sagi den Einsatz ab.

»Wir versuchen es morgen nochmal«, sagte er. »Ihr beiden, kommt mit.«

»Sir?«

Sie folgten ihm im Streifenwagen. Sagi fuhr einen Fiat. Und er fuhr schnell.

»Den solltest du festnehmen, Eddie«, sagte Cohen. »Der fährt schneller als erlaubt.«

Eddie schaltete seine Sirene ein und grinste Cohen an.

»Gut so?«, fragte er und trat aufs Gas.

Sagi zeigte ihnen seinen Mittelfinger im Spiegel. Sie folgten ihm bis zum Hafen von Haifa und parkten direkt hinter ihm, draußen vor dem Beer Fountain.

»Jungs, kommt rein«, sagte Sagi.

»Sir?«

»Ihr könnt mich später nach Hause fahren.«

Er wartete nicht auf sie, ging hinein. Eddie und Cohen folgten. Ein langer Tresen, polierte Holztische, lauter Glasflaschen hinter der Bar. Es roch nach Knoblauch und geräuchertem Schweinefleisch mit Kraut. Es roch gut. Eddie merkte plötzlich, dass sein Mittagessen schon lange her war.

Hinten im Raum saßen ein paar Detectives. Eddie wusste, wer sie waren. Alle wussten es. Sagi nickte den Männern zu, setzte sich aber an die Bar.

»Drei Bier«, sagte er.

»Sir, wir …«

»Entspannt euch. Jetzt ist Feierabend. Was für ein Tag, hm?«

»Sir, irgendwelche Fortschritte bei den Ermittlungen?«

»Den Ermittlungen?« Detective Sagi guckte verwirrt. »Nein, Eddie«, sagte er. »Schatz führt die Autopsie durch. Miller überprüft die Vermissten. Es gibt ein paar, die in Frage kommen. Ein Mädchen ist von Tel Aviv nach Haifa zurückgetrampt, aber dort nicht angekommen. Ihr Freund schwört, er hat sie in Tel Aviv an der Stelle abgesetzt, wo immer alle Tramper stehen.«

»Arbeiten wir mit Tel Aviv zusammen, Sir?«

»Allerdings.« Wieder guckte Sagi verwirrt. »Ich glaube, sie ist Morot Chayalot bei der Armee, weibliche Soldaten-Ausbilderin. Nichts, was uns beunruhigen muss. Wahrscheinlich hat sie einen zweiten Freund in Haifa, die Nacht bei ihm verbracht, und bald taucht sie wieder auf. Mal sehen. Ah, na bitte.«

Er schob ihnen die Biere zu und nahm einen Schluck von seinem. »Ihr wart heute schnell vor Ort«, sagte er.

»Reines Pech«, sagte Eddie.

»Das wird eine langwierige Angelegenheit«, sagte Detective Sagi. »Den meisten Mördern brennt einfach eines Tages die Sicherung durch. Die fressen alles viel zu lange in sich rein, und dann tut es plötzlich einen Schlag. Die meisten warten schon, wenn man sie verhaften kommt.«

»Aber dieser nicht, Sir.«

»Dieser nicht«, stimmte Sagi zu. »Was denken Sie, Cohen? Mir fällt auf, dass Sie wenig sagen.«

»Ich denke, dass vor zwei Jahren noch ein andres Mädchen gefunden wurde«, sagte Cohen. »Jacqueline Smith. Eine englische Freiwillige, die im Kibbuz Ma'agan Michael gearbeitet hat. Ihre Leiche wurde in einem der Fischteiche entdeckt. Das ist von der Fundstelle eben gerade mal die Straße runter.«

Sagi schwieg.

»Und?«, fragte er schließlich.

»Der Täter wurde nie gefasst.«

»Menschen sterben, Cohen.«

»Achtundsechzig«, sagte Cohen. »Noch ein Mädchen, sie wurde in einem Orangenhain in der Nähe von Hadera gefunden. Auch an der Küstenstraße. Vergewaltigt und erstochen. Und zwei Jahre davor noch ein Mädchen an derselben Stelle.«

»Was wollen Sie sagen, Cohen?«

»Wer tut so was?«, fragte Cohen. »Es ist so, wie Sie gesagt haben, die meisten klinken eines Tages einfach aus. Mord aus Leidenschaft. Mord aus Verzweiflung. Aber das heute? Das war was anderes.«

Sagi drehte sich um und sah ihn jetzt richtig an.

»Meinen Sie, ich weiß das nicht mit den anderen Mädchen?«, fragte er. »Glauben Sie, wir sind von gestern? Das heißt aber noch lange nicht, dass die Morde alle zusammenhängen. Ich tippe auf den Freund. Es ist fast immer der Freund, nur so als kleiner Tipp.«

»Der Freund wird es nicht gewesen sein«, sagte Cohen.

Eddie sagte nichts. Er starrte zwischen ihnen durch. Er spürte die angespannte Stimmung, kannte aber den Grund dafür nicht. Er nahm einen Schluck Bier.

»Wir wollen nur helfen«, sagte er. »Wir wollen was unternehmen.«

Sagi und Cohen starrten einander immer noch an. Dann lachte Sagi.

»Sie denken wie ein Verbrecher, Cohen«, sagte er.

»Ja, Sir.«

»Ich überleg es mir«, versprach Sagi Eddie. »Ihr beiden bleibt hier. Ich sage Bescheid, wenn es Zeit wird zu gehen.«

»Sir?«

Aber Sagi hatte sich schon zu dem anderen Tisch in Bewegung gesetzt, und die Detectives dort begrüßten ihn johlend. Sie gaben dem Barmann Zeichen, und plötzlich tauchte eine Flasche Jim Beam auf.

Eddie sah Cohen an.

Cohen zuckte mit den Schultern.

»Hey«, sagte er zum Barmann. »Hast du was zu essen?«

Der Barmann fragte zurück: »Wollt ihr erst mal das Bier bezahlen?«

Eddie erwiderte: »Wir haben es doch gar nicht bestellt.«

Cohen lachte und zog ein Bündel Bargeld aus der Tasche. Zählte zehn Zehn-Lira-Scheine ab. »Reicht das?«

Der Barmann ließ das Geld verschwinden und fragte: »Seid ihr Bullen?«

»Wir wollen es werden.«

»Braucht ihr sonst noch was?«

»Noch ein Bier, bitte. Und einen Arak für meinen Freund und mich.«

»Natürlich.«

»Ich trinke eigentlich nicht viel …«, setzte Eddie an.

Cohen sagte: »Heute schon.«

Der Barmann schenkte ihnen ein. Sie stießen an, l'chaim. Eddie dachte an die hundert Lira, die Cohen so lässig hingeblättert hatte. Er wollte nicht fragen, aber dann kam es einfach so heraus.

»Ich mach noch ein paar Jobs nebenher«, sagte Cohen.

»Was?«

Cohen zuckte mit den Schultern. »Was sich so ergibt«, erwiderte er.

Eddie bohrte nicht weiter. Im Beer Fountain war es heiß, und der Alkohol wärmte ihn von innen. Die Detectives am Tisch brüllten laut über einen Witz. Der Barmann ging und kam mit einem großen Teller Fleisch aus der Küche zurück und setzte ihn vor Eddie und Cohen ab, außerdem eine ganze Schale voll gehackten Knoblauch.

»Costiza«, sagte er.

»Was ist das?«, fragte Eddie.

»Geräucherte Rippchen.«

»Schweinefleisch? Ich esse kein Schwein«, sagte Eddie. »Ich meine, wir sind nicht schomer mitzwot, meine Eltern haben nicht auf koscheres Essen geachtet, aber Schwein, ich meine, wirklich …«

Der Barmann hörte gar nicht zu. Er knallte außerdem noch gehackte Leber auf den Tresen, dazu Sauereingelegtes und Weißbrot.

»Noch ein Bier?«, fragte er.

Cohen nickte. Eddie pickte vorsichtig an den Rippchen. Sie schmeckten unglaublich salzig, rauchig und fettig. Der Knoblauch war so roh, dass er brannte. Man hätte Schnittwunden damit heilen können.

Er versuchte, nicht an das Mädchen am Strand zu denken. Er wusste, dass andere zurzeit daran arbeiteten. Dr. Schatz musste seine Autopsie bereits durchgeführt und vermutlich auch schon seinen Bericht getippt haben, andere Detectives sprachen wahrscheinlich zur Stunde mit den Angehörigen vermisster Personen, die Reporter würden die Seiten der Morgenausgaben vollschreiben, und die Mühlen der Justiz würden sich ächzend in Bewegung setzen. Er wusste, dass auch den Detectives am anderen Tisch, die jetzt lachten und tranken, das Mädchen und ihr Mörder nicht egal waren. Genauso wie er wusste, dass er selbst den Fall nicht zu seinem persönlichen Anliegen machen durfte. Er pickte an der gehackten Leber und dachte an die billige Uhr am Handgelenk des Mädchens, an den BH um ihren Hals und wie sich ihr schwarzes Haar über dem Sand aufgefächert hatte.

»Wieso weißt du von den anderen Mädchen?«, fragte er Cohen.

»Das wissen alle, aber sie wollen es nicht wahrhaben.«

»Wieso ist dir das so wichtig?«, fragte Eddie. Er betonte das »dir«. Warum nahm Cohen die Sache so ernst? Sonst blieb er immer cool.

»Irgendjemand muss sie ja ernst nehmen«, erklärte Cohen, und Eddie seufzte. Aus Cohen war nichts herauszubekommen.

Es war fast Mitternacht, als die Detectives fertig waren. Sagi torkelte zum Klo und zog sich erst auf dem Rückweg den Reißverschluss zu.

»Kann einer von euch noch fahren?«, fragte er.

»Ich glaub, ich kann«, sagte Eddie und grinste dämlich. Sagi nickte nur. Er nannte ihm eine Adresse auf dem Karmel, in einer guten Wohngegend. Cohen hing eingesunken an der Bar.

»Wir sprechen uns morgen«, brummte er.

Eddie schaffte es, in den Wagen zu steigen und Detective Sagi nach Hause zu fahren. Er hielt vor dem Haus. Das Licht war aus und die Nacht war still. Er schüttelte Sagi an der Schulter, bis der Detective aufwachte.

»Wo bin ich?«, fragte er.

»Zu Hause.«

»Na gut.«

Sagi stieg aus dem Wagen, blieb unter der Straßenlaterne stehen.

»Kommen Sie morgen zu mir, alle beide«, sagte er und ging ins Haus.

Eddie fuhr davon.

16 RUTENBERG

»Sie starb wie eine Soldatin.« – Mrs Nachmias

»Sie hätte eigentlich vorgestern zurück sein sollen«, sagte das Mädchen. Ihr Name war Rona, die Kurzfassung von Sharona. Sie hockte auf einem Stuhl in der offenen Anmeldung der Polizeiwache. »Wir teilen uns ein Zimmer im Rutenberg-Institut, aber sie ist nicht zurückgekommen.«

»Sie sind Morot Chayalot?«

»Wir beide. Wir haben die Ausbildung zusammen gemacht, nur dass Esther nicht wiedergekommen ist. Gestern war die Abschlussfeier.«

»Haben Sie das der Armee bereits gemeldet?«

»Ich … nein, ich meine, ich dachte, dass sie vielleicht bei einem Freund ist, und wir waren ja fast durch mit der Ausbildung, ist gar nicht aufgefallen, dass sie fehlt. Aber es sieht ihr einfach nicht ähnlich.«

»Wie heißt sie?«

»Esther Landes.«

Sie waren auf der Wache, Eddie mit seinem ersten echten Kater, der ihm Schmerzen verursachte. Cohen dagegen schien völlig unerschüttert. Detective Sagi war mit den Commandern drinnen, weshalb man das Gespräch mit dem Mädchen auf Eddie und Cohen abgewälzt hatte. Sie war nur eine von mehreren Personen, die behaupteten, das tote Mädchen zu kennen, und bislang waren alle Ergebnisse negativ geblieben.

»Wie sieht Esther aus, Rona?«, fragte Cohen.

»Klein, dünn, lange schwarze Haare. Hübsch.«

»Wenn wir Ihnen ein Bild zeigen, könnten Sie sie identifizieren?«

Rona schlug eine Hand vor den Mund. »Sie meinen ein Bild von …«

»Ja.«

Sie holte einmal tief Luft, nickte. »Sie denken, dass sie's wirklich sein könnte?«

»Wir denken gar nichts«, erwiderte Cohen. »Wir wollen nur herausfinden, wer die Tote ist. Kann ich Ihnen einen Kaffee oder so holen?«

»Ja, bitte. Ich meine, nein. Alles gut. Zeigen Sie mir das Bild.«

An der Küstenstraße suchten Teams nach den Habseligkeiten des Mädchens, und andere fuhren die Bushaltestellen und Tankstellen ab, erkundigten sich, ob sich jemand erinnerte, das Mädchen gesehen zu haben. Bislang hatte keines der Teams irgendetwas gefunden.

Cohen nickte Eddie zu. Er zog das Foto von der Fundstelle hervor und zeigte es dem Mädchen.

»O Gott«, sagte Rona. »O Gott, Esther.«

Eddie spürte, wie ihn Adrenalin durchfuhr und sein Herzschlag beschleunigte. Rona weinte, und Cohen tröstete sie. Eddie rannte los. Er platzte in das Besprechungszimmer, ohne anzuklopfen, stand plötzlich in einem Raum voller Detectives, die ihn alle über türkischen Kaffee hinweg durch blauen Zigarettenqualm anstarrten.

»Wir haben sie«, sagte Eddie.

Stühle scharrten. Detective Sagi stand als Erster auf. Er gab den anderen Zeichen, sitzen zu bleiben.

»Ich will sie sehen«, sagte er.

Er folgte Eddie nach draußen. Das Mädchen weinte. Cohen hatte einen Arm um sie gelegt. Sagi ging zu ihr.

»Haben Sie die Tote identifiziert?«, fragte er.

»Das ist Esther. Was hat er ihr nur angetan?«

»Würden Sie auch den Leichnam identifizieren?«

Rona weinte noch heftiger, und Sagi bedachte Cohen mit einem Blick aus purem Hass.

»Nicht jetzt sofort«, sagte Sagi. »Cohen, holen Sie ihr einen Kaffee. Eddie, gehen Sie mit ihr in Zimmer zwei, und sehen Sie zu, dass sie's bequem hat.«

Er marschierte davon.

»Würden Sie bitte mit mir kommen?«, sagte Eddie und bot ihr seine Hand an. Ihre Hand war feucht von Tränen.

»Wohin?«, fragte sie.

»Wir müssen Ihnen nur ein paar Fragen stellen.«

»Die arme Esther, ich weiß nicht … ich hab nicht gedacht, dass sie's ist. Ich hatte Angst um sie, aber … ich hab gedacht, sie ist bei einem Freund und taucht schon wieder auf.«

»Hatte sie viele Freunde?«, fragte Eddie.

»Ich weiß es nicht. Sie ist mit ein paar Männern ausgegangen. Verabredungen halt, wissen Sie. Ich denke, zu Hause in Bat Yam war sie mit jemandem zusammen. Einem etwas Älteren. Sie hat gesagt, ihre Eltern konnten ihn nicht leiden.«

Sie folgte ihm ins Vernehmungszimmer und setzte sich unaufgefordert hin. Einen Augenblick später tauchte Cohen auf. Er stellte einen Kaffee auf den Tisch und einen Aschenbecher.

»Ich hab Zucker rein«, sagte er.

»Danke.«

Detective Sagi kam herein, Detective Hillel war bei ihm, ein älterer Mann mit Kippa und weißer Brustbehaarung, die aus dem aufgeknöpften Kragen seines karierten Hemds lugte.

»Wir übernehmen hier«, sagte Detective Hillel. Er wandte sich an Rona. »Sie haben gegenüber Constable Cohen erklärt, dass Sie im Rutenberg-Institut wohnen?«

»Ja, wir waren in der Ausbildung. Esther hatte Urlaub bekommen und war nach Bat Yam gefahren, aber sie wollte zur Abschlussfeier wieder da sein. Das habe ich Constable Cohen schon gesagt.«

Hillel nickte. »Cohen, fahren Sie zum Rutenberg-Institut. Ich möchte eine vollständige Bestandsaufnahme vom Zimmer des Mädchens. Constable Raphael, fahren Sie mit.« Rona sagte: »Sie wollen mein Zimmer durchsuchen? Aber wieso?«

»Sie haben sich das Zimmer geteilt«, sagte Hillel. Er berührte väterlich ihre Hand, eine Geste, die bei ihm ganz natürlich wirkte.

»Wir müssen so viel wie möglich über Esther erfahren, so viel wie möglich verstehen.«

»Natürlich …«, sagte Rona.

Detective Sagi nickte Richtung Tür. Eddie verstand den Wink und ging. Cohen folgte ihm.

»Die werden sie in Stücke reißen«, sagte Cohen wütend. »Das arme Mädchen.«

»Sie muss vernommen werden«, entgegnete Eddie. »Und das sind Profis.«

»Aber wir haben sie gefunden«, sagte Cohen. »*Wir* haben sie gefunden.«

Eddie sagte: »Esther Landes.« Seine Stimme war leise.

Er fuhr schnell. Cohen schwieg, und auch das Radio schalteten sie nicht ein. Sie kamen am Rutenberg-Institut an, das hoch oben auf dem Berg thronte. In der Ferne sah man das Meer und unterhalb des Gebäudes die Bah'i-Tempelgärten. Es war im Kolonialstil mit zahlreichen Säulen vor dem Eingang erbaut, schon vor der Unabhängigkeit. Dazu gehörte ein eigenes, großes Grundstück. Cohen und Eddie klopften und wurden eingelassen.

»Sie können nicht einfach hier reinkommen und das Zimmer durchsuchen«, sagte die Leiterin. Sie war eine große dünne Frau mit hängenden Ohrringen und Lehrerinnenstimme.

»Es geht um Mord«, erklärte Cohen, und die Frau gab nach. »Sie können Detective Sagi auf der Wache in Haifa anrufen, wählen Sie einfach zweimal die Null.«

»Na ja, wahrscheinlich …«

»Danke, Giveret. Würden Sie uns das Zimmer zeigen …?«

Das tat sie. Eddie stellte fest, dass sich niemand freiwillig mit einem Uniformierten anlegte. Jedenfalls niemand, der ein guter Mensch sein wollte. Einer, der die Literaturbeilagen in der Zeitung las, Alterman zitierte, in den langen Jahren der Entbehrung niemals echte Eier auf dem Schwarzmarkt gekauft hatte, immer noch jedes Jahr seinen Dienst als Reservist in seiner alten Einheit versah, ohne sich herauszureden, und seine Kinder so erzog, dass sie ihr Land liebten. Ihm wurde bewusst, dass die Giveret so jemand war. Wie die meisten Menschen. Jedenfalls wollte Eddie Raphael das glauben. Die meisten waren gute Menschen, die niemanden vergewaltigten und keine jungen Mädchen umbrachten, auch wenn er das Gefühl hatte, dass Cohen nicht so richtig daran glaubte und auch Eddie immer weniger davon überzeugt war.

Das Zimmer befand sich im zweiten Stock. Die Fenster waren zum Hof ausgerichtet. Es gab zwei Betten darin. Eddie und Cohen durchsuchten die Schubladen und den Kleiderschrank, sahen unter den Betten nach, drehten die Matratzen um. Da war nicht viel.

»Echte Fleißarbeit«, sagte Cohen. »Könnte aber was bringen«, sagte Eddie.

»Alles Schrott«, sagte Cohen und grinste. »Aber so ist der Job.«

Eddie zog ein Foto ab, das mit Klebestreifen über einem der Betten an der Wand befestigt war.

»Das ist sie«, sagte er.

Esther Landes sah auf dem Bild sehr glücklich aus. Sie trug Shorts, ein weißes Shirt und Sandalen und lächelte unbekümmert. Sie hatte einen Arm um einen Mann geschlungen, der irgendwie eher zögerlich in die Kamera lächelte.

»Das muss der Freund sein.«

Eddie drehte das Bild um. Mit Bleistift stand dort in irgendwie kindlicher Handschrift geschrieben: »Mit Udi vor dem Roter-Weg-Treffen.«

»Dann ist das wohl Udi«, sagte Cohen. »Keine Ahnung, was sie an dem gefunden hat.«

»Was ist der Rote Weg?«, fragte Eddie.

Cohen zuckte mit den Schultern. »Klingt links.«

»Sonst noch was?«

»Keine Tasche, kein Ausweis, kein Geld«, erwiderte Cohen.

»Also hatte sie das alles dabei.«

»Sieht so aus.«

»Kein Tagebuch, kein kleines Adressbuch.«

»Hatte sie wahrscheinlich auch dabei.«

»Kann sein.«

»Sonst noch was?«

»Zwei Schulhefte, aber total vollgekritzelt, ein Kleid, zwei Shorts, fünf Paar Socken, eine Uniform, BHs, Unterwäsche, drei Blusen, fünf Stifte, einen Kaffeebecher aus der Küche unten – Eddie, was machen wir hier?«

»Vielleicht hat sie was in die Hefte geschrieben«, antwortete Eddie.

»Na klar, Name und Adresse ihres Mörders vielleicht?«

»Was ist los mit dir, Cohen?«

Cohen packte alles ein, um es mitzunehmen. »Nicht mal ein Brief«, sagte er.

»Lass uns das einfach mitnehmen und Sagi zeigen.«

»Hey, aber du musst auf der Rückfahrt einen Zwischenstopp einlegen.«

Eddie starrte Cohen wütend an, dann auf das Bild, das Eddie immer noch in der Hand hielt.

»Was?«, fragte Eddie.

»Es ist immer der Freund«, sagte Cohen, zitierte Sagi.

»Du hast gesagt, das stimmt nicht. Du hast gesagt …«

»Ich hätte nichts dagegen, mal ein paar Worte mit ihm zu wechseln, mehr nicht. Wie alt war sie, Eddie? Achtzehn?«

»Neunzehn«, sagte die Leiterin, die plötzlich in der Tür aufgetaucht war. Sie wirkte erschüttert. »Ist sie wirklich tot?«

»Tut mir leid«, sagte Eddie.

»Sie wäre eine tolle Lehrerin geworden«, sagte die Frau. »Mag sein, dass sie ein bisschen wild war. Alle Mädchen schlagen erst mal über die Stränge, wenn sie herkommen. Wir bilden Lehrerinnen aus und sind kein Armeestützpunkt. Da riechen sie alle den Duft der Freiheit, und die Stadt ist so nah …«

»Kannten Sie sie gut?«, fragte Cohen.

»So gut wie alle anderen auch. Die schleichen sich raus, wissen Sie? Ins Kino, zum Tanzen oder zu Jungs. Eigentlich dürfen sie das nicht, aber was sollen wir machen? Sie überwachen? Das sind keine Kinder mehr. Haben Sie die Armee schon verständigt?«

Eddie sah Cohen an.

»Das macht der Chef«, sagte er.

»Sie ist im Dienst an ihrem Land gestorben«, sagte die Frau. »Als Soldatin. Ich möchte, dass Sie das nicht vergessen. Die Armee muss verständigt werden.«

»Ich bin sicher, das ist bereits geschehen«, sagte Cohen sanft. »Danke, Giveret …?«

»Nachmias. Sie werden denjenigen doch finden, der das getan hat, oder, Detective?«

»Constable«, sagte Cohen. »Constable Cohen. Wir tun, was wir können.«

»Gut.«

Sie ging mit ihnen hinaus, hielt sich dabei sehr gerade. Ihre Augen blieben trocken, und sie schüttelte beiden die Hand, bevor sie sie nach draußen entließ.

»Könnte sich lohnen, nochmal mit ihr zu sprechen«, sagte Cohen.

»Das haben wir nicht zu entscheiden«, gab Eddie zu bedenken. »Komm, lass uns den Kram wegbringen.«

»Na klar.«

Sie stiegen in den Wagen und Eddie fuhr.

»Aber du musst trotzdem noch einen kurzen Zwischenhalt einlegen«, sagte Cohen und erklärte ihm, wo er langfahren sollte.

17 IM TUNNEL

»Was soll ich erzählen?« – Eddie

»Bleib im Wagen«, sagte Cohen. »Dauert nicht lang.«

Sie befanden sich draußen vor einem unscheinbaren Bürogebäude in der Unterstadt. Cohen verschwand darin. In dem Haus befanden sich Versandunternehmen, Geldwechselstuben und kleine Münzhändler, vielleicht auch ein paar Import-Export-Büros. Eddie trommelte mit den Fingern aufs Lenkrad. Dann sagte er: »Scheiß drauf« und stieg aus. Er betrat das Gebäude, das bessere Zeiten gesehen hatte, stieg die abgewetzten Stufen hinauf, vorbei an Wänden, die niemals saubergemacht wurden, und an Türen, hinter denen nichts zu hören war. Es kam ihm vor, als hätte sich das gesamte Gebäude zum Mittagsschlaf zurückgezogen, obwohl es noch gar nicht Mittag war.

Dann hörte er Cohens Stimme hinter einer Tür im dritten Stock. Als Eddie näher kam, sah er, dass die Tür ein kleines Stück offen stand. Er zog sie vorsichtig auf und spähte hinein.

Das Büro hätte allem Möglichen dienen können. Ein Schreibtisch stand darin, ein Telefon, Aktenschränke sowie Ablagefächer für Postein- und ausgänge. Die Fenster waren schmutzig, dahinter lagen die Unterstadt und das Meer.

Ein Mann saß an dem Schreibtisch, hielt die Arme erhoben.

»Ich hab's Benzion doch gesagt, nächste Woche habe ich das Geld!«, flehte er.

»Ich weiß, was Sie Benzion gesagt haben«, erwiderte Cohen. »Aber das Geld ist *jetzt* fällig, Mr Bichler.«

»Ich hab's Benzion erklärt, Sie können ihn fragen«, beteuerte er. »Was fällt dem ein, Sie herzuschicken, noch dazu in Uniform?«

»Hören Sie, Mr Bichler«, sagte Cohen. »Ich habe keine Ahnung von den Einzelheiten. Sie haben eine Vereinbarung mit Benzion getroffen, und wenn man eine Vereinbarung trifft, hält man sich dran, so hat mich meine Mutter erzogen.«

»Sagen Sie ihm nur …«

Cohen nahm das Telefon vom Schreibtisch, einen schweren schwarzen Bezeq-Apparat, die Wählscheibe war sichtlich abgenutzt, und rammte es dem Mann ins Gesicht. Mr Bichler fiel vom Stuhl und ging zu Boden. Cohen zog das Kabel aus der Wand, holte erneut aus und schlug Bichler wieder und immer wieder. Eddie sah zu, ihm war schlecht und gleichzeitig war er auf unerklärliche Weise eigenartig aufgeregt, wofür er sich schämte. Cohen beugte sich über Bichler, hockte sich rittlings auf ihn.

»Das Geld, Bichler.«

»Da … im Safe …«

»Na dann, öffnen Sie den Safe«, sagte Cohen.

»Lassen Sie mich … gehen.«

Cohen schlug ihn noch einmal.

»Stehen Sie auf«, verlangte er, stellte sich ans Fenster und wartete, bis Bichler sich langsam aufgerappelt hatte. Bichler schlurfte zu einem Gutman-Druck an der Wand, hängte ihn ab, so dass ein kleiner Safe zum Vorschein kam. Cohen schaute zur Tür. Kurz trafen sich sein Blick und der von Eddie.

»Aufmachen«, sagte Cohen.

»Das ist alles, was ich habe, ich kann nicht …«

Cohen ging zur Wand und verschwand aus Eddies Blickfeld. Eddie hörte ihn Luft schnappen, einen leisen Pfiff.

»Ich kann nicht, Cohen, mehr hab ich nicht.«

»Wie viele gibt es davon?«

»Das ist es, Cohen. Hören Sie, Bubele, Sie waren immer gut zu mir. Warum stecken Sie nicht ein paar für sich selbst ein? Ich hab einen Käufer, ich brauche nur Zeit, nächste Woche hab ich's, sagen Sie das Benzion.« Bichler klang verzweifelt. Eddie wollte mehr sehen. Die Tür knarzte, und er erschrak. Bichler fragte: »Wer ist da?«

Eddie trat ein. Bichler stand vor dem offenen Safe. Cohen hielt einen Umschlag in der einen Hand und ein kleines Häufchen perfekte Diamanten in der anderen.

»Officer, helfen Sie mir!«, bat Bichler.

»Halt die Klappe«, sagte Cohen. Er wog die winzigen Diamanten in der Hand. »Sie können von Glück sagen, Bichler. Entweder das oder ab durchs Fenster aus dem dritten Stock, keine Ahnung, ob man so was überlebt. Normalerweise ja wohl nicht, aber Sie vielleicht schon. Was ist Ihnen lieber?«

»Nehmen Sie sie mit«, sagte Bichler und spuckte Blut. »Ich bin ruiniert«, jammerte er. »So ist das mit dem Glücksspiel, das hat schon so manchen ruiniert«, erwiderte Cohen. Er gab die Diamanten zurück in den Umschlag und steckte ihn ein.

»Komm, weg hier«, sagte er zu Eddie.

Eddie folgte ihm benommen wie im Traum. Die Treppe runter und zurück zum Wagen. Er ließ den Motor an.

Cohen fragte: »Wirst du's jemandem erzählen?«

Eddie starrte auf die Straße.

Er sagte: »Was soll ich erzählen?«

Sie fuhren in absoluter Stille zurück zur Wache. Dort angekommen das genaue Gegenteil. Leitende Beamte und Armeeoffiziere, zivile Mitarbeiter in den Gängen, Sekretärinnen, Constables und jemand vom Bürgermeisteramt, außerdem Reporter.

»Ruhe!«, brüllte Detective Sagi. Er entdeckte Eddie und Cohen. »Was habt ihr?«

»Nicht viel.«

»Kommt mit.« Er nahm sie mit in einen Vernehmungsraum. »Es wird ein Sonderermittlungsteam gebildet«, erklärte er ihnen. »Ich möchte, dass ihr dabei seid.«

»Wieso wir?«, wollte Eddie wissen.

»Weil ihr tut, was ich euch sage«, erwiderte Sagi. »Die nehmen uns das aus der Hand und geben es den Kollegen in Tel Aviv, weil Esther Landes dort zuletzt gesehen wurde. Dort übernimmt so ein Araber den Fall, Chief Inspector Awad. Ihr werdet seinem Team angehören. Tut, was er euch sagt, haltet die Klappe, und wenn der Schwanzlutscher abkackt, bekomme ich den Fall zurück. Kapiert?«

»Klappe halten und tun, was wir gesagt bekommen«, sagte Cohen.

»Gut«, erwiderte Sagi. »Ab nach Hause und Tasche packen. Ihr fahrt nach Tel Aviv. Habt ihr einen Wagen, einer von euch? Constable Raphael? Gut. Dann nehmt den. Wir brauchen den Streifenwagen hier. Hebt die Tankquittungen auf und lasst euch das Geld von Noga aus der Buchhaltung zurückerstatten.«

»Was soll das heißen, wo sie zuletzt gesehen wurde?«, fragte Cohen.

»Die in Tel Aviv haben mit den Eltern gesprochen und den Freund ausfindig gemacht«, erklärte Sagi. »Er behauptet, er hat sie am Abend vor ihrer Ermordung an einer bei Trampern beliebten Stelle abgesetzt und sie dort auch zum letzten Mal gesehen. So wie ich Awad kenne, wird er Druck auf den Freund machen, wie heißt er?«

»Udi«, sagte Eddie, »wir haben ein Bild von ihm bei ihr im Zimmer gefunden, und …«

»Masel tov, Constable«, sagte Sagi. »Aber die Ereignisse haben sich weiterentwickelt, also verpisst euch. Ich hab hier schon genug Ärger am Hals.«

»Ja, Sir.«

»Jawohl, Sir!«

Sie gingen und sahen einander an.

Eddie grinste. Cohen grinste.

»Tel Aviv!«, sagte Eddie.

»Treffen wir uns auf dem Karmel?«, fragte Cohen. »An der Karmelit-Station?«

»Ich hol dich dort in einer Stunde ab«, sagte Eddie.

Ihm fiel ein, dass er gar nicht wusste, wo Cohen wohnte, wahrscheinlich irgendwo in der Unterstadt, wenn er mit der Karmelit fahren wollte. Sie war der ganze Stolz von Haifa, eine U-Bahn mit nur einer einzigen Strecke, die vom Hafen auf den Berg hinauf führte. Eddie nahm den Bus nach Hause, duschte kurz und packte eine Tasche. Sein Wagen war ein winziger Fiat 500 mit einem Zwei-Zylinder-Motor. An der Bahnstation angekommen, parkte er und wartete. Cohen kam zu spät. Eddie erinnerte sich an einen Auftrag, den er in seiner zweiten Woche als Constable erhalten hatte, nachdem er frisch von der Polizeischule gekommen war. Bei Wartungsarbeiten war in einem Tunnel der Karmelit eine abgetrennte menschliche Hand gefunden worden. Die Karmelit hatte zwei Schienenstrecken und zwei Wagen. Wenn der eine hochfuhr, fuhr der andere runter. Es war die Hand einer Frau, und Eddie und ein paar andere, die auch gerade erst mit der Ausbildung fertig waren, wurden losgeschickt, den Rest suchen.

Sie fanden die Leiche in Einzelteilen, ein Bein hier, ein Fuß da, ein halber Torso, schließlich auch das, was vom Kopf übrig war. Eddie erinnerte sich, wie drückend der Tunnel über ihm lastete, und an die eigenartig verlassenen, menschenleeren Stationen. Hin und wieder hörte er einen Schrei im Dunkeln: »Ich hab was gefunden!«

Stundenlang waren sie da unten.

Am nächsten Tag erschien in *Davar* eine kleine Randnotiz über die zerstückelte Leiche, aber das war's. Alles deutete auf einen abscheulichen Mord hin, aber Dr. Schatz diagnostizierte Selbstmord.

Schon erstaunlich, was ein in hohem Tempo den Hang herunter-rasender Zug mit einem menschlichen Körper anrichten kann. Die Detectives kamen schließlich dahinter, wer sie war. Sie war vermisst gemeldet worden, aber es hatte gedauert, bis die Nach-richten die Kollegen erreichte. Offenbar war sie ein Mädchen aus Yoqne'am, und es hieß, sie habe in letzter Zeit deprimiert gewirkt. Welchen geheimen Kummer sie auch mit sich trug, sie hatte ihn mit in den Tunnel genommen.

Cohen klopfte ans Fenster.

»Träumst du, Mädchen?«, fragte er.

»Klar«, erwiderte Eddie. Cohen ging um den Wagen und stieg auf der Beifahrerseite ein. Er schob sich auf dem Sitz zurecht und streckte die Beine aus, so gut es ging. »Meinst du, die Karre schafft es überhaupt bis Tel Aviv?«, fragte er.

»Werden wir ja sehen.«

»Ich rauche«, kündigte Cohen an. Er ließ das Fenster runter.

Eddie sagte: »Okay.«

»Willst du eine?«, fragte Cohen.

»Nein, danke.«

Cohen zündete sich eine an. Eddie kurbelte sein Fenster runter. Der kleine Fiat schoss über die Straße, und binnen kurzem waren sie oben auf dem Karmel, fuhren weiter in den Wald. Auf beiden Seiten wuchsen Kiefern, die Luft war frisch und schon bald sah man keine Häuser mehr, nur noch Bäume. Der alte Karmel hat-te etwas von der Ewigkeit. So viele Menschen hatten auf seinen Hängen gelebt und waren dort gestorben. Für die Gestorbenen machten ein paar Tote mehr oder weniger keinen Unterschied. Neandertaler und moderne Menschen hatten in den nahe gelege-nen Höhlen gehaust, jedenfalls hatte er das einmal gelesen. Phöni-zier, Ägypter, Kreuzritter und sogar Napoleon waren gekommen und gegangen – zuletzt die Briten. Schon bald rückten die ersten Drusendörfer in Sicht. Sie fuhren an Restaurants und Kuriositä-tenläden vorbei. In einer Straßenbiegung hatte ein alter Druse mit

Kufiya seinen Stand aufgebaut und verkaufte Kaffee und Labneh, hatte ein Kohlenfeuer für das Brot aufgeschichtet.

»Willst du anhalten?«

Cohen nickte. Sie stiegen aus und hielten Smalltalk mit dem alten Mann und kauften zwei gerollte Pitas mit Labneh, Za'atar und Olivenöl und aßen am Feuer. Dazu tranken sie zwei kleine, schwarze arabische Kaffee. In gewisser Weise, dachte Eddie, zögerten sie nur den unvermeidlichen Moment hinaus, wenn sie an der Stelle vorbeimussten, an der Esther Landes gestorben war, falls sie dort gestorben war. Eddie hatte den Autopsiebericht noch nicht gelesen. Die Akte lag im Wagen.

»Kannst du fahren?«, fragte er.

»Sicher.«

Sie tauschten die Plätze und fuhren weiter. Eddie blätterte die Akte durch. Jetzt ging es bergab, vorbei an Daliyat al-Karmel, dem Ort des Brandopfers, und dem alten Karmeliterkloster, das Muskhraka genannt wurde, weil der Prophet Elija dort die Baals-Propheten ermorden ließ. Eine Statue von Elija mit hocherhobenem blutigen Schwert stand hier, sein Fuß ruhte auf dem abgeschlagenen Kopf eines ausländischen Priesters.

»Hier steht, es ist nicht eindeutig geklärt, wo sie gestorben ist«, sagte Eddie.

»Das heißt?«

»Entweder ist er mit ihr nach Tantura gefahren und hat sie dort getötet, oder er hat sie erst getötet und dann die Leiche dort hingebracht. Was denkst du?«

»Ich denke nicht, Eddie. Entweder ich weiß etwas, oder ich weiß es nicht.«

»Dann weißt du's also nicht.«

»Er muss einen Wagen gehabt haben, richtig?«, sagte Cohen. »Wie hätten sie sonst dorthin kommen sollen?«

»Er kann ihr doch auch in einem Bus begegnet sein oder …«

»Und sie überredet haben, nachts mit ihm an den Strand zu fahren? Ach, komm …«

»Also, wo ist dann der Wagen?«, fragte Cohen. »Wenn wir den Wagen haben, haben wir unseren Mann.«

»Bislang gibt's keine Zeugen.«

»Der Freund hat einen Wagen«, sagte Cohen. »Weißt du noch? Er hat sie abgesetzt.«

»Was für ein Typ setzt seine Freundin mitten in der Nacht an der Straße ab und lässt sie trampen?«, fragte Eddie.

»Es sei denn, das stimmt nicht. Es sei denn, er hat sie gefahren.«

Cohen folgte der Straße runter nach Bat Shlomo, und sie sahen Reiter in der Ferne. Schon bald kamen sie an Fureidis vorbei, und Eddie merkte, dass er sich geirrt hatte, sie kamen gar nicht an Tantura vorbei, und vielleicht war das ja auch der Grund gewesen, warum sie beide über die Berge hatten fahren wollen.

Zurück auf der Küstenstraße nahm der kleine Wagen Tempo auf, obwohl hier mehr Verkehr herrschte. Laster mit Obst und Gemüse und ein alter Kibbuznik-Traktor hielten den Verkehr auf, bewegten sich in ihrem eigenen Tempo, ein Egged-Bus fuhr in die entgegengesetzte Richtung nach Haifa, zwei Militär-Jeeps und jede Menge Fiats und Fords waren Richtung Tel Aviv unterwegs. Eine Frau auf einem riesigen Werbeplakat starrte hinaus aufs Meer, hielt eine Zigarette zwischen den Fingern.

Sie ist jung, sie ist smart! Hieß es auf dem Plakat. *Sie will das Beste, und sie bekommt es. Sie raucht Nelson's.*

»Bialik hat Dubek geraucht«, sagte Eddie.

Cohen erwiderte: »Ach ja?« Ohne großes Interesse.

»»Sing mein Vogel von dem Land, in dem meine lebenden Vorfahren den Tod fanden!'«, proklamierte Eddie dramatisch. »Kann ich noch aus der Schule, wir haben immer viel Bialik gelesen.«

»Schön«, sagte Cohen. »Na ja, nicht schön, aber du weißt, was ich meine.«

»Denkst du, wir finden ihn, Cohen?«

»Keine Ahnung.«

»Wer ist Benzion?«, fragte Eddie. Die Worte kamen heraus, bevor er es verhindern konnte. Cohen hielt den Blick auf die Straße gerichtet.

»Bloß so ein Typ, der Leuten manchmal aus der Klemme hilft«, sagte er »Er leiht ihnen Geld, wenn sie welches brauchen, so was.«

»Okay«, sagte Eddie.

»Wird das ein Problem werden, Eddie?«, fragte Cohen.

»Nein.«

»Willst du mir noch mehr Fragen stellen, Detective Raphael?«

»Ich bin nur Constable«, sagte Eddie und grinste. Cohen grinste auch. Dann sahen sie das Schild nach Tel Aviv vor sich und die Lichter der Großstadt am immer dunkler werdenden Horizont.

18 TEL AVIV

»Berühmte Leute wohnen nicht in Haifa.« – Cohen

»Warum seid ihr noch in Uniform?«, herrschte Chief Inspector Awad Cohen und Eddie an. »In Uniform nutzt ihr mir nichts. Ich kann sowieso nicht viel mit euch anfangen und musste euch nur ins Team holen, weil ein bisschen Politik nun mal dazugehört.« Er sah sie beide auf eine Art an, die Eddie für Belustigung hielt.

»Was hat Sagi euch für Anweisungen gegeben? Macht keinen Ärger und berichtet ihm? So ungefähr?«, wollte Awad wissen.

»Richtet dem Wichser bitte aus, dass er mich mal am Arsch lecken kann.«

»Ja, Sir«, sagte Eddie, und sogar Cohen grinste.

»Wir schlagen unser Lager in dem Gebäude in Salama in Jaffa auf«, sagte Awad. »Da ist es ruhig, seit fast alle außer der Abteilung für Naziverbrechen ins Präsidium nach Jerusalem gezogen sind. Das neue Präsidium, in das euer Detective Sagi zweifellos eines

Tages einzuziehen hofft. Also hört mir zu, alle beide. Mir ist dieser ganze Kram egal. Ich bin Araber, deshalb werde ich sowieso niemals Commissioner, und das heißt, ich kann mir irgendeinen Mist erlauben, den sich Juden nicht erlauben können. Ich kann mich zum Beispiel darauf konzentrieren, tatsächlich Verbrechen aufzuklären. Eine Frau ist tot. Ich möchte, dass dafür jemand vor Gericht gestellt wird und ins Gefängnis wandert, und mir wäre es ganz bestimmt lieber, wenn es sich um den Täter handelt, der zum Schluss in der Zelle schmort. Kommt ihr so weit damit klar? Ja?«

Beide nickten.

»Dann seid morgen früh pünktlich um acht in der alten britischen Polizeiwache in Salama, ist nicht zu verfehlen. Kommt in Zivil. Wahrscheinlich werden wir euch kaum gebrauchen können, aber man weiß ja nie. Ich muss jetzt wieder zur Vernehmung. Wisst ihr, wo ihr unterkommt?«

»Ich hab eine Tante in der Nähe vom Busbahnhof«, sagte Eddie. Er hatte seine Mutter angerufen, damit die ihre Schwester anrief und fragte, ob sein Freund und er bei ihr übernachten durften, schließlich diente es einem guten Zweck. Die Tante sagte, sie dürften, vorausgesetzt, sie störten sich nicht an dem Hund und bezahlten zehn Lira pro Nacht und Nase, um etwas zu ihren Unkosten beizutragen, denn sie wurde ja auch nicht jünger. Eddie hoffte, er würde das Geld später von Noga aus der Buchhaltung zurückerhalten, auch wenn er nicht sicher war, ob ihm seine Tante eine Quittung ausstellen würde.

»Schöne Gegend. Na gut. Sonst noch was?«

»Ist er hier?«, fragte Cohen. »Der Freund?«

»Udi Raveh, ja«, sagte Chief Inspector Awad.

»Hat er was gesagt?«

»Er sagt viel, Constable Cohen.«

»Dürfen wir dabei sein?«

»Dürft ihr nicht.«

»Zugucken?«

»Ganz schön diensteifrig, hm?« Awad grinste. »Ich hätte gedacht, ihr seid eher drauf aus, die Stadt unsicher zu machen und Tel Aviv bei Nacht zu genießen.«

»Vom Gehalt eines Constables?«, fragte Eddie, und Awad lachte.

»Na dann, kommt«, sagte er. »Ihr könnt Sagi gerne berichten, dass ich mich besser um euch kümmere als um meine eigenen Kinder.«

Er ging mit ihnen zum Observierungsraum. Er war dunkel und voller schweigender Männer und Zigarettenrauch. Auf der anderen Seite der Scheibe saß Udi Raveh.

Auch er rauchte, trug keine Handschellen, wirkte müde und ein bisschen trotzig. Er war ungefähr vierundzwanzig oder fünfundzwanzig. Eddie konnte sein Gesicht kaum erkennen. Er war das, was man landläufig als »unscheinbar« bezeichnete. Einfach irgendein Typ.

Awad trat in den Vernehmungsraum.

»Wann darf ich gehen?«, fragte Raveh.

»Haben Sie's eilig?«, fragte Awad.

»Nein, nur … ich versuche immer noch damit klarzukommen. Ich kann nicht fassen, dass das wirklich passiert ist.«

»Erzählen Sie mir noch mal genau, was passiert ist«, sagte Awad.

»Ich hab's Ihnen doch schon dreimal gesagt!«

»Sagen Sie's mir nochmal.«

»Vor ein paar Tagen kam Esti nach Hause, hat mich überrascht. Ich dachte, sie wäre noch bei der Armee, aber sie hatte frei bekommen und ist früher gefahren. Ich hab mich gefreut, sie zu sehen, auch wenn ich sie nicht erwartet hatte. Sie hat gemeckert, meine Wohnung sei zu unordentlich. Sie müssen wissen, ich gehöre zu diesen Typen, die eigentlich nie so richtig Ordnung halten. Liegt mir einfach nicht. Esti hat also aufgeräumt, dann hat sie angeboten, uns was zu kochen. Sie ist eine gute Köchin. War. O Gott. Sie hat uns was gekocht, ich hab vergessen, was. Dann ist sie über Nacht geblieben. Ihre Eltern konnten mich nicht besonders leiden. Keine Ahnung, warum. Esti und ich haben uns auf einer Demo kennengelernt, vor ungefähr drei Jahren, glaube ich.«

»Vor drei Jahren?«, fragte Awad. »Da war sie erst sechzehn.«

»Kommen Sie«, sagte Udi Raveh, »ich bin nicht viel älter, und sie ist nicht viel jünger. War. O Gott.«

»Aber Sie waren volljährig«, sagte Awad. »Und Esther nicht.«

»Sie werden mir verzeihen, wenn ich mit Ihren bescheuerten bürgerlichen Moralvorstellungen nichts anfangen kann, Chief Inspector. Esti war ein sehr kluges, empfindsames Mädchen. Sie hat viel besser als die meisten anderen verstanden, welche Ungerechtigkeit die Gesellschaft denjenigen antut, deren Land wir hier besetzen, und – sie war kein Kind mehr.«

»Was ist passiert, nachdem sie Sie überrascht hat?«

»Hab ich doch schon gesagt, sie hat uns beiden was gekocht. Wir haben überlegt, ob wir ins Kino gehen, waren aber beide zu müde. Wir haben Musik aufgelegt, ich hatte noch Cognac, und dann sind wir direkt ins Bett.«

Awad wartete. Sein Schweigen entlockte Udi Raveh Worte, die dieser anscheinend loswerden wollte.

»Sie ist noch drei Tage bei mir geblieben«, sagte er. »Also, das heißt, bei ihren Eltern war sie auch. Und ihre Freundin Shosh wollte uns besuchen. Das ist ihre beste Freundin. Shoshana. Sie waren zusammen auf der Schule. Aber sie ist nicht gekommen. An dem Tag, als Esti nach Haifa zurückmusste, wollte ich sie hinfahren, aber ich hatte am Abend ein Treffen mit den Genossen vom Roten Weg und wollte mich nicht verspäten. Sie meinte, das sei völlig okay, wenn sie trampt. ›Was soll schon passieren!‹, hat sie gesagt. Ich wünschte … ich wünschte, ich hätte mich nicht überreden lassen. Aber es war spät, und das Treffen war wichtig, auch wenn dann am Ende kaum jemand gekommen ist, so dass ich's sogar abblasen musste, aber zu dem Zeitpunkt … wahrscheinlich hat sie da schon bei jemandem im Wagen gesessen. Ich hab sie an derselben Stelle abgesetzt wie immer, ich dachte, da würde sie schnell mitgenommen werden, von jemandem, der aus Tel Aviv zurück nach Haifa fährt. Ich hab nicht gewusst …«

»Was hatte sie an?«

»Blaue Shorts, weiße Bluse«, sagte Raveh. »Ich hab ihr gesagt, sie soll ein bisschen mehr anziehen, wenn sie um die Uhrzeit allein unterwegs ist, aber sie hat mich ausgelacht. Wenn sie in der Stimmung war, konnte sie ganz schön wild sein. Man durfte nicht mit ihr streiten.«

»Haben Sie denn gestritten?«, fragte Awad.

»Wer streitet nicht?«, fragte Raveh zurück.

»Und worüber haben Sie gestritten?«

»Ich habe gar nicht gesagt, dass wir gestritten haben! Ich habe nur gesagt …«

»Aber Sie haben gestritten?«

»Na schön, wir hatten eine kleine Auseinandersetzung. Aber das war nichts. Ich weiß nicht mal mehr, wie's angefangen hat. Manchmal war sie launisch. Sie hatte das Gefühl, ich sei distanziert. Hat behauptet, ich hätte sie bei ihrem Besuch nicht genug beachtet. Sie wollte ins Kino gehen, in den neuen Film von Uri Zohar. Ich wollte nicht. Ich steh nicht besonders auf Uri Zohar, außerdem war meine Katze krank. Ich wollte *Charlie and a Half* sehen, aber sie hat gesagt, den hätte sie schon in Haifa gesehen. Wir haben gestritten und sind eingeschlafen. Am nächsten Morgen habe ich nach Epikur gesehen, und er hat sich nicht mehr gerührt. Epikur, das ist mein Kater, ich hab ihn nach dem griechischen Philosophen benannt. Epikur hat gesagt, man soll den Tod nicht fürchten.«

»Das hat Ihr Kater gesagt?«, fragte Awad.

»Was? Nein. Der Philosoph.«

»Verstehe.«

»Ich war völlig fertig. Esther auch. Sie liebt Tiere. Hat Tiere geliebt. O Gott. Wir sind noch mit ihm zum Tierarzt, aber der konnte auch nichts mehr machen. Ich wusste nicht, wo ich ihn begraben soll, also hab ich ihn dort gelassen. Der arme Epikur. Die arme Esther.«

Er vergrub den Kopf in den Händen.

»Wir machen eine kurze Pause«, sagte Awad sanft und verließ den Raum. Udi Raveh blieb allein sitzen. Er sah zum Fenster, dann wieder zurück, und starrte vor sich hin.

»Ihr Jungs könnt gehen«, sagte Awad. Die Tür zum Observierungsraum stand offen, Eddie und Cohen verließen das dunkle, verrauchte und nach Männerschweiß stinkende Kabuff.

Sie stiegen in den Wagen, und Eddie fuhr durch die ihm unvertrauten Straßen, Cohen hielt die Straßenkarte auf dem Schoß, stierte darauf. Sie verfuhren sich ein paar Mal, bis sie Har Tzion gefunden hatten.

Am Zentralen Busbahnhof herrschte reger Betrieb, Busse trafen ein und fuhren ab, an Ständen wurden Uhren, Kassetten und Blumen verkauft, Menschen warteten, Soldaten kamen von ihren Stützpunkten und Arbeiter von der Arbeit zurück. Eddie bog in die Neve Sha'anan, fand aber keinen Parkplatz.

»Da«, sagte Cohen und zeigte auf eine halbwegs freie Stelle.

»Aber das ist über der Linie.«

»Wenn du einen Strafzettel bekommst, rufst du einfach beim Verkehrsdezernat an und lässt ihn aufheben.«

Eddie parkte. Auf der Straße war einiges los, Gemüsehändler schrien, Zeitungsverkäufer boten Abendausgaben an, Leute saßen vor den Cafés oder holten sich Falafel an einem Stand. Draußen vor einem schicken Restaurant namens Shiraz sah er Luxuswagen, Volvos von der Sorte, wie nur Minister sie fahren, einen seltenen Mercedes. Eddie entdeckte einen Mann, der mit einem Mädchen am Arm ins Restaurant ging. Er zeigte auf ihn.

»Ist das Chaim Topol?«, fragte er.

Cohen fing an zu singen »Wenn ich einmal reich wär«, und beide lachten.

»Hey, Topol!«, rief Eddie. »Topol!«

Der Schauspieler drehte sich um, sah sie, winkte und verschwand mit dem Mädchen im Shiraz.

»Ich glaube, das ist der berühmteste Mensch, dem ich je begegnet bin«, sagte Eddie.

»In Haifa leben keine berühmten Leute«, sagte Cohen.

Sie stiegen die Stufen zur Wohnung von Eddies Tante im dritten Stock hinauf. Tante Sarah zwickte Eddie in die Wangen und umarmte ihn, sie roch nach Parfüm und Mentholzigaretten. Ihr kleiner Hund wuselte aufgeregt bellend um sie herum.

»Das ist Dschinghis«, sagte sie.

»Wie Dschingis Khan?«, fragte Eddie erstaunt.

Tante Sarah sah ihn verständnislos an. »Wie wer?«, fragte sie. »Nach Zrbavel H'navi, weißt du, der General? Dschinghis, Dschinghis. Weißt du, dass er Löwen bei sich im Hauptquartier hält? Aber ich habe ja auch einen kleinen Löwen hier, nicht wahr?«, sagte sie. Der kleine Hund wand sich unter ihrem Griff.

»Danke, dass wir bei dir übernachten dürfen«, sagte Cohen.

»Für unsere Männer in Uniform tu ich doch alles«, sagte Tante Sarah. »Das arme Mädchen. Und ihr habt sie gefunden? Steht nämlich alles in der Zeitung, wisst ihr? Es heißt, sie ist auch nicht die Erste, die auf diese Weise ums Leben gekommen ist. Haltet ihr das wirklich für möglich? Dass jemand unsere jungen Frauen umbringt? Das ist so schrecklich.« Sie schauderte dramatisch. »Ihr müsst mir alles darüber erzählen, ich sag's auch keiner Menschenseele.«

»Das können wir nicht, Tante Sarah«, sagte Eddie entschuldigend, und seine Tante lachte.

»Macht nichts, wollte euch nur auf die Probe stellen«, sagte sie. »Ich komme zu spät zu Mabat im Fernsehen. Wisst ihr, man muss an den Nachrichten dranbleiben. Sonst weiß man ja nicht, was los ist. Hier ist ein Schlüssel für euch. Denkt dran, dass ihr leise seid, wenn ihr spät nach Hause kommt. Und verschwendet nicht zu viel heißes Wasser unter der Dusche! Ich hab euch zwei Betten im Gästezimmer gemacht. Komm, Dschinghis! Chaim Yavin kommt im Fernsehen.«

Und damit ließ sie Cohen und Eddie stehen. Die beiden wechselten amüsierte Blicke. Das Zimmer war klein, aber aufgeräumt, und die beiden Einzelbetten waren wie Feldbetten gemacht, die dünnen Wolldecken so fest zusammengelegt, dass man eine Münze drauf hätte springen lassen können.

»Was willst du machen?«, fragte Eddie.

»Ist ja noch nicht spät«, sagte Cohen.

Eddie war ganz aufgekratzt vor lauter nervöser Energie. Er spürte Hunger im Bauch, aber nicht nach Essen. Er nickte. Sie zogen sich Zivilkleidung an, beide versuchten in weißer Unterwäsche auf einem Bein wackelnd in dem kleinen Raum ihre Jeans anzuziehen, bis sie beide lachen mussten.

»Wir gehen noch mal raus, Tante Sarah!«, rief Eddie auf dem Weg nach draußen. Dschinghis bellte. Draußen war es inzwischen Nacht. Die Straßenlaternen waren angegangen, und die Luft war warm und erfüllt von einem Geruch, der eindeutig zu Tel Aviv gehörte und ganz und gar nicht zu Haifa. Eddie wusste nicht, wie es in London oder in New York roch. Aber Tel Aviv hatte so einen Duft, der einem verriet, dass schlafen gar keinen Sinn hatte.

»Warte kurz«, sagte Cohen, ging zu einer Telefonzelle, warf Münzen ein und wählte. Er sprach kurz.

»Komm«, sagte er. »Ich muss noch wohin.«

»Nehmen wir den Wagen?«, fragte Eddie.

»Warum den Wagen nehmen, wenn wir laufen können?«

Sie gingen an Bussen vorbei, an einem Blumenladen und Ständen mit frischem Orangensaft und Falafel. Hübsche Mädchen in Shorts gingen die Straße auf und ab, ein alter Mann lehnte an der Wand einer Gasse und rauchte eine Zigarette, hohläugig musterte er die Passanten, und an einer Ecke saß eine Gruppe Jugendlicher mit Blumen in den langen Haaren. Einer spielte Gitarre: »A Song For Peace« von Rotblit.

Mädchen mit langen Beinen und kurzen Röcken saßen in Cafés, und der Mond schien, als sei dies das Tel Aviv aus dem Kino, das Tel Aviv von Uri Zohar und Arik Einstein, wie in *Perverts*, dem Film, den sie zwei Jahre zuvor gedreht hatten, in denen die neue, unbekümmerte hedonistische Stadt gezeigt wurde. Hier war es ganz anders als in Haifa, wo der alte Abba Hushi mit derart eiserner Faust bis Ende der sechziger Jahre regiert hatte, so dass böse Zungen die Stadt auch Hushistan nannten. Sie behaupteten, wenn zu seiner Zeit ein Matrose in Haifa an Land ging, habe er bis nach Tel Aviv fahren müssen, um Spaß zu haben. Hushi hatte die Prostitution ausgemerzt, die Universität und die Karmelit gebaut, aber nicht einmal er hatte die Schmuggelei im Hafen unterbinden können – und einige behaupteten, er habe es auch gar nicht gewollt.

Eddie roch die Stadt. Die Stadt rief ihn, und er dachte, dass Cohen recht hatte. Wenn er es geschickt anstellte, konnte er sich hocharbeiten. Wenn er auf seine Vorgesetzten hörte, sich nützlich machte und die Klappe hielt, wenn er es gesagt bekam, würde er aus Haifa verschwinden, raus aus der Armut und fort von den steilen, gewundenen Straßen nach Tel Aviv, wo man ein anderer sein konnte, als man war: eine Stadt, in der man frei sein konnte.

Sie kamen nach Kerem HaTeimanim, dem »Weingarten der Jemeniten«, eine Gegend in der Nähe des Marktes, wobei dieser bereits geschlossen und alle Stände verriegelt waren. Hier gab es einige dunkle Ecken, und ein junger Mann mit dem Akzent der nordafrikanischen Einwanderer sprach sie an, ob sie etwas kaufen wollten. Eddie und Cohen fragten nicht, was. Das war eine Straße, wie sie beide sie kannten.

Eddie begriff, tief im Inneren, auch wenn er es nicht direkt in Worte fassen konnte, dass Cohen und er sehr unterschiedlich waren und er selbst irgendwie privilegiert. Ihm hatte es nie an etwas gefehlt, und sein Hebräisch klang mehr oder weniger wie das der Nachrichtensprecher im Radio und Fernsehen. Er war in der Armee in einer Kampfeinheit gewesen, hatte im vergangenen Krieg gekämpft, eine baldige Beförderung war ihm nicht nur möglich, sondern gewiss. Und allmählich träumte er auch davon, was ein höherer Dienstgrad bedeuten würde und was er ihm bringen könnte. Irgendwie hatte die Fahrt über die Küstenstraße von Haifa nach Tel Aviv seine Wahrnehmung verändert, oder vielleicht hatte ihm auch der Tod von Esther Landes in Erinnerung gerufen, wie schnell und wie gewaltsam alles vorbei sein konnte. Sie habe etwas Wildes gehabt, hatte der Freund behauptet. Eddie dachte, vielleicht hatte sie ja gewusst, dass ihr nicht mehr viel Zeit blieb.

Sie gingen tiefer in die Gassen und Seitenstraßen, und Eddie wünschte, er hätte seine Pistole dabei, aber Cohen lief zielstrebig und schweigend weiter. Eddie wusste nicht, was Cohen wollte, auch wenn seinem Partner eine Sehnsucht anzumerken war, die auch Ehrgeiz sein könnte. Aber Ehrgeiz wonach?

Wer bist du, Constable Cohen?, fragte er sich. Was willst du wirklich? Sie kamen an ein Restaurant, junge Männer mit mürrischen Mienen standen davor und starrten sie an.

»Können wir euch helfen?«, fragte einer. Eddie betrachtete sie und hielt nach Waffen Ausschau.

»Die haben gesagt, ich kann mit ihnen sprechen.«

»Ach ja? Wer bist du?«

»Cohen.«

»Bleib hier.«

Er ging in das Restaurant. Eddie und Cohen warteten. Der junge Mann starrte sie an, und Eddie starrte zurück.

»Du bleibst draußen«, sagte Cohen leise. »Dauert nur eine Minute.«

Eddie sagte: »Nein.« Cohen nickte.

Der Mann kehrte zurück.

»In Ordnung«, sagte er.

Sie gingen zusammen rein.

Zwei Männer saßen an einem mit Essen und Getränken üppig gedeckten Tisch. Beide rauchten und trugen schöne Anzüge. Der eine war klein und kahl, der andere dünn mit Menjou-Bärtchen. Eddie wusste, wer sie waren. Über sie wurde häufig in der Zeitung berichtet.

»Kommt rein, kommt rein«, sagte der Kleine und zeigte mit dem Finger auf Cohen. »Dich kenne ich«, sagte er, dann verschob er seinen Zeigefinger Richtung Eddie. »Den kenne ich nicht.«

»Er gehört zu mir.«

»Hör auf, ihn unter Druck zu setzen, Midget«, sagte der andere Mann. Er hieß Tuvia Oshri und sah sie beide süffisant grinsend an. »Was seid ihr, Constables?«, fragte er. »Ihr müsst es mindestens zum Hilfsinspektor geschafft haben, um an diesem Tisch hier Platz nehmen zu dürfen.«

»Irgendwann wird aus fast jedem Constable ein Inspector«, sagte Cohen. Der Mann grinste noch breiter.

»Na, mal sehen«, erwiderte er.

Cohen zog einen Umschlag aus der Tasche, den Eddie wiedererkannte. Cohen legte ihn auf den Tisch, Midget griff danach, öffnete ihn und leerte den Inhalt aus. Die winzigen Diamanten, die Cohen Bichler in Haifa abgenommen hatte, glitzerten.

»Hübsch«, sagte Midget.

»In Ordnung?«, fragte Cohen.

Midget spielte mit den Diamanten, bewegte sie wie Murmeln zwischen den Fingern und nickte.

Tuvia Oshri nahm einen Umschlag aus der Tasche und warf ihn Cohen zu.

Cohen fing ihn.

»Beleidige mich nicht, indem du es zählst«, sagte Oshri.

»Würde mir nicht einfallen«, erwiderte Cohen.

»Schlauer Junge«, sagte Oshri.

»Schlau in Haifa«, sagte Midget. »Wenn du's jemals bis nach Tel Aviv schaffst, gibst du uns Bescheid, Bahurchik.«

Cohen nickte, steckte den Umschlag ein und ging raus.

Eddie ging mit ihm. Draußen war es kühler. »Was jetzt?«, fragte Eddie. Er schwitzte und merkte, dass sein Herz hämmerte.

Cohen grinste ihn an. »Jetzt gehen wir feiern«, sagte er. »Hier.« Er nahm hundert Lira aus dem Umschlag.

»Ich will das nicht annehmen, Cohen«, sagte Eddie.

»Für deine Tante«, beharrte Cohen. »Für das Zimmer. Sonst nichts.«

Eddie nahm das Geld.

»Komm, wir gehen auf die Dizengoff Street«, sagte Cohen.

»Gehen?«, fragte Eddie.

»Scheiß drauf«, sagte Cohen. »Wir nehmen ein Taxi.«

Cohen hielt eins an und beide sprangen rein. Im Radio lief »I'll Pinch You« von der Southern Command Band. Der Taxifahrer sang mit, »If you smile at me or laugh, I'll pinch you, girl, I'll pinch you hard …«

»Ich mag den Song nicht«, sagte Cohen.

»Wo soll's hingehen, Boychiks?«, wollte der Fahrer wissen.

»Zur Dizengoff.«

»Ist eine lange Straße, die Dizengoff. Irgendwo bestimmtes?«

»Ja«, sagte Eddie. »Dahin, wo's laute Musik und Mädchen gibt.«

»Kommt ihr von außerhalb?«, fragte der Fahrer. Er summte. »I'll pinch you girl, I'll pinch you, girl … ist ein Ohrwurm«, sagte er.

Die Dizengoff Street war nicht weit entfernt. Sie war lang und das Taxi kroch. Eddie sah Cafés, moderne Klamottenläden, Buchhandlungen und Musikgeschäfte mit Gitarren in den Fenstern und überall junge Menschen, die auf den Gehwegen unterwegs waren. Eddie roch Gras in der Luft. Amerika hatte seine Sechziger gehabt, dachte er, aber Israel hatte die Siebziger.

Das Taxi kam an einen Laden mit einem Schild, auf dem Tiffany's stand. Die Tür war halb geöffnet. Blitzende Lichter drinnen, Musik von Abba. Langbeinige Mädchen und gut aussehende junge Männer kamen heraus.

»Macht einundzwanzig Lira«, sagte der Fahrer.

»Einundzwanzig!«, wiederholte Eddie, er konnte es sich nicht verkneifen.

»Hey, steht auf der Uhr«, sagte der Fahrer. »Was willst du machen, Buddy? Du hast doch Beine, wieso nimmst du ein Taxi?«

Cohen bezahlte. Sie stiegen aus dem Wagen. Der Fahrer sagte: »Viel Spaß!« Er blieb stehen, hoffte, weitere Passagiere aufzunehmen. Eddie und Cohen betraten den Club. Die Musik stampfte, die Diskokugel drehte sich, und Eddie wurde ganz betrunken vom Lärm, den Ausdünstungen so vieler eng zusammengedrängter Körper, dem verschütteten Alkohol, den Zigaretten und dem Gras. Cohen und er kämpften sich durch bis zur Bar. Cohen schrie und zeigte. Zwei Arak und zwei Bier, und das Mädchen neben Eddie drehte sich um und fragte: »Seid ihr Bullen, oder was?«

»Was?«

»Ich hab gefragt, seid ihr Bullen?«, schrie das Mädchen.

»Außer Dienst!«, schrie Eddie zurück.

»Oh!« Sie guckte verdutzt, dann lachte sie laut. »Ich hab noch nie einen Polizisten geküsst«, sagte sie.

»Was!«

Sie beugte sich zu ihm vor, und noch bevor er etwas sagen konnte, fanden sich ihre Lippen, und sie küssten sich langsam und ausgiebig. Als sie sich wieder voneinander lösten, waren sie beide ein bisschen außer Atem und Eddie grinste.

»Ich bin Eddie!«, sagte er.

»Eddie, der Bulle«, sagte das Mädchen. »Ich bin Galya. Willst du tanzen?«

»Klar!«

Eddie kippte seinen Arak und spürte, wie ihn der Alkohol von innen wärmte, er grinste dümmlich.

Galya nahm ihn an der Hand und führte ihn zur Tanzfläche, wo Abba gerade von den Bee Gees abgelöst wurde. Die Musik wummerte, und Eddie tanzte unbeholfen, fuchtelte mit den Armen, hopste mit den Beinen, während Galya lachte und sich zur Musik bewegte. Das war kein Ort für hebräische Songs und hebräische Texte; hier war nichts düster, und nichts war heilig, außer dem Rhythmus, den Beats, dem Bass und den Synthesizerklängen.

Cohen konnte er nirgends mehr entdecken.

Eddie vergaß alles, sogar die tote Esther Landes im Sand, und ließ sich von der Musik und den Lichtern forttragen.

19 SCHLAF GUT, WACHTMEISTER!

»Willst du mich beeindrucken mit deinem bürgerlichen Liberalismus?« – Galya

Als Eddie aufwachte, war er immer noch betrunken. Das Licht des Morgengrauens sickerte durch die Jalousie, und er hatte keine Ahnung, wo er war. In seinem Zimmer in Haifa jedenfalls nicht und auch nicht bei seiner Tante Sarah in der Wohnung.

Etwas Weiches bewegte sich neben ihm. Er spürte Hände, die ihn umfingen, dann presste sich eine warme Wange an seine Brust.

»Viel zu früh ...«, murmelte eine Stimme, dann hörte er leises Schnarchen.

Eddie sah auf seine Armbanduhr. Halb sieben. Er hatte noch Zeit, schob sich aber trotzdem aus dem Bett. Er hatte keine Ahnung, wo er war. In seinem Kopf drehte sich alles. Das Mädchen schlug die Augen auf. Sie lächelte ihn an.

»Ich würde dich gerne wiedersehen«, platzte Eddie heraus. Verzweifelt versuchte er, sich an ihren Namen zu erinnern. Amalya? Galya?

Das Mädchen sagte: »Warum?«

Eddie wusste nicht, was er sagen sollte.

»Kann ich duschen?«, fragte er.

»Gibt kein heißes Wasser. Komm wieder ins Bett.«

»Ich muss gehen. Es war …« Eddie dachte nach. »Es war wunderbar«, sagte er.

»Ja, war schön«, sagte das Mädchen. »Aber du siehst scheiße aus.«

»Hab nicht viel geschlafen.«

Das Mädchen grinste anzüglich. »Stimmt, hast du nicht«, sagte sie. »Hier, nimm so eine.«

Sie griff in die Schublade, holte ein kleines Fläschchen mit Pillen heraus.

»Was ist das?«

»Zum Aufwachen. Keine Ahnung, was drin ist.«

»Na gut.«

Eddie warf zwei ein. Dann ging er aus dem Zimmer und fand die Dusche. Das Wasser war total kalt, aber das war ihm egal. Als er den Duschvorhang aufzog, sah er einen Mann am Waschbecken, der sich die Zähne putzte. Der Mann warf einen desinteressierten Blick auf Eddie und putzte sich weiter die Zähne.

»Bist du ein Freund von Galya?«

Eddie sagte: »Aha.« Er schnappte sich ein Handtuch, zwängte sich an dem Mann vorbei und in den Flur hinaus, dann kehrte er zu Galya ins Zimmer zurück.

»Die Wiederkehr des heldenhaften Polizisten«, sagte Galya. »Siehst gut aus, nur mit einem Handtuch am Körper.«

Sie warf die Decke von sich, blieb auf dem Rücken liegen und betrachtete ihn. Eddie schluckte. Was auch immer das für Pillen waren, sie hatten ihn wach gemacht.

Zumindest unter der Gürtellinie wurde er wieder munter.

»Wie weit sind wir von Jaffa entfernt?«, fragte Eddie.

»Du kannst dich wohl wirklich nicht mehr an viel erinnern,

hm?«, sagte Galya. Ihre Haare fächerten sich über das Kopfkissen aus, und sie lag nackt auf dem Laken, und, o Gott, nein, er versuchte jetzt nicht an Esther Landes zu denken, jetzt nicht.

»Wir sind in der Nähe vom Rathaus«, sagte Galya, und als er weiter fragend guckte – »Am Kikar Malkhay Yisrael? Im Zentrum.«

»Und?«, sagte Eddie.

»Du kannst den Bus nehmen, ohne Verkehr dauert das keine zwanzig Minuten.« Sie fuhr sich mit der Hand über den flachen Bauch, beinahe schüchtern.

»Und?«, fragte sie.

Eddie fiel über sie her, sie kicherte und biss ihm in die Schulter. Dann redeten sie nicht mehr. Sie stöhnte an seinen Hals. Die Pillen mussten wirklich wirken, er war so hart und machte immer weiter, er musste sich nur anstrengen, nicht an Esther Landes am Strand zu denken. Er verlor sich mit seinen Gedanken vollkommen im Geschlechtsakt, bis Galya ihm ohne Vorwarnung einen Finger in den Hintern schob und Eddie vor Überraschung nach Luft schnappte und kam.

»Was war das?«, fragte er.

»Du warst wie besessen«, sagte sie, lag völlig außer Atem neben ihm. »War aber gut. Jetzt kannst du gehen. Ich hab noch zwei Stunden, bevor ich zu meiner Schicht muss.«

»Was arbeitest du denn?«, fragte Avi.

»Ich kellnere in der Dizengoff«, sagte sie. »Aber eigentlich bin ich Schauspielerin.«

Eddie lag auf dem Rücken und sah sich im Zimmer um. Ein Poster von *Schlaf gut, Wachtmeister!* mit Shaike Ophir salutierend in Uniform hing an der Wand. Überall im Raum waren Duftkerzen verteilt, Klamotten lagen auf dem Boden, seine und ihre. *Hundert Jahre Einsamkeit*, der neue Roman von García Márquez in der bei Am Oved erschienenen Taschenbuchausgabe auf dem Nachttisch, daneben ein Stapel mit Flugblättern für Organisationen mit Namen wie Mazpen, Avant'Garde, Arbeiterbund und Roter Weg. Eddie griff nach dem obersten Flugblatt, auf dem ein Arbeiter heroisch in die Sonne blickte, die Faust kämpferisch zum Gruß erhoben, in dem Stil, den die frühen sowjetischen Künstler und Kibbuzniks favorisierten.

»Was ist das?«, fragte er.

Galya gähnte. »Literatur«, sagte sie.

»Was für eine?«

»Hör mal, du Polizeiheld, da draußen gibt es Leute, gute Leute, die glauben, dass wir als Staat eine große Ungerechtigkeit begehen«, erklärte Galya. »Dass wir uns auf besetztem Land befinden und auf eine Katastrophe zusteuern, es sei denn, die Arbeiter nicht nur hier, sondern in ganz Nahost erheben sich vereint und kämpfen für eine gerechte Gesellschaft, in der Männer und Frauen gleich sind.«

»Du meinst, linke Literatur«, sagte Eddie. »Was bist du, eine Kibbuznik?«

»Ich bin im Kibbuz aufgewachsen«, sagte Galya. »Aber das meine ich nicht. Die Kibbuz-Bewegung ist genauso Teil des Problems, sie besetzen arabisches Land, bauen auf den Ruinen der Dörfer der durch die Haganah Vertriebenen. Was?«, sagte sie. »Du weißt, dass das stimmt.«

»So einfach ist es nicht«, sagte Eddie.

»Aber auch nicht so kompliziert«, sagte Galya. »Geh, du musst zur Arbeit.«

»Mein Chef ist Araber«, sagte Eddie. Er wusste nicht, warum er das gesagt hatte, und Galya lachte.

»Willst du mich jetzt mit deinem bürgerlichen Liberalismus beeindrucken, du Polizeiheld?«

»Ich heiße Eddie«, sagte Eddie.

»Ich weiß. Und ich bin Galya. Schön, dich kennenzulernen.« Sie streckte ihre Hand aus, und er schlug ein, beide lachten.

»Komm heute Abend vorbei«, sagte Galya. »Um acht Uhr findet ein großes Treffen statt.«

»Vielleicht«, sagte Eddie. »Ich weiß nicht …«

»Polizisten sind auch Arbeiter, Eddie«, erwiderte Galya. »Wir treffen uns im Gemeindesaal in der Pumbedita Street. Weißt du, wo das ist? Eigentlich nicht weit von hier.«

»Was zum Teufel ist denn eine Pumbedita?«, fragte Eddie.

»Ich glaube, das war eine Stadt in Babylon, damals als die Juden dort waren«, sagte Galya. »Gehst du jetzt oder nicht? Ich will mich noch eine Stunde aufs Ohr hauen.«

Er küsste sie. Es fühlte sich gut an, sie zu küssen. Dann zog er sich an und verließ Galyas Wohnung.

Es war ein herrlicher Tag. Noch nicht heiß, aber die Sonne schien bereits und die Luft war frisch und klar. Eddie fragte eine alte Dame, wie er zum Kikar Malkhay Yisrael kam, und nahm von dort den Bus nach Jaffa.

Er schaffte es gerade noch rechtzeitig. Als er das Polizeigebäude erreichte, sah er seinen Fiat auf dem leeren Parkplatz und Cohen, der daran lehnte.

»Wichser«, sagte Cohen frei von Bosheit.

Eddie grinste verlegen.

»Bist du zu Tante Sarah zurück?«, fragte er.

»Dschinghis wollte heute Morgen mein Bein begatten«, sagte Cohen.

»Wahrscheinlich steht er auf dich.«

»Komm«, sagte Cohen. »Lass uns Chief Inspector Awad zuliebe so tun, als wären wir dämliche Provinzler.«

»Du magst ihn wohl nicht?«

»Ich mag Araber ganz allgemein nicht«, erklärte Cohen.

»Aber er ist Christ, oder?«, fragte Eddie. »Ich bin sicher, ich hab ein goldenes Kreuz um seinen Hals gesehen.«

»Trotzdem ein Araber.«

»Findest du nicht, dass sich alle Arbeiter im gesamten Nahen Osten vereint erheben und für eine gerechte Gesellschaft kämpfen sollten, in der Männer und Frauen gleich sind?«, fragte Eddie.

»Was?«

»Nichts«, sagte Eddie. »Hab ich mir sagen lassen.«

»Du wirkst ganz schön aufgekratzt«, sagte Cohen.

»Hab nicht genug geschlafen«, erklärte Eddie. Er wollte ihm nichts von den Pillen erzählen, die Galya ihm gegeben hatte, obwohl er sich super damit fühlte. Er knirschte mit den Zähnen.

»Komm«, sagte Cohen. Sie gingen hinein, gerade als die Uhr über der Anmeldung acht schlug.

»Kann ich euch helfen?«, fragte ein dicklicher Beamter und biss in die zweite Hälfte eines Käsebureka.

»Wir gehören zu Awad.«

»Ihr seid Polizisten?«, sagte er und lachte. »Zweiter Stock«, sagte er.

Sie gingen die Treppe hinauf und in einen Raum am Ende eines langen Gangs. Als sie eintraten, waren Awad und mehrere andere bereits dort.

»Ihr kommt zu spät«, sagte Awad.

»Wir sind auf die Minute pünktlich!«, sagte Eddie.

»Das ist zu spät«, erwiderte Awad. »Setzt euch, und kommt mir nicht in die Quere.« Er ging wieder an die Tafel hinter sich. Auf dem Tisch standen Kaffee und Gebäck, die Detectives lehnten sich rauchend auf ihren Stühlen zurück. Eddie und Cohen setzten sich hinten hin. An die Tafel waren Fotos von Esther Landes, Udi Raveh und die Titelseite einer Zeitschrift befestigt: Darauf abgebildet war ein Arbeiter mit erhobener Faust und dazu die Bildunterschrift *Solidarität, Gerechtigkeit, Widerstand. Zeitschrift des Roten Wegs*.

»Unseren Kollegen aus dem Norden zuliebe fasse ich noch einmal das Bisherige zusammen«, sagte Awad und erntete verhaltenes Gelächter. »Erstens, der Autopsiebericht bestätigt, dass der Tod durch Strangulation eingetreten ist. Dem ist gewaltsam erzwungener Geschlechtsverkehr vorausgegangen, am Opfer konnten Spermaspuren festgestellt werden. Das Opfer hat sich gewehrt, wurde aber bezwungen. Der Tod trat zwischen elf Uhr nachts und drei Uhr morgens ein. Udi Raveh behauptet, er habe das Opfer um halb elf in der Nacht des Mordes an der Trempiyada abgesetzt. Wir sind noch immer auf der Suche nach Augenzeugen, die sich erinnern können, sie dort gesehen zu haben, aber ich denke, wir sind uns darüber einig, dass sich das vermutlich als fruchtloses Unterfangen herausstellen wird. Bislang hat sich kein Zeuge gemeldet, der einen Wagen nach Tantura einbiegen oder den Tatort verlassen gesehen hat, niemand hat den Mord beobachtet, niemand hat das tote Mädchen gesehen. Und wenn ihr glaubt, wir finden noch einen Zeugen, der uns in diesem Fall weiterbringt, könnt ihr genauso gut Lotto spielen. Wenn ihr also den Zeitungen glaubt, könnten wir es tatsächlich mit einem Wiederholungstäter zu tun haben, der alle paar Jahre willkürlich zuschlägt. Ein Phantom. Wenn ihr das glaubt, glaubt ihr wahrscheinlich auch, dass Jitzchak Rabin inzwischen wirklich nicht mehr trinkt.«

Ein paar Detectives lachten pflichtschuldig.

»Wir arbeiten innerhalb eines juristischen Systems«, sagte Awad. »Nicht im Reich der Spekulation. Unsere Aufgabe besteht darin, einen Verdächtigen zu benennen und zweifelsfreie Anklagepunkte zusammenzutragen, die einen Richter überzeugen. Mehr nicht. Udi Raveh, der Freund, war die letzte Person, die das Mädchen lebendig gesehen hat. Ich denke, wir kennen alle die Statistiken in Zusammenhang mit Mord hierzulande und anderswo. Es ist immer der Ehemann oder der Freund. Also, was wissen wir bislang über Udi Raveh? Ja, Shimshoni?«

»Udi Raveh ist fünfundzwanzig Jahre alt, er wurde im Yom-Kippur-Krieg verwundet und hat seinen linken Fuß verloren«, sagte ein Detective mit einem Butterkeks in der Hand. »Er wurde mit Auszeichnung aus dem Armeedienst entlassen und studiert zurzeit im zweiten Jahr Geschichte an der Universität von Tel Aviv. Er lebt allein, sein Vater arbeitet in der Werbung – kennen

Sie den Jingle für Milch? ›Milch, Milch, deine Haut ist so seidig – trink Milch!‹ von der Vereinigung für Milchwirtschaft? Der ist von ihm.«

»Ein berühmter Mann also«, sagte Awad. »Und weiter?«

»Okay. Also, Raveh lebt von einer Militärrente, die ihm aufgrund seiner Verletzung zusteht. Neben seinem Studium ist er auch noch Mitglied einer radikalen Gruppe namens Roter Weg, die sich 71 von der Matzpen abgespalten hat, weil diese wohl nicht radikal genug war. Wie wir alle wissen, wurden erst vor zwei Jahren die Mitglieder einer ähnlichen Splittergruppe verhaftet, des Revolutionären Kommunistischen Bunds, und zwar wegen Spionage im Auftrag von Syrien, der Zusammenarbeit mit einer feindlichen Nation und Planung von Terroranschlägen. Sie sitzen derzeit ihre Haftstrafen ab.«

»Fazit?«, sagte Awad.

»Es gibt zwei mögliche Erklärungen«, sagte der Detective, biss in den Keks und spuckte beim Reden Krümel, so dass Eddie den Blick abwenden musste. »Entweder Raveh hat das Mädchen aus Eifersucht oder einem anderen Motiv getötet, oder, und das ist sehr viel weiter hergeholt, lässt sich aber nicht vollständig ausschließen, eine Abordnung des Roten Wegs hat den Mord an ihr als Terroranschlag geplant.«

»Alles klar«, sagte Awad. »Mir persönlich gefällt keine der beiden Optionen. Erstens, der Mann ist ein Krüppel. Hätte er das Mädchen wirklich töten können, und, wenn ja, warum hätte er's tun sollen? Zweitens, diese linken jüdischen Organisationen beschränken sich in der Regel auf nerviges Gelaber und das Verteilen von Flugblättern, die sowieso keiner liest. Aber soweit ich weiß, ist beides nicht strafbar.«

»Was wollen Sie sonst, Chief Inspector?«, fragte jemand anders.

Awad zuckte mit den Schultern. »Gründlich ermitteln. Raveh ist eindeutig unser Hauptverdächtiger und momentan auch der einzige. Entweder wir können ihn entlasten, oder wir stellen zweifelsfrei fest, dass er es getan hat.«

»Im Prinzip brauchen wir also ein Geständnis«, sagte der Detective mit dem Keks.

»Es sei denn, ihr findet Beweise«, erwiderte Awad. »Also gut. Wir haben seine Wohnung bereits auf den Kopf gestellt und abgesehen von kommunistischer Literatur nichts Anstößiges gefunden. Sandursky und Elias, ihr kontaktiert alle, die er kennt. Freundinnen, Freunde, Schulfreunde, Armeefreunde. Seht mal, was dabei rauskommt.«

»Schon dabei, Chef.«

»Rappaport und Abksis, ihr seht euch bezüglich der radikalen Gruppen um. Mendel, du beschäftigst dich mit Esther Landes. Wer waren ihre Freunde und Freundinnen, mit wem hat sie geredet, wem hat sie ihre Geheimnisse anvertraut. Vielleicht hatte sie noch andere Freunde oder Liebhaber …«

»Ihr wisst doch, wie diese Linken sind, alles Hippies«, sagte der Detective mit dem Keks und verschluckte sich. Er hustete und spuckte noch mehr Krümel. »Schon gut!«, sagte er. »Die Familie hat mich gebeten, den Leichnam für die Armee freizugeben, und weil die Autopsie beendet war, sind wir der Bitte gefolgt. Esther Landes wird heute auf dem Militärfriedhof auf dem Herzlberg beigesetzt. Möge ihr Andenken gesegnet sein.«

»Möge ihr Andenken gesegnet sein«, murmelten die Detectives, und Eddie fiel in den Chor ein.

»Jetzt los, an die Arbeit.«

Die Detectives standen auf. Eddie hob eine Hand.

»Ja, Constable Raphael?«

»Was ist mit uns, Chief Inspector?«

»Ihr, ja … ich hab nicht den blassesten Schimmer, Constable. Seid ihr zu irgendwas zu gebrauchen?«

»Jede Menge«, sagte Cohen. Awad seufzte. »Habt ihr vergangene Nacht überhaupt geschlafen?«, fragte er.

»Sir? Ich habe gestern Nacht ein Mädchen kennengelernt, die mit der Szene zu tun hat«, erklärte Eddie. »Mit der Linken, meine ich. Sie hat mich zu einem Treffen eingeladen.«

»In der Pumbedita Street, heute Abend um acht?«, fragte Awad. »Was?«, sagte er zu Eddies Erstaunen. »Habt ihr gedacht, wir wissen das nicht? Die machen kein Geheimnis draus. Ich wollte ein paar Leute hinschicken, damit sie ein bisschen dort herumschnüffeln, aber wenn du das übernehmen willst, kannst du gerne mit Cohen hingehen. Ich hoffe, ihr habt euren Marx und Engels präsent.«

»Diktatur des Proletariats«, sagte Cohen.

»Genau.«

»Was machen wir jetzt?« fragte Eddie.

»Ihr könnt mit Mendel fahren. Seht euch an, was sie für Freunde hatte, mit wem sie geredet hat. Vielleicht hatte sie noch einen anderen Liebhaber, vielleicht war Raveh eifersüchtig. Wenn, dann würde ihn das schwer belasten. Ich fahre nach Jerusalem.«

»Nach Jerusalem, Sir?«

»Zur Beerdigung, Raphael.«

Eddie und Cohen wechselten Blicke.

»Dürfen wir ... dürfen wir mitkommen?«, fragte Eddie.

»Mit mir? Wozu soll das gut sein?«

»Wir haben sie gefunden«, erwiderte Eddie und sah, dass Awad milder blickte.

»Ich weiß, ich hab dich ganz schön hart rangenommen, Kleiner«, sagte er, »schließlich spioniert ihr hier für Sagi, dieses Arschloch, aber ich gebe euch einen guten Rat. Lasst die Opfer nicht zu nah an euch ran. Esther Landes ist nicht das erste Mädchen, das auf diese Art gestorben ist, und sie wird auch nicht die letzte sein. Die ... die werden dich brauchen, Constable. Euch alle beide. Ich denke, du weißt, was ich meine, Cohen. Ich hab deine Akte gelesen.«

»Ja, Sir«, murmelte Cohen, und Eddie warf ihm einen Blick zu – was stand in Cohens Akte?

»Trotzdem, Sir. Sie hat Gerechtigkeit verdient.«

»Das hat sie. Das haben wir alle. Aber Gerechtigkeit ist hier leider Mangelware.« Awad rieb sich den Nasenrücken. »Also«, sagte er. »Die Beerdigung findet um die Mittagszeit statt. Wenn ihr beide allein hinfahrt, kann euch niemand davon abhalten, dran teilzunehmen. In Ordnung? Die Freunde, die sie hatte, werden sowieso dort auftauchen. Vielleicht könnt ihr die Versammelten ja unauffällig beobachten. So jung und gut, wie ihr aussieht, Raphael, ich bin sicher, ihr könnt ein paar Vorstöße machen. Beerdigungen sind super Gelegenheiten, um Mädchen kennenzulernen.«

»Danke, Sir.«

»Und morgen früh will ich den Bericht über das Treffen des Roten Wegs auf meinem Schreibtisch haben. Jetzt verschwindet.«

»Ja, Sir!«

Sie gingen, nahmen sich aber vorher noch schnell zwei Kaffee und eine Handvoll Kekse für unterwegs, die Reste des Frühstücks der anderen Detectives.

»Welcher war Mendel? Hast du eine Ahnung?«, fragte Eddie. Cohen grinste.

»Der mit den Keksen.«

»Ich seh ihn nirgends«, sagte Eddie.

»Ich auch nicht. Also, was jetzt?«

»Dann fahren wir eben allein nach Jerusalem«, erwiderte Cohen.

»Kann mir aber nicht vorstellen, dass dein Wagen noch mal den Berg raufkommt.«

»Das schafft er problemlos«, behauptete Eddie.

20 DIE BEERDIGUNG

»Die Toten verschwinden nicht.« – Cohen

Er schaffte es nicht problemlos. Der Wagen hatte große Mühe, die Steigung auf der Bab el-Wad Road hinaufzukommen. Cohen biss die Zähne aufeinander und umklammerte das Lenkrad, als ginge es um sein Leben.

»Gleich verreckt er«, sagte er.

»Der verreckt nicht.«

»Doch.«

Ein Egged-Bus kroch an ihnen vorbei. Am Straßenrand lagen ausgebrannte Überreste von Panzerfahrzeugen aus der Schlacht von Jerusalem 48, die nun künstlerisch an verschiedenen Stellen platziert worden waren. Cohen summte den Song, den Haim Guri geschrieben und Yafa Yarkoni als Erster gesungen hatte: »Am Straßenrand liegen unsere Toten, die stählernen Skelette so still wie meine Kameraden … Bab el-Wad … Bab-El-Wad!«

»Hör auf!«, sagte Eddie. »Ich will den Bericht lesen.«

»Die Karre macht schlapp«, sagte Cohen.

»Tut sie nicht.«

Je höher sie auf den Berg kamen, umso kühler wurde es. Eddie blätterte die Akte durch. Awad hatte Udi Raveh viele Stunden lang vernommen.

AWAD Gehörte Esther Ihrer politischen Organisation an?

RAVEH Sie war kein festes Mitglied, fühlte sich der Gruppe aber solidarisch verbunden. Wir hatten uns bei einer politischen Veranstaltung kennengelernt. Sie sind Araber, Chief Inspector …

AWAD Ich weiß …

RAVEH Stört Sie das nicht? Dass es zum grundlegenden Selbstverständnis unserer Nation gehört, dass sie auf jüdischem

Land für das jüdische Volk gegründet wurde? Und Sie damit, egal wie weit die Wurzeln Ihrer Familie hier in die Vergangenheit reichen, plötzlich zum Ausländer und zur Minderheit gemacht wurden?

AWAD Stört Sie das denn?

RAVEH Das können Sie laut sagen, dass mich das stört! Ich möchte unterstreichen, dass der Rote Weg eine friedliche Protestorganisation ist und wir nichts zu verbergen haben.

AWAD Ihre Genossen vom – wie hieß das noch? – vom Revolutionären Kommunistischen Bund hatten offenbar weniger friedliche Absichten.

RAVEH Erstens, das sind gute Leute. Zweitens. Der Schin Bet hat sie reingelegt. Halten sie Ehud Adiv und die anderen wirklich für knallharte Terroristen? Was haben sie denn gemacht, Chief Inspector? Die haben sich mit Palästinensergruppen getroffen.

AWAD Sie gehörten einem Spionagering an. Adiv ist persönlich mit falschen Papieren nach Syrien eingereist und hat sich in Sabotage ausbilden lassen.

RAVEH So interessant das zweifellos sein mag, ich verstehe nicht, was das damit zu tun hat, dass meine Freundin ermordet wurde.

AWAD Wirklich nicht?

RAVEH Was soll das heißen? Was geht in Ihrem Kopf vor, Chief Inspector? Dass ich sie umgebracht habe? Dass es ein ausgeklügeltes politisches Statement sein sollte? Sie war meine Freundin! Ich habe sie geliebt!

AWAD Haben Sie sie geliebt?

RAVEH Ich habe Esti geliebt. Sie war das liebste, netteste Mädchen ... darf ich ein Glas Wasser haben?

AWAD Selbstverständlich.

RAVEH Danke. Ich wünsche niemandem den Tod. Verstehen Sie das? Die Situation in diesem Land ist unhaltbar. Ein Land, das auf Ungerechtigkeit aufbaut, ist zum Leiden verdammt. Ausgerechnet Sie müssten das doch begreifen!

AWAD Angenommen, ich würde es begreifen, nur um mal den Gedanken weiterzuspinnen.

RAVEH Ich kann Ihre Position ja irgendwie nachvollziehen.

AWAD Sehr gut. Sagen wir mal, ich würde Ihnen zustimmen. Was dann? Man könnte sich dafür entscheiden, demokratisch zu argumentieren, mithilfe einer politischen Plattform für die Knesset kandidieren, zum Beispiel. Das System von innen beeinflussen. Zeitungsartikel schreiben. Flugblätter verteilen.

RAVEH Natürlich.

AWAD Andererseits könnte man das aber auch für naiv halten. Man könnte der Ansicht sein, dass die Auseinandersetzung bereits vor fünfundzwanzig Jahren beigelegt wurde.

RAVEH Sechsundzwanzig.

AWAD Vor sechsundzwanzig Jahren. Daher bleibt nur noch bewaffneter Widerstand. Ein Krieg zur Befreiung Palästinas von seinen Besatzern.

RAVEH Ja, na klar.

AWAD Man müsste sich Yassir Arafat und der PLO anschließen oder mit arabischen Nationen wie Ägypten oder Syrien kooperieren, die haben die besten Chancen, Palästina zu befreien. Der Yom-Kippur-Krieg war ein schwerer Rückschlag für Israel. Ein jüdisches Spionagenetzwerk zur Unterstützung Syriens hätte unglaubliche Auswirkungen.

RAVEH Das sind stichhaltige Argumente.

AWAD Ein solches hypothetisches Spionagenetzwerk könnte auch Terroranschläge durchführen. Morde zum Beispiel.

RAVEH Der Rote Weg ist eine friedliche Organisation. Sie sollten aufhören, Chimären nachzujagen, und endlich den Mann suchen, der Esther umgebracht hat!

AWAD Ich mache nur meinen Job, Mr Raveh.

RAVEH Sie verschwenden Ihre Zeit.

»Was Interessantes?«, fragte Cohen.

»Eigentlich nicht. Siehst du, er hält durch.« Eddie klopfte aufs Armaturenbrett. Dann kamen sie erneut an eine Steigung, und vor ihnen tauchte Jerusalem auf wie die Krone auf einem bergigen Kopf. Kalter weißer Stein, umhüllt von der Aura eines verschlossenen Tora-Schreins. In einer Senke nahm der kleine Fiat Fahrt für den letzten Anstieg vor Jerusalem auf, der Eddie immer wie der höchste Loop auf der Achterbahn im Luna Park erschien. Seine Ohren gingen zu.

»Findest du, dafür lohnt es sich zu kämpfen?«, fragte er und zeigte auf die Stadt.

»Jerusalem ist die ewige Hauptstadt der Juden«, erwiderte Cohen. »Da gibt es nichts zu diskutieren.«

»Ich meine, klar, nur …«

»Hier sind viele gute Menschen gestorben«, sagte Cohen, und Eddie gab es auf. Eigentlich mochte er Jerusalem nicht.

»Ich war mal als Kind hier«, sagte er »Und mein Vater hat mich auf ein Kamel gesetzt. Bist du mal auf einem Kamel geritten? Die spucken.«

»Nein, ich bin noch nie auf einem Kamel geritten.«

»Ist kalt«, sagte Eddie.

»Was steht in der Akte, Eddie?«

»Nichts. Raveh sagt, er ist unschuldig, seine Gruppe verteilt nur Flugblätter, und wieso suchen wir nicht den wahren Mörder?«

»Weil es immer der Freund ist«, sagte Cohen.

»Bis er's einmal nicht war«, erwiderte Eddie.

Cohen warf ihm einen Seitenblick zu. »Glaubst du ihm?«

Eddie zuckte mit den Schultern. »Ich habe keine Meinung, aber wir müssen ihm die Tat zweifelsfrei nachweisen. Wir haben keine Beweise.«

»Gesprochen wie ein wahrer Detective. Sonst noch was Interessantes?«

Eddie sah noch mal in die Akte.

AWAD Was ist mit Freunden?

RAVEH Freunden?

AWAD Esthers Freunden.

RAVEH Sie hatte viele Freunde.

AWAD Jemand Bestimmtes?

RAVEH Sie hatte ein sehr enges Verhältnis zu ihrer Schwester, und Shosh war ihre beste Freundin. Shoshana, aber sie wird Shosh genannt. Sie haben doch bestimmt schon mit ihr gesprochen, oder?

Eddie starrte auf die Seite. Er wünschte, er wäre bei der Vernehmung dabei gewesen. Irgendwas klang komisch daran. Die letzte Frage. Der Tonfall wirkte gleichzeitig beiläufig und irgendwie ein bisschen verzweifelt. Und Awad hatte auch gar nichts darauf entgegnet.

»Shosh«, sagte Eddie.

»Eine Freundin?«, fragte Cohen.

»Sagt er jedenfalls.«

»Wie nah standen sie sich?«

»Weiß nicht. Ich find's bloß komisch, so wie er das sagt«, meinte Eddie. »Wie er fragt, ob wir schon mit ihr gesprochen haben. Wir haben ja eben erst von ihr erfahren. Wie sollen wir da schon mit dieser Shoshana gesprochen haben?«

»Keine Ahnung«, erwiderte Cohen, »klingt aber, als sollten wir's möglichst bald tun.« Sie kamen zur allerletzten Steigung vor der Stadt. Der kleine Wagen kroch bergan. Andere Autofahrer zogen hupend an ihnen vorbei. Cohen packte das Lenkrad und pfiff »Bab el-Wad«.

Als sie in die Stadt kamen, fühlten sie sich von den Steinmauern erdrückt. Die Briten hatten ein Gesetz erlassen und verfügt, dass die Stadt ausschließlich mit Stein aus der Gegend weitergebaut werden durfte. Schwarzgekleidete Orthodoxe eilten über die Gehwege, Soldaten patrouillierten vor den Toren der Altstadt, und der kleine Fiat 500 flitzte, unbelastet von Geschichte oder Religion, fröhlich an allen vorbei, bis sie vor einem Café hielten.

Eddie und Cohen setzten sich erschöpft. Der arabische Betreiber brachte ihnen schwarzen Kaffee, eine Auswahl an Salaten, Pita, Hummus. Eddie riss ein Stück Brot ab. Cohen steckte sich eine Olive in den Mund.

»Wenn wir unsere Sache hier gut machen«, sagte Cohen, »könnte eine Beförderung für uns rausspringen.«

»Ich glaube nicht, dass hier irgendwer irgendwas gut macht«, sagte Eddie. Er dachte an Galya, wie sie schmeckte, an ihre Wärme und ihr Lachen. Er merkte, dass er sie wirklich gerne wiedersehen wollte.

Cohen schüttelte den Kopf. »Selbst wenn sie's vermasseln, werden sie uns trotzdem befördern müssen«, sagte er.

Eddie starrte den Hummus an.

»Ich wünschte, sie wäre nicht tot«, sagte er.

Cohen sagte nichts. Eddie fragte: »Was steht in deiner Akte?«

»Wie bitte?«

»Awad hat gesagt, du müsstest das verstehen, er hätte deine Akte gelesen.«

»Die von 66«, sagte Cohen. »Das Mädchen, das nackt in einem Orangenhain gefunden wurde, das war meine Cousine.«

»Tut mir sehr leid.«

»Ja, na ja.«

»Bist du deshalb zur Polizei gegangen?«

»Weiß nicht. Schien einfach ein guter Job zu sein, weißt du? Was Solides«, erklärte Cohen, aber er sah weg, und Eddie konnte seinen Gesichtsausdruck nicht deuten.

»Komm schon«, sagte Cohen, »bringen wir's hinter uns. Ich mag keine Beerdigungen.«

Sie bezahlten, stiegen wieder in den Wagen und fuhren zum Militärfriedhof auf dem Herzlberg. Als sie den Fiat parkten, sahen sie Mendel, den dicken Detective, der leise mit einem Mann mit dunkler Brille redete, und Cohen sagte: »Ich wette um zwanzig Schekel, dass der vom Schin Bet ist.«

»Meinst du?«

»Ich denke, genau davor hat Awad Angst. Wenn das politisch wird, will niemand mehr einen Araber an dem Fall arbeiten lassen. Am besten, er klärt ihn schnell auf oder schiebt ihn auf jemanden ab.«

»Auf jemanden wie Sagi?«

»Genau. Es sei denn, der Schin Bet übernimmt.«

Sie stiegen aus. Mendel entdeckte sie und kam ganz langsam angelatscht.

»Awad hat gesagt, ihr würdet kommen. Ich hab schon echte Kollegen hier, die die Augen offenhalten, und einen Fotografen. Ich will wissen, mit wem Raveh spricht, wer weint und wer nicht. Kommt ihr beiden mir bloß nicht in die Quere. Ist das klar?«

»Sicher«, sagte Cohen.

»Wir wollen ihr nur die letzte Ehre erweisen«, sagte Eddie.

»Das könnt ihr in eurer Freizeit machen!«, fauchte Mendel.

Sie sahen den Sarg eintreffen. Soldaten trugen ihn, eine Flagge war darauf drapiert. Särge wurden nur bei der Armee verwendet, bei der Armee und in den Kibbuzim. Hinter dem Sarg gingen die Angehörigen, trauernde Bekannte und einige Soldaten. Eddie sah Sharona, das Mädchen, das Esther Landes auf dem Bild erkannt hatte. Ihre Mitbewohnerin im Rutenberg-Institut. Auch die Leiterin war da, Mrs Nachmias.

Hinter ihnen kam Udi Raveh, er hinkte, und neben ihm ein junges schwarzhaariges Mädchen. Eddie vermutete, dass es Shosh war. Die beiden gingen eng beieinander, fast schon intim.

Der Sarg wurde hereingebracht, und die Mutter brach in Tränen aus. Eddie sah, dass Udi Raveh Shoshs Hand nahm. Sie sahen zu, wie Esther Landes zur ewigen Ruhe gebettet wurde, die Mutter stieß einen herzzerreißenden Schrei aus, warf sich auf den Sarg und wurde weggezogen. Das Grab wurde mit Erde bedeckt.

Ein Militär-Rabbi las den Abschnitt »Ein Weib von Tucht, wer findet's!« aus dem Buch der Sprichwörter. Eine Frau vom Ausbildungskorps hielt eine Grabrede. Der Vater versuchte, ebenfalls eine Rede zu halten, brachte aber kein Wort heraus. Die Mutter und er hielten sich eng umschlungen und weinten.

Die jüngere Tochter starrte auf das frische Grab. Die Ehrengarde der Armee salutierte. Der Kantor sang »Gott voll der Gnade«. Der Militär-Rabbi sprach die Fürbitte. Blumen wurden auf das Grab gelegt.

Die Ehrengarde feuerte ihre Gewehre auf Befehl in die Luft.

Alles in allem ein beeindruckendes und bewegendes Ritual.

»Die Zeremonie ist vorbei«, sagte jemand. Die Mutter wurde fortgeleitet. Udi Raveh und das Mädchen blieben am Grab stehen. Eddie sah Cohen an.

»Hier«, sagte Cohen. Er gab Eddie einen Kieselstein.

Eddie nickte. Sie gingen zum Grab, legten jeweils einen Stein auf die frisch aufgeworfene Erde. Eddie sah, dass Shosh ihn genau beobachtete, und nickte ihr zu.

»Hast du sie gekannt?«, fragte Shosh.

Eddie sagte: »Tut mir leid.«

Er zog sich mit Cohen zurück, sie beobachteten, wie die verbliebene Trauergemeinde Blumen oder Steine ablegte.

»Draußen sind Journalisten.«

»Und Mendels Kollegen.«

»Hast du Awad gesehen?«, fragte Eddie.

Cohen antwortete: »Nein.«

Eddie betrachtete das Grab und kratzte sich über die Bartstoppeln.

»Fühlt sich nicht anders an«, sagte er.

»Was?«

»Jetzt, wo sie beerdigt wurde. Ich dachte, vielleicht … weiß nicht.«

»Die Toten verschwinden nicht, Eddie.«

»Lass uns einfach nach Tel Aviv zurückfahren«, sagte Eddie. Er starrte die weißen Steine an. Die Grabsteine und die Häuser in der Ferne sahen alle gleich aus.

»Ich hasse diese scheiß Stadt sowieso«, sagte er.

21 DIE SCHLÄGEREI

»Jetzt bin ich hier und verhafte dich.« – Eddie

Um acht Uhr an jenem Abend traf Eddie gewaschen, frisch rasiert und mit Aqua Velva aus einem alten Fläschchen einparfümiert, das seine Tante noch unter dem Waschbecken versteckt hatte, in der Pumbedita Street ein. Er kam zu Fuß. Der Gemeindesaal, in dem tagsüber alte Männer Domino und Karten spielten, roch nach gekochtem Kohl und scharfem Putzmittel. Eddie sah, dass zu dem vermeintlich großen Treffen der radikalen Linken gar nicht so viele Menschen erschienen waren.

Draußen standen ein paar Leute in kleinen Grüppchen zusammen, die meisten rauchten und hielten Flugblätter in der Hand. Viele hatten Schnurr- oder Vollbärte, und einer trug sogar eine Leninkappe, so wie sie bei Akademikern oder den Gewerkschaftsführern vom Histadrut beliebt waren. Die Türen des Saals waren geöffnet, und Stühle standen aufgereiht vor einer kleinen Bühne. Galya kam heraus und entdeckte Eddie, ging lächelnd auf ihn zu.

»Eddie«, sagte sie.

»Galya.«

»Dann bist du also tatsächlich gekommen?«

»Ich möchte gerne mehr über die Übel der Besatzung und den unvermeidbaren Aufstand des fellachischen Proletariats erfahren«, sagte Eddie.

Sie boxte ihn an den Oberarm.

»Au!«

»Du machst dich lustig über mich«, sagte sie.

»Nur ein bisschen.«

»Die Besatzung *ist* ein Übel«, sagte sie. »Und die Fellachen *werden* sich erheben.«

»Vorsicht mit dem, was du dir wünschst«, sagte Eddie. In diesem Augenblick kam ein Mann vorbei. Er war Ende zwanzig, trug Jeans und ein weißes Hemd, er sah gut aus und lächelte ungezwungen. »Shalom, shalom, ich bin Shalom«, sagte er, ganz offensichtlich sein Standarderöffnungsspruch. »Shalom, das ist Eddie«, sagte Galya.

»Freut mich, Eddie«, erwiderte Shalom. »Immer schön, neue Leute bei unseren Vortragsabenden zu sehen.«

»Eddie ist Polizist«, erklärte Galya.

Shalom verlor sein ungezwungenes Lächeln nicht. »Hier ist jeder willkommen«, sagte er. »Außerdem, was macht die Polizei denn anderes, als Frieden wahren? Shalom, ich bin Shalom!«

»Wie witzig«, sagte Galya.

Eddie konnte Shalom auf Anhieb nicht ausstehen.

»Shalom«, sagte Shalom. »Alle träumen davon, alle wollen ihn.«

»Ein paar Mädchen ganz bestimmt«, erwiderte Galya. Shalom lachte und sagte: »Ach, hör auf!« Dann wandte er sich wieder an Eddie.

»Frieden, Eddie! Wahrer Frieden setzt Gerechtigkeit voraus! Macht es dich nicht wütend, dass sich das mit dem Zionismus so entwickelt hat? Der Zionismus war für seine Gründer ein wunderbarer Traum, der Herzenswunsch, dem jüdischen Volk eine dauerhafte Heimat als *Nation* zu verschaffen, einer Nation wie alle anderen, wie Bialik gesagt hat, mit eigenen Polizisten und eigenen Prostituierten. Das hat Bialik gesagt. Aber wie soll eine Nation Bestand haben, wenn sie auf dem Unglück einer anderen Nation aufbaut? Das widerspricht der universalistisch-internationalistischen Betrachtungsweise des Sozialismus und ...«

Er redete immer so weiter, aber Eddie hörte schon nicht mehr zu. Drinnen, ganz hinten, sah er Udi Raveh und Shosh, die sich offenbar mit gedämpften Stimmen unterhielten. Sie saßen ganz nah beieinander, ihre Köpfe berührten sich. Eddie versuchte, mehr zu erkennen. Die beiden saßen im Dunkeln und fühlten sich anscheinend unbeobachtet, denn jetzt sah er, wie Raveh Shosh einen braunen Papierumschlag zuschob, den sie in ihre Tasche steckte. Dann gingen Leute rein, und die beiden verschwanden aus seinem Blickfeld.

»Wird es lange dauern?«, fragte er.

»Was?«, hakte Shalom nach. Eddie musste ihn mitten im Satz unterbrochen haben. »Ja, wahrscheinlich. Wenn es um Gerechtigkeit, Frieden und ähnliche Kleinigkeiten geht, wird hier meist sehr leidenschaftlich debattiert.«

»Hey, ich hab's begriffen«, erwiderte Eddie. »Ich bin ja hier, um es mir anzuhören.«

»Gut«, sagte Shalom. »Es gibt mehrere Redner heute Abend. Wir haben Vertreter von Matzpen hier, vom Roten Weg, der Solidarität, der KP Palästina, und vielleicht kommen später noch mehr.«

»Ich kann's kaum erwarten«, sagte Eddie.

»Gut. Gut!«, sagte Shalom und klopfte ihm auf den Rücken.

»Galya! War mir wie immer ein Vergnügen. Ich sage jetzt wohl besser ein paar Worte, damit es losgehen kann.«

Er winkte kurz und ließ sie stehen.

»Was für ein Blödmann«, sagte ein anderer Mann und stellte sich zu ihnen. Er war Mitte fünfzig, hatte volles Haar und einen dichten Bart, seine Augen funkelten, als wäre er stets zu Schabernack aufgelegt. »Aber *unser* Blödmann. Galya, wie schön, dich zu sehen. Wer ist dein Begleiter?«

Galya lächelte. »Uri, das ist Eddie. Eddie, Uri Avnery.«

»Der Journalist?«, fragte Eddie erstaunt. Avnery gehörte und verlegte *haOlam haZeh*, »Diese Welt«, eine leicht schlüpfrige Boulevardzeitschrift, die hauptsächlich wegen der freizügigen Fotos gekauft wurde, die stets an prominenter Stelle darin zu finden waren, die sich trotzdem auch durch hervorragenden Investigativjournalismus auszeichnete. Vor ein paar Jahren hatte Avnery sogar für die Knesset kandidiert, war aber, wenn Eddie sich richtig erinnerte, nicht gewählt worden.

»Das stimmt. Was machen Sie beruflich, Eddie?«

»Eddie ist Polizist«, erklärte Galya. Offenbar hatte sie sich vorgenommen, ihn allen lieber gleich so vorzustellen.

»Polizist? Ich möchte wetten, da sind Sie heute Abend nicht der einzige hier«, sagte Avnery. »Aber keine Sorge, Bachurchik. Wir Linken haben nichts zu verbergen. Haben Sie mit den Ermittlungen im Mordfall Esther Landes zu tun?«

»Wie kommen Sie denn darauf?«, fragte Eddie verdattert.

»Wäre doch nur logisch. Aber hören Sie, ich würde mich gerne länger mit Ihnen unterhalten, wenn Sie können und wollen. Jemand muss die Mächtigen zur Verantwortung ziehen, und weil es sonst niemand tut, ist mir diese undankbare Aufgabe zugefallen. Mir und meinen Mitarbeitern bei *haOlam haZeh*. Ich gebe Ihnen meine Nummer. Wenn Sie was für mich haben, rufen Sie mich an, ja?«

»Sicher«, sagte Eddie. Er nahm die Nummer entgegen, die Avnery auf ein abgerissenes Stück Papier gekritzelt hatte.

»Kommt, lasst uns reingehen«, sagte Avnery. »Ich werde auch noch ein paar Worte sagen.«

»Hab ich mir schon gedacht«, erwiderte Galya.

Beim Hineingehen nahm sie Eddies Hand. Fühlte sich gut an, ihre Hand zu halten. Sie fanden Plätze ganz hinten. Shalom sprach als Erster und viel zu lang. Eddie schaltete bei »maoistischem Aufstand« ab, war aber wieder ganz Ohr, als Shalom auf den Mordfall Landes kam.

»Ihr habt alle von diesem jüngsten tragischen Ereignis gehört«, sagte Shalom. »Eine Genossin ist tot. Vergewaltigt. Ermordet. Ich spreche von Esti Landes.«

Eddie sah die Menschen nicken, murmeln.

»Esti glaubte an unsere gemeinsame Sache. Sie war eine von den Guten. Eine von uns! Und heute, Chaverim? Heute wurde sie begraben.«

Shalom wirkte aufrichtig bestürzt. »Sie war unsere Freundin und Genossin«, sagte er. »Ihr alle kennt auch Udi. Udi, der Esther geliebt hat.«

Udi Raveh stand unbeholfen auf. Beileidsbekundungen wurden genuschelt, »Bleib stark«, und die in der Nähe saßen, klopften ihm auf die Schulter.

»Und wisst ihr, was die sagen?«, fragte Shalom auf der Bühne. Seine Stimme wurde laut und wütend. »Wisst ihr, was die sagen? Die sagen, wir waren es! Wir, Chaverim! Die sagen, wir haben sie getötet!«

Rufe. Buhrufe. Erhobene Fäuste. Ein Fotograf schoss ein Foto, und es blitzte grell.

»Sie war eine von uns! Und nicht nur das! Nicht nur das, Chaverim! Die beschuldigen uns und hängen uns die Tat an! Der Staat ist hinter uns her! Und warum? Weil wir es wagen, die Wahrheit zu sagen! Weil wir es wagen, auszusprechen, dass die Besatzung unmoralisch ist, ein Krebsgeschwür in der Seele unserer Nation, eine historische Ungerechtigkeit. Und dafür sind sie bereit, uns einzusperren. In Ketten zu legen. Aber lassen wir uns einfach so hinter Gitter bringen? Ich sage, nein!«

»Nein«, brüllte das Publikum. Galya sprang auf. Alle sprangen auf. Selbst Eddie ließ sich von den aufwiegelnden Worten mitreißen.

»Ich sage, nein! Nein! Nein!«

Sie schrien und stampften mit den Füßen. Ganz allmählich wurde es still im Raum. Dann ging die Tür auf, und ein Mann stand im Schatten des Türrahmens, das Licht der Straßenlaterne hinter ihm rahmte ihn ein.

»Nein?«, fragte er. Er sprach leise, aber seine Stimme trug. »Du sagst nein, Shalom? Und sprichst von *Ungerechtigkeit*?« Er trat einen Schritt vor, in den Raum hinein. Er trug eine schwarze Hose und ein weißes Hemd, das bis zur Brust aufgeknöpft war, hinter ihm folgten weitere junge Männer wie eine Garde.

»Du ballst die Fäuste, schreist, spuckst und tobst, Shalom«, sagte der Mann. »Und ich höre nichts anderes von dir als ›Ich! Ich! Ich!‹«

Shalom sah den Mann im Eingang böse an. »Ya'akov«, sagte er. »Immer wieder schön, wenn die Black Panther bei uns hereinschauen.«

Sein Tonfall verriet das Gegenteil. Eddie starrte den Neuankömmling mit frisch erwachtem Interesse an. Die Black Panther hatten sich drei Jahre zuvor aus einer Jerusalemer Jugendbewegung heraus gegründet. Viele waren ehemalige Kleinkriminelle, und allesamt waren sie Mizrachim, Kinder von Einwanderern der arabischen Nationen. Inzwischen machten sie Schlagzeilen, hatten erfolglos bei den Wahlen zur Knesset kandidiert und gegen die systematische Diskriminierung der Mizrachim protestiert. Ihren Namen hatten sie sich von der amerikanischen Black-Panther-Bewegung abgeschaut und standen in krassem Gegensatz zur Mehrheit der europäischen Juden – den Aschkenasim –, die den Großteil der radikalen linken Opposition ausmachten.

»Worauf es hier ankommt, sind nicht eure kleinen verkrachten Organisationen«, sagte Ya'akov. »Wer hat sich denn diese Woche von wem abgespalten? Kannst du mir das verraten? Sind sich die Maoisten jetzt mit den Leninisten spinnefeind? Haben sich die Stalinisten schon von Stalin distanziert? Und du, Avnery, bekommst du zwischen den ganzen Tittenfotos in deiner Zeitung überhaupt noch Sozialdemokratie unter? Du widerst mich an.«

»Ruhig Blut, Ya'akov«, erwiderte Shalom, während Avnery grinsend in der Menge stand.

»Ich bin ganz bei euch!«, rief er und erntete vereinzelt Gelächter.

»Ich, ich, ich«, sagte Ya'akov. »Alles dreht sich nur um dich, oder? Kein Gedanke an das arme Mädchen, das in ihrem kalten Grab liegt, kein Gedanke daran, wer sie getötet haben könnte. Die Polizei ist sowieso korrupt, aber du profitierst genauso vom systemischen Rassismus in diesem Land, wenn nicht noch mehr. Gib es zu, Shalom! Ihr ganzen Goldbergs, Isaacsons und Silvermans, ihr seid nichts als Pisse auf meinen Schuhen! Gegen einen Abergil oder einen Marciano bist du nichts!«

»Warte mal, Ya'akov«, sagte einer der Black Panther und legte Ya'akov eine Hand auf die Schulter, aber Ya'akov schüttelte ihn ab. Die Stimmung unter den Zuschauern kippte. Eddie spürte das. Alle spürten es. Dabei hatte er gedacht, sie wären in der Hoffnung auf Befreiung hergekommen. Es fehlte nicht mehr viel und hier würde die Hölle losbrechen.

»Ihr seid alle mitschuldig«, sagte Ya'akov.

Stille. Shalom stand wütend auf der Bühne. Dann schrie jemand »Fick dich!«, und das Licht ging aus.

Eddie handelte schnell: Er packte Galya, da hörte er auch schon den ersten Faustschlag, einen dumpfen Knall, und dann ging's los. Sie brauchten nicht mal einen Anlass, keinen richtigen. Hauptsache, etwas Aufregendes geschah an diesem langweiligen Abend unter der Woche. Eddie duckte sich tief, zog Galya mit sich nach unten.

»Was ist passiert?«, fragte sie. »Was ist passiert!«

»Jungskram«, sagte Eddie. »Komm. Ich bring dich hier raus.«

Jemand fiel hin und krachte gegen eine der Stuhlreihen vor ihnen. Der Mann blieb auf dem Rücken liegen und grinste Eddie benommen an, zwei Zähne waren ausgeschlagen, und er spuckte Blut.

»Scheiß Bolschewiken«, sagte er.

Eddie hielt diesen Jargon nicht mehr aus. Er rechnete damit, dass die anderen Polizisten im Publikum eingriffen – es mussten Kollegen in Zivil anwesend sein. Dann merkte er aber, dass niemand Anstalten machte, einzugreifen, am allerwenigsten die Polizisten. Sie befanden sich mittendrin und verprügelten jeden, der ihnen vor die Fäuste kam.

Eddie schlich sich mit Galya zur Tür. Die Delegation der Black Panther hatte sich im Raum verteilt, und der Ausgang war frei. Eddie sah eine schmale Silhouette, die Tür ging auf und wieder zu. Er nahm Galya an der Hand.

»Komm!«

Sie schlüpften hinaus, gerade als eine Flasche an der Wand zerschellte. Draußen an der frischen Luft hielt er Galya eng an sich gedrückt.

»Bist du verletzt?«

Sie hob verwirrt den Kopf. Sie hatte zwei kleine Platzwunden im Gesicht. Eddie küsste sie.

»Was machst du da!«, sagte sie und stieß ihn weg. Er taumelte, der Schatten, den er vorher gesehen hatte, entfernte sich jetzt über die Straße.

»Wieso?«, fragte Eddie.

»Das sind meine Freunde! Meine Genossen!«

»Du kannst da nicht wieder rein«, sagte er.

»Ich lass mir von dir nicht sagen, was ich tun kann und was nicht!« Sie wollte an ihm vorbei, aber er hielt sie fest.

»Fahr nach Hause«, sagte er. »Warte, bis die sich beruhigt haben. Bitte.«

»Wieso sollte ich auf dich hören?«, fragte sie. Eddie sagte: »Weil du mir was bedeutest«, und küsste sie erneut. Er spürte ihre Wärme in seinen Armen, und dieses Mal küsste sie ihn zurück.

»Warum?«, fragte sie.

»Einfach so.« Er löste sich von ihr, lachte, sah den Schatten eines Mädchens um die Ecke biegen. »Aber weil ich dich respektiere, werde ich es dir überlassen, deine eigene Entscheidung zu treffen.«

»Hey!«

»Ich würde dich gerne wiedersehen!«, rief er. Dann sprintete er die Straße runter und rannte dem Mädchen hinterher. Sie verschwand um die Ecke, aber ein Stück weiter, kurz vor der Arlozorov Street, holte er sie ein. Sie war klein, dunkelhaarig und ziemlich schnell in ihren flachen Schuhen. Sie erreichte die Arlozorov Street vor ihm und winkte ein Taxi heran.

Eddie rannte. Das Mädchen wollte gerade ins Taxi steigen, als er sie am Arm packte.

»Hey, lass mich los!«

Er zog sie vom Wagen weg. Der Taxifahrer schrie ihn an und Eddie schrie zurück: »Polizei!«

Der Taxifahrer stieg aus dem Wagen. Er war groß und dick, und sagte: »Lassen Sie die Frau los, Sie Dreckschwein.«

»Polizei, verdammt noch mal!«, wiederholte Eddie. »Steigen Sie in den verfluchten Wagen!«

»Lass mich los! Du Perverser!«, sagte das Mädchen.

»Sie sind nie im Leben von der Polizei!«, erwiderte der Taxifahrer. »Lassen Sie das Mädchen sofort los!«

»Scheiße!«, schrie Eddie. »Wofür halten Sie sich? Den einzigen echten Zaddik in ganz Tel Aviv?« Er zog seine Waffe und richtete sie auf den Taxifahrer. Das Mädchen schrie.

»Steigen Sie in den verfluchten Wagen!«

»Ich rufe die Polizei!«, sagte der Mann.

»Ich *bin* die Polizei!«, brüllte Eddie.

Das Taxi fuhr los. Eddie entriss dem Mädchen die Tasche, öffnete und durchwühlte sie. Er fand kleine gebundene Bücher, billige Mädchentagebücher, wie man sie an jedem Kiosk kaufen kann. Er schlug das erste auf und sah die kindliche Handschrift.

Esther Landes, mein Tagebuch stand auf der ersten Seite.

»Das ist privat!«, sagte das Mädchen.

»Hallo, Shosh«, sagte Eddie. Sie starrte ihn an, und ihr Blick verriet ihm, dass sie ihn jetzt wiedererkannte.

»Du warst auf der Beerdigung«, sagte sie.

»Jetzt bin ich hier«, sagte Eddie. »Und verhafte dich.«

22 WIEDER ZU HAUSE

»Und Esther Landes ist trotzdem tot.« – Eddie

»Das nutzt nichts«, sagte Awad. Das Licht im Besprechungsraum war viel zu grell. Eddie taten die Augen weh und die Knochen auch, und er konnte nicht aufhören, mit den Zähnen zu knirschen. Durch den ganzen Kaffee, den er trank, um wach zu bleiben, kam sein Herz aus dem Rhythmus. Zigarettenqualm erfüllte den Raum.

Esther Landes' private Tagebücher lagen aufgeschlagen auf dem Schreibtisch und waren nicht mehr privat. Nichts an ihrem Leben war noch privat, nicht mehr, seit der Tod sie dieses schlichten Privilegs beraubt hatte. Jetzt war sie wahrhaftig nackt. Nackt und machtlos. Sie wurde von Detectives begrapscht, die die ganze Nacht ihre Geheimnisse und intimsten Gedanken lasen, während Udi Raveh und Shoshana Agasi in getrennten Gewahrsamszellen festgehalten wurden.

»Da steht nichts drin.«

»Was soll das heißen, da steht nichts drin!«, fragte Mendel. In seinem Schnurrbart hingen Krümel. »Das beweist alles, Mann!«

»Was genau beweist das denn, Mendel?«, fragte Awad. Er setzte sich still hin, ließ die Schultern hängen. Und Eddie begriff, dass er nicht einfach nur müde war, sondern niedergeschlagen.

»Dieser Udi Raveh, dieses kranke Arschloch, hatte was mit Shosh! Sehen Sie, Chief, da steht es! Erst versucht er, sie zu einem Dreier zu überreden, und dann kommt Esther früher zurück als erwartet und erwischt ihn prompt mit ihrer besten Freundin. Sie ist fix und fertig, und Raveh labert irgendeinen Scheiß von wegen er hängt nicht den bürgerlichen Moralvorstellungen an, Shosh heult, Esther zieht wütend ab. Er sieht sie nicht mehr, bis sie wenige Tage vor ihrem Tod überraschend aus Haifa kommt und bei ihm vor der Tür steht. Sie streiten, er tötet sie und verklappt die Leiche, aber dann packt ihn die Panik, und er gibt seiner Komplizin, der kleinen Shoshi hier, die Tagebücher, damit sie sie versteckt. Nur wird sie dabei von unserem jungen Springinsfeld hier erwischt.«

Eddie blinzelte. Mendel zwinkerte ihm zu. »Gute Arbeit, Junge«, sagte er.

»Danke?«

»Das war gute Arbeit, Raphael«, sagte Awad. »Auf jeden Fall. Aber war's das? Ein sexuell motivierter Mord? Nicht mal das.«

»Die Geschichte ist so alt wie die Menschheit, Chief Inspector«, sagte Mendel. »Außerdem würde damit der politische Aspekt wegfallen, und der Schin Bet würde seine Nase nicht in die Sache stecken. Nur wir, die richtigen Polizisten.«

Awad nickte. Er hatte ziemlich eindeutig keine Lust auf die politischen Aspekte der Angelegenheit.

»Na schön«, sagte er. »Ist einigermaßen überzeugend. Oder geht zumindest über berechtigte Zweifel hinaus, mehr braucht der Richter nicht. Aber ich finde die Beweislage trotzdem noch dünn.«

»Dann müssen wir eben ein Geständnis aus ihm herausbekommen«, sagte Mendel. »Das Dreckschwein streitet es nicht mal ab. Na klar hat er mit ihr gevögelt, sagt er. Genauso wie Esther auch noch was mit anderen hatte. Er war nicht eifersüchtig und sie auch nicht. ›Was soll das ganze Theater?‹, meint er. Ist das zu glauben?«

»Hol dir das Geständnis«, erwiderte Awad.

»Sollen wir Druck machen?«

Awad trommelte mit den Fingern auf den Schreibtisch.

»Seine Freunde«, sagte er. »Die machen zu viel Krach.«

»Aschkenasim«, sagte Mendel, als würde das schon alles erklären, was vielleicht auch so war.

»Wir stecken sie zusammen in eine Zelle und lassen sie noch mal gründlich nachdenken«, beschloss Awad. »Ein paar Tage in einer Zelle, ein paar Wochen … macht es ihnen so richtig schön ungemütlich. Er ist doch verkrüppelt, nicht wahr? Gebt ihm was Kleines, wo er keinen Platz hat, um sich zu bewegen. Am Meer, heiß und schwül. Er soll schwitzen, bis er den Mund aufmacht.«

»Meinst du, das funktioniert?«

»Ich denke schon«, sagte Mendel.

Und dabei beließen sie es.

Später standen nur noch Eddie und Awad draußen im Gang. Es war fast Morgen und dämmerte bereits.

»Du hast gute Arbeit geleistet«, wiederholte Awad. »Das werde ich deinem Chef in Haifa sagen. Vielleicht kannst du ja die Karriereleiter eine Sprosse nach oben fallen.«

»Danke, Sir.«

»Meinst du, er war's?«, fragte Awad.

»Ich weiß es nicht, Sir.«

»Nein. Na ja, spielt auch keine Rolle, oder? Kommt nicht drauf an, was du denkst, sondern was du beweisen kannst.«

»Und Esther Landes ist trotzdem tot«, sagte Eddie.

»Allerdings«, erwiderte Awad. »Das ist sie. Gute Nacht.«

Und damit ließ er ihn stehen.

Eddie war bereit, nach Hause zu gehen. Er suchte Cohen, aber er hatte ihn seit ihrer Rückkehr aus Jerusalem am Tag zuvor nicht mehr gesehen. Er fragte sich, was Cohen wohl machte, dann wurde ihm bewusst, dass er es eigentlich lieber gar nicht wissen wollte. Er sah, dass die Tür leise aufging und zwei Männer herauskamen. Einer war in Uniform, und Eddie erkannte an seinem Schulterstück, dass er Superintendent war.

Der andere war der Anführer der Black Panther, Ya'akov.

Sie sahen Eddie nicht, lächelten alle beide, schienen freundschaftlich miteinander verbunden. Der Superintendent zog einen Umschlag aus der Tasche und übergab ihn Ya'akov, dann schüttelten sie sich die Hände. Der Superintendent verschwand im Gebäude, und Ya'akov ging, frei wie ein Vogel. Er kam an Eddie vorbei, sah ihn und grinste. Dann zeigte er ihm einen Mittelfinger und verschwand.

Eddie fuhr nach Hause.

Er schlief traumlos, und als er aufwachte, war es Tag. Irgendwo in der Nähe bellte Dschinghis und das Telefon klingelte. Es klingelte so lange, bis Eddies Tante Sarah schrie, warum denn niemand ans Telefon ging, sie würde Chaim Yavin gucken, und der Hund bellte immer weiter und Eddie wurde wach, war aber noch ganz benommen von den Ereignissen. Er tappte in den Flur und nahm den Hörer vom Telefon auf dem Tisch neben der Tür und sagte: »Ja? Was gibt's?«

»Eddie? Ich bin's.«

Es war Cohen, und er klang aufgeregt.

Eddie sagte: »Cohen? Wo zum Teufel bist du?«

»In Haifa.«

»Was machst du in Haifa?«, fragte Eddie.

»Wir haben ihn, Eddie! Wir haben ihn!«, sagte Cohen.

»Wen?«, fragte Eddie.

»Den Killer«, sagte Cohen.

»Er sitzt in einer Zelle in Tel Aviv«, sagte Eddie verwirrt.

»Wer?«, fragte Cohen.

»Raveh! Der Freund!«

»Ach der. Vergiss den. Sagi hat gewusst, dass sich die Theorie nicht halten lässt. Schon bevor der Commissioner angerufen hat.«

»Der Commissioner hat angerufen? Wen?«

»Sagi. Oder besser gesagt, hat er nicht.«

»Wer hat nicht?«

»Na eben. Das ist es ja, ohne Geständnis ist Raveh nichts wert.«

»Aber ich hab Beweise.«

»Ein Tagebuch, Eddie? Komm schon.«

»Und wenn er die Tat gesteht?«

»Der Typ ist ein scheiß Kriegsheld, Eddie. Der wird kein Geständnis ablegen. Der setzt sich in keine Zelle. Jedenfalls nicht lange. Nicht, wenn die Zeitungen und alle Krach schlagen. Weißt du, dass er schon mit *Yediot* gesprochen hat, die wollen seine Geschichte gleich in mehreren Folgen bringen? *Deshalb* hat er die verfluchten Tagebücher versteckt! Der bringt das alles in die Zeitung. Das Geständnis eines käuflichen Sozialisten. Nein, Eddie, den kannst du von der Liste streichen, und Awad ist genauso weg vom Fenster. Ich hab dir gleich gesagt, dass ein Araber nichts taugt bei so einem Fall.«

Eddie starrte die Wand an. Der Hund hörte auf zu bellen. Er hörte Chaim Yavin im Fernseher und roch die Mentholzigarette seiner Tante. Er sagte: »Cohen, was zum Teufel willst du mir eigentlich sagen?«

»Ich sage, komm nach Hause. Ich sage, wir haben ihn.«

»*Wen?*«

Er hörte Cohen in der Leitung, die Telefone im Hintergrund, Stimmengewirr, das übliche Geklapper auf einer Polizeiwache.

Cohen sagte: »Elisha Barnea.«

3

MEIN NAME IST ELISHA BARNEA

1974

23 DER VERDÄCHTIGE

»Er muss nur gestehen.« – Cohen

Barnea saß im Vernehmungsraum und bewegte tonlos seine Lippen. Er war groß, saß vornübergebeugt, seine Haare eine dichte Mähne. Er sah gut aus. Jedenfalls fand Eddie das.

»Was macht er da?«, fragte er.

»Redet mit sich selbst«, sagte Cohen. »Denke ich.«

»Wieso er?«

Eddie war nach Haifa zurückgefahren. Unterwegs hatte er an einer Tankstelle kurz vor Zichron Ya'akov gehalten, schwarzen Kaffee aus einem Pappbecher getrunken und die Lichter am Hang betrachtet. Jenseits der Küstenstraße brandeten Wellen ans Ufer, und Eddie erinnerte sich, dass er einmal einen Wal hier gesehen hatte. Normalerweise kamen Wale nicht hierher, aber einmal im Sommer, in Tantura, hatte er einen gesehen und es nie wieder vergessen. Er rauchte nicht, nahm dafür aber noch eine von Galyas Pillen. Diätpillen waren es wohl.

Er war gewaschen und rasiert. Es war warm, und vom Meer wehte eine leichte Brise herüber. Er trank den Kaffee aus und fuhr bei geöffnetem Fenster weiter, einen Arm ließ er lässig aus dem Fenster hängen, dann fuhr er direkt zur Polizeiwache. Sagi klopfte ihm auf die Schulter, als er ihn sah.

»Willkommen zu Hause«, sagte er.

Eddie wusste nicht genau, was passiert war. Irgendein Coup, durch den sich das Machtgewicht mitsamt den Ermittlungen wieder von Tel Aviv zurück nach Haifa verschoben hatte. Er starrte den Mann im Vernehmungsraum an.

»Wer ist das? Was ist er?«

»Er ist bei der Verwaltung als Fahrer angestellt, hat sich hin und wieder mit Esther Landes getroffen. Sie hatten eine Handvoll Dates. Ihre Mitbewohnerin, wie hieß sie noch …«

»Rona«, antwortete Eddie.

»Genau, Rona. Sie hatte Esther ein paar Mal hohe Schuhe geliehen, weil der Typ groß ist und Esther sich neben ihm nicht so klein vorkommen wollte, also hat sie hohe Schuhe gebraucht.«

»Wie seid ihr auf ihn gekommen?«

»Er ist zu uns gekommen, auf die Wache spaziert und hat erklärt, er habe Esther gekannt und wolle helfen, ihren Mörder zu fassen. Er hat behauptet, sie seien befreundet gewesen. Erst mal hat sich niemand viel dabei gedacht. Der diensthabende Beamte hat notiert, dass er da war, und sich bei ihm bedankt. Sagi ist dann aber noch mal auf ihn zurückgekommen, hat auf der Suche nach Zeugen und nach Leuten, die Esther in Haifa kannten, alles noch mal durchgesehen.«

»Und der Ansatz mit Raveh hat ihm nicht gefallen?«

Cohen grinste. »Ihm hat nicht gefallen, dass die Idee aus Tel Aviv kam«, sagte er.

»Schon klar.«

»Er hat seinen Job gemacht, Eddie«, sagte Cohen. »Mehr nicht. Und er hat ihn gut gemacht. Er hat etwas entdeckt, was nicht zusammengepasst hat. Warum dieser Typ? Wo kam er her? Also hat Sagi sich schlau gemacht. Barnea hat eine Vorgeschichte, Sagi hat sich seine Militärakte besorgt. Er hatte Probleme in der Armee. Er war bei den Fallschirmjägern, hat sich aber nicht gut eingegliedert, ständig gab es Streit. Der Psychologe dort meinte, Barnea leide unter einer Persönlichkeitsstörung, Borderline mit psychopathischen Zügen. Er wurde versetzt. Er hat im Sechstagekrieg gekämpft und dann auch noch im Abnutzungskrieg auf den Golanhöhen. Jetzt ist er Fahrer bei der Verwaltung und wohnt aber noch bei seinen Eltern, die sind aus Libyen eingewandert.«

»Na und?«

»Sagi denkt, er hat sich nach Esthers Rückkehr aus Tel Aviv mit ihr getroffen. Hat sie in seinem Wagen mitgenommen, sie sind zum Strand gefahren. Und jetzt wird's interessant. Sagi hat mit allen gesprochen, die den Mann kennen. Auch ein paar Mädchen, mit denen er aus war. Die haben gesagt, dass er Probleme hat. Er kriegt keinen hoch, verstehst du? Ein paar Mal ist er deshalb wütend geworden, abwehrend. Und das ist ein großer Kerl. Keiner, den du wütend machen willst. Sagi denkt, er ist mit ihr zum Strand gefahren, sie haben rumgemacht, er wollte Geschlechtsverkehr, sie hat nein gesagt, er ist wütend geworden. Oder *sie* wollte Geschlechtsverkehr, aber er hat's nicht hingekriegt und ist wütend geworden.«

»Auf der Leiche wurden aber doch Spermaspuren gefunden«, sagte Eddie. Ihm war schlecht.

»Vielleicht konnte er ja, aber eben nur so«, sagte Cohen.

»Das ist doch Blödsinn«, erwiderte Eddie. »Du weißt, dass das Blödsinn ist, Cohen.«

»Das ist kein Blödsinn.«

»Das ist alles total dünn. Das sind nur Indizienbeweise.«

»Klar sind das Indizienbeweise. Es sei denn, er legt ein Geständnis ab.«

Cohen sah Eddie an, und in seinem Blick war keinerlei Freundlichkeit, eigentlich gar nichts. Eddie machte das Angst.

»Er muss nur gestehen«, sagte Cohen.

Eddie wandte den Blick von ihm ab. Er betrachtete den Mann im Vernehmungsraum. Elisha. Er hatte lange Finger, trommelte auf der Tischplatte und sah von einer Seite zur anderen, als würde er einen Ausgang suchen, aber allmählich begreifen, dass es keinen gab.

»Und du meinst, er wird gestehen?«, fragte Eddie.

»Er muss.«

Eddie wartete, während Cohen sich eine Zigarette anzündete. In der Polizeiwache war es still. Warum ließen sie den Verdächtigen einfach so da sitzen? Irgendein Telefon klingelte. Cohens Streichholz zischelte auf der Reißfläche, sprühte lodernd auf. Eddie hörte, wie Rauch eingesogen wurde, das Klappern der

Streichhölzer in der Schachtel und das Trommeln der Finger des Verdächtigen.

Er fragte: »Warum, Cohen?«

»Warum was?«, fragte Cohen zurück.

Eddie sagte, »Warum machst du das?«

Cohen wirkte wütend. Er blies Rauch aus. »Weil er passt.«

»Wozu passt er?«

»Er könnte auch die anderen getötet haben.«

»Du denkst immer noch, dass da draußen einer ist, der alle zwei Jahre ein Mädchen vergewaltigt und tötet? Das ist irre.«

»Das ist nicht irre, das sind die Siebziger.« Cohen starrte den Verdächtigen an. Elisha. Eddie hatte das Bedürfnis, seinen Namen in Gedanken zu wiederholen.

»Er passt. Er könnte auch die anderen ermordet haben. Der Täter muss ein Einzelgänger sein. Einer, der irgendwie komisch ist. Einen Wagen besitzt, ganz normal rüberkommt. Sich auch ganz normal verhält, bis er sich nicht mehr beherrschen kann. Er könnte es getan haben.«

»Hast du Sagi das gesagt?«

»Sagi will nichts davon wissen. Er will nicht über die anderen sprechen. Wir müssen Barnea wegen Esther Landes drankriegen, hat er behauptet. Hör zu, Eddie. Von diesem Typen hängt eine Menge ab. Awad hätte das sowieso nicht hinbekommen, und dieser Udi Raveh passt nicht ins Bild. Nicht zu den anderen Fällen und auch nicht zu Sagis Ambitionen. Jetzt, wo sich die Presse auf den Fall gestürzt hat, wollen ihn alle möglichst schnell abschließen. Und deshalb muss Barnea gestehen. Verstehst du?«

Eddie starrte Cohen an.

»Ich verstehe«, sagte er.

»Sagi lässt ihn erst mal schmoren«, sagte Cohen und grinste wieder. »Dann wechseln wir uns ab, stellen ihm Fragen, egal welche. Hauptsache, er verlässt den Raum nicht und bekommt keinen Schlaf. Niemand außer uns darf sich ihm nähern. Keine Angehörigen, keine Freunde. Niemand. Es gibt nur eine Möglichkeit, wie der Typ da aus dem Raum rauskommt.«

»Ich hab doch gesagt, ich hab's verstanden«, erwiderte Eddie.

»Na, dann ist ja gut«, sagte Cohen. »Schön, dass du wieder da bist.«

24 DAS DATE

»Was heißt das, wenn du nein sagst?« – Dan Almagor

Die Wanduhr zeigte zwölf. Der Sekundenzeiger kroch über das Zifferblatt. Er erinnerte Eddie an ein Insekt.

»Die Uhr geht nicht richtig«, sagte der Mann auf der anderen Seite des Tisches. Er war aufgewühlt. »Die zeigt die falsche Zeit, Elisha weiß das.«

»Du bist doch Elisha«, sagte Eddie.

»Ja?«, sagte der Mann. »Elisha weiß nicht, warum er hier ist. Warum halten Sie Elisha im Gefängnis fest?«

Er hatte Ringe unter den Augen und seine Hände zitterten. Natürlich hatte er recht mit der Uhr. Sie stellten sie immer wieder um, damit er die Orientierung verlor. Wie viele Stunden war er jetzt wach? Sagi hatte ihm kurz zuvor zugesetzt, dann einer der anderen Detectives. Jetzt waren Eddie und Cohen an der Reihe. »Wir wollen nur nachvollziehen, was passiert ist«, sagte Eddie, »als du mit Esther ausgegangen bist.«

»Das hat Elisha Ihnen doch gesagt«, sagte Elisha. »Elisha hat sie nicht gesehen.«

»Wann hast du Esther Landes zuletzt gesehen?«, fragte Eddie.

»Esther war nett«, sagte Elisha. »Sie hat mich angelächelt. Sie hat gerne gelächelt. Ich glaube, wir sind ins Kino gegangen. *Charlie and a Half* mit Yehuda Barkan. Sehr lustig. Haben Sie den gesehen?«

»Ja«, sagte Cohen. »Total lustig. Und das Mädchen im Film, die ist hübsch.«

»Hübsch, ja«, sagte Elisha. »Elisha hat sie gefallen.«

»Redet Elisha immer so?«, fragte Cohen. »Wieso?«, fragte Elisha. Er wirkte aufrichtig irritiert.

»Magst du hübsche Mädchen?«, fragte Cohen.

»Wer denn nicht?«, fragte Elisha zurück und versuchte zu lächeln, was ihm aber nicht gelang.

»Mochtest du Esther?«

»Elisha mochte sie. Sie war nett.«

»Hast du mit ihr gevögelt?«, fragte Eddie.

»Was?«

»Ob du mit ihr gevögelt hast? Ist eine ganz einfache Frage.«

»Bitte, ich will einfach nur schlafen«, sagte Elisha.

»Also hast du nicht mit ihr gevögelt?«

»Wir haben uns nicht geliebt«, sagte Elisha. »Aber Liebe ist Liebe.«

»Was soll das heißen? Händchen halten? Hast du sie geküsst? Ihr unters T-Shirt gefasst?«

»Hatte sie hübsche Titten?«, fragte Cohen.

»Wie weit bist du gegangen, Elisha?«, fragte Eddie. »Hast du's ihr besorgt?«

»Du hast es ihr besorgt«, sagte Cohen. »Hat es dir gefallen, als sie geschrien hat? Hast du endlich einen Ständer bekommen, als du ihr den BH um den Hals geschlungen hast? Als du zugedrückt hast? Hast du deinen Schwanz rausgeholt? Du warst so erregt, dass du auf ihr gekommen bist. War es nicht so? Ich hab dich gefragt, ob es so war!«

Cohen schlug ihm ins Gesicht. Die Ohrfeige kam schnell und unerwartet, und Eddie zuckte zusammen. Elisha Barnea sah sie hilflos und mit Hundeaugen an. »Bitte«, sagte er. »Warum machen Sie das?«

Eddie lehnte sich zurück. Cohen entspannte sich, griff nach

einer Zigarette. Die Stille zog sich in die Länge und die Uhr tickte und tickte.

»Hast du im Sechstagekrieg gekämpft?«, fragte Cohen.

»Ich war in der Armee, so wie alle«, antwortete Elisha.

»Ich auch«, sagte Cohen. »Wo hast du gedient?«

»Hauptsächlich auf den Golanhöhen«, sagte Elisha.

»Ja, da war ich auch«, sagte Cohen.

»Ich war Reservist«, sagte Elisha.

»Ich auch«, sagte Cohen.

Elisha blinzelte. »Ich versuche, möglichst nicht so viel darüber nachzudenken«, sagte er. Eddie fiel auf, dass er eine sanfte Stimme hatte.

»Was hast du vorher gemacht?«, fragte Cohen. »Als du zur Armee gekommen bist, hast du bei den Fallschirmjägern angefangen. Kampfeinheit, Elite. Dann wurdest du zur Artillerie versetzt. Nicht sehr glamourös, die Artillerie. Also, was ist da passiert?«

»Weiß nicht«, sagte Elisha. »Ist lange her. Bitte, darf ich jetzt schlafen? Ich muss mich ausruhen.«

»Bald«, versprach Cohen. »Sag mir, was passiert ist. Du hast dich ein paar Mal geprügelt, oder?«

»Ich hab meine Zeit abgesessen«, sagte Elisha. »Ich hab zu viele Freunde sterben sehen. Das macht wohl was mit einem.«

»Macht es dich wütend?«, fragte Cohen.

»Wie wütend?«

»So, dass du um dich schlagen willst.«

Elisha Barnea schüttelte den Kopf. »Nein«, sagte er. »Elisha mag keinen Krieg. Schlimme Dinge sind passiert, aber so ist das eben, sie sind passiert. Seine Freunde sind gestorben, aber Elisha hat überlebt. Also muss ich leben.«

»Arbeiten gehen, Mädchen treffen.«

Elisha lächelte. »Das kann Ihnen jeder bestätigen«, sagte er. »Ich bin ein Gentleman. Ich habe keine Probleme mit den Mädchen. Die Mädchen mögen Elisha.«

Komisch, wie er immer wieder über sich in der dritten Person sprach. Eddie fragte sich, was da im Krieg vorgefallen war. Barnea hatte ganz offensichtlich eine Kriegsneurose, wie man so was nannte. Viele kamen verändert zurück. Er fragte sich, wie Elisha wohl vor dem Krieg war.

»Deine Eltern«, sagte er, »sind aus Libyen hergezogen?«

»Tripolis«, erwiderte Elisha. »Sie lieben dieses Land. Ich liebe dieses Land. Ich habe für dieses Land gekämpft.«

»Du lebst in Acre?«

»Stimmt.«

»Wie hast du Esther Landes kennengelernt?«

»Im Rutenberg-Institut. In der Bibliothek dort. Ich lese gerne.«

»Was liest du?«, fragte Eddie.

»Ich hab mir *Er ging in die Felder* von Mosche Schamir geliehen«, sagte Elisha. »Kennen Sie das?«

Eddie nickte. »Das kennt jeder«, erwiderte er.

Cohen rührte sich. »Siehst du dich so?«, fragte er. »Als Tzabar, so wie Uri in dem Theaterstück? Wie heißt es, ›hübsch von Angesicht und Locken‹?«

»Das ist auch mein Land«, sagte Elisha.

»Uri war ein Kibbuznik«, sagte Cohen. »In der Geschichte. Das Salz der Erde. Ein neuer Jude. Und was bist du? Ein halber Araber, eingewandert aus Afrika.«

»Elisha ist so gut wie jeder andere«, sagte Elisha. Er war aufgewühlt, schlug auf den Tisch. »So gut wie jeder andere!«

»Stehst du auf die aschkenasischen Mädchen, ist es das?«, fragte Cohen. »Oder hasst du sie, Barnea?«

»Elisha hasst niemanden.«

»Hasst du sie genug, um eine zu ermorden?«

»Ich hab nichts gemacht!«

Eddie legte eine Hand auf Cohens Arm und beugte sich vor.

»Hast du Esther in der Bibliothek kennengelernt?«, fragte er.

»Genau, in der Bibliothek. Wir haben uns unterhalten.«

»Du hast ja wirklich Locken«, sagte Eddie. Elisha fuhr sich mit der Hand durch seine Mähne.

»Und das Angesicht?«, fragte er lächelnd.

Eddie lächelte zurück. »Hat es Esther gefallen?«

»Klar«, sagte Elisha. »Wieso hätte es ihr nicht gefallen sollen?«

»Worüber habt ihr euch unterhalten? Über das Buch?«

»Ein bisschen. Sie fand's nicht gut. Sie hat gesagt, es steht für die verdrehte Todesverehrung der Generation der Staatsgründer, und dass Uri zum Sterben verurteilt ist. Sie hat manchmal große Worte benutzt. Da hatte ich es noch nicht gelesen und auch noch nicht gewusst, dass er stirbt. Und seine Freundin, die den Holocaust überlebt hat. Das ist sehr traurig. Elisha hat angeboten, Esther zum Kaffee einzuladen. Und sie hat ja gesagt.«

»Was haben Sie im Rutenberg-Institut gemacht?«, fragte Eddie.

»Eine Ausbildung hab ich gemacht. Ich werde Jugendberater.«

»Jugendberater«, sagte Eddie.

»Ja, genau. Ich möchte der Gesellschaft etwas zurückgeben.«

Er klang so ernst. Plötzlich wollte Eddie nicht mehr, er konnte nicht mehr. Dieses Baby von einem Mann, der ihn über den Tisch hinweg ansah, die Augen voller Vertrauen. Als würde Elisha Barnea trotz allem immer noch glauben, dass zum Schluss alles gut werden könnte, wenn Eddie und Cohen doch nur endlich begriffen, dass alles nur ein großes Missverständnis war. Dann würde er nach Acre zurückfahren und Jugendberater werden und Mädchen mit seinem ungezwungenen Lächeln, seinen großen Hundeaugen und seiner prächtigen Lockenmähne bezirzen. Er sah wirklich gut aus, dachte Eddie.

»Dann waren Sie also zu einer Fortbildung dort, Esther war ebenfalls zu einer Fortbildung dort, und sie haben sich gut verstanden … was dann?«

Ein schüchternes Grinsen erschien auf Elishas Gesicht. »Was dann?«, fragte er.

»Sie war recht temperamentvoll«, warf Cohen ein. »Abenteuerlustig. Wusstest du, dass sie einen Freund hatte?«

»Was für einen Freund?«, fragte Elisha. »Ich hab keinen gesehen.«

»Wir wissen, dass sie mit allen möglichen Männern Sex hatte.«

»Das stimmt nicht! So war sie nicht. Ich glaube, sie war einsam, sie hat sich bei der Armee nicht richtig eingelebt.«

»Du wusstest, wie sie sich fühlt.«

»Elisha wusste, wie sie sich fühlt, ja. Elisha hat mit ihr mitgefühlt. So ein hübsches Mädchen und so nett. Wir sind ein paar Mal zusammen weg. Das letzte Mal ist sie mit mir nach Acre gefahren. Ich habe einen Wagen wegen dem Job bei der Verwaltung. Wir sind in ein Café mit meinem Bruder und seiner Frau. Sie haben gerade ein Baby bekommen.«

»Und danach?«, fragte Cohen.

»Was danach?«

»Hast du sie gefickt?«

Elisha starrte Eddie an, als würde er auf Hilfe von ihm hoffen.

»Er hat sie nicht gefickt«, sagte Eddie.

»Nein«, sagte Cohen.

»Vielleicht habt ihr ja ein bisschen gefummelt?«, fragte Eddie. »Habt ihr, Elisha? Dann seid ihr nach Haifa gefahren, da ist ja gleich der Strand, ein ruhiges Fleckchen, wo man halten kann, was Romantisches im Radio … wie geht der Song nochmal von Dan Almagor, ›Was heißt das, wenn du nein sagst?‹ Kennst du den?«

»Der ist nicht besonders romantisch«, meinte Cohen.

»»Heißt es wirklich nein … oder doch vielleicht?«, fuhr Eddie fort und summte die Melodie. Sie war sehr eingängig. Ein echter Hit.

»Was hörst du denn so, Elisha?«

»Eigentlich nur Radio.«

»Und lief der Song im Radio?«

»Habt ihr gehalten?«, fragte Cohen.

»Hast du dich zu ihr rübergebeugt, sie vielleicht geküsst?«, fragte Eddie.

»Nur mal fest drücken?«, sagte Cohen. »Und schöne Titten hatte sie doch, oder?«

Elisha sagte nichts. Cohen lehnte sich breit grinsend zurück.

»Du wolltest sie ficken«, sagte er.

»Bitte«, erwiderte Elisha. »Lasst mich schlafen. Ich bin so müde.«

»Aber er hat sie nicht gefickt«, sagte Eddie. »Stimmt's Elisha? Du hast sie zurückgefahren. Hast sie abgesetzt. Du bist ein Gentleman, hast du ja gesagt.«

»Elisha ist ein Gentleman, da könnt ihr alle Mädchen fragen«, sagte Elisha.

»Du wolltest sie aber ficken«, sagte Cohen unerbittlich. »Nur hast du's nicht hingekriegt, oder? Hast keinen hochbekommen.«

»Wollte sie's?«, fragte Eddie. »Sie wollte es, oder? Sie hat dich angemacht. Sie wusste, was sie tut. Hat sich mit einem Älteren verabredet. Sie wollte ihn sehen. Hat sie deinen Gürtel aufgemacht? Ihre Hand in deine Hose geschoben? Sie wusste, was man mit einem Schwanz anstellt.«

Er hasste sich und gleichzeitig hatte er sich noch nie so gut gefühlt, nie mehr im Recht. Sie setzten ihm jetzt richtig zu. Eddie konnte nicht aufhören.

»Aber du konntest nicht, oder?«, sagte Cohen. »So bist du nicht gepolt. Was hast du gemacht, hast du dich entschuldigt? Hast du sie zurückgefahren und abgesetzt, ganz artig? Sie war total verständnisvoll, hab ich recht? Vielleicht hat sie sich selbst die Schuld gegeben. Ja, so muss es gewesen sein. Sie dachte, vielleicht ist sie nicht attraktiv genug für dich? Habt ihr euch noch mal verabredet?«

»Elisha hat sie nicht mehr gesehen«, sagte Elisha. »Vielleicht, wenn ...«, er verlor sich in Gedanken.

»Wenn sie nicht ermordet worden wäre?«, setzte Eddie den Satz fort.

»Aber ihr wolltet euch wieder treffen«, sagte Cohen. »Du hast sie wieder getroffen. Ihr Freund hat sie ja an der Trempiyada in Tel Aviv abgesetzt, und sie hat sich mitnehmen lassen. So ein Mädchen wie die, die wird mitgenommen. Und du warst in der Nacht in Haifa. Du warst im Rutenberg-Institut. Du hattest eine Prüfung.«

»Ja.«

»Was denn? Bürgerkunde, stimmt's?«

»Ja.«

»Du hast deine Prüfung gemacht, dich danach mit ihr getroffen. Überraschung! Sie hatte nichts vor. Ihre Mitbewohnerin war nicht da, keine von den anderen war da. Sie hatten einen Tag frei. Also, was macht man so als junges Mädchen? Sie hatte keine Lust, schon *schlafen* zu gehen.«

»Hast du sie ausgeführt?«, fragte Cohen.

»Gab's eine vierte Verabredung?«, fragte Eddie.

»Ein richtiges Date?«, sagte Cohen.

»Dieses Mal habt ihr beide gewusst, worauf es hinausläuft. Du bist langsam gefahren. Musik lief im Radio. Das Fenster war runtergekurbelt, draußen war es warm. Die Küstenstraße war vom Mondlicht hell erleuchtet, in der Ferne rauschte das Meer.«

»Keiner von euch beiden hat viel gesagt«, bohrte Cohen weiter. »Lag an der Vorfreude, weil ihr gewusst habt, was gleich kommt. Ich krieg schon einen Ständer, wenn ich nur dran denke.«

»Sie ist feucht geworden«, sagte Eddie.

»Hört auf!«, bettelte Elisha. »Hört auf!«

»Du bist mit ihr nach Tantura, und sie hat nein gesagt, stimmt's?«, fragte Cohen.

»War es so?«, fragte Eddie.

»Sie konnte es nicht abwarten, deinen Schwanz in sich zu spüren«, sagte Cohen.

»Deinen langen harten Schwanz«, sagte Eddie. »Aber du hast keinen hochgekriegt, hab ich recht? Und du hast dich geärgert.«

»Hast ihr damit Angst gemacht«, sagte Cohen.

»Sie wollte dich abwehren«, sagte Eddie.

»So war das nicht!«, schrie Elisha.

»Wie war es dann?«, sagte Cohen.

»Gar nichts war! Ich war doch gar nicht dort!«

»Du hast ihr den BH ausgezogen und sie damit stranguliert!«, schrie Cohen. »Du hast ihr die Luft abgedrückt, weiter und immer weiter, und du hast sie gespürt unter dir, hast sie gestoßen, hast geschaudert. Sie wollte, dass du's ihr besorgst, stimmt's, Barnea? Und du hast es auch gewollt, du wolltest es der verfluchten Schlampe zeigen! Dann hast du auf ihr abgespritzt! Bist auf der Schlampe gekommen, während sie gestorben ist.«

»Nein! Hört auf!«

»Erst danach, erst nachdem du gekommen bist, hast du gemerkt, was du angerichtet hast«, sagte Eddie mitfühlend.

»Hat dich jemand gesehen? Hat jemand was mitbekommen?«, fragte Cohen.

»Vielleicht wolltest du sie ja gar nicht töten«, sagte Eddie. »Du wolltest nur, dass sie aufhört. Vielleicht hat sie dich ausgelacht. Hat über dein … Unvermögen gelacht.«

»Hört auf …«, sagte Elisha. Er hielt sich den Kopf mit beiden Händen und stöhnte.

»Also, hast du sie ausgezogen, alles entfernt, was sie noch am Leib hatte«, sagte Eddie.

»Hast es in den Wagen geworfen. Was hast du damit gemacht? Hast du's irgendwo hingeworfen? Verbrannt? Na ja, eigentlich auch egal. Esther Landes ist es sowieso egal, die ist tot.«

»Tot«, wiederholte Eddie.

»Und du hast sie dort liegen lassen«, sagte Cohen. »Du bist nach Hause gefahren, als wäre nichts passiert.«

Elisha Barnea vergrub das Gesicht in den Händen. Eddie spannte sich an, wartete, hoffte.

»Ich habe es nicht getan«, sagte Elisha. »So war das nicht. Ich hab sie an dem Abend überhaupt nicht gesehen. Ich war nie …«

Eddie stieß einen Atemzug aus, ohne zu merken, dass er vorher die Luft angehalten hatte. Cohen stand auf. Er beugte sich bedrohlich über Barnea. Schlug ihm erneut ins Gesicht, fest und ohne Vorwarnung. Barnea schwankte auf dem Stuhl.

»Fünf Minuten«, sagte Cohen. »Wag es bloß nicht, einzuschlafen.«

Er ging aus dem Raum. Eddie sagte sanft: »Kannst du mir überhaupt irgendetwas sagen?«

Elisha sah ihn mit leerem, verletztem Blick an.

»Mein Name ist Elisha Barnea«, sagte er. »Und ich bin unschuldig.«

25 DER ZWEITE TAG

»*Wichsen tun doch alle.*« – Cohen

»Fast hätten wir ihn geknackt«, sagte Sagi. »Gute Arbeit, ihr beiden.«

»Meinen Sie wirklich, dass er's war?«, fragte Eddie.

»Ach, natürlich war er's«, sagte Sagi. »Und er wird ein Geständnis ablegen. Er *will* ein Geständnis ablegen.«

Eddie sah den Gefangenen im Vernehmungsraum. Er fand nicht, dass Elisha Barnea aussah, als wollte er ein Geständnis ablegen.

»Lasst mich mal mit ihm sprechen«, sagte Detective Hillel. Er krempelte die Ärmel hoch.

»Nicht ins Gesicht«, ermahnte ihn Sagi.

Hillel erwiderte: »Bin doch nicht von gestern.«

Eddie sah zu. Cohen rauchte. Hillel ging in den Raum. Er packte Barnea an den Haaren, Barnea taumelte rückwärts, fiel hin. Hillel hockte sich auf seinen Brustkasten und ohrfeigte ihn.

Er hatte Hände wie ein Hafenarbeiter. Immer wieder ohrfeigte er Barnea.

»Ich hab doch gesagt, nicht ins Gesicht!«, sagte Sagi.

Hillel packte Barnea erneut an den Haaren und zog ihn hoch, stieß ihn an die Wand und versenkte seine Faust in Barneas Magen. Barnea ging erneut zu Boden. Keuchte, rang nach Luft.

»Schon besser …«, brummte Sagi.

Hillel sagte kein Wort. Seine gewebte Kippa saß jetzt schief auf seinem Kopf. Er verprügelte Barnea still und systematisch. Zu hören waren einzig Hillels Atem und Barneas Schreie, die aber niemand beachtete. Es gab niemanden, der ihn getröstet oder ins Bett gebracht hätte. Niemanden, der ihm gesagt hätte, dass alles nur ein böser Traum war.

Eddie wurde schlecht. Er sah zu. Cohen rauchte. Der Rauch löste sich im Raum auf. Sagi kratzte sich am Arm. Die Wanduhr tickte und tickte, dann blieb sie stehen.

Hillel richtete sich auf und verließ den Vernehmungsraum. Eddie hörte die Tür zu den Toiletten im Gang aufgehen und wieder zuschlagen. Barnea blieb auf dem Boden liegen. Er rang nach Luft. Seine Jeans verfärbte sich dunkel, als er in die Hose machte.

»Oh, verfluchte Scheiße …«, sagte Sagi.

Barnea weinte.

»Sir?«, sagte Eddie. »Dürfen wir ihn sauber machen? Er braucht was zu essen, er muss schlafen.«

»Ich will ihn so haben«, sagte Sagi und klopfte Eddie auf die Schulter. »Geht und ruht euch aus, alle beide. In acht Stunden kommt ihr wieder. Wenn er dann noch hier ist, könnt ihr's noch mal versuchen.«

Cohen nickte, Eddie ebenfalls, wenn auch zögerlich. Als Hillel hereinkam, gingen sie.

Draußen wurde die Nacht kalt. Uniformierte Polizisten lieferten einen Mann in Handschellen ab.

»Hey, Cohen!«, sagte der Mann.

Cohen grinste. »Weswegen haben sie dich denn dieses Mal drangekriegt, Meshulam?«

»Die behaupten, ich hab ein paar Höschen geklaut! Ich hab sie nicht geklaut, Cohen! Ich hab nur dran gerochen!« Er lachte.

»Wir haben ihn im Garten eines Hauses drüben in Denia aufgegriffen«, berichtete einer der Polizisten. »Er hat heimlich ins Fenster der Teenagertochter gespäht und sich einen runtergeholt.«

»Und dabei das hier auf dem Kopf gehabt«, ergänzte der andere und winkte mit einem rosa Mädchenschlüpfer. »So eine Scheiße, nicht zu fassen.«

»Die stehen nicht auf so was da oben in Denia«, meinte Cohen.

»Ich hätte ihn bestimmt wieder an die Wäscheleine gehängt, Cohen! Ehrlich!«

»Glaub ich dir, Meshulam«, sagte Cohen.

»Komm schon, du perverses Arschloch«, sagte der erste Polizist. Meshulam lachte erneut, und die beiden Beamten führten ihn in die Wache.

»Hast du Lust, was trinken zu gehen?«, fragte Cohen.

»Ich war noch gar nicht zu Hause«, erwiderte Eddie. »Wer macht so was?«

»Was?«

»Heimlich Frauen beobachten und sich einen runterholen. Mit einem Schlüpfer auf dem Kopf.«

»Wichsen tun doch alle, Eddie.«

Eddie sagte: »Ich geh ins Bett.«

Er fuhr nach Hause. Der Raum fühlte sich eigenartig an, kleiner, als er ihn in Erinnerung hatte. Er wollte schlafen, aber draußen bellte ein Hund, er hörte eine Flasche auf dem Pflaster klappern, und weiter oben im Haus lief Schubert im Radio. Irgendwo feuerte die syrische Artillerie. Schreie, rennende Menschen. Ein Mörser schlug in der Nähe ein, wirbelte Staub auf, er hörte Schreie, rannte selbst und sah Elisha Barnea mit blutüberströmtem Gesicht, der versuchte, eine halbe Leiche aus einem Loch zu zerren.

War es so? Machten einen solche Erfahrungen zum Mörder? Niemand sprach darüber, dass man ausgebildet wurde, um Menschen zu töten. Man bekam den Auftrag, Menschen zu töten, aber nur im Krieg, nicht … dann beugte sich Esther Landes über ihn, Seetang hing in ihrem Haar, und sie lächelte. Sie beugte sich vor, wollte ihn küssen, und er hielt sie fest, sah, wie sich ihr Gesicht veränderte, wie Angst sich darin breitmachte, als er ihr den BH um den Hals schlang und immer fester und fester zuzog …

Er wachte schweißgebadet auf. Das Laken war nass. Er roch seine Scham, so wie als Teenager nach feuchten Träumen. Keri Laila, so nannte man »das, was in der Nacht passiert«. Die Orthodoxen verlangten, dass man es abwusch, weil es eine Unreinheit sei, eine Verderbtheit. Eddie ließ es einfach.

Draußen war es hell. Als er auf der Wache ankam, fing es gerade an zu regnen. Cohen stand draußen, rauchte eine Zigarette.

»Und?«, erkundigte sich Eddie.

»›Ich spreche nicht, weil ich die Macht habe, zu sprechen‹«, sagte Cohen. »›Ich spreche, weil ich nicht die Macht habe, zu schweigen.‹ Rabbi Kook.«

»Ist das jetzt was Neues bei dir?«, fragte Eddie.

»Ich hab in der Bibliothek im Rutenberg-Institut so ein Buch mit Zitaten gefunden«, erklärte Cohen. »Die probiere ich jetzt aus.«

»Was hast du im Rutenberg-Institut gemacht?«

»Ich war in der Bibliothek«, sagte Cohen, als läge das auf der Hand.

»Und was hast du da gefunden, abgesehen vom guten alten Rabbi Kook?«, fragte Eddie.

»Nichts«, sagte Cohen.

»War Barnea da?«

»Er war da, aber niemand hat Esther gesehen. Und er hat kein Alibi für die Zeit nach seiner Prüfung.«

»Das ist doch Blödsinn, Cohen.« Dann fiel ihm etwas ein. »Hat Sagi dich da hingeschickt?«

»Nein.«

»Du bist auf eigene Faust los? Warum? Was hast du zu finden gehofft, Cohen?«

Zum ersten Mal sah Eddie, dass Cohens Maske verrutschte, und er entdeckte etwas Verzweifeltes darunter.

»*Irgendwas*«, sagte Cohen. »Etwas, das uns weiterhilft ...« Er verstummte.

»Ja«, sagte Eddie.

Sie gingen rein. Sagi stand mit dem Rücken zur Wand, in der Hand einen Pappbecher. Als er Eddie und Cohen sah, zeigte er schweigend zur Tür des Vernehmungsraums und schüttelte den Kopf.

»Ich leg mich schlafen«, sagte er. »Haltet ihn wach, lasst ihn weiterreden. Kriegt ihr das hin?«

Sie gingen rein. Cohen schloss sachte die Tür hinter sich. Sie nahmen Platz. Elisha Barnea saß ihnen auf einem Stuhl gegenüber und blinzelte.

»Moment«, sagte Cohen. Die Uhr tickte nicht. Er ging und fummelte dran herum. Dann tickte sie wieder. Eddie sah, dass irgendeine x-beliebige Uhrzeit eingestellt war. Dann sah er Elisha an.

»Kann ich dir was bringen?«, fragte er. »Kaffee?«

»Keinen Kaffee mehr«, sagte Elisha. »Elisha will nur schlafen.«

»Bald«, sagte Eddie. »Sag uns einfach, was du weißt. Mehr verlangen wir nicht.«

»Zigarette?«, fragte Cohen.

»Gerne«, sagte Elisha. Er nahm die angebotene Zigarette und ließ sie fallen. Seine Hände zitterten. Cohen half ihm, steckte sie ihm zwischen die Lippen, zündete sie für ihn an. Er lehnte sich zurück und sah Elisha rauchen. Schweigen erfüllte den Raum.

»Ich habe nichts gemacht«, sagte Elisha, um die Stille zu vertreiben. »Ich habe ihr nichts getan.«

»Vielleicht stand sie ja drauf«, sagte Cohen. »Wir haben ihre Tagebücher gelesen, weißt du? Du warst nicht ihr erster Mann. Vielleicht mochte sie's ja gerne ein bisschen gröber.«

»Hast du's denn auch gerne ein bisschen grob?«, fragte Eddie.

»Vielleicht ist es einfach zu weit gegangen, mehr nicht«, sagte Cohen. »Ein Unfall. Vielleicht wollte sie, dass du sie würgst. War es so? Wollte sie, dass du sie würgst?«

»Das hab ich nicht getan … nein!«, sagte Elisha.

»Hast du Menschen getötet? Im Krieg?«, fragte Eddie.

»Elisha spricht nicht über den Krieg«, sagte Elisha.

»Du hast schon mal einen Mann mit deiner Dienstwaffe bedroht«, sagte Eddie, weil er es in der Armeeakte gelesen hatte und neugierig war. »Warum?«

»Ich wollte nicht mehr dort sein.«

»Du hast eine Tür eingetreten.«

»Ich wurde provoziert.«

»Wie wurdest du provoziert?«

Elisha schüttelte den Kopf. »Ich denke nicht gerne darüber nach«, sagte er. »Elisha wollte nur aus dem Dienst entlassen werden, nach dem Krieg. Aber die haben mich nicht gelassen.«

»Warst du beim Psychiater?«

»Psychiater!«, sagte Elisha. »Die haben keine Ahnung«. Er sah Cohen an. »Du warst doch da«, sagte er. »Du weißt es doch.«

»Ist halt Krieg«, sagte Cohen schulterzuckend. »Jetzt ist er vorbei und du bist am Leben … und das ist es, mehr ist es nicht. Man kehrt ins normale Leben zurück.«

»Bin ich ja«, sagte Elisha. »Ich bin ins normale Leben zurückgekehrt.« Er versuchte zu lächeln, konnte aber kaum die Lippen bewegen. Seine Zigarette verwandelte sich in Asche, lag unberührt im Aschenbecher. »Ich habe einen Job, ein Auto. Freunde.«

»Aber keine richtige Freundin«, sagte Eddie. »Keine Frau. Keine Kinder.«

»Habt ihr denn Frauen? Habt ihr Kinder?«

»Nein«, sagte Eddie. Cohen schüttelte den Kopf.

»Ich bin zu jung, um eine Familie zu gründen«, sagte Elisha. »Vielleicht wenn ich die richtige finde ...«

»Vielleicht hattest du sie ja gefunden«, sagte Eddie.

»Vielleicht hast du sie am Strand in Tantura liegen lassen«, sagte Cohen.

»Was hast du mit ihren Klamotten gemacht? Mit ihrer Tasche. Wo sind ihre Schuhe?«, fragte Eddie.

»Ich will zu meinem Bruder«, verlangte Elisha. Ihm drohten die Augen zuzufallen.

»Bitte ...«

»Bleib bei uns«, sagte Cohen. »Hey, Barnea! Wach auf!« Er schlug ihn fest.

»Warum tut ihr das?«, fragte Elisha. »Bitte, macht, dass es aufhört.«

»Dann sag es uns«, sagte Cohen. »Ich hab euch alles gesagt«, sagte Elisha.

»Dann sag es nochmal.«

Eddie lehnte sich zurück. Sie drehten sich immer wieder im Kreis. Elishas Fortbildung. Das Treffen mit Esther. Die Verabredungen. Die Fahrt nach Haifa am Abend seiner Prüfung.

»Hast du gehofft, sie zu sehen?«, fragte Cohen.

»Warst du wild entschlossen, sie zu sehen?«, fragte Eddie.

»Ich hab gedacht, vielleicht ist sie da«, sagte Elisha. »Ich weiß nicht. Ich wusste nicht, dass sie früher frei bekommen hatte und schon nach Hause gefahren war. War ja niemand da. Ich wusste nicht, dass sie am nächsten Abend ihre Abschlussfeier haben sollte. Ich wusste gar nichts. Aber sie war nicht da, also bin ich nach Hause gefahren.«

»Was hättest du denn getan, wenn sie da gewesen wäre?«, wollte Eddie wissen.

»Wenn sie da gewesen wäre? Ich hätte Hallo gesagt. Sie vielleicht zu einem Kaffee eingeladen. Mehr nicht.«

»Du hast sie gemocht.« Elisha dachte darüber nach. »Na klar«, sagte er. »Sie war nett. Aber ich habe viele Freundinnen.«

»Mit ein paar von ihnen haben wir gesprochen«, sagte Cohen.

»Dann wissen Sie's ja.«

»Warum bist du zur Polizei gegangen?«, fragte Eddie. »Warum hast du deine Hilfe angeboten?«

»Warum denn nicht?«, sagte Elisha.

»Du hast sie kaum gekannt«, sagte Eddie. »Laut eigener Aussage.«

»Ich dachte, vielleicht kann ich was tun.«

»Du kannst uns sagen, was wirklich passiert ist.«

»Ich weiß nicht, was wirklich passiert ist.«

Cohen zog Fotos hervor. Elisha zuckte zusammen, Eddie auch. Wo hatte er die her?

»Fotos vom Tatort«, sagte Cohen. »Die hat Menachem gemacht.«

»Wer ist Menachem?«, fragte Elisha.

»Das ist der Fotograf«, sagte Cohen.

Eddie sah sich die Bilder an. Er hörte das Meer in der Ferne, die Wellen schlugen an den Strand. Die Wanderer standen herum, außerhalb des Blickfelds. Wie ruhig alles war. Esther Landes starrte ihm entgegen, ihr Haar lag nass und aufgefächert im Sand. Eddie sagte: »Entschuldigung«, stand auf und verließ den Raum. Er schaffte es gerade noch rechtzeitig zur Herrentoilette. Er kotzte ins Waschbecken, dachte, dass er nicht mehr konnte. Dann wischte er sich aber den Mund, spülte ihn mit Seife aus und ging in den Observierungsraum. Dort saß Hillel, der ihn mit ungerührter Miene ansah.

»Musstest du pissen?«, meinte er.

»So ähnlich. Sir, was ist mit dem Freund?«

»Was soll mit ihm sein?«, fragte Hillel.

»Gilt er noch als verdächtig?«

»Wir können ihn nicht vor Gericht stellen«, sagte Hillel. »Deshalb scheidet er aus.«

»Und dieser hier?«

»Den können wir vor Gericht stellen«, erwiderte Hillel.

»Aber hat er's getan?«, fragte Eddie.

»Du hast es getan«, sagte Cohen auf der anderen Seite der Scheibe.

Elisha schüttelte den Kopf. »Nein«, beteuerte er. »Nein.«

»Sieh sie dir an«, sagte Cohen. »Sieh sie an!«

Elisha weinte jetzt. Cohen verlor die Beherrschung. Er stand auf, holte aus und schlug Elisha, drosch still und gekonnt auf ihn ein. Hillel nickte.

»Hier ist für euch beide eine Beförderung drin, das wisst ihr«, sagte er.

Cohen beugte sich über Elisha.

»Ich helfe dir auf«, sagte er. Er half Elisha auf den Stuhl.

»Kann ich dir einen Kaffee holen? Willst du noch eine Zigarette?«

»Wieso machst du das?«, fragte Elisha.

»Du bist mit ihr nach Tantura gefahren. Über die Schotterstraße zum Strand. Ihr habt rumgemacht. Es gab Streit. Du hast sie aus dem Wagen gezogen. Hast ihr den BH um den Hals gewickelt und zugezogen. Bist auf ihr gekommen. Davor oder danach?«

»Ich weiß nicht …«

»Du hast sie nackt ausgezogen. Hast sie dort liegen lassen. Bist nach Hause gefahren. Sag es mir. Ich hab gesagt, sag's mir!«

»Ich weiß nicht! Ich weiß nicht!«

»Du weißt es!«, schrie Cohen.

Eddie rieb sich das Gesicht.

»Weiter, immer weiter«, sagte Hillel. »Mehr kann man nicht machen, aber der wird umfallen. Früher oder später fällt er um.«

»Hat noch niemand verlangt, ihn zu sprechen? Wieso dürfen wir ihn überhaupt so lange hierbehalten?«

»Wir haben den Fall als mutmaßliche sexuelle Belästigung deklariert. Mädchen haben sich beschwert.«

»Über ihn?«

»Über einen anderen, aber das spielt keine Rolle. Hauptsache, wir können ihn hierbehalten.«

»Und seine Familie?«

»Sein Bruder hat versucht, ihn zu erreichen«, sagte Hillel. »Den haben wir auch verhaftet.«

»Verhaftet? Weswegen?«

»Vielleicht weiß er was? Vielleicht ist er ein Komplize? Aber er wird unserem Freund da drin nicht helfen. Nicht bevor der uns nicht die Wahrheit sagt.«

»Die Wahrheit«, sagte Eddie.

»Be'ezrat Ha'Shem«, sagte Hillel. »Okay, geh wieder da rein.«

Eddie ging wieder rein.

»Tut mir leid«, sagte er. »Elisha, ich will dir wirklich helfen.«

»Ich weiß«, sagte Elisha. »Ich sehe, dass du tief im Inneren ein guter Mensch bist. Anders als der da.« Er nickte Richtung Cohen.

»Sag uns einfach, was passiert ist«, drängte ihn Eddie, fast flehentlich. »Sag uns die Wahrheit.«

»Die Wahrheit?«, wiederholte Elisha. »Ich weiß nicht, welche Wahrheit ihr haben wollt.«

»Doch, das weißt du«, sagte Eddie, und das Eingeständnis blieb zwischen ihnen im Raum stehen.

»Schreib es auf«, sagte Cohen. Er hatte Stift und Papier zur Hand, legte beides auf den Tisch. »Sag uns, was du weißt.«

Elisha nahm den Stift und fing an zu schreiben. Seine Buchstaben waren groß, rund und kindlich. Eddie las das Geschriebene kopfüber.

Ich habe Esther Landes in Haifa während meiner Ausbildung zum Jugendberater kennengelernt. Ich fand sie hübsch. Wir sind uns in der Bibliothek begegnet. Wir haben zusammen Kaffee getrunken. Ich ...

»Weiter«, drängte Cohen.

»Du machst das gut«, bestärkte ihn Eddie.

Ich habe sie gemocht. Ich glaube, sie hat mich gemocht. Wir haben uns für den nächsten Abend verabredet. Wir sind ins Kino gegangen. Danach haben wir ein Eis gegessen.

»In welchem Kino wart ihr?«, fragte Eddie.

»Im Palace«, sagte Elisha.

»Jede Menge Platz im Palace«, sagte Eddie. »Das ist ein großes altes Kino.«

»Da kann man richtig gut ungestört sein«, sagte Cohen.

»Wenn man mit jemandem allein sein möchte«, sagte Eddie, »im Dunkeln.«

»Wer hat denn nicht schon mal im Palace geknutscht«, sagte Cohen. »Hab ich recht?«

»Elisha ist ein Gentleman«, sagte Elisha wieder.

»Das hast du schon mehrfach behauptet«, sagte Eddie.

»Gentlemen erwürgen keine hübschen jungen Frauen und lassen sie wie Abfall am Strand liegen«, sagte Cohen.

»Schreib weiter«, sagte Eddie. »Das ist gut.«

Wir haben einen Film gesehen. Nach dem Eis haben wir uns verabschiedet. Beim dritten Mal waren wir in Acre. Ich habe sie dorthin gefahren und auch wieder zurück.

»Weiter«, sagte Cohen.

»Ich weiß nicht«, sagte Elisha.

»Was weißt du nicht?«, fragte Eddie.

»Schreib, was passiert ist«, drängte Cohen.

»Nachdem du sie gesehen hast«, sagte Eddie.

»Beim letzten Mal«, sagte Cohen.

»An dem Abend, an dem sie aus Tel Aviv zurückgekommen ist«, sagte Eddie.

Und da war noch etwas, das ihm keine Ruhe ließ, merkte Eddie. Wenn Esther Landes aus Tel Aviv mitgenommen wurde, warum hatte sich der Fahrer nicht gemeldet? Ihr Bild war in allen Zeitungen gewesen. Wer Esther Landes aus Tel Aviv nach Haifa mitgenommen hatte, hätte sich daran erinnern müssen.

Also, warum hatte sich niemand gemeldet? Warum war sie

von niemandem mehr gesehen worden, nachdem Udi Raveh sie abgesetzt hatte?

»Ich weiß nicht«, sagte Elisha. »Ich weiß nicht. Es tut mir leid, dass sie tot ist. Es tut mir so leid …«

Eine Träne fiel auf die Seiten und die Tinte verschmierte.

»Schreib das auf«, sagte Eddie.

Es tut mir so leid …

»Was tut dir leid?«, fragte Eddie.

»Warum tut es dir leid, wenn du nichts getan hast?«, fragte Cohen.

»Was hast du getan?«, fragte Eddie.

»Wir *wissen*, dass du mit ihr rumgemacht hast«, sagte Cohen.

»Wir wissen, was passiert, wenn du mit jemandem schlafen willst«, sagte Eddie.

»Du kriegst keinen hoch«, sagte Cohen.

»Wie weit bist du gegangen?«, fragte Eddie.

»Hast du sie befummelt? Hat sie dir einen geblasen?«

»Hat sie dir einen runtergeholt?«

»Hast du ihr einen Finger in die …«

»Hört auf! Hört auf!«, sagte Elisha und schlug sich die Fäuste seitlich an den Kopf.

Die Tür ging auf. Hillel stand im Eingang.

»Raus alle beide«, sagte er.

»Nein, nein, bitte nicht«, sagte Elisha.

Eddie und Cohen standen auf und gingen raus. Die Tür fiel hinter ihnen zu.

Dann hörten sie den ersten Schlag.

26 DIE SCHUHE

»Wer anklopft, soll eine Antwort erhalten.«
– Arabisches Sprichwort

Eddie hatte das Gefühl, kaum geschlafen zu haben, aber als er aufwachte, fiel Sonnenlicht auf den eingestaubten Teppich, und die Uhr auf seinem Nachttisch zeigte elf. Draußen klingelte das Telefon. Es hatte ihn aus dem Tiefschlaf gerissen, und er konnte sich an keine Träume erinnern. Das Telefon klingelte immer weiter. Eddie schlappte in den Flur.

»Was?«, fragte er.

»Ihre Sachen wurden gefunden«, sagte Cohen.

Eddie zog sich schnell an. Bis er die Treppe runter war, stand Cohen schon mit dem Polizeiwagen draußen und wartete.

»Wo?«

»Nicht weit von Tantura.«

»Dieses Dreckschwein«, sagte Eddie.

Cohen zündete sich eine Zigarette an. Er fuhr schnell, schaltete die Sirene ein, damit die anderen ihnen Platz machten. Sie fuhren an den Baha'i-Gärten vorbei, wo ständig gebaut wurde. Die Terrassen führten bis zu dem Tempel mit der berühmten goldenen Kuppel. Eddie wusste nicht viel über die Baha'i. Sie gehörten einfach zu Haifa, so wie auch die Deutsche Kolonie der Tempelgesellschaft nördlich der Gärten. Während des Krieges hatten sich einige Templer auf die Seite der Nazis geschlagen, und irgendwann waren sie alle verschwunden. Eddie wusste nicht, wohin. Ihre ehemalige Stadt war jetzt ein mehr oder weniger verlassenes Industriegebiet.

Cohen schaltete das Radio ein, es lief »Waterloo« von Abba.

Bei dem Song musste Eddie an Galya in Tel Aviv denken. Er hatte versucht, sie telefonisch zu erreichen, aber sie war nicht zu Hause gewesen, ihre Mitbewohnerin hatte gesagt, sie sei »bei einem Vortrag oder so«. Eddie merkte, dass er mit ihr reden und ihre Stimme hören wollte. Cohen summte Abba mit und tappte mit den Fingern aufs Lenkrad.

»Du hast gute Laune«, stellte Eddie fest.

»Wir werden das Dreckschwein kriegen«, sagte Cohen. »Das hab ich im Gefühl. Oh yeah! Waterloo!«

Er lachte. Eddie starrte aus dem Fenster. Sie fuhren durch den immergrünen Wald, vorbei am Kibbuz Beit Oren, und Cohen sagte: »Weißt du, dass der Palmach unter britischer Mandatsherrschaft hier trainiert hat, Jitzchak Rabin und die. Die wollten es mit den Briten, den Nazis, den Arabern und allen anderen aufnehmen. Dabei hatten sie nicht viel mehr als ein paar Stöcke und Gewehre, die schon veraltet waren, als die Türken hier noch das Sagen hatten.«

Eddie nickte, aber er hörte nicht richtig zu.

»Jetzt sind sie an der Regierung, die alten Palmachniks«, sagte Cohen. »Rabin ist Premierminister, Peres zuständig für die Sicherheit, die ganzen Generäle der alten Schule. Weißt du, was Generäle am liebsten machen, Eddie? Essen, kämpfen und vögeln.«

»Aha«, sagte Eddie.

»Hörst du mir überhaupt zu?«

»Aha.«

»Fick dich«, sagte Cohen. »Ich meine ja nur, die regieren dieses Land seit fast dreißig Jahren. Das wird nicht so weitergehen.«

Eddie horchte auf. »Und dann? Menachem Begin und die? Oder die Black Panther?« Er lachte.

»Ja«, sagte Cohen.

»Blödsinn«, meinte Eddie.

»Wirst schon sehen.«

Sie fuhren an den Höhlen in den Bergen vorbei. Hier fanden archäologische Ausgrabungen statt, Eddie sah Knochen in einem Haufen Erde. Hier wurden schon seit Langem Skelette ausgegraben, dachte er. Und immer noch. Er war düsterer Stimmung. Als Cohen gerade nicht hinsah, schluckte er schnell noch eine von den Pillen trocken runter. Er vermisste Galya, das begriff er jetzt. Er fragte sich, ob sie überhaupt noch an ihn dachte.

Als sie endlich unter dem Autobahnkreuz in der Nähe von Hadera ankamen, fühlte er sich besser. Zwei uniformierte Polizisten in einem Streifenwagen wie ihrem befanden sich bereits vor Ort, außerdem Dr. Schatz und Menachem, der Fotograf.

Dr. Schatz nickte, als er sie sah.

»Ihr seid Sagis Jungs, oder?«, fragte er.

»Sir?«

»Schon gut. Ich leg keinen Wert drauf. Das ist sein Fall, und er hat den Commissioner im Nacken. Wobei ich nicht mal das Gefühl habe, dass ihm das missfällt. Habt ihr das Foto von ihm gestern in der Zeitung gesehen? Er kann's nicht abwarten, aufzusteigen. Es ist die Rede davon, dass der Bezirk im Norden aufgeteilt werden soll, das bedeutet, er könnte am Ende für ganz Haifa zuständig sein. Vorausgesetzt, er löst den Fall.«

»Und?«, fragte Cohen. »Wird er ihn lösen?«

»Mal sehen«, sagte Dr. Schatz. »Komm, Menachem, Fotos!«

Eddie und Cohen folgten ihm. Eddie sah eine schwarze Militärtasche auf dem Boden. Neben den beiden Polizisten stand ein dritter, nervöser und wie ein Farmer braun gebrannter Mann mit dünnem Schnurrbart und kurzärmeligem Karohemd.

»Sie haben das gefunden?«, fragte Cohen.

»Ja, ich meine … ja.«

»Wer sind Sie?«

»Er heißt Oren Karmi«, meldete sich einer der Polizisten zu Wort.

»Er hat gesagt, er ist gestern Abend hierhergekommen, hat die Tasche gefunden, sich nicht viel dabei gedacht, bis heute Morgen, als er in den Nachrichten von den andauernden Ermittlungen erfahren hat. Er dachte, er ruft lieber mal an und hat sich an uns gewandt. Wir drehen seit Tagen zwischen Hadera und Haifa jeden Stein um.«

»Was haben Sie gestern Nacht hier gemacht?«, fragte Eddie neugierig. Der Mann murmelte etwas.

»Wie bitte?«

»Bin spazieren gegangen.«

»*Spazieren?*«, wiederholte Eddie.

Der Polizist grinste. »Ist eine sehr ruhige Ecke hier«, sagte er. »Manchmal kommen Leute her, weil sie nicht gesehen werden wollen.«

»Ich denke nicht …«, sagte Eddie. Dann: »Oh.«

»Hey, ich hab nicht … so bin ich nicht!«, sagte Oren Karmi.

»Schwul? Sehen wir so aus, als würde uns das interessieren?«, fragte Cohen. »Kennen Sie einen Mann, der ins Gefängnis gekommen ist, nur weil er was mit einem anderen Mann hatte?«

»Ins Gefängnis vielleicht nicht, aber …«, wollte Karmi einwenden, aber dann unterbrach er sich.

»Wir wollen nur ihre Sachen«, sagte Cohen. »Aber sind das auch wirklich ihre Sachen?«

Schatz kramte mit Handschuhhänden in der Tasche und zog ein Tagebuch heraus. Es sah vertraut aus. Vorsichtig schlug er es auf. Eddie erkannte dieselbe Handschrift, die er schon einmal gesehen hatte.

Esther Landes, Mein Tagebuch, stand vorne drin. »Scheiße«, sagte Eddie.

»Ihre Kleidung haben wir auch gefunden«, sagte der Polizist. Er zog vier versiegelte Asservatenbeutel hervor. »Weiße Shorts, ein T-Shirt, Unterwäsche, Sandalen mit Absätzen.«

»In der Tasche befanden sich außerdem ein Tagebuch, Ohrringe, Wechselwäsche, ein Portemonnaie mit einem Personalausweis und ein Armeeausweis, beide ausgestellt auf den Namen Esther Landes, und ein Buch. *Er ging in die Felder*, mehrere private Fotos …« Dr. Schatz blickte auf. »Braucht ihr noch mehr?«

»Nein«, sagte Cohen.

»Möge ihr Andenken gesegnet sein«, sagte Karmi, und seine Augen füllten sich mit Tränen.

Dr. Schatz runzelte die Stirn, während er auf der Suche nach Fingerabdrücken einzelne Gegenstände abpuderte. »Braucht ihr jetzt irgendwas davon?«, fragte er.

»Das Tagebuch«, sagte Cohen.

»Die Schuhe«, sagte Eddie.

»Die *Schuhe*?«, fragte Dr. Schatz.

»Die Schuhe«, sagte Eddie.

»Ist das ein Buch aus der Bibliothek?«, erkundigte sich Cohen.

Schatz schlug es auf. Die Stempelkarte war am Umschlag vorne an der Innenklappe befestigt.

»Vom Rutenberg-Institut«, sagte er.

»Danke, Doc.« Cohen nahm das Tagebuch.

»Nicht verlieren«, ermahnte ihn Dr. Schatz.

Eddie nahm die Tüte mit den Schuhen.

»Danke«, sagte er zu Karmi.

»Wieso bedanken Sie sich bei mir?«, fragte Karmi.

»Weil Sie die Tasche nicht einfach haben liegen lassen«, erwiderte Eddie.

»Ich konnte nicht, wissen Sie?«, sagte Karmi.

»Ich weiß.«

Sie stiegen wieder in den Wagen. Cohen trat aufs Gas. Sie schafften es in der Hälfte der Zeit nach Haifa. Sagi wartete bereits auf der Wache.

»Ich habe schon mit Schatz gesprochen«, sagte er.

»In dem Tagebuch steht nichts«, sagte Eddie, der es auf der Fahrt gelesen hatte. »Der letzte Eintrag stammt aus Tel Aviv, bevor sie nach Haifa gefahren ist.«

»Aber das weiß Barnea nicht«, sagte Sagi. »Also verwendet das.«

»Wir, Sir?«

»Ihr seid an der Reihe. Ich will sehen, wie ihr arbeitet.«

»Aber Sir, das ist nicht …«

Cohen salutierte.

»Ja, Sir«, sagte er.

»Sehen Sie?«, sagte Sagi. »Cohen hat's kapiert. Und dabei hab ich Sie für den Intelligenteren von Ihnen beiden gehalten.«

»Sir«, sagte Eddie. »Ich habe eine Frage.«

»Wer anklopft, soll eine Antwort erhalten, wie die Araber sagen«, meinte Sagi.

Cohen nickte und sah Eddie an, als sollte er es aufschreiben.

»Was denn, Raphael?«, fragte Sagi.

»Na ja, wenn sie aus Tel Aviv gekommen ist, wovon wir ausgehen … und wenn sie zum Rutenberg-Institut gefahren ist und Barnea dort getroffen hat …«

»Ja, Raphael?«

»Wieso haben wir ihre Reisetasche dann unter einer Überführung in Hadera gefunden?«, fragte Eddie.

»Was?«

»Wenn sie zurückgefahren ist, hätte sie ihre Tasche doch in ihrem Zimmer abgestellt, bevor sie zu ihrer Verabredung ging«, sagte Eddie.

»Hätte hätte …!«, meckerte Sagi. »Was ist mit den Schuhen, Raphael? Die Schuhe sind der Nagel an seinem Sarg! Warum hätte sie mit den hohen Schuhen trampen sollen, die sie sich extra von ihrer Mitbewohnerin geliehen hat, um sich mit Barnea zu treffen? Diese Schuhe werden den Hurensohn für sehr lange Zeit ins Gefängnis bringen!«

Eddie wusste nicht, was er denken sollte. Er nickte.

»Ja, Sir«, sagte er.

»Gut. Also, jetzt rein da. Er scheint Sie zu mögen, Raphael. Sorgen Sie dafür, dass er sich verknallt und Ihnen seine intimsten Geheimnisse verrät. Bringen Sie ihn dazu, ein Geständnis abzulegen. Er *will* es.«

»Jawohl, Sir«, sagte Eddie.

27 ER GING IN DIE FELDER

»Und da ist dann passiert, was passiert ist.« – Elisha Barnea

»Bitte«, sagte Elisha Barnea. »Ich kann nicht mehr.«

»Dann sag uns, was passiert ist.«

»Sag es, dann kannst du dich ausruhen.«

»Sag es, dann kannst du schlafen.«

»Sag es, Barnea.«

»Ihr habt mich geschlagen«, sagte Elisha.

»Niemand hat dich geschlagen«, behauptete Cohen. »Wir sind die Polizei, wir tun so was nicht.«

»Ich werd's erzählen«, sagte Elisha.

»Das kannst du dem Wind erzählen«, sagte Cohen. »Oder den Bäumen. Von mir aus auch Yassir Arafat, Barnea. Aber es gibt für dich nur eine Möglichkeit, hier rauszukommen, und zwar indem du uns erzählst, was wirklich in der Nacht zwischen Esther Landes und dir vorgefallen ist.«

»Nichts ist vorgefallen.«

»Warst du da?«

»Ich war … ich war im Rutenberg-Institut, wie ich euch gesagt habe. Ich dachte, vielleicht ist sie da. Ich hab jemanden gefragt, wo ihr Zimmer ist. Aber sie war nicht da, also bin ich wieder weg. Ich schwör's. Ich hab sie nicht gesehen.«

»Du bist groß«, sagte Cohen.

»Ja, und?«

Elisha blinzelte aus todmüden Augen. Er hatte den starren Blick eines Waisenknaben.

»Esther war klein.«

»Und?«

»Sie wollte gut aussehen, neben dir«, sagte Cohen. »Sie wollte größer wirken.«

»Und?«

»Belassen wir's erst mal dabei«, sagte Eddie. »Kann ich dir was holen, Elisha? Einen Kaffee? Ein Sandwich?«

»Ich will nur schlafen.«

»Das weiß ich. Und ich will dir helfen. Ich will dir wirklich helfen.«

»Danke«, sagte Elisha.

»Bist du hier aufgewachsen? Deine Eltern sind doch aus Libyen eingewandert.«

»Ich bin hier aufgewachsen. Ich bin von hier.«

»Was hältst du von der Regierung?«, fragte Eddie. »Von Rabin?«

Elisha starrte ihn verwirrt an. »Von Rabin? Der war Oberbefehlshaber im Krieg. Bin ihm nie begegnet. Ich war einfacher Soldat.«

»Aber er ist ein Tzabar, ein echter. Ein Palmachnik. Wenn jemand hübsch von Angesicht und Locken ist, dann Jitzchak Rabin.«

»Ich kann nicht folgen«, sagte Elisha.

»Anders als du«, sagte Eddie unerbittlich, »ist er kein Mizrachim, seine Eltern sind nicht aus Afrika hergekommen, leben nicht eingepfercht in Unterkünften in Acre. Er spricht richtiges Hebräisch, und ja, ich höre, wie du sprichst, wie sehr du dich bemühst, so zu sprechen wie die. Und deine Haare, wie sehr du's drauf anlegst. Das tust du doch, oder? Aber du bist kein Mosche Schamir, es steht dir nicht zu, in die Felder zu gehen.«

»Warum sagst du so was?«, fragte Elisha. »Das ist Elishas Land genauso wie das von jedem anderen auch. Elisha hat dafür gekämpft. Meine Freunde sind dafür gestorben. Ihr Blut tränkt die Erde.«

»Du bist ein Araber«, sagte Cohen. »Ein Araber, der sich für einen Juden hält. Leute wie du kommen nicht in Führungspositionen.«

»Und das macht dich wütend«, sagte Eddie.

»Es macht dich wahnsinnig«, sagte Cohen.

»Dann siehst du eine von denen und du denkst, wieso pflücke ich die Frucht nicht vom Baum? Warum nehme ich nicht auch mal einen Bissen davon?«

»Hast du sie gebissen?«, fragte Cohen.

»Ich weiß nicht mal, wovon ihr redet!«, schrie Elisha. »Ihr redet immer nur und redet! Ich bin genauso wie ihr, ich bin ein Bürger, ich habe Rechte!«

»Haben Mörder Rechte, Eddie?«, fragte Cohen.

»Das Recht auf ein Leben im Gefängnis«, sagte Eddie.

Cohen zog die Asservatenbeutel hervor, knallte einen Schuh mit hohem Absatz auf den Tisch. Elisha erschrak.

»Die hat sie für dich getragen!«, behauptete Cohen.

»Das stimmt«, pflichtete ihm Eddie leise bei. »Sie hat sie sich geliehen, um sie anzuziehen, wenn sie sich mit dir trifft, damit du nicht so viel größer bist als sie.«

»Für dich«, sagte Cohen. »Niemanden sonst.«

»Für dich«, sagte Eddie. »Nur für dich.«

Elisha Barnea fing an zu weinen.

»Sie hat sie in der Nacht getragen, in der sie starb. Weil sie dich in der Nacht treffen wollte, Elisha. Sie ist zum Rutenberg-Institut zurückgekommen, und da warst du. Sie hat ihre hochhackigen Schuhe angezogen und ist mir dir weg. Erst mal eine kleine Spritztour. Aber davon ist sie nie zurückgekehrt.«

»Wo hast du ihre Sachen hingeworfen?«, fragte Eddie.

»Ich weiß es nicht! Ich weiß nicht!«

»Du bist nach Hadera gefahren«, bohrte Cohen unerbittlich weiter. »Es war ein schöner Abend. Du hast die Fenster runtergekurbelt. Der Wind wehte in deinem Haar. Du hattest Blut unter den Fingernägeln und hast eine einsame Stelle unter der Unterführung gefunden, dort hast du ihre Tasche mit den Schuhen und der Unterwäsche aus dem Wagen geworfen. Aber du hast nicht in die Tasche reingeguckt, oder? Du hast nicht gewusst, dass auch noch ein Tagebuch drin war. Sie hat etwas über dich geschrieben. Wusstest du das? Weißt du, was sie über dich gesagt hat, Elisha? Weißt du's?«

»Ich weiß es nicht!«

»Ich habe Angst vor ihm, hat sie geschrieben«, sagte Cohen. »Er macht mir Angst, aber ich finde ihn auch aufregend. Ich habe das Gefühl, er könnte mir weh tun, wenn er es wollte, und manchmal denke ich, dass er es will, aber dann will ich ihn nur umso mehr.«

»Sie hatte Probleme mit ihrem Freund«, sagte Eddie traurig.

»Er hatte was mit ihrer besten Freundin«, erklärte Cohen.

»Was für ein Arschloch, hm?«, sagte Eddie. »Aber warum hatte sie Angst vor dir?« Er sah Elisha über den Tisch hinweg an und empfand gar nichts. »Es sei denn, sie hatte einen guten Grund. Und sie hatte einen, nicht wahr, Elisha? Sie hatte Angst aus gutem Grund.«

»Aber nicht genug Angst«, sagte Cohen.

»Erst ganz zum Schluss«, sagte Eddie. »Aber dann war es zu spät, nicht wahr?« Sie erlaubten der Stille, sich auszudehnen, und betrachteten den Gefangenen. Er weinte geräuschlos.

Cohen legte Stift und Papier auf den Tisch.

»Vielleicht schreibst du ihr einen Brief«, sagte er. »Sag ihr, wie du dich fühlst.«

Elisha weinte.

»Gib ihm einen Augenblick«, sagte Eddie.

Cohen stand auf und streckte sich. »Na klar«, sagte er. »Willst du was vom Kiosk?«

»Nein, danke«, erwiderte Eddie.

Cohen ging. Jetzt waren sie nur noch zu zweit im Raum. Nur Eddie und Elisha.

»Warum tut ihr das?«, fragte Elisha. »Warum?«

»Das ist unser Job.«

»Aber ihr müsst das nicht machen«, sagte Elisha.

»Doch«, erwiderte Eddie.

»Aber wozu?«, fragte Elisha.

»Ich weiß nicht«, sagte Eddie. »Ich weiß nicht, ob es zu was gut ist.«

Elisha nickte. Er holte tief Luft und wischte sich die Nase an seinem Ärmel ab.

»Okay«, sagte er.

»Okay?«

»Wie gesagt, ich bin zu meiner Prüfung ins Rutenberg-Institut gefahren. Danach habe ich Esther gesucht, hab ich auch schon gesagt. Ich bin ihr zufällig begegnet. Sie kam gerade aus Tel Aviv zurück.«

»Um wie viel Uhr war das?«

»Weiß nicht. Spät?«

»Okay.«

»Sie hat sich gefreut, mich zu sehen. Sie hat sich umgezogen. Ich weiß nicht mehr, was sie anhatte. Sie ist runtergekommen, und wir sind mit dem Wagen losgefahren. Wir wussten beide, was wir wollten. Knutschen. Vielleicht mehr. Ich bin über die Küstenstraße gefahren. Dann hab ich die Abzweigung nach Tantura gefunden. Ich war schon mal da gewesen. Schon ein paar Mal. Gut so?«, er guckte schüchtern. »Bis hierhin?«

»Gut«, sagte Eddie. »Ist gut.«

»Wir haben geknutscht. Ich wollte … Sie wissen schon.«

»Vögeln.«

»Mit ihr schlafen«, sagte Elisha. »Sie wollte nicht. Sie hat mich geschlagen und ich … ich weiß nicht. Wir haben gestritten. Ich hab sie aus dem Wagen gestoßen. Den BH hat sie schon nicht mehr angehabt.«

»Ja?«

»Sie hat sich gewehrt. Ich war wütend.«

»Ja?«

Elisha nickte. »Und da ist dann passiert, was passiert ist«, sagte er.

»Was ist passiert?«

»Das wissen Sie doch.«

»Kannst du's sagen?«

»Muss ich? Ich bin so müde«, sagte Elisha.

»Schreib es auf«, sagte Eddie. »Mehr musst du nicht machen.«

»Es aufschreiben?«

»Erzählen, so wie du's mir erzählt hast.«

»Wenn Sie meinen«, sagte Elisha, nahm den Stift und fing an zu schreiben.

Mein Name ist Elisha Barnea …

»Gut«, sagte Eddie. »Gut.«

Elisha nickte. Er schrieb und schrieb, wurde nicht dazu gezwungen.

»Du musst es noch unterschreiben«, sagte Eddie. »Da unten.«

»Okay.« Elisha unterschrieb. Dann sah er Eddie mit großen, verletzten Augen an.

»Hab ich's gut gemacht?«, fragte er.

»Hast es gut gemacht«, sagte Eddie.

»Ich bin so müde«, sagte Elisha. »So absolut müde, weißt du?«

»Ich weiß«, sagte Eddie. Er konnte die anderen hinter der Scheibe spüren – Sagi, Hillel, Cohen. Er nahm Elisha Barnea das unterzeichnete Geständnis aus der Hand.

»Jetzt darfst du schlafen«, sagte Eddie.

4

KLEINGANOVEN

1976

28 WATERLOO

»Die Gerechtigkeit obsiegt.« – Cohen

»Dann habt ihr das wohl gut gemacht«, sagte Rubenstein und faltete die Zeitung ordentlich auf seinen Knien zusammen.

Die Schlagzeile schrie »Barnea wegen Mordes verurteilt.«

»Ich denke schon, ja«, sagte Cohen. »Die Gerechtigkeit obsiegt.«

Im Radio lief »I Gave Her My Life« von Kaveret. Benny zündete eine Zigarette an und sah die hübschen Mädchen auf dem Gehweg draußen. Elisha Barnea war ihm scheißegal.

»Haifa«, dachte er. Was zum Teufel machte er hier in Haifa?

Dieser Cohen war ein komischer Typ, dachte Benny, schon weil er Polizist war. Vor ungefähr einem Jahr hatte er Rubenstein festgenommen, so hatten sie sich kennengelernt.

Benny war mit Rubenstein in Jaffa aufgewachsen, gegenüber der Polizeiwache in der Nähe vom Bloomfield Stadion. Sie hatten nicht im Gefängnis landen wollen, so wie diese alten Wichser, die damals dort das Sagen hatten, die Schwarzhändler aus der Zeit der Knappheit nach dem Krieg.

Rubenstein hatte Ambitionen und Benny bewunderte das. Wohin Rubenstein ging, dorthin wollte Benny ihm folgen.

Aber dieser Cohen gab ihm Rätsel auf.

»Schade, dass die nicht den Grand Prix d'Eurovision gewonnen haben«, sagte Benny.

Rubenstein blickte gereizt auf. »Was?«

»Kaveret. Die sind siebte geworden, was nicht schlecht ist.«

»Und wer hat gewonnen?«, fragte Rubenstein. Rubensteins Familie stammte aus Rumänien. Benny wusste es nicht, aber vielleicht waren sie ja eher für Rumänien, nur dass Rumänien sich hinter dem Eisernen Vorhang befand und dort niemand so bald auf einer Bühne in Brighton oder anderswo im Westen singen würde.

»Abba«, sagte Benny. »Mit ›Waterloo‹«.

»Wer?«, fragte Rubenstein, obwohl selbst er Abba hätte kennen müssen.

»Ich sag ja nur«, meinte Benny. »Ist ein guter Song.«

»›Waterloo‹?«, fragte Cohen.

»›I Gave Her my Life‹«, sagte Benny. »Weißt du, dass das eigentlich ein politischer Song ist? Geht gegen Golda und handelt davon, dass hier genug Platz für zwei Länder ist, für uns und die Palästinenser.«

»Was redest du da?«, fragte Rubenstein.

Benny wusste, dass Rubenstein ebenso wenig wie er selbst in Haifa sein wollte. Eigentlich war Tel Aviv ihr Pflaster, wo sie um die alten Macker wie Midget und Oshri herumschlichen, die beiden Wichser, die die Marktstände und den Diamantenhandel kontrollierten und eine Menge Straßenüberfälle, Einbrüche und wer weiß was sonst noch organisierten.

Und jetzt saßen sie hier in Haifa, noch dazu mit einem Bullen zusammen.

Offiziell war Rubenstein für die Bullen wohl so was wie eine Informationsquelle, vermutete Benny. Und Benny wusste außerdem ziemlich sicher, dass Cohen keine Berichte über diese Besprechung schreiben würde.

Das war es nämlich, eine geschäftliche Besprechung.

Sie saßen im Café und beobachteten den Diamantenladen gegenüber.

»Das ist er«, sagte Cohen. Benny sah den alten Mann aus dem Laden kommen. Ein kleiner dicker Typ, eingepackt in einen dicken Pelzmantel, er lächelte und winkte jemandem im Laden zu, stieg in seinen Wagen und fuhr davon. Sein Name war Herring.

»Und?«, fragte Benny

»Er wohnt oben in Denia«, sagte Cohen.

Rubenstein stand auf. »Na schön«, sagte er.

»Was, na schön?«, fragte Benny.

»Wir machen es.«

»Okay«, sagte Cohen.

Und das war's.

»Komm schon, Benny, lass uns gehen«, sagte Rubenstein und legte Geld auf den Tisch. Benny folgte ihm zum Wagen.

»Was machen wir hier?«, fragte er.

»Lass uns mal ein paar Cousins besuchen«, erwiderte Rubenstein.

Als Nächstes machten sie Halt in Wadi Nisnas in der Unterstadt, obwohl sie sich zweimal verfuhren und Benny die Karte auf den Schoß nahm. Die »Cousins«, von denen Rubenstein gesprochen hatte, wohnten in einem arabischen Viertel. Sie parkten und fanden den Falafel-Imbiss, Pierre Malik saß schon da.

Er machte eine Handbewegung in Richtung der Salate auf dem Tresen. »Wollt ihr was?«, fragte er. Er war ein kleiner, kräftiger Mann mit dichtem schwarzen Haar. Er biss in sein Pitabrot. Tahina färbte seine Lippen weiß.

»Nein, danke«, sagte Rubenstein, setzte sich, und wieder tat Benny es ihm gleich. Benny fiel auf, dass sie von Maliks Männern umgeben waren, die hier überall herumsaßen. Tatsächlich befand sich außer Maliks Männern niemand sonst in dem Falafel-Imbiss.

»Du willst wohl nicht mit mir essen, Rubenstein?«, lachte Malik, tupfte sich die Lippen mit einer Papierserviette ab und warf das restliche Pitabrot auf den Teller. »Na schön. Wenn du keine Falafel willst, was willst du dann?«

»Haschisch«, sagte Rubenstein.

»Gut«, sagte Malik. »Aber hast du auch das Geld, das ist die Frage.«

»Kannst du welches aus dem Libanon besorgen?«

»Kann ich. Aber wie ist das mit dem Krieg?«, fragte Benny. Der

Krieg in Libanon hatte gerade erst begonnen, und es sah danach aus, als würde es ein sehr hässlicher Krieg werden.

»Ich mache das, um den Krieg zu unterstützen«, erklärte Malik. »Ich bin kein Verbrecher. Nichts für ungut.«

»Du verkaufst Haschisch, um den Krieg zu unterstützen?«, fragte Benny.

»Sicher. Die Phalangisten sind meine Familie. Diese verfluchten Araber werden bekommen, was sie verdienen.«

»Aber du bist doch selbst Araber«, wandte Benny ein.

»Verdammt, nein!«, sagte Malik. »Ich bin Maronit.«

Benny kapierte das nicht. Die Libanesen waren noch schlimmer als die Juden, dachte er. Sie hatten so viele Fraktionen und Minderheiten und hassten sich anscheinend alle gegenseitig. Die Phalangisten waren Christen, und sie waren eine mächtige Minderheit, aber entscheidender noch war, dass sie Zugang zu den riesigen Marihuanafeldern im libanesischen Osten hatten, und da wollte Rubenstein hin. Im Prinzip ging es um nichts anderes.

»Hast du das Geld?«, fragte Malik.

»Wie viel kannst du besorgen?«

»Wie viel willst du haben?«, fragte Malik.

»Wie bringst du's rüber?«, wollte Benny wissen.

»Was bist du, ein Bulle?«, fragte Malik. »Ich hab Leute, die's für mich über die Grenze bringen.«

Sie sprachen über Mengen und feilschten um den Preis. Malik bestellte Kaffee und Baklava. Benny knabberte dran. Malik und Rubenstein schüttelten sich die Hände.

»Das ist ein wichtiger Schritt für dich, Rubenstein«, sagte Malik. »Wenn du ins Drogengeschäft einsteigst, wirst du damit ein paar großen Nummern in Tel Aviv auf die Füße treten.«

»Lass das meine Sorge sein«, erwiderte Rubenstein.

»Glaub mir, schlaflose Nächte werde ich deshalb nicht haben«, sagte Malik.

Sie ließen ihn stehen und stiegen in den Wagen. Benny war

unruhig. Sie hatten kein Geld für solche Geschäfte. Es sei denn, heute Abend würde es gut laufen.

Er vermutete, deshalb waren sie in Haifa, einer Art Niemandsland und ein Einfallstor in den Norden mit der lukrativen libanesischen Grenze. Aber Pierre Malik hatte recht, wenn sie ins Drogengeschäft einstiegen, würde das nicht lange unbemerkt bleiben.

Noch waren sie nur Kleinganoven. Aber Rubenstein hatte nicht vor, einer zu bleiben.

29 OPERATION ENTEBBE

»Mach's wie Shaike.« – Cohen

Kaum ging's los, ging's auch schon schief – der Wagen wollte nicht anspringen. Rubenstein machte die Motorhaube auf und Cohen werkelte darin herum, beim dritten Versuch sprang er endlich an. Der Plan war einfach. Sie fuhren unter sternenklarem Himmel nach Denia, ein wohlhabendes Viertel auf dem Karmel. Das Haus war zweistöckig, davor ein Garten. In einem Zimmer oben brannte Licht. Sie parkten, warteten und beobachteten das Haus.

Benny rutschte auf seinem Sitz herum.

Er hatte ein schlechtes Gefühl.

Etwas später ging das Licht aus. Sie warteten immer noch. Das Radio lief.

Nachrichten. In Jerusalem fand eine Gedenkfeier für Oberstleutnant Joni Netanjahu statt, der im Zuge der Operation Entebbe starb. Sein Bruder Benjamin, ein junger Wirtschaftswissenschaftler, sprach bewegende Worte über ihn. Das eine Mädchen von der Baader-Meinhof-Bande wurde in Deutschland erhängt in ihrer Zelle gefunden. Premierminister Jitzchak Rabin wurde vorgeworfen, ein nach israelischem Recht illegales Konto in den Vereinigten Staaten mit einem beachtlichen Dollarvermögen zu führen. Nach dem Generalstreik israelischer Araber im März und dem darauffolgenden Einschreiten bewaffneter Polizei- und Militärkräfte kam es zu andauernden Spannungen.

Das Übliche.

Jetzt lief Arik Einstein mit »Maybe It's Over« von dem Album *Good Old Land of Israel* und Benny summte mit. »Früher gab's hier nur Sümpfe und Mücken …'«, sang er.

»Ach ja?«, sagte Rubenstein. »Sag das mal den Arabern.«

»Scheiß auf die Araber«, erwiderte Cohen.

Rubenstein nickte.

»Los geht's«, sagte er.

Leise stiegen sie aus dem Wagen, trugen blaue Arbeiteroveralls. Bennys Herz schlug schneller. Der Plan gefiel ihm nicht. Haifa gefiel ihm nicht. Ihm gefiel nicht – na ja, ganz egal, was ihm nicht gefiel. Sie gingen ins Haus, zogen Skimasken über die Gesichter. Die Maske kratzte. Was war er, einer von der Baader-Meinhof-Bande?

Rubenstein öffnete das Küchenfenster, und sie stiegen ein.

Im Haus war es still. Und dunkel. Kein Hund, sagte Cohen. Unten war niemand. Rubenstein ging als Erster nach oben, Cohen und Benny folgten ihm.

Der Boden knarzte. Die Tür zum ersten Schlafzimmer im Flur stand offen und ein Nachtlicht leuchtete, beschien drei schlafende Kinder. Rubenstein ging leise am Kinderzimmer vorbei in das zweite Schlafzimmer.

Auch Mr und Mrs Herring schliefen. Benny packte seine Uzi. Rubenstein und Cohen gingen ans Bett.

Rubenstein nickte. Cohen hatte eine Socke in der Hand. Der Plan sah vor, beide zu fesseln und zu knebeln. Eigentlich ganz einfach.

In diesem Moment schlug Mrs Herring die Augen auf.

Sie starrte die maskierten Männer an.

Und schrie.

Mr Herring wachte auf. Rubenstein schlug ihm seine Pistole über den Kopf, während Cohen versuchte, Mrs Herring zu knebeln. Mrs Herring biss ihm in die Hand, Cohen fluchte und ohrfeigte sie. Benny hielt die Uzi, aber wohin sollte er schießen? Er hörte Schritte hinter sich und drehte sich um.

Zwei kleine Mädchen und ein Junge starrten zu ihm auf und fingen an zu schreien.

»Verdammte Scheiße, was soll ich machen?«, brüllte Benny.

»Beruhig sie!«

Cohen rang mit Mrs Herring. Mr Herring lag mit einer Platzwunde an der Stirn auf dem Bett, Blut tropfte auf das Bettzeug.

»Hey, Kinder«, sagte Benny verzweifelt. »Nicht weinen. Mama und Papa spielen nur.«

Die Kinder schrien noch lauter. Cohen ohrfeigte Mrs Herring erneut. Er versuchte ihr etwas vom Finger zu ziehen.

»Gottverdammt!«, sagte Rubenstein und stieß Mr Herring seine Pistole in die Seite. »Wo ist der Safe!«

Mr Herrings Kopf hing reglos auf dem Kissen.

Cohen sagte: »Du hast ihn zu fest geschlagen.«

»Wo ist der Safe?«, brüllte Rubenstein jetzt Mrs Herring an, die ihn laut auf Jiddisch beschimpfte. Benny verstand kein Wort.

»Hey, Kinder«, sagte Benny fröhlich, »lasst uns ein Spiel spielen! Wisst ihr, wo Papa seine Diamanten aufbewahrt?«

Der Junge zeigte weinend auf die Wand, auf ein Gemälde von Anna Ticho. Benny hob es vorsichtig ab. Dahinter verbarg sich der Safe.

»Wie geht der auf?«, fragte er.

Rubenstein stupste Herring an.

»Der ist nicht bei Bewusstsein«, sagte er.

Die Kinder schrien. Mrs Herring feuerte eine weitere jiddische Tirade ab.

Wer zum Teufel sprach denn noch Jiddisch? Cohen presste die Socke zum Knebel zusammen, aber es war zu spät.

»Ich hab ihren Ring«, sagte er.

»Lass uns los«, sagte Rubenstein. »Tut mir leid, Kinder.«

Benny schnappte sich das Gemälde. »Was soll das?«, fragte Cohen.

»Wieso?«, sagte Benny. »Das ist von Anna Ticho.«

Sie rannten runter und aus dem Haus. In den Nachbarhäusern brannten jetzt überall Lichter. Benny hörte ferne Polizeisirenen.

Sie sprangen in den Wagen und rasten davon.

»Fick dich, Cohen«, sagte Benny. »Wir haben nicht mal den Safe aufbekommen.«

Er hatte es gehasst, so mit den Kindern zu reden. Benny mochte Kinder. Eigentlich wollten Ofra und er bald eigene haben.

Cohen öffnete die Handfläche. Zeigte ihnen einen Ring mit einem großen, im Licht der Straßenlaternen funkelnden Diamanten.

»Davon können wir uns nicht viel kaufen«, sagte Rubenstein angewidert.

»Tut mir leid, Aryeh«, sagte Cohen.

»Sollte dir auch leidtun.«

»Ich mach's wieder gut«, versprach Cohen.

»Ich brauche einen Deal mit den Libanesen«, sagte Rubenstein.

»Scheiß drauf«, sagte Cohen. »Fahr zurück.«

»Was?«

»Dreh um! Sofort!«

Der Wagen schlingerte. Rubenstein umklammerte das Steuer so fest, dass seine Fingerknöchel weiß wurden. Er sagte kein verfluchtes Wort. Benny wusste es und Cohen wusste es. Das war nichts, was man einfach unerledigt lässt. Nicht, wenn man dumm genug war, noch mal zurückzufahren.

Sie kehrten zum Haus zurück. Ließen den Motor laufen. Cohen trat die Tür ein, und sie rannten nach oben. Keine Zeit, ein Fenster einzuschlagen.

Mrs Herring schrie, als sie plötzlich alle wieder sah. Mr Herring war immer noch bewusstlos.

Benny schwitzte und hörte die Sirenen näher kommen.

Die Kinder schrien weiter.

»Die sollen die Klappe halten, tu was!«, sagte Rubenstein und stieß Mrs Herring den Lauf seiner Uzi zwischen die Rippen.

»Steh auf«, sagte er, jetzt mit leiser Stimme, so dass Mrs Herring mit dem Schreien aufhörte. Wenn Rubenstein einen so ansah, hielt man besser die Klappe.

Er war nicht verrückt, nur eiskalt.

»Kinder, Kinder«, sagte Benny. Sie schrien, als hätten sie ein Monster gesehen. Er versuchte, sich etwas einfallen zu lassen, während Rubenstein ihre Mutter aus dem Zimmer schob.

Benny räusperte sich.

Und fing an zu singen.

Das einzige Lied, das ihm einfiel, war: »The Camaraderie«. Das hörte man doch als Kind, oder nicht? Verzweifelt versuchte er sich an den Text zu erinnern.

»We'll remember them all«, sang er, die Musik war langsam und schwer, so wie die der Militärkapellen bei offiziellen Zeremonien und mit ordentlich viel slawischem Pathos. Hübsch von Angesicht und Locken! Für eine Kameradschaft wie die unsrige, werden wir … Augenblick, wie geht das noch? Irgendwie … ach ja, eine Liebe mit Blut besiegelt! Du wirst zu uns zurückkehren und erblühen!«

Die Kinder starrten ihn an.

Jetzt waren sie tatsächlich still.

Rubenstein stieß Mrs Herring näher an Cohen heran. Cohen ging mit ihr nach unten. Rubenstein ohrfeigte Mr Herring, bis er blinzelnd und verwirrt aufwachte.

»Du hörst von uns«, sagte Rubenstein. »Keine Polizei, sonst ist sie tot!«

Benny ging an den Kindern vorbei. Rubenstein folgte ihm. Sie rannten die Treppe runter und zum Wagen. Cohen versuchte Mrs Herring auf den Rücksitz zu schieben.

Rubenstein sagte: »Schlag sie einfach bewusstlos«, und Cohen nickte. Er zog ihr seine Pistole über, sie sackte zusammen und blieb reglos auf dem Rücksitz liegen.

»Das Gemälde!«, sagte Benny.

Mrs Herring war draufgefallen.

»Das ist ein Original«, sagte Benny.

»Vergiss das scheiß Gemälde«, sagte Rubenstein.

Die Sirenen waren jetzt ganz nah. Cohen sagte: »Aryeh, du fährst. Such ein ruhiges Fleckchen und ruf im Haus an. Benny, du kommst mit mir.«

»Das ist eine Riesenscheiße«, sagte Benny, folgte Cohen aber.

Rubenstein raste los. Wie hatte alles so dermaßen schiefgehen können? Benny rannte hinter Cohen her, am liebsten hätte er ihm in den Rücken geschossen.

Aber jetzt klebte er ihnen wie Dreck an den Schuhsohlen, genauso wie die ganze Sache, was auch immer das gewesen sein sollte.

Cohen blieb zwischen zwei Gebäuden stehen, zog die Skimaske vom Kopf und den Overall aus. Benny tat es ihm gleich.

»Gut, gut«, sagte Cohen. »Schmeiß das in die Tonne da drüben.«

Cohen pfiff und kramte in seinen Taschen. Dann warf er Benny etwas zu und Benny fing es.

Ein Abzeichen.

»Hör zu«, sagte Cohen. »Du sagst keinen Ton, und wenn doch, dann nuschelst du nur. Hast du *Schlaf gut, Wachtmeister!* gesehen? Mach's wie Shaike. Verstanden? Halt einfach die Klappe, folge mir, dann kriegen wir das Geld vielleicht doch noch und Rubenstein bringt mich nicht um.«

Er marschierte aus der kleinen Gasse, gerade als zwei Polizeiwagen mit blinkendem Blaulicht heranrasten und hielten.

30 SCHLAF GUT, WACHTMEISTER!

»*Oui.*« – Benny

»Ich bin sofort gekommen, als ich den Funkspruch gehört habe«, sagte Cohen. »Würden Sie mir erklärten, was hier los ist, Mr Herring?«

Sie saßen im Wohnzimmer. Die Kinder weinten und Mr Herrings Kopf war verbunden. Er saß im Sessel. Der Raum stand voller alter Holzmöbel, vom Stil her eher europäisch als israelisch, und die Rollläden waren heruntergelassen. Zwei Polizeibeamte standen neben der aufgebrochenen Tür.

»Kommen Sie, kommen Sie, Mr Herring«, sagte Cohen. »Es bringt nichts, drum herumzureden. Erzählen Sie mir, was passiert ist?«

»Ich kann nicht«, sagte Mr Herring. »Die haben gesagt …« Er verstummte.

»Wo ist Ihre Frau?«, fragte Cohen.

»Die haben Mama mitgenommen!«, rief eines der beiden kleinen Mädchen. »Die Männer, die haben sie mitgenommen!«

»Wohin mitgenommen, meine Kleine?«, fragte Cohen.

»Weiß ich nicht«, sagte das kleine Mädchen und fing wieder an zu weinen. Benny stand betreten da. Das war absolut nicht wie in *Schlaf gut, Wachtmeister!*, den er im Alhambra-Kino in Jaffa gesehen hatte.

Der Film handelte von Azulai, einem herzensguten, aber vom Pech verfolgten Polizisten, dem es einfach nicht gelang, aufzusteigen. Er war so unfähig, dass sich die bedeutendsten Verbrecher aus Jaffa zusammentaten und sich dafür einsetzten, dass er seinen Job behielt. Leider vergeblich. Für einen wie Azulai war bei der israelischen Polizei kein Platz, schien der Film zu sagen.

Benny klammerte sich an die Dienstmarke, die Cohen ihm gegeben hatte, und hielt eisern den Mund.

»Wurde Ihre Frau entführt?«, fragte Cohen Mr Herring sanft.

Endlich nickte Herring. »Ja … ja!« Dann sprudelte es aus ihm heraus. Er wirkte verwirrt. Männer waren in das Haus eingebrochen. Hatte er ihre Gesichter gesehen? Nein, sie waren maskiert. Er glaubte, dass sie blaue Overalls getragen hatten, aber auf jeden Fall waren sie bewaffnet gewesen. Sie wollten Diamanten stehlen, aber einer von ihnen hatte ihn so fest geschlagen, dass er ohnmächtig geworden war. Als er wieder zu sich kam, waren die Männer verschwunden, und er hatte gedacht, Gott habe sie alle gerettet, aber dann kamen sie noch einmal zurück und er stellte sich bewusstlos. Er hörte, wie sie die Tür eintraten. Ja, die Tür, genau die da. Die Haustür. Sie rannten die Treppe hoch und nahmen seine Frau mit. Seine arme Frau.

Mr Herring fing an zu weinen. Was hatte er nur verbrochen? Und sie? Er zahlte doch brav seine Steuern, er war ein ehrlicher Mensch, der sich um seine Kinder kümmerte und jeden Tag zu Gott betete. Er spendete an Wohltätigkeitsorganisationen. Er war ein unbescholtener redlicher Mensch, der Gott fürchtete und sich vom Bösen abwandte. Wie Hiob. Und nun war über ihn, wie über Hiob, das Unglück hereingebrochen.

»Die haben gesagt, ich darf nicht mit der Polizei sprechen«, berichtete er. »O Batya, Batya!«

»Wir finden Ihre Batya schon wieder«, versprach Cohen. »Keine Sorge. Der Kollege hier?«. Er zeigte auf Benny. »Das ist ein hochspezialisierter Vermittler aus Frankreich.«

Benny stotterte.

»Ein hochspezialisierter Vermittler?«, fragte Mr Herring immer noch verwirrt.

Cohen seufzte. »Er vertritt die Police Nationale und stattet uns als offizieller Beobachter einen Besuch ab. Ich wurde mit der Aufgabe betraut, ihn herumzuführen. Wir sind nur zufällig vorbeigekommen, als wir den Funkspruch gehört haben, und sind sofort hergekommen. Er ist Verhandlungsexperte im Umgang mit Entführern und Terroristen.«

Mr Herring sah Benny staunend an.

»Oui«, sagte Benny und nickte energisch. »Oui.«

»Die Franzosen haben viel Erfahrung im Umgang mit solchen Situationen«, sagte Cohen. »Wir werden die Angelegenheit diskret behandeln. Ofer?«

»Sir?«, sagte einer der Polizisten.

»Die Sache darf nicht an die Öffentlichkeit dringen«, sagte Cohen. »Verstanden?«

»Jawohl, Sir«, erwiderte Ofer.

»Gut«, sagte Cohen. »Keine Berichte an irgendwen. Wir lassen es nach einem Routinebesuch aussehen. Ihr verlasst jetzt das Haus und steigt wieder in den Wagen. Fahrt weg, aber dreht noch mal einen Bogen, kommt zurück und parkt in der Nähe. Ich kümmere mich um die Kommunikation. Mit etwas Glück erwischen wir die Schweine auf frischer Tat. Aber die Hauptsache ist erst mal, Mrs Herring gesund wieder nach Hause zu bringen.«

»Sie wissen das am besten, Cohen«, sagte Ofer, nickte dem anderen Polizisten zu, dann gingen beide.

»Und was mache ich?«, fragte Mr Herring. Er sah Cohen hilflos an. »Was mache ich denn jetzt?«

»Jetzt warten wir«, sagte Cohen.

Die Kinder weinten immer noch. Cohen winkte sie zu sich heran, setzte sie aufs Sofa, links und rechts neben sich, und griff nach einem Buch. Er schlug es auf, blätterte um und lächelte, die Kinder schmiegten sich eng an ihn, allein von seiner Anwesenheit völlig gebannt. Die Stelle an seiner Hand, wo Mrs Herring ihn gebissen hatte, war leicht gerötet, aber außer Benny schien es niemandem aufzufallen.

Das Buch war eine zerlesene Ausgabe von *Chipop in Ägypten* von Tamar Bornstein-Lazar. Cohen fing an zu lesen, und seine Stimme klang melodisch und freundlich, Benny sah staunend zu, wie die Kinder die brutalen Ereignisse vergaßen, den Verlust ihrer Mutter, und sich in ihrer Fantasie von den beknackten Heldentaten des sprechenden Affen Chipop und seiner kleinen Freunde hinwegtragen ließen. Benny ging in die Küche, kochte Kaffee und brachte Mr Herring eine Tasse.

»Danke«, sagte Mr Herring.

Benny sagte: »Oui.«

Er hoffte, der verfluchte Rubenstein würde endlich anrufen. Es war mitten in der Nacht. Die Kinder schliefen eins nach dem anderen ein, wo sie gerade saßen, auf dem Sofa. Cohen legte sich das Buch mit den Seiten nach unten auf die Brust und betrachtete sehnsüchtig die Kinder.

»Sie haben eine wunderbare Familie, Mr Herring«, sagte er.

»Danke«, erwiderte Mr Herring hilflos.

Das Telefon klingelte. Cohen schnappte sich den Hörer.

»Ich will die Kinder nicht wecken«, sagte er und gab den Hörer an Mr Herring weiter.

»Hallo?«, sagte Mr Herring.

Eine Stimme am anderen Ende.

»Wo ist meine Frau?«, fragte Mr Herring. »Was haben Sie mit ihr gemacht?«

Wieder die Stimme. Mr Herring umklammerte den Hörer.

»So viel Geld habe ich nicht«, sagte er.

Wieder die Stimme. Bedrohlich. Cohen nahm Mr Herring den Hörer aus der Hand.

»Passen Sie gut auf«, sagte Cohen ins Telefon. »Sie werden Mrs Herring kein Haar krümmen, ist das klar? Ich sage Ihnen, wie das jetzt läuft. Wir werden Sie mit dem Geld treffen. Sie bringen Mrs Herring mit. Keine Polizei. Wer ich bin? Das geht Sie gar nichts an. Wir führen die Übergabe durch. Wo? Es gibt einen Picknickplatz nicht weit von hier, am alten Eichenhain am HaArbaim, kennen Sie den? Dann suchen sie ihn auf der verfluchten Karte. Da wird so spät in der Nacht niemand mehr sein. In einer Stunde treffen wir uns dort. Haben wir uns verstanden? Gut. Auf Wiederhören.«

Cohen legte auf.

»Haben Sie das Geld?«, fragte er Mr Herring.

Mr Herring wurde blass. »Ich habe was im Safe oben, aber das ist ... aber ich ...«

»Es geht um das Leben Ihrer Frau«, ermahnte ihn Cohen.

»Aber es ist ...« Mr Herring sackte niedergeschlagen zusammen, dann führte er sie nach oben und öffnete den Safe. Benny sah zu, wie Mr Herring Bündel von Dollar, Francs und israelischen Lira herausholte und traurig in eine Plastiktüte stopfte.

»Und der Rest?«, fragte Cohen.

»Welcher *Rest*?«, fragte Mr Herring. »Sie verstehen nicht, das ist nicht mein Eigentum, ich habe die Steine nur in Kommission hier, sie wurden aus Südafrika zum Polieren hergeschickt und sollen mit der nächsten Lieferung nach Antwerpen gehen ...«

Er starrte Cohen hilflos an.

»Die *Steine*«, beharrte Cohen.

Und das war's.

Sie ließen die Kinder schlafen. Cohen ging hinaus und sprach mit den Polizisten, die auf der Straßenseite gegenüber im Wagen warteten. Benny sah zu, aber Cohen sprach leise. Die beiden Polizisten stiegen aus dem Fahrzeug, und Benny sah, dass Cohen ihnen kurz bevor sie zu Fuß weggingen, noch etwas in die Hände drückte. Cohen stieg in den Wagen und ließ ihn an.

»Keine Polizei«, sagte er zu Mr Herring. »Nur wir beide. Wir holen sie zurück. Das verspreche ich Ihnen.«

»Sie sind ein Engel, Cohen«, sagte Mr Herring.

Benny zwickte sich fest in den Nasenrücken und sagte nichts. Sie fuhren los. Es war keine lange Fahrt über den Berg. In dem kleinen Wäldchen war es ruhig, wie Cohen gesagt hatte. Die alten Eichen flüsterten im Wind. Benny sah Rubensteins Wagen, der bereits dort parkte. Mr Herring weinte.

»Stark sein, Mr Herring«, sagte Cohen. »Sie müssen jetzt stark sein.«

Er hielt den Wagen an, und sie stiegen aus.

Auf dem Berg war es dunkel. Rubenstein stand da, nur als Silhouette erkennbar, in der Hand hielt er eine Pistole. Dann schaltete er die Scheinwerfer ein und strahlte die Neuankömmlinge voll an.

»Seid ihr allein?«, fragte Rubenstein.

»Wir sind allein«, sagte Cohen.

»Habt ihr mein Geld?«, fragte Rubenstein.

»Haben Sie Mrs Herring?«, fragte Cohen zurück.

Rubenstein brummte, schaltete die Scheinwerfer wieder aus, öffnete die hintere Wagentür und zog Mrs Herring heraus. Ihre Handgelenke waren mit einem Seil gefesselt, und sie war geknebelt.

»Batya«, rief Mr Herring.

»Keine Bewegung!«, sagte Rubenstein. »Mein Geld?«

Cohen hob die Einkaufstüte.

»Ich hab's hier!«, schrie er.

»Kommen Sie langsam näher. Ohne Waffe.«

Cohen näherte sich ihm, hielt die Tüte hoch. Benny blieb stehen, sagte kein einziges verfluchtes Wort, während er dem Schaustück folgte, das sich dort in dunkler Nacht auf dem Karmel abspielte. Die einzigen Zeugen außer ihm waren die alten, den Drusen als heilig geltenden Bäume.

Cohen kam mit Diamanten und Geld. Rubenstein trat einen Schritt vor, hielt Mrs Herring fest.

Sie blieben stehen. Worte wurden keine gewechselt.

Cohen übergab die Tüte, und Rubenstein schubste ihm Mrs Herring entgegen. Sie fiel und rollte ein Stück den Hang hinunter, während Rubenstein bereits in den Wagen sprang und den Motor aufheulen ließ.

Bis Mr Herring Mrs Herring erreicht hatte, war der Kidnapper mit dem Geld und den Diamanten verschwunden.

Eine Sache gab es noch. Nachdem sie Mr und Mrs Herring nach Hause gebracht hatten, wollte Mr Herring sich umgehend bei der Polizei beschweren.

Cohen nickte ernst, während Herring seine Absichten erklärte, und legte ihm einen Arm um die Schulter.

»Die wissen, wo Sie wohnen«, sagte er.

Das war's.

Benny hatte die ganze Zeit kein Wort gesagt, bis sie das Haus der Herrings verlassen hatten. Als sie wieder im Wagen saßen, atmete er erleichtert auf.

»Ich will *nie* wieder Polizist sein«, erklärte er und gab Cohen die Dienstmarke zurück.

»Dabei ist die nicht mal echt«, sagte Cohen und lachte plötzlich laut los. Er fuhr wie wild aus dem schlafenden Wohnviertel heraus. Inzwischen ging die Sonne auf, und Benny sah das Meer weit unten, die Schiffe verteilt im Hafen, und er dachte, dass selbst Haifa manchmal schön sein konnte.

Sie trafen Rubenstein in der Wohnung. Er saß ohne Schuhe am Küchentisch und zählte Geld. Benny starrte die Diamanten auf dem Tisch an. Es waren nicht die größten Steine und wohl auch nicht die schönsten, aber in diesem Moment sahen sie verdammt gut aus.

»Ich habe mit Malik gesprochen«, sagte Rubenstein, ohne auch nur aufzublicken. »Der Deal steigt heute Nacht.«

Benny zündete eine Zigarette an und öffnete das Fenster. Er spürte den Wind im Gesicht. Cohen stand im Eingang.

»Wo hast du sie festgehalten?«, fragte er.

»Im Wagen. Bin in den Wald gefahren und hab dort geparkt. Sie hat sich ein paar Mal vollgepisst. Der Sitz ist ruiniert. Das war verdammt bescheuert, Cohen, was du da heute Nacht gemacht hast.«

»Aber ich bin damit durchgekommen, oder nicht?«

Jetzt blickte Rubenstein auf. »Ich werde nicht schlau aus dir«, sagte er. »Was bist du, Polizist oder Gangster?«

Man kann auch beides sein, dachte Benny, sagte es aber nicht laut.

»Ich bin kein Gangster«, erklärte Cohen.

»Was dann?«

»Ich wahre die Ordnung«, sagte Cohen. »Was ich heute für dich getan habe, Rubenstein, wirst du das auch nicht vergessen?«

»Ich vergesse nichts.«

Cohen nickte, dann ging er. Benny hörte die Tür leise ins Schloss fallen.

»Vertraust du ihm?«, fragte er.

»Nein«, sagte Rubenstein, »aber er ist ja auch ein Bulle.«

5

»DER WÄCHTER IST REIN IN TAT UND GEDANKE«

1976

31 EIN GUTER TAG

»Was ist mit Esther Landes?« – Ruth

Einav ging in dem kleinen Wohnzimmer der Stadtkommune auf und ab. Sie machte Ruth wahnsinnig damit. Ruth hatte das Album *In A Clover Field* von Dudu Zakai aufgelegt und wollte einfach nur Musik hören, aber Einav machte ihr das mit ihrer Unruhe unmöglich.

Ruth wollte sich in der Musik verlieren. Die kleine Wohnung war vom süßlichen Gesang des Kibbuzniks erfüllt. Ein Shmutznik, genau wie sie selbst, ein Kibbuznik im blauen Hemd mit weißem Schnürsenkel am Kragen, einer von den Hashomer Ha'tzair, der Bewegung der Jungen Wächter. Zakai sang, er wolle vom Panzer absteigen, sich den Schmutz von der Uniform klopfen und mit seiner Geliebten in einem Kleefeld verschwinden. Ruth rekelte sich auf der dünnen Matratze und dachte an das zehnte Gebot der Wächter: »Der Wächter ist rein in Tat und Gedanke (er raucht nicht, trinkt nicht und bleibt sexuell redlich)«.

Über Letzteres würde sie wahrscheinlich hinwegsehen, würde Dudu Zakai bei ihr anklopfen. Sie starrte das Bild auf der Plattenhülle an, seine verträumten Augen und sein üppiges rotes Haar. Wie gerne würde sie ihm ihr Kleefeld zeigen, dachte sie.

Einav ging weiter auf und ab.

Ruth sagte: »Was?«

»Was? Wieso?«, sagte Einav leicht gereizt.

»Kannst du nicht still sitzen?«

»Ich muss mal«, sagte Einav.

»Dann frag den Nachbarn«, sagte Ruth. Ihre eigene Toilette war verstopft, schon seit einer Woche.

»Ich kann nicht auf einem fremden Klo«, sagte Einav und hopste auf der Stelle. »Ich muss wirklich dringend, Ruthie.«

»Dann mach ins Waschbecken«, sagte Ruth.

»Ich muss nicht klein! Ich muss groß.«

»Wieso bist du denn vorhin nicht im Büro von der Organisationsleitung gegangen?«

»Weil ich da noch nicht musste!«, fauchte Einav. »Mir reicht's«, sagte sie. »Ich fahr nach Hause.«

»Was soll das heißen, du fährst nach Hause?«, fragte Ruth.

»Ich fahre in den Kibbuz. Morgen bin ich wieder da.«

»Es ist mitten in der Nacht!«

»So spät ist es auch wieder nicht, Ruthie. Übertreib doch nicht immer gleich so. Ich muss wirklich.«

»Soll ich den Nachbarn für dich fragen. Der lässt dich, da bin ich sicher.«

»Der Typ ist unheimlich. Bestimmt lauscht er an der Tür.«

»Wie? Und im Kinderhaus im Kibbuz? Hattest du da etwa dein eigenes Klo? Für wen hältst du dich? Die Königin von England?«

Ruth lachte. Einav war einfach nur albern. Es war schon nach acht. Die anderen waren noch unterwegs mit ihren Jugendgruppen. Ruth hätte die Kommune gerne mal für sich allein gehabt. Sie war das erste Mal fort vom Kibbuz, leistete ihren Dienst für die Bewegung, bevor sie zur Armee gehen würde, und es gab so vieles, was sie gerade zum ersten Mal machte: ein gemeinsames Bankkonto eröffnen, überhaupt Geld verwenden, einkaufen, kochen und sauber machen und dann die Arbeit mit den Kindern der Jugendgruppe … alles ganz schön erwachsen.

Sich die kleine Wohnung zu teilen, war auch gar nicht schlecht. Sie war es sowieso gewohnt, zu viert in einem Raum zu schlafen, und als Kind waren sie immer gemeinsam duschen gegangen und hatten alles geteilt. Im Kibbuz wuchs man nun mal so auf. Wenn Einav endlich gehen würde, hätte Ruth ein oder zwei Stunden lang die ganze Wohnung für sich allein, das wäre ein selten ungestörter Augenblick.

Trotzdem konnte sie sie nicht einfach so gehen lassen, nur weil sie mal musste.

»Das ist doch albern«, sagte sie.

»Ich fahre«, sagte Einav, schlüpfte in ihre Sandalen und schnappte sich eine Tasche, die sie aufs Bett gelegt hatte.

»Was hast du vor? Willst du trampen?«, fragte Ruth.

»Klar.«

»Und was ist mit Esther Landes? Hast du das schon vergessen?«

»Die haben den Typen doch erwischt, der das getan hat«, gab Einav zurück. »Irgendein Loser. Mir wird schon nichts passieren. Wenn mir einer komisch kommt, trete ich ihn dahin, wo's richtig weh tut.« Sie guckte Ruth grimmig an und Ruth lachte.

»Du machst dir zu viele Sorgen. Bis morgen oder so. Ciao!«, sagte Einav und knallte die Tür hinter sich zu.

Ruth zuckte mit den Schultern. Wenn Einav sich einmal etwas in den Kopf gesetzt hatte, war nichts mehr zu machen. Jetzt hatte Ruth die ganze Wohnung für sich.

Sie deckte sich mit der dünnen Decke zu, schloss die Augen und träumte von Dudu Zakai.

Als die anderen zurückkamen, schlief sie. Evyatar kochte Kaffee, und Liora zündete sich eine Zigarette an, sie war eine kleine Rebellin und rauchte ungeschickt aus dem Fenster. Ruth zog sich das Kissen über den Kopf und versuchte weiterzuschlafen.

Evyatar und Liora unterhielten sich, weil sie sich immer gerne unterhielten und noch aufgekratzt waren von ihren Unternehmungen. Beide hatten mit ihren Jugendgruppen bis spät in die Nacht am Lagerfeuer gesessen, nachdem sie vorher wochenlang Draht mit Stoff umwickelt und Flaschenzüge gebaut hatten. Als Evie die Flamme angezündet hatte, war die Skulptur sofort hell aufgelodert. Sie klangen glücklich und rochen nach Rauch und konnten noch Stunden danach nicht einschlafen.

Ruth wachte als Erste auf. Draußen schien die Sonne, und als sie aus dem Fenster sah, öffneten die Geschäfte und Leute gingen zur Arbeit.

Es kam ihr komisch vor, in einer Stadt zu leben. Zu Hause im Kibbuz gab es Gras, Bäume und Blumen und Fahrradklingeln auf schmalen Straßen. Ein kleines Stück vom Himmel, das sie nicht aufgeben wollte.

Im kommenden Jahr würde sie zur Armee gehen, aber jetzt hatte sie erst einmal das Bedürfnis, die Werte zu vermitteln, mit denen sie aufgewachsen war, Kommunalismus und Naturliebe, Gerechtigkeit und Kameradschaft an ihre jungen Schutzbefohlenen weiterzugeben, die hauptsächlich aus den ärmeren Vierteln in Haifa stammten und ein ganz anderes Leben gewohnt waren als sie selbst. Und sie hatte wirklich das Gefühl, eine Beziehung zu ihnen aufzubauen, Fortschritte zu machen.

Sie gähnte, kochte Kaffee und sah, dass Evie und Liora mal wieder ihre benutzten Becher einfach in die Spüle gestellt hatten. Sie machte sie sauber und räumte ein bisschen auf. Erst letzte Woche hatten sie eine Gruppenbesprechung über die im Haushalt anfallenden Aufgaben gehabt und sogar einen Plan aufgestellt, aber wahrscheinlich hatten sie's schon wieder vergessen: wie so oft.

»Hey«, sagte Evyatar und schlurfte in die Küche. »Hast eine tolle Feuerzeremonie verpasst gestern Abend.«

»War's gut?«

»Es war großartig! Die Kids haben sich richtig Mühe gegeben, und das hat sich gelohnt. Hey, wo ist Einav?«

»Die ist gestern Abend in den Kibbuz gefahren. Sie meinte, sie muss aufs Klo.«

»Sie ist was? Wieso ist sie denn nicht zum Nachbarn gegangen?«

»Sie meinte, sie kann ihn nicht leiden.«

»Sie kennt ihn doch nicht mal. Wann kommt sie zurück?«

»Keine Ahnung«, sagte Ruth. »Du weißt doch, wie sie ist.«

»Ja, na ja«, Evie kratzte sich an seinem Lockenkopf und streckte sich. »Kann ich was von dem Kaffee haben?«

»Klar.«

Ein paar Minuten später kam auch Liora, und sie frühstückten zusammen. Keiner von ihnen konnte so richtig kochen, aber Ruth bekam ein paar Eier hin, und Evyatar konnte Salat schnippeln wie ein alter Kibbuzim, jede Tomate und jede Gurke in feine Streifen geschnitten. Sie holten sich Käse aus dem Kühlschrank, und Liora bot an, zum Bäcker zu gehen und frisches Brot zu holen.

Es war nicht wie im Kibbuz, wo alle zusammen in einem großen Speisesaal aßen, wo es jeden Tag der Woche hartgekochte Eier, frisches Brot und Gemüse für Salat gab, aber es war auch ganz schön.

Nach dem Frühstück gingen sie alle ins Büro der Organisationsleitung, denn sie mussten zu einer Besprechung über die Jahresendaktivitäten ihrer Jugendgruppen. Sie nahmen den Bus. Die Sonne schien, der Himmel war blau, und Ruth überließ ihren Sitzplatz einer alten Dame mit vielen Einkaufstaschen. Sie fühlte sich gut. Das wird ein schöner Tag, dachte sie.

32 WARTEN

»Ich dachte, sie müsste längst zu Hause sein.« – Ruth

Am Abend war Einav immer noch nicht zurück.

Sie hatten alle frei und entspannten sich in der Kommune. Liora blätterte in einer Zeitschrift, während Evie zeichnete. Er war ziemlich gut darin und überlegte, auf die Kunstschule zu gehen, um es richtig zu lernen, aber das hing davon ab, wofür er im Kibbuz gebraucht wurde. Wenn im Kibbuz Lehrer gebraucht wurden, würde er studieren und Lehrer werden, wenn Mechaniker gebraucht wurden, würde er Mechaniker werden. Aber natürlich durfte er in seiner Freizeit so viel zeichnen, wie er wollte, und es gab viele Künstler in dem Kibbuz, in dem Ruth aufgewachsen war. Zum Beispiel einen Mann, der Betonskulpturen fertigte. Die Wege im Kibbuz waren mit seinen Werken geschmückt, und ein anderer war Dichter und hatte bereits zwei Bücher veröffentlicht.

Ruth war unruhig. »Hat jemand Einavs Nummer im Kibbuz?«, fragte sie.

»Hat sie nicht einen Freund?«, fragte Liora. »Schau doch mal in ihrem Notizbuch.«

Ruth sah in dem Notizbuch nach, in das Einav alles Wichtige notierte. Sie hatte nur zwei Telefonnummern aufgeschrieben – ihre Handschrift war geschwungen und verschnörkelt, sehr leicht wiederzuerkennen –, Ruth probierte es mit der ersten.

»Hallo?«

»Shalom, ich bin auf der Suche nach Einav«, erklärte Ruth.

»Einavy ist nicht hier, sie ist in Haifa«, sagte eine Frau am anderen Ende der Leitung. »Hey, Enrique! Einavy ist doch noch in Haifa, oder?«

»Sie meinte, sie kommt am Freitag zum Essen!«, sagte eine Männerstimme im Hintergrund.

»Ist aber noch nicht Freitag, Enrique!«, entgegnete die Frau am Telefon.

»Dann ist sie in Haifa!«

»Ja«, sagte die Frau jetzt wieder in die Sprechmuschel. »Sie ist in ihrer Kommune in Haifa. Sie macht ein freiwilliges Jahr für die Bewegung, wir sind sehr stolz auf sie. Sind wir nicht stolz auf sie, Enrique?«

»Sehr stolz!«, bellte der Mann im Hintergrund. »Wer ist denn da?«, fragte die Frau. »Ich kenne ihre Stimme nicht. Bist du's, Miri?«

»Nein«, sagte Ruth. »Hier ist Ruth.«

»Ruth, Ruth. Fanyas Tochter?«

»Nein«, sagte Ruth. »Einavs Freundin hier in der Kommune. Von dort aus rufe ich auch an.«

»Ach so«, sagte die Frau. »Aber ist Einav denn nicht bei euch?«

»Nein, eben nicht«, sagte Ruth. »Sie ist gestern in den Kibbuz gefahren.«

»Hierher? Aber ich habe sie nicht gesehen. Enrique, hast du Einavy gesehen?«

»Nein, sie ist doch in Haifa!«, schrie Enrique im Hintergrund.

»Nein, ist sie nicht«, sagte Ruth. »Ich dachte, sie wäre zu Hause.«

»Ich hab sie nicht gesehen«, erklärte die Frau, und Ruth vermutete, dass sie Einavs Mutter war. »Vielleicht ist sie zu Ilan? Ilan ist ihr Freund. Hey, Enrique, hast du Ilan heute schon gesehen?«

»Ilan? Warum hätte ich Ilan sehen sollen!«, fragte Enrique. »Der arbeitet auf der Obstplantage!«

»Ich hab eine Freundin von Einavy aus der Kommune am Telefon! Sie sagt, Einavy ist nicht da, sie ist gestern in den Kibbuz gefahren!«

»Vielleicht ist sie ja bei Ilan!«, rief Enrique.

»Hab ich doch gerade gesagt!«, erwiderte die Frau und sprach wieder ins Telefon. »Du weißt ja, wie sie ist«, meinte sie. »Die taucht schon wieder auf. Ich frage Ilan, wenn ich ihn sehe. Wie geht es euch denn da oben in Haifa? Kommt ihr gut zurecht. Ich weiß, manchmal ist es gar nicht so leicht, sich an einem neuen Ort einzugewöhnen, besonders in der Stadt, aber ihr leistet ja so wichtige Arbeit.«

»Ist schon okay«, antwortete Ruth. »Mir macht es Spaß.«

»Wir müssen wirklich unbedingt mal zu Besuch kommen«, sagte die Frau. »Ruth, ja Ruth natürlich, Einav hat von dir erzählt.«

»Ruth?«, schrie Enrique. »Fanyas Tochter?«

»Nein! Ruth aus der Kommune!«, erwiderte die Frau.

»Okay, danke«, sagte Ruth. »Ich wollte nur mal fragen.«

Sie verabschiedete sich und legte auf, hatte aber ein ungutes Gefühl.

Eine halbe Stunde später versuchte sie es mit der zweiten Nummer aus Einavs Notizbuch, aber das Telefon klingelte nur, ohne dass jemand dranging. Danach rief sie noch einmal Einavs Mutter an, die bestätigte, dass es Ilans Nummer war.

»Wahrscheinlich sind sie zusammen weg, alle beide«, sagte sie.

Das leuchtete Ruth ein, also ließ sie's gut sein. Am nächsten Tag hatte sie wieder mit ihrer Jugendgruppe zu tun. Der Tag war anstrengend, zwei Kinder prügelten sich, und als sie die beiden trennen wollte, fiel sie hin und verletzte sich am Ellbogen. Die Kinder hatten ein schlechtes Gewissen, aber Ruth war aufgewühlt und den Rest des Tages in Gedanken nicht mehr bei der Sache.

Sie war froh, als sie endlich wieder in die Kommune kam. Der Tag war heiß und schwül, und sie wollte nur noch duschen und alles vergessen.

Als sie in der Kommune ankam, klingelte das Telefon. Anscheinend hatte es schon eine ganze Weile geklingelt. Ruth nahm den Hörer und vernahm eine wütende Männerstimme: »Wer ist da?«

»Wer ist denn *da*?«, fragte Ruth zurück.

»Hier ist Eitan«, sagte der Mann. »Ich bin auf der Suche nach Einav, sie war heute nicht bei ihrer Jugendgruppe.«

Eitan war der koordinierende Leiter. Ruth erklärte ihm, was passiert war.

»Das ist nicht das erste Mal, dass so was bei ihr vorkommt«, erwiderte Eitan. »Denen werde ich sagen, was ich davon halte, die können sich auf was gefasst machen, da in ihrem Kibbuz.« Dann knallte er den Hörer auf.

Ruth duschte und legte sich aufs Bett. Ein eigenartiger Tag war das gewesen. Sie vermutete, dass Eitan bei Einav im Kibbuz anrufen würde, und dann würden sie Einav ans Telefon holen müssen, weil ein Anruf vom Koordinator eine große Sache war.

Wenig später tauchten Evie und Lior auf, sie waren zusammen essen gewesen und gingen gleich schlafen.

Am nächsten Morgen wurden sie vom Klopfen an der Tür geweckt.

33 POLIZEI

»So ihre Liebe, so ihr Hass, so ihr Eifer, längst ists entschwunden,
kein Teil haben sie weiter an der Welt in allem, was getan wird
unter der Sonne.« – Buch der Prediger

Sie kamen ohne Vorwarnung. Eben schlief Ruth noch tief und fest, und im nächsten Moment saß sie kerzengerade im Bett, weil es brutal laut an die Tür klopfte, so als wollte sie jemand aufbrechen.

»Aufmachen! Aufmachen! Polizei!«

»Polizei! Machen Sie die Tür auf! Aufmachen!«

Ruth rannte zur Tür. Ihre Finger zitterten am Schloss, und die Tür bebte unter dem Gehämmer draußen. Als Ruth sie endlich entriegelt hatte, stürmten sie herein. Sie trugen keine Uniformen.

Einer der Männer drängte Ruth an die Wand, presste ihre Hände flach an die Wand. Liora und Evyatar erfuhren dieselbe Behandlung. Die Polizisten durchsuchten sie.

Ruth spürte die Finger auf ihrer nackten Haut und unterdrückte einen entsetzlichen Widerwillen.

»Was soll das?«, fragte Evyatar.

»Halt's Maul!«, herrschte ein Polizist ihn an. Sie ließen Ruth los und machten sich daran, die gesamte Kommune auseinanderzunehmen, Küchenschubladen herauszuziehen, Matratzen umzudrehen. Sie suchten überall, fassten alles an.

»Was … was ist denn los?«, fragte Ruth. Sie wusste nicht, ob sie sich setzen durfte. Sie trug immer noch nur Unterhose und T-Shirt. Die Polizisten sahen durch sie durch. Zwei von ihnen drückten Evie an die Wand, ließen Liora aber ebenfalls los.

»Geht es um Einav?«, fragte Ruth.

Liora sagte: »Einav? Wieso? Was hat das mit Einav zu tun?«

Sie hat es immer noch nicht kapiert, dachte Ruth. Ruth sah

einen Polizisten mit traurigem Blick am Küchenfenster stehen, er hob den Aschenbecher an, den Liora manchmal benutzte. Darin lag eine halbgerauchte Zigarette. Er nahm sie und roch daran.

»Haschisch?«, fragte er. »Läuft das hier so bei euch in der Kommune? Sex und Drogen?«

»Was?«, fragte Liora empört. »Wir gehören der Bewegung an, wir sind junge Wächter! Mein Vater ist Vorstand bei uns im Kibbuz! So könnt ihr nicht mit uns umspringen!«

»Wir springen mit euch um, wie's uns passt«, sagte der Mann mit dem traurigen Blick. Er sah Ruth an, und sie fand, er guckte fast entschuldigend. »Wo ist eure Mitbewohnerin?«, fragte er.

»Sie ist nicht hier!«, sagte Liora. »Das sehe ich«, sagte der Mann. »Ja, das sehe ich ganz deutlich.«

»Cohen, was sollen wir mit denen machen?«, fragte einer der anderen Polizisten.

»Nehmt sie mit auf die Wache. Aber die hier nicht.« Er zeigte auf Ruth, und sie schauderte.

»Durchsucht die Wohnung und nehmt mit, was ihr findet«, befahl Cohen.

Evie wurde zuerst abgeführt, in Handschellen. Er sah aus, als wollte er gleich weinen.

Liora sollte die Nächste sein, trat aber aus und beschimpfte die Polizisten, bis ihr einer ins Gesicht schlug, so dass sie vollends durchdrehte, fest an den Armen gepackt und weggetragen wurde. Ruth hörte Liora durchs ganze Treppenhaus schreien.

Dann war Ruth allein mit dem traurigen Polizisten, der offenbar Cohen hieß. Gefiel ihr überhaupt nicht, wie er sie ansah.

»Vielleicht können wir uns ja unterhalten, nur wir beide«, sagte er.

»Es geht um Einav, oder?«, sagte Ruth. »Sie ist tot.«

Die Gewissheit überfiel sie.

Sie sagte: »Ich hab sie gewarnt, ich hab gesagt, fahr nicht!«

Sie merkte, dass ihr die Tränen kamen, aber sie wollte nicht weinen, nicht vor ihm.

»Lass uns woanders reden«, sagte der Polizist. »Ruth. Ich darf doch Ruth sagen, oder? Wir haben eure Namen vom Jugendarbeitsleiter bekommen. Könnte ich vielleicht einen Kaffee haben?«

»Warum nehmen Sie mich nicht fest?«, fragte Ruth. »Warum nehmen Sie nur die anderen fest? Warum?«

»Festnehmen? Wir haben deine Mitbewohner nur zur Vernehmung mit auf die Wache genommen. Niemand wurde verhaftet.«

»Wo ist Einav?«, fragte Ruth. »Was ist ihr zugestoßen?«

»Lass uns erst mal Kaffee trinken«, sagte Cohen sanft. Seine Männer waren eifrig dabei, das gesamte Apartment auseinanderzunehmen. Cohen nahm das Album von Dudu Zakai und betrachtete es ohne großes Interesse. Er ließ die Schallplatte aus der Hülle gleiten, sah nach, ob außerdem noch etwas darin war, zuckte mit den Schultern und stellte sie wieder ab.

»Denn die Lebenden wissen, dass sie sterben werden, aber die Toten wissen kein Irgendwas«, sagte er, »und sie haben weiter keinen Lohn, denn ihr Gedächtnis wird vergessen.‹ Buch der Prediger.«

»Ist sie wirklich tot?«, fragte Ruth, sie wollte es nicht glauben. »Aber wie? Was ist passiert?«

»Komm«, sagte er nicht unfreundlich, und ihr fiel gar nicht ein, sich zu widersetzen. Sie folgte ihm aus der Wohnung und die Straße runter, wo immer noch die Sonne schien, Leute herumliefen und es aus der Bäckerei nach frischen Jerusalemer Bagels und nach Kaffee roch, als wäre nichts geschehen, als hätte die Welt nicht aufgehört sich zu drehen, nicht einmal kurz, um sich über den Tod ihrer Freundin zu wundern.

»So ihre Liebe, so ihr Hass, so ihr Eifer, längst ists entschwunden«, flüsterte Ruth, »kein Teil haben sie weiter an der Welt in allem, was getan wird unter der Sonne.‹ Ich hatte auch Bibelunterricht.«

»Lernt ihr so was im Kibbuz?«, fragte Cohen.

»Gehört zum staatlichen Lehrplan«, erwiderte Ruth steif. »Alle lernen das.«

Er ging mit ihr in ein ruhiges Café, dessen Betreiber er anscheinend kannte. Sie setzten sich an einen Tisch ganz hinten, und Cohen bestellte für sie beide. Sie fragte sich, warum er so traurig guckte, was er gesehen oder getan hatte, um so einen Blick zu bekommen. Sie wartete auf ihn, wartete darauf, etwas über das Schicksal ihrer Freundin zu erfahren, wollte ihn aber nicht drängen. Andererseits war sie nicht sicher, ob sie es überhaupt wissen wollte.

Solange sie nicht danach fragte und er es nicht sagte, war Einav noch unter ihnen, liebte, hasste und eiferte, auch wenn Ruth sie nie eifernd erlebt hatte. Einav war immer ihren eigenen Weg gegangen.

Aber solange Ruth nicht fragte, war Einav auch noch nicht von den Lebenden vergessen, so lange hatte sie Teil an allem, was unter der Sonne geschah.

Als der Kaffee kam, trank sie davon und verbrannte sich die Lippen. Warum war sie nicht auf der Wache wie die anderen? Cohen nahm ebenfalls einen Schluck. Er sah sie an und sagte: »Erzähl mir, was passiert ist.«

Also erzählte sie ihm, was passiert war. Sie erzählte von dem Abend, an dem Einav gegangen war, und dass sie im Kibbuz angerufen und sich nach Einav erkundigt hatte, sie aber nicht dort gewesen war. Auch dass sich niemand Sorgen gemacht hatte und sie selbst schließlich so viel mit ihren Aufgaben für die Bewegung zu tun hatte, dass sie nicht noch einmal nachgefragt hatte.

»Wie die vier Söhne im Midrasch«, sagte sie erstaunt. »Der Weise, der Einfältige, der Böse und der, der nicht zu fragen versteht. Ich wusste es nicht.«

»Dann frag jetzt«, sagte er.

»Was ist ihr passiert?«, flüsterte Ruth.

Aber Cohen schien nicht bereit oder in der Lage zu sein, es ihr zu sagen. Er rührte Zucker in seinen Kaffee und sah sie mit seinen großen traurigen Augen an.

»Wie war sie?«, fragte er, und Ruth nahm unweigerlich zur Kenntnis, dass er sich der Vergangenheitsform bediente. Sie konnte sich nicht länger beherrschen und weinte. Sie spürte, wie ihr stille Tränen kamen, Cohen sagte nichts und ließ sie weinen.

»Sie war schlau«, sagte Ruth. »Und witzig. Sie hat mich immer zum Lachen gebracht. Sie war stur. Hat immer alles besser gewusst. Sie ist ihren eigenen Weg gegangen. Ich weiß nicht, ob sie in ihrem Kibbuz geblieben wäre. Ist nicht so gut, wenn man im Kibbuz lebt und immer eigene Wege geht, man muss die eigenen Interessen dem Willen der Gemeinschaft unterordnen können, und auch in der Kommune haben wir uns darüber gestritten, manchmal ist es ihr schwergefallen, zu teilen und ihren Teil der Hausarbeit zu übernehmen und …«

Sie blinzelte Tränen zurück und sagte: »Aber das hat nichts zu bedeuten, gar nichts! Sie war gütig, großzügig, und sie …«

»Verstehe«, sagte Cohen. »Aber was ist mit den anderen?«

»Wir sind wie eine Familie«, flüsterte Ruth.

»Was ist mit dem Jungen? Evyatar? Hat er mit ihr geschlafen?«

»Was? Nein! Sie hatte einen Freund und, so ist das nicht, keiner von uns …«

»Aber ihr lebt doch in einer Kommune«, sinnierte Cohen. »Alle zusammen in der kleinen Wohnung. Die Geschichten über die Kibbuzim sind doch allgemein bekannt, dass ihr alle zusammen aufwachst, Jungs und Mädchen in denselben Schlafsälen, dass ihr alle zusammen duscht … hat sie Drogen genommen?«

»Drogen? Nein! Der junge Wächter nimmt keine …« Und plötzlich lachte sie. »Wissen Sie, was wir bei den jungen Wächtern über das zehnte Gebot sagen? Der junge Wächter trinkt, aber er wird nicht betrunken. Er raucht, aber keine Drogen. Er kommt, aber sie wird nicht schwanger.«

Das Lachen war bitter. Sie war völlig durcheinander und starrte in ihren Kaffee.

»Was ist ihr passiert?«, fragte sie wieder. Und dieses Mal dachte sie, sie sei bereit.

»Sie wurde heute Morgen gefunden«, sagte Cohen. »Auf einer Avocadoplantage außerhalb des Kibbuz Ma'agan Michael an der Küstenstraße. Sie wurde vergewaltigt und ermordet. Es tut mir leid.«

Ruth schloss die Augen, und die Welt drehte sich. Einav hatte nicht mehr teil an der Welt, nirgendwo unter der Sonne. Das hatte ihr jemand genommen.

»Wer hat das getan?«, fragte Ruth.

»Ich weiß es nicht.«

»Ist das nicht … wo wurde das andere Mädchen gefunden? Esther Landes?«

»Nicht weit von dort«, sagte Cohen. Zögerlich, wie Ruth fand.

»Wie wurde sie ermordet?«, fragte Ruth.

»Esther Landes?«

»Einav.«

»Er hat ihr den Schädel eingeschlagen. Den Knochen zertrümmert. Esther wurde stranguliert.« Er sah sie an mit Augen, die ihre eigene Hilflosigkeit spiegelten. »Und vorher Jacqueline Smith, eine Freiwillige im Kibbuz Ma'agan Michael. Vergewaltigt und ermordet, sie wurde an den Fischteichen gefunden. Und davor … egal. Wer kann das schon beweisen?«

»Kannten Sie Esther Landes?«, fragte Ruth.

»Ich habe an dem Fall gearbeitet.«

»Aber es wurde doch jemand dafür verurteilt. Der Täter sitzt im Gefängnis.«

»Ja.«

»Wer hat meiner Freundin das angetan?«, fragte Ruth.

»Ich weiß es nicht«, sagte Cohen.

»Und Sie denken, es war, wie? Ich? Evie? Liora?« Sie lachte ihm ins Gesicht. »Sie sind ja verrückt.«

»Das habe ich nicht gesagt.«

»Und warum haben Sie ihm dann Handschellen angelegt?«

»Weil er als verdächtig gilt, Ruth. Und wir werden die Wahrheit herausfinden.«

»Die Wahrheit«, sagte Ruth angewidert. Sie stand auf und legte Geld auf den Tisch. »Für den Kaffee«, sagte sie.

»Ich bezahle«, sagte Cohen.

»Nein«, sagte Ruth. »Sie bezahlen nicht.«

Sie ging raus, spürte seinen Blick in ihrem Rücken, rechnete halb damit, dass er ihr folgte, sie aufhielt. War sie nicht auch eine Verdächtige? Sie trat hinaus in die Sonne.

Ihre Freundin war tot.

Und niemand würde jemals etwas daran ändern können.

6

»IHR WERDET IN DIESEM LAND NICHT ATMEN«

1977

34 DIE PARTY

»Die Gesichter sind andere, die Scheiße ist dieselbe.« – Cohen

»Ladies and Gentlemen, das ist nichts weniger als ein Coup!«, erklärte Haim Yavin.

Zum ersten Mal wurde im Fernsehen das Ergebnis einer Wahlumfrage gezeigt. Die Idee kam von ITV aus England. Sylvie zündete sich eine neue Zigarette an und starrte auf den Schwarz-Weiß-Bildschirm des Fernsehers auf dem Tresen. Die Bar war voller Presseleute und völlig verqualmt. Sie merkte, dass sie Kopfschmerzen bekam.

»Das kann nicht stimmen«, sagte Gabi neben ihr. Sylvie kniff die Augen zusammen und sah auf den Fernseher. »Das hat er eben nicht wirklich gesagt.«

Sylvie versuchte, mit den anderen im Raum mitzufiebern, brachte es aber einfach nicht fertig. Israel wurde seit fast fünfzig Jahren von der Labour-Bewegung regiert, von den Gewerkschaften und deren politischem Arm. Niemand hätte gedacht, dass ausgerechnet deren erbittertste Rivalen noch aus der Zeit vor der Unabhängigkeit je an die Macht gelangen würden.

Aber wenn die Leute im Fernsehen recht hatten, dann war Menachem Begin, der nach einem erneuten Herzinfarkt schmal und schwach war, der neue Premierminister. Begin, der die Irgun im Kampf gegen die Briten angeführt hatte. Die Irgun hatte Rachemorde verübt, Busse mit Arabern bombardiert, Lynchmorde begangen und Sprengladungen auf vollen Märkten, Bahnhöfen und in Kinos gezündet sowie britische Soldaten und Polizisten entführt und getötet.

Der Begin.

Nach der Unabhängigkeit war er Politiker geworden, hatte mehrfach bei Wahlen zum Premierminister kandidiert und war jedes Mal gescheitert. Seine Likud-Partei folgte alten revisionistischen Dogmen: Es handelte sich um Kapitalisten, Anhänger einer freien Marktwirtschaft, Nationalisten an beiden Ufern des Jordans, die ewigen Underdogs einer Nation, in der immer nur eine einzige Partei das Sagen gehabt und sich selbst für unantastbar gehalten hatte.

»Jetzt haben die wilden Tiere die Herrschaft im Zoo«, sagte jemand leise.

Die wilden Tiere. Vielleicht, dachte Sylvie, erklärte dieses Image ja mehr als alles ihren plötzlichen, unerwarteten Sieg.

Israel hatte sich verändert. Die neuen Einwanderer aus arabischen und afrikanischen Ländern, die in Lager gepfercht wurden und hoffnungslos in Städten am Rand des Nirgendwo lebten, hatten in dem gebürtigen Polen Begin einen seltsamen Helden für sich entdeckt. Er verstand ihre Hilflosigkeit und ihren Zorn, ihre Hoffnung und ihren Glauben. Als Golda Meir über die Black Panther sagte, sie seien »keinen netten Menschen«, war es Begin, der mit und für sie sprach. Er begriff, dass Nettigkeit ein Privileg war, das sich nicht alle leisten konnten.

Und jetzt sollte er Premierminister werden.

Das war ein Aufmacher. Ein Riesenaufmacher. Aber keiner für Sylvie Gold.

Morgen würden in sämtlichen Zeitungen unzählige verschiedene Ansichten dazu geäußert werden. Zur Stunde hatten sich in der Wolfsschanze, wie die Parteizentrale des Likud genannt wurde, hunderte schwitzender, rauchender und jubelnder Unterstützer versammelt, die kaum glauben konnten, dass sie endlich an die Macht gekommen waren. Drüben in den Büros der Labour-Partei würde Rabin zur Flasche greifen und Peres kettenrauchend seine Traurigkeit wegquarzen. Waren sie einander nicht sowieso verhasst?

Jetzt hatten sie nur noch einen weiteren Grund, sich zu hassen.

»Sylvie, kommst du?«

»Was?

»Zur Party«, sagte Gabi. Sylvie sah ihn ausdruckslos an. »Welche Party?«, fragte sie.

»*Die* Party«, sagte Gabi. »Komm schon!« Er packte sie am Arm, und sie ließ sich von ihm zur Tür ziehen.

Gar nicht einfach, ein Taxi heranzuwinken. Leute versammelten sich an den Straßenecken, manche wirkten schockiert, andere feierten wie am Unabhängigkeitstag oder an Purim. Trillerpfeifen, Sprühschaum und Flaggen, fehlten nur noch die aufblasbaren Plastikhämmer, mit denen man sich gegenseitig auf die Köpfe schlug. Gabi winkte endlich ein Taxi heran. Vergiss es, als Frau bekommt man sowieso keins, dachte Sylvie.

Der Taxifahrer hatte das Radio laufen, und es waren Nachrichten eingestellt, weil jetzt auf allen Sendern Nachrichten kamen. Sie stiegen hinten ein.

»Können Sie's fassen?«, fragte der Taxifahrer. »Endlich haben wir eine Stimme.«

»Wo kommen Sie her?«, fragte Gabi.

»Ich?«, fragte der Fahrer. »Aus Hatikva.«

»Ich meine ursprünglich.«

»Aus dem Irak«, erwiderte der Fahrer. »Meine Eltern sind nach dem Krieg hergekommen.«

»Warum unterstützen Sie Begin? Der ist doch Pole.«

»Pole shmole«, sagte der Fahrer. »Der ist ein guter Jude. Er versteht die Sorgen und Nöte des kleinen Mannes. Nicht wie die Schmarotzer von der Histadrut. Damit bricht für uns eine neue Ära an, das wird toll. Wo darf ich Sie hinfahren?«

»Zum Salome Hotel«, sagte Gabi.

»Ah …«, sagte Sylvie. »*Er* feiert eine Party?«

»*Die* Party«, sagte Gabi.

»Aber woher hat er gewusst, dass seine Partei gewinnt? Das hat niemand gewusst.«

Gabi zuckte mit den Schultern. »Man muss ja nicht gewinnen, um eine Party zu feiern«, sagte er.

Er war Baruch Mizrahi, er war in ärmlichen Verhältnissen aufgewachsen und hatte es im neuen Land Israel zu etwas gebracht. Nach seiner Zeit bei der Armee war er ins Baugeschäft eingestiegen, jetzt besaß er eine Hotelkette und Bürogebäude und stand ständig in der Zeitung. Auch in ihrer. Sylvie hatte gerade eine Stelle als Reporterin bei *haOlam haZeh* bekommen, nachdem sie Uri Avnery persönlich geschrieben und ihm erklärt hatte, sie suche Arbeit. Avnery hatte sie eingestellt.

Bei *haOlam haZeh* liebte man Geschichten über schicke Partys, zwielichtige Gestalten, Politik und Titten, nicht unbedingt in dieser Reihenfolge. Sylvie hätte lieber für eine anständigere Zeitung wie *Ma-ariv* geschrieben, aber man musste nehmen, was man kriegen konnte. Sie war zweiundzwanzig, der Mann, den sie heiraten wollte, war im Yom-Kippur-Krieg gefallen, und die Miete ihrer Wohnung wurde auch nicht billiger.

Jetzt war sie für die Leserbriefe unter der Überschrift »Liebe Ruthie« zuständig und schrieb regelmäßig eine Klatschkolumne, »Ein Vöglein hat mir gezwitschert«. Das war beschissene Arbeit für beschissene Bezahlung, und sie hielt Avnery für ein Dreckschwein, aber immerhin wurde ihr Gehalt in der Regel pünktlich überwiesen. Sylvie brauchte eine gute Geschichte, irgendwas mit Fleisch am Knochen und ein bisschen Würze, nicht immer nur denselben alten Mist, der sowieso niemanden mehr interessierte, wie zum Beispiel, dass Mosche Dajan als Verteidigungsminister von einer Mutter erpresst wurde, deren Tochter Dajan um einen Gefallen gebeten hatte und sich dafür im Gegenzug ein paar Mal von ihm hatte flachlegen lassen. Dajan hatte immer wieder hinter dem Rücken seiner Frau mit anderen gevögelt, wenn er nicht gerade archäologische Ausgrabungsstätten plünderte oder die Beute auf dem Schwarzmarkt verscherbelte.

Dieses einäugige Arschloch, dachte sie. Das einäugige Arschloch mit der einäugigen Schlange, so nannte Avnery ihn. Avnery konnte Dajan nicht ausstehen. Der Artikel erschien als dreiteilige Fortsetzungsgeschichte in *haOlam haZeh*, während alle seriösen Zeitungen sie ignorierten. Niemand wollte wissen, wo Dajan seinen Dödel reinsteckte.

Das Taxi kroch über die Straße, auf der sich die Anhänger von Begin und dem Likud tummelten. Endlich bog es auf den Salome-Parkplatz ein, und sie stiegen aus. Gabi bezahlte, weil er die Fahrt immerhin unter Spesen abrechnen konnte. Der Parkplatz war proppenvoll, überall Taxis und offizielle Limousinen. Allein anhand der Anzahl uniformierter Chauffeure, die hier rauchend herumstanden, wurde schon deutlich, welche Personen die Party besuchten.

Sylvie und Gabi gingen rein und folgten dem Menschenstrom. Zwei bullige Typen in Anzügen standen höflich am Eingang und stoppten sie.

»Haben Sie eine Einladung?«

»Wir sind von *haOlam haZeh*«, sagte Gabi.

Der Blödmann rechts starrte ihn an, als wäre er Kaugummi unter seiner Schuhsohle. Der links musterte Sylvie von oben bis unten und grinste.

»Kannst reingehen, Puppe«, sagte er.

»Hey, und was ist mit mir!«, protestierte Gabi.

»Verzieh dich, bevor ich dir den Arm breche«, sagte der Schlägertyp. »Hier entlang, Miss.«

»Danke schön«, sagte Sylvie und sprach ein tonloses »Tut mir leid …« in Gabis Richtung, winkte noch einmal und ging rein. Eine Discokugel brach das Licht in hübsche kleine kreiselnde Lichtpunkte, und auf der Bühne sang ein junges Mädchen. Ihre wunderschöne Stimme trieb durch den Saal. Sie war neunzehn, höchstens zwanzig, hatte schwarze Haare und dunkle Augen, aber ihre Stimme war größer als sie selbst, größer als überhaupt irgendein Mensch. Sie hatte ein Talent, das ein kleines Land wie

Israel niemals halten konnte, ein Lächeln, das sich wie die Sonne anfühlte, und eine Traurigkeit im Blick, als wüsste sie bereits, dass sie sich immer die falschen Männer aussuchen würde.

»Er hat Ofra Haza auf der Bühne?«, fragte jemand. »Wen hat er denn noch engagiert, die Trackers?«

»Die treten als Nächstes auf«, sagte seine Begleitung. Der Mann, der gesprochen hatte, schüttelte den Kopf, und Sylvie sah die beiden an, erkannte ihn vage: ein unbedeutender Politiker mit einer sehr viel jüngeren Frau am Arm. Eine Kellnerin ging mit einem Tablett voller Getränke vorbei. Sylvie nahm sich ein Glas und trank. Sie hörte Ofra Haza zu und fragte sich, ob sie das irgendwie in ihrer Klatschkolumne unterbringen konnte. Nicht Ofra Haza, die war nur eine frisch aus der Armee entlassene, junge Frau. Aber vielleicht die Trackers … die waren immerhin ein landesweit gefeiertes Komikertrio, und jetzt traten sie auf einer Party auf? Wie viel zahlte Mizrahi denen?

Haza beendete ihren Song und Sylvie klatschte. Alle anderen waren viel zu beschäftigt damit, umeinander herumzuscharwenzeln. Allgemein herrschte eine ausgelassene Stimmung, grenzenlose Möglichkeiten schienen in der Luft zu liegen. Und diese Leute hatten von nun an das Sagen.

Die Trackers betraten die Bühne. Sie starteten mit einem ihrer Sketche, aber Sylvie hatte sie noch nie besonders lustig gefunden und hörte schon bald nicht mehr zu. Sie setzte sich auf einen freien Stuhl, versuchte, den Gesichtern Namen zuzuordnen und den Namen eine Geschichte.

»Na, hallo«, sagte eine geschmeidige Stimme. Ein aalglatter Typ in einem eleganten Anzug setzte sich neben sie und strahlte sie an. »Warum sitzen Sie denn ganz allein hier?«

Er sprach Hebräisch mit breitem französischem Akzent und dem Charme eines Schlangenölverkäufers. Sylvie sagte: »Herzlichen Glückwunsch, Mr Knesset-Abgeordneter.«

Er grinste noch breiter. »Sie haben es gehört?«

»*Oui.*«

»Sie sprechen Französisch!«, sagte er hocherfreut. »Wie heißen Sie, bitte?«

»Sylvie.«

»*C'est magnifique!* Ich bin Shmuel, aber ich bin sicher, das wissen Sie. Shmuel Flatto-Sharon. Aber Sie dürfen mich Sammy nennen.«

»Na schön, Sammy. Wie fühlt man sich, wenn man die Wahlen gewinnt?«

Er lachte. »Ich habe nur einen Sitz gewonnen«, sagte er. »Ich bin meine eigene Ein-Mann-Partei, aber ich vermute, ich muss mich mit dem alten Vogel Begin gut stellen und hoffen, dass er mir ein Portfolio für meine Verdienste gibt. Es ist eine Ehre, in diesen beispiellosen Zeiten der bevorstehenden progressiven wirtschaftlichen Reformen das Land vertreten zu dürfen …«

»War's teuer?«, fragte Sylvie und fiel ihm ins Wort. Er guckte gekränkt.

»Was war teuer?«, fragte Flatto-Sharon.

»Der Sitz in der Knesset.«

Er grinste anzüglich. »Sie glauben, ich habe ihn gekauft?«

»Alle wissen, dass Sie ihn gekauft haben.«

»Wer sind schon alle, schöne junge Frau? Hier sind nur Sie und ich, und warum den Abend mit Gerede über Politik verschwenden? Jeder bezahlt jeden, so werden Geschäfte gemacht, und nur so funktioniert die Wirtschaft. Kellnerin!« Er schnippte mit den Fingern. »Zwei Gläser, bitte.«

Sylvie stellte erstaunt fest, dass sie ihn mochte. Einem ehrlichen Schurken begegnete man selten. Sie wusste, dass er nicht aus Frankreich eingewandert, sondern wegen Unterschlagung aus seinem Heimatland geflohen war. Er hatte Millionen gestohlen, war jetzt Politiker und kandidierte nur für ein Amt, um ein Gesetz zu verabschieden, das seine Auslieferung ins Ausland verbot. Die Franzosen würden nicht mehr an ihn herankommen. Sie prostete ihm zu.

»Wenn man das Spiel spielt, sollte man es wenigstens gut spielen, stimmt's?«, sagte sie.

»Genau! Oh, Sylvie, wenn wir uns doch nur irgendwo ungestört unterhalten könnten …«, sagte er.

»Sie sind nicht mein Typ«, erklärte sie bedauernd.

Er guckte gekränkt. »Zu alt?«, fragte er.

»Zu ehrlich.«

Er lachte. »Dann *au revoir*, Sylvie. Bis zum nächsten Mal.«

Und damit zog er ab. Wenig später war er einer Blondine in einem roten Kleid auf den Fersen, das war's also.

»Na gut, Eddie«, sagte jemand. Sie drehte sich um und sah zwei verdächtig wirkende Kellner, eindeutig Polizisten. Einer ging in die eine Richtung und stellte sich zu einer Gruppe älterer, Zigarre rauchender Männer. Der andere stellte sich zu ihr an den Tisch.

»Schon komisch«, sagte der Mann. »Die Gesichter sind andere, aber die Scheiße ist dieselbe. Du bist Sylvie Gold, oder? Ich lese immer ›Liebe Ruthie‹. Was dagegen, wenn ich mich setze? War ein langer Tag.«

Sie sah ihn neugierig an. »Sicher«, sagte sie. »Setzen Sie sich. Sie sind …?«

»Cohen«, sagte er.

»Cohen?«, vergewisserte sie sich.

Er nickte.

»Na schön, Cohen. Woher wissen Sie, wer ich bin?«

»Ich hab gefragt.«

»Sie haben gefragt.«

Er grinste. »Ich bin draußen einem Ihrer Kollegen begegnet. Er macht die Fahrer betrunken, um ihnen schmutzige Geschichten über ihre Chefs zu entlocken. Gerissener Typ, dieser Gabi. Und auch schlau genug, um einen großen Flachmann dabeizuhaben. Er hat gesagt, Sie sind hier drin, und er hat mich gebeten, Sie im Auge zu behalten. Und hier bin ich.«

»Ein echter Ritter ohne Furcht und Tadel«, sagte Sylvie.

»Nur ein müder Polizist«, erwiderte Cohen.

Sie sah ihn an und trank einen Schluck Wein.

»Wollen Sie was?«, fragte sie und starrte ihn an. »Die meisten Typen wollen was, und zwar immer dasselbe. Aber aus Ihnen werde ich nicht schlau.«

Er tat die Bemerkung schulterzuckend ab, zündete sich eine Zigarette an und bot sie ihr an. Sie nahm sie, und er zündete eine weitere für sich an, dann saßen sie gesellig und schweigend beieinander, und sie dachte, dass man ganz gut mit ihm schweigen konnte.

»Sehen Sie die Männer da drüben?«, fragte Cohen nach einer Weile und zeigte auf sie, während die Zigarette zwischen seinen Fingern glühte. Sylvie blickte zu einer Traube von Männern, die mit Whiskeygläsern in den Händen und brennenden Zigarren in einer Traube dicht beisammenstanden.

»Ja?«, fragte sie.

»Der da, das ist mein Partner, Eddie. Wir haben zusammen an dem Mord gearbeitet, der vor einer Weile in allen Zeitungen war, der Fall Esther Landes.«

»Wirklich?« Sie betrachtete ihn jetzt in einem neuen Licht. »Das war ein großer Fall. Wurde nicht jemand dafür verurteilt? Wie hieß er nochmal?«

»Barnea«, sagte Cohen. »Sein Name ist Elisha Barnea.«

»Richtig. Hat er nicht hinterher behauptet, das Geständnis sei aus ihm herausgeprügelt worden? Er sagt immer noch, er war's nicht.«

»Die Gefängnisse sind voller Menschen, die sagen, dass sie's nicht waren.«

»Auch wieder wahr.«

»Ich bin aus dem Streifendienst befördert worden. Jetzt arbeite ich beim Geheimdienst in Tel Aviv. Und Eddie ist auf dem besten Wege, Officer zu werden. Sehen Sie den, mit dem er gerade redet?«

»Der in dem billigen Anzug?«

»Das war unser erster Polizeipräsident, Izzy Moon. Inzwischen ist er in der freien Wirtschaft. Der Typ neben ihm, das ist sein Partner, Shamir.

»Der Mann, der aussieht, als würde er einem eine Hausratversicherung verkaufen und, wenn man lieb drum bittet, auch gleich noch das Haus anzünden?«, fragte Sylvie. Cohen lachte.

»Genau der«, sagte er. »Er ist ein verurteilter Fälscher. Sechzehn Mal. Er ist das, was man unter einer ›der Polizei bekannten Person‹ versteht, ›aktenkundig‹.«

»Interessant«, sagte Sylvie und beugte sich ein bisschen vor, weil Cohen ganz eindeutig an etwas ganz Bestimmtes dachte und Sylvie eine Story riechen konnte, wenn man sie ihr auf dem Tablett servierte. »Und was macht der ehemalige Polizeipräsident hier mit einem mehrfach verurteilten Fälscher, Cohen?«

»Gute Frage«, sagte Cohen.

Sylvie starrte die Gruppe an. Ein vierter Mann stand bei den anderen, und den kannte sie.

»Das ist Dschinghis«, sagte sie.

»Richtig«, sagte Cohen und sah aus, als wollte er ausspucken.

»War der nicht bis vor wenigen Monaten noch Rabins Sicherheitsberater?«, fragte Sylvie.

»Soweit ich weiß.«

»Und was macht er jetzt?«, fragte Sylvie.

»Das kann ich Ihnen nicht sagen«, sagte Cohen.

Es gab allerhand Geschichten über Dschinghis. Verstörende Geschichten. Angeblich hielt er Löwenbabys als Haustiere, hatte einmal kaltblütig zwei Beduinen ermordet und war mit Oshri und Midget vom Yemenite-Orchard-Mob befreundet. Sylvie lief es kalt über den Rücken. Cohen führte sie irgendwohin, und wo auch immer das war, es war gefährlich. Sie sah ihn erneut an.

»Wollen Sie's mir nicht sagen?«, fragte sie.

»Sie könnten im Tabu anfangen«, schlug Cohen vor.

Sylvie wollte ihn weiter ausquetschen, aber genau in diesem Moment ging Ofra Haza mit einer Sporttasche vorbei, sie sah müde aus, und Cohens Aufmerksamkeit war abgelenkt. Sein Blick hatte jetzt etwas Verzweifeltes, Sehnsüchtiges.

»Ofra!«, sagte er. »Ofra!« Er stand auf und trottete ihr hinterher, und Sylvie beobachtete, wie Ofra Haza Cohen musterte, so wie Frauen Männer mustern, die ihnen folgen. Sie schätzte die Gefahr ein, lächelte dann aber, und da wusste Sylvie, dass Ofra ein Star werden würde. Dann sah sie Ofra Haza und Cohen gemeinsam den Saal verlassen.

Die Party kam gerade erst richtig in Schwung, aber Sylvie hatte genug. Sie beobachtete die Männer, auf die Cohen sie aufmerksam gemacht hatte, Moon, Shamir und Dschinghis. Eigentlich dürften sie keine Geschäfte miteinander machen. Dann sah sie, dass sich der Gastgeber zu ihnen gesellte. Mizrahi, der Baulöwe. Er war Dschinghis bei der Armee untergeordnet gewesen, wenn sie sich richtig entsann. Sie klopften sich gegenseitig auf den Rücken und steckten verschwörerisch die Köpfe zusammen. Sylvie drückte ihre Zigarette aus und ging.

35 DAS TABU

»Jetzt sind die Schleusentore geöffnet.«
– Frau an der Schreibmaschine

Sylvie war schon früh auf, trank eine Tasse Kaffee und rauchte eine Zigarette, dann ging sie raus. Der Morgen graute über einem transformierten Tel Aviv, das mehr oder weniger noch genauso aussah wie vor der Wahl. Die alte Macht wurde gestürzt, aber die Straßenkehrer mussten trotzdem fegen, unabhängig von ihrer politischen Orientierung, und die Leute mussten auch an diesem Mittwoch wie gewohnt zur Arbeit gehen. Sylvie sprang in einen Bus und stieg auf der anderen Seite der Kiryah wieder aus, dem städtischen Militärstützpunkt, in dem auch das Oberkommando der Armee untergebracht war. Gegenüber befand sich das Tel Aviver Museum of Art und daran angrenzend das brandneue brutalistische Gebäude mit der Ariela-Bibliothek. Sie war Sylvies erste Station.

Sie suchte die Archive, ließ sich vor einem Microfiche-Lesegerät nieder, lud alte Zeitungen und sah sie systematisch durch. Zuerst suchte sie nach Polizeipräsident Moon und machte sich Notizen.

Jitzchak »Izzy« Moon war in der dritten Generation in Israel ansässig und unter ottomanischer Herrschaft in Palästina geboren. Sein Vater war Holzhändler, sein Großvater Rabbi. Er hatte in London studiert und im Zweiten Weltkrieg in der britischen Armee gedient, in Nordafrika bei der zweiten Schlacht von El Alamein gekämpft und war anschließend ehrenhaft mit dem Rang eines Majors aus dem aktiven Dienst entlassen worden.

1947 hatte er von Ben Gurion den Auftrag erhalten, die Polizeikräfte des künftigen Staates Israel aufzubauen, und war im darauffolgenden Jahr zu deren Leiter berufen worden. Als solcher hatte er zehn Jahre lang gedient und danach als Botschafter in Österreich gelebt. Bei seiner Rückkehr nach Israel, nach dem diplomatischen Dienst, war er in einen Verleumdungsskandal zwischen dem Sohn von Ben Gurion und einer zivilen Gruppe verwickelt, die der Polizei weit verbreitete Korruption unterstellte.

Moon hatte vor Gericht ausgesagt, nur um anschließend selbst wegen Falschaussage angeklagt zu werden. Er wurde zu einer Gefängnisstrafe und einem Bußgeld verurteilt, wobei die Haft aber ausgesetzt und er wenig später vom damaligen Präsidenten Shazar begnadigt wurde.

Seitdem war er als privater Geschäftsmann tätig.

Na schön, dachte Sylvie. Das war also der Erste.

Sie versuchte Informationen über Giyora Shamir zu bekommen, den Mann, von dem Cohen behauptet hatte, er sei Moons Partner. Über ihn war weniger zu finden. Er war nie Botschafter in Österreich gewesen, und seine einzige Funktion bei den neugegründeten Polizeistreitkräften Israels bestand darin, sich regelmäßig von diesen verhaften zu lassen.

Vor allem war er wohl ein Schreibtischtäter, im Hauptberuf Fälscher von Schecks und Ähnlichem, wobei er sich hin und wieder auch altmodischen Betrug erlaubte.

Wie Moon und er sich kennengelernt hatten, oder wie es kam, dass sie Geschäfte miteinander machten, blieb schleierhaft. Sylvie sah im Firmenregister nach und stellte fest, dass beide Teilhaber einer Gesellschaft mit begrenzter Haftung namens Keep waren, was ihr aber nicht viel sagte. Sie ging auf einen weiteren Kaffee und eine Zigarette nach draußen und sprang gleich in einen Bus zum Tabu.

Das Katasteramt, das allgemein Tabu genannt wurde – eine arabische Verballhornung des türkischen Begriffs Tapu, einer Abtretungsurkunde für Land –, befand sich eingeklemmt zwischen anderen Regierungsgebäuden. Sylvie verstand nicht viel von Grundbesitz, auch wenn sie hoffte, eines Tages die Wohnung kaufen zu können, in der sie lebte. Sie betrat einen Raum, in dem Telefone klingelten und eine Frau mit blau getönten Haaren auf die Tasten einer Schreibmaschine einhackte, als wäre sie Muhammad Ali.

»Kann ich Ihnen helfen?«, fragte die Frau, blickte aber nicht auf.

»Ich bin Sylvie Gold, von *haOlam haZeh*«, sagte Sylvie. »Ich bin Journalistin.«

»Ja? Und?«

»Ich suche Informationen.«

»Und?«

»Können Sie mir helfen? Bei der Suche? Nach den Informationen?«

»Ich lese dieses Schmierblatt nicht«, erwiderte die Frau. »Nichts als Tratsch und nackte Haut. Das ist nicht anständig.«

»Mir gefällt's auch nicht«, sagte Sylvie, »ist aber ein Job.«

»Das hier ist ein Job«, sagte die Frau. »Wie Sie das nennen sollten, was Sie da bei diesem Schmierblatt machen, weiß ich nicht.«

Ein Mann mit Brille rauschte vorbei. Sein Haar war bereits schütter, und er lächelte Sylvie gutmütig an.

»Beachten Sie die gar nicht«, sagte er und nickte in Richtung der Frau an der Schreibmaschine. »Sie ist gestern Nacht zu lange wach gewesen und hat Wahlberichterstattung gesehen.«

»Dreißig Jahre lang habe ich Mapai gewählt«, sagte die Frau. »Ben Gurion, dann wieder Ben Gurion und Ben Gurion und dann …«

»Nochmal Ben Gurion?«, fragte Sylvie.

Die Frau blickte ungehalten auf. »Ganz genau«, sagte sie. »Danach Levy Eshkol, dann Golda und nochmal Golda. Und jetzt das. Jetzt sind diese Krawallbrüder an der Macht.«

»Sie fürchtet, dass wir zu viel Arbeit bekommen«, erklärte der Mann, wobei Sylvie aber nicht verstand, was er meinte. Er streckte seine Hand aus. »Eliezer Menachemi. Wie kann ich Ihnen behilflich sein, Miss Gold?«

Sylvie erklärte es ihm, und Menachemi nickte. »Lassen Sie mich mal sehen, ob ich das für Sie abrufen kann«, sagte er. »Nehmen Sie Platz, kann aber eine Weile dauern. Kaffee? Tee?«

»Nein, danke.«

Er nickte und verschwand hinter Aktenbergen. Die Frau hackte weiter auf die Tastatur ein. Sylvie setzte sich. Irgendwo im Gang lief ein Radio, und Yehudit Ravitz sang »Forgiveness.«

»Die hat eine tolle Stimme, finden Sie nicht?«, sagte Menachemi, als er wieder auftauchte. Die Frau an der Schreibmaschine murmelte leise vor sich hin und blickte nicht auf.

»Wegen des anzüglichen Textes, verstehen Sie«, sagte Menachemi und nickte wieder in Richtung der Frau an der Schreibmaschine. »Sie hält nichts davon.«

»So was Widerliches. Und dann auch noch im Radio! Pornografie ist das, sonst nichts.«

»Mir gefällt's«, erklärte Menachemi. »Sie hat eine wunderschöne Stimme. Hinsichtlich Ihrer Anfrage, Miss Gold, ich fürchte, ich kann Ihnen da nicht weiterhelfen.«

»Wie bitte?«, fragte Sylvie.

»In den Akten findet sich nichts. Keine Besitzurkunde, keine Eintragungen ins Grundbuch, keine Kaufabschlüsse«. Er zuckte mit den Schultern. »Tut mir leid, aber das sieht nach keiner Story aus, die sich drucken ließe.«

»Das Rätsel der fehlenden Geschäftsvorgänge«, schnaubte die Frau an der Schreibmaschine abfällig und lachte in sich hinein. »Berichten Sie ruhig in Ihrem Schmierblatt darüber.«

»Ich verstehe nicht«, sagte Sylvie. »Aber er hat mir gesagt …«

»Wer hat Ihnen was gesagt?«, fragte Menachemi. Sylvie schüttelte nur den Kopf.«

»Da ist nichts?«, fragte Sylvie

»Ich fürchte nein«, sagte Menachemi. »Also, wenn ich sonst nichts für Sie tun kann, ich wollte gerade Mittagspause machen.«

»Er muss doch gewusst haben, dass ich hier nichts finde«, sagte Sylvie mehr oder weniger zu sich selbst. Seit Ori gefallen war, hatte sie sich angewöhnt, laut zu sprechen, wenn sie allein war, nicht weil sie so tun wollte, als könnte ihr Mann sie hören, denn Ori war tot, und daran ließ sich nichts ändern, sondern weil sie sich in der leeren Wohnung beim Klang der eigenen Stimme nicht mehr so einsam fühlte, und schließlich hatte sie die Angewohnheit beibehalten. »Also, warum hat er mich hierhergeschickt?«

»Hier werden sämtliche Transaktionen in Zusammenhang mit Grundbesitz im Staat Israel registriert und beurkundet«, erklärte Menachemi ein bisschen zu schwülstig, wie Sylvie fand. »Wenn diese Keep Ltd nicht hierzulande mit Grundbesitz handelt, dann werden wir sie hier auch nicht finden … es sei denn natürlich … das ist wahrscheinlich möglich, denke ich. Ja, ja doch.«

Er nickte ernst.

»Was?«, sagte Sylvie.

»Er meint das Westjordanland«, sagte die Frau an der Schreibmaschine verächtlich. »Aber das ist durchaus möglich, das ist es. Dann wird das hier nicht beurkundet, denn das ist besetztes Gebiet, kein Staatsgebiet, und ich hab auch viel zu viel zu tun, viel zu viel zu tun. Damit werden jetzt natürlich alle Schleusentore geöffnet.«

»Das Westjordanland?«, fragte Sylvie. »Warum sollten die dort Grundbesitz erwerben?«

»Jetzt gehört es uns ja, verstehen Sie?«, sagte Menachemi entschuldigend.

»Aber die Regierung erlaubt doch keine Siedlungen dort«, sagte Sylvie, und die Frau an der Schreibmaschine sah zu ihr auf, rückte ihre Brille zurecht und sagte: »Aber Liebes, von welcher Regierung sprichst du eigentlich?«

»Ich muss jetzt wirklich zum Mittagessen gehen«, sagte Menachemi. »Tut mir leid, dass ich Ihnen nicht weiterhelfen konnte.«

Er nickte und ging.

Sylvie blieb allein mit der Frau zurück.

»Aber ich weiß nichts über Grundbesitz im Westjordanland«, sagte Sylvie.

»Sie geben keine Ruhe, oder?«, sagte die Frau an der Schreibmaschine. »Hier.« Sie nahm einen Zettel und schrieb einen Namen und eine Telefonnummer auf, dann schnippte sie mit den Fingern, damit Sylvie ihn nahm.

»Vielleicht redet er ja mit Ihnen. Er redet gerne, aber er ist nicht dumm, also vielleicht auch nicht. Klimpern Sie ein bisschen mit Ihren langen Wimpern, da steht er drauf.«

»Ich bin doch kein Pfau«, sagte Sylvie, und die Frau musste unerwartet lachen.

»Viel Glück womit auch immer«, sagte sie. »Verfahren Sie sich nicht auf dem Weg nach Hebron.«

»Wieso Hebron?«, fragte Sylvie. »Wer zum Teufel fährt denn nach Hebron?«

36 DAS LAND

> *»Auf besetztem Gebiet ist es immer einfacher, wenn man die Männer*
> *mit den Gewehren auf seiner Seite hat.«* – Sami

»Ist da Sami van Aarden?«, fragte Sylvie.

»Kommt drauf an, wer fragt«, sagte die Stimme am anderen Ende der Leitung.

»Mein Name ist Sylvie Gold. Die Frau im Tabu hat mir Ihre Nummer gegeben.«

»Sie meinen Chava?«, fragte der Mann und klang hocherfreut. »Sie will mich ständig verkuppeln. Sie hat die Seele einer Heiligen. Sagen Sie ruhig Sami. Was kann ich für Sie tun?«

»Können wir uns treffen? Ich habe ein paar Fragen.«

»Treffen? Sicher. Sie klingen hübsch. Aber wegen der Fragen, da bin ich nicht so sicher.«

»Ich bin Journalistin.«

»Jetzt bin ich's noch viel weniger.«

»Für *haOlam haZeh*.«

»Ah, warum haben Sie das nicht gleich gesagt!« Er lachte. »Das ist doch gar keine richtige Zeitung. Hören Sie, Liebes, ich muss mich erst mal um ein paar Sachen kümmern. Wollen wir uns in ein paar Stunden im Café Tamar treffen? Wir können einen Kaffee trinken, einander kennenlernen … wie klingt das?«

»Klingt wunderbar, Mr van Aarden.«

»Bitte, sagen Sie Sami.«

Er legte auf, Sylvie holte sich billige Falafel an einem Stand in der Nähe. Sie wusste nicht so genau, was sie eigentlich in der

Hand hatte. Ein Unternehmen, das dem ehemaligen Polizeipräsidenten und seinem kriminellen Partner gehörte, der, wie Cohen angedeutet hatte, mit Grundbesitz handelte, nur dass kein Grundbesitz auf die beiden oder die Firma eingetragen war.

Es war ein Rätsel, und Sylvie merkte, dass ihr solche Rätsel keinen großen Spaß machten. Und *warum* hatte Cohen sie auf diese Spur gesetzt? Was hatte er davon?

Sie ging zu Fuß zur Sheinkin Street, fand das Café und wartete bei Kaffee und Zigarette. Der Kaffee war nicht besonders gut, aber Sylvie wollte sich nicht beschweren. Die Wirtin, Sarah Stern, war bekannt für ihr Temperament.

Um diese Tageszeit war es ruhig im Café. Sylvie entdeckte ein paar Journalisten von *Davar*, deren Redaktion sich hier in der Nähe befand, und einen unbedeutenden Dichter. Andererseits, wer war in diesem Land der Poeten, die alle in einer Sprache schrieben, die durch reinen Starrsinn wieder zum Leben erweckt wurde und die niemand sonst sprach oder verstand, kein unbedeutender Dichter? Sie beobachtete den Poeten, wie er seinen Cognac trank, und erschrak, als ihr jemand auf die Schulter tippte. Sie drehte sich um und sah einen lächelnden Mann vor sich.

»Miss Gold, nehme ich an.«

»Mr van Aarden.«

»Ich habe doch gesagt, nennen Sie mich Sami.« Er setzte sich ihr gegenüber. »Hey, Sarah, dürfte ich einen Kaffee bekommen, wenn du einen Augenblick Zeit hast?«

»Mhm.«

Sylvie sah ihn verwundert an. »Sie mag Sie«, sagte sie. »Dabei mag sie eigentlich niemanden.«

»Was gibt's an mir nicht zu mögen?«, fragte Sami van Aarden. Persönlich war er anders als erwartet. Mitte fünfzig, das blonde Haar bereits sichtlich ausgedünnt und dazu eine kleine Wampe. Sein Gesicht und seine Arme waren sonnengebräunt. Um den Hals trug er ein kleines goldenes Kruzifix.

»Dann handeln Sie also mit Grundbesitz?«, fragte Sylvie.

»Nicht direkt«. Er musterte sie. »Warum sollte ich mit Ihnen reden?«, fragte er.

»Was ist Sami van Aarden für ein Name?«, fragte Sylvie.

»Samuel van Aarden«, sagte er. »Das ist niederländisch, aber in Israel bin ich Sami.«

»Sind Sie denn Niederländer?«

»Klinge ich so?«, fragte er. »Meine Eltern stammen aus Utrecht. Mein Vater war Jude und hat nach Kriegsende beschlossen, mit meiner Mutter herzuziehen. Das hat für alle beide nicht gut funktioniert, aber was funktioniert schon im Leben? Sie war Malerin. Und was ist mit Ihnen, Sylvie? Das ist ein ungewöhnlicher Name. Sind Sie Französin?«

»Ich wurde in Frankreich geboren«, sagte Sylvie. »Meine ältere Schwester ist in Deutschland geboren, aber meine Eltern stammen aus Polen. Sie sind nach dem Krieg nach Israel ausgewandert, haben aber sehr lange gebraucht, bis sie hier angekommen sind. So lange, dass sie unterwegs ein paar Kinder bekommen haben. Und deshalb heiße ich so. Und deshalb heißen Sie Samuel in Holland und Sami in Israel. Und wie heißen Sie im Westjordanland? Wie soll ich Sie dort nennen?«

Sami lächelte. Sie hatte das Gefühl, dass er häufig lächelte, aber in seinem Blick lag eine gewisse Härte, und einen kurzen Moment lang hatte sie Angst.

»Waren Sie schon mal dort?«, fragte er. »Nein.«

»Tolles Land, das wir dort haben. Da ist genug Platz, so dass ein Mensch atmen kann. Fruchtbar und leer, jedenfalls, wenn man von den Arabern absieht.«

»Ich dachte, es ist uns verboten, dort Land zu erwerben.«

»Da irren Sie sich aber«, sagte Sami, fuhr dann aber fort: »Es ist kompliziert.«

»Inwiefern kompliziert?«

»Ich kann doch im Vertrauen mit Ihnen sprechen?«, sagte Sami. »Mein Name darf nicht genannt werden.«

»Können wir machen«, sagte Sylvie.

Sarah Stern kam mit dem Kaffee. Sami strahlte sie an und wartete, bis sie wieder weg war. Er nahm einen Schluck und verzog das Gesicht. Sylvie lachte.

»Der Sechstagekrieg«, sagte Sami, »war im wesentlichen Landraub. Von einem rein militärischen Standpunkt aus sind die besetzten Gebiete Pufferzonen gegen feindliche Staaten. Aber Land ist Land, Sylvie Gold. Man kann es kaufen, man kann es verkaufen und man kann verdammt gut drauf bauen.«

Er zählte die einzelnen Punkte an seinen Fingern ab.

»Wir haben die Golanhöhen von Syrien, die Sinaihalbinsel von Ägypten und das Westjordanland von Jordanien. Das ist eine Menge Land. Land mit unbegrenzten Möglichkeiten.«

»Was für Möglichkeiten?«

»Möglichkeiten, schnelles Geld zu machen«, sagte Sami, jetzt nicht mehr lächelnd.

»Ich find's toll, dass Sie sich hier mit mir in der Sheinkin Street treffen«, sagte er. »Das war auch einer, der Land verkauft hat, Sheinkin. Verstehen Sie, Land zu kaufen ist für uns nicht einfach nur ein Geschäft. Das ist eine Pflicht, eine Berufung, das Land Israel für die Juden zurückzukaufen. Was denken Sie, werden wir mit dem Westjordanland machen, jetzt, wo wir's endlich haben? Wir werden es besiedeln. Wir werden es bebauen. Und damit fängt es an. Wie es endet, weiß ich nicht.«

Sylvie dachte an das ganze Land. Dass sie bereits im Sinai bauten – Ophira, Yamit, neue Städte entstanden an den Ufern des Roten Meeres, erbaut von »Soldaten ohne Uniform«, wie die Armee die neuen Bewohner schon früh bezeichnete. Tatsachen schaffen, die deutliche Mitteilung an die Welt, dass sie dort waren, um zu bleiben, gerichtet an alle, die den Sinai für ein Land unter militärischer Besatzung hielten. Auch auf den Golanhöhen wurden neue Kibbuze hinter der jüngst entmilitarisierten Zone, in der die UN patrouillierte, gebaut. Aber im Westjordanland nicht, noch nicht.

Ihr wurde bewusst, dass Sami recht hate. Es war unvermeidbar, dass dort Siedlungen entstehen würden, es war die ganze Zeit unvermeidbar gewesen. Und vor der Unabhängigkeit war die jüdische Methode immer eine doppelte gewesen: Land kaufen, wo es ging, und da, wo es nicht möglich war, besetzen. Die Kibbuze verwendeten das berüchtigte »Fence and Tower«-System unter britischer Herrschaft: Sie kamen nachts, nahmen Land in Besitz, bauten einen Wachturm und zogen einen Zaun drumherum, und nach dem damals geltenden Gesetz durften sie nicht vertrieben werden.

»Wir schaffen Grenzen durch landwirtschaftliche Aneignung«, sagte Sami. »Die Römer haben es zu ihrer Zeit nicht viel anders gemacht. Und ich bin lieber auf der Seite der Römer.«

»Sie sagen also«, fasste Sylvie zusammen »dass im Westjordanland bereits mit Grundbesitz spekuliert wird.«

»Ganz sicher, ja.«

»Und Sie setzen darauf, wenn die Regierung es genehmigt – was die neuen Machthaber bestimmt tun werden –, dass Sie das Land der Regierung zurückverkaufen können und Sie einen Riesenreibach machen?«

»Einen Reibach?«, fragte Sami.

»Auch wenn der Erwerb von Land zurzeit dort noch gar nicht legal ist?«

»Er ist auch nicht illegal«, erwiderte Sami. »Im Westjordanland gilt im Prinzip dasselbe Recht wie hier, mehr oder weniger, basierend auf dem alten osmanischen Gesetz. Das kann man schon hinkriegen. Man muss nur die Landeigentümer davon überzeugen, zu verkaufen.«

»Und wie macht man das?«

»Da gibt es alle möglichen Mittel und Wege«, sagte Sami. »Alle möglichen. Auf besetztem Gebiet ist es immer einfacher, wenn man die Männer mit den Gewehren auf seiner Seite hat.«

Sie sah ihn jetzt in neuem Licht.

»Und Sie sind einer dieser Männer?«, fragte sie.

Er zuckte mit den Schultern. »Ich bin nur ein Mittelsmann«, sagte er. »Ich werde für meine Dienste bezahlt. Es gibt alle möglichen Sorten Käufer. Aber ich kann Ihnen keine Namen nennen.«

»Moon«, sagte Sylvie. »Shamir. Dschinghis.«

Sami nahm es zur Kenntnis. Er verzog keine Miene, blinzelte aber.

»Ich werde mich mit Dschinghis auf nichts einlassen«, sagte er. »Und Sie sollten das auch nicht. Nicht, wenn Sie nicht wollen, dass eine Bombe vor Ihrer Haustür explodiert oder Ihnen jemand eine Pistole an den Kopf hält.«

»Ist er wirklich so schlimm?«, fragte Sylvie.

»Noch viel schlimmer«, sagte Sami. »Und er ist mit Leuten befreundet, denen Sie ganz bestimmt nicht begegnen wollen, glauben Sie mir.«

Er stand auf, ging zum Tresen, wechselte ein paar Worte mit dem Besitzer und bezahlte. Als er zu Sylvie zurückkam, begriff sie, dass er sie längst abgeschrieben hatte.

»Kehren Sie zu Ihrer Klatschkolumne zurück«, sagte er. »Vergessen Sie unser Gespräch, Sylvie Gold. Sie haben ein hübsches Gesicht, und es wäre schade, wenn Ihnen etwas zustoßen würde.«

Er tätschelte ihre Schulter und ging.

Sylvie sah zum Tresen, den die Betreiberin mit einem schmutzigen Lappen wischte. Sie sah Sylvie voller Verachtung an.

»Und?«, sagte sie. »Verpiss dich endlich.«

Also ging Sylvie.

37 DIE GLOCKE

»Fall mir nicht ins Loch.« – Avnery

In der Nacht wurde sie vom Klingeln des Telefons geweckt. Die Uhr auf ihrem Nachttisch zeigte Mitternacht an. Sylvie nahm den Hörer.

»Hallo?«, sagte sie.

»Sylvie Gold?« Eine rauchige Männerstimme. »Ich mach dich fertig, Sylvie. Liebst du dein Leben, Sylvie? Ich werde dich so fertigmachen, dass du schreist und um Gnade winselst. Ich werde dich zersägen, und wenn du am Boden liegst und mich anflehst, dich nicht zu töten, werde ich meinen dicken fetten Schwanz …«

Sylvie knallte den Hörer auf. Ihr Herz raste. Alles war still. Sie stand auf und ging auf Zehenspitzen zum Fenster. Nichts zu sehen draußen. Ein Wagen fuhr vorbei. Auf der anderen Seite der Straße parkte ein dunkler Wagen, aber sonst war nichts Ungewöhnli …

Wieder klingelte das Telefon, und sie zuckte zusammen. Sie rannte hin und lauschte.

Schweigen in der Leitung, was ihr irgendwie noch viel mehr Angst machte.

»Hallo?«, fragte Sylvie.

»… ich bring dich um, du dumme Schlampe.«

Die Verbindung wurde unterbrochen. Die Stimme war eine andere gewesen.

Sylvie spähte wieder nach draußen. Nichts. Sie horchte nach Schritten im Treppenhaus. Stieg jemand leise die Treppe hinauf oder war es nur der Wind?

Wieder klingelte das Telefon.

»Hör gut zu, du dumme Fotze, du legst dich mit den Falschen an«, sagte eine wieder andere Stimme. »Meinst du, wir wissen nicht, wo du wohnst? Schaust du gerade aus dem Fenster, Sylvie Gold? Wir können dich sehen. Du verfluchte Drecksschlampe ...«

Sylvie legte auf und den Hörer daneben. Sie saß auf der Bettkante und zitterte, dann griff sie unters Bett.

Dort befand sich ein kleiner Schuhkarton, den sie seit drei Jahren nicht mehr geöffnet hatte. Der Deckel war voller Staub. Sie hob ihn vorsichtig ab und sah hinein.

Fotos von ihr und Ori, als sie zusammen waren. Ori in Uniform, wie er in die Kamera lächelte, einen Arm um sie gelegt. Ori und sein Hund. Nachdem er gefallen war, hatte sie es nicht mehr ertragen, sich um den Hund zu kümmern, und ihn auf eine Farm in Galiläa gebracht. Ori war im Yom-Kippur-Krieg gestorben, plötzlich war er einfach nur noch ein Name, der am Gedenktag aufgerufen wurde. Sie hasste den ganzen Pomp und die Förmlichkeit, ein Tag der staatlich angeordneten Traurigkeit, unbestechlich wie ein Uhrwerk und direkt gefolgt von den Feiern am Unabhängigkeitstag.

Im Hebräischen gab es ein eigenes Wort dafür. *Scholl*, was so was Ähnliches war wie Trauer, nur dass Trauer in Israel auch einen nationalen Aspekt hatte, begleitet vom Klang militärischer Trompeten, hallenden Mikros, Zitaten von Bialik oder Shlonsky, Pfauenschreien und dem Heulen der Schakale in der Ferne.

Sie tastete unter die Fotos und fand die Pistole. Sie hatte keine Genehmigung dafür. Es war die von Ori. Kurz nachdem er gefallen war, hatte Sylvie sie gefunden.

Sie zog sie heraus, tastete über den Boden des Kartons und fand ein paar Patronen. Dann schob sie ihn zurück unter das Bett.

Sie setzte sich an den Küchentisch, behielt die Tür dabei im Blick und säuberte die Pistole, anschließend lud sie die Patronen.

Sie blieb lange dort sitzen, aber im Gebäude war es still, und niemand kam die Treppe herauf, also ging sie irgendwann wieder ins Bett, schlief ein paar Stunden unruhig, die Waffe neben sich.

Am Morgen war sie völlig erledigt. Sie legte den Hörer wieder auf die Gabel, ohne nachzudenken, und sofort klingelte es wieder. Sie ging dran.

»Fotze Schlampe Hure!«

Sie legte schnell auf und zog das Kabel aus der Wand, kochte Kaffee.

Als sie die Wohnung verließ, nahm sie die Pistole mit, für alle Fälle.

Sie ging in die Redaktion. Es war kaum jemand da. Sie fand Avnery in seinem Büro am Schreibtisch.

»Nu?«, fragte er, als er sie sah. »Was gibt's Neues?«

Sie erzählte ihm von ihren Recherchen und den Anrufen.

»Und was soll ich da machen?«, fragte er, als sie fertig war.

Sylvie sagte: »Ich will noch tiefer bohren.«

Avnery lehnte sich zurück.

Er grinste.

Und sagte: »Dann bohr tiefer, aber fall mir nicht ins Loch.«

Sylvie ging an ihren Schreibtisch, nahm das Telefon und rief Sami van Aarden an.

Nach wenigen Malen Klingeln ging er dran.

»Hurensohn!«, schrie Sylvie ins Telefon.

»Was? Wer ist da?«

»Hier ist Sylvie Gold, Sie Arschloch. Haben Sie mir die auf den Hals gehetzt? Sie haben mich verflucht noch mal verraten!«

»Warten Sie mal, warten Sie«, sagte Sami. »Ganz langsam. Wovon reden Sie? Ich hab niemandem Ihren Namen verraten.«

»Ach ja? Warum bekomme ich dann mitten in der Nacht Drohanrufe?«, schrie Sylvie und fühlte sich dadurch sehr viel besser. Das Schwein hatte es verdient.

»Ich hab niemandem von unserem Treffen erzählt«, sagte Sami van Aarden.

»Warum zum Teufel hätte ich das tun sollen? Ich will nicht mal, dass mein eigener Name in diesem Zusammenhang fällt.«

»Wer denn sonst, Sie Arschgesicht! Wer?«, schrie Sylvie. »Ich mache Sie fertig, warten Sie's ab.«

»Niemand macht hier irgendwen fertig«, sagte Sami. »Lassen Sie mich nachdenken. Warten Sie mal. Sie haben doch gesagt, Sie waren im Tabu, oder?«

»Na und?«

»War außer Chava noch jemand dort? Haben Sie außer ihr mit jemandem geredet?«

Sylvie dachte nach. »Da war so ein Mann, Menachemi«, sagte sie. »Aber er war sehr nett und hilfsbereit.«

»Der?«, sagte Sami. »Tut mir leid, Sylvie, aber wahrscheinlich hat er sofort zum Telefon gegriffen, kaum dass Sie draußen waren. Haben Sie meinen Namen erwähnt?«

»Ich habe ihn gebeten, unter Keep Ltd nachzusehen«, sagte Sylvie. »Mehr nicht.«

»Sie haben eine Glocke geläutet, Sylvie Gold. Eine Glocke, und das Problem ist, dass so was einen Heidenlärm macht. Ich hatte nichts damit zu tun. Rufen Sie mich nie wieder an.«

Er legte auf.

Sylvie setzte vorsichtig den Hörer auf die Gabel und zündete sich eine Zigarette an.

Cohen hat sie da reingezogen, dachte sie.

Er war ihr eine Erklärung schuldig.

Sie rief eine befreundete Polizistin an. Constable Keren Carmeli ging gleich selbst ans Telefon.

»Sylvie!«, sagte sie, klang hocherfreut. »Lange nichts von dir gehört. Hast du Lust, heute Abend wegzugehen? In der Dizengoff Street hat ein neuer Laden aufgemacht.«

»In der Dizengoff Street machen ständig neue Läden auf«, sagte Sylvie. »Aber vielleicht schon, ich bin dir noch einen Drink schuld. Hör mal, Keren, kennst du einen Cohen?«

Keren lachte. »Sylvie, es gibt ungefähr ein Million Typen, die Cohen heißen.«

»Ein Polizist. Er hat gesagt, er arbeitet beim Geheimdienst.«

Kurz herrschte Stille in der Leitung. »Den kenne ich«, sagte Keren, klang aber sehr verhalten.

»Wie ist der so?«

»Nicht schlecht«, sagte Keren. »Nicht wie die meisten anderen. Weißt du, die Commander, die dir in den Arsch kneifen und dich bedrängen, wenn gerade keiner guckt. So was macht der nicht.«

»Und was macht er dann?«

»Nichts, Sylvie. Nicht dass ich wüsste. Ist nur so, na ja, ist eine kleine Polizeitruppe. Es werden immer Geschichten erzählt.«

»Was für Geschichten?«

»Ich sollte mir das eigentlich wirklich nicht anmaßen.«

»Was für Geschichten, Keren?«

»Hör zu, er ist beim Geheimdienst, oder? Ich meine, mehr ist es nicht. Das ist nun mal kein Job mit geregelten Arbeitszeiten, einer Besprechung am Vormittag und ein bisschen Schreibtischarbeit danach. Der muss raus und sich mit allerhand Leuten abgeben. Mehr kann ich dazu nicht sagen.«

»Ist er korrupt?«

»Hab ich nicht gesagt.«

»Aber angedeutet, Keren.«

»Wer ist denn nicht korrupt, Sylvie? Komm schon. Ich sage nur, sei vorsichtig.«

»Wo könnte ich ihn finden? Ich meine, wenn ich ihn suchen würde?«

»Hast du nicht gehört, was ich gerade gesagt habe? Sei vorsichtig.«

»Ich will nur mit ihm reden«, beschwichtigte Sylvie.

»Du schuldest mir einen Drink heute Abend«, sagte Keren.

»Ich lad dich auf drei ein«, sagte Sylvie. »Mit Cocktailschirmchen, Dosen-Ananas und allem Drum und Dran. Versprochen.«

»Na gut, aber von mir hast du das nicht. Er hat eine Wohnung in der Ibn Gabirol in der Nähe der Bar-Yehuda-Brücke. Kennst du die?«

»Kenne ich«, sagte Sylvie.

Keren gab ihr die Adresse, und Sylvie schrieb sie auf.

»Danke, Keren«, sagte sie.

»Bist mir was schuldig.«

Sylvie verließ das Büro und wartete an der Bushaltestelle, sah sich immer wieder um, entdeckte aber niemanden.

Ein Teil von ihr wollte es einfach gut sein lassen. Was spielte das Westjordanland schon für eine Rolle? Warum sollte sie sich dafür aus dem Fenster lehnen?

Aber sie witterte eine Story, und wenn es erst mal so weit war, gab es kein Zurück mehr. Sie wollte wissen, was Keep Ltd in Judäa und Samaria machten, wo die Regierung die besetzten Gebiete westlich des Jordans beanspruchte. Wurden sie von der Regierung unterstützt? Von der Armee? Von wem kauften sie? Und an wen verkauften sie? Aufgrund der Beteiligten – Moon, Dschinghis – musste doch so etwas wie eine offizielle Genehmigung vorliegen.

Also, wo war der Haken?

Der Bus kam. Sie setzte sich nach ganz hinten und behielt die Türen im Blick, stieg ein paar Stationen weiter aus und ging den Rest zu Fuß. Auf der Straße zur Brücke herrschte reger Verkehr. Sie führte über den Yarkon, aber Sylvie musste gar nicht so weit gehen. Sie fand den Wohnblock und die Nummer, und drückte auf die Klingel. Keine Reaktion. Sylvie hielt die Klingel gedrückt.

»Was! Verdammt, wer ist da?«

Eine Frauenstimme. Sylvie nahm den Finger von der Klingel.

»Hier ist Sylvie Gold«, sagte sie. »Ich suche Cohen.«

»Cohen ist nicht da.«

»Wissen Sie, wo ich ihn finde?«

»Keine Ahnung.«

»Darf ich hochkommen?«

»Warum zum Teufel sollte ich Sie reinlassen?«

»Weil ich erst wieder gehe, wenn ich Cohen gefunden habe?«

»Haben Sie was mit ihm?«, fragte die Frau. »Ach, ist mir sowieso scheißegal.«

»Ich hab nichts mit ihm«, erwiderte Sylvie. »Ich kenne ihn nicht mal.«

»Und was wollen Sie dann von ihm?«

»Mit ihm reden.«

»Er ist nicht da, verpissen Sie sich.«

Sylvie seufzte und wollte schon kehrtmachen, als es wieder in der Sprechanlage knisterte.

»Was haben Sie gesagt, wer Sie sind?«

»Sylvie Gold. Ich bin Journalistin.«

»Sie sind ›Liebe Ruthie‹!«

Sylvie seufzte.

»Genau die«, sagte sie.

Der Türöffner brummte.

Sylvie starrte auf die Tür.

»Na, dann komm hoch«, sagte die Frau.

38 DIE STORY

»Niemand hat es gesehen.« – Na'ama

Sylvie schleppte sich drei Stockwerke die Treppe hinauf. Ganz oben links stand die Tür offen, und eine junge Frau wartete im Eingang. Sie war ein paar Jahre älter als Sylvie, vielleicht Ende zwanzig.

»Kann ich deinen Ausweis sehen?«, fragte sie.

»Meinen … ja sicher«, erwiderte Sylvie. Sie zeigte der Frau ihren Ausweis, und die Frau atmete erleichtert auf.

»Bist du wirklich die, die die ›Briefe an Ruthie‹ beantwortet?«, fragte sie.

»Ja, die bin ich wirklich«, sagte Sylvie.

»Na, dann komm rein. Cohen ist nicht hier. Ich bin Na'ama. Willst du einen Kaffee?«

»Gerne, danke«, sagte Sylvie.

»Vielleicht hab ich auch noch ein paar Kekse im Schrank«, sagte Na'ama und verschwand in der Küche.

Sylvie sah sich in der Wohnung um. An allen Fenstern waren die Rollläden heruntergelassen und der Raum nur spärlich beleuchtet, ein einziger schmaler Lichtstrahl drang herein, sichtbare Staubpartikel schwebten darin. Ein braun gepunktetes Sofa und ein Sessel, die aussahen, als kämen sie vom Flohmarkt in Jaffa, und ein Aschenbecher und ein Gefäß mit Räucherstäbchen auf einem Beistelltischchen daneben, auf dem Fensterbrett ein Topf mit Minze, an der aber nur noch wenige welke Blätter hingen.

»Ist das Cohens Wohnung?«, fragte Sylvie, weil sie sich diese aus irgendeinem Grund anders vorgestellt hatte.

»Er kommt und geht.«

»Ist er oft hier.«

»Nicht oft. Er lässt mich nur eine Weile hier pennen.«

»Gefällt mir, was du hier gemacht hast.«

Na'ama kam mit den zwei Bechern zu ihr. »Ist bloß löslicher«, sagte sie.

»Macht mir nichts aus. Danke.«

»Ich schau mal nach den Keksen.«

Sie ging noch einmal in die kleine Küche und kam mit ein paar Schokokeksen auf einem Teller zurück. Sylvie nahm einen Schluck Kaffee. Sie sah Na'ama an. Ihre Nägel waren lackiert, aber ihre Haare waren ungewaschen. Sylvie sah ihr in die Augen. Sie hatten etwas Angeschlagenes und Verletzliches. Sylvie kannte diesen Blick.

Frauen sprachen sie häufig an, wenn sie sie erkannten. Und oft hatten sie traurige Geschichten zu erzählen.

»Woher kennst du Cohen?«, fragte Na'ama.

»Eigentlich kenne ich ihn gar nicht«, sagte Sylvie. »Er hat mich sozusagen in die Scheiße geritten, und ich frage mich, was er davon hat.«

»So was macht er manchmal«, sagte Na'ama. »Er ist kein guter Mensch, weißt du? Aber zu mir ist er gut gewesen.«

Sylvie wartete. Niemand ließ mitten am Tag eine fremde Person in die Wohnung, nur um ihr schlechten Kaffee und alte Kekse anzubieten. Sie dachte, Na'ama würde schon reden, wenn sie so weit war.

»Und was machst du?«, fragte Sylvie.

»Im Moment nicht viel«, sagte Na'ama und schenkte Sylvie ein müdes Lächeln. »Nächstes Semester schreibe ich mich an der Uni ein. Für Geschichte. Bis dahin ... schlage ich nur die Zeit tot.«

»Seid ihr ein Paar, Cohen und du?«, fragte Sylvie.

»Nein, so ist das nicht. Na ja, manchmal schon. Aber er ist nicht oft hier. Er hat seine Arbeit, weißt du?«

»Hab ich gehört«, erwiderte Sylvie. »Aber nett von ihm, dass er dich hier wohnen lässt.«

»Ja, wirklich nett.« Dann fing Na'ama an zu weinen.

Sylvie wartete ab. Na'ama weinte leise, wischte sich dann aber die Tränen ab. Sie versuchte zu lächeln, bekam es aber nicht richtig hin.

»Ich bin so blöd«, sagte sie.

»Bist du nicht«, sagte Sylvie.

»Ich hab schon so oft überlegt, ob ich dir schreiben soll«, sagte Na'ama. »Aber wer würde mir schon glauben? Und wen interessiert es überhaupt?«

»Was glauben?«, fragte Sylvie sanft.

Wer hat dir das angetan, dachte sie, sagte es aber nicht.

»Ich war bei der Armee«, sagte Na'ama. »Dort hab ich fürs Zentralkommando gearbeitet, nur als Schreibkraft, hat aber Spaß gemacht. Es gab immer was zu tun, und ich konnte in Tel Aviv wohnen. Aber eines Tages bekam ich einen Anruf, und mir wurde mitgeteilt, der Commander habe persönlich nach mir verlangt. Ich wusste gar nicht, woher der mich überhaupt kannte. Er hatte immer so viel zu tun, er war ein Kriegsheld, stand in allen Zeitungen. Er hat sogar Chaim Topol persönlich gekannt. Das war nach dem Sechstagekrieg, aber noch vor Yom Kippur, es herrschte also noch echte Euphorie. Wir hatten das gesamte Westjordanland erobert, und das Zentralkommando hatte dort die Führung übernommen. Ich fühlte mich geschmeichelt, weißt du? Ich war ja nur Sekretärin, und er war ein Kriegsheld, aber er kannte meinen Namen und hat nach mir verlangt.«

Sylvie nickte nur.

»Also bin ich ins Büro. Es war schon nach Feierabend, alle Schreibtische waren leer. Der General hat mich persönlich in Empfang genommen. Er war wahnsinnig nett. Hat mir viele Komplimente gemacht, immer wieder gesagt, wie hübsch ich bin. Dann sind wir in sein Büro gegangen, und er hat die Tür zugemacht und abgeschlossen. ›Komm, Na'ama‹, hat er gesagt. ›Hör auf, Spielchen mit mir zu spielen.‹

›Was für Spielchen, Sir?‹, habe ich gefragt. Ich wusste nicht, was er meinte. Er hat sich an seinen Schreibtisch gesetzt, und ich habe salutiert. Dann ist er wieder aufgestanden, hat sich zu mir vorgebeugt und mich angegrapscht.

›Was machen Sie da?‹, habe ich gefragt. ›Hören Sie bitte auf, Sir.‹

›Ist doch nur ein bisschen Spaß‹, hat er gesagt und ist um den Schreibtisch herum. Er hat mich gepackt und mir das Hemd aufgeknöpft. Ich habe ihn weggestoßen. ›Hören Sie auf, bitte‹, hab ich gesagt. ›Aufhören.‹

Er hat nur gelacht. ›Gefällt dir wohl, mich so anzumachen‹, hat er gesagt. Ich wollte zur Tür, aber sie war ja abgeschlossen, und da hat er wieder nur gelacht, als hätte ich was Witziges gemacht. Er griff nach etwas an der Wand und zog ein Klappbett herunter.

›Leg dich hin‹, hat er gesagt.

›Lassen Sie mich‹, sagte ich. ›Bitte, hören Sie auf‹. Ich wollte ihn abwehren, aber ich hatte nicht genug Kraft, und er war so stark. Er hat mich aufs Bett gestoßen, mir die Kleider runtergerissen und sich auf mich gelegt. Ich bin einfach erstarrt. Ich weiß noch, wie die Bettfedern gequietscht haben, und ich dachte, warum kommt denn niemand und sieht nach? Aber es kam niemand. Niemand hat es gesehen. Als er fertig war, ist er aufgestanden, hat mich angesehen, als wäre ich ihm im Weg. ›Los, zieh dich an‹, hat er gesagt und sich eine Zigarette angezündet. Dann hat er die Tür aufgeschlossen und mich einfach dort liegen lassen.«

Sylvie berührte sachte Na'amas Hand, aber mehr nicht.

»Ich habe mich angezogen«, sagte Na'ama. »Und bin weg. Nach Hause. Ich wusste nicht, was ich machen soll. Mein Bruder und seine Freundin sahen mich, als ich reinkam. Sie wollten wissen, was los ist, aber ich hab gesagt, nichts, gar nichts, aber dann musste ich weinen, und sie haben es aus mir rausgepresst. Mein Bruder und seine Freundin haben mich angesehen, als wäre ich wahnsinnig geworden. ›Der?‹, sagte er. ›Wer wird dir glauben und nicht ihm?‹ Aber ich hab's trotzdem gemacht. Ich bin zur Polizei gegangen und dort an Cohen geraten. Er hat sich meine Geschichte angehört. Er hat nicht viel gesagt, aber ich habe gleich gemerkt, dass es ihn wütend gemacht hat. Er hat mir geglaubt, aber er hat mich erst mal warten lassen. Ein oder zwei Stunden war er weg, ich weiß es nicht. Keine Ahnung, wo er war, aber als er wiederkam, meinte er nur, dass ich ihn nicht anzeigen kann. Die würden mich vor Gericht fertigmachen und in der Presse durch den Dreck ziehen. Mein Vergewaltiger sei zu mächtig. Um meiner selbst willen sollte ich die Klappe halten. Aber Cohen hat mir versprochen, dass er's ihm eines Tages heimzahlt. Er hat es mir fest versprochen, und ich habe es ihm geglaubt. Fast hätte er seinen Job verloren. Ich weiß nicht, was er in der Nacht getan hat, aber ich habe gehört, dass er danach zum Constable degradiert und nach Haifa strafversetzt wurde. Das war's also. Als ich am nächsten Tag wieder zur Armee kam, wurde mir gesagt, ich sei in ein Lager im Negev versetzt worden. Ungefähr einen Monat später bekam ich einen Scheck mit der Post. Vom General. Mein Honorar für geleistete Dienste. Danach hab ich ihn nie wieder gesehen.«

»Wie hieß er? Wer war das?«, fragte Sylvie.

»General Zrubavel Ha'navi«, sagte Na'ama. »Dschinghis.«

»Dschinghis ...«, wiederholte Sylvie.

Sie umarmte Na'ama. Sie fühlte sich stark an in ihren Armen.

Als sie sich voneinander lösten, lächelte Na'ama und ihr ganzes Gesicht strahlte.

»Danke«, sagte sie. »Außer Cohen, meinem Bruder und seiner Freundin habe ich niemandem was erzählt, aber ich glaube, ich hab das gebraucht. Ich wette, du hörst ständig solche Geschichten.«

»Allerdings«, sagte Sylvie. »Dadurch sind sie aber nicht weniger schrecklich.«

»Ich habe eine harte Zeit hinter mir«, meinte Na'ama. »Aber bald fange ich an der Universität in Tel Aviv an zu studieren und freue mich sehr drauf. Und ich habe ein bisschen was gespart, als es noch ging. Vielleicht kann ich bald hier ausziehen.«

»Was du gesagt hast«, sagte Sylvie, die etwas im Hinterkopf hatte, das ihr keine Ruhe ließ. »Das Zentralkommando war für das Westjordanland zuständig?«

»Ist es immer noch«, sagte Na'ama. »Ohne Genehmigung vom Zentralkommando passiert dort gar nichts.«

»Was genau hast du da gemacht?«, fragte Sylvie.

»Ich hab nur getippt«, sagte Na'ama.

»Aber wo?«, fragte Sylvie.

»Ach, in der Abteilung für Grundbesitz beim bürgerlichen Grundbuchamt der Bezirksverwaltung«, sagte Na'ama.

»Beim was?«, fragte Sylvie.

»War einfach bloß ein Haufen Papierkram«, erklärte Na'ama.

»Es ging um das ganze Land in Judäa und Samaria. Und ich war bei dem Amt, das für die Eintragung von Grundbesitz und Baugenehmigungen und diesen ganzen Kram zuständig ist. Ganz schön langweilig. Wieso?

»Und Dschinghis leitet das alles?«, fragte Sylvie.

»Ja. Wieso? Ist das wichtig?«

»Kann sein«, sagte Sylvie. Dann sagte sie: »Danke.«

Sie verließ Na'ama so, wie sie sie angetroffen hatte, an der Wohnungstür.

Cohen hatte natürlich recht gehabt. Die Polizei hätte auf keinen Fall etwas unternommen. Na'ama hatte gut daran getan, die Sache nicht weiterzuverfolgen.

Sylvie wünschte, es wäre nicht so, aber es war so. Und jetzt war sie wütend. Wie viele andere Mädchen hatte es gegeben? Wie viele andere junge Frauen hatte Dschinghis noch in sein Büro bestellt, die Tür abgeschlossen und dann das Feldbett ausgeklappt? Und niemand unternahm etwas dagegen.

39 DIE BAR

»Die finden dich.« – Shmuel Flatto-Sharon

Inzwischen war es dunkel. Sylvie blickte beim Gehen ständig hinter sich, vergewisserte sich im Spiegel der Schaufenster, dass ihr niemand auf den Fersen war. Der Mann da, folgte er ihr? Jemand rempelte sie an, eilte dann aber weiter. Sylvies Herz klopfte schneller, als sie sich ihrer Wohnung näherte. Ob jemand in einer dunklen Ecke saß und ihr auflauerte? Sie schaffte es durch die Haustür und die Treppe hinauf.

Erleichtert schloss sie die Tür hinter sich ab. Sie mixte Arak und Grapefruitsaft in einem Glas und trank zu schnell. Ihr tat der

Kopf weh, so voll war er mit Bildern der Wohnung, die sie gerade verlassen hatte. Voll von dem Geruch nach billigen Räucherstäbchen, dem Geschmack nach schlechtem Kaffee und altbekannten Alpträumen.

In Tel Aviv würde sie keine Antworten erhalten. Sie dachte an die Grüne Linie, die sich wie eine Kaiserschnittnarbe durch das moderne Israel zog. Das Westjordanland kam ihr weit entfernt vor, aber das war es nicht. Die Linie zog sich vom nahe gelegenen Afula im Norden nach Be'er Sheva in der Wüste, in nicht allzu großer Entfernung an Tel Aviv vorbei, auf demselben Längengrad wie die Küstenstraße nach Haifa bis in den Süden. Gleich dort war das Westjordanland, so nah, dass man einen Stein drauf hätte werfen können. Wie viele Menschen lebten inzwischen dort? Zwei, drei Millionen? Sie wusste, was während des Unabhängigkeitskrieges passiert war, alle wussten es. Wie hatte ihr Vater das einmal formuliert? Sie war noch klein gewesen, und als sie einmal mit dem Bus an einem verlassenen Dorf dort vorbeikamen, hatte sie ihn gefragt – den deutschen Einwanderer und Holocaust-Überlebenden, der nur mit starkem Akzent und schwerfällig Hebräisch sprach –, was ist mit den Leuten? Wo sind die hin? Und ihr Vater hatte seine Brille zurechtgerückt und ernst geantwortet: »Sie haben entkommen.«

Die arabischen Dorfbewohner wurden von den neu gegründeten Streitkräften des Staates Israel zur Flucht gedrängt. Dann kamen Bulldozer und ebneten ihre Häuser ein, damit es nichts mehr gab, wofür sich eine Rückkehr gelohnt hätte. Anschließend wurde das Land besiedelt. Einige der Kibbuzim, die anstelle der Dörfer errichtet wurden, verwendeten die Trümmer für den Bau ihrer eigenen Häuser. Die Geflüchteten saßen in Lagern in Syrien, im Libanon, im Westjordanland und in Gaza fest. Es wurden immer mehr. Sie drängten an die Grenzen, verlangten zurückgelassen zu werden. Aber das würde nicht passieren. Und es würde auch ihre Fragen nicht beantworten, die viel einfacher waren.

Was für einen Schwindel zogen Dschinghis und seine Partner durch?

Das war eine Story, die Sylvies Karriere enorm vorantreiben könnte. Danach würde sie nicht mehr für die beschissene *haOla haZeh* arbeiten müssen, sondern könnte für eine richtige Zeitung schreiben, wie *Yediot*.

Ohne Nachzudenken stöpselte sie ihr Telefon ein, wollte Keren anrufen und die Verabredung am Abend absagen. Doch kaum hatte sie das Telefon angeschlossen, erstarrte Sylvie.

Es klingelte und klingelte. Sylvie hatte nicht den Mut, dranzugehen.

Irgendwann hörte es auf.

Die Stille war schneidend. Sylvie trat ans Fenster. Der Wagen, der dort draußen parkte, war das derselbe wie gestern Nacht? Beobachteten die dunklen Gestalten darin ihr Fenster?

Das Telefon klingelte.

»Hallo!« Dieses Mal schnappte sie sich den Hörer.

Schweres Atmen in der Leitung.

»Du verfluchte Schlampe, du bist tot«, sagte die Stimme.

»Friss Scheiße, du Arschloch!«, schrie Sylvie, knallte den Hörer auf und zog das Kabel aus der Steckdose. Dann setzte sie sich auf die Bettkante.

In Tel Aviv würde sie die Antworten, die sie brauchte, nicht bekommen, dachte sie.

Um die Wahrheit aufzudecken, musste sie über die Grenze.

Sie ging mit gesenktem Kopf durch dunkle Straßen, die Pistole steckte in ihrer Handtasche, sie bewegte sich schnell, blieb nirgendwo stehen. Vorbei an einem Blumenverkäufer mit duftenden Rosen, an einem Schawarma-Stand, an dem es nach Lammfett roch. Vorbei an Zigaretten rauchenden Männern an einer Ecke und den Abgaswolken der Busse. Sie kaufte eine Fahrkarte und stieg in den Bus nach Jerusalem, setzte sich nach hinten und beobachtete alle, die einstiegen oder draußen standen. Da, war das derselbe Mann, den sie vorhin schon gesehen hatte? Er stand neben dem Bus und rauchte, dann schnippte er die Zigarette fort und ging weiter.

Ein alter Araber mit Einkaufstaschen saß neben ihr. Zwei orthodoxe Frauen auf den Plätzen direkt vor ihr tauschten Rezepte. Eine Gruppe blutjunger Soldaten mit geschulterten Gewehren stieg ein, sie plapperten aufgeregt. Der Bus fuhr langsam raus aus der Stadt. Sylvie sah die Haltestellen langsam vorbeiziehen, eine nach der anderen. Allmählich verschwand die Stadt aus dem Blick. Stattdessen waren da nun Felder, Hügel, weiter hinten Berge. Der rote Egged-Bus keuchte und schnaufte die steile Straße hinauf. Sylvie starrte die so sorgfältig platzierten Skelette der Panzerfahrzeuge an. Das Radio war im ganzen Bus zu hören.

»Your forehead rhymes with eyes and light«, sang Arik Einstein, was noch weniger Sinn ergab als seine Texte sonst. Es war das Lied eines Liebeskranken, der in die Frau eines anderen verschossen ist, so wie König David Bathseba angeschmachtet hatte. Arik selbst hatte vermutlich mindestens ebenso viele verheiratete Frauen flachgelegt wie unverheiratete, auch wenn er den Song nicht selbst geschrieben hatte und er aus der Feder eines Tel Aviver Poeten stammte, der dabei an die Frau eines Freundes gedacht hatte, jedenfalls wurde das so berichtet. Arik brachte kein einziges originelles Wort zustande, Sylvie hatte seine Songs allesamt über. Bei ihm waren Frauen immer nur kleine Mädchen und den Männern ergeben, wobei sie ihn selbst natürlich auch nicht von der Bettkante stoßen würde. Im Prinzip war er so was wie ein langer Schwanz in Hippie-Klamotten.

Das Westjordanland zog sich wie eine gespiegelte andere Hälfte durch das gesamte Land; aber Sylvie wusste, dass ihr Ziel im Süden lag. Jericho, Hebron, Bethlehem, Jerusalem: Der Landstrich schrie ihr mit messianischem Eifer von den Seiten der Bibel entgegen, verlangte erneut, mit jüdischem Leben erfüllt zu werden. Sollte Grundbesitz veräußert werden, dann dort im judäischen Bergland. Das wusste sie.

In dem aus weißem Stein erbauten Jerusalem stieg sie jetzt hinaus in die kalte Nacht.

Das Menschengewimmel beruhigte sie. Orthodoxe in Anzügen und Mänteln, patrouillierende Soldaten. Sie eilte in die Innenstadt.

Die Bar war klein und warm, es roch nach Gulaschsuppe und Zigaretten. Sie sah drei Journalisten der *Jerusalem Post* an einem Tisch, Golda Meir auf einem Barhocker am Tresen.

Sylvie nahm ebenfalls einen Hocker und setzte sich. Ihre Hände zitterten. Golda sah zu ihr hin, blies Rauch aus. Der Aschenbecher vor ihr war voller Stummel.

»Was darf ich Ihnen bringen, Giveret?«, fragte der Barmann.

»Einen trockenen Martini«, sagte Sylvie. Es war das Erste auf der kleinen Karte. Der Barmann nickte zustimmend. Sylvie schielte insgeheim nach Golda.

»Was?«, fragte Golda. »Ich bin nicht mehr Premierministerin.«

»Schöne Fingernägel«, sagte Sylvie und wurde rot wegen der blöden Bemerkung. Aber Golda lächelte.

»Du bist nicht von hier, oder?«, fragte sie.

»Aus Tel Aviv«, sagte Sylvie.

»Komm schon, Kleine. Niemand kommt aus Tel Aviv, nicht wirklich.«

»Dann Haifa«, räumte Sylvie ein. Sie hatte so viele Fragen, die sie Golda stellen wollte. Hatte sie, als sie 74 dafür zuständig war, Landverkäufe für Keep Ltd genehmigt? Dschinghis musste ihr Oberbefehlshaber des Zentralkommandos gewesen sein. Und wie war es, die erste Premierministerin des Landes gewesen zu sein, und vielleicht auch die letzte? Sylvie hatte so viele Fragen.

»Golda, dein Tisch ist jetzt bereit«, sagte der Barmann. Er bedachte Sylvie mit einem missbilligenden Blick.

Golda hustete. Ein heftiger Husten, der in Verbindung mit

ihrem Alter und exzessivem Zigarettenkonsum bereits Schlimmeres erahnen ließ. Sie sah es Golda am Blick an. Diese klopfte Sylvie auf die Schulter, stand auf und ging.

»Viel Glück, Mädchen«, sagte sie.

Der Barmann servierte Sylvie einen trockenen Martini. Sylvie nahm einen Schluck. Sie hatte nichts gegessen, ihr wurde leicht schwummrig. Ihre Hände zitterten in ihrem Schoß. Der Barmann stellte ihr ungebeten einen Kaffeebecher mit Gulaschsuppe und einen Kanten Brot auf den Tresen. Sylvie nickte dankbar. Sie traute sich nicht zu sprechen.

Sie aß schnell, obwohl die Suppe heiß war, und verbrannte sich die Zunge.

Finks gab es, seit sich der erste britische Administrator in Jerusalem vergeblich auf die Suche nach einer Bar mit guten Drinks gemacht hatte. Sylvie roch teures Aftershave und spürte jemanden neben sich. Ein Mann schob sich geschmeidig auf einen Barhocker und lächelte sie charmant an, jedenfalls schien er davon überzeugt zu sein. In seinen Augen funkelte die List eines gut aufgelegten Betrügers, sein Haarschopf war bemerkenswert.

»*Bonsoir*, Sylvie«, sagte der Mann.

Es war Shmuel Flatto-Sharon, der frisch gewählte Knesset-Abgeordnete, dem sie bei der Wahlparty begegnet war. Jetzt kam ihr das vor, als wäre es bereits eine Ewigkeit her.

»*Monsieur*«, sagte Sylvie. Sie hatte noch fasriges Rindfleisch zwischen den Zähnen, versuchte es mit der Zungenspitze zu entfernen. Flatto gab dem Barmann ein Zeichen. Wie durch Zauberhand tauchte plötzlich ein weiterer trockener Martini auf. Er hob sein Glas.

»L'chaim«, sagte er. Sylvie merkte, dass sie alles aufgegessen hatte. Der Barmann räumte ab. Sylvie hob ihr Glas und stieß mit Flatto an.

»Worauf trinken wir?«, fragte Sylvie.

»Auf Zufallsbegegnungen und eine verheißungsvolle Nacht«, antwortete Flatto. Sylvie konnte ihn nicht ernst nehmen. Sie lachte, und er schien hocherfreut.

»Ist nicht so ungewöhnlich, dass sich Journalisten und Politiker in einer Bar begegnen, die hauptsächlich von Journalisten und Politikern besucht wird«, behauptete Sylvie.

»Sind Sie denn Journalistin?« Er lächelte unvermindert weiter, aber sein Blick bekam eine gewisse Härte. »Das haben Sie gar nicht erwähnt.«

»Sie haben mich nicht danach gefragt.«

»Sind Sie … einer Geschichte auf der Spur?«

»Kann schon sein.«

Sein Grinsen wurde breiter. »Geht es um mich?«

»Nein, Sammy! Wieso sollte es um Sie gehen?«

»Weil«, sagte er und beugte sich theatralisch vor: »Ich so *faszinierend* bin.«

Wieder lachte Sylvie. Sie konnte nicht anders. Und der trockene Martini machte es nicht besser. Ihr war nicht entgangen, dass er bereits durch ein volles Glas ersetzt worden war. Sie bekam rote Wangen.

»Darf ich Sie etwas fragen?«, sagte sie.

»Sie dürfen mich alles fragen«, entgegnete Flatto.

»Was wissen Sie über den Handel mit Grundbesitz im Westjordanland?«

Er setzte sich auf und betrachtete sie amüsiert, dann nahm er einen Schluck, bevor er antwortete.

»Beginnen Sie Gespräche immer so?«, fragte er.

»Ich habe das Gespräch gar nicht begonnen.«

»*Touché*, Sylvie.«

»Sie müssen es mir nicht sagen.«

»Offiziell? Ich weiß nichts, und es interessiert mich auch nicht. Inoffiziell? Das sind ausschließlich schlechte Geschäfte.«

»Inwiefern?«, fragte Sylvie und biss in eine Olive.

»Weil das Land … zu umkämpft ist. Man muss schnell kaufen und verkaufen, aber die Verkäufer sind langsam und außer der Regierung gibt es keine anderen Käufer. Man weiß nicht, ob man's überhaupt behalten darf. Was wäre, wenn ich beispielsweise ein Casino in Jericho bauen wollte? Ich baue gerne groß, wissen Sie. Ich stehe auf große Projekte! Ich habe das Dizengoff-Center gebaut, wissen Sie?«

»Ich weiß.«

»Waren Sie bei der großen Eröffnung?«

»Ganz Tel Aviv hat davon gesprochen«, sagte sie, was nicht mal gelogen war. Das moderne Einkaufszentrum war in der Stadt tatsächlich das erste seiner Art. Es wurde als ein Ort beworben, den man nie verlassen musste, weil man dort alles fand, was man brauchte. Abgesehen vom Kaufhaus Mashbir stand das Gebäude aber immer noch leer.

»Also verstehen Sie! Ich habe das Land gekauft, das Land gehört mir, daran ist nichts umstritten. Aber angenommen, ich würde so ein Casino bauen – und ich mag Casinos, Sylvie, damit kann man gute Geschäfte machen, und ich kann hier keins eröffnen wegen der Gesetze. Sagen wir mal, ich eröffne eines auf der anderen Seite der grünen Linie, da herrschen andere Gesetze. Gute Geschäfte, hab ich recht? Da werde ich Land brauchen. Sagen wir mal, ein Grundstück in der Nähe von Jericho. Wem gehört dieses Land? Wem, Sylvie?«

»Ich weiß es nicht.«

Flatto klatschte. »Ich weiß es nicht! Genau! So viele Grundbesitzer … wer weiß schon, wer die sind? Würden die an mich verkaufen? Und wenn, sind sie wirklich die Eigentümer? Und wenn sie verkaufen … was ist, wenn es wieder Krieg dort gibt? Oder noch schlimmer, Frieden? Gebe ich dann mein Land zurück? Nein, verstehen Sie? Das bringt nichts. Das sind Geschäfte ausschließlich für, wie sagt man?«

»Betrüger?«

Er schüttelte den Kopf. »Nein, nein«, sagte er. »Viel schlimmer. Idealisten. Auch wenn es nicht immer leicht ist, zwischen den beiden zu unterscheiden.«

In Sylvies Glas war nur noch gefährlich wenig. Sie zündete sich eine Zigarette an. Ihr war leicht schwindlig.

»Was für Idealisten?«, fragte sie.

Ihre Augen blitzten. »Das wissen Sie nicht?«, fragte er. »Na ja, also die halten sich gerne bedeckt, wie man so schön sagt. Sie machen keine *Werbung*. Ist ein schlechtes Geschäft, wenn man wie ein Spion vorgehen muss, hm? Wie der Mossad!« Flatto lachte, aber ohne Humor. Er gab dem Barmann Zeichen, damit er eine weitere Runde brachte.

»Zwei Drinks maximum«, sagte der Mann.

»Noch eine Runde, Rothschild!«, sagte Flatto. Der Mann überlegte, zuckte mit den Schultern und schenkte ein.

»Was für Spione?«, fragte Sylvie.

»Keine Spione«, sagte Flatto. »Trotzdem sind das schmutzige Geschäfte. Himanuta.«

»Was?«

»Himanuta«, wiederholte er geduldig. »Das ist Aramäisch und heißt Loyalität. Es ist der Name eines in London registrierten Unternehmens, das die Landgeschäfte abwickelt, die der Jüdische Nationalfonds nicht übernehmen kann oder will. Das sind keine Ganoven, Sylvie. Sie müssen sich nur so verhalten, oder jedenfalls reden die sich das ein.«

»Von dem Unternehmen hab ich nie gehört.«

»Wie gesagt, die hängen das nicht an die große Glocke.«

»Und wie kaufen die das Land?«, fragte Sylvie. »Wenn das ursprüngliche ein Ableger vom Nationalfonds war, müssen sie Geld haben. Sowohl staatliche Mittel wie auch welche von privaten Spendern.«

»Da gibt es Möglichkeiten. Die machen das ganz ohne Aufsehen und arbeiten gerne mit Zwischenhändlern. Das gibt weniger Papierkram. Weniger zurückverfolgbare Spuren.«

»So wie Keep Ltd?«

Flatto lächelte. »Ich hoffe, Sie bezahlen wenigstens die Getränke, bei allem, was ich hier auspacke. Wobei ich mir natürlich auch noch ein anderes Arrangement vorstellen könnte …«

Teilweise war Sylvie gar nicht abgeneigt. Ihr war warm, sie war beschwipst. Flatto hatte durchaus Charme. Er war, wie er war, und versuchte nicht, es zu verhehlen.

»Ich überleg's mir«, sagte sie.

»Überlegen Sie nicht zu lange, Sylvie. Davon bekommen Sie nur Kopfschmerzen.«

»Keep Ltd«, sagte Sylvie.

Flatto schüttelte den Kopf. »Da gibt es alle Möglichen. Sie können Druck auf die Verkäufer ausüben, damit sie verkaufen und ihnen das Land billig überlassen. Dann verkaufen sie es mit einem gesunden Profit an die Regierung weiter.«

»Ich dachte, die Regierung hätte den Kauf von Grundbesitz im Westjordanland verboten.«

»Unsinn, Sylvie. Es war immer geplant, dort zu siedeln. Zumindest eine Pufferzone dort zu schaffen. Nicht nur um Jerusalem herum. Auch im Zentrum des Landes, wo der beste Boden ist. Und natürlich vor den heiligen Stätten, besonders Hebron. Eine Handvoll Siedlungen gibt es dort ja bereits. Was glauben Sie, wie viele das bald sein werden, jetzt, wo Begin an der Regierung ist?«

»Wie finde ich diese Himanuta-Leute«, fragte Sylvie.

Flatto beugte sich näher an sie heran.

Sie spürte seine Lippen an ihrem Ohr und schauderte.

»Gar nicht«, sagte er. »Die finden Sie.«

40 DAS GELD

»Land an Juden zu verkaufen, ist wie ein Todesurteil.« – Youssef

Golda hustete Krebs in der Ecke. Flatto ging aufs Klo und Sylvie verzog sich klammheimlich. Als sie nach draußen trat, schlug ihr kalte Luft entgegen. Die Straßenlaternen brannten und die Passanten waren dunkle Schatten. Mit weichen Knien eilte sie zu ihrem Hostel in der Altstadt, ein Labyrinth aus gewundenen alten Gassen mit quer darübergespannten Wäscheleinen. Alte Männer spielten Backgammon in einem Hof, die Würfel klapperten auf dem Holz. An einer Mauer waren Graffiti, Freiheit für Palästina. Sie ignorierte im Vorbeigehen die riesigen Ratten an den Mülltonnen und hörte Schritte hinter sich, sah aber niemanden, als sie sich umdrehte. Sie beschleunigte ihren Schritt, bis sie endlich ein Gebäude aus weißem Stein inmitten all der anderen weißen Steingebäude mit der Aufschrift »Hostel« auf dem Tor erreichte und eintrat.

Bunte Lichter hingen von der Decke. Eine gelangweilte Rezeptionistin gab ihr einen Schlüssel und Sylvie ging nach oben, legte sich in ihren Klamotten aufs Bett.

Sie wachte im Sonnenlicht mit rasenden Kopfschmerzen auf. Etwas raschelte an der Tür. Sylvie griff nach ihrer Handtasche und fand die Pistole.

»Wer ist da?«, rief sie.

Keine Antwort. Sie stand auf und fand einen Umschlag, den ihr jemand unter der Tür durchgeschoben hatte. Sie hob ihn auf und drehte ihn um.

»Ach du Scheiße«, sagte sie.

Sie setzte sich aufs Bett und öffnete ihn. Darin fand sich eine Landkarte über ungefähr zweihundert Dunams, eine Matrize von einer handgeschriebenen Liste, offensichtlich von Anteilseignern eines Unternehmens, und den Summen, die die Person jeweils investiert hatte, sowie eine Adresse in Ost-Jerusalem.

Sie starrte die Papiere lange an.

»Na gut«, sagte Sylvie.

Sie wusch sich das Gesicht mit kaltem Wasser über dem Waschbecken und schluckte zwei Kopfschmerztabletten.

Draußen auf der Hauptstraße fand sie ein paar wartende Taxis und wählte das eines jungen Arabers, der lässig an der Motorhaube lehnte und rauchte. Sylvie zündete sich ebenfalls eine Zigarette an und ging auf ihn zu. Sie nannte ihm die Adresse. »Klar«, sagte er. »Da kann ich dich hinbringen.«

»Ich bezahle für den ganzen Tag«, sagte Sylvie. Sie hatte das Gefühl, dass noch weitere Fahrten bevorstanden.

Sie feilschten um den Preis, bis sie sich einig waren.

»Ich bin Sylvie«, sagte Sylvie.

»Und ich bin Mohammed. Na dann, steig ein.« Er fuhr schnell und hupte, wenn Passanten nicht schnell genug aus dem Weg sprangen. Sie fuhren durch jüdische Viertel und durch arabische, kamen schließlich in einen armen Teil der Stadt, wo sich Müll an den Straßenecken sammelte und die Straßen voller Schlaglöcher waren, dann hielten sie vor einem einsamen zweistöckigen Gebäude aus verwittertem Stein.

»Hier?«, fragte Sylvie.

»Das ist die Adresse«, sagte Mohammed. Sylvie stieg aus dem Wagen. Das grelle Sonnenlicht blendete sie. Staubiges Gras wuchs zwischen den Mauerritzen. Das Haus hatte einen kleinen Garten, eine Ziege war dort festgebunden und fraß Gras hinter dem kaputten Zaun. Die Ziege starrte Sylvie böse an. Sylvie umschloss die Waffe in ihrer Tasche mit den Fingern.

Sie ging zur Tür und klopfte. Niemand machte auf, und sie versuchte es noch einmal, klopfte lauter. Sie blickte nach oben, sah eine Bewegung hinter dem Vorhang am Fenster.

»Ich bin Journalistin von *haOlam haZeh*«, sagte sie. »Ich will nur reden.«

Erneut bewegte sich der Vorhang. Sylvie wartete. Dann hörte sie Schritte die Treppe runterkommen. Die Tür ging auf.

»Wie haben Sie mich gefunden?«, fragte der Mann. Er war unrasiert, sein Haar war zerzaust. Er spähte in beide Richtungen auf die Straße. »Wer ist das da im Wagen?«

»Ein Taxifahrer. Jemand hat mir Ihre Adresse gegeben.«

»Wer?«, fragte er. »Kommen Sie rein, schnell. Ich will Ihren Ausweis sehen.«

Sie zeigte ihm ihren Presseausweis. Im Haus war es stickig und drückend. Alle Fenster waren geschlossen, die Zimmer waren leer. Sie folgte ihm in eine Küche, auf einem niedrigen Tischchen stand ein halb leer gegessener Teller Ful mit Pitabrot, Stühle gab es keine. Der Mann schüttelte eine Noblesse aus der Packung und schob sie sich mit zitternden Fingern zwischen die Lippen. Er sagte: »Die wollen mich umbringen.«

»Wer will Sie umbringen?«, fragte Sylvie.

»Die Fatah, die PLO«, sagte der Mann. »Die Dreckschweine. Ich versuche das Land zu verlassen, nach Amerika oder Deutschland abzuhauen. Irgendwohin, wo ich mich nicht mehr mit dieser Scheiße rumschlagen muss.«

»Wie heißen Sie?«, fragte Sylvie.

»Youssef. Und Sie?«

»Sylvie.«

»Schöner Name«, sagte er geistesabwesend. »Wie haben Sie mich gefunden?«

»Keine Ahnung«, sagte Sylvie. »Anscheinend weiß jemand, dass Sie hier sind, ich habe einen Tipp bekommen.«

»Diese Schweine«, sagte Youssef. »Die beobachten mich, und ich bin knapp bei Kasse. Die haben mir nie gezahlt, was sie mir schuldig sind.«

»Wer?«

»Moon und das Arschgesicht, mit dem er zusammenarbeitet. Shamir. Die schulden mir immer noch die Hälfte.«

»Haben Sie denen Ihr Land verkauft?«

»Ja, ich meine, was hätte ich machen sollen? Ich hab's hier so satt. Ich will Disneyland sehen.«

»Disneyland?«

»Mit den Achterbahnen und dem ganzen Kram«, sagte Youssef. »Scheiß auf das Land hier und alle darin. Nichts für ungut.«

»Schon in Ordnung«, erwiderte Sylvie, nahm ihren Stift und ein Notizbuch. »Was dagegen, wenn ich mir Notizen mache?«

»Wozu soll das gut sein?«, fragte Youssef.

»Erzählen Sie mir einfach Ihre Geschichte.«

»Was gibt's da zu erzählen? Die sind vorbeigekommen, wollten Land in meinem Dorf kaufen. Das ist jetzt schon ein paar Jahre her. Die hatten irgendeinen Deal mit der Verwaltung und wollten Villas für ihre Generäle bauen, haben aber beschissen wenig Geld dafür geboten. Was hätte ich machen sollen, nein sagen? Wer hätte es denn sonst gekauft? Also hab ich zugestimmt. Andere im Dorf haben sich geweigert, aber das war nicht mein Problem. Moon hat mir Bargeld gegeben und einen Scheck, aber der war nicht gedeckt. In der Zwischenzeit hat die scheiß Fatah davon gehört, und jetzt wollen sie mich umbringen. Die haben auf mein Haus geschossen, dabei aus Versehen den Hund meiner Schwester erwischt. Beim zweiten Mal saß ich am Steuer und jemand hat auf mich gezielt. Also dachte ich, es wäre besser zu verschwinden. Land an Juden zu verkaufen, ist wie ein Todesurteil, deshalb verstecke ich mich hier, aber ich bekomme den Rest von meinem Geld nicht und Moon nimmt keine Anrufe von mir entgegen. Scheiß Juden. Ich hätte denen niemals vertrauen dürfen.« Er sah Sylvie mit weit aufgerissenen Augen an.

»Ich weiß nicht, was ich machen soll«, sagte er.

Sylvie hatte genug gehört und ging. Als sie vor das Haus trat, bellte ein einsamer Hund und wieder zuckte der Vorhang oben. Mohammed wartete am Wagen.

»Wohin jetzt, Boss?«, fragte er.

Sylvie sah auf ihre Unterlagen, auf die handschriftliche Liste der Investoren.

»Scheiß Cohen«, fluchte sie aus tiefster Überzeugung. Sie wusste, dass sie in eine Falle lief, aber auf der anderen Seite des Labyrinths lockte eine Zeitungsgeschichte, und einer Geschichte konnte sie ebenso wenig widerstehen wie eine Maus einem Stück Käse.

»Was?«, fragte Mohammed.

»Los, wir fahren«, sagte Sylvie.

Sie fuhren fort von dem einsamen Haus und seinem Bewohner, der sich versteckte, von Disneyland träumte und auf einen Scheck wartete, den er vermutlich niemals bekommen würde. Sie fuhren nach Osten raus aus Jerusalem, folgten der alten Jericho Road, die zum Toten Meer führte. Erstaunlich, wie abrupt die Berglandschaft in Wüste überging, wie schnell man plötzlich Beduinenlager am Straßenrand entdeckte, in der Sonne dösende Kamele. Wenig später erreichten sie eine Abzweigung und folgten ihr, immer noch weiter hinauf in die Berge, bis zu einer Industrieanlage und einem Schild mit der Aufschrift Ma'ale Adumim.

»Ich bin nicht gerne hier«, sagte Mohammed. »Das ist Beduinenland.«

Jetzt nicht mehr, dachte Sylvie. Das Industriegebiet lag praktisch brach. Betonfundamente ohne Fabriken und vereinzelte Fertigbauhütten für Arbeiter fanden sich hier, der Zaun fiel schon auseinander. Hebräische Schilder versprachen Arbeitsplätze und Wohnraum in unmittelbarer Zukunft. Am offenen Tor stand ein einsamer Wächter. Er kam herangeschlendert, bärtig, bewaffnet, im Parka.

»Kann ich helfen?«

»Ich suche Motti«, sagte Sylvie.

»Motti wer?«, fragte der Wächter.

Sie sah auf die Liste. »Motti Mordechai. Das ist hier als seine Adresse angegeben.«

»Motti, Motti!«, wiederholte der Wächter hocherfreut. »Geradeaus, dann links. Nicht zu verfehlen.«

»Danke,«, sagte Sylvie. Mohammed ließ den Motor aufheulen, und sie fuhren auf das Gelände, die Räder wirbelten Staub auf. Sie sah einen Kiosk, offenbar war er geöffnet, und ihr fiel wieder ein, dass sie noch nichts gegessen hatte. Trotzdem wollte sie jetzt nicht Halt machen. Hier und da standen ein paar Leute herum, und eine kleine Fabrik schien in Betrieb zu sein, Rauch kam aus dem Schornstein. Sie fuhren geradeaus, dann links, und fanden eine Gruppe Bauarbeiter und einen Mann, der diesen Anweisungen gab.

Mohammed hielt erneut. Sylvie stieg aus.

»Sind Sie Motti?«, fragte sie. »Kommt drauf an, wer das wissen will, Meidele«, sagte er und lachte. Er hatte ein lautes Lachen, einen dicken Bauch und ein ehrliches, offenes Gesicht.

»Heißen Sie wirklich Mordechai Mordechai?«, fragte Sylvie.

»Der Name ist so gut, dass meine Eltern ihn gleich zweimal genommen haben«, sagte er. »Mein Vater hatte einen eigenartigen Sinn für Humor. Aber alle nennen mich Motti. Kann ich Ihnen irgendwie weiterhelfen?«

»Ich bin Sylvie Gold von *haOlam haZeh*.«

»Oho!«, sagte Motti. »Eine Journalistin! Ich hab versucht, Aufmerksamkeit zu erzeugen, aber niemand hat sich hierher auf den Weg gemacht. Kommen Sie! Ich führe Sie herum. Möchten Sie einen Kaffee?«

»Sehr gerne«, sagte Sylvie.

Sie sah ihn fragend an. »Aufmerksamkeit wofür?«, fragte sie.

»Die Fabrik!«, erwiderte Motti. »Arik, bring Kaffee!« Er klatschte in die Hände, und einer der Männer eilte diensteifrig davon.

»Was wird denn hier hergestellt?«, fragte Sylvie.

»Noch nichts, aber hoffentlich bald Autos«, sagte Motti.

»*Autos?*«

»Inländisch produzierte israelische Autos«, sagte Motti. »So wie früher. Diese Nation blickt auf eine stolze Tradition der Autoproduktion zurück! Susita, Carmel, Sabra! Erinnern Sie sich an den Sabra Sport? Das war ein wunderschöner Wagen. Wunderschön!«

»Susita?«, fragte Sylvie. »Hieß es nicht, Kamele könnten die Glasfaser zerkauen?«

»Hören Sie auf«, sagte Motti. »Das war nur eine Geschichte.«

»Warum hier?«, fragte Sylvie.

»Weil's billig ist«, erwiderte Motti und breitete seine Arme aus. »Hier hat man Platz zum Atmen. Außerdem holen wir uns unser Land zurück, wissen Sie? Natürlich könnte ich auch in Naharia oder sonst wo eine Fabrik bauen, aber das hier ist eine Siedlung, eine Mizvah. Betrachten Sie's nicht so, wie es jetzt ist. Eines Tages wird hier eine Stadt entstehen. Es wird Schulen und Krankenhäuser geben, von Bäumen gesäumte Viertel, in denen Kinder spielen. Eines Tages wird es hier sehr schön sein.«

Sylvie sah sich in der staubigen Industrieanlage um und blickte zu den Arbeitern, die an den unfertigen Fundamenten standen.

»Bestimmt«, sagte sie.

Sie nahm den Kaffee dankbar an. »Motti«, sagte sie. »Haben Sie Geld in ein Unternehmen namens Keep Ltd investiert?«

Er sah sie genau an, sagte aber einen Augenblick lang nichts.

»Darf ich Sie das fragen?«, fragte sie.

Er schüttelte den Kopf. »Nein, natürlich nicht. Sind Sie deshalb hergekommen?«

»Ja, aber mir gefällt Ihre Autofabrik trotzdem.«

Er lächelte. »Niemand glaubt daran, aber ich sage Ihnen, der Susita kommt zurück auf die Straßen. Ich hätte wissen müssen, dass niemand kommt. Trotzdem ist das eine gute Geschichte. Vielleicht werden Sie ja doch darüber schreiben?«

»Vielleicht«, sagte Sylvie. »Also, was ist mit diesem Unternehmen?«

»Ja, sicher«, antwortete Motti. »Aber da gibt's nicht viel zu erzählen. Ich kenne Izzy Moon privat. Sie wissen ja, wie das ist. Ein guter Mann. Er hat frühzeitig Grundbesitz in Samaria und Judäa erworben und die seltene Genehmigung erhalten, Unterkünfte für Armee-Generäle zu bauen. In Herodion sollten die entstehen. Waren Sie da mal?«

»Noch nicht.«

»Dann sollten Sie hin. Schön ist es da. Jedenfalls brauchten die Investoren für das Bauvorhaben, und ich habe mich gerne an dem Projekt beteiligt. Ich halte es für unsere moralische Verpflichtung, das Land Judäa zurückzufordern.«

»Dann waren Sie einer der ursprünglichen Investoren?«

»Sicher. Ich und ein paar andere. Siedlungen sind notwendig, und es war eine kluge Entscheidung, sich das Land frühzeitig zu sichern.«

»Dann hat sich das für Sie bezahlt gemacht?«, fragte Sylvie.

»Na ja, nein«, erwiderte Motti. »Jedenfalls noch nicht. Aus irgendwelchen Gründen wurde das Vorhaben nicht realisiert. Aber das ist schwierig, wissen Sie? Ein Großteil des privaten Grundbesitzes ist umstritten, und selbst wenn man die Eigentümer findet, kann man sie dann überzeugen, zu verkaufen? Und so weiter. Wichtig ist aber vor allem, es weiter zu versuchen.«

»Danke«, sagte Sylvie.

»Kein Problem.« Er lächelte sie an. Anscheinend war er einer, der gerne lächelte. »Hey, Sie denken doch nicht, dass da irgendwas nicht koscher war, oder? Ich meine, diese Männer hatten tadellose Referenzen.«

»Ich weiß es nicht«, sagte Sylvie. »Aber ich will es herausfinden.«

»Da war auch eine große Nummer aus dem Baugeschäft beteiligt«, sagte Motti. »Mizrahi. Der hat die ganzen Hotels gebaut.«

»Ach ja«, sagte Sylvie.

»Das wird funktionieren«, sagte Motti. Er streckte die Hand aus und Sylvie schlug ein. Mottis Hand war rau und warm.

»Danke«, sagte Sylvie erneut und verschwand wieder.

Eine einsame Telefonzelle am Straßenrand. Mohammed hielt und Sylvie ging hinein. Es war heiß wie in einem Backofen. Sie kramte nach Münzen und warf sie ein.

»Mizrahi? Klar«, sagte Gabi, nachdem er sich gemeldet hatte. »Aber von mir hast du das nicht.«

»Was hab ich nicht von dir?«

Sie hörte Bürogeräusche im Hintergrund, Schreibmaschinengeklapper, angeregte Gespräche, Löffel, die in Kaffeebechern klapperten. In der Redaktion herrschte Hochbetrieb.

»Das wird schon bald in allen Zeitungen stehen«, sagte er. »Jemand von der Polizei hat es Avi Valentin beim *Ma'ariv* gesteckt. Das Schwein ist uns zuvorgekommen.«

»Womit, Gabi?«

»Es heißt die Liste der elf. Die Polizei sitzt da schon eine ganze Weile drauf. Elf Personen, die die Polizei verdächtigt, Verbindungen zum organisierten Verbrechen zu unterhalten. Mizrahi steht auf der Liste.«

»Okay.« Sie legte auf und holte eine durchgefallene Münze aus dem Apparat. Inzwischen war es draußen so heiß, dass sie bei geöffneten Fenstern weiterfuhren, der heiße trockene Wüstenwind wehte durch den Wagen.

Hinter ihnen tuckerte ein kleines Auto. Es war nicht schnell genug, um zu überholen, bog aber auch an keiner Abzweigung ab. Es war einfach nur da.

»Meinst du, der verfolgt uns?«, fragte Sylvie Mohammed.

Er zuckte mit den Schultern.

»Es gibt hier nur eine Straße«, sagte er.

Die Straße war schmal und schlecht gewartet. Sie fuhren jetzt in westlicher Richtung, auf beiden Seiten befanden sich arabische Dörfer, sie kamen am Theodosius-Kloster vorbei, und ein Schild wies zur *Höhle der drei Weisen*.

Altes Land. Das war die Straße nach Bethlehem. Aber so weit wollte sie gar nicht. Sie kamen in ein Dorf namens Za'tara. Sylvie sah auf die Karte.

»Da«, sagte sie und zeigte. Mohammed nickte. Er fuhr durch das kleine Dorf, bis sie ein bestimmtes Haus am Ortsrand fanden, dort hielt er. Neugierige Kinder kamen und beobachteten sie. Sylvie stieg aus, fühlte sich sehr den Blicken aller ausgesetzt und deplatziert.

Ein Mann kam aus dem Haus und musterte sie.

Sylvie sagte: »Abu Ali?« – jemand hatte den Namen auf die Karte geschrieben.

Der Mann kam näher und verscheuchte die Kinder.

»Ja?«

Er sah sie misstrauisch an.

»Ich heiße Sylvie Gold, ich bin Journalistin.«

Abu Ali schien sich zu entspannen, wenn auch nur ein wenig. Sylvie drehte sich zur Straße um, aber der Wagen hinter ihnen war verschwunden.

Vielleicht hatte sie ja schwache Nerven, dachte sie. Mehr nicht.

»Was wollen Sie?«, fragte Abu Ali.

»Ich würde Ihnen gerne ein paar Fragen stellen. Hierzu.« Sie zeigte ihm die Karte.

»Ich verkaufe nicht!«, sagte Abu Ali und schrie fast. Sylvie schwitzte. Sie sah weitere Menschen auf die Straße treten, sie stierten sie an.

»Ich möchte nur wissen, was passiert ist«, sagte sie. »Können wir reingehen?«

Er starrte sie an. Mohammed sprach schnell auf Arabisch, Abu Ali nickte. Dann lächelte er und machte ihnen Zeichen mitzukommen.

»Was hast du gesagt?«, fragte Sylvie.

»Dass du eine verrückte Jüdin aus Tel Aviv bist, der die Landgeschäfte hier keine Ruhe lassen«, sagte Mohammed. »Und dass du für eine große Zeitung schreibst.«

»Ich schreibe nur für *haOlam haZeh*«, sagte Sylvie.

»Die ›Briefe an Ruthie‹«, sagte Mohammed. »Ich weiß.«

»Hast du die gelesen?«

»Ich kauf die Zeitung nur wegen der Bilder.«

Er sah sie unschuldig an, bis sie lachte.

»Was machst du, wenn du nicht Taxi fährst?«, fragte sie.

»Ich studiere Pharmazie an der Hebrew University und organisiere alles Mögliche für die kommunistische Partei«, sagte er.

»Hast du gar nicht erzählt«, erwiderte Sylvie.

»Du hast mich nicht gefragt.«

Sie gingen nach drinnen. Abu Ali brachte Kaffee. Sylvie sah aus dem Fenster auf das Land und entdeckte Grenzmarkierungen, wie Landvermesser sie verwenden. Sie zeigte darauf.

»Die hat er da angebracht«, sagte Abu Ali.

»Wer?«

»Sami, der Holländer.«

»Den kenne ich!«, sagte Sylvie, wobei sie eigentlich nicht hätte überrascht sein dürfen, seinen Namen zu hören. Sie war es aber trotzdem.

»Am Tag nach den Wahlen kam er hier angefahren. Ich hab ihn da draußen erwischt, wie er die Markierungen auf meinem Land verteilt hat. Er hat mich angesehen und gesagt: ›Du weißt doch, wer jetzt an der Macht ist? Begin und ich sind jetzt die Regierung. Und du tust, was ich dir sage.‹ Das hat er zu mir gesagt.«

»War er vorher schon mal hier gewesen?«

»Er war auch vorher schon mal hier«, bestätigte Abu Ali.

»Will er das Land?«

»Dem ist das alles egal, aber seinen Vorgesetzten nicht. Die schicken ihn vor. Die wollen, dass ich verkaufe. Aber das ist nicht mein Land. Es gehört meinem Dorf. Es ist unser Land, wir leben hier seit Generationen. Die wollen, dass ich es praktisch für nichts verkaufe. Ich will nicht verkaufen. Die werden mich schon mit Gewalt vertreiben müssen.« Er guckte trotzig, aber auch ängstlich.

»Wurden Sie bedroht?«

Er zuckte mit den Schultern. »Einmal sind ein paar Soldaten

vorbeigekommen, eine Zeit lang sogar zweimal die Woche. Dann war es lange still. Die wollen, dass ich unterschreibe, aber ich werde nicht unterschreiben. Wofür brauchen die das Land? Haben die denn nicht schon das ganze Land?«

»Haben die Ihnen Geld angeboten?«

»Einen lächerlichen Betrag.«

»Haben Sie's gesehen?«

Abu Ali guckte verwirrt.

»Was hab ich gesehen?«, fragte er.

»Das Geld, das die Ihnen angeboten haben.«

»Nein«, erwiderte Abu Ali. »Warum hätten die's mir zeigen sollen?«

Sylvie dachte an den ungedeckten Scheck, den Youssef, der sich jetzt in Jerusalem versteckte, nicht hatte einlösen können. Auch an Motti in seiner unfertigen Autofabrik und das Geld, das er investiert und nie wieder zurückbekommen hatte.

Und wenn es gar kein Landabkommen gab?, dachte Sylvie. Wenn es nie eines gegeben hatte?

Sie bedankte sich bei Abu Ali für den Kaffee und dass er sich Zeit für sie genommen hatte. Er brachte sie nach draußen. Sie setzte sich wieder neben Mohammed in den Wagen und dachte: War es wirklich nur das?

41 DER AGENT

»Land ist ein schwieriges Geschäft.« – Der Immobilienmakler

Sie saß mit Mohammed im Schatten des Herodium. Die alte Zitadelle war vor mehr oder weniger zweitausend Jahren von Herodes erbaut worden. Jetzt befanden sich hier offenbar archäologische Ausgrabungsstätten, aber es war niemand da. Sie setzten sich mit Pita und Oliven hin, die sie für ein spätes Mittagessen im Dorf gekauft hatten, aßen und blickten in die Wüste. »Hast du sie schon zusammen?«, fragte Mohammed.

»Was?«, fragte Sylvie.

»Deine Geschichte. Hast du herausgefunden, was du herausfinden wolltest?«

»Weiß nicht. Ich glaube schon.« Sie sah auf die Straße. In der Ferne tauchte eine Staubwolke auf.

»Ist das ein Wagen?«, fragte sie.

»Denke schon.«

»Der kommt hierher.«

»Gibt ja nur eine Straße«, sagte Mohammed.

»Bist du wirklich Kommunist?«, fragte Sylvie.

»Bin ich.«

»Hast du Verbindungen zur PLO?«, fragte Sylvie.

Er sah sie von der Seite an. »Kann sein.«

»Du wirst nichts verraten, oder? Das mit dem Haus in Jerusalem?« Er lachte, aber es lag kein Humor darin.

»Der Mann da muss ganz schnell außer Landes, wenn er überhaupt noch rauskommt«, sagte Mohammed. »Aber ich hab nichts damit zu tun.«

»Gut.« Sie verspürte ein eigenartiges Gefühl von Erleichterung, wusste gar nicht so genau, warum. Die Staubwolke wurde größer und jetzt konnte sie auch den Motor hören, noch weit entfernt, aber das Geräusch wurde immer lauter.

»Die werden kommen, weißt du?«, sagte Sylvie. »Sie werden mehr Städte und Straßen bauen, es wird einfach ein Teil von Israel werden.«

»Du sagst die, aber du meinst ihr«, sagte Mohammed. »Das ist nicht mein Land. Ich bin in der Nähe von Haifa aufgewachsen. Die Leute in den Flüchtlingslagern, in Gaza und in Jordanien – die sind hierher geflohen. Ihre Kinder wurden hier geboren. Aber ihr Land, ihr Herz? Das ist jetzt euer Land. Wer wird ihnen das Land zurückgeben? Wer gibt uns unser Herz zurück? Und jetzt wollt ihr ihnen auch noch die letzte Zuflucht nehmen.«

»Wahrscheinlich ist das so«, erwiderte Sylvie. Sie fühlte sich ausgelaugt. Mohammed hatte zweifellos recht, dachte sie, aber sie durfte nicht so denken. Das war ihr Land. Sie hatte kein anderes.

Sie sagte: »Ich bin in Haifa aufgewachsen.«

Jetzt sah sie den Wagen. Er kroch den Hang hinauf. Sylvie griff in ihre Tasche, fand die Pistole.

Sie sahen den Wagen näher kommen, als er sie erreicht hatte, hielt er. Der Motor zischte in der Sonne, die Tür ging auf, und ein junger Mann stieg aus. Trotz der Hitze trug er einen billigen Anzug und einen Hut, was weder zu Zeit noch Ort zu passen schien. Er erinnerte an einen Handlungsreisenden während der britischen Mandatsherrschaft, der von Tür zu Tür zog, um mehrbändige Lexika zu verkaufen.

Sylvie hatte den Finger am Abzug ihrer Waffe.

Der Mann kam zu ihnen. Er blieb ein kleines Stück von ihnen entfernt mit dem Rücken zur Aussicht stehen.

»Sie sind mir gefolgt«, sagte Sylvie.

Der Mann wischte sich den Schweiß von der Stirn.

»Gar nicht so leicht, Ihnen auf der Spur zu bleiben«, sagte er.

»Was wollen Sie von mir?«

Der Mann sah sie an und erwiderte: »Ist nicht das erste Mal, dass jemand eine Pistole auf mich richtet.«

»Dann wissen Sie ja, dass Sie's lieber kurz machen sollten.«

»Ich will Ihnen nichts Böses«, sagte der Mann. »Ich arbeite für Himanuta.«

Die findet man nicht, hatte Flatto gesagt. *Die finden Sie.*

Sylvie richtete sich gerade auf, spannte den Abzug.

»Hey, hey«, sagte Mohammed.

Der Mann von der Himanuta stand einfach nur da, als hätte er alle Zeit der Welt.

»Ich weiß nicht, für wen Sie mich halten«, sagte er. »Ich bin nur Makler.«

»Ich weiß alles über Sie«, sagte Sylvie.

»Wirklich?« Er zog ein Päckchen Marlboro aus der Brusttasche. »Was dagegen, wenn ich rauche?«

Ihr fiel der goldene Ehering an seinem Finger auf. Er wartete die Antwort nicht ab, zündete sich eine an und betrachtete sie.

»Sie recherchieren über Izzy Moon und Keep Ltd«, sagte er.

»Und wenn?«

Der Mann zuckte mit den Schultern. »Was ich zu sagen habe, ist vertraulich. Wollen Sie's hören?«

»Sagen Sie's.«

Der Mann lachte. »Sehr gut«, sagte er. Der Rauch stieg träge auf und verflüchtigte sich über die alte Zitadelle. »Die sind schon eine ganze Weile im Geschäft.«

»Das habe ich bereits festgestellt.«

»Und wie viel haben Sie in Erfahrung gebracht?«, fragte der Mann.

»Genug.«

»Vermutlich«, sagte der Mann. »Sehen Sie, meine Aufgabe ist es, Land zu erwerben, das nicht so leicht zu erwerben ist, und zwar ohne Aufsehen. Zwischenhändler sind am besten. Keep hatten Beziehungen, Unterstützer. Die damalige Militärführung war auf der Seite des Unternehmens.«

»Dschinghis«, sagte Sylvie.

»Das war ideal. Wir haben eine beträchtliche Summe für den Erwerb von Grundbesitz vorgeschossen: in Nebi Samuel, in Latrun und hier. Für jeden Vertragsabschluss wurden Dokumente unterzeichnet und Geld hinterlegt. Wir waren guter Hoffnung, aber der Handel mit Grundbesitz ist eine schwierige Angelegenheit.«

»Verstehe«, erwiderte Sylvie, die tatsächlich allmählich verstand. Sie steckte die Pistole in ihre Handtasche und zündete sich selbst auch eine Zigarette an. Sie blinzelte ins Sonnenlicht, sah den Mann von Himanuta nur noch als Silhouette vor dem Wüstenhintergrund.

»Haben Sie das Land erworben?«, fragte sie.

»Haben wir nicht.«

»Kam das Geschäft nicht zustande?«

»Jedes Mal gab es irgendeinen Grund«, sagte der Mann.

»Und das angezahlte Geld?«, fragte Sylvie. Der Mann zuckte mit den Schultern. »Wurde abgeschrieben«, erklärte er.

Sylvie blies Rauch aus.

»Moons Partner, Shamir«, sagte sie.

»Ja.«

»Er ist ein verurteilter Fälscher.«

»Rückblickend hätte uns das Sorgen machen müssen.«

»Haben die Ihnen Dokumente gezeigt? Vorverträge oder so?«

»Das haben sie.«

»Aber Sie vermuten, dass sie gefälscht waren.«

Der Mann lächelte verkniffen mit der Zigarette im Mund.

»Ich kann's nicht sagen.«

»Warum erzählen Sie's mir dann?«, fragte Sylvie.

Der Mann schnippte seine Zigarette zu Boden, trat sie aus und blickte ein letztes Mal kurz auf.

»Sie haben einen Schutzengel, der über Sie wacht«, sagte er. »Mehr nicht. Wenn Sie den Artikel schreiben, lassen Sie uns da raus.«

Er griff in seine Tasche, zog einen Briefumschlag heraus und warf ihn ihr entgegen, drehte sich bereits zum Gehen um. Sylvie fing den Umschlag aus der Luft. Der Mann war fast an seinem Wagen, als sie hinter ihm herrief.

»Wie heißen Sie?«

Er drehte sich um.

»Das spielt doch gar keine Rolle, oder?«, antwortete er. Dann stieg er in seinen Wagen und verschwand.

Sie sah ihm den Hang hinunter nach, bis er wenig später außer Sichtweite war, auf dem Weg nach Jerusalem, in ein Büro, in dem Namen nichts bedeuteten.

Sie öffnete den Umschlag.

Kopien von Vorverträgen und Vereinbarungen, in denen große Summen genannt wurden. Der Name Himanuta tauchte nirgends auf.

»Na schön«, sagte Sylvie.

Sie stieg wieder zu Mohammed in das heiße Taxi.

»Wohin jetzt?«, fragte Mohammed.

Sylvie lehnte sich zurück und schloss die Augen.

Es war vorbei, dachte sie.

»Zurück.«

42 DIE JAGD

»Ich bin einer von den Guten.« – Dschinghis

Die Sonne ging rasch unter. Die Zitadelle lag bereits weit hinter ihnen, und sie fuhren durch die Wüste nach Jerusalem. Nach und nach wurde der Sand von Gestrüpp und schließlich Bäumen abgelöst. Nach Sonnenuntergang wurde es kühler. Blutrote Streifen zogen sich kreuz und quer über den Horizont.

Sie steuerten auf einen Kontrollpunkt der Armee zu. Die Straße war gesperrt und auf beiden Seiten standen bewaffnete Soldaten, die ihnen signalisierten, sie sollten stoppen.

Mohammed hielt den Wagen an.

»Papiere, bitte.«

Sie zeigten ihre Ausweise. Der Soldat sprach mit einem Vorgesetzten. Beide betrachteten die Dokumente, der Vorgesetzte ging zu einem Einsatzwagen und sprach in ein Funkgerät. Sylvie konnte nicht hören, was er sagte.

Dann kam er zum Wagen zurück.

»Würden Sie bitte aus dem Fahrzeug steigen, Giveret?«

»Was ist denn?«, fragte Sylvie.

»Steigen Sie aus dem Fahrzeug.«

»Ich bin israelische Staatsbürgerin«, sagte Sylvie. »Es gibt keinen Grund, mich aufzuhalten.«

»Steigen Sie bitte aus.«

Sie sah Mohammed an, dann zu dem Handschuhfach, in dem der Umschlag lag. Er nickte ihr fast unmerklich zu.

Sylvie stieg aus.

Der Vorgesetzte beugte sich durch das offene Fenster.

»Sie können weiterfahren«, sagte er zu Mohammed.

»Hey!«, rief Sylvie.

Mohammed ließ sich das nicht zweimal sagen und trat aufs Gas. Die Soldaten hoben die Schranke, und das Taxi verschwand Richtung Jerusalem.

»Was soll das?«, fragte Sylvie.

»Kommen Sie bitte mit.«

Sie folgte ihm. Sie hatte keine Angst, war aber neugierig. Der Vorgesetzte stieg in einen Jeep und Sylvie setzte sich neben ihn.

»Ich bin Journalistin«, erklärte sie.

Er nickte, sagte aber nichts. Sie fuhren von der Straße ab, hinauf in die Berge und in den Wald. Allmählich wurde es dunkel. Sylvie überkam ein Gefühl von Ausweglosigkeit. Und dass es immer so enden würde.

Sie kamen zu einer Gruppe von Blockhütten auf einer Lichtung. Sie hörte einen Hund bellen, roch Lagerfeuer und hörte Männerstimmen. Am Tor stand ein Wächter, der sie passieren ließ. Der Vorgesetzte hielt den Jeep an und wartete, bis sie ausgestiegen war. Dann fuhr er vom Gelände und war verschwunden.

»Sylvie Gold«, hörte sie eine Stimme. Ein dünner Mann in Zivil mit scharfkantigen Gesichtszügen kam aus dem Dunkeln auf sie zu. »Sie sind gar nicht so leicht aufzuspüren.«

»Mr Ha'navi«, sagte Sylvie.

»Sagen Sie Dschinghis«, bat er. »Alle nennen mich so.«

Sylvie unterdrückte ein angewidertes Schaudern.

»Was wollen Sie?«, fragte sie.

»Wollen? Nichts«, sagte er. »Ich glaube, Sie haben einen ganz falschen Eindruck von mir. Ich bin einer von den Guten.«

Sie war Journalistin, erinnerte Sylvie sich. Sie war Journalistin, und das hier war eine Story, also nahm sie ihr Notizbuch und einen Stift.

»Ist das ein Interview?«, fragte Dschinghis. Er wirkte amüsiert.

»Könnte eins werden. Haben Sie mich etwa nicht deshalb hierher verschleppt?«

»Eingeladen«, sagte er. »Ich habe Sie hierher eingeladen.«

»Wenn Sie es so nennen wollen. Was ist das hier überhaupt?«

»Eine alte Jagdhütte«, sagte Dschinghis. »Ich glaube, ein britischer Offizier hat sie damals gebaut. Wissen Sie, was eine Tragödie ist, Sylvie?«

»Was?«, fragte Sylvie.

»Der Zustand der Tierwelt in diesem Land«, sagte Dschinghis. »Damals, 64 – Sie waren noch ein Kind, daher können Sie das nicht wissen –, war die Regierung wegen der Ausbreitung der Tollwut besorgt. Um sie einzudämmen, wurden massenhaft gewöhnliche Schakale vergiftet. Dabei ist der Schakal ein wunderbares Tier. Ich liebe seinen Gesang bei Sonnenuntergang, wenn sich sein Ruf in den dunkler werdenden Himmel erhebt.«

»An Ihnen ist wahrhaftig ein Poet verloren gegangen, Mr Ha'navi.«

»Ich habe Sie doch gebeten, mich Dschinghis zu nennen. Ich bin kein Poet, Sylvie. Nur einer, der sein Land liebt. 1964 hat das Ministerium für Landwirtschaft zehntausende vergiftete Hühner im Land verteilt. Die Population der Schakale wurde dezimiert und damit auch die natürlichen Lebensräume von Wölfen, Mangusten, Wildkatzen und Leoparden zerstört. Wussten Sie, dass all diese Tiere hierzulande leben? Majestätische Kreaturen, denen es möglich sein sollte, frei umherzuziehen, so wie den Juden. Wussten Sie, dass Schakale monogam sind? Sie leben paarweise, gründen Familien, die jeweils ein eigenes Gebiet kontrollieren. Sie sind uns sehr ähnlich.«

»Sind Sie denn monogam, Dschinghis?«

Er lächelte sie an. »Ich liebe meine Frau«, sagte er. »Ich liebe Frauen.«

Er stürzte sich auf sie, bevor sie es verhindern konnte. Plötzlich waren seine suchenden Hände überall, betatschten sie. Er fuhr ihr mit der Hand zwischen die Beine, und sie unterdrückte einen Schrei. Er entriss ihr die Handtasche und spähte vorsichtig hinein, entdeckte die Pistole.

Er holte sie heraus. »Können Sie damit umgehen?«

Sylvie sagte nichts. Ihr war schlecht. Er hatte sie ganz selbstverständlich berührt, er musste nicht einmal darüber nachdenken. Er glaubte, das Recht dazu zu haben.

»Wo sind sie?«, fragte Dschinghis.

»Wo ist was?«

Sylvie presste die Worte heraus.

»Die Papiere«, sagte Dschinghis.

»Ich habe keine Ahnung, wovon Sie sprechen.«

»Ich weiß, was Sie vorhaben.«

»Was habe ich denn vor?«

»Sie wollen die Namen guter Menschen in den Dreck ziehen, und das kann ich nicht zulassen.«

»Und was haben Sie mit mir vor?«, flüsterte sie.

»Wieso?« Er wirkte erstaunt. »Nichts.« Er gab ihr ihre Handtasche zurück, behielt aber die Pistole.

»Sie verstehen nicht«, sagte er ernst, als wäre nichts geschehen. »Es ist unverantwortlich, den Namen eines guten Mannes zu beschmutzen. Und wofür? Mag sein, es wurden Fehler gemacht, aber mehr nicht. Das Vorhaben an sich ist gut und lohnenswert. Wir müssen das Land besiedeln. Wir müssen es zurückfordern!«

Ihm stand Schweiß auf der Stirn, den er mit dem Ärmel abwischte. »Kommen Sie«, sagte er. »Wir gehen auf die Jagd.«

»Ich möchte lieber zurück«, sagte Sylvie.

»Kommen Sie, kommen Sie«, sagte er und lachte, als wäre sie ein kleines Mädchen, das etwas Lustiges gesagt hatte. »In den Bergen hier gibt es noch Wölfe! Ich würde zu gerne einen Wolf erwischen.«

Er ging und nahm ein Jagdgewehr, das an der Wand lehnte. »Kommen Sie«, sagte er erneut.

Der Wald grenzte direkt an das Feldlager. Zwischen den Zedern, Kiefern und Zypressen war es stockdunkel. Sylvie ging zögerlich weiter, drehte sich um und sah seine Umrisse, das erhobene Gewehr.

Dann rannte sie los.

Kiefernnadeln strichen über ihre Haut. Unter ihren Füßen knackten Äste. Sie stolperte über eine Wurzel, fing sich aber wieder.

Ein Schuss hallte durch den dunklen Wald.

Eine Wolke Schwalben stob aufgeschreckt durch den Schuss hoch in die Luft. Hinter Sylvie bewegte sich etwas in den Bäumen.

Sie rannte weiter.

Hörte nichts und niemanden, nur das Pochen des Bluts in ihren Ohren und ihren eigenen, viel zu lauten Herzschlag. Ihre Lungen brannten. Sie musste mit dem Rauchen aufhören. Alles war so still und …

Ein Schuss. Sie fiel, lag auf dem Boden, atmete Kiefern und Erde.

Er würde später behaupten, es sei ein Unfall gewesen.

Dass sie sich im Wald verlaufen habe.

Sie hörte eine Bewegung hinter sich, es raschelte im Unterholz. Jemand trat auf einen Ast, der zerbrach. Sylvie kroch weiter, leise, ganz leise. Sie blinzelte sich den Schweiß aus den Augen.

Ein Hase hockte auf einem Fels und betrachtete sie fragend. Wie dumm, schien er zu sagen, echt komisch, dass sie so sterben würde. Und wozu das alles? Wegen einer ganz gewöhnlichen Betrugsmasche? Das war doch zum Piepen, schien er zu sagen.

Fick dich, sagte Sylvie tonlos zu dem Hasen und ging auf die Knie. Sie machte sich so klein wie möglich. Irgendwo hinter ihr bewegte sich etwas, aber weiter weg. Sie sah dorthin, und den Bruchteil einer Sekunde später war der Hase verschwunden.

Sylvie rannte weiter.

Sie sprintete aus der Startposition los, wie in der Schule, rannte durch Brombeergestrüpp, zwischen Zweigen und Bäumen durch die Dunkelheit. Sie würde nicht stehen bleiben, sie würde niemals stehen bleiben. Sie stolperte über einen Stein und lief einfach weiter, bis es bergab ging, dann ließ sie sich von dem Gefälle tragen, und einen kurzen Moment lang war sie wie ein Vogel, flog frei dahin.

Sie rannte aus dem Wald auf eine asphaltierte Straße. Mit quietschenden Reifen bremste ein Wagen, die Scheinwerfer beleuchteten einen Rastplatz, dann kam der Wagen zum Stehen.

»Oh, Gott sei Dank, Gott sei Dank«, sagte Sylvie.

»Was zum Teufel fällt Ihnen ein!«, schrie eine wütende Stimme aus dem Wagen. Der Fahrer hängte sich aus dem Fenster. »Sind Sie bescheuert oder was?!«

Sylvie rannte zum Wagen und zerrte am Griff, bis die Tür aufging. Sie stieg ein.

»Fahren Sie!«, sagte sie. »Fahren Sie einfach!«

»Hey, alles in Ordnung?«, fragte der Mann.

»Los!«

»Scheiße«, sagte er, legte aber zum Glück einen Gang ein und trat aufs Gas. Sylvie sah die leere Straße vor sich, beleuchtet nur von den Scheinwerfern des Wagens, und einen Augenblick lang glaubte sie, einen Hasen auf einem Felsen zu sehen, der sich dort auf die Hinterbeine stellte und sie fragend ansah. Dann war er verschwunden.

»Alles in Ordnung? Was ist denn passiert?«, fragte der Fahrer.
»Waren das Araber?«

Sylvie rutschte tiefer auf ihrem Sitz. Und schloss die Augen.

Sie zitterte.

Und sagte noch einmal: »Fahren Sie einfach.«

43 DAS TREFFEN

»Können wir das bringen?« – Sylvie

Als die ersten Lichtstrahlen durchs Fenster fielen und die Vögel bereits zwitscherten, kroch Sylvie in Tel Aviv in ihr Bett. Sie schloss das Telefon wieder an, aber zum Glück schwieg es. Der Fahrer, der sie mitgenommen hatte, hatte sie direkt zur Polizei bringen wollen, aber Sylvie hatte sich geweigert. Sie hatte Gabi von einem Münzfernsprecher angerufen und geweckt. Er kam aus Tel Aviv angefahren und holte sie aus der ersten Bar, die sie gefunden hatte ... neben einer Jugendherberge, in der niemand Hebräisch sprach und niemand sie beachtete.

Gabi stellte keine Fragen. Er setzte sie vor ihrem Haus ab, bestand allerdings darauf, mit ihr nach oben zu gehen. An der Wohnungstür verabschiedete er sich.

Sie fiel ins Bett und schlief mehrere Stunden. Als sie aufwachte, schmerzte ihr gesamter Körper. Immer wieder dachte sie an Dschinghis' Hände auf ihrem Körper, wie er sie betatscht hatte, an den dunklen Wald und den Kiefernduft. Sie übergab sich ins Waschbecken, wusch und schrubbte sich, bis nur noch kaltes Wasser kam. Sie putzte sich die Zähne, wurde den schlechten Geschmack im Mund aber nicht los.

Sie ging in die Küche, machte sich einen Instant-Kaffee und rauchte zwei Zigaretten.

»Scheiß drauf«, sagte sie laut. Sie lebte. Und sie hatte die Story.

Sie ging die Treppe nach unten. Niemand hielt sie auf. Sie fuhr in die Redaktion, wo wie üblich reger Betrieb herrschte. Sie ignorierte die anderen, setzte sich an ihre Schreibmaschine und schrieb.

Während sie tippte, kam die Post und jemand legte ihr einen Umschlag auf den Tisch. Sie riss ihn auf. Sämtliche Beweise waren darin. Mohammed, dachte sie erleichtert. Er hatte ihn ihr geschickt.

Sie tippte weiter. Anderthalb Stunden später war sie fertig.

Sie ging zu Avnery ins Büro.

Legte ihm die Seiten auf den Schreibtisch, zündete sich eine Zigarette an und wartete.

Avnery las. Langsam blätterte er die Seiten um. Hin und wieder unterstrich er eine Zeile, kreiste ein Wort ein, nahm kleinere Korrekturen vor. Endlich war er fertig.

Er blickte auf und lächelte.

»Ist gut«, sagte er.

»Können wir das bringen?«, fragte Sylvie.

»Können wir.«

Drei Stunden später war die Titelseite mit ihrem Artikel gesetzt.

Sylvie hielt die Beweise in Händen. Betrug, Erpressung, Korruption. Alles dabei.

»Tolle Arbeit«, sagte Avnery.

In seinem Büro klingelte das Telefon.

»Augenblick«, sagte er, ging in sein Büro und lauschte dem Anrufer.

Als er zurückkam, lächelte er nicht mehr.

»Die wollen sich heute Abend bei mir zu Hause treffen«, sagte er.

»Wer?«

»Ha'navi und die anderen. Die wissen von dem Artikel.«

Sylvie war schlecht.

»Das geht nicht«, sagte sie.

Avnery seufzte. »Ich muss sie anhören«, sagte er. »Das sind keine Leute, die man einfach ignoriert.«

»Ich komme auch.«

Er widersprach nicht. Wenig später verließen sie die Redaktion. Avnery fuhr. Beim ihm zu Hause war es schön, fand Sylvie. Vielleicht ein bisschen unaufgeräumt.

Es dauerte nicht lange, dann klingelte es an der Tür. Avnery öffnete. Dschinghis, Mizrahi und ein dritter Mann, den Sylvie glaubte schon einmal gesehen zu haben, bis es ihr plötzlich wieder einfiel: der Polizist, der mit Cohen befreundet war und den sie auf Mizrahis Party gesehen hatte.

»Sie müssen das unterbinden, Uri«, verlangte Dschinghis.

Mizrahi sah sie beide böse an. »Mein Name wird von *Ma'ariv* und diesem Arschloch Avi Valentin in den Schmutz gezogen«, sagte er. »Ich werde die verklagen, und wenn Sie den Artikel veröffentlichen, werde ich Sie ebenfalls verklagen.«

Sylvie starrte Dschinghis an. Er schien sie kaum wahrzunehmen.

»Eddie?«, fragte er.

Der dritte Mann hustete. Er war jünger als die anderen, hatte aber Autorität.

»Kennen Sie mich?«, fragte er Avnery.

»Sie sind Inspector Eddie Raphael.«

»Chief Inspector«, sagte Eddie Raphael. »Wird bald bekannt gegeben.«

»Herzlichen Glückwunsch«, erwiderte Avnery.

»Sie dürfen das nicht veröffentlichen, Mr Avnery. Die beiden haben recht.«

»Warum nicht?«, fragte Avnery.

»Kommen Sie schon«, sagte Eddie Raphael.

»Es geschieht alles zum Wohle des Landes«, sagte Dschinghis.

»Ich werde Sie verklagen, Sie verfluchter Wichser«, sagte Mizrahi.

»Mr Mizrahi, bitte«, ermahnte ihn Avnery.

Sylvie begriff, dass sie ebenso gut auch gar nicht hätte dort sein können, niemand schenkte ihr auch nur die geringste Aufmerksamkeit. Die drei Männer blieben stehen. Avnery saß auf seinem Sofa. Die drei anderen standen in gleichmäßigen Abständen zueinander, alle ihm zugewandt. Sylvie befand sich praktisch im Abseits.

»Ich will meine Pistole zurück«, sagte sie.

»Was?«

Jetzt nahmen sie zum ersten Mal Notiz von ihr.

»Ich will meine Pistole wieder, Sie Arschgesicht.«

Dschinghis starrte sie an. Die Kälte in seinen Augen ließ sie zittern, aber sie hielt seinem Blick stand.

Plötzlich lachte er.

»Die hier?«, fragte er und zog eine Pistole. Es war ihre. Er hielt sie lässig, aber der Lauf zeigte auf Avnery.

Dschinghis richtete jetzt auch seinen Blick wieder auf Avnery.

»Sie werden keinen Atemzug mehr tun in diesem Land«, drohte er.

Avnery nickte langsam.

Dschinghis lachte und warf Sylvie die Pistole zu, die sie ungelenk fing.

»Wenn Sie mir noch einmal in die Quere kommen«, sagte er, »werden sich meine Freunde um Sie kümmern.«

Die Männer gingen.

Avnery setzte sich aufs Sofa. Sylvie lehnte an der Wand. Ihre Hände zitterten. Sie verstaute die Pistole.

»Und?«, fragte sie.

Avnery sah sie an. Dann wandte er den Blick ab.

»Der Artikel fliegt von der Seite«, sagte er.

7

LIBANON

1982

44 HOLD BACK THE RAIN

»Das ist hier nicht die Schweiz.« – Cohen

Im Radio sangen Chocolate Mint Bubblegum »Easy, Easy Dancin«.

Rubenstein sagte: »Mach die Discoscheiße aus«, und drehte am Radio, dann kamen Benzine mit »Friday Night«. Rubenstein saß auf der Beifahrerseite und trommelte den Rhythmus mit den Fingern ans Fenster.

»Friday night, there's a party …«, sang er mit einer erstaunlich schönen Singstimme. »We will party all night …«

Benny fuhr, sagte nichts. Regen fiel auf die Windschutzscheibe, und er kniff die Augen zusammen, um die Straße besser erkennen zu können. Die Straßenlaternen warfen orangefarbenes Licht in die Düsternis. Sommerregen, unerwartet und heiß. Er kurbelte das Fenster herunter, ließ seinen Arm in den Regen hängen.

Die Musik endete und danach folgten Nachrichten. »Israelische Streitkräfte bombardieren Beirut schon in der zweiten Woche, während die heftigen Kämpfe im Rahmen der Operation Frieden für Galiläa andauern …«

Sinnlos, einen anderen Sender zu suchen. Sie hörten Nachrichten, Berichte über den Krieg auf der anderen Seite der Grenze. Arik versprach, die Auseinandersetzungen würden in wenigen Wochen schon wieder vorbei sein.

Benny war sich da nicht so sicher. Und Rubenstein roch Gelegenheiten.

Ramat Gan. Ruhige begrünte Straßen, Vorstadthäuser, eine Frau ging mit ihrem Hund spazieren, Kinder warteten an einer Bushaltestelle. Ein hübscher Ort, so nah an der Stadt und doch Welten davon entfernt. Benny wäre ja hergezogen, wenn es hier nicht so viele korrupte Bullen gäbe.

Er fand das Haus. Ein schönes Haus.

Cohen stand im Vorgarten, rauchte eine Zigarette. Er schüttelte Rubenstein die Hand, dann Benny. Benny blickte auf – ein Kind schaute oben aus dem Fenster zu ihnen herunter.

»Wer ist das?«

»Sagis Sohn. Avi.«

Benny winkte. Der Junge verschwand. Rubenstein sagte: »Und?«

»In der Garage«, erwiderte Cohen.

Sie gingen hinein. Chief Inspector Sagi polierte seinen Wagen mit einem Lappen. Ein rotes Lotus Cabrio. Dabei hörte er Musik aus einem kleinen Radio, das auf einem Kühlschrank in der Ecke stand. Yehoram Gaon sang »The Last War« und versprach einem kleinen Mädchen, dieser Krieg würde der letzte sein.

Schön, dachte Benny.

Sagi richtete sich auf, als er Benny und Rubenstein sah.

»Willst du ein Bier?«, fragte er.

»Klar«, sagte Benny.

»Nimm dir eins«. Sagi zeigte auf den Kühlschrank. Benny holte sich eins, sonst niemand. Benny zog sich zurück, lehnte sich an die Wand. Er war nur der Fahrer.

»Du bist also Rubenstein?«, sagte Sagi.

Rubenstein nickte. Sagi betrachtete ihn.

»Siehst gar nicht aus wie ein Stück Scheiße.«

Rubenstein nickte. Worte konnten ihm nichts anhaben, das wusste Benny. Als er einmal bei der Polizei zur Vernehmung gesessen hatte, war Rubenstein der Coolste von allen gewesen. Ihm war einfach alles egal.

»Ich habe deine Akte gelesen«, sagte Sagi. »Du bist bloß ein kleiner Betrüger, ein kleines Licht. Raubüberfälle, Schutzgelderpressung. Warum sollte mich das interessieren?«

»Er ist Aschkenase«, sagte Cohen.

»Rumäne, oder?«, fragte Sagi. Benny fand, dass er kalte Augen hatte. Kalte Augen und ein hübsches Haus in der Vorstadt.

»Väterlicherseits«, sagte Rubenstein. »Mütterlicherseits stamme ich aus dem Kaukasus.«

»Mal was anderes als die ganzen Schwarzen«, meinte Sagi. »Trotzdem.« Er betrachtete Rubenstein zweifelnd.

»Ich denke, er ist der Richtige«, sagte Cohen.

»Denkst du«, sagte Sagi.

»Oshri und Midget sind im Gefängnis«, sagte Cohen. »Es gibt ein Vakuum und Yehezkel Aslan versucht es zu füllen. Willst du wirklich, dass noch so einer in Tel Aviv das Sagen hat?«

Rubenstein erwiderte: »Ich werde Aslan, seine Frau, seinen Bruder und deren Lebensgefährten töten, wenn sie mir in die Quere kommen.«

Seit die Yemenite Orchard Gang endlich wegen Mordes aus dem Verkehr gezogen wurde, kontrollierte Yehezkel Aslan den Süden von Tel Aviv.

»Oh, die werden dir definitiv in die Quere kommen«, erwiderte Sagi. »Aber hier bringt niemand irgendwen um. Wir brauchen jetzt vor allem *Stabilität*. Du bist immer noch nicht mehr als ein kleiner Fisch im Teich.«

»Aus dem Mund der Kleinkinder und Säuglinge schaffst du dir eine Festung«, sagte Cohen. »Psalme.«

»Fisch habe ich gesagt, du wirfst meine Metaphern durcheinander«, sagte Sagi gereizt. »Wir werden dich decken, aber du hast drei Monate, um mir zu beweisen, dass du nicht nur an Purim so fromm tust. Verdammt«, sagte er. »Ich wollte freiwillig wieder als Reservist dienen, aber bei der Armee haben sie mir erklärt, ich sei zu alt. Eigentlich sollte ich jetzt die scheiß PLO im Libanon abknallen.«

Rubenstein nickte. »Schöner Wagen«, sagte er. Dann zog er das Garagentor auf und ging nach draußen. Benny stellte das halbausgetrunkene Bier ab und ging ihm nach. Rubenstein zündete sich eine Zigarette an. Es hatte aufgehört zu regnen, war aber immer noch heiß.

»Regen mitten im Sommer, ist das zu glauben?«, sagte Rubenstein.

»Drei Monate«, sagte Benny.

»Ist machbar«, sagte Rubenstein. Cohen kam raus und schnorrte eine Zigarette von Rubenstein.

»Er mag dich«, sagte er.

»Was für ein Arsch«, sagte Rubenstein.

»Aber der Chef«, entgegnete Cohen.

»Was hast du davon, Cohen?«

»Ich will den Frieden wahren«, sagte Cohen. Er blies Rauch aus. »Scheiß Libanon«, sagte er.

»Scheiß Libanon«, bekräftigte Benny.

Rubenstein klopfte Benny auf die Schulter, packte ihn fest.

»Was?«, sagte Benny.

Cohen grinste verkniffen.

»*Was?*«, sagte Benny.

»Du fährst«, sagte Rubenstein.

»Einen Scheiß tu ich«, sagte Benny. »Da werden Menschen erschossen.«

»Wir sind hier nicht in der Schweiz«, sagte Cohen. »Aber was soll man machen?«

Sie waren jetzt auf beiden Seiten, Schulter an Schulter. Benny merkte, dass er überrumpelt worden war. Rubenstein sagte: »Komm zurück mit dem, was wir brauchen, oder komm gar nicht wieder.«

Cohen sagte: »So macht man ein Vermögen, Bubele.«

Benny fragte: »Wie komme ich da hin?«

»Cohen fährt dich an die Grenze«, sagte Rubenstein. Er schnippte die Zigarette auf den gepflegten Rasen.

»Wir sehen uns auf der anderen Seite«, sagte er.

Shoshana Damari sang »Poppies«. Benny sagte: »Ich kann den alten Scheiß nicht mehr hören. Such was Ausländisches.«

»Mach's doch selbst«, sagte Cohen, sie saßen in seinem Wagen.

Benny fingerte am Radio. Sie waren gerade an Haifa vorbei und fuhren weiter Richtung Norden. Ein verrauschtes Signal, na endlich: Radio Monte Carlo sendete aus dem Libanon, und es lief »Waiting for the Night Boat« von Duran Duran. Benny dachte an zu viele Nächte im Dunkeln, wo er genau das getan hatte. Die Christen verschifften Haschisch auf Fischerbooten nach Israel. Das Arrangement war für alle gut, aber der Krieg drohte jetzt den Handel zu stören – es sei denn, sie konnten ihn zu ihrem Vorteil nutzen.

Benny sagte: »Die haben sich in einem Kibbuz kennengelernt, weißt du das?«

»Wer?«, fragte Cohen.

»Duran Duran. Die waren als Freiwillige im Kibbuz.«

»Woher weißt du so einen Mist?«, fragte Cohen.

»Habe ich in *Monitin* gelesen. Ich mag Musik.«

Cohen brummte irgendwas, das Benny lieber nicht hören wollte. Den Rest der Strecke fuhren sie schweigend weiter. In der Ferne tauchten zahlreiche Lichter am Himmel auf. Konvois zogen auf der Straße an ihnen vorbei, Soldaten auf dem Weg in die Schlucht. »Fahr mal rechts ran«, sagte Benny, »ich muss pissen.«

Er stellte sich hinter einen Busch und dachte nach. Er hatte eine Pistole. Er konnte Cohen auch einfach erschießen und abhauen. Aber das würde kein Problem lösen. Zuletzt hatte er gehört, dass Pierre Malik in den Libanon gefahren war, um sich den Kämpfen anzuschließen. Sein Onkel leitete eine der größten christlichen Milizen. Seit Beginn der Operation Freiheit für Galiläa waren die Lieferungen ausgeblieben, und das war sehr schlecht fürs Geschäft. Rubenstein musste an die Reserven, und die schwanden schnell.

Jemand musste die Situation wieder in den Griff bekommen, und das mitten im Krieg. Jemand musste eine Lieferung rüberbringen. Benny vermutete, dass Rubenstein ihm vertraute, jedenfalls so sehr, wie Rubenstein überhaupt jemandem vertraute. Darüber hinaus hielt er sich selbst für unverzichtbar, zweifellos war das der Grund, warum er ausgewählt worden war.

»Scheiß drauf«, sagte er und zog den Reißverschluss seiner Hose hoch. Dann stieg er wieder in den Wagen.

»Bist du nicht getürmt?«, fragte Cohen. »Kann nicht behaupten, dass ich's dir hätte verdenken können.«

Benny behielt seine Gedanken für sich. Sie fuhren weiter nach Norden, nach Galiläa, bis sie an einen Militärstützpunkt kamen und angehalten wurden.

Cohen zeigte einen Dienstausweis und nannte einen Namen, den eines untergeordneten Generals. Sie wurden durchgewunken. Benny sah Explosionen in der Ferne, hörte Helikopter über sich. Soldaten, Laster, Zelte, Gewehre. Alle wirkten angespannt. Als sie endlich aus dem Wagen stiegen, hatte er das Gefühl, in seiner Zivilkleidung und mit dem ungekennzeichneten Wagen herauszustechen.

»Kopf hoch«, sagte Cohen. »Was soll schon Schlimmes passieren?«

Ein militärischer Helfer kam zu ihnen und führte sie in ein Kommandozelt, wo Männer um eine auf einem Tisch ausgebreitete Karte standen und konzentriert diskutierten. Der General drehte sich um, sah sie. Er schüttelte Cohen die Hand.

»Bin gleich bei euch«, sagte er, »holt euch einen Kaffee.«

Sie stellten sich seitlich ins Zelt. Der General unterhielt sich noch eine Weile, dann entließ er die anderen. Er zeigte auf Cohen und Benny, damit sie herkamen.

»Inzwischen pisse ich schon schwarzen Kaffee«, sagte er.

Benny trank. Sein Arsch war so verkrampft, dass er sich nicht vorstellen konnte, je wieder zu scheißen. Mit leicht zitternden Fingern zündete er sich eine Zigarette an. Drei andere Männer kamen ins Zelt.

Den ersten erkannte er schon, bevor Cohen ihn mit Namen ansprach.

»Eddie«, sagte Cohen. Sie schüttelten sich die Hände. »Schön, dich zu sehen.«

Eddie trug Uniform.

»Superintendent Raphael«, sagte Benny. Er wusste, dass Cohens ehemaliger Partner als neu ernannter stellvertretender Polizeikommandant für die gesamte Region Galiläa zuständig war.

Eddie nickte. Benny merkte, dass er die Situation falsch eingeschätzt hatte. Ein General und zwei leitende Polizeibeamte lagen weit über seiner eigenen Gehaltsklasse. Was auch immer Rubenstein da angeleiert hatte, es war für Benny auf jeden Fall mehrere Nummern zu groß.

Er betrachtete die anderen beiden Neuankömmlinge. Der eine war jung und trug Armeeuniform. Der andere war mittleren Alters, hatte einen dicken Bauch und war in Zivil erschienen. Man sah ihm förmlich an, dass er vom Geheimdienst kam.

»Das ist Nir«, sagte Eddie, stellte den jungen Soldaten vor. »Er wird dich in den Libanon bringen.«

»Sir«, sagte Nir und salutierte. Benny war plötzlich sehr müde.

»Sag einfach Benny«, meinte er.

»Jawohl, Sir.«

Benny nickte in Richtung des anderen Zivilisten. »Wer ist der?«

»Spielt keine Rolle«, sagte der Mann. »Jedenfalls nicht für dich.«

»Worum geht es hier eigentlich wirklich?«, fragte Benny.

»Ihr macht Geschäfte mit Pierre Malik?«, fragte der Mann.

»Mit wem?«

»Komm, hör auf. Sein Onkel ist Tony Malik. Der Leiter der zweitgrößten maronitischen Miliz im Libanon, und wir brauchen seine Hilfe, um Beirut einzunehmen.«

»Und?«, fragte Benny.

»Wir können Beirut nicht zu Fuß erobern«, sagte der General, der Leider hieß. »Wir brauchen Unterstützung durch einheimische Kräfte, sonst sieht das politisch schlecht für uns aus. Und bisher wollen die nicht kooperieren. Scheiß Phalangisten. Man sollte meinen, dass sie dankbar sind. Bislang können wir nichts machen, außer Beirut bombardieren und abwarten.«

»Und?«

»Wenn Gott dir Hundekacke auf die Türschwelle legt, dann machst du das Beste draus«, sagte der Mann vom Geheimdienst. Benny war sofort klar, wer in dem Gleichnis die Hundekacke war. »Du gehst in den Libanon und triffst dich mit Kommandant Malik und überredest ihn, uns bei der Invasion zu unterstützen.«

Benny lachte laut. Sie warteten, bis er fertig war.

»Was ist los mit euch? Seid ihr high?«, fragte Benny.

»Du wirst deinem Land einen großartigen Dienst erweisen«, prophezeite General Leider. Benny starrte sie alle zusammen an.

»Ich weiß nicht mal, wo Pierre ist«, erwiderte er.

»Wir haben die Miliz verständigt«, beruhigte ihn der Mann vom Geheimdienst. »Nir wird dich zu dem Treffen bringen. Vertraut Pierre dir?«

»Wir kommen gut klar miteinander«, sagte Benny kraftlos.

»Wir haben ein Auge zugedrückt und euch gewähren lassen«, sagte der Mann. »Die Phalangisten zu unterstützen, schien politisch angeraten, und sie haben finanzielle Mittel, Munition und Waffen gebracht. Jetzt ist die Situation aber eine andere, sie ist … unklar. Arik hat versprochen, dass es schnell vorbei sein wird. Aber wenn nicht, stecken wir im Libanon fest … nun, wir können alle nicht in die Zukunft sehen, aber wir sollten versuchen, uns darauf vorzubereiten. Hast du verstanden?«

Benny hatte vollkommen verstanden. Er korrigierte die Kosten sämtlicher künftiger Deals nach oben. Wie viel würden sie alle aus ihm und Rubenstein für die Drogen herauspressen?

Dann dachte er, wenn die israelischen Verteidigungskräfte tatsächlich im Libanon feststeckten und es eine verfluchte direkte Route von der Produktionsquelle nach Tel Aviv gäbe, was dann?

Er nickte.

»Ich tue, was ich kann«, sagte er.

»Für dein Land«, sagte Leider. Er salutierte und Benny salutierte zurück.

Benny sagte: »Und wenn ich erwischt werde? Oder getötet?«

»In beiden Fällen wissen wir nichts von dir«, sagte der Mann vom Geheimdienst. »Klar?«

»Klar …«, sagte Benny.

Dann war Benny plötzlich irgendwie draußen. Da stand noch ein weiterer ramponierter Wagen ohne Kennzeichen. Eddie Raphael und General Leider waren verschwunden, ebenso wie der Mann vom Geheimdienst. Nur Cohen war noch da.

Benny sagte: »Das ist doch Scheiße.«

»Hör zu«, sagte Cohen, »jetzt ist Schluss mit dem ganzen Mist von wegen hier und da mal ein Kilo, und auch Schluss mit den Arabern. Wenn die nächsten Lieferungen anlaufen, geht es um Tonnen. Dafür musst du natürlich ein paar Leute mehr schmieren. Aber dafür bringt dir die Armee den Stoff über die Grenze, und die Polizei gibt dir Geleitschutz bis zum Lager. Also, wozu willst du dich über ein paar *Prozente* streiten?«

»Und der Typ? Wo kam der her, vom Mossad oder so?«

»Oder so«, sagte Cohen. »Das ist denen egal. Die Interessen gehen hier auseinander. Die brauchen Quellen im Libanon. Wenn du denen Informationen verschaffst, kannst du machen, was du willst. Kriegst du das hin?«

»Mit Malik reden? Ich weiß nicht, Cohen. Ich hab gerne mit Zwischenhändlern gearbeitet.«

»Zwischenhändler gibt's keine mehr«, sagte Cohen. Er packte Benny am Kragen, drehte ihn um.

»Was soll das, verdammt?«

»Ich gucke nur aufs Etikett.« Plötzlich hatte Cohen ein Messer in der Hand. Und schnitt das Etikett heraus. Benny zuckte zusammen.

»Gib mir deinen Ausweis, alles«, sagte Cohen.

»Das ist Wahnsinn.«

Benny gehorchte benommen. Nir, der Soldat, gab ihm eine kugelsichere Weste.

»Was ist das?«, sagte Benny.

»Aus sowjetischen Beständen oder so«, sagte Nir. »Hab ich von einem aus der PLO. Jedenfalls glaube ich, dass er zur PLO gehört hat. Schwer zu sagen da drüben, wer zu wem gehört. Hier, zieh auch noch den Helm auf.«

Benny zog den Helm auf. Cohen salutierte.

»Viel Glück«, sagte Cohen.

»Fick dich«, erwiderte Benny. Er stieg in den Wagen neben Nir.

»Lass es uns einfach schnell hinter uns bringen«, sagte er.

Nir ließ den Wagen an. Sie fuhren den Hang runter, über die Straße und bogen an einem schiefen verrosteten Schild ab. Ein kaputter Zaun markierte die Grenze.

»Willkommen im Libanon«, sagte Nir.

45 ANYONE OUT THERE

»Heroin. Damit wird das große Geld gemacht.« – Pierre

Sie fuhren in nordöstlicher Richtung. Es war erstaunlich ruhig. Nir sagte: »Dieser Teil hier wurde mehr oder weniger gesichert, jetzt sind nur wir hier und die Maroniten, aber man muss immer noch nach Hinterhalten oder Sprengfallen Ausschau halten.«

»Wie bist du hergekommen?«, fragte Benny.

»Ich tu einfach, was die mir sagen«, erwiderte Nir.

»Bist du im aktiven Dienst?«

»Ja, Sir. Ich war beim Vorstoß auf Beirut dabei, bis Leider mich zurückbeordert hat.«

»Dann bist du also gut in dem, was du machst?«

»So gut wie alle anderen. Als wir hergekommen sind, waren

vierundzwanzig Männer in meinem Zug. Fünf Minuten später habe ich ein Geräusch gehört, ich hab hochgeguckt, irgendwas ist explodiert. Als ich mich wieder aufgerappelt hatte, lag die Hälfte von meinem Zug auf dem Boden und wir waren nur noch zwölf. Fünf Tote, die anderen wurden ins Krankenhaus geflogen. Ist ganz schön haarig da draußen. Aber hier sind wir erst mal nur im Süden, Sir. Das ist der freie Staat Libanon. Hier dürften wir eigentlich keine größeren Probleme bekommen.«

»Rauchst du?«, fragte Benny. »Nein, Sir.«

Benny zündete sich eine an. Er sah eine Puppe auf dem Rücksitz liegen. »Woher hast du den Wagen?«, fragte er.

»Keine Ahnung, Sir. Aus einem der Dörfer, würde ich sagen.«

Sie fuhren an Kirschbaumhainen und verschlafenen Ortschaften vorbei. In der Ferne bellte ein Hund. Zweimal kamen sie an eine Straßensperre. Viel zu junge Soldaten mit nervösen Fingern am Abzug. Beide Male wurden sie durchgewunken.

»Hauptsache, wir fahren nicht nach Beirut«, sagte Benny, der versuchte, einen Witz zu reißen.

»Nein, Sir, da wollen wir wirklich nicht hin«, erwiderte Nir.

Benny hatte Bauchschmerzen. Irgendwie war es furchtbar, so weit über die Grenze zu sein. Hier kannte er sich nicht aus, wusste nicht, was er tun, wie er sich verhalten sollte. Aber ihm fiel auch auf, wie offen die Grenze war, er sah die Fahrer auf der Straße, die Armeelaster in beiden Richtungen und allmählich auch, was Cohen und Rubenstein bereits gesehen hatten: Der Süden Libanons war wie ein offener Trichter nach Israel. Egal, was als Nächstes geschah, egal, wie die Invasion ausging, die Geschäfte würden auf keinen Fall wie bisher weiterlaufen.

Cohen hatte recht. Sie mussten direkt an die Quelle.

Es dauerte nicht mehr lange, dann bremste Nir. Die Straße war hier zu Ende, und ein Schotterweg begann. Sie kamen an einem zerstörten Gebäude und einem mit Stacheldraht abgegrenzten, heftig bombardierten Gelände vorbei. Eine tote Ziege verweste am Zaun. Nir fuhr ohne Licht. Es war sehr still.

Sie gelangten an den Rand einer Apfelplantage. Nir ließ das Licht zweimal aufleuchten und wartete.

Langsam näherte sich ein Autokonvoi über die Schotterstraße. Ein schwarzer Mercedes wurde von gepanzerten Fahrzeugen flankiert, daneben mit Gewehren bewaffnete Männer. Sie hielten. Die Männer schwärmten aus. Benny holte Luft.

»Scheiß drauf«, sagte er, stieg aus dem Wagen und wartete.

Die Tür des Mercedes öffnete sich. Zwei Männer stiegen aus, einer war älter als der andere, und erleichtert erkannte Benny Pierre. Pierre lächelte. Er umarmte Benny, klopfte ihm auf die Schulter.

»Da hat aber einer Eier in der Hose!«, sagte er. »Ich hab den Wichsern gesagt, ich verhandle nur mit dir. Hey, Benny, ich will dir meinen Onkel vorstellen. Uncle Tony, das ist Benny.«

»Benny«, sagte Uncle Tony und schüttelte Benny die Hand. Er hatte raue Hände und dicke Goldringe an den Fingern. Dann sagte er etwas auf Französisch zu Pierre.

»Du sprichst doch Französisch, oder?«, fragte Pierre.

»Comsi comsa«, erwiderte Benny.

Pierre sagte etwas auf Französisch, dann auf Arabisch zu seinem Onkel. Benny hörte hier und da ein Wort heraus. Tony Malik nickte.

»Ich werde sprechen«, sagte Pierre.

»Ist mir recht«, erwiderte Benny. »Also, was ist los, Pierre?«

»Gute Nachrichten, Benny«, sagte Pierre. »Du weißt ja, woher unsere Drogen kommen.«

»Klar«, sagte Benny. »Aus der Bekaa-Ebene. Aber die wird von der Fatah kontrolliert.«

Das Tal des Libanon hieß es auf Hebräisch. Die Römer hatten sie damals als Kornkammer des Reichs bezeichnet. Es hieß, wenn man hier einen Granatapfelkern ausspuckte, würde er zum Baum heranwachsen. Aber das Gebiet befand sich an der syrischen Grenze und wurde von palästinensischen Splittergruppen kontrolliert, die damals während des Schwarzen September, dem jordanischen Bürgerkrieg, vertrieben wurden. Soweit Benny dies den Zeitungen entnommen hatte, gab es hier Trainings- und Ausbildungslager für die Hälfte aller Hippie-Terroristen der Welt, angefangen bei der Baader-Meinhof-Bande bis hin zur japanischen Roten Armee und den nicaraguanischen Sandinistas. Sie rauchten Hasch, ballerten rum, planten Revolutionen. Die israelischen Zeitungen sprachen von Fatahland.

»Das ist die gute Nachricht«, sagte Pierre. »Die PLO wurde nach Beirut vertrieben und bald bekommen wir sie ganz aus dem Land raus. Dann übernehmen wir die gesamte Ebene.« Er sagte etwas zu seinem Onkel, der den Kopf schüttelte.

»Wenn schon nicht vollständig, dann aber doch zu großen Teilen«, erwiderte Pierre, als müsste er ihn beruhigen. »Diese PLO-Arschlöcher haben die Hälfte der Drogen aus Bekaa nach Europa gebracht und Haschisch gegen Waffen von der IRA eingetauscht. Die Syrer haben die andere Hälfte mit Hilfe der Armee fortgeschafft, aber allen gehört ein Stück von Bekaa. Ein Teil gehört uns sowieso und jetzt wird uns bald ein noch viel größerer gehören, weil wir euch hinter uns wissen. Wir haben die israelischen Verteidigungskräfte im Rücken. Verstehst du?«

»Ja, versteh ich«, sagte Benny.

Uncle Tony sagte etwas. Pierre nickte.

»Sag denen vom Mossad, sie bekommen von uns sämtliche Informationen, die sie brauchen«, sagte er. »Wir verfolgen dieselben Ziele. Die Befreiung des Libanon von den Palästinensern und die Wiedereinsetzung einer christlichen Herrschaft. Die Partei meines Onkels könnte die Macht mit israelischer Unterstützung übernehmen. Er könnte der nächste Premierminister werden. Verdammt, Benny, vielleicht werde ich in der neuen Regierung sogar Minister.«

»Von welchen Mengen reden wir hier?«, fragte Benny.

»Von Tonnen«, antwortete Pierre.

»Was soll ich denn mit Tonnen Haschisch anfangen?«, fragte Benny.

»Verkaufen«, sagte Pierre und sah Benny komisch an.

»Um richtig Profit damit zu machen, müssten wir sie ins Ausland verschiffen«, sagte Benny.

»Ihr habt doch Leute in Los Angeles, oder nicht?«, fragte Pierre.

Benny blieb stehen.

»Du weißt von Los Angeles?«, fragte er.

Pierre grinste. »Außerdem«, sagte er, »wir haben nicht nur Hasch. Die Syrer haben richtig in die Ebene investiert, Experten aus der Türkei hinzugezogen und den Farmern gezeigt, wie man Klatschmohn anbaut. Ich spreche von Opium, Benny. Heroin. Damit wird das große Geld gemacht.«

»Verstehe«, sagte Benny. So war das also, dachte er. »Das ist alles schon eingefädelt, oder wie? Cohen, Rubenstein und du. Ihr seid euch längst einig.«

»Natürlich«, erwiderte Pierre. »Musst mir nur noch die Hand drauf geben.«

»Oh, ich geb dir die Hand drauf«, sagte Benny. »Hör mal, die haben mir gesagt, ich soll deinem Onkel sagen, dass ihr nach Beirut müsst, die Stadt übernehmen. Wir können das nicht. Das müssen Libanesen machen.«

Pierre sagte etwas zu seinem Onkel. Der Onkel schüttelte den Kopf. »Kannst ja sagen, dass du gefragt hast«, meinte Pierre.

»Na gut«, sagte Benny. Er konnte es nicht abwarten, endlich wieder zu verschwinden, und streckte die Hand aus.

»Haben wir einen Deal?«, fragte Pierre.

»Wir haben einen Deal.«

Uncle Tony streckte ebenfalls die Hand aus und wollte einschlagen, doch dann hatte er plötzlich ein Loch mitten auf der Stirn. Uncle Tony guckte erstaunt, sackte auf die Knie und fiel vornüber.

»Ach du Scheiße!«, schrie Pierre. Er zog seine Waffe und fing an zu feuern. Benny warf sich auf den Boden. Die Phalangisten schossen in alle Richtungen, aber plötzlich wurden sie von grellem Licht geblendet und anschließend im Kugelhagel niedergemäht. Benny spürte die Kugeln um sich herum pfeifen, sie schlugen ringsum in den Boden ein. Er kroch verzweifelt zum Wagen, der sich bereits in Bewegung gesetzt hatte.

»Nir!«, schrie Benny. Ein Fuß presste ihn auf den harten Boden. Er sah Pierre zum Wagen rennen, die Tür aufreißen und einsteigen. Er hatte eine Waffe in der Hand. Benny konnte nicht verstehen, was er sagte, aber anscheinend überzeugte es Nir. Der Wagen raste gefolgt von Kugeln davon. Er wurde mehrfach getroffen, und die Heckscheibe zersprang, aber Nir hielt das Steuer fest im Griff und der Wagen verschwand in der Dunkelheit.

Benny kroch nicht weiter.

Jetzt wurde nicht mehr geschossen, und die Stille war unheimlich. Sehr vorsichtig griff er nach seiner Waffe.

Jemand trat ihm fest in die Rippen und kickte seine Pistole fort. Benny stöhnte und drehte sich um. Er sah verschwommene Umrisse, Männer mit Skimasken und Gewehren. Er wartete auf eine Kugel. Aber der Schuss kam nicht.

Sie zogen ihn auf die Füße. Er lebte noch. Sie fesselten ihm unsanft die Hände hinter dem Rücken. Er sah zu, wie die Männer zwischen den Leichen der Phalangisten umhergingen und jedem Einzelnen noch einmal in den Kopf schossen. Confirm Kills. Benny war schlecht. Dann zogen ihm die Männer einen Sack über den Kopf, so dass er nichts mehr sehen konnte, und zerrten ihn zu einem Wagen. Er hörte, wie sich die Türen öffneten und schlossen. Sie stießen ihn in den Kofferraum und knallten die Klappe zu. Dann hörte er, wie der Motor angelassen wurde, der Wagen rumpelte, und er spürte die Unebenheiten der Straße, als sie mit ihm davonrasten.

»Alles ist politisch.« – Alexei

Hin und wieder hörte Benny Schüsse und Mörserfeuer in der Ferne. Der Wagen holperte noch eine ganze Weile, dann war die Fahrbahn glatt, schließlich wieder holprig. Zweimal fuhren sie langsamer, und er hörte gedämpfte Stimmen, beide Male ging es anschließend schneller wieder weiter, offensichtlich hatten sie einen Kontrollpunkt passiert. Aus dem Wageninneren hörte er nichts außer den leisen Klängen arabischer Musik aus dem Radio.

Dass er noch lebte, war nicht unbedingt eine gute Nachricht, weil es bedeutete, dass sie etwas mit ihm vorhatten. Folter? Verhöre? Benny hatte keine Ahnung, wer seine Entführer waren. Eine rivalisierende christliche Splittergruppe? PLO? PFLP? Drusen? Amal? Armenier? Die roten Ritter? Der syrische Geheimdienst? Iraner? Kommunisten? KWP? Die japanische Rote Armee? Letztere hatte hinter dem Massaker am Flughafen Lod ein paar Jahre zuvor gesteckt. Oder waren es Marxisten? Benny hoffte, dass es keine Marxisten waren. Sein Cousin Ezra war Marxist und der war eine echte Nervensäge. Aber er lebte noch und irgendwie war das ja doch immerhin schon mal etwas. Er musste pissen. Der Wagen hielt nicht. Nach einer Weile machte Benny einfach in die Hose. Er hatte kein schlechtes Gewissen, er wäre schön bescheuert, wollte er versuchen, es einzuhalten.

Der Gefechtslärm wurde lauter, und er hörte Explosionen, inzwischen zu nah, um nicht beunruhigend zu wirken, Schüsse, schreiende Menschen. Dann fuhr der Wagen langsamer und hielt. Der Motor lief weiter.

Als sie den Kofferraum öffneten, sah Benny unverputztes Mauerwerk, Männer mit unter Kufiyas verhüllten Gesichtern, ein paar Wolken am Himmel und Sterne. Aber die Sterne wurden vom Licht der Explosionen überstrahlt. Der Himmel über Beirut sah aus wie das Feuerwerk am Unabhängigkeitstag in Israel. Aber Benny wusste, dass hier niemand feierte.

Sie zerrten ihn aus dem Kofferraum, und einer sagte »Ya kalb!«, als er Bennys Pisse roch. Sie stießen ihn grob auf den staubigen Boden. Um ihn herum lagen leere Eimer, leere Säcke, in einer Ecke des Hofs tropfte ein undichter Wasserhahn. Und überall standen bewaffnete Männer. Sie zerrten ihn in ein Gebäude, eine ehemalige Villa, vorbei an einem mit Sofas und Kissen vollgestopften Wohnzimmer und in einen Raum, in dessen Mitte ein Funkgerät aufgebaut war, das von zwei Personen bedient wurde, die Signale aussendeten. Ein Mann, der der Befehlshaber sein musste, wartete dort und zeigte auf Benny.

»Shu?«, fragte er.

Bennys Entführer antworteten: »Israil.«

Ein Grinsen breitete sich auf dem Gesicht des Commanders aus, dann spuckte er auf den Teppich und nickte Richtung Treppe.

Benny wusste jetzt, dass er verdammt schlechte Karten hatte. Die wussten, wer er war und was er war. Und sie zeigten ihm ihre Gesichter. Hier würde er nur in einem Sarg wieder rauskommen.

Sie zerrten ihn nach unten in den Keller. Dort befanden sich eine Tür und noch mehr Wächter, einer schloss die Tür auf. Sie stießen ihn in den Kellerraum dahinter, schnitten seine Fesseln durch und verriegelten die Tür hinter ihm.

Der Schlüssel drehte sich schwer im Schloss, und das war's.

»Kus em em emak«, sagte Benny mit Nachdruck.

»Aber aber, so spricht man doch nicht über die Mütter unserer Gastgeber«, vernahm er eine Stimme im Dunkeln. Zumindest glaubte Benny, dass er das gehört hatte. Sein Arabisch war nicht besonders, auch wenn er ein bisschen was bei den Leuten aufgeschnappt hatte, mit denen er arbeitete.

Leute wie Pierre, die über ihn trampelten, um ihr eigenes Leben zu retten.

»Falastin?«, sagte die Stimme, die eher neugierig klang als durch Bennys Auftauchen beunruhigt. »Masihiun? Iran? Red Army?«

Letzteres auf Englisch.

»La, la«, sagte Benny. Nein, nein. »Kein Arabisch«, sagte er schließlich auf Englisch.

»Parlez-vous français?«

»Comsi comsa«, antwortete Benny, überlegte es sich dann aber anders und sagte. »Non.«

»English?«

»A little English«, sagte Benny auf Englisch.

»Ich auch«, erwiderte die Stimme, »a little English.«

Ein Streichholz loderte auf. Der gesprochen hatte, zündete eine Kerze an. Im Keller gab es keine Fenster, auf einer Seite stand ein Eimer mit Schmutzwasser. Der Mann war älter, seine Haare an den Schläfen silbergrau. Er saß auf einem Stuhl und war nicht gefesselt.

»Und du?«, fragte Benny. »Libanon?«

»Nein, nein«, sagte der Mann und lachte, als sei allein die Vorstellung schon absurd.

»Alexei Ivanovich, Konsulatsattaché, sowjetische Botschaft. Sag Alexei, bitte.«

»Sieht hier nicht aus wie in einer sowjetischen Botschaft«, sagte Benny.

»Ist leider auch keine«, erwiderte Alexei Ivanovich.

»Haben die dich gefangen genommen?«, fragte Benny.

»Sie sind ein sehr aufmerksamer Beobachter, Mr …«

»Benny«, sagte Benny.

»Mr Benny, ich finde Sie recht faszinierend. Sie sind kein Franzose, kein Amerikaner und kein Libanese. Ich würde sagen Israeli, aber Sie tragen keine Uniform und Israelis lassen sich auch nicht so leicht entführen. Vielleicht sind Sie ein ausländischer Söldner? Vielleicht im Auftrag der Phalangisten? Italiener?«

»Israeli«, sagte Benny verbittert und hörte Alexei plötzlich laut Luft einziehen.

»Oha ... wissen die das?«

»Das wissen die«, sagte Benny.

»Dann sieht es nicht gut für dich aus, mein Freund«, erklärte Alexei.

»Was werden die mit uns machen?«, fragte Benny.

»Machen?«, erwiderte Alexei. »Nichts. Wir nutzen ihnen nur als Geiseln bei Verhandlungen mit unseren jeweiligen Regierungen. Wenn sie können, werden sie dich am Leben erhalten, aber wenn nicht, hat auch eine Leiche noch einen gewissen Verhandlungswert.«

Benny dachte an Sigali, die drei Jahre alt war. Sie würde wissen wollen, wo Papa war. Seine Frau hütete sich davor, Fragen zu stellen. Aber wenn er nicht nach Hause kam, würde sie merken, dass etwas nicht stimmte. In diesem Moment erfasste ihn eine tiefsitzende Angst. Nicht um sich selbst, sondern um Sigali, um seine Familie. Alles, was er tat, tat er für sie, oder jedenfalls redete er sich das ein. Benny war ehrlich genug, um sich keine allzu großen Illusionen zu machen.

Was er tat, tat er für Geld, aber das Geld brachte ihm nur etwas, wenn er's auch ausgeben konnte. Er hatte Sigali eine Barbie versprochen, so eine wie in Amerika, der man die Haare bürsten konnte und mit allem Drum und Dran, obwohl seine Frau erklärt hatte, Sigali sei noch zu klein dafür und was, wenn sie eine kleine Plastik-Handtasche verschluckte?

»Ich habe eine Frau und eine kleine Tochter zu Hause«, sagte er kläglich.

»Dann werden die dich sicher vermissen«, sagte Alexei. »Spielst du Karten?«

»Karten?«, fragte Benny.

»Ich hab Karten da. Kannst du Rommé?«

»Klar«, erwiderte Benny. »Klar kann ich Rommé. Aber ich werd jetzt schlafen. Ich hatte einen sehr langen Tag.«

»Ist schlau zu schlafen, wenn man kann«, sagte Alexei.

»Wo sind wir?«, fragte Benny.

»Irgendwo außerhalb von Beirut, denke ich«, sagte Alexei. »Die haben mich schon ein paar Mal woanders hingebracht. Ich sehe nie, wohin.«

»Wo wurdest du denn entführt?«

»In Beirut. Ich hab an einem Kiosk gehalten, wollte Zigaretten kaufen. Hast du welche?«

Benny zog sein verknittertes Päckchen aus der Tasche und schüttelte zwei raus. Alexei zündete sie beide an der Kerze an, dann gab er eine an Benny zurück. Der Rauch füllte den fensterlosen Kellerraum, aber Benny machte das nichts aus.

Alexei nahm einen langen, dankbaren Zug.

»Was werden die mit dir machen?«, fragte Benny.

Alexei zuckte mit den Schultern. »Die Sowjetunion verhandelt nicht mit Entführern«, sagte er.

»Also was dann?«

»Also warte ich's ab. Vielleicht überlebe ich. Vielleicht sterbe ich.«

»Kommt mir sehr russisch vor«, sagte Benny und Alexei lachte. »Und du, Israeli? Was passiert mit dir?«

Benny sagte: »Wir sind zu stur zum Sterben.«

»Alle sterben«, sagte Alexei. »Und im Libanon sterben sowieso alle. Ich wünschte, die hätten mich nach Kuba geschickt. Früher war's hier schön. Nachtclubs, tolle Strände, und jetzt sieh dir die ganze Scheiße hier an.«

Sie rauchten schweigend ihre Zigaretten.

Benny schlief unruhig. Sein Kopf schmerzte und seine Hose trocknete unangenehm an seinem Körper. Die ganze Nacht über gab es Einschläge, irgendwo weiter weg sporadische Schüsse, dann bebte wieder die Erde, und er fragte sich, ob sie hier alle lebendig begraben würden, hier in diesem Keller, in diesem Gefängnis. Als er aufwachte, war es noch genauso dunkel wie zuvor. Er tastete nach dem Eimer und pisste rein. Er hörte die Wächter auf der anderen Seite der Tür. Alexei schnarchte. Benny tastete an der Wand entlang, aber sie war massiv. Er versuchte weiterzuschlafen, konnte aber nicht.

Nach einer Weile ging die Tür auf. Ein Wächter schob ihnen was zu essen zu, dann schloss er die Tür wieder. Über ihnen sprang elektrisches Licht an. Eine nackte Glühbirne baumelte an einem Kabel.

»Die müssen den Generator eingeschaltet haben«, sagte Alexei. »Guten Morgen.« Er nickte Benny freundlich zu.

Sie aßen mit Fingern, jeder eine Pita und etwas Kaltes aus einer Dose, Benny konnte es nicht mal identifizieren, schaufelte es einfach rein und schluckte. Er dachte, er würde noch Kraft brauchen. Er trank das schmutzige Wasser, das man ihnen hingestellt hatte. Nach dem Essen teilte er sich die letzte Zigarette mit Alexei. Es war erst einen Tag her, dass er von zu Hause weg und zu dem Treffen mit Cohen gegangen war, aber es kam ihm vor, wie ein ganzes Leben.

»Was macht ein Konsulatsattaché denn überhaupt?«, fragte Benny. »Bist du Spion?«

»Klar«, sagte Alexei. »Wir sind alle Spione, weißt du das nicht?« Dann sah er Benny durchdringend an. »Und was machst du so?«

»Import-Export«, antwortete Benny.

»Aha.«

Sie spielten Rommé. Benny verlor zweimal.

»Wenn ich Spion wäre«, sagte Alexei, »würde ich vielleicht versuchen, dich zu rekrutieren.«

»Rekrutieren? Für was?«, fragte Benny.

Alexei zuckte mit den Schultern. »Wenn wir wieder rauskommen, wer weiß? Die Sowjetunion behält den Nahen Osten gerne genau im Blick.«

»Ihr lasst die Juden nicht raus«, sagte Benny. »Wie diesen Scharanski, den Refuznik.«

»Der kann doch froh sein, dass er in Russland ist«, sagte Alexei.

»Und ihr unterstützt Syrien«, sagte Benny.

»Syrien ist ein sozialistisches Land«, sagte Alexei. »Wir unterstützen den Sozialismus, egal wo. Willst du uns das vorwerfen? Vertritt Amerika nicht auch seine eigenen Interessen?«

»Weiß nicht«, sagte Benny. »Ich bin nicht so politisch.«

»Alles ist politisch«, sagte Alexei.

Sie spielten noch eine Runde Rommé. Benny gewann. Alexei sagte: »Wir könnten dich natürlich bezahlen.«

»Wofür bezahlen?«

»Für Informationen.«

Benny lachte.

»Ich mag dich, Alexei«, sagte er. »Aber ich glaube, keiner von uns beiden kommt hier lebend raus.«

Alexei zuckte mit den Schultern. »Entweder so oder so«, sagte er.

»Bist du wirklich ein Spion?«, fragte Benny.

Alexei schüttelte den Kopf. »Wie James Bond?«, sagte er. »Nein, ich hab Visa ausgestellt und Kulturveranstaltungen organisiert, solche Sachen.«

Ohne Vorwarnung ging plötzlich die Tür auf. Die Wächter kamen rein und holten Benny. Sie schlugen ihn ein paar Mal, einfach nur so, und zerrten ihn die Treppe nach oben. Benny beschwerte sich nicht.

Er sah den Befehlshaber im Wohnzimmer der Villa. Die Wächter stießen Benny auf das Sofa.

»Shalom«, sagte der Befehlshaber.

»Wie bitte?«, fragte Benny.

Der Befehlshaber lachte. Wie sich herausstellte, sprach er perfekt Hebräisch.

»Ich stamme aus Haifa«, sagte er. »Ich hab an der Hebräischen Universität Jerusalem studiert. Ich hatte viele jüdische Freunde.«

»Und was ist passiert?«, fragte Benny.

»Der Sechstagekrieg ist passiert«, erwiderte der Befehlshaber. »Und plötzlich hatte ich kaum noch Freunde. Eines Nachts bin ich über die Grenze nach Jordanien und am nächsten Tag war ich im Ausbildungslager.«

»Dann sind Sie Palästinenser«, sagte Benny.

»Genau.«

»PLO?«, fragte Benny.

»Nein«, sagte der Mann. »Wir sind eine neue Gruppe. Aber das spielt keine Rolle für dich.«

»Nein«, sagte Benny. »Wahrscheinlich nicht. Was haben Sie mit mir vor?«

»Nichts«, sagte der Mann. »Wir behalten dich zur Sicherheit. Sei brav und dir geschieht nichts. Wenn du was versuchst, behalten wir dich als Leiche hier.«

»Fairer Deal«, sagte Benny.

Der Befehlshaber betrachtete ihn genau.

»Du bist ganz schön ruhig«, sagte er.

»Nein, nein«, sagte Benny. »Ich scheiß mir in die Hose.«

»Lass das lieber«, erwiderte der Mann. »Dafür habt ihr ja den Eimer.« Er zündete sich eine Zigarette an. »Willst du eine?«

»Klar.«

Der Befehlshaber reichte ihm die bereits brennende Zigarette und zündete sich noch eine an.

»Du hast dich mit Tony Malik getroffen.«, sagte er.

»Spielt das eine Rolle?«, fragte Benny. »Tony Malik ist tot.«

Der Mann dachte über die Frage nach.

»Spielt das eine Rolle?«, wiederholte er und blies Rauch in den stillen Raum. Die Fenster waren von außen verbarrikadiert, und es war dunkel. »Klar spielt das eine Rolle«, fand der Mann. »Er war der zweitmächtigste christliche Kommandant, ein israelischer Verbündeter. Arbeitest du für den Mossad?«

»Ach du Scheiße, nein«, sagte Benny.

»Aber die haben dich ins Land gebracht.«

»Kann sein. Ich weiß es nicht.«

Benny wusste nicht, was er ihm erzählen sollte und was besser nicht. Tot war er vermutlich so oder so. Aber den Mann schien das wenig zu beunruhigen.

»Du weißt es nicht«, sagte er, »weil du bloß ein Drogendealer bist. Weil das zionistische Gebilde ein Parasitenstaat ist, der vom Drogenelend profitiert. Und Tony Malik, Allah sei seiner Seele gnädig, war einer der größten Drogenlords im Libanon, bis ihn meine Männer ausgeschaltet haben.«

Benny rauchte. Benny nickte.

»Ihr profitiert auch davon«, sagte er leise.

»Wir profitieren nur vom Handel, um unseren Krieg zu finanzieren!«, behauptete der Mann.

»Das haben die Christen auch gesagt«, erwiderte Benny.

»Vielleicht haben sie's sogar ernst gemeint«, sagte der Mann.

»Vielleicht können wir einen Deal machen«, sagte Benny. »Ich bin hergekommen, um mit einem Verkäufer zu sprechen, mir ist egal, mit welchem. Kontrolliert ihr, welche Drogen aus Bekaa rausgebracht werden? Super, dann kaufe ich von euch. Wenn Sie mich gehen lassen, werde ich …«

»Das Geld besorgen?«, der Mann grinste. »Hier in Bekaa haben alle ihre Hand in der Reisschüssel«, sagte er. »Christen, PLO, Drusen … und die Syrer nehmen sich den größten Anteil. Glauben Sie, wir haben Schwierigkeiten, Käufer zu finden? Wir haben unsere Leute überall. In Europa, in Südamerika. Durch den Krieg wurde unser Volk auf der ganzen Welt verstreut wie Löwenzahnsaat. Aber unsere Leute vergessen nicht, woher sie kommen und was sie schuldig sind. Nein«, sagte er. »du kommst nicht frei.«

»Sie haben mich gar nicht nach meinem Namen gefragt«, sagte Benny beunruhigt, weil der Mann sich nicht danach erkundigt hatte. Einen Augenblick lang hatte er geglaubt, sich aus der Sache herausquatschen zu können.

»Wir kennen deinen Namen«, sagte der Mann. »Mr Rubenstein.«

Benny reagierte nicht. Die waren gut informiert, merkte er. Jemand wusste von dem Treffen, von den Vereinbarungen. Vermutlich jemand innerhalb der Phalangisten-Miliz. Nur war ihnen entgangen, dass Rubenstein Benny geschickt hatte, anstatt selbst zu fahren.

Scheiß Rubenstein, dachte Benny. Und schwor sich, sollte er jemals lebendig hier rauskommen, dass er's Rubenstein heimzahlen würde, auch wenn er Jahre darauf warten musste.

»Werdet ihr das durchgeben?«, sagte Benny.

»Dass wir dich haben? Warum?«, fragte der Mann. »Die Leute, die dich geschickt haben, wissen es doch längst. Und je länger diese unheilige Invasion andauert, desto mehr Geiseln werden wir bekommen und damit auch umso mehr Macht über das zionistische Gebilde. Wenn du Glück hast, tauschen wir dich in ein oder zwei Jahren gegen einen von unserer Gefangenen aus.«

Benny nickte nur benommen, der Kampfgeist war ihm abhandengekommen. Er fühlte sich innerlich hohl, nutzlos. Er war nicht mal mehr eine Person. Nur ein ungedeckter Scheck in einem Tresor.

»Gut«, sagte der Mann, als er dies sah. »Du machst das schon.«

Dann nickte er den Wächtern zu. Sie kamen und schlugen Benny noch einmal, zerrten ihn wieder die Treppe runter und stießen ihn erneut in den Kellerraum.

Hinter ihm wurde die Tür erneut verriegelt.

»Und?«, fragte Alexei.

Benny schüttelte nur den Kopf. »Er war fast ein bisschen nett«, meinte er. »Das ist das Schlimmste.«

»Daoud? Ist kein übler Typ, für einen Geiselnehmer«, sagte Alexei.

»Und er hat alles gewusst.«

»Dass du Drogendealer bist, meinst du?«, sagte Alexei. Benny blickte streng auf. Alexeis Augen funkelten im Kerzenschein.

»Was sollst du denn sonst sein?,« fragte Alexei. »Das ist nun mal der Libanon, Benny. Der Markt, auf den alle drängen. Während meiner Stationierung hier bin ich täglich Leuten wie dir begegnet. Araber, Juden, Korsen, Südamerikaner, Galizier, Iren, Türken ... je mehr dieses Land produziert, umso mehr wollen die Käufer haben, und je mehr die Käufer kaufen, umso mehr Waffen werden gekauft. Lieber Waffen als Essen, Benny. Das ist die Regel hier im Libanon. Von Drogen kann man sich Waffen kaufen, große Häuser, schöne Autos, Regierungsposten, die Polizei und die Armee, oder was davon übrig ist. Wenn du einen Mercedes die Straße runterfahren siehst, dann wurde der mit Haschisch bezahlt. Es liegt in der Luft, die du atmest. Du kannst es riechen, oder? Es lockt euch an wie Nektar eine Biene und ihr lasst euch verführen und seid hilflos.«

»Ist nur *Hasch*, Alexei«, sagte Benny. Und: »Weißt du, wo ich welches kaufen kann?«

Alexei lachte.

»Musst nur zu der Tür da rausspazieren«, sagte er und zeigte drauf, »und den Erstbesten fragen, der dir begegnet.«

»Dann mache ich das«, erwiderte Benny.

47 RIO

»Auch ein langer Tag geht mal zu Ende.« – Alexei

Auch an diesem Tag bekamen sie nichts zu essen. Benny versuchte zu schlafen, aber es klappte einfach nicht, und die ganze Nacht explodierten Bomben in der Ferne. Er konnte jetzt mehr hören, bellende Hunde, ankommende und abfahrende Autos. Er dachte, er habe Schreie einer Frau gehört, das Blöken einer Ziege, Schüsse und »Save A Prayer« von Duran Duran aus einem Radio. In der Nacht hörte er Alexei aufstehen und in der Dunkelheit umherstolpern. Er trat aus Versehen gegen den Eimer und fluchte, dann hängte er sich drüber und entleerte seinen Darm.

»Mir geht's nicht gut«, sagte Alexei.

Benny stand auf und zündete die Kerze an, von der allmählich nicht mehr viel übrig war. Alexeis Gesicht sah in ihrem Licht fahl und alt aus. Benny ging ihm helfen. Er zog ihn hoch und Alexei hing auf ihm. Benny führte ihn zurück zu seinem Platz am Boden, half ihm, sich hinzulegen, und setzte sich neben ihn.

»Bitte, ich will kein Licht«, sagte Alexei. Seine Stirn glänzte vor Schweiß. »Ich will so nicht gesehen werden.«

Persönliche Eitelkeit in einer solchen Situation rührte Benny. Er stand auf und holte einen schmutzigen Lappen, gab vorsichtig ein bisschen Wasser darauf und ging. Er tupfte Alexeis Gesicht und Nacken ab.

»Du bist heiß«, sagte er.

»Wird schon wieder … morgen früh«, sagte Alexei. »Die Nächte können hier ganz schön hart sein.«

Benny hörte das Pfeifen einer Mörsergranate am Himmel und sagte: »Die da draußen sind auch ganz schön hart.«

»Allerdings«, sagte Alexei. »Ich wünschte, ich wäre zu Hause in Moskau bei meiner Olga. Wir haben eine kleine Wohnung nicht weit vom Dserschinski-Platz. Man muss über viele Treppen nach oben, aber es ist unsere, und Olga …« Er verstummte.

»Ist sie hübsch?«, fragte Benny.

»Hässlich wie die Hölle«, erwiderte Alexei und versuchte zu lachen. »Aber sie liebt mich.«

»Ist gut, jemanden zu haben, der einen liebt«, sagte Benny.

»Das ist das Problem mit euch Juden«, sagte Alexei. »Mit allen hier. Ihr liebt zu viel. Ihr liebt das Land und hasst euch gegenseitig.«

»Und wie«, sagte Benny. Er tupfte weiter mit dem feuchten Tuch über Alexeis Stirn und stellte erleichtert fest, dass Alexeis Fieber allmählich zurückging.

»Wenn die kommen, dann bleib … hinter mir«, sagte Alexei.
»Ich … pass auf dich auf.«

Er schloss die Augen.

»Klar«, sagte Benny. »Wird gemacht.«

»Ich … sag's ihnen.«

Alexei schlief ein. Er fing an zu schnarchen. Benny setzte sich mit dem Rücken zur Wand und starrte an die Kellertür.

Er wünschte, er hätte eine Waffe, um sie alle zu erschießen.

Am Morgen bekamen sie ein Tablett mit Essen und etwas Wasser. Nachdem sie gegessen hatten, schien es Alexei besser zu gehen. Er sagte: »Tut mir leid wegen gestern Nacht. Manchmal ist es nachts schwer.«

»Bist du schon lange hier?«

Alexei zuckte mit den Schultern. »Einen Monat, glaube ich. Vielleicht länger. Aber es ist alles ein einziger langer Tag. Von Anfang bis Ende.«

»Wie wird es enden?«, fragte Benny.

Alexei zuckte mit den Schultern.

»Auch ein langer Tag geht mal zu Ende«, sagte er gelassen.

Sie spielten wieder Rommé. Alexei erzählte Benny von Moskau, wie hoch sich die Gebäude dort um einen herum erhoben, dass dort niemand mehr hatte als andere und niemand verhungern musste und immer ein Buch mit Gedichten oder ein heißer Samowar zur Hand waren. So wie er davon sprach, klang es, als wäre es dort sehr schön. Als Benny Stalin erwähnte, sagte Alexei nur: »Stalin ist tot«. Das war's. Benny erzählte ihm von Tel Aviv, von der Sonne und den Mädchen. Eine Stadt mit Stränden und weiß ummauerten Häusern. Von frisch gepresstem Orangensaft und Lammfett auf dem Grill. Von den Kinos und dass diese genauso waren wie die in Europa, von Cafés und Diskotheken.

»Klingt sehr bourgeois«, sagte Alexei, lächelte aber dabei.

Und Benny sagte: »Ist es ja auch«. Dann lachten beide.

Draußen setzte sich die Invasion fort, aber Benny hatte keine Ahnung, wie sie verlief. Vielleicht würde Israel ihn ja retten, dachte er. Sie hatten die Grenze überquert, um dem Libanon zu Ordnung und Stabilität zu verhelfen, die Herrschaft der PLO zu beenden und den Christen Bachir Gemayel als Präsidenten zu installieren und damit, wie Begin versprochen hatte, »vierzig Jahre Frieden« einzuläuten. Sie waren aus all diesen Gründen oder keinem davon über die Grenze gekommen. Benny wusste nicht so genau, warum. Der offizielle Grund war das Attentat auf den israelischen Botschafter in London. Aber alle wussten, dass es nur ein Vorwand war.

Manchmal brauten sich Kriege einfach langsam zusammen, so lange, bis sie unvermeidlich waren. Und vielleicht würde er gerettet werden, dachte Benny. Vielleicht würde er eine Art Held sein, wenn sie ihn fanden, wenn die israelischen Panzer das Viertel überrollten und ihn befreiten von den … von wem auch immer er befreit werden musste. Vielleicht würde er in die Zeitung kommen. So wie Oshri und Midget, bevor sie ins Gefängnis kamen, ständig mit berühmten Leuten in der Zeitung waren, mit Generälen und Sängern. So wie Yehezkel Aslan jetzt. Aslan mit seinen Restaurants, die von so vielen Berühmtheiten besucht wurden. Aslan, der Drogen und Glücksspiel in Tel Aviv kontrollierte. Dieses beschissene Arschloch.

Benny wollte nicht in die Zeitung kommen. Benny wollte nur Geschäfte machen. Warum war es denn so schwer, auf dieser Welt einfach nur Geschäfte zu machen? Man kauft was, man verkauft es. Niemand musste dabei sterben. Und wenn doch, dann musste er eben sterben, also machte man es möglichst kurz. Nicht wie diese Scheiße hier. Vielleicht war das, was im Libanon passierte, einfach nur ein außer Kontrolle geratener Revierkampf. Was wusste er schon? Er hatte keine Ahnung, wer diese Leute waren. Er wollte nur ein bis zwei Tonnen anständiges Haschisch kaufen.

Es gab kein Essen mehr, und es kam niemand herein. Er hörte die Wächter vor der Tür. Sie waren immer da. Der Eimer wurde immer voller. Ob sie den jemals leeren würden? Sie mussten. Er pisste hinein. Es stank zum Himmel. Alexei saß auf dem Stuhl. Benny ging auf und ab. Er stank. Seine Kleidung war schmutzig. Er merkte, dass Blut drauf war, vielleicht das von Tony Malik. Er ging weiter auf und ab.

»Hör auf damit«, sagte Alexei. Er saß auf dem Stuhl und starrte zur Tür.

Aber Benny konnte nicht stehen bleiben. Seine Haut juckte. Seine Muskeln schmerzten vom Liegen auf dem harten Boden, es gab hier nicht genug Sauerstoff. Er hatte Hunger. Alexei erstarrte.

»Was denn?«, fragte Benny.

»Psst.«

Benny verstummte. Er hörte nichts. Dann wurden Schreie laut, die mit einsetzendem Gewehrfeuer verstummten. Laufschritte über ihnen. Dann war alles wieder still. Er hörte die Wächter hinter der Tür, zwei Maschinengewehrfeuersalven und dumpfe Aufschläge.

Er hörte leise, wie sich jemand hinter der Tür bewegte. Der Schlüssel drehte sich im Schloss. Benny sah sich verzweifelt nach einem Versteck um, aber hier gab es keins. Dann suchte er eine Waffe, er würde sich wehren. Er würde es sich nicht einfach gefallen lassen, dachte er. Er würde versuchen, sie umzubringen, vielleicht konnte er sie ja wenigstens treten, bevor sie ihm in den Kopf schossen.

Die Tür ging auf. Benny tat nichts. Ein Mann im grauen Tarnanzug und mit Maschinenpistole stand im Eingang. Benny hob die Hände. Alexei saß auf dem Stuhl.

Der Mann sah Alexei an.

»Genosse Ivanovich?«

»Ja«, sagte Alexei auf Russisch.

Der Mann nickte und richtete die Maschinenpistole auf Benny.

»Nyet, ne strelyai«, rief Alexei, stand auf, sah Benny fast entschuldigend an und klopfte ihm auf die Schulter.

»Ostavte ego«, sagte er zu dem Mann mit der Maschinenpistole, der daraufhin mit den Schultern zuckte und sich zum Gehen umdrehte. Alexei folgte ihm.

Benny starrte beiden hinterher. Er hörte gedämpfte Stimmen, ein Fahrzeug, das in der Ferne angelassen wurde, dann nur noch Stille.

Nach einer Weile machte er einen Schritt, dann noch einen. Er musste über die Leichen der Wächter und die Treppe hinaufsteigen.

Im Wohnzimmer war das Funkgerät immer noch eingeschaltet. Benny hörte Stimmen mit viel Hall, die ihm unbekannte Codewörter wiederholten, eine Antwort verlangten, die nun ausbleiben würde. Mehrere Männer lagen in Blutlachen auf dem Boden, sie waren schnell und gekonnt durch Schüsse in Brust oder Kopf getötet worden.

Der Kommandant lag auf dem Sofa, ein akkurates Loch in der Stirn. Möglicherweise war es das Einzige, was im ganzen Land hier zurzeit noch akkurat war, dachte Benny. Der Kommandant lag auf dem Sofa, und das Sofa war mit einer Plane überzogen. Wenn die Familie, der das Haus gehörte, je zurückkam, würde sie ihr Sofa weiterhin verwenden können, als wäre es neu. Benny glaubte nicht, dass die Leute, denen das Haus gehörte, jemals wiederkommen würden.

Er sah keinen Lebenden mehr. Er wusste nicht, was er machen sollte.

Er war frei.

Er trat nach draußen.

Im Hof stand noch ein Wagen. Die Reifen waren zerschossen. Es war Tag. Nach der langen Zeit in dem düsteren Gefängnis schmerzte die Sonne Benny in den Augen. Ein Huhn flatterte auf ein Loch in der grauen Steinmauer zu.

»Wer zum Teufel waren diese Typen?«, dachte er.

Alles kam ihm so still vor.

Er ging wieder hinein, nahm dem toten Kommandanten die Pistole ab und einem der anderen Gefallenen ebenfalls. Dann suchte er Munition und eine Tasche, fand beides in der Küche, und fiel außerdem über Brot und Käse her, stopfte sich voll. Dann konnte er es nicht mehr halten und rannte halb, halb hopste er, aber es war nichts zu machen. Er ließ die Hose runter und kackte auf den Küchenboden.

Als er fertig war, wusch er sich die Hände unter dem Wasserhahn. Das Wasser lief noch. Seife gab es keine.

Noch immer war es still. Er fand einen Rucksack, stopfte das verbliebene Essen und die Magazine hinein. Dann ging er zum Funkgerät, drehte daran und suchte israelische Signale, irgendetwas auf Hebräisch. Er überlegte, ob er einen Funkspruch senden sollte, aber was wollte er sagen?

Es war so still. Warum war es so still?

Er trat nach draußen. Blinzelte erneut ins Licht. Dann schoben sich Schatten vor die Sonne, wie Vögel, nur schneller.

Sie flogen leise. Der Motorenlärm folgte mit Verzögerung.

Sachen fielen aus der Luft, aus den Flugzeugen.

Eine Explosion erschütterte ein Haus. Der Boden bebte. Benny fiel hin.

Mauersteine barsten und flogen durch die Luft. Er kauerte sich zusammen, bedeckte den Kopf mit den Händen.

Dann hörte er die Flugzeuge zurückkommen.

Benny schrie.

Wieder explodierte ein Haus. Die Flugzeuge gaben im Tiefflug Schüsse ab. Die Geschosse pfiffen wie entsetzliche unbelebte Bienen an ihm vorbei. Benny schrie, aber niemand hörte ihn. Hinter ihm stürzte das Dach des Hauses ein. Die Flugzeuge kamen ein drittes Mal zurück. Benny versteckte sich hinter einem Wagen.

Die Flugzeuge warfen Bomben. Aschewolken und Flammen stiegen hoch auf, erblühten ringsherum wie Blumen.

Benny schrie. Die Flugzeuge stiegen höher auf und rasten davon. Augenblicke später waren sie verschwunden.

48 CARELESS MEMORIES

»*Ganz schön weit fernab der Heimat.*« – Onkel Ali

Als Benny auf die Straße ging, klingelte es in seinen Ohren, und es war nicht mehr still. Ein Mann wischte immer wieder mit einem Lappen über die Karosserie eines liegengebliebenen Wagens. Der Wagen hatte keine Scheiben mehr, keine Türen und keine Reifen, aber er machte ihn sauber. Eine dünne und verhungert wirkende Katze lief Benny zwischen den Füßen durch. Er sah eine kleine Hand aus den Trümmern eines eingestürzten Gebäudes ragen und eine Frau, die danach greifen wollte, aber weggezerrt und weiter über die Straße gestoßen wurde, während immer mehr Menschen auftauchten, einige mit nichts, andere mit Taschen und Tüten, viele mit Kindern auf den Armen, andere zogen welche hinter sich her. Frauen auf hohen Absätzen und in teuren Kleidern, Männer in Lumpen, Männer in Anzügen, Männer in Tarnuniformen, manche mit Waffen, die meisten aber unbewaffnet. Wer ein Auto fand, fuhr davon, packte so viele Leute wie möglich mit hinein, aber es gab nicht viele Autos.

Alle anderen gingen zu Fuß. Die Gesichter waren voller Staub. Viele waren verletzt. Männer, Frauen, Kinder, sie folgten der Straße zwischen den zerstörten Häusern hindurch, vorbei an eingestürzten Wohnblocks und Geschäften, deren Rollläden wie Papier zusammengedrückt waren. Benny stand da, reglos, unstet, bis ihn jemand schubste und »Imshi! Imshi!«, schrie, an ihm vorbeilief und damit aus seiner Benommenheit riss.

Benny ging wie alle, Schritt für Schritt, setzte einen Fuß vor den nächsten. Mehr konnte er nicht tun. Er merkte, dass er in dem Durcheinander praktisch unsichtbar war. Er wusste nicht einmal, wer oder was die Leute in dieser Stadt waren, deren Name er nicht kannte: Schiiten oder Sunniten, Christen oder Drusen, oder eine Mischung aus allem. In der Ferne stiegen Rauchwolken auf, eine Bombardierung, die nun gar nicht mehr aufzuhören schien und vielleicht schon während seiner Gefangenschaft begonnen hatte. Aber sie war weit weg, und er dachte, vielleicht war das Beirut.

Wenn ja, dann befand er sich ein Stück außerhalb des Zentrums. Vielleicht gerade weit genug, um fortzukommen. Er folgte der Straße. Sie erreichten die Ränder der Stadt, als Schüsse fielen. Er konnte nicht sehen, woher sie kamen. Eine Frau ging zu Boden und stand nicht auf, ein kleines Mädchen kniete neben der Leiche und schrie »Mama! Mama!«, dann kam eine andere Frau, packte sie am Arm und zog sie weiter. Sie ließen die tote Frau liegen und gingen weiter, vor ihnen wirbelten Menschen Staub auf und überall brannte es. Am Horizont stieg Rauch auf. Weitere Kampfflugzeuge rasten vorüber. Einmal sah Benny eine Panzerkolonne der untergehenden Sonne entgegenfahren, er löste sich von den anderen und lief darauf zu, ein Mann packte ihn und schrie und zeigte mit dem Finger, und die Panzer fuhren weiter und Benny marschierte weiter, immer weiter, so allein wie nie zuvor, bis er keine Gedanken mehr in sich hatte und sogar die Musik, die er liebte, vollständig aus seinen Gedanken getilgt war.

Die Sonne ging unter, aber die Nacht wurde vom Feuer erhellt, sie kamen an eine Stelle, wo Leichen an Bäumen hingen, und marschierten immer weiter. Noch einen Kilometer weiter wurde erneut geschossen und zwei Menschen starben. Einer wurde in die Brust getroffen, er fiel hin, und sie ließen ihn dort liegen und gingen weiter. Benny fragte sich in einem klaren Moment, wer diese Menschen waren: Anwälte, Klempner, Köche oder Straßenfeger, Ladenbesitzer, Lehrer, Dichter, Maler? Er konnte es nicht wissen.

Er kannte diese Menschen nicht, ihre Sprache, ihre Vorlieben und Abneigungen, aber er kannte ihre Angst. Er spürte sie, und er ging weiter und weiter, ohne zu wissen, wohin. Er wagte es nicht, stehenzubleiben, nicht einmal darüber nachzudenken, wohin er ging. Sie kamen in ein Dorf, das bombardiert worden war, und sie sahen die Leichen in den Trümmern, gingen weiter und sahen weitere Panzer, irgendwo weit weg wurde die Nacht hell erleuchtet und vor ihnen sahen sie die Berge, gingen immer weiter und Benny sah ein Straßenschild, das nach Westen und nach Osten wies, die Aufschrift sowohl in arabischer wie auch englischer Sprache. In der einen Richtung ging es offenbar nach Beirut und in der anderen nach Damaskus.

Immer weiter. Benny wollte stehen bleiben. Er konnte nicht mehr gehen, kein Stück mehr. Irgendwann sackte er zu Boden, blieb liegen im Dreck, eine Frau kam und zog ihn hoch und sagte etwas zu ihm. Benny nickte nur stumm und ging doch wieder weiter. Die Frau hatte ein kleines Mädchen bei sich, und als das kleine Mädchen nicht mehr konnte, trug Benny sie eine Weile, dann nahm die Frau sie, und als erneut versteckte Scharfschützen auf sie schossen, rannten sie und versteckten sich, ließen die Toten zurück, drängten immer weiter fort, nur fort.

Sie kamen an ein kühleres Tal, und Benny sah Felder, und es roch sauber. Jetzt sah er kein Feuer mehr. Inzwischen waren nur noch wenige Menschen übrig, sie hatten sich nach Norden und nach Süden im Tal verteilt. Benny konnte die Frau mit dem Kind jetzt nirgends mehr entdecken, und er fragte sich, ob er die beiden nur geträumt hatte. Er kam an eine aus Stein gemauerte Villa auf einer Wiese und dort standen bewaffnete Männer und starrten ihn an. Und zielten auf ihn.

»Israel«, sagte Benny verzweifelt, »Israel.«

Die Männer sahen einander an, senkten die Gewehre nicht. Aber sie schossen auch nicht.

Einer von ihnen kam näher und stupste ihn an.

»Ata medaber ivrit?«, sagte er.

Benny starrte ihn an, konnte kaum glauben, Hebräisch zu hören. Ohne zu wissen, ob er Freund oder Feind vor sich hatte, ob sie ihn erschießen oder als Geisel verhaften oder einfach frei lassen würden. Er machte sich keine Sorgen mehr, jetzt nicht mehr.

»Ich will Haschisch kaufen«, sagte er.

Dann klappte er zusammen, die Welt wurde zu einem tiefen schwarzen Loch, in das er stürzte.

»Nein, nicht aufstehen«, sagte jemand mit der Stimme eines starken Rauchers auf Englisch. Benny hörte es, roch aber keinen Rauch. Er setzte sich auf und öffnete die Augen, zuckte zusammen wegen der Schmerzen an seinen Füßen und Oberschenkeln.

»Bist du zu Fuß aus Beirut gekommen?«, fragte der Mann und kratzte sich mit dem Lauf seiner Pistole am Bart.

»Nicht aus Beirut«, sagte Benny, seine Kehle schmerzte. »Aber nicht weit davon, glaube ich.«

»Dann bist du aber ganz schön weit fernab der Heimat, mein Freund«, sagte der Mann. »Ich bin Ali Khalil, aber sag ruhig Onkel Ali.« Er fuchtelte mit seiner Pistole. »Oder einfach Onkel, wenn dir das lieber ist. So nennen mich alle.«

»Und warum?«, fragte Benny.

»Weil ich für alle so was wie ein Onkel bin«, sagte Khalil, als läge das auf der Hand.

»Weißt du, wer ich bin?«, fragte Benny.

»Weißt du, wer *ich* bin?«, fragte Khalil zurück. Benny schüttelte den Kopf, ein großer Fehler. Sein Kopf schmerzte. Er sagte: »Keine Ahnung, aber weil ich noch lebe und in keiner Zelle stecke, würde ich sagen, du sympathisierst mit meiner Seite. Außerdem vermute ich, dass du reich bist, weil ich wette, dass die Männer, denen ich begegnet bin, für dich arbeiten. Die haben mich also gefunden und hergebracht und jetzt überlegst du, was du mit mir anstellen sollst. Aber was du machst? Keine Ahnung. Baust du Gras an?«

Onkel Ali lachte. »Wir sind in der Bekaa-Ebene«, sagte er. »Hier bauen alle Gras an.«

»Dann bist du was …? Christ?«, fragte Benny.

»*La*«, sagte Onkel Ali. »Schiit.« Er betrachtete Benny, legte die Waffe in seinen Schoß und zündete sich eine Zigarette an.

»Willst du eine?«

»Klar«, sagte Benny.

Er nahm einen Zug. Der Rauch schmerzte in seinen Lungen, und er hustete.

»Ich habe keine Sympathien für Israel«, sagte Uncle Ali. »Mein Volk war immer unterdrückt im Libanon und wir werden durch diese Invasion noch mehr leiden, es sei denn, wir kämpfen. Bei allem, was recht ist, eigentlich sollte ich dich an die Syrer verkaufen. Die zahlen gutes Geld.«

»Und was hält dich davon ab?«, fragte Benny, der inzwischen vermutete, dass er gerade seine letzte Zigarette rauchte, und beschlossen hatte, sie wenigstens zu genießen.

»Ich verdiene mein Geld nicht damit, dass ich Schiit bin«, sagte Onkel Ali. »Du befindest dich jetzt auf meinem Land und sonst keinem. Nicht dem der Regierung in Beirut, nicht dem der Hisbollah, nicht dem der Syrer, auch wenn wir denen gegenüber Zugeständnisse machen mussten. Wer zu mir auf mein Land kommt, kommt in Frieden, sonst begegnen wir ihm mit Kugeln.«

»Verkaufst du Drogen?«, fragte Benny.

Onkel Ali zog an seiner Zigarette. Seine Finger waren fleckig vom Nikotin. »Bist du nicht deshalb hergekommen, Benny Pardes?«, fragte er.

Benny blieb still sitzen.

»Dann weißt du also doch, wer ich bin«, erwiderte er.

»Ich gebe mir Mühe, Sachen zu wissen«, erwiderte Uncle Ali. »Ich hab gehört, was Tony Malik zugestoßen ist. Angeblich haben die Gemayels ihn ermordet, die Christen bekämpfen sich seit Jahren.«

»Das war irgendein anderes Kommando«, sagte Benny. »Die wollten mich als Geisel nehmen. Außerdem war da noch ein Russe.«

»Ich hab gehört, die russischen Gefangenen wurden alle plötzlich frei gelassen«, sagte Uncle Ali und lächelte wieder. »Weißt du irgendwas darüber?«

Benny zuckte mit den Schultern. Er sah sich nach einem Aschenbecher um und Onkel Ali reichte ihm einen. Benny sagte: »Sind halt Russen.«

»Stimmt«, sagte Onkel Ali.

»Und?«, meinte Benny. »Was jetzt?«

»Kannst du gehen?«, fragte Onkel Ali.

»Ich kann's versuchen.«

Benny schwang sich aus dem Bett, stand auf, hielt sich am Gestell fest, dann richtete er sich auf. Sein Mund schmeckte nach Asche und alles tat ihm weh, aber er lebte noch, und was spielte sonst überhaupt noch eine Rolle?«

»Wohin gehen wir?«, fragte er.

»Komm, komm. Ich führ dich herum.«

Benny humpelte hinter Uncle Ali her. Aus dem Raum in einen kühlen Korridor, an Türen vorbei und die Treppe runter. Das Haus war solide, aus Stein gemauert und mit dem Alter verwittert. Im Erdgeschoss, in einem großen Wohnzimmer, saßen ein paar Kinder, nahmen M-16-Gewehre auseinander und bauten sie wieder zusammen. Sie blickten nicht auf. Benny roch, dass in der Küche gekocht wurde. Sein Magen knurrte und Onkel Ali lachte.

»Gibt bald was zu essen«, versprach er. »Ist fast Mittagszeit.«

Draußen roch Benny Lavendel und Rosen. Mehrere Fahrzeuge parkten vor der Villa, die einsam und allein inmitten ausgedehnter Felder stand. Auf beiden Seiten erhoben sich Berge, die das Tal dazwischen einfassten. Hühner liefen frei herum. Er sah Traktoren und Anhänger, ein paar Jeeps, einen abgekoppelten Pflug, aufgerollten Stacheldraht, Säcke mit Dünger und einen Gabelstapler.

Er atmete tief ein. Die Luft war sauber. Es war so still. Einen Augenblick lang hatte er das Gefühl, als hätte er die vergangenen Tage nur geträumt. All das kam ihm so friedlich vor wie ein Paradies.

»Komm«, sagte Onkel Ali und ging zum Tor einer riesigen Scheune, das er aufzog. Benny folgte ihm hinein.

Drinnen war es dunkel, und die Wände waren kahl, aber Benny schenkte dem keine Beachtung. Das Einzige, was er sah, waren Unmengen reines, schwarzes Haschisch. Es war überall, auf dem Boden, an den Wänden, hüfthoch gestapelt. An langen Holztischen saßen junge Frauen, Köpfe und Gesichter mit Tüchern bedeckt, die Pulver durchsiebten, geduldig mit den Händen durch riesige Siebe strichen. Sie beachteten Benny kaum. Das fertige Produkt wurde säckeweise aufgestapelt.

»Du hast gesagt, du willst Haschisch kaufen«, meinte Onkel Ali.

»Ich ... ja.«

»Das ist Haschisch.«

Benny schluckte. »Das sehe ich«, sagte er.

Er sah es nicht nur. Er atmete es auch. Der Staub war so fein, dass er in der Luft hängen blieb, sich auf Bennys Gesicht legte und in seinen Klamotten festsetzte. Benny wurde leicht schwindlig.

»Im Libanon spielt es keine Rolle, wer du bist«, erklärte Onkel Ali. »Hier ist egal, ob du Christ, Moslem oder Druse bist. Spielt keine Rolle, welche Häfen du kontrollierst, Beirut, Sidon oder Tripoli, oder welche Landrouten von hier bis dorthin. Du musst trotzdem nach Bekaa kommen, du musst trotzdem *herkommen*, verstehst du das Benny?«

»Ich bin hier«, sagte Benny.

Onkel Ali klopfte ihm auf die Schulter. »Dann essen wir jetzt was«, sagte er. »Ich lasse meine Frau nicht gerne warten. Sie wird schnell sauer, wenn ich zu spät komme.«

Benny folgte ihm nach draußen. Er wollte sich den Haschischstaub abklopfen, aber der hatte sich überall festgesetzt. Sie kehrten ins Haus zurück, in die Küche, und nahmen Platz an einem langen, mit Essen beladenen Tisch. Kinder und ihre Mütter, Alis Neffen und Söhne waren alle da.

»Lasst uns essen«, sagte Onkel Ali.

Nach dem Essen besprachen sie die Einzelheiten.

»Ich muss mit meinem Chef sprechen«, sagte Benny. »Hast du ein Funkgerät?«

»Wieso nimmst du nicht das Telefon?«, schlug ihm Onkel Ali vor.

»Funktioniert das denn?«, fragte Benny.

Onkel Ali zuckte mit den Schultern. »Funktioniert«, sagte er.

Benny hob den Hörer ab. Es funktionierte. Er versuchte einen Anruf anzumelden. Wie meldete man einen Auslandsanruf in ein feindliches Land an? Onkel Ali nahm den Hörer und sprach mit der Vermittlung. Er sagte ein paar Worte. Benny überlegte. Er gab ihnen Rubensteins Nummer.

Das Telefon klingelte. Onkel Ali gab Benny den Hörer wieder zurück. Benny wartete. Eine vertraute, kalte Stimme meldete sich in der Leitung.

»Ja?«

»Ich bin's«, antwortete Benny.

»Wo zum Teufel steckst du?«, fragte Rubenstein.

»Ich komme nach Hause«, sagte Benny. »Sag Bescheid, dass die mich durchlassen. Blauer Pick-up, keine Kennzeichen.«

»Ich schicke Cohen.«

Rubenstein legte auf. Benny starrte das Telefon an.

»Arschloch«, sagte er.

Er ging mit Onkel Ali raus.

»Du weißt, was passiert, wenn du nicht wiederkommst?«, fragte Onkel Ali.

»Weiß ich«, sagte Benny.

Sie sahen zu, wie Onkel Alis Männer Säcke auf den Pick-up luden.

»Hier«, sagte Uncle Ali und warf Benny die Schlüssel zu.

»Du gibst mir einfach so anderthalb Tonnen Haschisch mit«, sagte Benny, dem immer noch nicht ganz klar war, wie der Deal funktionierte. Es kam ihm abgefahren vor, aber andererseits vielleicht machte man das hier im Libanon ja so.

»Und meinen Truck leihe ich dir auch«, sagte Onkel Ali. »Ich mag den Truck.«

»Ich bring ihn dir wieder«, versprach Benny. »Und außerdem genug Geld, so dass du dir jeden Wagen kaufen kannst, den du haben willst.«

»Bring mir einfach mein Geld«, erwiderte Onkel Ali.

Sie gaben sich die Hand drauf.

»Die Grenze wird wohl noch eine ganze Weile offen bleiben, denke ich«, sagte Benny. »Offene Grenze, entspannte Gemüter.«

Sie gaben sich die Hand drauf.

Die Männer hatten den Wagen fertig beladen, deckten die Ladefläche mit einer Plane ab und sicherten alles mit Schnüren. Benny setzte sich hinters Steuer, steckte den Schlüssel ins Schloss. Das Rattern des startenden Motors klang wie ein Schrei nach Freiheit. Benny legte einen Gang ein und winkte Onkel Ali. Onkel Alis Männer standen mit Gewehren dort und sahen ihn davonfahren. Benny trat aufs Gas und raste über die Schotterstraße davon, wirbelte Staub auf. Schließlich stieß er auf die Straße, die ihn nach Süden führte.

Panzer und Panzerfahrzeuge kamen ihm auf der Straße entgegen, alle waren in entgegengesetzter Richtung unterwegs. Benny hupte und winkte. Die Soldaten starrten ihn belustigt an. Er zeigte ihnen ein V.

Auf der Fahrt sah er Spuren der Kämpfe, die hier stattgefunden hatten. Zerstörte Häuser, ein umgestürzter und ausgebrannter Panzer, zerbombte Felder. Anderswo sah er ein kleines Fernsehteam und eine Frau, die Bilder machte. Benny fuhr langsamer, um zuzusehen, und die Frau richtete ihre Kamera auf ihn.

»Sylvie Gold, *haOlam haZeh*«, sagte sie.

Die Kamera klickte und klickte immer wieder. Benny wendete sein Gesicht ab. Und trat erneut aufs Gas.

Ein Stück weiter kam ihm ein Jeep entgegen, der Fahrer wurde langsamer, als er ihn erkannte, und gab Benny Zeichen. Es war Nir, der ihn zu dem Treffen mit den Maliks begleitet hatte.

Benny zeigte ihm den Mittelfinger. Nir drehte einen U-Turn und folgte Benny und dem Truck. Als sie an eine Straßensperre der Armee kamen, fuhr Nir vor und regelte, was zu regeln war. Die Soldaten ließen sie durch. Es gab noch eine weitere Straßensperre, dann war die Bahn frei und der Himmel klar. Als sie endlich die Grenze erreichten, stand Cohen schon da und wartete.

Er öffnete das Tor und Benny fuhr durch.

»Willkommen in Israel«, rief Cohen.

8

HAVA

1985

49 MELA

»So ein Aufstand.« – Hava

Hava spülte Geschirr. Das Wasser war zu heiß, sie schimpfte, wie eine Mutter schimpfte, und schrubbte so heftig auf einem Teller herum, dass ihre Fingerspitzen weiß wurden, die Handinnenfläche wund und rot.

Ihr Ehering lag in einer Seifenschale auf dem Tresen. Sie hatte die Kinder heute früher aus der Schule abgeholt. Der Junge war jetzt draußen, und das Mädchen sah fern, dem künstlichen Gelächter vom Band nach zu urteilen lief gerade *Krovim Krovim*. Draußen war es heiß, aber in der Wohnung kühl.

Hava schrubbte, ließ Wasser über den Teller laufen, stellte ihn auf ein Abtropfgitter und nahm sich als Nächstes einen Kaffeebecher vor. Niemand rief an. Die Vögel zwitscherten vor dem Fenster. Autos fuhren auf der Straße unten, und ein paar Jungs spielten draußen Fußball, *dong dong* immer wieder an die Wand. Sie fragte sich, ob was in der Zeitung stand.

Ehud war wieder weg. Immer war er weg. Die Kinder sahen ihn häufiger im Fernsehen als zu Hause. Ständig musste er wichtige Leute interviewen. Er arbeitete. Sie erinnerte sich daran, wie gut er ausgesehen hatte, als sie sich kennengelernt hatten. Damals war er ihr so kultiviert vorgekommen. Und er war völlig vernarrt in sie gewesen. Sie sah ja auch sehr gut aus, trug immer eine Sonnenbrille und lächelte viel. Ihre Mutter hatte immer gesagt, sie solle lächeln.

Sie schrubbte den Kaffeebecher. Wann war sie am Morgen aufgestanden? Um halb sieben? Sie hatte den Kindern Frühstück gemacht, sie in die Schule gebracht und war dann zur Arbeit gefahren. War ein gutes Gefühl, arbeiten zu gehen. Sie arbeitete gerne. Sie mochte die Stille in der Bank, die Klimaanlage, den gebügelten Anzug, den sie dort meist trug. Sie zog sich gerne schön an. Geld hatte etwas Geheimnisvolles, eine Aura, die … sie überlegte, wie man das ausdrücken konnte. Ein bisschen war das so wie als Kind in der Bücherei. In den Räumen dort war es auch ganz still, und sie waren voller Bücher, sogar der Bibliothekar trat ganz leise auf. Und dann der Geruch der Bücher. Geld war anders, es roch nicht so, und die Stille hatte eine andere Tonlage. Vielleicht war's in der Bank eher so, wie wenn man sich eine Muschel ans Ohr hält, so wie der Junge es früher gerne gemacht hatte, um das ferne Rauschen des Ozeans zu hören. Als wären die Wellen in eine Muschel gesperrt. So.

Sie mochte das. Sie mochte das leise Klappern ihrer Absätze auf dem harten Fußboden der Bank und das Parfüm, das sie immer benutzte, bevor sie die Wohnung verließ. Das Parfüm blieb, es folgte ihr, machte Eindruck. Man musste auf eine bestimmte Art aussehen und riechen. Und den richtigen Eindruck machen. Sie liebte es, durch den Vorraum zu gehen und Platz zu nehmen hinter der Panzerglasscheibe, die sie von der Welt trennte. Sie zählte gerne Geld, füllte gerne Formulare aus und heftete sie gerne ab. Sie mochte es, wenn der Stift sanft über das Papier kratzte. In der Bank war sie nicht jemandes Mutter, nicht jemandes Frau. Sie war in einer anderen Welt, einer nur für sie gemachten Welt, wo sie auf ganz andere Weise wichtig war.

Sie mochte sogar die Kunden. Jeder Kunde hatte eine Geschichte und ein passendes Gesicht zu der Geschichte. Man konnte durch die Zahlen einer Aufstellung, durch Zahlungsein- und -ausgänge, Profite und Verluste so viel über eine Person erfahren.

Zum Beispiel über Mela Malevsky. Als Mela das erste Mal ihr gegenüber Platz nahm, hatte die ältere Dame die Hände über ihrer Handtasche auf ihrem Schoß gefaltet, Hava angesehen und gelächelt. Man sah ihr an den Augen und jeder einzelnen Falte an, dass sie gelebt hatte.

Mela sprach Englisch mit Akzent und nicht viel Hebräisch,

aber das war kein Problem für Hava. Mela war zu Besuch aus New York und wollte Geld auf ihr neu eingerichtetes Konto einzahlen. Sie überlegte, ob sie etwas davon investieren sollte, erklärte sie Hava. Sie war nicht unbedingt ängstlich in Hinblick auf Investitionen, aber eben unsicher. Sie wollte gerne etwas in das Land zurückinvestieren. Etwas in Israel investieren. Sie hatte vor, häufig zu Besuch zu kommen. Ihr Mann war Perlenhändler, und sie hatten drei Kinder und drei Enkel. Mela zeigte Hava Fotos von ihnen, lächelte stolz, wenn auch ein kleines bisschen befangen. Sie war eine so nette Frau, und sie hatten sich wirklich gleich beim ersten Mal gut verstanden. Hava hatte ihr mit den Überweisungen geholfen und sich dann mit leichtem Bedauern von der Kundin verabschiedet.

Jetzt hatte sie den Kaffeebecher fertig gespült und stellte ihn auf das Abtropfgitter. Wieder donnerte der Fußball an die Wand draußen. Kindergeschrei. Ein Auto hupte irgendwo weiter weg. Das Mädchen lachte vor dem Fernseher. Hava nahm einen weiteren Teller zum Spülen.

Sie hatte sich daran gewöhnt, Mela zu sehen, wenn sie zu Besuch war. Sie kam immer in der Bank vorbei, weil sie dort eine ganze Menge Geld hinterlegt hatte. Bei diesen Gelegenheiten unterhielten sie sich, erfuhren immer mehr über einander. Mela war sehr beeindruckt davon, dass Havas Mann so berühmt war, ein Fernsehjournalist. Und Hava fühlte sich der älteren Frau einfach irgendwie verbunden. Da war etwas, das sie nicht ganz in Worte fassen konnte. Sie hatte nicht viele Freunde. Bekannte der Familie, das schon. Andere Paare, mit denen sie befreundet waren, und natürlich hatte ihr Mann Freunde. Nur für sich allein hatte sie eigentlich nicht so viele. Schließlich schlug sie Mela vor, doch einmal gemeinsam einen Kaffee zu trinken, und warum auch nicht? Ihr Leben spielte sich ja nicht nur in der Bank ab. Sie saß mit Mela in einem Café, damals arbeitete sie noch für die Bank in Jerusalem, und sie unterhielten sich stundenlang und lachten viel dabei.

Über den Holocaust und was sie damals erlebt hatte, sprach Mela nie.

Meist kam sie zwei bis drei Mal im Jahr nach Israel. Manchmal brachte sie kleine Geschenke mit aus New York. Klein, aber geschmackvoll. Ein neues Parfüm für Hava, eins, das nach Amerika roch, nicht nach Israel. Ein Tuch. Ehud war ständig unterwegs in Städten wie New York oder Paris, es war sogar die Rede davon, ihn als Korrespondenten für längere Zeit nach Amerika zu schicken, aber er meinte, das sei die Strafe dafür, dass er sich öffentlich so vehement gegen einen Friedensvertrag mit den Arabern ausgesprochen hatte. Er glaubte einfach nicht daran. Er war ein guter Ehemann. Ein guter Vater. Ein guter Mensch. Das sagte sie sich immer wieder. Er war eine öffentliche Person.

Das erzählte sie Aviva. Aviva lachte. Aviva lachte immer. Aviva lachte viel.

Aviva sagte: »Alle Männer sind Schweine, sogar meiner, dabei ist er brav wie ein Schoßhund.«

Aviva war ihre beste Freundin. Warum dachte sie jetzt an Aviva? Sie schrubbte den Teller, aber er war immer noch nicht sauber. Sie brauchte mehr Spüli. Ihre Hände waren schon wund, aber das spürte sie gar nicht mehr. Sie schrubbte weiter.

Aviva sagte: »Diese Freundin, die klingt nett.«

Lange hatte Hava das Gefühl gehabt, Aviva und sie seien zusammen auf die Welt gekommen und nur durch böse Mächte seit der Kindheit getrennt gewesen. Zum Glück hatten sie sich aber doch irgendwie wiedergefunden. Damals hatten sie im selben Wohnblock in Jerusalem gewohnt. Hava hatte schon in der Bank gearbeitet und Ehud fürs Fernsehen, aber die Kinder waren noch klein gewesen. Aviva hatte mit ihrer eigenen Tochter und ihrem Mann in dem Block gelebt, sie waren miteinander ins Gespräch gekommen und verbrachten schließlich immer mehr Zeit miteinander.

Aviva war nicht hübsch, nicht so, wie man Hava dies nachsagte, auch nicht glamourös, aber sie hatte etwas. Aviva war nicht leicht zu übersehen, und wenn man das einmal begriffen hatte, war es unmöglich, sie zu übersehen. Sie verstand es, sich still und leise durch die Welt zu bewegen, aber eben auch, sie aus den Fugen geraten zu lassen. Sie arbeitete in einer Apotheke, die ihr zusammen mit ihrem Ehemann gehörte, allerdings liefen die Geschäfte nicht sehr gut. Sie redete nicht gerne darüber, gestand sie.

»Lass uns nicht über Geld reden«, sagte sie.

Aber Hava liebte Geld, Geld war ihr Job, sie überwies es, wechselte es, investierte es hier oder dort. Und Aviva sprach ständig über Geld, auch wenn sie sich darüber beschwerte, dass die Apotheke nicht gut lief und sie Mühe hatten, ihre Zulieferer zu bezahlen, und einen Plan machen mussten. Sie sprachen über Investitionen, was Hava ja nun wirklich interessierte. Die Tel Aviver Börse war damals sehr spannend. Leute sprachen über neue Technologien, über Autotelefone, Computer für zu Hause.

Und so fing sie an, Geld in Aktien zu investieren. Erst mal nur ein bisschen, dann ein bisschen mehr. Sie ließ es drauf ankommen. Riskierte ihr Geld. Das war so aufregend. Morgens machte sie den Kindern Frühstück, nahm eine Valium, brachte sie zur Schule und fuhr zur Arbeit. Am Nachmittag holte sie die Kinder wieder von der Schule ab, machte ihnen was zu essen, half bei den Hausaufgaben, machte sauber, wusch ab und setzte die Kinder in die Wanne, achtete darauf, dass sie auch die Zähne putzten. Dann sagte sie ihnen gute Nacht und gab ihnen ein Küsschen zum Einschlafen, guckte fern mit einem Glas Wein, manchmal sogar mit Ehud zusammen, schließlich sah er sich sehr gerne selbst im Fernsehen.

Hava sagte: »Vielleicht komme ich ja eines Tages auch mal ins Fernsehen.«

Ehud erwiderte: »Wozu das denn? Du bist perfekt, so wie du bist.«

Aber zwischendurch zockte sie ein bisschen an der Börse. Der

Kurs stieg, der Kurs fiel. Sie investierte ein bisschen mehr. Dann noch mehr. Konnte ja nicht schaden.

Aviva und ihr Mann mussten die Apotheke verkaufen. Sie konnten die Zulieferer nicht bezahlen, die damit drohten, sie zu verklagen. Aviva unternahm etwas, sie blieb zwar vage, was die Einzelheiten betraf, verhinderte damit aber einen Rechtsstreit. Es gab wohl so was wie einen Vergleich. Hava wollte sie nicht zu sehr drängen. Aviva hatte so eine Art, um den heißen Brei herumzureden. Sie kam schon klar. Sie erzählte nicht alles. Vielleicht hatte sie den Zulieferern ja auch Geld geklaut. Geborgt, behauptete sie. Als die es merkten, wollten sie die Polizei einschalten.

»Und warum haben sie's nicht getan?«, fragte Hava.

Aviva sagte, die Zulieferer hätten der Regierung Geld gestohlen. Alle nahmen sich was vom Kuchen, also griff sie selbst auch zu, mehr war es nicht. Sie sagte, sie habe denen erklärt, es würde ihnen besser bekommen, die Polizei nicht zu verständigen. Und sie hatten ihr zugestimmt. Damit war das Problem gelöst, aber Aviva und ihr Mann mussten trotzdem die Apotheke verkaufen, um einen Teil des Geldes zurückzuzahlen.

Na ja, war keine große Sache. Man borgte sich eben ein bisschen was. Na und? Sie würde es ja zurückzahlen. Hava bewunderte Aviva. Sie ließ sich nicht von der Welt herumstoßen. Sie spielte das Spiel. Hava wünschte, sie selbst wäre auch so. Eigentlich hätten sie beide nicht unterschiedlicher sein können.

Es war schön, Mela wiederzusehen, als diese das nächste Mal zu Besuch kam. Sie überlegte, ob sie eine größere Summe investieren sollte. Ob Hava Ideen dazu habe? Hava gestand, sie habe ein bisschen an der Börse gezockt. Mit ihrem eigenen Geld, sagte sie. Das war recht gut gelaufen. Sehr gut sogar. Aber sie wollte es nicht übertreiben. Sie sah Melas Kontostand mit jedem Besuch weiter anwachsen.

Sie brauchte mehr Spülmittel. Welchen Teller hatte sie da in der Hand? Das Mädchen sah fern. Der Junge war draußen, der

Fußball donnerte gegen die Wand. Sie hatte ihren Gedanken verloren. Ob Ehud anrufen würde? Ob er heute nach Hause kam? Sie ließ Wasser über den Teller laufen und stellte ihn weg. Aviva hatte nicht angerufen.

Sie überlegte ... wer von ihnen beiden hatte eigentlich das Nudelholz mitgenommen?

Sie wünschte, das Radio würde laufen. Sie sollte das Radio einschalten, wenigstens was Schönes hören. Nur nicht Arik Einstein. Früher hatte sie Arik Einstein gemocht. Na ja, alle mochten ihn. Aber sie jetzt nicht mehr, nicht mehr seit der Sache. Aber vielleicht lief ja noch was anderes.

Sie sollte das Radio einschalten und es herausfinden. Aber sie hatte nasse Hände und Angst, das elektrische Gerät mit feuchten Fingern anzufassen. Sie hätte den Hahn abdrehen und sich schnell die Hände abtrocknen müssen, aber da war immer noch Geschirr im Becken. So viel schmutziges Geschirr.

Sie hatte keine großen Träume mehr. Sie hatte sich ganz gut gehalten, wie man so schön sagt. Wenn Ehud Empfänge besuchte, begleitete sie ihn. Sie kannte Leute. Kurz dachte sie an den Mann, mit dem sie sich hin und wieder traf. Er gehörte der Knesset an, ein Politiker. Auch er hatte eine Familie. Die kleine Affäre zwischen ihnen funktionierte.

Für sie beide. Sie war sicher, dass auch Ehud andere Frauen nebenher hatte. Warum sollte sie sich nicht auch so was gönnen? Das war nicht kompliziert, das mit ihr und dem Mann. Rein körperlich, ein kleines bisschen Zuneigung gehörte dazu. Sie sah ihn in Jerusalem, wenn sie konnte. Manchmal auch in Tel Aviv. Immer im Hotelzimmer, grundsätzlich. Zwischen den Kindern und ihrem Job. Wann immer es ging.

Sie spülte das Besteck. Eine Gabel. Ein Messer. Das war Ehuds Wagen gewesen. Ihr gemeinsamer Wagen. Sie fuhr sehr gerne. Sie hatte Mela davon abgeraten, an der Börse zu zocken.

»Lass dein Geld auf der Bank, da ist es sicher«, hatte sie gesagt.

Das war ein guter Rat. Und Mela hatte auf sie gehört.

Warum dachte sie jetzt an Mela? Sie wünschte, die Kinder würden aufhören, den Ball an die Wand zu donnern. Manchmal würde sie am liebsten schreien. Es war so verdammt schwer, perfekt zu sein. Eine perfekte Ehefrau, eine perfekte Mutter. Immer mit Sonnenbrille, schönen Klamotten und einem Hauch Parfüm. Jemand, der gesehen wird. Aviva war das genaue Gegenteil von ihr. Mit der Riesenmähne und der großen Brille mit den dicken Gläsern und einem Ehemann, der nicht im Fernsehen zu sehen war. Hava hatte das Leben in Jerusalem nicht gefallen. Sie stammte aus Tel Aviv, sie kam aus der Sonne und vom Meer. In Jerusalem war es kalt, und die Menschen dort waren es auch. Sie war so froh, dass sie Aviva kennengelernt hatte.

Der Teelöffel war fleckig. Wieso ging das nicht ab? Sie rieb und rieb. Sie brauchte den Kratzschwamm. Sie griff unter die Spüle und würde so lange daran herumschrubben, bis er sauber war. Unordnung konnte sie nicht leiden. Die Reifen, sie hätten die Reifen nicht behalten dürfen. Sie saßen im Wagen. Hava fuhr. Sie fuhr gerne. Die Sonne war untergegangen, und es war dunkel. Aviva und Mela saßen beide auf dem Rücksitz. Wer hatte nur das Nudelholz mitgenommen? Sie konnte sich einfach nicht mehr daran erinnern. Die Fahrt war schön, drei Freundinnen zusammen unterwegs. Sie hatten sich viel zu erzählen.

Sie sollte mal ihr Horoskop lesen, dachte Hava. Aviva hatte sie zur Astrologie gebracht. Das interessierte sie sehr, wie die Bewegungen der Sterne Einfluss auf Gesundheit und Vermögen haben können. Irgendwann waren sie aus dem Wohnblock in Jerusalem weggezogen. Aviva hatte einen Job in einem Lagerhaus bekommen, sie war die Leiterin und ziemlich beliebt, sagte sie. Aviva war wieder in Tel Aviv. Mela kam zweimal im Jahr zu Besuch, vielleicht sogar drei Mal.

Sie sagte: »Hava, ich glaube, da fehlt etwas von meinem Geld.«

Ehuds Wagen. Warum war es Ehuds Wagen und nicht ihr

Wagen oder der Familienwagen? Ehuds Wagen. So wie sie Ehuds Frau war. Liebte sie ihn überhaupt? Eine Zeit lang dachte er, Aviva und sie seien Lesben und dass sie ihn mit Aviva betrügen würde. Als könnten Frauen nicht einfach so befreundet sein! Er konnte Aviva nicht leiden und wollte Hava verbieten, sich mit ihr zu treffen. Mit Aviva, ihrer besten Freundin!

Aviva sagte: »Mela, wir müssen was mit dir klären.«

Die Fenster im Wagen waren offen. Ein warmer Wind wehte herein. In der Ferne ein paar Lichter. Hava war ziellos herumgefahren, dabei aber immer näher ans Meer. Nach Tel Baruch, das war keine gute Gegend, dort standen Prostituierte, und nachts trieben sich einsame Frauen und verzweifelte Männer dort herum, alle möglichen Leute von Generälen bis Jeschiwa-Studenten, dort war es ruhig, isoliert und abgeschieden. Warum war sie ausgerechnet nach Tel Baruch gefahren? Es war furchtbar dort.

Das stimmt nicht. Sie hatte Mela gesagt, sie wollten ins Mandarin fahren. In ein schönes Hotel und dort zusammen etwas trinken. Die Sache klären. Also, warum waren sie dran vorbeigefahren? Warum war sie auf den sandigen Weg zum Meer abgebogen?

»Mein Geld?«, fragte Mela. »Wo ist mein Geld?«

Hava wollte es ihrer Freundin erklären. Dass es sich einfach nur um einen Fehler in der Kontoführung handelte. Lohnte es sich denn wirklich, gleich so einen Aufstand zu machen? Das bereitete doch allen nur Probleme. Sicher konnte man Mela das begreiflich machen. Hava versuchte vernünftig zu bleiben. Das Radio lief. Arik Einstein sang: »How Good You Came Home«. Sie liebte seine Stimme.

»Komm schon, Mela«, sagte sie. »Wir sind doch Freundinnen.«

»Auf meinem Konto fehlt Geld«, erwiderte Mela. »Sehr viel Geld.«

Wie viel waren das, fünfzigtausend Dollar vielleicht? Das war doch gar nicht so viel. Kaum genug, dachte Hava. Sie hatte weiter in Aktien investiert, aber das Geld war einfach verschwunden, wie durch ein Loch. Schließlich hatte sie es Ehud sagen müssen, sie mussten die Wohnung verkaufen, aber nicht mal das hatte gereicht. Das versuchte sie jetzt Mela zu erklären.

»Mela, hör doch, es gibt für alles eine Lösung, erst mal Ruhe bewahren ...«

»Ruhe bewahren?«, sagte Mela. Sie atmete schwer. »Hava, wie soll ich die Ruhe bewahren? Ich verstehe nicht, was da passiert ist, ich habe dir vertraut ...«

»Beruhige dich!«, bat Aviva. Hatte Aviva an dem Abend auf dem Rücksitz gesessen? Und Hava am Steuer? Und wer hatte das Nudelholz mitgenommen?

»Mela, ich hab's doch nicht gestohlen, nur geliehen, dafür gibt es eine Lösung ...«

Arik Einstein im Radio und das dunkle Meer ganz in der Nähe, wo Männer verstohlen und hastig Sex mit Frauen hatten, die das Ganze schlicht als Geschäftsvorgang betrachteten. Warum bekam Mela das nicht hin? Geld kam und ging, Profite und Verluste, Zahlen in einer Aufstellung, die gar nichts zu bedeuten hatte.

»Mela, beruhige dich ...«

»Du Diebin, Diebin!«, schrie Mela.

Warum musste sie so schreien? Hava hasste Geschrei, es ließ sich doch alles im Leben auch ganz in Ruhe regeln, schließlich wollte man nicht, dass die Nachbarn reden, immer ....

Das Nudelholz krachte auf Melas Schädel.

Nur um sie zu beruhigen. Nicht ... außerdem war's nur ein ganz leichter Schlag gewesen. Mela? Wieso hast du überhaupt nachgesehen? Mela, warum hast du mich so hintergangen? Wir wollen doch bei der Bank niemanden beunruhigen, Mela. Das war doch nur ein bisschen Geld. Du hast mir doch eine Kontovollmacht gegeben, oder nicht? Wenn nicht, kann sein, dass Aviva sie ausgestellt hat, aber die Unterschrift hat ausgesehen wie deine. Es war ja nur geliehen. Mehr nicht.

»So eine blöde Kuh!«, sagte Aviva.

Sie atmete schwer. Draußen war es dunkel. Tel Baruch, aber weit und breit nicht mal eine Prostituierte zu sehen. Hava hielt. Immer möglichst zielgerichtet handeln, das hatte sie sich zur Regel gemacht. Methodisch vorgehen, konzentriert. Ihr Vater war Verkäufer gewesen, so peinlich war das für sie als Kind. Im Handel tätig sein, aber sie hatte es da raus geschafft. Sie war eine anständige Frau, durchaus bekannt in der Gesellschaft. Na und, dann hatten Ehud und sie eben ein paar Probleme. Hatte doch jeder. Dafür waren ihre Kinder wunderbar. Und sie hatte eine herrliche Küche mit allem Drum und Dran. Sie schrubbte und schrubbte, ihre Hände waren schon ganz wund.

»Schnell«, sagte sie. »Die muss raus hier.«

Sie zogen Mela aus dem Wagen. Atmete sie noch? Der ganze Rücksitz war voll Blut. Der Sand auch. Mela sah absurd aus, da so ausgestreckt im Sand. Ein Stück weiter weg schlugen sanft die Wellen ans Ufer. Der Geruch des Meeres. Die Stadt schien so weit weg. So war es immer gewesen, so wird es immer sein. Drei Menschen allein in der unendlichen Dunkelheit. Die Sterne schienen so kalt am Himmel. Sie stieg wieder in den Wagen und ließ ihn an. So musste es gewesen sein. Wer war nur gefahren. Aviva oder sie? Und wer hatte das Nudelholz mitgenommen? Sie legte den Rückwärtsgang ein.

Dong! Dong! Wieder der Fußball draußen.

Sie bremste, legte einen Gang ein. Ehuds Wagen. Sie fuhr davon.

Dong! Machte der Ball.

Wieder und wieder.

Das Mädchen sah fern. Sie konnte stundenlang fernsehen. Und der Junge, sie machte sich Sorgen um den Jungen, er war nicht immer … er war nicht immer ganz bei der Sache, fand sie. So eine reizende Familie. Als ihr Vater starb, wie hatte sie sich da gefühlt? Sie sprach kaum mit ihrer Mutter. Sie hatte den Wagen angehalten und war ausgestiegen.

»Was jetzt?«, hatte Aviva gesagt.

»Sie hatte einen Unfall«, sagte Hava. »Sie wurde überfahren, vielleicht von einem Laster. Wieso ist sie denn auch allein hier draußen herumspaziert?«

Hava war traurig. Sie hatte Mela gemocht. Mela hatte nie über den Holocaust gesprochen, darüber, was sie damals erlebt hatte. Das Schweigen einer Generation. Es waren doch nur fünfzigtausend Dollar, wollte sie ihr sagen. Was machte das schon für einen Unterschied? Melas Ehemann war doch reich. Nicht wie der von Hava, Ehud wollte immer nur im Fernsehen über Araber reden. Er liebte Kameras und den Klang seiner eigenen Stimme. Wie sie ihn manchmal hasste.

»Da ist Blut an den Reifen«, sagte Aviva. »Ich kenne eine Stelle.«

Hava umarmte Aviva.

»So ein Aufstand«, sagte sie.

Sie stiegen wieder in den Wagen. Mela sah aus, als wäre nichts, so wie sie da im Sand lag.

Hava sah die Lichter des nahe gelegenen Flughafens. Nur eine kurze Strecke, dann waren sie wieder auf der Straße. Das ist nie passiert, nie passiert. Ich weiß, wo, sagte Aviva. Hava fuhr dorthin, dann wechselten sie die Reifen.

Jetzt war kein Geschirr mehr in der Spüle. Sie starrte den Seifenschaum auf dem Wasser an und drehte den Hahn zu.

»Mama?«, sagte das Mädchen. »Mir ist langweilig.«

»Geh nach draußen, spiel mit deinem Bruder.«

Hava machte sich was zu trinken, dann nahm sie eine Valium. Sie fragte sich, wann Ehud wohl nach Hause käme. Er liebte sie. Ganz bestimmt. Oder nicht? Eine Prostituierte hatte die Leiche gefunden. Erst dachte sie, es sei eine andere Prostituierte, die von ihrem Zuhälter ermordet worden war. Dann identifizierte die Polizei die Tote. Melas Familie wurde informiert, ihr Mann in New York, die Kinder. Hava taten sie leid. Es stand in den Zeitungen, aber große Schlagzeilen machte der Fall nicht. Eine tote Touristin. Es sah nach einem Unfall aus. Traurig, aber so was kam leider vor. Blieb nicht mal eine ganze Woche in der Zeitung.

Die Kinder spielten jetzt nicht mehr Ball. Hava wartete darauf, dass das Telefon klingelte, aber niemand rief an. Sie warf einen Blick auf die Familienfotos im Regal. Sie waren alle so glücklich zusammen, lächelten in die Kamera.

50 DIE FRAGE

»Lass uns nicht darüber reden.« – Aviva

»Hör mal, Aviva«, sagte sie. »Ich hab einen Anruf bekommen.«

»Von wem?«, fragte Aviva.

»Ich weiß nicht. Von einer Frau. Sie hat gesagt, sie würde mich über Mela Malevsky kennen.«

»Was hast du gesagt?«

»Nichts. Ich hab aufgelegt. Ich hab Angst bekommen.«

»Gibt keinen Grund, vor irgendwas Angst zu haben, Buba. Halt einfach den Mund. Sag nichts. Dann hört es auf. Ist sowieso Monate her. Außerdem war's ein Unfall mit Fahrerflucht. Stand doch auch in den Zeitungen. Lass uns nicht drüber reden. In meinem Horoskop für heute steht, dass es ein guter Tag für neue Vorhaben ist. Wer weiß, vielleicht lernst du ja einen neuen Mann kennen und verliebst dich unsterblich, Hava.«

Hava lachte.

»Ich liebe dich«, sagte sie. »Wie geht's den Kindern?«

»Gut, gut. So wie immer.«

»Weißt du?«, sagte Aviva. »Ich hab Maschinenbau studiert. Ich hätte Ingenieurin werden können, Hava. Aber dann hab ich Avi kennengelernt und gedacht, ich sollte heiraten und eine Familie gründen, weiter zu studieren hat keinen Sinn gemacht. Avi und Aviva, ich fand, das passte gut zusammen.«

Aviva sprach oft über ihr abgebrochenes Hochschulstudium und darüber, wie viele Sprachen sie beherrschte. Dass aus ihr eine bedeutende Person hätte werden können. Aus ihnen beiden. Vielleicht in einem anderen Leben. Und nicht in Israel.

Nicht an einem Ort, wo Männer noch Männer waren. Aber sie hatten sich beide ein unabhängiges Leben erkämpft. Aviva mit der Apotheke, Hava in der Bank. Sie hatten Träume. Es gab einiges, das sie beide wollten. Hava sagte: »Aviva, ich hab Angst.«

»Hab keine Angst, Buba. Musst du nicht. Lass uns morgen ins Kino gehen. Ich vermisse dich.«

»Was läuft denn?«, fragte Hava.

»Wir könnten in *Jenseits von Afrika* gehen, mit Meryl Streep. Soll romantisch sein, dann können wir reden.«

»Ich muss Ehud fragen.«

»Du musst doch nicht Ehud fragen.«

»Ich meine, wegen der Kinder und so.«

»Die Kinder passen schon auf sich selbst auf.«

»Läuft noch was anderes? Ich hab keine Zeitung.«

Sie hörte am anderen Ende der Leitung etwas rascheln. Blätterte Aviva in der Zeitung? Oder war da was anderes, ein Leck in der Leitung? Sie war paranoid. Aviva sagte: »*Irit Irit.*«

»Was ist das?«, fragte Hava.

»Eine neue Komödie, mit diesem … wie heißt der noch? Hanan Goldblatt aus dem Kinderfernsehen. Meine Tochter liebt ihn.«

»Ach, der«, sagte Hava. »Ich weiß ja nicht. Ich hab Geschichten gehört.«

»Was für Geschichten?« Tratsch von den Freunden ihres Mannes. »Der steht auf ganz junge Frauen«, sagte Hava. »Und im Prinzip ist ihm egal, wie er sie bekommt, wenn du verstehst, was ich meine.« Sie hatte gehört, dass er junge Schauspielerinnen einlud, mit ihm zu proben und dann alles Mögliche mit ihnen anstellte, was ihm gerade gefiel.

»Männer sind Schweine«, sagte Aviva, die sich ausnahmsweise mal nicht für Tratsch interessierte. »Der Film scheint witzig zu sein«, sagte sie.

Also ließen sie's offen. Hava stand nicht besonders auf israelische Filme. Warum sollte man sich Goldblatt ansehen, wenn man für dasselbe Geld auch Meryl Streep und Robert Redford bekam?

Einen Augenblick lang gab sie sich der Fantasie hin, von Robert Redford in Afrika geküsst zu werden. Sie würden gut zusammen aussehen, dachte sie. Aber Aviva redete immer noch weiter und Hava musste die Kinder abholen.

Niemand rief an. Niemand folgte ihr. Niemanden interessierte, was passiert war, und manchmal redete sie sich ein, es sei auch nie passiert. Wer von ihnen beiden hatte nur das Nudelholz mitgenommen? Wer war gefahren? Sie nahm eine Valium und schluckte sie mit einem Glas Goldstar-Bier. Dann machte sie etwas zu essen, brachte die Kinder ins Bett und sah sich Ehud im Fernsehen an.

Nach den Nachrichten wurde sie unruhig. Sie beschloss, ein bisschen herumzufahren. Die Kinder schliefen. Ehud würde jeden Augenblick zurück sein. Sie ging nach unten. Er hatte sie wegen der neuen Reifen gefragt. Was hatte sie ihm gesagt? Sie konnte sich nicht erinnern. Besonders interessiert hatte es ihn nicht. Sie fuhr in die Nacht hinein. Die Straßenlaternen leuchteten hell. Sie sah junge Menschen beim Ausgehen. Ein junges Paar Hand in Hand. Eine Gruppe Teenager auf dem Weg ins Kino. In den Restaurants saßen Leute beim Essen im Kerzenschein. Warum hatte sie so was nicht? So was wie Freiheit. Als sie jung war, wovon hatte sie da geträumt? Was hatte sie einmal werden wollen? Sie wusste es nicht mehr, sie war eine Gefangene, wurde von Ehud und den Kindern als Geisel gehalten. Sie schaltete das Radio ein, suchte was Gutes, was Ausländisches. »Money for Nothing« von den Dire Straits. Wo sollte sie hin? Normalerweise fuhr sie nicht nachts allein in der Gegend herum. Sie hatte Angst, dass etwas passieren könnte. Aber sie musste einfach raus. Musste frei sein.

Vielleicht sollte sie mal mit Ehud über Urlaub sprechen. Ein Familienausflug. Vielleicht nach Griechenland. Die Kinder könnten so viel Eis essen, wie sie wollten, sie würde sich im Bikini und mit Sonnenbrille auf einer Liege räkeln, Leute beobachten und gesehen werden. Einen Cocktail zu ihrer Valium trinken. Das gab ihr einen ganz angenehmen kleinen Rausch am Vormittag, was sollte sie denn auch sonst machen? Sie hatte so ein Glück, Aviva in ihrem Leben zu haben.

Vor ihr eine rote Ampel, sie hielt und wartete. Nur wenige Autos waren auf der Straße unterwegs und ihre Scheinwerfer stachen in die schwüle Luft. Die Schatten der Bäume verschmolzen miteinander. Warum dachte sie so? Die Ampel schaltete auf Grün, sie trat aufs Gas und der Wagen schoss davon, über die Ampel mit …

Rumms …

Nein, nein …

Auf die glatte Fahrbahn, sie konnte überallhin, nach Jerusalem, nach Haifa, sie musste sich nur für eine Richtung entscheiden und …

Plötzlich grelles Licht vor ihr. Das Heulen einer Sirene ließ ihren Magen vor Angst verkrampfen. Eine Megafonstimme: »Halten Sie an, Mrs Nahari, halten Sie an!«

Blinkende Lichter, diese entsetzliche Sirene, am liebsten wäre sie einfach verschwunden, aber die Straße war gesperrt. Sie fuhr langsamer, hielt am Straßenrand. Blieb sitzen und wartete. Das Radio lief immer noch, viel zu laut jetzt, wo der Motor aus war, irgendeine ausländische Band jaulte. Sie drückte auf den Knopf, machte den Wagen aus.

Schritte. Eine Gestalt beugte sich herunter. Eine Faust klopfte ans Fenster.

Sie ließ es herunter.

»Mrs Nahari? Hava Nahari? Steigen Sie bitte aus dem Fahrzeug.«

Taschenlampenlicht in ihrem Gesicht. Sie blinzelte.

»Kenne ich Sie?«, fragte sie.

»Steigen Sie bitte aus dem Fahrzeug.«

»Warum? Ich bin doch nicht zu schnell gefahren.«

Er zog die Tür auf.

»Bitte«, wiederholte er.

Sie stieg aus, war jetzt eigenartig ruhig. Sie sagte: »Was dagegen, wenn ich mir eine Zigarette anzünde?«

»Mrs Nahari, Sie sind verhaftet wegen des Verdachts, Mela Malevsky ermordet zu haben.«

Hava lachte laut los. »Aber das ist doch absurd«, sagte sie.

Wie konnte sie so ruhig sein? Fast schien es gar nicht real. »Wissen Sie, wer mein Mann ist?«, fragte sie.

»Das wissen wir«, sagte der Mann, dessen Gesicht sie jetzt im Licht der Scheinwerfer sehen konnte.

»Wir kennen uns doch«, sagte sie und überlegte. »Bei irgendeinem Empfang. Im Soldiers' House, glaube ich. Eine Veranstaltung zu Ehren der Einzelkämpfer. Sie sind …« Sie schnippte mit den Fingern. »Cohen«, sagte sie.

»Bitte kommen Sie mit.«

»Ich kann nicht«, erklärte sie. »Ich habe zu tun. Die Kinder sind zu Hause und Ehud wartet auf mich.«

»Dann muss er warten«, sagte der Polizist – Cohen.

Er nahm sie am Arm und führte sie behutsam ab, auch wenn sie dabei spürte, dass sie ihm ihren Arm nicht entziehen konnte, sonst hätte er etwas unternommen. Vielleicht sogar etwas Schlimmes. Sie ließ sich von ihm zum Polizeiwagen führen und auf den Rücksitz schieben, dann schlug er die Tür zu. Sie konnte jetzt nicht zur Polizei mitkommen, dachte sie, das war absurd, sie musste am Morgen doch zur Arbeit. Sie lehnte sich zurück. Plötzlich war sie ganz entspannt. Entspannter als nach einem Bier mit Valium. Sie hatten nichts gegen sie in der Hand, das wusste sie. Eine Polizistin saß am Steuer. Niemand hatte ihr Handschellen angelegt. Das würden sie nicht wagen, dachte sie. Auf der Wache würde sie Ehud anrufen. Spätestens morgen früh würde sie bestimmt wieder zu Hause sein und darüber lachen.

»Kaffee?«

»Bitte. Was dagegen, wenn ich rauche?«

»Nein, gar nicht« Er schob den Aschenbecher zu ihr hin.

»Haben Sie Zigaretten?«, fragte er.

»Ja, ich …« Sie suchte ihre Handtasche, die natürlich gar nicht da war. Man hatte sie ihr abgenommen.

»Hier«, sagte Cohen, schob ihr ein Päckchen Noblesse und eine Schachtel Streichhölzer zu.

Hava sagte: »Noblesse?«

»Ich beziehe leider nur das Gehalt eines Polizisten, Mrs Nahari.«

Sie nahm eine Zigarette aus dem Päckchen und strich ein Streichholz an, um sie anzuzünden.

»Sagen Sie ruhig Hava«, bat sie durch den Rauch. »Niemand sagt Mrs Nahari zu mir.«

»Gefällt Ihnen das nicht?«, fragte er.

»Was?«

»Wenn Sie Mrs Nahari genannt werden?«

»Ich habe nichts dagegen.«

Worauf wollte er hinaus? Sie sah ihm in die Augen. Er hatte keine freundlichen Augen. Plötzlich mochte sie ihn überhaupt nicht mehr.

»Ihr Ehemann ist natürlich sehr bekannt«, sagte Cohen.

Sie starrte ihn an, schwieg.

»Und?«, fragte Hava.

»Was?« fragte Cohen zurück.

»Sie wollten doch etwas sagen.«

»Nein«, sagte Cohen.

»Ich bin nicht mein Mann«, erklärte Hava. Wann würden die Leute das endlich begreifen? Sie war eine unabhängige Frau, sie war eine eigenständige Person! Sie sagte: »Sie müssen mich gehen lassen. Meine Kinder werden sich Sorgen machen. Ich verstehe nicht, was Sie mir vorwerfen.«

»Den Mord an Mela Malevsky«, sagte Cohen.

»Das ist lächerlich! Sie wurde von einem Laster überfahren!«

»Davon sind wir zunächst tatsächlich ausgegangen.«

Er lehnte sich zurück. Streckte die Beine aus. Wartete. Die Stille dehnte sich aus, verdichtete sich mit dem Zigarettenrauch.

»Ihre Leute haben mich doch schon befragt«, sagte Hava. »Ich kannte sie aus der Bank.«

»So war es wohl«, sagte Cohen.

»Also, was hat sich jetzt geändert?«

Er zuckte mit den Schultern. »Sagen Sie's mir«, erwiderte er.

»Ich habe Ihnen nichts zu sagen, kapieren Sie das doch!«

»Völlig in Ordnung«, sagte Cohen. »Ich hab sonst nichts weiter vor.«

Hava sagte: »Sie sind ein miserabler Polizist«. Sie lachte ihm ins Gesicht.

Cohen sagte nichts.

»Das kommt morgen alles in den Nachrichten«, drohte sie ihm. »Mein Mann macht die Nachrichten, und wenn das hier vorbei ist, können Sie von Glück sagen, wenn Sie noch den Verkehr regeln dürfen.«

»Wissen Sie«, sagte Cohen, »sie war in Israel zu Gast.«

»Was?«

»Mrs Malevsky. Sie war in unserem Land zu Gast.«

»Sie war eine liebe Frau, und es hat mir sehr leid getan, dass sie gestorben ist«, sagte Hava und betrachtete ihn genau. Worauf wollte er hinaus?

»Wir haben die Pflicht, uns unserer Gäste anzunehmen«, erklärte Cohen. »Ihr Leben konnte ich nicht retten. Aber ich kann die Person hinter Gitter bringen, von der sie ermordet wurde.«

»Sind Sie noch ganz dicht?«, fragte Hava.

»Hat Mrs Malevsky Ihnen jemals von ihren Erfahrungen im Holocaust erzählt?«, fragte Cohen.

»Nein. Darüber hat sie nie gesprochen.«

Es war heiß im Vernehmungsraum. Wann durfte sie denn nur endlich gehen? Wo war Ehud? Warum hielt man sie fest?

»Manchmal überlege ich, was ich getan hätte, wäre ich damals dabei gewesen«, sagte Cohen. »Hätte ich mich gewehrt? Hätte ich versucht abzuhauen? Wäre ich still in den Zug ins Vernichtungslager gestiegen? Was hätten Sie getan, Hava?«

»Ich hätte mich gewehrt«, antwortete Hava.

»Natürlich«, sagte Cohen. »Aber das bilden wir uns alle gerne ein, nicht wahr?«

Wieder Schweigen. Sie ertrug es nicht. Sie verstand ihn nicht. Was wollte er? Wollte er ein Geständnis von ihr? Das war so dumm. Was sollte sie denn gestehen? Sie hatte doch nichts verbrochen.

»Wir wissen von dem Geld«, sagte Cohen.

»Von welchem Geld?«

»Das Sie Mrs Malevsky vom Konto gestohlen haben.«

»Ich habe kein Geld gestohlen.«

»Wofür brauchten Sie das Geld?«, fragte Cohen. »Eine Frau wie Sie mit einem schönen Haus, einer netten Familie, einer festen Anstellung. Sie hatten alles, Hava.«

Ihr gefiel nicht, dass er in der Vergangenheit sprach.

»Ich arbeite viel. Ich kümmere mich um meine Familie. Ich habe mir das selbst erschaffen«, sagte Hava.

»Wie die Pioniere, die unsere Nation aufgebaut haben«, ergänzte Cohen. »Mit eigenen Händen haben sie Steine zusammengetragen, Gräben ausgehoben, Bäume gepflanzt und dabei so lange in Zelten gelebt, bis die Häuser bewohnbar waren. So?«

»Machen Sie sich über mich lustig?«

Sie zündete sich eine weitere Zigarette an. Ihre Hände zitterten.

»Rauchen Sie viel?«, fragte Cohen.

»Manchmal.«

Er nickte. »Sie hatte drei Enkelkinder, wussten Sie das?«, fragte er.

»Ja, das wusste ich. Schrecklich, was da passiert ist.«

»Was ist denn da passiert, Hava? Wollen Sie's mir erzählen?«

»Tut mir leid«, sagte Hava. »Tut mir wirklich leid. Ich weiß nicht, was Mela zugestoßen ist. Ich war ja nicht dabei.«

»Waren Sie eng befreundet?«, fragte Cohen.

»Nicht besonders. Ich kannte sie natürlich. Alle in der Bank kannten Mela.«

»Aber Sie haben sich persönlich um ihre Finanzen gekümmert.«

Hava zuckte mit den Schultern.

»Ist das verboten?«, sagte sie.

Cohen betrachtete sie. Es war ihr unangenehm, wie er sie beobachtete. Als würde er sie durchschauen.

»Sie dürfen nicht nach Hause«, sagte er.

»Was?«

»Sie dürfen nie wieder nach Hause.«

Sie starrte ihn an, damit er wegsah. Sie wollte, dass er ging. Natürlich würde sie am Morgen wieder nach Hause dürfen.

»Sie könnten es mir sagen«, behauptete Cohen.

»Was sagen?«

»Die Wahrheit. Sie würden sich besser fühlen. Das ist meistens so.«

»Sie auch?«

»Was, ich auch, Hava?«

»Sagen Sie auch die Wahrheit, Cohen? Fühlen Sie sich dann auch besser?«

Er sah sie einfach nur an.

»Machen wir Schluss für heute«, sagte Cohen. Es kam so unvermittelt, sie fühlte sich überrumpelt. Er stand auf, und plötzlich wollte sie nicht mehr, dass er ging. Hier im Raum waren sie einfach zwei Menschen, die sich unterhielten. Sie musste gar nicht daran denken, wo sie war.

»Kann ich Ihnen etwas bringen?«, fragte Cohen. »Tee, Kaffee? Behalten Sie die Zigaretten ruhig.«

»Gehen Sie jetzt?«, fragte Hava.

»Sie brauchen Ihren Schlaf«, sagte Cohen. »Morgen wird ein langer Tag.«

»Ein langer Tag? Wieso denn? Ich habe Ihnen doch gesagt, dass ich nach Hause fahre.«

Er nickte. »Natürlich. Gute Nacht, Mrs Nahari.«

Er ging, eine Polizistin kam herein, holte sie und führte sie in ihre Zelle. Eine Zelle! Hava legte sich auf die Pritsche. Es stank. Überhaupt war es schrecklich hier. Sie gehörte nicht hierher! Wie konnten die es wagen, dachte sie. Wie konnten die nur?

51 AVIVA

»Ich hab's ihr zweimal so richtig übergebügelt.« – Hava

Auf dem Weg in den Gerichtssaal lächelte sie und winkte den Fotografen. Natürlich trug sie ihre Sonnenbrille. Die Polizistin war an ihrer Seite. Kameras blitzten. Journalisten schrien ihr Fragen entgegen. Eines Tages würden Leute in alten Zeitungsarchiven stöbern und ihr Foto finden, dachte sie, die tapfere Frau auf den Stufen des Gerichtsgebäudes sehen, die so entschlossen darum kämpfte, ihre Unschuld zu beweisen.

Im Gerichtssaal hatte der Richter das Sagen. Weiter hinten sah sie Ehud. Er wirkte schockiert, düster. Er musste doch wissen, dass das alles ein Irrtum war. Warum stand sie vor Gericht? Würde es einen Prozess geben?

Zum Schluss war es eher enttäuschend. Einfach nur eine Formalität. Die Polizei präsentierte dem Richter den Fall. Die schienen so viel zu wissen. Woher wussten die so viel?

»Mrs Nahari hatte Schulden und brauchte Geld. Gemeinsam mit einer zweiten Person fälschte sie in betrügerischer Absicht Dokumente, um Geld von Mrs Malevskys Bankkonto abzuheben. Als Mrs Malevsky hinter den Betrug kam, beschloss die Angeklagte, sie gemeinsam mit einer zweiten Person kaltblütig zu ermorden …«

Sie konnte sich das nicht anhören. Sie ertrug es nicht, als »die Angeklagte« bezeichnet zu werden.

»Wann darf ich nach Hause?«, fragte sie.

»Die Angeklagte hat das Wort nur nach Aufforderung zu ergreifen«, sagte der Richter. »Bekennen Sie sich schuldig?«

»Ich bin unschuldig!« Jetzt lachte sie, lachte sie alle aus. Sie fragte sich, woher sie von einer zweiten Person wussten. Aber das spielte keine Rolle. Auf Aviva war Verlass, sie würde schweigen. »Ich will nur nach Hause zu meinen Kindern.«

»Sie stehen unter Arrest wegen des Verdachts, Mela Malevsky ermordet zu haben«, sagte der Richter, klopfte mit dem Hammer, und das war's. Sie starrte ihn entsetzt an.

»Ehud!«, rief sie. »Ehud!«

Die Polizistin führte sie ab, zurück in den Polizeiwagen, auf die Straße, ins Gefängnis.

»Erzählen Sie mir, was sich in der Nacht zugetragen hat«, forderte Cohen sie auf.

»Ich habe Ihnen doch gesagt, ich habe keine Ahnung, wovon Sie reden.«

»Ein Geständnis kann viel beim Richter bewirken«, sagte Cohen.

»Aber ich habe nichts zu gestehen.« Inzwischen hatte sie sich alles genau überlegt. »Ehud war's!«, sagte sie.

»Was?«

»Mein Mann. Er hat mich betrogen. Er will die Scheidung und die Kinder behalten. Deshalb hat er das getan, Cohen. Sie müssen mir glauben! Er verbreitet Lügen über mich! Er will mich ins Gefängnis schicken.«

Cohen sah sie durch den ganzen Qualm an. Sie rauchte zu viel. Das lag am Stress. Sie brauchte ihre Valium. Sie fragte sich, wie es dem Jungen und dem Mädchen wohl ohne sie erging. Mami ist eine Weile verreist. In diesem Augenblick hasste sie Ehud so sehr. Das war alles seine Schuld.

»Ihre Ehe«, sagte Cohen. »Damit lief es nicht so gut, oder?«

»Mit welcher Ehe läuft es schon gut?«, fragte Hava. »Sind Sie verheiratet, Cohen?«

»Ich? Ja. Natürlich.«

»Haben Sie Kinder?«

Er lächelte liebevoll.

»Kinder sind ein Segen«, sagte er.

»Und Sie lieben sie?«, fragte sie.

»Über alles.«

»Sie sehen nicht aus wie einer mit Kindern«, behauptete Hava.

»Ich habe aber welche«, sagte Cohen. »Wie sehe ich Ihrer Meinung nach denn aus?«

»Ich weiß nicht«, sagte Hava. »Ich werde nicht so richtig schlau aus Ihnen.«

»Betrachten Sie mich als Freund«, schlug Cohen vor. »Als Ihren besten und einzigen Freund.«

Hava grinste geziert.

»Ich brauche keinen Freund«, sagte sie.

Er spielte mit den Papieren, die vor ihm lagen. »Wir haben Ihr Telefon abgehört, wussten Sie das?«

»Was?«

Erst begriff sie nicht, dann überkam sie Entsetzen.

»Wir haben Sie über Monate belauscht.«

»Das dürfen Sie gar nicht. Das ist illegal.«

Er lächelte, als hätte sie einen Witz gemacht. »Sie denken wohl, wir haben Sie einfach aus heiterem Himmel auf der Straße festgenommen. Wir wissen alles über Sie, Hava. Wir wissen Bescheid, wo Sie waren und mit wem Sie telefoniert haben.«

Noch immer begriff sie es nicht. Nicht vollständig.

»Aber das bedeutet …«, sagte sie.

»Genau«, sagte er, fast freundlich. »Wir wissen von Aviva.«

»Was … was ist mit Aviva?«, fragte Hava und hatte Mühe, zu schlucken.

»Stehen Sie sich sehr nah?«

»Sie ist meine Freundin.«

»Ach ja«, sagte Cohen. Er blickte zur Seite, als würde er woanders hinsehen. Unwillkürlich folgte sie seinem Blick, aber dort war nur eine Wand. Was wollte er ihr damit sagen? Angst stieg jetzt in ihr auf. Wo war Aviva?

»Sie wollten sich *Jenseits von Afrika* im Kino ansehen«, sagte Cohen.

»Ich … wie können Sie's wagen?«, empörte sie sich.

»Sie haben Aviva gesagt, dass Sie Angst haben«, sagte Cohen. »Sie hatten einen Anruf wegen Mela Malevsky bekommen.«

»Daran erinnere ich mich nicht«, sagte Hava.

Cohen setzte sich zurecht. »Wir haben eine Polizistin bei Ihnen anrufen lassen, um zu sehen, was passiert«, sagte er. Er sah seine Unterlagen durch. »Haben Sie zu Aviva gesagt ›Ich hab's ihr übergebügelt, zwei Mal so richtig übergebügelt‹?«

»Was?«

»Wer von Ihnen beiden hat Mela erschlagen? Sie oder Aviva?«

»Ich habe nicht … was? Was?«

»Kommen Sie schon, Hava. Schluss mit den Spielchen. Aviva sagt, Sie haben es getan.«

»Was?«

»Sie sagt, Sie haben Mela getötet. Und dass Sie das Ganze von Anfang an geplant haben. Sie sind mit ihr zum Strand gefahren, dort haben Sie sie bewusstlos geschlagen und sind dann so oft über sie gefahren, bis sie tot war. Die Leiche haben Sie einfach dort liegen lassen, wie ein Stück Abfall.« Er sah sie an und seine Augen waren wie die Augen aller Männer, die sie jemals gekannt hatte, grausam und gnadenlos.

»Sie werden für sehr lange Zeit ins Gefängnis kommen«, sagte Cohen.

»Ich hab's nicht getan! Aviva war's! Aviva hat sie geschlagen! Aviva hat gesagt, wir müssen die Reifen wechseln, sie weiß, wo man das machen kann! Sie verstehen nicht, wie sie ist. Die Leute fallen alle auf sie rein, sie tut so unschuldig, aber sie ist eine Schlange. Sie setzt einen unter Druck, bis man keine Luft mehr bekommt und alles tut, was sie sagt!«

Ihr Herz schlug, als wäre sie zu schnell gerannt. Der Raum drehte sich um sie herum.

»Sie sagt was anderes«, erklärte ihr Cohen.

»Sie ist eine Lügnerin! Eine durchtriebene Lügnerin! Cohen, das müssen Sie mir glauben!«

»Dann sagen Sie mir die Wahrheit. Überzeugen Sie mich, Hava. Lassen Sie mich Ihnen helfen.«

»Aviva hat alles von Anfang an geplant«, erklärte Hava. »Sie ist habgierig, braucht ständig Geld. Es war ihre Idee!«

»Wer hat die Dokumente gefälscht?«, fragte Cohen.

»Das war sie! Sie hat die Kontovollmacht gefälscht. Das war alles nur wegen ihr! Ich habe ihr das Geld gegeben …«

»Kommen Sie, Hava. Wir wissen von Ihren Schulden. Wie hoch sind die jetzt?«

»Ich weiß nicht, ich …«

»Sie mussten wegen Ihrer Schulden doch sogar Ihre Wohnung verkaufen«, sagte Cohen.

»So war das nicht, ich würde niemals … das war ihre Idee, sie hat das alles gemacht!«

»Komisch«, sagte Cohen.

»Was ist komisch?«, fragte Hava.

»Aviva sagt, dass Sie das alles gemacht haben«, sagte Cohen. »Sie haben das Geld gestohlen. Es war Ihre Idee. Und Sie haben Mela bewusstlos geschlagen. Sind mit dem Auto mehrmals über sie drübergefahren und anschließend nach Hause zu Ihren Kindern, als wäre nichts gewesen.«

»Sie müssen mir glauben«, sagte Hava. »Sie müssen.«

»Ich will Ihnen ja glauben, Hava«, sagte Cohen. »Hier«, sagte er, schob ein leeres Blatt Papier und einen Stift über den Tisch. »Schreiben Sie's auf. Genau so, wie Sie's mir gesagt haben. Dann sehen wir weiter.«

Sie nahm den Stift. Aviva, wie konntest du nur? Aviva, ich habe dir vertraut. Ich habe dich geliebt. Aviva, du hast die arme Mela umgebracht. Ich bin doch nur mitgefahren. Es war deine Idee, das Geld zu stehlen. Du bist ein Monster in Menschengestalt, die Leute lassen sich von deiner dicken Brille und deinem Lockenkopf täuschen. Die denken, du bist niemand, dabei bist du alles. Sie schrieb. Und unterschrieb.

Dann brachte die Polizistin sie zurück in die Zelle.

Die Nächte im Gefängnis in Abu Kabir waren die Hölle, die anderen Frauen waren schmutzig, fluchten, Junkies zitterten auf Entzug, jemand weinte, jemand hatte Sex. Die Schließer gingen auf und ab, das Essen war widerlich, ihre Anwälte waren zu nichts zu gebrauchen. Aviva hängte ihr alles an, und noch schlimmer, die Polizei fand Blut auf dem Sitz von Ehuds Wagen und Haare von Mela unter dem Wagen, irgendwie, irgendeine kriminaltechnische Scheiße war das, woher wollten die überhaupt wissen, dass es Melas Haare waren?

Das nächste Mal vor Gericht kamen ihr einfach die Tränen.

Ihre Haare waren unordentlich, ihre Hände zitterten, die Finger waren gelb vom Nikotin. Sie sah, wie Aviva hereingeführt wurde, entdeckte Ehud auf der Galerie.

»Ehud!«, schrie Hava. »Die will mir alles anhängen, Ehud! Ehud!«

Auch ihre Schwester saß auf der Galerie, neben Ehud. Sie konnte mit keinem von beiden sprechen. Die Anwälte redeten mit dem Richter. Der Staatsanwalt auch. Aviva saß getrennt von ihr, sagte nichts. Aviva, die sie geliebt hatte.

Als sie nach draußen geführt wurde, hatten die Fotografen schon genug von ihr. Sie umringten Aviva, waren total verrückt nach ihr, nach der geheimnisvollen Frau. Bevor der Presse ihr Name bekannt gegeben wurde, hatte man sie in den Zeitungen immer nur als »Frau in Rot« bezeichnet. Hatte sie in der Nacht Rot getragen? Es war dunkel gewesen. Melas Blut im Sand, im Dreck. War das rot?

»Sylvie Gold von *haOlam haZeh*«, sagte eine Journalistin, die plötzlich vor ihr auftauchte. »Hava, wie sind Sie auf die Idee gekommen, das Opfer zu erschlagen? Wer von Ihnen beiden hat das Nudelholz mitgenommen, Sie oder Aviva?«

»Kein Kommentar, kein Kommentar, kein …«

Aber wie die anderen verlor auch Sylvie Gold schnell das Interesse an ihr und lief stattdessen Aviva hinterher. »Mrs Granot! Aviva! Aviva!«, als wäre sie ein Filmstar, als wäre sie Grace Kelly. Für wen hielten die sie? Aviva war ein Nichts, eine Schmarotzerin, die Hava über Jahre notgedrungen ertragen hatte, es war alles ihre Schuld, das alles war …

Sie konnte es nicht ertragen, wieder in ihrer Zelle zu sein, umgeben von Gefängnisgeräuschen, es war hoffnungslos, sie sah keinen Ausweg mehr. Sie hatte ihre Handtasche zurückbekommen, auch ihr Valium. Sie nahm alle Tabletten in die Hand und schluckte sie, wollte sich umbringen. Sie trank Wasser, schluckte, legte sich die Riemen der Handtasche um den Hals und drehte zu, bis sie auf die Matratze sackte.

»Man kann sich mit Valium nicht umbringen«, erklärte Cohen.

»Das wusste ich nicht«, sagte Hava.

»Man kann sich auch nicht mit einer Handtasche selbst strangulieren«, sagte Cohen.

Hava entgegnete nichts.

»Das wird Ihnen nicht guttun, Hava«, sagte Cohen. »Wenn Sie ein psychiatrisches Gutachten wollen, bekommen Sie eins. Aber es wird Ihnen zu keinem Freispruch verhelfen.« Er zuckte mit den Schultern. »Wahrscheinlich war's einen Versuch wert«, sagte er.

»Warum sind Sie immer noch hier, Cohen?«, fragte Hava. Sie hasste ihn. Hasste diese leise Stimme und die kalten Augen, von denen sie sich nicht täuschen ließ. Sie wusste genau, was für einer er war, so wie auch er sie durchschaute. Es war, als hätte sich alles, was sie hasste und fürchtete, in der Gestalt dieses Polizisten verdichtet. Als würde er von tausend glitschigen Schlangen zum Leben erweckt wie ein von Gift erfüllter Golem. So viel Hass und so viel Angst.

»Ich will nur sichergehen«, sagte er.

»In Bezug worauf?

»Ich will sichergehen, dass Sie ins Gefängnis kommen, Hava. Dass Sie wegen Mordes an Mela Malevsky verurteilt werden.«

»Ich habe Ihnen doch gesagt, dass ich es nicht war!«

»Dafür ist es ein bisschen spät, oder?«, sagte er. »Auf Wiedersehen, Hava. Ich habe woanders zu tun, wahrscheinlich sehen wir uns nicht wieder.«

In der Zelle fand sie das Messer unter dem Kissen. Ein stumpfes Küchenmesser, das Uri, der Gefangene, der die Frauenklos putzte, für sie reingeschmuggelt hatte. Sie sägte an ihren Pulsadern. Denen würde sie es schon zeigen, dachte sie. Sie gönnte ihnen die verfluchte Genugtuung nicht.

»Sie hat suizidale Neigungen«, sagte der Psychiater. »Ich empfehle, sie unter Beobachtung zu stellen, aber sie ist prozessfähig.«

»Fick dich!«, sagte Hava. »Tut mir leid, tut mir leid. Nein. Bitte. Ich kann nicht wieder ins Gefängnis zurück. Bitte! Sie müssen mir helfen!«

Die Polizistin führte sie ab.

»Schuldig«, befand der Richter.

Hava schrubbte den Topf. Sie schrubbte und schrubbte. Der Topf war riesig, in der Küche wurde für zweihundert Frauen gekocht. Mit der Zeit und nach zu vielen schlechten Mahlzeiten war der Topf ganz schwarz geworden. Sie dachte an die Kinder. Ob das Mädchen gerade *Krovim Krovim* sah? Ob der Junge draußen Fußball spielte? Sie fragte sich, wie Ehud zurechtkam, aber sie wusste, dass es ihm gut ging. Er war ein Mann, er hatte seinen Job, seine Ansichten über die Araber, die er gerne vor aller Welt im Fernsehen ausbreitete. Dem würde es gut gehen. Vorhin hatte sie Aviva gesehen. Sie redeten nie miteinander. Sie gingen stets in großem Abstand aneinander vorbei. Neveh Tirzah, Havas neues Zuhause. Die meisten Frauen ermordeten ihre Ehemänner, wenn sie es nicht mehr aushielten. Hava nicht. Sie schrubbte den Topf. Später würde der Bücherwagen vorbeikommen, und sie hoffte, dass es was Gutes zu lesen gab. Im Gefängnis gab es auch eine Krippe und eine kleine Spielecke für Kinder. Ob ihre sie auch einmal besuchen würden? Für Spielsachen waren sie schon zu alt. Sie würden ohne sie groß werden. Mächte, die sich ihrer Kontrolle entzogen, hatten sie hierher geführt. Sie konnte nichts dafür, es war nicht ihre Schuld. Eines Tages würde sie wieder rauskommen, dachte sie. Dann würde sie es ihnen erklären. Sie würde ihnen erklären, dass sie an alldem nicht schuld war.

9

NIGHT TRAIN TO CAIRO

1986

52 SUNSTROKE

»Wir werden einen hebräischen Polizeiapparat haben.
Wir werden unsere eigenen Diebe haben!« – Natan Alterman (1935)

5:00 Uhr

Das Haus befand sich in einem Dorf wenige Kilometer weit hinter der Grenze im Libanon. Draußen krähten Hähne. Die Sonne ging still vor dem Fenster auf. Jean lief im Raum auf und ab, fuchtelte mit der Waffe und schrie den Informanten an. Nir blieb am Rand stehen. Am liebsten wäre er überhaupt nicht dort gewesen.

»Du Hurensohn«, sagte Jean. In dem Abstellraum standen aufgestapelte Kartons: neue Videorekorder, Fernsehgeräte, Kassettenrekorder im Wert von Tausenden von Dollar. »Du Hurensohn.«

Der Informant hieß Salim. Er starrte Jean trotzig an und fauchte. »Ich will mehr Geld«, verlangte er.

»Mehr Geld!«, wiederholte Jean. Jean war von der Inneren Sicherheit. Er war ein Stück Scheiße und alle wussten es. Ein Gangster mit Dienstmarke, der wegen Betrugs aus der Personenschutzgruppe des Premierministers geflogen und anschließend bei der Unit 504 gelandet war, wo nicht zu viele Fragen gestellt wurden. Salim war Jeans Informant, nicht der von Nir. Agenten in den Libanon einschleusen war nicht seine Aufgabe. Jean verdiente sich mit dem Schmuggel von Elektrogeräten nebenher etwas dazu. Bloß ein paar Kröten. Nir wollte nichts damit zu tun haben. »Du Hurensohn«, sagte Jean.

»Fick dich!«, erwiderte Salim. »Wenn du mich nicht bezahlst, erzähle ich denen, was du hier treibst …«

»Du willst mich verpfeifen, du Arschgesicht?«, fragte Jean. Er war voll auf Koks. Seit Beginn der Invasion gab es im Libanon jede Menge von dem Zeug. Die schiitischen Flüchtlinge in Südamerika schickten tonnenweise rohes Kokain in die neu entstandenen Labore in Bekaa. Von dort wurde es nach Israel und nach Europa gebracht. Und mit dem Koks änderte sich alles. Mit dem Koks und dem Libanon.

»Was kannst du denn dagegen machen, du Wichser?«, fragte Salim.

Jean sagte nichts. Er hob die Waffe und drückte aus nächster Nähe ab, traf Salim genau zwischen die Augen.

Salim fiel um.

»Du Hurensohn!«, brüllte Nir. Der Schuss tat ihm in den Ohren weh.

Jean starrte die Leiche an. Salims Augen waren verdreht, praktisch verschwunden, dachte Nir. Richtig tot.

»Hilfst du mir jetzt beim Aufladen, oder was?«

»Ich wollte gar nicht hier sein«, sagte Nir. Er zog das Filmdöschen aus der Tasche und schniefte eine Line. »Mach's selbst, Jean.«

»Fick dich, Nir«, erwiderte Jean.

»Klar«, brummte Nir, nahm einen Karton mit Videorekordern und trug ihn nach draußen zum Truck, lud sie auf und kam wieder rein.

»Teamgeist«, meinte Jean. Nir ignorierte ihn, nahm einen Fernseher und stakste damit raus. Viel lieber hätte er ihn Jean über den Schädel gezogen, aber stattdessen half er ihm jetzt den Truck zu beladen.

»Die lochen dich noch ein wegen diesem Kleinscheiß«, sagte Nir, als sie fertig waren. »Willst du wegen einem Videorekorder in den Knast?«

»Weißt du, wie viel Geld ich mit dem Verkauf dieser kleinen Schätzchen da auf unserer Seite verdiene?«, fragte Jean. »Außerdem machen das alle.«

Nir nickte nur. »Und der Typ?«, fragte er.

»Salim? Scheiß auf den«, sagte Jean. »Wer soll sich schon beschweren?«

»Der jedenfalls nicht mehr«, brummte Nir. »Ich brauch einen Kaffee«, sagte er.

»Wir holen uns welchen an der Versorgungsstelle«, versprach Jean.

Sie gingen wieder rein.

»Willst du ihn nicht mal zudecken?«, fragte Nir.

Jean sah ihn seltsam an. »Was?«, meinte er.

»Ach, nichts«, erwiderte Nir. »Hilf mir damit, ja?«

Sie nahmen die verbliebene Kiste an beiden Seiten und hoben sie an, trugen sie durch die Tür wie zwei Umzugshelfer einen Küchentisch. Dann packten sie die Drogen in Nirs Jeep. Er deckte sie mit einer Plane ab.

»Wir sehen uns auf der anderen Seite«, sagte Jean, ließ den Truck an und fuhr los. Nir folgte ihm im Jeep.

5:30 Uhr

Nir zählte Löffel mit löslichem Kaffee in seinen Becher und goss ihn mit Wasser aus dem Samowar auf. Mashina sangen »Night Train to Cairo« im Militärsender. Um halb sechs Uhr morgens waren noch nicht viele wach. Er stibitzte sich eine Schokowaffel aus der Blechdose. Rivka, die Köchin, konnte es nicht leiden, wenn man ihr Waffeln klaute. Nir futterte die Schokolade und trank den Kaffee. Er starrte aus dem Fenster. Der Libanon, man musste nur eine Hand ausstrecken, er war zum Greifen nah.

Er ging raus in den Gang. Seine Schritte hallten. Er kam vorbei an den Vernehmungsräumen und schaute rein, öffnete die Tür zum Observierungsraum und trat ein.

Im Nebenraum hatte sich Cohen vor einem Mann auf einem Stuhl aufgebaut. Die Hose des Mannes war ihm bis auf die Knöchel heruntergezogen, und er war an den Stuhl gefesselt. Cohen hatte ein Rasiermesser in der Hand, das war seine neue Masche. Er hatte es irgendwo in der Nähe von Beirut mitgenommen und als seine Kriegsbeute bezeichnet. Nir konnte Cohen nicht ausstehen. Er konnte keinen von denen ausstehen. Er war allein in dem Raum. Er zog sein Filmdöschen aus der Tasche, legte sich eine Line und sah zu. Er wollte wissen, was Cohen machte.

»Wer hat dich geschickt?«, fragte Cohen.

»Niemand hat mich geschickt«, antwortete der Mann. Er sah Cohen müde an und Nir sah die frischen Blutergüsse in seinem Gesicht. »Hab ich doch schon gesagt.«

»Du hast die Grenze nach Israel illegal überschritten«, antwortete Cohen.

»Blödsinn«, sagte der Mann. »Wir waren nicht mal in der Nähe der Grenze.«

»Ihr wart innerhalb des Sicherheitsgürtels«, sagte Cohen. »Das reicht.«

»Dann verhaftet mich und steckt mich ins Gefängnis«, entgegnete der Mann. »Ihr seid hier illegal. Das ist mein Land, nicht eures.«

»Der Libanon?«, fragte Cohen.

»Palästina«, sagte der Mann. »Hab ich doch schon gesagt.«

»Bist du Palästinenser?«, fragte Cohen.

»Na klar.«

»Und Mitglied einer Terror-Organisation?«

»Ich bin niemand«, erwiderte der Mann. Nir schätzte ihn kaum älter als zwanzig, aber im Libanon wurde man auch von Kindern erschossen. Vor allem die christlichen Milizen liebten ihre Kindersoldaten. Dieser Typ hier konnte irgendwer sein oder auch niemand. Es brauchte nicht viel, um von der Armee aufgegriffen zu werden. Falsche Zeit, falscher Ort.

»Du bist Mitglied der Volksfront zur Befreiung Palästinas«, sagte Cohen. »Du hattest deren Flugblätter dabei.«

»Dann nehmt mich doch fest und steckt mich in euer illegales Gefängnis«, sagte der Mann. »Was ihr macht, verstößt gegen das Gesetz.«

»Ich bin das Gesetz«, sagte Cohen.

»Du bist ein Gangster«, behauptete der Mann. »Ein Gangster mit Dienstabzeichen.«

Cohen schlug ihm mit dem Handrücken ins Gesicht, so dass der Kopf des Mannes in seinen Nacken schlug. Er funkelte Cohen an.

»Nehmt mich fest.«

»Sag mir, warum du hier warst. Für wen arbeitest du wirklich?«

»Für niemanden!«

»Wie heißt du?«, fragte Cohen.

»Rimawi«, sagte der Mann. »Majdi Rimawi. Du hast doch meine Papiere.«

»Papiere sagen gar nichts«, behauptete Cohen.

»Ich bin nur irgendein Typ«, sagte Rimawi. »Ich hab meine Freundin besucht. Das ist doch kein Verbrechen, oder?«

»Terror ist aber eins«, erwiderte Cohen.

»Wenn ich irgendwas angreifen wollte, hätte ich doch Bomben dabei oder Landkarten«, sagte Rimawi.

»Du hattest eine Schusswaffe«, sagte Cohen.

»Hat doch jeder!«, protestierte Rimawi.

Cohen kniete sich vor ihn. Schob gewaltsam seine Beine auseinander, nahm das Rasiermesser und schob es unter die Hoden des Mannes. Rimawi blieb sehr still sitzen. Nir sah gebannt zu. Und vergaß seinen Kaffee. Irgendwas an Cohen, irgendwas an seinem skrupellosen, unbeirrbaren Einsatz bewog Nir, ihn in demselben Maß zu bewundern, wie er ihn hasste.

»Sag es mir«, flüsterte Cohen.

Rimawi schluckte trocken. »Sonst schneidest du mir die Eier ab, oder wie?«, fragte er.

»Sonst schneide ich dir die Eier ab.«

»Was willst du wissen?«, fragte Rimawi.

Cohen bewegte das Rasiermesser, nur ganz sachte. Rimawi schloss ganz kurz die Augen.

»Für wen arbeitest du? Die Maliks? Die Gemayels? Die Hizbollah? Die Obeyds? Mohammed Biro?«

»Biro?«, fragte Rimawi. »Fragst du mich nach Biro?« Nir beugte sich weiter vor, plötzlich war sein Interesse geweckt. Er hatte von Mohammed Biro gehört. Es hieß, er sei der größte Dealer im Libanon. Aber er arbeitete nicht mit Cohen.

Rimawi sah das plötzliche Interesse in Cohens Blick und nickte langsam.

»Biro«, hauchte Cohen, der komisch aussah, so wie er da hockte, zwischen den Beinen eines anderen Mannes.

»Vielleicht können wir einen Deal machen«, sagte Rimawi. »Wenn du mich gehen lässt, liefere ich dir Biro.«

»Und woher kennst du Mohammed Biro, kleines Vögelchen?«, fragte Cohen.

Seine Hand zitterte. Rimawi schloss die Augen vor Schmerz.

»Vorsicht«, sagte er. »Vorsicht!«

»Sag's mir«, verlangte Cohen. »Ich habe einen Freund, der einen Freund hat, der jemanden kennt«, erwiderte Rimawi. »Das ist schon alles.«

»Du bist von der PLFP«, sagte Cohen und bewegte das Rasiermesser ein kleines bisschen.

»Vielleicht wollen die diesen Biro ja loswerden«, sagte Rimawi.

»Kann sein«, sagte Cohen, zog das Rasiermesser zurück und stand auf.

»Drogen sind schlecht«, erklärte Rimawi.

Cohen lächelte müde. »Aber du verkaufst sie.«

Auch Rimawi grinste. Der hatte wirklich Eier, dachte Nir.

»Nur um den Kampf zu finanzieren«, sagte Rimawi.

»Den Feind meines Feindes«, sagte Cohen. »Krieg lässt die unwahrscheinlichsten Freundschaften entstehen.«

Nir war sicher, dass das ein Zitat war, hatte aber vergessen, von wem. Das war noch etwas, was er an Cohen hasste, seine Zitate.

»Kannst du mir die Fesseln abnehmen?«, fragte Rimawi.

»Klar«, antwortete Cohen und schnitt ihm die Fesseln durch. Rimawi rieb sich die Handgelenke.

»Lass uns woanders reden, wo wir ungestörter sind«, sagte Cohen. Er sah zu dem Spiegel an der Wand.

»Verpiss dich, Nir«, sagte er.

6:00 Uhr

Nir trank seinen zweiten Becher Kaffee und saß bei seinem Armee-Frühstück. Soldaten kamen von der Patrouille und aus nächtlichen Hinterhalten. Fahrer aus dem Sicherheitsgürtel, ein paar südlibanesische Armee-Kommandeure, mehrere Soldaten von der Drogenpatrouille und ein einsamer Mossad-Agent. Jean saß an einem Tisch mit schnurrbärtigen Typen von der Inneren Sicherheit. Außerdem ein paar Piloten und ein paar Sergeants. Kleine Leute: Fahrer, Quartiermeister. Sie verluden und lagerten die Ware.

Auf mittlerer Ebene: Grenzposten, die sie durchließen.

Die großen Nummern – Polizei, Armee und Geheimdienst – achteten darauf, dass alles nach Plan lief.

Die israelisch-libanesische Grenze, hier ereignete sich der Zauber.

Eine mit viel Bargeld geschmierte und von Habgier und Gleichgültigkeit befeuerte Maschinerie.

Der Krieg interessierte hier niemanden. Nicht mehr. Also konnte man auch genauso gut daran verdienen.

Mittendrin: Captain Nir Marom, Veteran dieses herrlichen Schlamassels von einem Krieg, war von General Leider, seinem früheren Kommandanten, wegen einer Angelegenheit, an die Nir lieber nicht erinnert werden wollte, in den Dienst an diesem Unterfangen versetzt worden. Jetzt war er Assistent bei einem Haufen degenerierter Arschlöcher, allen voran Cohen, der als Polizist unter anderem 74 im Mordfall Esther Landes ermittelt hatte …

Cohen kam, setzte sich Nir gegenüber und zündete sich eine an.

»Vergiss, was du gesehen hast.«

»Was hab ich denn gesehen?«

»Genau.«

»Hast du ihn laufen lassen?«, fragte Nir. »Der war von der PFLP!«

»Ein Wurm an einem Haken, ich hab nur die Angelschnur wieder ausgeworfen«, sagte Cohen und zuckte mit den Schultern. »Vielleicht fangen wir ja noch einen Fisch damit, vielleicht nicht.«

»Drogen«, sagte Nir angewidert. »Alles dreht sich um Drogen.«

»Trotzdem hast du noch keine Beschwerde eingelegt«, sagte Cohen.

»Bei wem denn?«, fragte Nir und Cohen grinste.

»Eben«, sagte er.

»Wieso die Volksfront?«, fragte Nir neugierig.

»Weil das Marxisten sind«, erwiderte Cohen geduldig. Und viel zu mitteilsam. Cohen hatte Nir gewollt, er hielt ihn für einen »wertvollen Aktivposten«.

»Und?«, fragte Nir.

»Und die sind dicke mit den Syrern«, erklärte Cohen. »Die Syrer verschieben mehr Drogen als alle anderen.«

»Aber wir führen Krieg gegen Syrien«, entgegnete Nir. »Und wir führen Krieg gegen die Palästinenser.« Er dachte darüber nach. »Sieht aus, als würden wir ganz schön viel Krieg führen.«

»Wir sind nun mal ein kleines, von Feinden umgebenes Land«, sagte Cohen ruhig. Nir musste über den alten Spruch grinsen.

Cohen gab Nir seinen Fahrplan, schob ihm das Papier direkt über den Schreibtisch. Nir überflog ihn. Fahr hierhin. Geh dorthin. Hol ab. Liefer ab. Das Ganze wirkte vollkommen unauffällig, war getippt auf offiziellem Briefpapier.

Ein Adjutant, das war er.

Ein schickes Wort für einen Handlanger.

»Ach, und die Befehle für heute Abend«, sagte Cohen und schob ihm ein anderes Blatt zu. Ein Militär-Memo. *Operation*

Sunstroke, las Nir. Wie der Song von Mashina. Ein gemeinschaftlicher Einsatz der Drogeneinheit und des Grenzschutzes.

»Wieder ein Hinterhalt?«, fragte Nir. Er war niedergeschlagen.

»Heute Abend kommt eine große Lieferung über Rosch haNikra rein«, sagte Cohen. »Das wird ein Riesenerfolg und ein fetter Gewinn für uns. Wir müssen den Drogenfluss in unser Land stoppen.«

»Wessen Drogen?«, fragte Nir.

Cohen zuckte mit den Schultern. »Ich erwarte von dir, dass du zum Einsatz zurück bist«, sagte er.

»Na schön«, meinte Nir, schob seinen Stuhl zurück und nahm sein Tablett. Reste des Eis waren auf seinem Teller verschmiert, was ihn unangenehm an Salims verspritzte Hirnmasse erinnerte. Jean entdeckte ihn und zeigte ihm einen erhobenen Daumen. Nir ignorierte ihn und stellte das Tablett mit dem Geschirr auf das Fließband der Spülküche.

7:00 Uhr

Wenig Verkehr in südlicher Richtung, nicht mal die Kinder waren schon auf, die sonst immer Wassermelonen und Feigen am Straßenrand verkauften. Ein Traktor aus einem nahe gelegenen Kibbuz blockierte die Straße. Nir streckte den Kopf aus dem geöffneten Fenster und schrie: »Mach gefälligst Platz!«

Der Kibbuznik ignorierte ihn und fuhr sogar noch langsamer. Nir hupte, lachte, trat aufs Gas und überholte ihn auf dem Seitenstreifen. Im Vorbeifahren hupte er immer wieder, schwenkte zum Schluss wieder zurück auf die Fahrbahn und trat das Gaspedal durch.

»Fick dich«, sagte er.

Er fuhr schnell, die Stoßdämpfer ließen ihn auf und ab hüpfen, hinter sich hörte er eine Sirene aus einer Seitenstraße biegen und nahm das Tempo raus. Die Verkehrspolizisten stiegen aus ihrem kakamaika Streifenwagen. Nir zeigte seinen Dienstausweis. Sagte man überhaupt noch »kakamaika«? Das war so ein Wort, das die Generation seiner Eltern verwendet hatte. So oder so war's eine beschissene Schrottkarre von einem Streifenwagen.

»Tut mir leid«, sagte der Polizist, als er den Ausweis sah. »Hab ich nicht gewusst, Mann.«

»Schon gut«, sagte Nir. »Steht bequem, Leute.«

Er winkte fröhlich und trat erneut aufs Gas, raste über die Straße. Er schaltete das Radio ein. Gali Atari sang: »I Don't Have Another Country.« Nir träumte davon, alles hinzuschmeißen und sich einfach in ein Flugzeug nach Südamerika zu setzen. Endlich sein wie alle anderen, mit einem Rucksack durch Uruguay oder Peru reisen. Irgendwo stoned am Strand sitzen. Nach Machu Picchu hochsteigen. In einem Trek die Anden überqueren. Der Verkehr wurde jetzt dichter, und er musste runter vom Gas. Scheiße, dachte er.

8:00 Uhr

Er hatte Pinkelpause an einer Tankstelle gemacht. Jetzt war er irgendwo in Krajot, diesem Labyrinth aus unscheinbaren sozialen Wohnblocks, die auf der anderen Seite von Haifa aus dem Boden schossen: die Vorstadthölle des Nordens. Nir parkte, starrte einen Jungen an, der vor dem Eingang eines dieser Blocks saß.

»Armee«, sagte Nir und zeigte dem Jungen seine Waffe. Der Junge spuckte auf die Stufen.

»Na und?«, sagte der Junge.

»Finger weg.«

Der Junge sagte nichts. Er stand auf und drückte auf eine Klingel, zweimal kurz, einmal lang, dann setzte er sich wieder.

»Deinen Jeep wird niemand anrühren«, sagte er.

Nir ging rein, den Brick in der Hand. Die Tür stand offen. Drei Treppen bis nach oben. Im Gang roch es nach Eintopf und Gebratenem. Er kam an die Wohnungstür und wollte klopfen, aber sie ging von allein auf und Tzila stand im Morgenmantel im Eingang.

»Er ist auf dem Balkon«, sagte sie, würdigte den Brick keines Blicks.

Nir drückte ihr ein kurzes Küsschen auf die Wange. Tzila lächelte zögerlich, klopfte ihm auf die Schulter und ging hinein. Nir folgte ihr.

»Willst du Kaffee?«, fragte Tzila.

»Klar, danke.«

»So höflich«, sagte sie und verschwand in der Küche.

»Er ist auf dem Balkon!«, rief sie.

»Hast du schon gesagt.«

»Wie trinkst du deinen Kaffee?«

»Heiß«, sagte Nir und hörte sie lachen.

Im Wohnzimmer war es dunkel, die Sofakissen waren zerknautscht, zwei volle Aschenbecher, eine Waage auf dem Tisch, es roch nach Gras, Gebratenem und Schmutzwäsche. Nir ging durch den Raum zur offenen Tür und trat hinaus auf den Balkon. Itzik saß auf einem Klappstuhl, sein gesundes Bein lag auf einem leeren Kasten und seine neue Beinprothese lehnte an der Wand. Der Stumpf war nackt.

»Hey, Mann«, sagte Itzik mit demselben aufrichtigen, fröhlichen Lächeln wie immer. »Hol dir einen Stuhl. Ich hab dich reinkommen sehen.«

»Arbeitet der Junge da unten für dich?«, fragte Nir.

»Arbeiten? Das ist der Sohn meiner Schwester, du bist ihm schon mal begegnet. Ronny. Ist ein guter Junge.«

Nir knallte den Brick auf den Tisch. Er war in Blasenfolie eingewickelt und mit braunem Klebeband fest verschnürt. Nir sagte: »Das ist der letzte, Mann. Wenn die das mitbekommen, schneiden sie mir die Eier ab.«

Er dachte an das Rasiermesser in Cohens Hand und ihm schauderte.

»Die können uns mal, Mann«, erwiderte Itzik. »Du kannst nicht mehr für diese Pushtakim arbeiten. Du bist Soldat, ein Offizier!«

Nir musste grinsen. Er setzte sich. »Schön, dich zu sehen, Itzik«, meinte er.

»Na ja, kannst jederzeit vorbeikommen«, sagte Itzik. »Ich seh dich ja kaum noch.«

»Arbeit«, sagte Nir mit schlechtem Gewissen.

»Ich hab überlegt, ob ich wieder in die Schule gehe«, sagte Itzik. »Vielleicht studiere ich Psychologie oder Soziologie.«

»Du wärst super«, sagte Nir und erinnerte sich an den Streifendienst vor zwei Jahren. Die Granate war einfach aus dem Nichts herangeflogen. Itzik war draufgesprungen, um die anderen zu retten. Und Nir nicht.

»Ich bekomme bald ein neues Bein«, sagte Itzik. »Mit Kniegelenk und allem.«

»Toll«, sagte Nir. »Hör mal, das ist das letzte Päckchen, wirklich.«

»Schon okay«, sagte Itzik. »Ich verkaufe den Scheiß nicht mal gerne.«

»Nur bis du versorgt bist«, sagte Nir. »Ich meine mit Geld. Die werden einen Brick hier oder da nicht vermissen.«

»Ein Brick wird immer vermisst«, sagte Itzik und sein Lächeln verschwand. »Du bist doch vorsichtig, oder?«

»Ich bin vorsichtig.«

»Aha.«

»Ich hasse die, Itzik«, sagte Nir.

»Ich weiß, Mann.«

Tzila kam mit Kaffee. Nir trank, ohne ihn zu schmecken.

»Wie ist er?«, fragt Tzila.

»Heiß«.

»Du Arsch.« Aber sie sagte es ohne Bosheit und Itzik lachte.

»Und räumt mal auf«, sagte Nir. »Ihr habt hier überall Heroin und Gras offen rumliegen. Die Waage …«

»Wer kommt denn schon bis nach hier oben?«, fragte Itzik. »Nur Junkies. Die Polizei ist zu faul, Razzien machen die nur im

Erdgeschoss.« Nir trank seinen Kaffee und versuchte möglichst, an dem Stumpf vorbeizugucken.

»Wir sehen uns, Mann«, sagte er und stand auf. Sie schüttelten sich die Hände und Itzik strahlte wieder. Tzila brachte Nir zur Tür, dann steckte sie ihm einen Umschlag zu.

Er drückte ihr ein Küsschen auf die Wange.

»Bis nächste Woche«, sagte er.

9:00 Uhr

Es wurde heiß. Die Sonne stand am Himmel und auf der Küstenstraße verdichtete sich der Verkehr. Nir fing an zu schwitzen. Er bog auf eine Tankstelle vor Zikhron Ya'akov ein. Ging zur Toilette, fand eine Kabine, zog eine Line, dachte »scheiß drauf« und zog noch eine.

Als er wieder rauskam, fühlte er sich besser, sah aber zwei Typen, die sich offensichtlich seinen Jeep genauer ansahen. Sie selbst fuhren einen weißen Subaru. Er starrte sie an, aber sie schienen es gar nicht mitzubekommen. Einer ging aufs Klo, der andere in den Laden, so dass Nir sich nichts weiter dabei dachte.

Hinter Herzlia fiel ihm ein weißer Subaru im Rückspiegel auf, aber es gab natürlich jede Menge weiße Subarus. Er behielt ihn im Auge. Der weiße Subaru blieb hinter ihm, bog nicht ab, überholte nicht, blieb nicht zurück. Aber viele Leute klebten einfach auf derselben Straße, am selben Fleck. Trotzdem. Als er eine Möglichkeit sah, trat Nir aufs Gas. Der weiße Subaru beschleunigte ebenfalls und folgte ihm. Nir fuhr langsamer, wechselte die Spur. Der weiße Wagen blieb ein Stückchen zurück, verschwand aber nie aus Nirs Rückspiegel.

Er konnte nichts machen. Er packte das Steuer ganz fest, bog an der ersten Möglichkeit rechts ab, verließ die Hauptstraße. Der weiße Wagen bog ebenfalls ab, folgte ihm. Nir trat aufs Gas, fuhr durch Fußgängerzonen, vorbei an einem Schulspielplatz und über eine rote Ampel, dann bog er wieder ab. Er fuhr im Kreis und schon bald konnte er den weißen Wagen nicht mehr sehen. Vielleicht hatte er ihn abgehängt. Vielleicht war er ihm doch nicht gefolgt. Vielleicht.

10:00 Uhr

Ramat Gan. Auf einem kleinen Holzschild, draußen vor einem hübschen Haus mit einem Garten voller Rosen, stand: »Sagi«.

Nir schob sich aus dem Jeep und klopfte an die Tür.

Ein kleiner Junge öffnete. Nir starrte ihn erstaunt an.

»Ist dein Papa zu Hause?«, fragte er.

»Er ist bei der Arbeit«, sagte der Junge.

Eine Frau rief von drinnen: »Avi? Wer ist da?«

Der Junge sah Nir an.

»Bist du Polizist?«, fragte er. »So was Ähnliches«, antwortete Nir.

»Wenn ich groß bin, werde ich Polizist«, erklärte Avi, der Junge. »Hör mal, Kleiner«, sagte Nir. »Mach lieber was anderes, glaub mir.«

»Was wolltest du denn früher werden, wenn du groß bist?«, fragte Avi.

»Astronaut«, erwiderte Nir.

Der Junge dachte darüber nach.

»Hm«, sagte er.

»Gib das deinem Vater, ja?«, sagte Nir. Er überreichte dem Jungen den Umschlag, den Cohen ihm gegeben hatte, und der Junge nahm ihn.

»Avi? Wer ist da an der Tür!«, rief die Frau von drinnen.

Der Junge starrte Nir hinterher, als der zu seinem Jeep zurückging.

»Niemand, Mama«, sagte er.

10:35 Uhr

»Nirush!«

Sie sprang ihn an, schlang ihre langen Arme um seinen Hals und ihre langen Beine um seine Hüfte und drückte ihm ihre Lippen auf den Mund.

»Kippy!«, sagte Nir, als sie kurz Luft holte. »Was machst du denn hier?«

»Ich probiere mein neues Outfit an«, sagte Kippy, ließ ihn los, sprang auf die Füße und drehte sich wie ein Kreisel. »Gefällt es dir?«

Eigentlich hieß sie Sarah, aber alle nannten sie Kippy – nach dem sprechenden Igel aus *Sumsum Street*, das alle Kinder guckten. Kippy Kippod wurde von einer Frau in einem Kostüm gespielt und war eigenartig sexy für ein Tier mit menschlichen Eigenschaften. Nir betrachtete Kippy. Sie war wie eine Geschäftsfrau gekleidet, trug einen Blazer mit Schulterpolstern und elegante schwarze Schuhe. Sie sah umwerfend aus, wie eine Geheimagentin oder eine besonders scharfe Sekretärin.

Benny saß an einem Tisch an der Wand des Lagerhauses und zählte Geld. Er blickte kaum auf, als Nir hereinkam. Benny hatte Nir seit der Sache im Libanon echt auf dem Kieker. Nir hatte ein schlechtes Gewissen, weil er ihn zurückgelassen hatte, als die Schießerei losging, aber was war ihm schon anderes übriggeblieben? Jetzt war es ihm scheißegal. Er konnte Benny auch nicht ausstehen.

»Du siehst super aus«, sagte Nir zu Kippy. »Aber wieso?«

Jetzt sah Benny doch auf. »Sie fliegt nach Los Angeles«, sagte er.

»Was machst du denn in Los Angeles?«, fragte Nir und Kippy lachte.

»Ich sehe mir Hollywood an!«, sagte sie.

»Als Kurierin«, sagte Benny. »Du siehst super aus, Kippy«, sagte er geistesabwesend. »Komm, wir müssen die Päckchen noch unterbringen.«

»Nur ganz schnell rein und wieder raus«, sagte Kippy zu Nir. »Wird super bezahlt.«

»Was machst du in Los Angeles?«, fragte Nir Benny.

»Geht dich nichts an«, erwiderte Benny.

»Kippy, das ist gefährlich«, sagte Nir, aber sie lachte ihn aus, was er sich auch vorher hätte denken können. Er hatte sie drei Monate zuvor auf einer Party in Tel Aviv kennengelernt. Sie stammte aus gutem Haus, stand aber auf grelles Scheinwerferlicht und Nervenkitzel. Ihr letzter Freund saß wegen Doppelmord im Gefängnis und danach hatte sie Nir kennengelernt. Er liebte sie. Er zog sie fest an sich heran, roch das Salz auf ihrer Haut und ein neues Parfüm, das er nicht kannte. Er küsste sie gierig. Sie presste sich an ihn, ließ die Hüften kreisen, dann zog sie sich lachend zurück.

»Nächste Woche bin ich wieder zurück«, sagte sie. »Wir könnten ausgehen.«

»Lass dich von denen nicht ausnutzen«, sagte Nir leise.

»Ausnutzen? Ich nutze die aus«, sagte sie. Sie lehnte sich wieder an ihn. »Wir fahren bald zusammen, oder? Für immer, meine ich. Angeblich scheint in Los Angeles immer die Sonne.«

»In Tel Aviv scheint auch immer die Sonne«, sagte Nir.

»Tel Aviv ist aber langweilig«, sagte sie, und das war's.

Er sah ihr und den anderen Mädchen zu – einer Nanny, einer Stewardess, einer Frau in traditioneller orthodox jüdischer Kleidung –, alle probierten sie die Klamotten an und versteckten kleine Päckchen darunter. Es kam so viel Shit aus dem Libanon und über Ägypten herein, dass Benny und sein Chef im großen Stil exportierten. Nir war nicht dumm. Er wusste von Los Angeles. Ende der siebziger waren ein paar Penner aus Bat Yam dorthin gezogen. Jetzt machten sie Kohle mit Schutzgeldern, erpressten jüdische Geschäftsleute und übernahmen hin und wieder Auftragsmorde für die einheimische Mafia.

»Komm«, sagte Benny. Sie holten die Pakete aus dem Jeep und Nir war erleichtert. Wenigstens konnte er jetzt wieder zurück. Das einzig Gute an den Lieferfahrten nach Tel Aviv war, dass er Kippy dort sah.

»Willst du einen Kaffee?«, fragte Benny.

»Nein, danke.«

»Du wirkst angespannt«, meinte Benny.

»Alles okay.«

»Uns fehlt ein Brick«, sagte Benny.

Nir zuckte mit den Schultern. »Vielleicht hast du dich verzählt«, sagte er. »Kann ich jetzt gehen?«

»Warum so eilig?«

»Ich hab heute Abend einen Einsatz.«

»Ach ja«, sagte Benny. Benny war ein verfluchter Zivilist, kannte aber die Einsatzbefehle. Nir machte das wahnsinnig. Durch den Libanon gerieten sie durcheinander. Alle und keiner gaben Befehle.

»Also, kann ich jetzt los?«

»Noch nicht …«, sagte Benny. »Hör mal, du musst eine kurze Fahrt für mich übernehmen.«

»Wohin?«

»Be'er Sheva. Du kennst doch unsere Freunde im Negev?«

»Scheiße, Benny, ich soll zu den Beduinen? Jetzt?«

»Ich hab eine kurzfristige Lieferung.«

»Was denn?«

Benny zuckte mit den Schultern. »Wieso interessiert dich das?«, fragte er.

»Ich muss gleich wieder auf der anderen Seite des Landes sein!«

»Komm schon«, sagte Benny. »Ist ein kleines Land.«

Nir brummte irgendwas leise vor sich hin, während Bennys Männer Kisten auf den Jeep luden. Für die war er bloß ein Handlanger.

Es hatte mit kleinen Dingen angefangen. Leider, der damals sein direkter Vorgesetzter war, hatte ihn hin und wieder um einen Gefallen gebeten, Kleinigkeiten, die aber gegen die Armeevorschriften verstießen. Nir hatte sich darauf eingelassen, und langsam, ganz allmählich, wurden es immer größere Gefälligkeiten, bis es irgendwann gar keine mehr waren, denn es gab kein Zurück mehr und ihm blieb gar nichts anderes übrig, als zu tun, was sie von ihm verlangten. Gott, wie er sie hasste.

Kippy kam zurück und Nirs Laune besserte sich. Gegen die Rubensteins und Cohens dieser Welt konnte er nichts ausrichten, genauso wenig wie gegen den Libanon. Das Leben gab einem die Richtung vor, man folgte ihr, und da war es egal, wie oft man sich an Purim als Astronaut verkleidet hatte, man würde trotzdem niemals einen Fuß auf den Mond setzen. Also machte man weiter.

»Bis nächste Woche«, sagte Nir, als er sich nach einem letzten Kuss von Kippy verabschiedete. Er konnte die Drogen nicht mal an ihr spüren. Sie grinste ihn an, streckte ihm die Zunge raus und lief zu den anderen.

11:10 Uhr

Im dichten Verkehr aus Tel Aviv rauskommen. Er glaubte, den weißen Subaru wieder zu sehen, aber dann war er plötzlich weg.

11:40 Uhr

Endlich lag Ramla hinter ihm und der Jeep nahm Tempo auf.

12:15 Uhr

Er sah ein paar Läden und ein arabisches Restaurant und beschloss, anzuhalten und was zu essen. In der Mittagshitze war es ruhig, auf der Straße waren nicht zu viele Autos. Er konnte es nicht abwarten, eine Line zu ziehen. Er parkte den Jeep mit den Kisten hinten drauf.

Hinter ihm hielt ein anderer Wagen, aber er schenkte ihm keine große Beachtung. Jemand rempelte ihn an. Nir wollte sich gerade umdrehen und »Hören Sie mal!« sagen, da bekam er eine Faust in den Magen, schnell und effizient.

Nir krümmte sich und schnappte nach Luft. Dann wurde ihm

ein Sack über den Kopf gezogen, und er wurde geschlagen. Danach war alles schwarz.

13:05 Uhr

Er konnte die Zeit von seiner Uhr ablesen, von der Uhr an seinem Handgelenk. Seine Hand lag in seinem Schoß. Beide Hände waren zusammengefesselt. Er saß auf der Ladefläche eines Pick-up vor fünf Männern, die ihn anstarrten wie einen besonders unappetitlichen Teller Hummus.

»Weißt du, wer ich bin?«, fragte der Mann in der Mitte. Er trug einen Anzug mit glänzenden Aufschlägen.

»Sie sind Yehezkel Aslan«, sagte Nir, sein Kopf schmerzte. Es hieß, Aslan habe seinen eigenen Bruder Shimon getötet, als der Informant wurde. Man fand ihn 1983 in den Dünen vergraben.

»Und du bist Captain Nir Marom«, sagte Yehezkel Aslan. »Dann haben wir uns ja bekannt gemacht.«

Nir nickte vorsichtig und fragte: »Werdet ihr mich töten?«

Aslan sagte: »Wenn ich das wollte, wärst du längst tot.«

»Hab ich mir gedacht, also was? Wollt ihr mich foltern? Informationen aus mir herauspressen?«

»Kann schon sein«, sagte Aslan und nickte seinen Männern zu. Nirs Jeep parkte zwischen den Kiefern. Er sah den weißen Subaru und einen roten. Anscheinend standen diese Typen auf japanische Autos. Zwei von Aslans Männern gingen zum Jeep und holten eine Kiste heraus. Sie war schwer, und einer fluchte, weil sie ihm beinahe entglitt, dann stellten sie sie vorsichtig auf dem Boden ab.

»Was transportierst du da?«, fragte Aslan. »Weißt du das überhaupt?«

»Drogen. Geld. Keine Ahnung.«

»Interessiert dich das überhaupt?«, fragte Aslan, was Nir stärker beunruhigte als alles andere, weil Aslan ihm das angesehen hatte.

Aslan nahm eine Brechstange von der Ladefläche und brach die Kiste auf.

»Ach du Scheiße«, sagte Nir.

In der Kiste waren M-16-Gewehre, Munition und Handgranaten.

»Wem wolltest du die bringen?«, fragte Aslan. »Den Beduinen?«

»Scheiße«, sagte Nir.

»Was glaubst du wohl, wofür das Zeug verwendet wird, Marom? Zur Selbstverteidigung? Zur Beilegung irgendwelcher Streitereien? Oder meinst du, die Sachen landen bei der PLO, Abu Nidal oder der Islamic Brotherhood? Was meinst du? Ich bin neugierig. Drogen verkaufen ist das eine. Hey, wer ist nicht gerne mal high und hat hin und wieder ein bisschen Spaß. Aber Staatsfeinden Waffen verkaufen? Als Offizier bei der Armee? Das ist Verrat.«

Nir starrte die Waffen und Granaten an. Seine Lippen bewegten sich, aber er sagte nichts und Aslan nickte. Aslan schien alles über Nir und seine Geschäfte zu wissen. Tatsächlich schien er Nirs Gedanken besser zu kennen als Nir selbst.

»Das ist nicht okay«, sagte Aslan leise.

»Nein«, sagte Nir. »Ist es nicht.«

»Du bist nicht Teil dieser Welt, Nir«, sagte Aslan. »Du hältst dich hier auf, aber du kommst woandersher. Das sehe ich. Was bist du, Kibbuznik?«

»War ich mal«, sagte Nir. »Meine Eltern sind mit mir in die Stadt gezogen, als ich klein war.«

»Kann ganz schön hart sein in so einem Kibbuz«, sagte Aslan mitfühlend. »Ist keine Schande, wegzuziehen.«

Nir sagte nichts. Sein Vater war im Kibbuz geboren, seine Mutter war dort Außenseiterin geblieben. Sie schaffte es nicht, sich anzupassen, und schließlich gingen sie fort. Sein Vater hat ihr nie wirklich verziehen, dass sie ihn daraus vertrieben hatte. Er kannte nichts anderes als den Kibbuz, und ihre Liebe wurde schon bald sehr bitter.

»Du kommst aus einem guten Zuhause«, sagte Aslan. »Bist ein dekorierter Soldat. Offizier. Du brauchst so eine Scheiße nicht. Scheiße an deinen Fingern, in deinem Gesicht. Irgendwann so viel Scheiße, dass du schon gar nichts mehr unterscheiden kannst. Ich habe doch nicht unrecht, oder?«

»Und?«, sagte Nir. »Soll ich für euch arbeiten?«

»Ich will, dass du mir hilfst, dir zu helfen«, sagte Aslan. »Sei mein Mann im Inneren. Hilf mir, Rubenstein und die Wichser auszuschalten.«

»Ich kenne Rubenstein nicht mal«, sagte Nir.

»Aber er kennt dich.«

»Du willst mir nicht helfen«, sagte Nir. »Du willst nur die Schmuggelrouten übernehmen.«

Einer von Aslans Männern lachte. Ein dünner, wieselartiger Typ in einem feuchten Hemd und mit einer Gürtelschnalle, die größer war als seine Faust.

»Hilf mir, sie auszuschalten, dann lass ich dich frei«, sagte Aslan.

Frei. Das Wort schlug in Nirs Gehirn ein, gefolgt vom Rhythmus seines pulsierenden Bluts. Frei. War das überhaupt möglich, frei zu sein? Er wusste, es war eine falsche Hoffnung. Er blickte in Aslans Augen und sah nichts, keine Wut, kein Mitgefühl. Aslan würde seine Leiche schon bald verschwinden lassen.

»Ich werde niemals zum Mond fliegen«, sagte Nir leise.

»Was?«

»Nichts. Ich hab nur nachgedacht.«

»Denk schneller.«

»Na schön«, sagte Nir. Und es war eine große Erleichterung, das zu sagen. »Ich sage dir alles, was du wissen willst.«

Aslan lächelte ein schmallippiges Lächeln ohne Zähne.

»Ich will, dass du noch mehr tust«, sagte er.

»Was?«, fragte Nir.

Aslan sagte: »Ich will, dass du Cohen tötest.«

Die Zeit lief ihm davon und sein Kopf tat immer noch weh, wo die Männer ihn getroffen hatten. Nir fuhr mit dem Jeep über den Schotterweg zum Beduinenlager. Späher entdeckten ihn. Kinder kamen angerannt. Vor Abu Hassans Haus brachte er den Wagen zum Stehen.

Das Lager war mehr oder weniger permanent, aber nicht registriert, wie die meisten Beduinen-Orte im Negev. Draußen brannte ein Feuer. Bewaffnete Männer kamen heraus, sahen Nir, warteten. Abu Hassan kam ebenfalls nach draußen, und sie schüttelten sich die Hände.

»Ich muss zurück«, sagte Nir.

»Was hast du da am Kopf?«, fragte Abu Hassan.

Nir sagte: »Bin unter der Dusche ausgerutscht.«

Die Männer luden die Kisten mit den Waffen aus. Nir sagte nichts. Abu Hassan gab ihm einen dicken Umschlag. »Gib das Benny«, sagte er. Dann steckte er Nir einen Hundertdollarschein in die Tasche.

»Für dich«, sagte er.

Nir stieg wieder in den Jeep. Scheiße. Er war spät dran. Es war drei Uhr, und er musste noch einmal durch das gesamte Land. In Tel Aviv würde er in den Berufsverkehr kommen. Er fluchte. Er war so im Arsch. An all die anderen Dinge konnte er gar nicht denken. Er fuhr schnell, verwendete seine Sirene. Sollte bloß keiner versuchen, ihn anzuhalten. Cohen hatte ihm die Sirene gegeben. Aus Polizeibeständen. Nir fuhr wie ein Henker, umklammerte fest das Steuer.

Keine Zeit, nachzudenken. Überhaupt keine Zeit.

Hauptsache, er war rechtzeitig wieder auf dem Stützpunkt.

Dann würde er auf Patrouille gehen.

Und wenn sich die Gelegenheit ergab, Cohen erschießen.

15:25 Uhr

Vorbei an Ramla.

16:45 Uhr

Er steckte fest, die Straßen waren jetzt schon voll, Leute hupten, ein Egged-Bus rumpelte vor ihm her, Nir fluchte, sein Kopf tat weh, er dachte an Kippy und dass sie mit Heroin, versteckt am ganzen Körper, nach L.A. zum Flughafen unterwegs war, dachte an Itzik mit dem Brick, das er jetzt verschneiden und in Krajot verkaufen würde. Itzik, der wieder zur Uni wollte und ein künstliches Bein bekommen würde, mit einem Knie, das sich beugen lässt. Er dachte an Benny und dass er aus dem Libanon zurückgekommen war und wünschte, er wäre für immer dort geblieben. Er dachte an Cohen an der Grenze, Cohen mit dem Rasiermesser an den Hoden des Mannes. Cohen, der ständig die Bibel zitierte, wie es nur Menschen ohne Glauben je fertigbringen. Und er dachte an Aslan, der sich gerne für die Klatschspalten der Zeitungen fotografieren ließ.

Plötzlich begriff Nir, dass er so oder so geliefert war.

Er zog eine Line, direkt vom Armaturenbrett. Ein Subaru mit einem Aufkleber aus einem Kibbuz im Norden fuhr links an ihm vorbei, eine Familie saß darin, der Vater fuhr, und die Mutter fächelte sich auf dem Beifahrersitz Luft zu, zwei schlecht gelaunte kleine Jungs stritten sich auf dem Rücksitz.

Nir schwitzte.

Nir zitterte.

Im Radio sang dieser dürre Wichser Yuval Banai »A Ballad for a Double Agent« mit Schlagzeug und E-Gitarren von Mashina.

17:55 Uhr

Die Sonne ging über dem Mittelmeer unter, Autoscheinwerfer schlängelten sich in einer langen Kette über die dunkler werdende Küstenstraße.

Nir bog mit quietschenden Reifen auf den Stützpunkt ein. Zwei picklige Soldaten am Tor rannten mit gezogenen Waffen auf ihn zu.

»Macht euch mal nicht gleich ins Hemd«, sagte Nir, »noch werdet ihr ja nicht angegriffen.«

Gefreite beim Wachdienst. Ständig hatten sie Angst, entführt zu werden. Und tatsächlich müssten sie bei einem Angriff als Erste dran glauben. Er erinnerte sich noch, wie es war, als er das selbst gemacht hatte. Jetzt fuhr er auf das Gelände und parkte den Jeep. Er war unglaublich müde. Seine Hände zitterten, seine Sicht verschwamm und der Boden fühlte sich an, als würde er sich unter ihm bewegen. Er ging zu den Latrinen, wusch sich das Gesicht im Becken und zog noch zwei Lines. Dann starrte er sich im Spiegel an.

Leg dich in einen Hinterhalt. Verhafte oder töte ein paar Schmuggler.

Und erschieß Cohen bei der nächstbesten Gelegenheit.

Er nickte sich im Spiegel zu.

»Sir, jawohl, Sir«, sagte er.

20:00 Uhr

Er holte sich, was noch an warmem Essen übrig war. Keine Ahnung, was es sein sollte, so was wie Gulasch vielleicht. Er würgte es runter.

»Was machst du hier?«, fragte Cohen. »Du solltest doch vor Ort sein.«

»Ich war spät dran.«

»Okay«, meinte Cohen. »Dann fahren wir jetzt zusammen.«

»Du fährst mit zum Einsatz?«, fragte Nir erstaunt.

»Hat Eleazar nicht David gedient und die Philister erschlagen, bis das Schwert an seiner Hand klebte?«, fragte Cohen. »Also, lass mich dir dienen.«

Cohen grinste, aber Nir hatte grinsende Männer inzwischen satt.

»Wo hast du den ganzen Mist eigentlich gelernt?«, fragte er.

»Ich nehme abends Bibelunterricht«, sagte Cohen.

»Meinst du, du wirst jemals Bezirkskommandant?«, fragte Nir. »Oder Polizeichef?«

»Niemals«, sagte Cohen. »Ich weiß, was mir zusteht.«

»Und was ist das?«

»Anderen zu dienen«, erwiderte Cohen schlicht.

Es war dunkel. Ihre Scheinwerfer beleuchteten die schmale Straße nach Norden. Ein verdutztes Stachelschwein erstarrte vom Licht geblendet. Cohen fuhr einen Bogen drumherum.

»Das Land«, sagte Cohen. »Ich diene meinem Land.«

Nir wusste nicht, was er dazu sagen sollte. Cohen fuhr. Es war so still.

»Ich weiß, es ist nicht leicht gewesen«, sagte Cohen. Er schien zwiegespalten. Als wollte er Nir etwas anvertrauen. »Du findest unsere Arbeit abstoßend. Ich auch. Aber Habgier treibt mich nicht an, Nir, sondern das Bedürfnis nach Stabilität. ›Der Habgierige erregt Streit, / wer auf den Herrn vertraut, wird reichlich gelabt‹. Buch der Sprüche 28. Manches lässt sich unmöglich verhindern. Krieg. Drogen. Aber man kann sie verwalten. Und das machen wir. Wir halten die Stellung. Wir wahren den Frieden. Verstehst du das?«

»Nein«, sagte Nir.

»Eines Tages vielleicht«, sagte Cohen. Er sah aus, als wollte er noch mehr sagen, überlegte es sich dann aber anders.

»Heute Nacht wird alles glattgehen«, sagte er.

»Na klar«, erwiderte Nir.

Er würde warten, bis sie im Hinterhalt lauerten, und Cohen dann im allgemeinen Durcheinander von hinten erschießen.

Er hatte eine nicht registrierte Waffe dabei.

Anschließend würde er es auf die Schmuggler schieben.

Sie fuhren schweigend weiter. Kein Mond in Sicht. Schmuggler standen aus naheliegenden Gründen nicht auf Mondschein.

Sie erreichten den Hügel und parkten. Ein Soldat holte sie ab, um sie weiterzuführen. Sie gingen leise, getarnt, tief geduckt, versteckten sich hinter einem Felsen. Der Hinterhalt war vorbereitet, schon seit Sonnenuntergang. Niemand wusste, wann die Grenzüberschreitung stattfinden sollte.

22:00 Uhr

Nichts. Nir unterdrückte ein Gähnen. Ihm war bewusst, dass um ihn herum lauter Soldaten und Offiziere waren, aber er konnte sie weder sehen noch hören.

23:00 Uhr

Immer noch nichts. Cohen saß total entspannt an einen Felsen gelehnt, hatte die Hände im Schoß gefaltet, atmete gleichmäßig, hielt die Augen geöffnet.

00:41 Uhr

Weiter unten bewegte sich etwas ganz leise. Nir horchte auf. Cohen entrollte sich wie eine Katze. Vollkommene Stille, wieder eine Bewegung, ein Stein wurde von einem Fuß angestoßen, dann hörten sie Schritte.

Ein Informant hatte ihnen von dem Transport berichtet. Sie hatten überall Informanten. Sie wussten, wann die rivalisierenden Drogenschmuggler kamen, und auch, wo.

»Keine Bewegung! Ihr seid umstellt! Waffen weg, legt euch auf den Boden!«

Die Gruppe bewegte sich weiter, jemand feuerte eine Blendrakete ab, unten kam es zum Tumult, und dann wurde geschossen. Schatten bewegten sich durch die Nacht, Nir spürte sein Blut im Schädel pochen, alles lief nach Plan. Er zog die Waffe, sie hatten überall Informanten, sie wussten genau, wann und auf welcher Route die rivalisierende Bande kam …

Er drehte sich mit der Waffe in der Hand um und zielte auf Cohen. Auf den Kopf.

Und er sah Cohens Blick, als er abdrückte.

Plötzlich explodierte Nirs Bauch. Es zerriss ihn. Er kippte rückwärts um, schlug mit dem Kopf auf den harten Boden. Dann hörte er Schreie, Schüsse, Sterbende. Auch er schrie. Er hatte solche Schmerzen.

Er versuchte die Wunde zuzuhalten. Dieses frische Loch in seinem Bauch, in seiner Brust. Seine Hände waren voller Blut. Er blickte hilflos um sich, sah Cohen neben sich knien.

Und wieder sah er Cohens Blick. Wie das Meer in der Abenddämmerung. Cohen hatte eine Waffe in der Hand.

Er hob sie, um einen Schuss abzugeben. Einen Gnadenschuss.

Nir hörte ihn, war aber nicht tot. Stattdessen kippte Cohen mit jetzt tatsächlich erstaunter Miene rückwärts um.

Ausgerechnet Cohen, den sonst so schnell nichts in Staunen versetzte. Auf seiner Brust war Blut, eine verirrte Kugel hatte ihn getroffen.

»Mann verletzt! Mann verletzt!«

Nir hörte Schüsse unten, abgehackte Schreie, unterbrochen von den Gnadenschüssen der Soldaten. Cohen lag zusammengesackt neben ihm.

Nir starrte in die Sterne.

10

KIPPY

1987
Los Angeles

53 BAGDAD CAFÉ

»Die werden jedes Jahr jünger.« – Kippy

»Mir hat er gefallen«, meinte Kippy.

»Das war voll komisch«, sagte Romi. »Und dann diese deutsche Frau.«

»Ich fand ihn gut«, beharrte Kippy. »Der war ...« Sie suchte nach dem richtigen Wort. »Realistisch.«

Sie traten aus dem Kino ins grelle Sonnenlicht. Kalifornien war trotz Palmen und Sonnenschein ganz anders als Tel Aviv. Hier konnte man alles sein. Man konnte frei sein, dachte Kippy.

»Wie Jasmin in *Bagdad Café*«, sagte sie laut. Heutzutage führte sie häufig Gespräche mit sich in ihrem eigenen Kopf. Romi war die Abkürzung von Romema, aber weil das in Amerika niemand aussprechen konnte, nannte sie sich Romi. Romi sah Kippy seltsam an.

»Das war ein komischer Film, mehr sag ich ja gar nicht«, erklärte Romi. »Wollen wir einen Kaffee trinken gehen?«

»Ich kann nicht, ich fliege heute«, sagte Kippy.

»Schon wieder? Machst du niemals Pause?«, sagte Romi.

»Ich muss mir doch eine goldene Nase verdienen«, sagte Kippy und beide lachten über den komischen Ausdruck, den sie beide neulich zum ersten Mal gehört hatten. Aber für Kippy war es kein Spaß. Sie sparte oder versuchte es zumindest, das Geld schien nie lange zu reichen, und es stand immer eine Party bevor. Es gelang ihr einfach nicht, ihre Kohle beisammenzuhalten. Wenigstens musste sie ihre Getränke meistens nicht selbst bezahlen.

»Gib der Kleinen ein Küsschen von mir«, sagte sie zu Romi. Sie umarmten einander zum Abschied und Kippy sprang in ein Taxi.

»Wohin?«, fragte der Fahrer.

Kippy gab ihm eine Adresse im Valley, und er zog ein Gesicht, schaltete aber die Uhr ein. Kippy saß hinten und sah nach draußen auf die Straße. Der Fahrer machte das Radio an. Auf KIQQ sang Whitney Houston, sie wolle mit jemandem tanzen. Auf dem Van Nuys Boulevard erklärte Bono, er habe immer noch nicht gefunden, wonach er gesucht hatte.

»Und wieder ist ein herrlicher Tag hier in Los Angeles!«, rief der DJ begeistert.

»Kann man wohl sagen«, pflichtete Kippy ihm bei.

»Woher kommst du?«, fragte der Taxifahrer und starrte sie im Rückspiegel an.

»Culver City«, erwiderte Kippy.

Sie fuhren in eine kleine Einkaufsstraße abseits vom Van Nuys Boulevard und Kippy zog einen Schein aus der Tasche, um den Fahrer zu bezahlen. Er starrte ihr dickes Geldbündel an, sagte aber nichts, und sie wartete, bis er weggefahren war, dann erst ging sie weiter, vorbei an Hatkuma Middle Eastern Foods & Grocery Store und Eli's Electronics – »Alles Muss Raus«! – und dem Haifa Grill Restaurant, in dem Motti Pilpel gerade die Tische deckte. Er sah sie und winkte. Sie winkte zurück und ging weiter, vorbei an der Reinigung, Shmuel Shmuel zählte gerade das Kleingeld. Dann endlich betrat sie das Büro von XLS Import-Export Corp., wo Shula, Yossefs Frau, an einem Schreibtisch saß.

»Kippy«, sagte sie, ohne große Begeisterung.

»Hey, Shula.«

»Die sind hinten«, sagte Shula und widmete sich wieder ihrer Zeitschrift. Sie las die vorletzte Ausgabe von La'isha. Die Kuriere mussten ihr immer die neueste Ausgabe aus Tel Aviv mitbringen, außerdem natürlich Zeitungen und vor allem Wochenendbeilagen.

Kippy nickte, machte einen Bogen um Shula herum und ging weiter ins Hinterzimmer, wo Yossef – niemals Yossi – und Mooshon VHS-Kassetten stapelten. Yossef ließ eine ganze Armee junger Israelis für sich arbeiten, die er nach dem Militärdienst nach

L.A. gelockt hatte. Sie verkauften die Raubkopien auf Flohmärkten in ganz Südkalifornien. Yossef hatte das gelobte Land Kalifornien Mitte der siebziger Jahre für sich entdeckt, und es schien ihm sehr viel besser als Bat Yam. Er hatte klein angefangen – mit Schutzgelderpressung bei jüdischen Ladenbesitzern und Ähnlichem –, hatte seinen Tätigkeitsbereich dann auf den Verkauf von Waffen erweitert.

Inzwischen war das Geschäft so umfangreich, dass er zu Hause in Israel Anzeigen in den Zeitungen schalten musste, um kürzlich aus dem Militärdienst entlassenen Soldaten Green Cards, Jobs und den amerikanischen Traum zu versprechen. Wenn sich die jungen Leute bewährten, besorgte er ihnen eine Nutte zum Heiraten, und schon durften sie sich legal hier aufhalten.

Auch Kippy arbeitete für Yossef.

Alle arbeiteten für Yossef.

»Gut, dass du da bist. Auf dem Weg zum Flughafen ist viel Verkehr, du musst bald los.«

»Auf dem Weg zum Flughafen ist immer viel Verkehr«, sagte Kippy.

»Zieh dich aus«, sagte Yossef. Mooshon blickte auf. Er stand auf Kippy.

Sie zog sich aus. Mooshon holte die Drogengürtel und passte sie ihr an. Sie war ein bisschen verschwitzt. Diese Typen hatten einfach keine Klasse, dachte Kippy. Aber sie arbeiteten sehr effektiv. Sie zog sich wieder an. Das Outfit heute war ein unkompliziertes, leichtes Kleid, dazu ein Pulli und ein Regenmantel, den sie am Ziel brauchen würde. Sie sah gut aus. Mooshon sagte: »Im Koffer sind nochmal fünfzehn Kilo.«

»Warum keine zwanzig?«, fragte Kippy.

»Wir wollen es nicht übertreiben.«

Yossef blickte auf. »Mooshon fährt dich zum Flughafen. Ist dir doch recht, über Nacht, oder?«

»Mir ist alles recht«, erwiderte Kippy.

»Ich verlass mich auf dich, Buba«, sagte Yossef und packte weiter Videokassetten. Kippy folgte Mooshon zum Parkplatz.

Zuerst waren hier nur die gewöhnlichen Geschäfte und die alten Juden gewesen, die Schutzgeld an Mickey Cohen abdrückten. Dann war Yossef mit seinen Jungs aus Bat Yam gekommen, hatte das Schlaraffenland entdeckt. Jetzt gehörte ihnen die gesamte Straße, auch legale Geschäfte, in denen das Drogengeld gewaschen wurde. Der amerikanische Traum.

Moosh fuhr sie zum LAX. Er redete nicht viel, was ihr an Moosh gefiel. Dafür starrte er sie im Rückspiegel an, und das gefiel ihr überhaupt nicht. Anderen Leuten missfiel an Moosh, wie er mit ihnen umsprang, wenn Yossef der Meinung war, sie würden ihm Geld schulden. Moosh hatte so ein Gesicht, das die meisten veranlasste, ihm möglichst aus dem Weg zu gehen. Häufig war es das letzte Gesicht, das sie sahen. Die Jungs sprachen nie so richtig über Einzelheiten, wenn Kippy dabei war. Aber sie war nicht dumm. Sie wusste, was sie machten.

»Kennst du diesen Wichser, diesen Ruvi?«, fragte Moosh. »Der Romema geheiratet hat?«

»Klar«, erwiderte Kippy. »Wieso? Romi ist eine Freundin von mir.«

»Das ist voll der Arsch«, behauptete Moosh.

»Was soll das heißen?«, fragte Kippy zurück, obwohl sie wusste, was es heißen sollte.

Moosh stand auf Romema. Kippy wusste, dass das eine Warnung war, die sie ihrer Freundin weitergeben sollte. Aber diese Sachen gingen sie nichts an. Sie lehnte sich zurück. Das hatte nichts mit ihr zu tun, sagte sie sich. Sie starrte nach draußen auf die vorüberziehende Straße.

Sonst sagte Moosh nichts mehr. Er hatte die gesamte Bandbreite seines Konversationsspektrums erschöpft.

Kippy warf Moosh am Flughafen noch eine Kusshand zu, dann ging sie in die Abflughalle, hielt ihr Ticket bereit. Sie reiste sehr gerne, zum Teil war das der Schlüssel ihres Erfolgs. Sie war die Letzte, die jemand aufhalten würde, und außerdem hatten die Amerikaner echt beschissene Sicherheitskontrollen an ihren Flughäfen. Als wäre ihnen einfach alles egal.

Sie wartete mit dem Koffer am Gate, er war leicht und perfekt zum Verreisen.

»Delta-Flug nach Salt Lake City bereit zum Abflug.«

Kippy lächelte, ging zum Schalter, zeigte ihr Ticket und stieg ins Flugzeug.

»Guten Flug gehabt?«, fragte Pinhas.

»Wie immer.«

Kippy gefiel an Salt Lake City, wie sauber es hier war. Die Mormonen waren immer so höflich. Little Pinhas hatte einen kleinen Elektronikladen in East Central. Er hatte sie vom Flughafen abgeholt.

»Willst du was essen?«, fragte er, fuhr von der Straße ab zu einem Diner, nicht weit vom Flughafen. Kippy zog sich auf der Toilette um und kam mit dem Stoff in einer Tüte, die Pinhas ihr gegeben hatte, wieder raus. Der Rest war im Koffer im Auto. Kippy bestellte Pancakes.

Pinhas trank zwei Becher Kaffee, einen nach dem anderen. Er ließ sein Bein auf und ab federn. Nervöses blödes Arschloch. Kippy ließ sich ihre Pancakes schmecken. Sie liebte Pancakes.

»Ganz schön kalt«, sagte sie, als sie fertig war, und zog sich den Mantel über.

»Leb erst mal hier«, sagte Pinhas.

»Gefällt's dir nicht?«, fragte Kippy.

»Doch, schon«, erwiderte Pinhas. »Ist ganz schön, wenn man aus der Stadt rausfährt. Da gibt es so Salzebenen, wenn man da bei Vollmond nachts durchfährt, das ist wie … weiß nicht, irgendwie überirdisch.«

»Klingt gut.«

»So was gibt's in Israel gar nicht«, sagte Little Pinhas.

»Da gibt's das Tote Meer«, entgegnete Kippy.

»Ist nicht dasselbe.«

Pinhas bezahlte das Essen und ließ Trinkgeld auf dem Tisch liegen. Er fuhr Kippy zum Flughafen zurück, übergab ihr einen Umschlag mit Geld, den sie in ihrer Handtasche verstaute.

»Bis bald«, sagte Kippy und sah ihm nach, als er davonfuhr. Dann ging sie zu ihrem Flug nach Miami.

»Immer wieder schön, dich zu sehen, Buba«, sagte Eli Siton. Eli trug eine goldene Rolex am Handgelenk und ein viel zu teures Jackett: Es saß eigenartig auf seinen schmalen Schultern. Zu viel Maßanfertigung und zu wenig Geschmack: Das war Miami auf den Punkt gebracht.

»Ich freu mich auch, dich zu sehen, Sweetheart«, erwiderte Kippy. Eli fuhr einen Chrysler und zitierte gerne Iacoccas Weisheiten über die Wirtschaft. Ihm gehörte eine Kette von Schmuckgeschäften in Miami. Davor hatte er eine Fischzuchtanlage in Kolumbien betrieben und davor eine Farm in Jamaica. Ganz früher hatte er mit Oshri und Midget in Israel gearbeitet und es immerhin auf die ursprüngliche Liste der elf, die damals in allen Zeitungen war, geschafft. Sein Bruder, ebenfalls ein zwanghafter Spieler, führte die Liste vor ihm auf dem ersten Platz an.

»Du solltest bei den Losern in Los Angeles kündigen und für mich arbeiten«, sagte Eli. Das sagte er immer. Bei ihrer Landung war es schon dunkel gewesen. Eli ließ jetzt das Fenster runter, und ein warmer Wind wehte ins Wageninnere. Er rauchte eine Zigarette, ließ einen Arm lässig aus dem Fenster hängen, zeigte seine Rolex. »Was hast du in Los Angeles, was du hier nicht bekommst?«

»Das Kino«, erwiderte Kippy und Eli lachte ein kehliges Raucherlachen. Er sagte: »Schauspieler machen einem den lieben langen Tag was vor, was ist daran so interessant?«

Eli war so einer, der immer alles besser wusste und es einem auch sagte. Er lenkte seinen Chrysler auf den Parkplatz des Clubs. Die Anaconda Lounge war so kitschig wie ihr Name. Die Beleuchtung war gedämpft, die Mädchen zu jung und die Männer zu alt, das Essen überteuert und die Cocktails zu süß. Eli Siton liebte es. Das Problem war, dass Eli zwar ein blödes Arschloch sein mochte, aber er war ein blödes Arschloch mit guten Freunden in Kolumbien.

Kippy folgte ihm in den Club, an der Tanzfläche vorbei und in Elis privates Büro. Natürlich gehörte ihm der Club. Zwei seiner Männer standen Wache und musterten Kippy von oben bis unten, ohne eine Miene zu verziehen.

»Die werden jedes Jahr jünger«, sagte Kippy.

»Dafür wird man im Libanon schnell alt«, erwiderte Eli und führte sie herein. »In Miami mache ich sie wieder jung. Du glaubst nicht, was ein paar Frauen und Koks mit einem Soldaten machen.«

Koks. Darauf lief es hinaus. Dope war zu voluminös und zu billig. Heroin zu heikel. Allerdings gab es für Koks nur eine Quelle und alle wollten welches. Deshalb machte sich Eli ebenso wie hunderte anderer zweitklassiger Ganoven möglichst nützlich, schloss Deals und pflegte seine Beziehungen nach Cali.

»Und?«, fragte Eli.

»Hier«, sagte Kippy, zog das Säckchen heraus, das sie am Körper versteckt hatte, und warf es Eli lässig zu. Er fing es mit beiden Händen, wurde rot im Gesicht und setzte sich.

»Lass das«, sagte er.

Kippy zündete sich eine Zigarette an und sah ihm zu. Er zog an der Schnur, drehte das Filzsäckchen um und kippte die Diamanten auf den Schreibtisch. Sie fielen auf ein Häufchen zusammen, reflektierten das Licht. Kippy dachte, wie schön sie waren. Vollkommen unabhängig von ihrer Funktion, einfach wahnsinnig schön.

Eli klemmte sich eine Juwelierlupe vor ein Auge und untersuchte die Diamanten. »Gut, gut«, sagte er.

»Yossef lässt schön grüßen«, sagte Kippy.

»Yossef es un pendejo«, schimpfte Eli. Kippy starrte ihn an, ohne eine Miene zu verziehen.

»Er möchte wissen, wann die nächste Lieferung kommt.«

»Ich schicke die Jungs mit einem Wagen los«, sagte Eli. »Das übliche Arrangement.« Er verstaute die Diamanten wieder im Säckchen. »Komm, Kippy. Hast du Hunger?«

»Immer«, sagte Kippy.

Sie saß mit Eli, zwei seiner Männer, Sandra, die für Eli arbeitete, und Yardena, Elis Buchhalterin, zusammen am Tisch. Sie aßen Empanadas, tranken Mojitos und lauschten der Musik des DJs, der »La Bamba« aufgelegt hatte, weil das in einem solchen Laden einfach dazugehörte. Sandra sagte nichts und Yardena fragte Kippy immer wieder, ob sie Zeitungen von zu Hause mitgebracht habe, sie habe nämlich in La'isha gelesen, Ofra Haza sei beim Absturz einer Cessna beinahe ums Leben gekommen, und ob Kippy mitbekommen habe, dass Uri Geller in einem Heißluftballon über England fliegen und über den Wolken Löffel verbiegen wollte? Außerdem hatte sie in Ma'ariv gelesen, dass Geller einen taubstummen Jungen in einem fliegenden Hubschrauber geheilt habe, und was Kippy davon hielt? Angeblich habe er eine Einladung nach Washington erhalten, um mit dem Sonderausschuss für Geheimdienste über das sowjetische Nuklearwaffen-Arsenal zu sprechen.

»Du stehst voll auf Uri Geller, stimmt's?«, fragte Kippy.

»Er kommt dieses Jahr ganz schön rum«, sagte Yardena.

Kippy, Yardena und Sandra gingen gemeinsam zur Damentoilette und zogen Lines.

»Wie hast du Eli kennengelernt?«, fragte Kippy Sandra.

»Scheiß auf Eli«, sagte Sandra. »Lasst uns richtig ausgehen. Wir sehen dich nie lange genug, Kippy. Wann ziehst du endlich nach Miami?«

»Ja, komm her, komm zu uns!«, sagte Yardena und zog eine weitere Line. »Lasst uns tanzen gehen. Irgendwo, nur nicht hier.«

Auch Kippy spürte den wohlvertrauten Ruf der Nacht, das Essen, die Drinks und das Koks hatten sie auf eine warme, duftende Wolke gehoben. Sie schlichen sich heimlich von der Damentoilette und raus aus dem »La Bamba« in die Nacht, lachten laut, als Sandra ein Taxi heranwinkte. Dann fuhren sie irgendwohin an den Strand, wo spanische Musik lief und Männer anmutig schwankten wie Bäume im Wind. Erneut auf der Toilette, sagte Yardena: »Hier, nimm die«, und steckte Kippy eine Pille in den Mund.

»Was ist das?«, fragte Kippy.

»Schon mal was von Ecstasy gehört?«

Sie kehrten auf die Tanzfläche zurück. Die Lichter strahlten jetzt greller, aber auch weicher. Kippy fühlte sich so gut. Am liebsten hätte sie alle umarmt. Die Musik ließ sie immer weiter tanzen, noch nie war sie so glücklich und frei.

»Ich liebe dich«, sagte sie zu Yardena.

»Ich liebe dich auch!«

Dann war es fünf Uhr morgens, und sie waren draußen, hielten Ausschau nach einem Taxi. Aus irgendeinem Grund knirschte Kippy mit den Zähnen. Sie schlief drei Stunden, dann stieg sie in ein Taxi zum Flughafen. Zwei Stunden später saß sie im Flieger nach L.A.

54 ENRIQUE GONZALES

»Ich dachte, in L.A. sind alle im Showbiz.« – Enrique

»Gute Nacht?«

Der Mann am Fensterplatz neben ihr trug ein leichtes Leinenjackett, das lässig, aber teuer wirkte, dazu eine lässige und gleichzeitig protzige goldene Uhr sowie ein Lächeln, das seine weißen Zähne zur Geltung brachte, die einen Zahnarzt viel Zeit und Mühe gekostet haben mussten.

»Was?«

»Ihre Pupillen«, sagte er lachend. »Die sind riesig.«

»Oh. Ich hab meine Brille verloren.«

»Natürlich«, sagte er und nickte ernst. Eigentlich hatte er hübsche Augen, dachte Kippy. Sie war nach der Nacht immer noch von einer tiefempfundenen Wärme erfüllt.

Der Mann streckte ihr seine Hand hin. »Ich bin Enrique Gonzales«, sagte er.

»Sarah Gavrieli«, sagte sie. »Aber alle nennen mich Kippy.«

»Kippy?«, fragte er.

»Wie Kippy Kipod? Egal«, sagte sie, und er lachte wieder, beugte sich näher an sie heran. Sie konnte sein teures Aftershave riechen.

»Woher kommen Sie, Kippy Kipod?«, fragte er.

»Tarzana«, sagte Kippy und der Mann lachte. »Ich meine ursprünglich«, sagte er.

»Israel. Kennen Sie das?«

»Natürlich. Ein sehr schönes Land.«

»Waren Sie mal dort?«

»Nein, aber ich hoffe, es eines Tages zu besuchen.«

»Wo kommen Sie her?«, fragte Kippy.

»Aus Panama«, erwiderte Enrique Gonzales. »Kennen Sie Panama?«

»Ich weiß, dass es ein Land gibt, das so heißt«, sagte Kippy.

»Da ist es auch sehr schön«, sagte Enrique.

»Davon bin ich überzeugt«, sagte Kippy. »Und was machen Sie beruflich?«

Diese Frage stellte man in Los Angeles immer und Enrique Gonzales schien es nicht zu stören.

»Ich arbeite für eine Bank«, sagte er. »Sehr langweilig.«

»Aber offensichtlich gut bezahlt«, sagte Kippy und blickte auf Enriques Armbanduhr.

»Gefällt sie Ihnen? Ist von Cartier.«

Kippy zuckte mit den Schultern. »Ganz hübsch«, sagte sie.

Er lachte. »Aber Sie tragen gar keine Uhr«, sagte er. »Lassen Sie mich raten, was Sie beruflich machen … Sie sind Schauspielerin.«

»Nein.«

»Aber ich dachte, in L.A. sind alle im Showbiz.«

»Stimmt ja auch«, sagte Kippy und Enrique lachte. Es brauchte nicht viel, damit er lachte, dachte sie. Sie war noch nie einem Mann begegnet, der so unbekümmert wirkte. Sie betrachtete seine gleichmäßige Sonnenbräune und wie lässig zurückgekämmt er seine schwarzen Haare trug, und dachte, dieser Mann achtet auf Details. Sie war ein kleines bisschen misstrauisch, obwohl er zweifellos mit ihr flirtete.

»Dann sind Sie wahrscheinlich Model.«

»Ach, hören Sie auf«, sagte Kippy.

»Aber Sie sehen so aus.«

Jetzt trug er wirklich dick auf. Aber sie merkte, dass es sie gar nicht störte.

»Nein?«, sagte er. »Ah, ich weiß: Sie sind israelische Spionin.«

»Das kann ich weder bestätigen noch leugnen …«, erwiderte Kippy und sah ihn erneut lächeln. Wieder protzte er mit seinen perfekten weißen Zähnen, den kleinen Fältchen in den Augenwinkeln und der tollen Sonnenbräune. Er beugte sich noch näher heran.

»Also, sagen Sie schon«, murmelte er. »Was machen Sie wirklich?«

»Ich bin im internationalen Drogenschmuggel tätig«, sagte sie. Er legte eine Hand auf ihren Arm. Seine Hand war warm. »Das muss ja wahnsinnig aufregend sein …«, sagte er gebannt.

Sie spürte seine Hitze, auch weil sie noch aufgekratzt war von der Pille in der Nacht zuvor. Wie hieß das Zeug noch, was hatte

Yardena gesagt? Ecstasy? Kippy beugte sich zu Enrique vor. Seine Lippen schmeckten nach Kaffee und Beeren.

»Ich kenne dich nicht mal …«, murmelte sie.

»Was willst du wissen?«

»Wie du ohne Hose aussiehst«, sagte Kippy, und dieses Mal musste Enrique richtig lachen. Als sie aufstand, ihr Kleid zurechtzog und nach hinten zur Toilette ging, folgte er ihr wortlos.

Als das Flugzeug in L.A. landete, freute Kippy sich, wieder zu Hause zu sein. Die Zeit, die sie in Israel gelebt hatte, kam ihr manchmal vor wie ein längst vergangener Traum. In L.A. war es leicht, die Vergangenheit zu vergessen, eine neue Person zu werden. Hier konnte man sein, wer man wollte.

Früher, auf der Schule, war sie ein schlaksiges Kind gewesen, hatte Klarinette gespielt, sich von den Jungs hänseln lassen und nur wenige Freundinnen gehabt. Ihre Noten waren immer gut gewesen. In zwei aufeinanderfolgenden Jahren hatte sie am National Bibel-Quiz in Jerusalem teilgenommen und immer viel gelesen.

Mit sechzehn hatte sie einen Job in der Peacock Bar in Tel Aviv angenommen. Mit siebzehn hatte sie Bialik kennengelernt, der, anders als sein Namensvetter, nicht Poet, sondern Berufsverbrecher war. Wegen seiner langen Haare und seinem bezaubernden Lächeln war sie nicht die Einzige, die in ihn verschossen war.

Bialik arbeitete ausschließlich für sich, nicht für Rubenstein und auch nicht für Aslan. Zuerst überfiel er vor allem Banken. Dann kam er ins Drogengeschäft und die Drogen in ihn. Sie liebte ihn, obwohl er zweimal versucht hatte, sie zu töten, und auch noch, als er schon alles verloren hatte. Alles außer der Gier nach einem Schuss. Und auch noch, als er wegen zweifachen Mordes ins Gefängnis kam.

Als Bialik unter der Dusche ausrutschte und unglücklich auf einen scharfkantigen Gegenstand fiel, hatte Kippy keine Zeit, Schiv'a zu sitzen. Was hätte sie machen sollen? Sie hatte ihn geliebt und Liebe war nicht verkehrt, aber das Leben ging weiter. Sie hatte ihren zweijährigen Wehrdienst als Sekretärin in Galiläa geleistet, aber wenigstens konnte sie mit einem Gewehr umgehen. Sie hatte angefangen hebräische Literatur an der Universität Tel Aviv zu studieren, fand Bücher aber plötzlich gar nicht mehr so spannend.

Sie hatte noch Kontakt zu den Leuten, die sie über Bialik kennengelernt hatte. Als Benny Pardes ihr den Kurier-Job anbot, stieg sie drauf ein. Und als sich die Gelegenheit bot, blieb sie in Los Angeles. Und jetzt ...

Wahrscheinlich war sie noch dabei, sich zu finden. Ewig wollte sie nicht Kurierin bleiben.

»Sehen wir uns heute Abend, Babe?«, fragte Enrique Gonzales.

»Nenn mich nicht Babe, ich heiße Kippy.«

»Na schön, dann Kippy.« Wieder dieses Lächeln. Er erinnerte sie an eine Raubkatze.

Aber was hast du für große Zähne? Damit ich dich besser fressen kann, mein Schatz! Sie schauderte, als er ihr mit den Fingern tief unten über den Rücken strich. Dann war er mitsamt seiner Aktentasche verschwunden. Kippy setzte ihre Sonnenbrille auf und trat hinaus in den hellen kalifornischen Tag. Am Terminal nebenan wurde gebaut. Kippy versuchte ein Taxi zu bekommen, aber es gab eine lange Schlange. Gerade traf ein Shuttlebus ein, und nach einem Blick auf die Uhr merkte Kippy, dass gleich ein El-Al-Flug aus Tel Aviv landen würde. Sie könnte sich die Zeitungen von Segev holen, dem Co-Piloten, der ein Auge auf sie geworfen hatte. Er brachte immer die Wochenendbeilagen mit und manchmal sogar *La'isha*. Zeitungen aus der Heimat waren eine bessere Währung als Dollar. Sie sprang in den Shuttlebus.

Kurz fiel ihr Mooshs Warnung an Romema wieder ein, sie verdrängte den Gedanken aber.

Sie fragte sich, was Enrique wohl bei ihrem Date später mit ihr vorhatte. Er war im Waldorf in Beverly Hills abgestiegen und hatte ihr ein Essen versprochen, danach wollten sie tanzen gehen. Sie würde nur die Zeitungen holen, das Geld aus Salt Lake City bei Yossef abliefern, Shula ihre Zeitschrift bringen, dann nach Hause fahren, ein paar Stunden schlafen, sich anziehen und los ging's.

Ein weiterer herrlicher, sorgloser Tag im herrlichen, sorglosen L.A.

Der Shuttlebus hielt. Sie stieg aus. Sah auf die Tafel. Die Maschine aus Tel Aviv war bereits gelandet. Sie hielt Ausschau nach der Crew, sah Segev aber nicht.

Dann fiel ihr Blick auf zwei Passagiere, die durch die Ankunftstür kamen. Sie trugen jeweils einen Koffer. Den Mann rechts kannte sie nicht, den anderen dafür aber sehr gut.

Es war Cohen.

55 DROGEN UND MURDER INC.

»Viel Glück sagt man nicht.« – Chaia

»Cohen!« Sie schlang ihm die Arme um den Hals, und er guckte verdutzt. Als sie sich an seine Schulter presste, wo die Kugel ihn getroffen hatte, zuckte er zusammen. Sie wich zurück.

»Tut mir leid«, sagte sie.

»Schon gut«, sagte er. »Kippy, was machst du denn hier?«

»Ich wollte mir ein paar Zeitungen holen«, sagte sie lächelnd. Sie hatte immer schon viel für Cohen übriggehabt.

»Was für Zeitungen?«, fragte Cohen. »Eddie, hast du die Zeitungen aufgehoben?«

Der Mann neben ihm runzelte die Stirn. »Nur *Yediot*«, antwortete er. »Willst du die haben? Hier.« Er kramte in seiner Reisetasche und gab Kippy die Zeitung. »Hör mal, das ist jetzt keine gute Zeit.«

»Wir übernachten im Howard Johnson in der Innenstadt«, sagte Cohen.

»Lass uns doch heute Abend zusammen essen gehen.«

»Heute Abend kann ich nicht. Ich hab schon ein Date. Cohen, was machst du hier?«

»Chief Superintendent Raphael? Inspector Cohen? Ich bin Deputy Chief Reece, das ist Detective McKenzie vom LAPD.«

Die Männer schüttelten sich die Hände. Kippy trat verwirrt einen Schritt beiseite.

»Wie war Ihr Flug?«, fragte Deputy Chief Reece.

»Wunderbar«, sagte Eddie.

»Wollen Sie zuerst ins Hotel? Oder sollen wir gleich ins Büro fahren, ich könnte Sie dem Team vorstellen. Alle freuen sich, Sie kennenzulernen.«

Eddie nickte. »Das wäre doch sehr gut«, meinte er. »Cohen?«

»Ja«, sagte Cohen und nahm Kippy beiseite.

»Dann sehen wir uns eben morgen früh«, sagte er. »Hast du noch mit den Leuten da zu tun?«

»Sozusagen«, erwiderte Kippy.

»Aha«, sagte Cohen. »Also, morgen? Kannst mir ja die Stadt zeigen. Ich hab gehört, es gibt eine Straßenkarte, auf der die Häuser der Filmstars eingezeichnet sind.«

»Na klar«, sagte Kippy. »Können wir machen.«

»Aha«, sagte Cohen. »Dann bis morgen. Schön dich zu sehen, Kippy.«

»Gleichfalls.«

»Inspector Cohen? Sind Sie so weit?«, fragte der Mann vom LAPD. Er klang höflich, aber ungeduldig.

Cohen drehte sich wieder zu ihm um, lächelte. Dann gingen die vier Polizisten zusammen weiter. Kippy starrte ihnen hinterher, fragte sich, warum Cohen hier war, und dachte, dass es höchstwahrscheinlich mit Yossef zu tun hatte.

»Das Geld aus Salt Lake City«, sagte Kippy und warf Yossef den Umschlag auf den Schreibtisch. Er nickte und ließ ihn, ohne aufzublicken, in einer Schublade verschwinden. Moosh saß in der Ecke, füllte Pulver in kleine Tütchen.

»Und Siton?«, fragte Yossef.

»Er meinte, er schickt die übliche Lieferung.«

»Dieser Drecksack«, sagte Yossef. »Ich wünschte, wir müssten nicht von ihm kaufen.«

»Kannst auch zu den Mexikanern gehen«, murmelte Mooshon in der Ecke.

»Die Mexikaner arbeiten nur für die Kolumbianer«, sagte Yossef. »Also wozu soll das verdammt nochmal gut sein?«

Moosh zuckte mit den Schultern.

»Die Mexikaner«, brummte Yossef und hob den Kopf. »Du bist ja immer noch da.«

»Ich hab die Zeitung«, sagte Kippy.

»Und?«

»Wird dir nicht gefallen, was da drinsteht.«

Kippy warf die Zeitung auf den Schreibtisch.

»Was zum Teufel ist das?«, fragte Yossef.

Die Schlagzeile lautete: *Israelische Mafia in L.A. – Drogen und Murder Inc.*

Auf einem unscharfen Bild war Yossef zu sehen.

»Hey, Moosh, schau mal«, sagte Yossef. »Ich bin in der Zeitung.«

»Da steht, das LAPD ist so besorgt wegen der Aktivitäten israelischer Krimineller in der Stadt, dass sie Unterstützung durch die israelische Polizei angefordert haben.«

»Und?«, fragte Yossef. Kippy dachte, wenigstens hat er sich gefreut, dass was über ihn in der Zeitung steht.

»Ich weiß nicht, wer der Typ neben ihm war, aber ich hab Cohen am Flughafen getroffen.«

Yossef dachte darüber nach.

»Cohen hat hier keinerlei Befugnisse«, sagte er und zuckte mit den Schultern. »Fahr nach Hause, Kippy. Schlaf dich aus, du siehst scheiße aus.«

»Wow, danke«, erwiderte Kippy.

»Soll ich dich mitnehmen?«, fragte Mooshon.

Kippy starrte die beiden an, betrachtete das beschissene kleine Büro. Die Piratenkassetten und die Tütchen mit Koks. Eigentlich waren die beiden gar nicht wichtig, nur das Drogengeld machte sie wichtig.

»Gerne«, sagte sie.

»Was denn? Bist du jetzt ihr Chauffeur?«, fragte Yossef. »Von mir aus, fahr sie. Was interessiert's mich? Nächste Woche hab ich wieder einen Auftrag für dich, Kippy.«

»Ist gut.«

Sie folgte Mooshon zum Parkplatz, wo sein beschissener Honda stand.

»Hast du mit Romi gesprochen?«, fragte er.

Sie hatte die Warnung vergessen.

»Ich war doch unterwegs, Moosh«, sagte sie.

»Na schön«, meinte er. Er saß am Steuer und grübelte.

»Die müssen das in Ordnung bringen«, sagte er.

»Was denn, Moosh?«

»Die Sache«, meinte er.

Kippy schob sich auf den Beifahrersitz neben ihn. Moosh war fertig mit Reden und wirkte erschöpft danach. Kippy schaltete das Radio ein. Tiffany sang: »I Think We're Alone Now.« Kippy lehnte sich zurück und schloss die Augen.

»Fahr mich nach Hause«, sagte sie.

Die WG war nicht weit von der Einkaufsstraße. Sechs bis acht Personen lebten hier jeweils zur gleichen Zeit, teilten sich ein großes Haus mit einem kleinen Pool und einem weißen Gartenzaun und ein paar Nagetieren darin. Die Nachbarn hatten alle dieselben weißen Lattenzäune, überall parkten dieselben dicken Wagen in den Auffahrten, in denen dieselben ungezogenen Kinder spielten, und überall fuhren dieselben Jugendlichen auf Fahrrädern vorbei und starrten Kippy auf die Titten. Kippy ging in die Küche, fläzte sich auf einen Stuhl und sagte zu Chaia: »*Bitte mach mir einen Kaffee.*«

»*Geh ins Bett, Kippy*«, sagte Chaia, ohne es böse zu meinen. »Du siehst scheiße aus.«

»Ich hab ein Date heute Abend.«

»Du hast jeden Abend ein Date.«

»Und wenn ich ganz lieb bitte sage?«

»Nur weil ich sowieso welchen koche«, sagte Chaia. Sie hatte eine Leiche in *Hill Street Blues* gespielt und eine kleine Sprechrolle in *Starman* gehabt. Nur eine Zeile, aber über ihre Beziehungen hatte sie eine SAG Card bekommen, was, soweit Kippy wusste, irgendwas mit Schauspielerei zu tun hatte. Wenn Chaia nicht spielte, unternahm sie wie Kippy Kurierfahrten für Yossef und war außerdem mit Yoram zusammen, einem von Yossefs neuen Männern in der Stadt.

»Wie war's in Salt Lake City?«, fragte Chaia.

Kippy zuckte mit den Schultern. »Wie immer.«

»Hast du Little Pinhas gesehen?«

»Ja.«

»Wie geht's ihm?«

»Immer noch so klein wie eh und je«, sagte Kippy.

»Aber lieb«, meinte Chaia. Wenn man bedachte, dass Yoram, Chaias aktueller Freund, der Typ war, den Yossef losschickte, um die jüdischen Ladenbesitzer zu verprügeln, die kein Schutzgeld bezahlen wollten, hatte sie nicht unbedingt die klarste Vorstellung von der Bedeutung dieses Worts, fand Kippy. Aber was wusste sie schon? Little Pinhas wirkte für einen Kokshändler ziemlich harmlos.

»Was machst du heute?«, fragte Kippy.

»Ich hab später noch ein Casting. Für *Matlock*.«

»Was ist das?«

»Guckst du kein Fernsehen?«, fragte Chaia entsetzt. »Da geht's um einen Anwalt, der Kriminalfälle löst.«

»Die meisten Anwälte, denen ich begegnet bin, haben *für* Kriminelle gearbeitet«, antwortete Kippy. Chaia zuckte mit den Schultern und reichte ihr einen Kaffee.

»Leg dich schlafen, Kippy«, sagte sie. »Ich trink meinen am Pool.«

Chaia schob sich durch die Verandatür. Kippy sah ihr nach, den hohen Absätzen, dem Bikini und den schwingenden Hüften.

»Viel Glück beim Casting!«, sagte sie.

Ohne den Kopf umzudrehen, erwiderte Chaia: »Viel Glück sagt man nicht – das heißt Hals- und Beinbruch.«

»Ich dachte, das ist nur im Theater so«, meinte Kippy, aber sie redete nur noch mit sich selbst.

56 SO EINE BANDE

»Zu viert zogen wir los, das Fleisch besorgen.« – Pucho

»Ich muss los«, sagte Kippy und schob sich aus dem Bett.

»Wie spät ist es?«, fragte Enrique, setzte sich aber nicht auf. Das erste Licht des Morgens drang durch den Vorhangspalt.

»Vier, oder fünf.«

»Bleib.«

»Ich treffe mich mit einem Freund.«

»Schläfst du nie, Kippy Gavrieli?«, fragte er.

Kippy sah sich nach ihren Klamotten um. Sie war unruhig. Diese Zeit, wenn die Nacht vorbei war, der Morgen aber noch zu früh: In diesen Stunden war sie immer hellwach. Sie zog eine Line Koks vom Nachttisch, die noch übriggeblieben war.

»Willst du auch?«, fragte sie.

»Ich will schlafen«, sagte Enrique. »Mit einer schönen Frau in meinen Armen.«

»Einer von zwei Wünschen wird dir erfüllt, das ist nicht so schlecht«, sagte Kippy, und Enrique lachte. Er lachte über alle ihre Witze. Er hatte sie ins Spago ausgeführt, dann zum Tanzen, anschließend in die Hotelbar auf einen Cocktail und hinterher auf sein Zimmer. Israel schien ihn zu faszinieren, auch dass Kippy in der Armee gedient hatte. Immer wieder hatte er sie über so einen Mist wie Uzis, Desert Eagles, Nachtsichtbrillen und unbemannte Drohnen ausgefragt, jedenfalls bis sie ihm unter dem Tisch an den Schwanz gefasst hatte. Danach hatte er die Klappe gehalten.

»Die kannst du in jedem Laden in L.A. kaufen«, hatte sie ihm erklärt.

»Aha. Hmm. Hmmmm ... und wenn man ganz viele haben will?«

»Wozu brauchst du als Banker denn Uzis?«, fragte Kippy.

»In meinem Land«, erklärte Enrique, »werden immer Waffen gebraucht.«

Danach redeten sie nicht mehr darüber, aber sie hatte das Gefühl, dass das Thema noch einmal zur Sprache kommen würde. Vielleicht dachte sie, dass auch ein bisschen Geld für sie dabei herausspringen könnte, sie musste sich nur überlegen, wie. Alle wollten Uzis verkaufen, vor allem die israelische Militärindustrie, und die war bei der Auswahl der Käufer nicht gerade pingelig.

»Vielleicht kann dir mein Freund in der Sache weiterhelfen«, sagte sie und zog ihre Schuhe an.

»Ach ja? Wer ist denn dein Freund?«

»Er ist Polizist.«

Enrique lachte. »Von der Geheimpolizei?«, fragte er.

»Nein, von der ganz normalen.«

»Sehen wir uns wieder?«, fragte Enrique. »Ich bin noch ein paar Tage in der Stadt.«

»Bis bald«, sagte Kippy, warf ihm eine Kusshand zu, kippte runter, was noch im Champagnerglas war, und ging.

Als sie im Howard Johnson ankam, erschien ihr das Licht der Morgendämmerung golden. Es machte die Stadt nicht schöner, ließ nicht die Ratten an den Mülltonnen hinter dem Hotel verschwinden oder den Säufer, der vor der geschlossenen Taqueria pennte, aber es entschädigte für einiges.

Als sie die Lobby betrat, war Cohen bereits da, saß in einem Sessel und las ein Buch. Er sah sie nicht. Sie beobachtete ihn. Er wirkte älter als bei ihrer letzten Begegnung. Als er ihre Schritte hörte, blickte er auf.

»Kippy«, sagte er.

»Was liest du da?«, fragte sie.

»Ach, das. *Such a Gang* von Pucho.«

Kippy lachte. »Aber das ist alt«, sagte sie.

»Hast du's gelesen?«

»Ist ein Jungsbuch«, sagte Kippy.

»Dann hast du's also gelesen«, sagte Cohen, und sie lachte.

»Ja. Es geht um Yossinyu, einen Jungen, der dem Palmach beitritt, um gegen die Briten zu kämpfen. Zum Schluss stirbt er. Oh, 'tschuldige, du liest ja noch.«

»Schon okay«, sagte Cohen. »Ich hab's ja schon mal gelesen. Das war eine andere Generation damals, oder? Die Gründer.« Er guckte finster. »Auch wenn es immer noch mit dem Diebstahl einer Kuh aus dem Kibbuz anfängt und aufhört. ›Zu viert zogen wir los, das Fleisch besorgen.‹ Das bleibt einem im Gedächtnis haften, diese Zeile. Zu viert, weil der fünfte tot war. Vielleicht waren sie doch gar nicht so anders als wir.«

Er legte das Buch auf seinen Knien ab und lächelte Kippy an.

»Ich konnte nicht schlafen«, sagte er. »Jetlag.«

»Leute wie wir schlafen nicht, Cohen«, erklärte ihm Kippy. Sie setzte sich ihm gegenüber. Eine hispano-amerikanische Putzfrau wischte den Fußboden auf der anderen Seite der Lobby. »Wann haben wir uns das letzte Mal gesehen? Doch nicht im Krankenhaus.«

Sie hatte einen Anruf erhalten, als Nir angeschossen worden war, und war direkt in die Notaufnahme gefahren. Cohen hatte in demselben Hinterhalt gelegen und eine Kugel in die Schulter abbekommen. Eine Zeit lang hatte es danach ausgesehen, als würde Nir nicht durchkommen. Sie hatten ihn mit Cohen in ein Zimmer gelegt. Kippy hatte lange dort gesessen, bis es Nir besser ging.

»Du warst nie dafür geschaffen, als Soldatenwitwe zu enden«, sagte Cohen.

»Nein«, Kippy guckte düster. »Ich habe einen Mann im Gefängnis verloren und den anderen … ich weiß nicht mal, wo Nir jetzt ist. Aber ich konnte einfach nicht dort sitzen und warten.«

»Du musst dein eigenes Leben leben«, erwiderte Cohen.

»Genau.«

»Auf der Beerdigung! Da haben wir uns das letzte Mal gesehen«, sagte Kippy. »Die von … wie hieß der noch? Vom Dicken Mendel.«

»Der Dicke Mendel«, sagte Cohen und grinste. »Ich erinnere mich.«

»Sein Peugeot wurde im Kugelhagel zersiebt«, sagte Kippy.

»Stimmt«, bestätigte Cohen.

»Warum warst du überhaupt auf der Beerdigung?«, fragte Kippy und sah ihn neugierig an. »Hab ich dich nie gefragt.«

»Ich habe in dem Fall ermittelt. Ich kannte den Dicken Mendel. Er hat für Rubenstein gearbeitet, war ein freundlicher Typ, jedenfalls für einen Schieber.«

»Hast du rausgefunden, wer's getan hat?«

Cohen zuckte erneut mit den Schultern. »Aslan natürlich, aber wir konnten es ihm nicht nachweisen. Der Fall ist immer noch nicht abgeschlossen.«

»Denkst du, du wirst es ihm noch anhängen können?«, fragte Kippy neugierig.

»Ich denke, vorher wird jemand mit Aslan machen, was Aslan mit dem Dicken Mendel gemacht hat«, sagte Cohen. »Leute wie die sterben nicht im Bett, Kippy.«

»Und solche wie du, Cohen? Leben die glücklich bis an ihr Ende?«

»Ich hoffe es«, sagte Cohen. »Wir sind die Guten«. Er stand auf und streckte seine Beine.

»Willst du frühstücken?«, fragte er. »Ich wollte immer schon mal American Pancakes probieren, so wie die, die sie immer in den Filmen essen.«

»Ich weiß, wo«, sagte Kippy. »Aber musst du nicht arbeiten?«

»Eddie kommt mit den Bullen hier schon klar. Ich hab ihnen gesagt, dass ich mich ein bisschen alleine umsehen will. Mal sehen, ob ich ein paar alte Informanten auftreiben kann.«

»Hast du mich gerade alt genannt?«

Kippy grinste. Cohen grinste.

»Komm«, sagte Kippy. »Ich besorg dir deine Pancakes.«

Nick's Diner wurde von zwei pensionierten Detectives der Mordkommission des LAPD geführt, was Kippy aber nicht störte. Sie mochte Cops fast genauso gerne wie Gangster, möglicherweise auch deshalb, weil sie keinen Unterschied erkennen konnte. Sie setzten sich an den Tresen und bestellten.

»Gibt keine Pancakes«, sagte der Mann, »aber ich kann euch Waffeln mit Blaubeeren und Sirup machen, wenn euch der Sinn danach steht.«

Cohen war umstandslos und sofort damit einverstanden. Kippy nahm einen O-Saft und einen Bagel und beide bestellten Kaffee.

»Willst du Speck dazu?«, fragte der Mann.

Kippy sah Cohens Gesichtsausdruck und platzte los vor Lachen.

»Das ist hier in Amerika anders«, sagte sie.

Cohen widmete sich seinen Waffeln. Kippy trank Kaffee und knabberte an dem Bagel.

»Und?«, fragte sie.

»Was und?«, sagte Cohen.

»Was willst du wissen?«

Cohen kaute gründlich, dann legte er Messer und Gabel ab.

»Leitet Yossef immer noch den ganzen Laden hier?«

»Ganz eindeutig.«

»Die Polizei in L.A. hat eigentlich nichts gegen Drogen«, sagte Cohen. »Nur gegen zu viele Leichen.«

»Das eine kriegt man leider nicht ohne das andere«, erwiderte Kippy.

»Woher bezieht er sein Kokain, aus Miami?«

»Genau.«

»Ist der alte Eli Siton noch da?«

»Der hat die Beziehungen«, sagte Kippy.

»Hab ich gehört. Von Freunden in Cali. Hör zu, Kippy, mir ist das alles eigentlich scheißegal. Das ist nicht mein Zuständigkeitsbereich. Arbeitest du als Kurierin für Yossef?«

Sie nickte.

»Wer ist die Kontaktperson für Miami?«, fragte Cohen.

»Sitzt vor dir.«

»Hast es zu was gebracht in der Welt, Kippy Kipod!«, sagte er, und sie lachte.

»Wann hast du jemals *Sumsum Street* geguckt, Cohen?«

»Ich hab drei Kinder und ein viertes ist unterwegs.«

Sie sah ihn erstaunt hat. »Das hab ich nicht gewusst.«

»Seid fruchtbar und vermehrt euch, sprach der Herr. Ich will dein Geschlecht segnen und deinen Samen mehren wie die Sterne am Himmel und den Sand am Ufer des Meeres««, sagte Cohen. »Erstes …«

»Erstes Buch Mose, ja, ich weiß. Und sag nicht ›Samen‹.«

»Was soll ich deiner Meinung nach sonst sagen, Kippy Kipod?«

»Hör auf, mir gegenüber irgendeinen Mist zu zitieren so wie vor allen anderen, und sag mir lieber, was du vorhast. Ich kenne dich, Cohen. Ich weiß, dass du nicht wegen der Pancakes hier bist ...«

»Zum Glück«, sagte Cohen. »Ich hab nämlich keine bekommen.«

»Du bist hier, um Yossef abzusägen, oder?«

Cohen tupfte sich den Mund mit einer Serviette ab.

»Yossef ist ein Stück Scheiße«, sagte er. »Und möglicherweise ist man zu Hause der Ansicht, dass die Typen aus Bat Yam jetzt genug Urlaub an der Sonne hatten und sich als schlechte Investition entpuppt haben.«

»Zu viele Schlagzeilen?«, fragte Kippy.

»Das und das Problem mit Siton.«

»Was gibt es denn für ein Problem mit Siton?«

»Er teilt seine Freunde nicht gerne mit anderen.«

»Ach.« Kippy überlegte. »Aber an den kommt ihr nicht ran.«

»Nein. Er hat zu viele Beziehungen – nicht nur zum Kartell, ich meine seine Familie. Die sind in Jerusalem alteingesessen. Wenn wir ihn drankriegen, dann nur in Amerika, nicht zu Hause. Aber das Problem bleibt. Ohne ihn kommt man nicht an Cali ran und man ist der Ansicht, eine direktere Verbindung nach Kolumbien käme allen zugute.«

»Du meinst, Rubenstein ist dieser Ansicht.«

Cohen zuckte mit den Schultern. »Wir haben ihn da hingesetzt. Wir können ihn auch wieder abziehen. Nur, solange Leute Koks kaufen, wirst du solche Typen nicht los. Du kannst ihnen nur möglichst klar vor Augen führen, dass es eine höhere Macht gibt.«

»Und diese höhere Macht bist du?«

»Ich wahre nur den Frieden, Kippy.«

»Trotzdem befinden wir uns ständig im Krieg.«

Er neigte den Kopf.

Kippy dachte nach.

»Da gibt's so einen Typen«, sagte sie. »Ruvi. Er ist mit meiner

Freundin Romema verheiratet. Vielleicht solltest du mal mit dem sprechen.«

Sie stand auf, zog zusammengerollte Geldscheine aus der Tasche, schälte einen ab und legte ihn auf den Tresen.

»Bist eingeladen«, sagte sie.

Cohen grinste, aber sein Grinsen erreichte seine Augen nicht.

Er folgte ihr zur Tür.

Kippy wusste schon als sie reingingen, dass es ein Fehler war. Vielleicht lag es daran, wie dunkel es im Haus war. Die Rollläden waren runtergelassen, obwohl draußen die Sonne schien. Vielleicht lag es aber auch am dichten Zigarettenqualm, dem Gras und den schmutzigen Gläsern auf dem Beistelltischchen oder den beiden in den Ledersesseln schlafenden Mexikanern. Oder an dem feindseligen Blick, mit dem der betrunkene Ruvi Cohen ansah.

»Na, wen haben wir denn da!«, sagte Kippy. Romi hielt das Baby in ihren Armen. Sie lächelte.

»Oh, sie ist so süß!«

»Willst du sie mal halten?«, fragte Romi. Kippy nahm das kleine Mädchen und wiegte sie. Sie war noch nicht ganz ein Jahr alt, ein speckiger, goldener Wonneproppen, ein echtes kalifornisches Baby.

»Willst du Kaffee?«, fragte Romi

»Ich hatte gerade schon einen«, sagte Cohen. »Danke.«

»Ruvi! Kippy ist hier!«

»Ich seh's«, sagte Ruvi und rührte sich nicht vom Sofa. »Hey, Kippy.«

»Hey, Ruvi. Das ist Cohen.«

Ruvi rührte sich immer noch nicht.

»Ich weiß, wer du bist«, sagte er.

»Dann weißt du ja auch, warum ich hier bin«, sagte Cohen.

»Du hast hier keinerlei Befugnisse, Cohen. Wir sind hier in Los Angeles.«

»Ich hab gehört, du hast Probleme«, sagte Cohen.

»Ich hab keine Probleme«, erwiderte Ruvi. Einer der Mexikaner rührte sich und sagte etwas auf Spanisch. Ruvi schüttelte den Kopf. Die beiden Männer standen auf. Sie gaben Ruvi die Hand, gingen wortlos an Cohen und Kippy vorbei und verließen das Haus.

»Ich hab gehört, du hast ein Problem mit Yossef«, sagte Cohen.

»Ich hab kein Problem«, behauptete Ruvi.

Kippy dachte, er musste wohl entweder sehr betrunken oder sehr stoned sein. Seine Augen waren gemein und die von Cohen einfach nur kalt.

»Du streitest dich mit Yossef um Geld.«

»Blödsinn«, widersprach Ruvi. »Der ist bloß angepisst, weil ich eigene Wege gehe, das ist alles. Aber wir leben hier in einem freien Land, Cohen. Nicht wie zu Hause. Hier kann jeder was aus sich machen.«

»Und was machst du aus dir?«, fragte Cohen. Ruvi lachte.

»Ich hab eine Familie zu versorgen«, sagte er. »Ich hab jetzt Verpflichtungen.«

»Ich hab gehört, du machst Geschäfte mit den Mexikanern«, sagte Cohen. »An Siton in Miami vorbei. Du kaufst das Koks direkt über die Grenze und bringst es nach L.A.«

»Du hörst ganz schön viel«, sagte Ruvi und sah Kippy vorwurfsvoll an, die aber nur mit den Schultern zuckte.

»Wissen doch alle«, sagte sie.

»Ich dachte, die Mexikaner sind scheiße«, sagte Cohen.

»Na ja, Amigo«, sagte Ruvi. »Das denken immer alle. Die werden uns noch überraschen.«

»Aber sie müssen von den Kartellen in Kolumbien kaufen«, sagte Cohen hartnäckig. Kippy fragte sich, ob er seine Verhöre immer so führte. Jedenfalls hatte er keine Angst vor Ruvi, das stand fest. »Müsst ihr zum Schluss nicht das Doppelte zahlen?«

»Wer will das wissen?«, fragte Ruvi. »Du? Oder die zu Hause?«

»Spielt das eine Rolle?«, fragte Cohen, und Ruvi wurde ganz still. Still und grüblerisch.

»Du willst dich da doch nicht reindrängen, oder?«, fragte Ruvi. »Das ist mein Geschäft. Such dir deine eigenen verdammten Freunde und verpiss dich aus meinem Haus, Cohen.«

»Okay.«

»Blödes Arschloch.«

Cohen schwieg. Das Baby wachte auf und schrie.

»Gib es mir«, verlangt Ruvi. Kippy gab ihm das Baby. Er wiegte es in seinen Armen.

»Wer ist mein hübsches, kleines Mädchen?«, sagte er. »Wer ist mein Mädchen?«

Romi kam mit dem Kaffee wieder, blieb aber abrupt stehen.

»Wollt ihr schon gehen?«, fragte sie. Kippy fand, sie sah müde aus.

»Ein anderes Mal«, sagte Cohen.

Kippy sah Romi schulterzuckend an, folgte Cohen nach draußen und spürte Ruvis Blick an ihrem Hinterkopf, als würde er darauf zielen.

»Na, das ist ja eher nicht so super gelaufen«, sagte sie, als sie wieder draußen waren.

Cohen sagte: »Meinst du, mit den Mexikanern ist Geld zu machen?«

»Nein«, sagte Kippy. »Nicht solange die Kolumbianer alles kontrollieren.«

»Ich hasse Koks«, sagte Cohen. »Und ich hasse Kokser. Wir sehen uns, Kippy. Ich geh lieber wieder an die Arbeit und helfe dem LAPD bei seinen Problemen mit der israelischen Mafia.«

»Was wirst du denen sagen?«, fragte Kippy. Cohen schüttelte den Kopf und brummte: »Nichts, was ihnen weiterhilft.«

57 DAS BONAVENTURE

»Ständig streiten ist schlecht fürs Geschäft.« – Romi

Am nächsten Tag zog Kippy wieder los, rauf nach Bakersfield und dann nach San Jose. Moosh fuhr sie zum Flughafen.

»Hast du inzwischen mit Romi gesprochen?«, fragte er.

Kippy zuckte nur mit den Schultern.

»Wie ist Cohen denn so?«, fragte Moosh. »Hab ihn nie kennengelernt.«

»Ganz normaler Typ«, meinte Kippy. Aus irgendeinem Grund war sie müde, gar nicht so eine Frohnatur wie sonst.

»Ja«, sagte Moosh.

Danny betrieb einen Imbisswagen in Bakersfield und verkaufte Kokain, wollte aber immer nur über Öl sprechen. In San Jose wurde sie von Gutte abgeholt, der so genannt wurde, weil er Uri Zohar aus *Perverts* ein bisschen ähnlich sah. Er leitete eine Immobilienagentur und verkaufte Kokain, wollte aber nur über Computer sprechen. Als Kippy endlich wieder in L.A. war, am Pool saß, Wodka mit O-Saft trank und sich fragte, warum sie so melancholisch war, klingelte es an der Tür.

»Geh nachsehen, wer's ist«, sagte sie zu Chaia.

»Geh doch selbst«, erwiderte Chaia. Sie lag auf einer Luftmatratze im Pool und rauchte einen Joint, weshalb Kippy schließlich aufstand und zur Tür ging. Als sie öffnete, stand Enrique Gonzales davor.

Er sah sehr smart aus in seinem gebügelten Leinenanzug, in der Hand einen Strauß Blumen. Er lächelte sie irgendwie hungrig an, und sie sagte: »Was machst du denn hier?«

»Hab dich vermisst«, sagte er, immer noch lächelnd.

»Wie hast du mich gefunden?«

Er guckte gekränkt. »Ich hab die Nummer gewählt, die du

mir gegeben hast. Du warst nicht da, aber deine Freundin. Chaia? Hast du gewusst, dass sie bei *Airwolf* mitgespielt hat? Ich liebe *Airwolf*.«

»Sie war nicht in *Airwolf*«, sagte Kippy. »Sie hat nur für *Airwolf* vorgesprochen, die Rolle aber nicht bekommen – hat Chaia dir die Adresse gegeben?«

»Du bist sehr misstrauisch«, sagte Enrique. »Darf ich reinkommen? Ich hab dir Blumen mitgebracht.«

Sie starrte ihn an, und er hatte recht, sie war sehr misstrauisch. »Ich dachte, wir wären morgen auf ein paar Drinks verabredet.«

»Morgen, wer hat schon Zeit für morgen?«, fragte Enrique. »Wenn das Heute längst da ist? Das sind Rosen«, sagte er.

»Die sind sehr schön«, sagte Kippy.

»Kippy, wer ist denn da?«, rief Chaia aus dem Pool.

»Dann komm rein«, sagte Kippy, gab schließlich nach und nahm die Blumen entgegen. Enrique und sein Lächeln folgten ihr. Sie stellte die Rosen auf den Tisch.

»Hier, lass mich das machen«, sagte er. Er suchte in der Küche, fand eine Glasvase, füllte sie mit Wasser, stellte die Blumen rein und arrangierte sie.

»Schon besser«, sagte er.

»Vielleicht hätte ich *dir* ja Blumen schenken sollen …«, murmelte Kippy.

»Kippy, wer ist da?«, schrie Chaia vom Pool. »Wenn es Yoram ist, sag ihm, er soll sich verpissen, ich rede immer noch nicht mit ihm!«

»Ist nicht Yoram!«, brüllte Kippy zurück.

»Wieso nicht?«, schrie Chaia entrüstet. »Liebt der mich nicht mehr?«

»Keine Ahnung, Chaia«, erwiderte Kippy. »Komm mit, Enrique. Willst du Wein?«

»Hast du Wein?«, fragte Enrique.

Kippy sah sich in der Küche um.

»Nein«, sagte sie. Enrique lachte. Kippy mixte zwei Wodka-O.

»Ist das dein Lieblingsdrink?«, fragte Enrique.

»Der von Chaia ... aber ja, meistens trinken wir das hier.«

Chaia kam auf hohen Absätzen und in ihrem knappen Bikini triefend nass aus dem Pool ins Haus. Sie überragte Enrique, der sie anstarrte.

»Ist das dein geheimnisvoller Freund?«, fragte Chaia.

»Enrique Gonzales«, stellte sich Enrique vor, nahm Chaias Hand und gab ihr einen Handkuss. »Welch großes Vergnügen. Ich würde gerne mehr über Ernest Borgnine erfahren.«

»Er war so ein Schatz«, sagte Chaia verträumt.

»Du hast doch überhaupt nie bei *Airwolf* mitgespielt«, sagte Kippy.

»Doch, natürlich, hab ich dir doch erzählt«, widersprach Chaia. »Bevor du nach L.A. gekommen bist.«

»Du musst eine wunderbare Schauspielerin sein«, säuselte Enrique und verneigte sich. Kippy dachte, dass er wohl schon ein bisschen betrunken war. Entweder das, oder er tat nur so.

»Was willst du machen?«, fragte sie Enrique.

»Mir egal«, sagte er. »Ich bin einfach nur gerne mit dir zusammen.«

»Lass uns Pizza bestellen«, verkündete Chaia. »Ich kann euch meine Folge zeigen, ich hab sie auf Video.«

Sie hob ihr Glas. Enrique hob seins. Kippy seufzte, spielte aber mit und stieß mit den anderen an.

»Ich hol schon mal das Video!«, sagte Chaia. Sie drehte sich um und schwang ihre Hüften ins Wohnzimmer, damit Enrique was zum Anstarren hatte.

»Vielleicht ziehst du dir erst mal was an ...«, brummte Kippy.

Enrique nahm ihre Hand.

»Ich habe nur Augen für dich«, sagte er.

Um Mitternacht schnarchte Chaia auf dem Sofa. Das Eis in der Karaffe auf dem Tisch war längst geschmolzen. Der Fernseher rauschte und der Videorekorder spuckte die Kassette mit einem entschiedenen Knacken aus.

Kippy war jetzt selbst ein bisschen angetrunken. Sie betrachtete Enriques Gesicht im Licht des Fernsehers. Er sah sie ebenfalls an, und die Fröhlichkeit fiel ein wenig von ihm ab. Sie begriff, dass er nicht im Geringsten angetrunken war.

»Was willst du wirklich?«, fragte Kippy.

Enrique griff nach ihrem Kinn, drehte ihr Gesicht zu sich. Kippy schauderte. Sie dachte, für einen Banker hat er ganz schön raue Hände.

»Ich will deinen Polizistenfreund kennenlernen«, erwiderte Enrique.

»Warum? Was willst du? Wer bist du wirklich?«

»Ich heiße Enrique Gonzales«, sagte er. »Und ich bin Banker.«

»Welcher Banker braucht Schusswaffen?«, fragte Kippy.

»Einer, der für andere arbeitet, die welche brauchen«, sagte er, »und die bereit sind, sehr anständig dafür zu bezahlen.«

Er drehte Kippy weiter und küsste sie auf die Lippen. Seine Hand lag jetzt in ihrem Nacken, sie spürte seine Gier, seine Erregung.

»Kannst du das arrangieren?«, fragte er.

»Ja«, flüsterte Kippy. »Ja …«

Der Fernseher tauchte sein Gesicht in überirdisches Licht. Sie liebten sich dringlich, schnell, während Chaia auf dem Sofa schnarchte.

»Ruf Romema an«, sagte Yossef. Kippy war wieder im Hinterzimmer bei XLS Import-Export Corp.

»Wieso?«, fragte sie.

Er winkte ab. »Es ist vorbei. Ich will mich nicht wegen Geld bekriegen. Kommt schon wieder was rein. Wir setzen uns alle zusammen, trinken was, kiffen. Schließen Frieden.«

»Wo?«

»Wo's schön ist. Ich hab uns eine Suite im Bonaventure gebucht.«

Kippy war erleichtert. Das war ein eleganter Laden. Yossef war schon wieder mit anderen Dingen beschäftigt, hatte das Interesse verloren. »Wann kannst du los?«

»Wann brauchst du mich denn?«

»In ein paar Tagen«, sagte er. »Sobald die neue Lieferung aus Miami kommt.«

»Ist gut«, erwiderte sie.

Sie traf sich mit Romi auf einen Kaffee, dann gingen sie ins Kino, sahen sich *Noch drei Männer und noch ein Baby* an. Kippy bezahlte das Popcorn.

»Ich bin froh, dass Yossef keinen Ärger mehr macht«, sagte Romi. »Ständig streiten ist schlecht fürs Geschäft.«

Sie verabschiedeten sich bis später. Kippy sagte: »Küsschen für dein Baby.«

Danach ging sie auf dem Rodeo Drive shoppen. Die Sonne schien, weil sie das in L.A. einfach immer tat. Kippy trug ihre Sonnenbrille. Cohen hatte ihr erzählt, dass es beim LAPD zwei Jiddisch sprechende Detectives gab, die die jüdischen Geschäftsleute überzeugen wollten, gegen Yossef auszusagen. Er glaubte nicht, dass viel dabei rauskommen würde, aber man konnte ja nie wissen. Sie hatte das Gefühl, dass noch vor Ablauf des Monats ein paar Geschäfte brennen würden, nur als kleine Ermahnung an die Boychiks, damit sie nicht vergaßen, wer das Sagen hatte.

Sie traf ein bisschen zu früh im Bonaventure ein, fuhr hinauf in das Zimmer, das auf den Namen McLaren gebucht war.

Der Champagner wartete bereits im Eiskübel, als sie eintrat. Dann kamen Romi und Ruvi. Dieses Mal sah Ruvi gut aus, seine Augen waren klar, und er schien froh zu sein, die Sache hinter sich zu lassen. Zum Schluss trafen Yossef und Moosh ein.

»Na dann, Kippy, schenk uns doch allen mal was ein«, sagte Yossef.

Kippy drehte sich zur Flasche um. Darin gespiegelt sah sie, wie Moosh eine Waffe hob. Und Yossef, der ebenfalls eine Waffe hob. Romi guckte erstaunt, Ruvis Lippen bewegten sich, aber es kamen keine Worte heraus. Dann hörte sie das doppelte, dumpfe *PFFFT PFFFT* der schallgedämpften Pistolen.

Zwei Kugeln, zwei Einschusslöcher, beide mitten auf der Stirn. Sie hörte Ruvi und Romi auf den Boden schlagen.

Kippy drehte sich nicht um.

Sie wartete auf die Kugel für sich selbst, aber sie kam nicht.

»Komm, Kippy«, sagte Yossef. »Hilf uns beim Aufräumen.«

Sie drehte sich um und sah, dass er die Pistole wegsteckte. Er blickte auf die Leichen runter.

»Blödes Arschloch«, sagte Yossef.

Moosh ging aus dem Zimmer, kam mit einem Putzwagen und einer schwarzen Reisetasche wieder und holte kleine Hackbeile aus der Tasche. Kippy war schlecht. Moosh holte mit einem Beil aus. Er nickte Yossef zu.

Dann hackte er Romis Arm ab.

Kippy kotzte ins Klo. Als sie zurückkam, befand sich Romis Kopf bereits in einem Plastikmüllsack. Moosh und Yossef waren voller Blut. Sie hackten und zerteilten. Beine, Arme. Stopften alles in Müllsäcke.

»Wir müssen sie anderswo entsorgen«, erklärte ihr Moosh, gab ihr einen Lappen und Spray. Yossef und er schnitten die vollgebluteten Teile des Teppichbodens heraus, gingen dabei systematisch vor, wie bei einer Haussanierung. Sie ersetzten den Teppichboden durch passenden neuen, den sie mitgebracht hatten.

Kippy schrubbte Blut, wischte die Wände und sämtliche Oberflächen. Plötzlich spürte sie Mooshs Hand auf ihrer Schulter und wäre vor Schreck fast zusammengezuckt, tat es aber nicht.

»Ging nicht anders«, sagte Moosh.

Kippy nickte nur. Sie machte sauber und schrubbte. Bis das Zimmer makellos war. Moosh und Yossef zogen frische Kleidung an. Dann verließen sie das Zimmer und nahmen alles mit, die Champagnerflasche, die Gläser, den Putzwagen, die Müllsäcke mit den Körperteilen.

Dann gingen sie über die Dienstbotentreppe nach unten und raus.

Zwei Wagen warteten hinter dem Gebäude. Moosh hievte die Säcke in den Kofferraum. Yossef nahm ein Bündel Scheine aus der Tasche und gab sie Kippy. Sie zählte das Geld nicht, aber es waren ein paar tausend.

»Geh langsam weiter«, sagte Yossef. »Und denk dran, du warst nie hier. Hast du gut gemacht, Kippy.«

Er stieg in einen Wagen und Moosh stieg in den anderen und beide fuhren davon.

Kippy ging weiter. Sie fühlte sich wie betrunken. Das Licht war zu grell und der Lärm zu laut. Niemand sah sie.

Sie fand ein Münztelefon und benutzte es für einen Anruf.

58 EPITAPH

»Das ist das einzig Richtige.« – Cohen

»Das war richtig, mich anzurufen«, sagte Cohen.

Sie saßen in einer Bar in Skid Row. Kippy hatte bereits den zweiten Martini vor sich und Cohen ein Bier.

Kippy zündete sich eine Zigarette an. Ihre Hände zitterten. Cohen gab ihr Feuer und legte seine Hände schützend um ihre Hand.

»Was passiert mit denen?«, fragte Kippy.

»Sie werden festgenommen«, sagte Cohen. »Hoffentlich ins Gefängnis gesteckt. Das macht es auf lange Sicht einfacher. Besonders klug sind die nicht.«

»Ich kann nicht aussagen«, sagte Kippy. »Die bringen mich um.«

»Wo werden sie die Leichenteile verklappen?«, fragte Cohen.

»Keine Ahnung. In Mülltonnen im ganzen Valley verteilt.«

»Im Valley?«

»San Fernando Valley, da …« Sie schüttelte den Kopf.

»Na gut«, sagte Cohen. »Spielt keine Rolle.«

»Ich hab's nicht gewusst«, beteuerte Kippy. »Ich hab's einfach nicht gewusst.«

Cohen sagte nichts. Er trank sein Bier.

»Was?«, sagte Kippy.

»Nichts.«

»Ich hab das nicht gewusst!«

Er sagte immer noch nichts.

»O Gott«, sagte Kippy. »Das Baby.«

Sie fing an zu weinen. Romis und Ruvis Baby. Was wurde jetzt aus dem kleinen Mädchen?

»Was willst du, Kippy?«, fragte Cohen. Seine Stimme war freundlich. »Willst du aussteigen? Nach Hause?«

»Ich weiß es nicht.«

»Arschlöcher wie die kommen und gehen«, sagte Cohen. »Aber die Organisationsstrukturen bleiben intakt. In jeder größeren Stadt der Vereinigten Staaten sitzen Israelis, und die bilden ein Vertriebsnetz, das immer weiter funktioniert. Das weißt du. Du hast ständig mit denen zu tun. Ich wette, du weißt mehr darüber als Yossef.«

»Ich? Ich bin eine Frau«, sagte Kippy.

»Das Vertriebsnetz basiert auf Frauen«, erklärte Cohen. »Deine Freundin Romi ist nicht gestorben, weil sie unbeteiligt war. Sie hat mit Drogen gehandelt. Du handelst auch mit Drogen. Na und, dann bist du eben eine Frau. Du kannst Geschäfte führen und du hast keine Angst vor Blut.«

»Ich hab das nicht gewusst«, beteuerte Kippy erneut, aber ihre Stimme klang wehleidig und überzeugte sie nicht einmal selbst.

»Ich gehe aufs Klo«, sagte sie und ließ Cohen am Tisch sitzen. Auf der Damentoilette starrte sie sich im Spiegel an. Wer bist du, Sarah?, fragte sie sich. Es war einfach, sich treiben zu lassen, sämtliche Entscheidungen anderer zu überlassen. Von einem Tag auf den anderen zu leben.

Aber Cohen hatte recht. Sie kannte alle, und die kannten sie.

Little Pinhas in Salt Lake City, Danny in Bakersfield, Gutte in San Jose, Eli Siton in Miami. Und Cohen hatte auch recht mit dem, was er über Frauen gesagt hatte. In New York gab es Chava, sie gehörte zur dortigen Jew Crew, und in L.A. kümmerte sich Shula um die unternehmerischen Belange. Yardena führte in Miami die Bücher für Eli Siton. Pnina brachte Koks nach Tel Aviv und kam mit Heroin nach L.A. zurück, so wie Kippy früher. Das waren nicht nur Ehefrauen und Freundinnen: Sie waren Kurierinnen, Dealerinnen, Buchhalterinnen, Fahrerinnen und Händlerinnen.

Und ihnen würde nicht einfallen, zwei Leute in einem schicken Hotelzimmer mitten in L.A. umzubringen und die Aufmerksamkeit jedes verfluchten Journalisten und LAPD Cops auf sich zu ziehen.

Warum sollte Kippy den Job nicht übernehmen?

Ihr blickte jetzt ein härteres Gesicht aus dem Spiegel entgegen und ihr gefiel, was sie sah.

Sie ging zurück zum Tisch, setzte sich Cohen gegenüber und sagte: »Ich will, dass sich jemand um das Baby kümmert.«

»Natürlich.«

»Sie muss eine Familie bekommen«, sagte Kippy. »Sie hat Großeltern.« Ihr fiel ein, dass Romi einmal von ihrer Mutter gesprochen hatte. »Ich will, dass sie nach Israel gebracht wird und ein Fonds für sie eingerichtet wird.«

»Okay«, sagte Cohen.

»Dann sage ich aus«, versprach Kippy.

Cohen nickte.

»Gut«, sagte er. »Das ist das einzig Richtige. Aber lass uns erst mal warten, bis die Leichen gefunden wurden.«

Kippy fuhr nach Hause, nahm einen Drink und legte sich lange in die Badewanne. Später im Dunkeln im Bett lauschte sie den Grillen draußen. Shula würde sie behalten, wenn sie bleiben wollte. Sie brauchte den Job, immerhin saß ihr Mann im Gefängnis. Sie schlief ein und wachte im Morgengrauen auf. Die Zeitung landete mit einem dumpfen Knall draußen vor der Tür, Kippy ging und holte sie.

Menschliche Leichenteile in Müllcontainer gefunden stand auf Seite drei. In Müllcontainern in Van Nuys und Sherman Oaks wurden abgetrennte Körperteile eines unbekannten Mannes und einer unbekannten Frau gefunden. Die Polizei bittet die Bevölkerung bei ihren Ermittlungen um Hilfe.

Kippy fand es ein bisschen kurz für eine Grabinschrift. Aber vielleicht bekam man einfach nicht mehr und manchmal auch gar nichts.

Immerhin war Romi in der Zeitung.

Kippy kochte Kaffee, zog sich an und telefonierte.

Cohen wartete in der Lobby, als Kippy mit Enrique ins Howard Johnson kam. Die beiden Männer schüttelten sich die Hände, setzten sich zusammen in die ansonsten menschenleere Lobby.

Enrique zündete sich eine Zigarre an und musterte Cohen. Cohen wartete, bis Enrique nickte.

Er sagte: »Mein Auftraggeber braucht Waffen und ihr habt Waffen. Das weiß ich. Uzis, Sturmgewehre, Panzerfäuste und Spezialausrüstung, wie zum Beispiel Nachtsichtgeräte.«

Cohen dachte nach. »Wofür braucht ihr so was?«, fragte er.

»Für die laufenden Geschäfte.«

»Aha. Also, das lässt sich leicht arrangieren. Man bräuchte eine legale Ausfuhrgenehmigung, die auf eine andere Person ausgestellt wird, sagen wir, in Costa Rica oder Belize, vielleicht auch in Antigua. Dorthin schicken wir die Ware, und wenn sie dort angekommen ist, könnt ihr die Papiere ändern. Wohin sie als Nächstes verschickt wird, ist nicht mehr die Sorge der israelischen Regierung. Mein Land macht das bereits in großem Stil.«

»Ihr habt die Contras in Nicaragua beliefert«, sagte Enrique.

»Ich denke, das haben wir«, sagte Cohen und runzelte die Stirn. »Eigentlich ist das nicht mein Spezialgebiet, aber ich kann natürlich helfen. Es gibt auch noch überschüssige Waffen aus dem Krieg im Libanon, sogar eine ganze Menge. Das meiste stammt aus russischer Herstellung. Das ist Ausrüstung, die sich nicht leicht zurückverfolgen lässt und billig zu haben ist. Aber womit wollen Sie die bezahlen?«

»Dollar«, erwiderte Enrique.

»Und für wen genau arbeiten Sie?«, fragte Cohen.

»Einen Geschäftsmann aus Medellín«, erklärte Enrique.

Kippy sog Luft ein. »Escobar?«, fragte sie.

»Nein, Gacha«. Er sah ihre Gesichter. »Man nennt ihn El Mexicano.«

»Du wäschst in Panama Geld für das Medellín-Kartell?«

Enrique lachte. »Wer tut das nicht?«, gab er zurück.

»Du hast längst gewusst, wer ich war«, sagte Kippy. »In Miami. Das war kein Zufall, dass wir uns im Flugzeug begegnet sind.«

Enrique zuckte mit den Schultern. »Eli Siton in Miami arbeitet mit Cali, und Cali und Medellín befinden sich im Krieg gegeneinander. Ihr müsst verstehen, dass euer Land aus deren Sicht sehr klein und als Exportmarkt für Kokain nicht wichtig ist. Aber ihr seid in anderer Hinsicht stark. Gacha interessiert sich sehr für euch. Und daher interessiere ich mich ebenfalls sehr für euch.«

»Kann er Kokain über Mexiko nach L.A. verschieben?«, fragte Kippy.

»Er hat sehr gute Freunde in Mexiko«, erwiderte Enrique.

»Würden die mir den Stoff zum selben Preis verkaufen, für den ihn Siton in Miami bekommt?«

»Dir?« Er sah sie erneut an und grinste. Dieses Mal lag echter Respekt in seinem Blick.

»Ich bin froh, dass wir uns kennengelernt haben, Kippy Gavrieli«, sagte er.

»Ja oder nein?«, fragte Kippy.

»Kann sein«, erwiderte Enrique. »Das ist ein gutes Geschäft, also ja. Eure Leute haben einen guten Ruf und euer Netzwerk in den Staaten ist gut. Mein Auftrag lautete, unter anderem auch das zu überprüfen. Direkt an dich zu verkaufen, würde bedeuten, den Orejuelas in Cali den Stinkefinger zu zeigen.«

»Dann wäre ich auch froh, dass wir uns begegnet sind, Enrique«, erklärte Kippy. »Auch wenn es kein Zufall war.«

»Sind wir nicht selbst die Schöpfer der Chancen in unserem Leben«, fragte Enrique. »Aber ich bin noch nicht fertig. Wenn wir zusammenarbeiten wollen, hat El Mexicano eine weitere Bitte.«

»Welche?«, fragte Cohen.

»Waffen sind nutzlos in den Händen von Farmern«, antwortete Enrique. »Gacha und seine Freunde haben viele Feinde, aber ihre Soldaten sind nicht ausgebildet. Ihr habt das Können und das Knowhow. Ihr habt die Leute.«

Kippy und Cohen wechselten Blicke.

»Ich bin ein bisschen zu alt, um Soldaten auszubilden«, erwiderte Cohen, und Kippy rang sich ein Grinsen ab. Nur Enrique lächelte ausnahmsweise nicht. Kippy sah, dass er es ernst meinte.

»Wenn ihr das für uns tut, seid ihr Freunde von Medellín«, sagte Enrique. »Wenn nicht, na ja, dann gehen wir hier auseinander und vergessen, dass wir uns je begegnet sind.«

»Nein, schon gut«, lenkte Cohen ein. »Ich kann euch helfen. Auch mit Waffen.«

»Dann haben wir einen Deal«, sagte Enrique.

11
PUERTO BOYACÁ

1989
Kolumbien

59 FLUSSABWÄRTS

»So etwas wie israelische Söldner gibt es nicht.«
– Jitzchak Rabin, 1989

Zu viert fuhren sie in einem kleinen Motorboot flussabwärts, den Jungen mit dem lässig über die dürre nackte Schulter gehängten AK-47, der es lenkte, nicht mitgezählt.

Es war heiß. Der Río Magdalena war breit. Die kleine Stadt am rechten Ufer hieß Puerto Boyacá. Unter Nirs Achseln hatten sich dunkle Schweißflecken gebildet. Teddy Resnick zündete sich eine Marlboro aus einem Päckchen an, das er vor dem Flug nach Bogotá zollfrei gekauft hatte. Den anderen bot er keine an. Teddy behauptete, er sei früher beim Mossad gewesen. Nir fand komisch, dass beim Mossad anscheinend immer alle Mike, Bill oder Teddy hießen. Vielleicht stimmte es ja sogar, was Teddy sagte.

Eigentlich waren sie aber nur ein Haufen Kibbuzniks. Resnick war mit einem Mädchen aus Dalia verheiratet. Ami Fox stammte aus dem nahe gelegenen Ramat Ha'shofet. Er schoss gerne streunende Katzen, einfach nur so zum Spaß. Das war das Erste, was er zu Nir sagte, als er ihm zum ersten Mal begegnet war. Der Libanon hatte ihm nichts anhaben können. Soweit Nir das beurteilen konnte, war er schon seit dem Kindergarten so gewesen.

Dann war da noch Yair, der Colonel. Er war nicht schlau, aber das musste er auch nicht sein. Er hatte sich hochgearbeitet, verstand etwas vom Schießen und In-die-Luft-Jagen. Die Armee hatte ihnen einen Beruf verschafft und eine Aufgabe im Libanon, und als sie dort nicht mehr gebraucht wurden, waren sie für kaum etwas anderes gut.

»Wie weit noch?«, fragte Ami auf Spanisch.

Der Junge am Motor zuckte mit den Schultern.

»No sé«, sagte er.

Nir litt unter Jetlag und einem Kater. Die Hitze machte ihm nichts aus, aber die Luftfeuchtigkeit. Kleine bunte Boote überquerten den Fluss von einem Ufer zum anderen. In Puerto Boyacá saßen Leute auf Landungsstegen und sahen sie vorüberfahren. Nir wusste nicht so genau, was sie dort machten, was das für ein Ort war. Eine Stadt am Ende einer Sackgasse mitten in Kolumbien. Sie hatten eine Nacht in Bogotá verbracht, dann waren Männer in schicken schwarzen Jeeps gekommen und mit ihnen mitten ins Nirgendwo gefahren. Nir hatte Yair in der Lobby mit einem Mann in Militäruniform reden sehen, ein Umschlag hatte den Besitzer gewechselt.

Ausgerechnet Benny hatte ihm den Auftrag verschafft. Nach dem Bauchschuss war es für Nir erst mal steil bergab gegangen. Er hatte niemandem erzählt, wer ihn angeschossen hatte, und es dauerte lange, bis er wiederhergestellt war. Er wurde zwar ehrenhaft aus der Armee entlassen, aber im Libanon war's für ihn vorbei. Die Schmerztabletten vernebelten ihm den Kopf. Das gefiel ihm. Es bedeutete, dass er weniger denken musste, und lange hatte er auch tatsächlich über gar nichts nachgedacht.

Kippy war eine Weile bei ihm geblieben. Aber dann nicht mehr. Als er endlich aus dem Krankenhaus entlassen wurde, wusste er nicht, wohin oder was er machen sollte. Er versuchte Dope zu beschaffen, um die Alpträume zu dämpfen, in denen er immer wieder davon träumte, Cohen zu töten. Jedes Mal, wenn er's versuchte, drehte sich Cohen um und schoss ihm in den Bauch.

Itzik hatte ihn da rausgeholt. Itzik, der sein Bein verloren hatte, der früher den von Nir geklauten Stoff verkauft hatte und der wirklich machte, was er behauptet hatte, machen zu wollen. Er ging wieder in die Schule, studierte und wurde Sozialarbeiter. Er setzte sich mit Nir hin und sagte ihm, dass er sich gefälligst zusammenreißen sollte.

Also riss Nir sich zusammen.

Das Problem war nur, dass er für die Armee unbrauchbar war

und für die Gangster auch. Und die besondere Kombination von Fertigkeiten, die er beherrschte, eigneten sich nicht direkt für einen Bürojob. Eine Zeit lang arbeitete er auf einer Tankstelle an der Küstenstraße, außerhalb von Herzlia. Dort begegnete er zufällig Benny. Tankwart war ein Aushilfsjob, meist ehemaligen Armeeangehörigen vorbehalten. Man konnte nebenher eine Menge mit Trinkgeld verdienen. Als Benny vorfuhr, schien er erstaunt, Nir dort im Overall zu begegnen, aber nur einen kurzen Augenblick lang. Nir dachte, vielleicht war er gar nicht so erstaunt. Vielleicht hatte Benny gewusst, dass er dort arbeitete. Vielleicht war es gar kein Zufall gewesen.

»Tut mir leid, was passiert ist«, sagte Benny. Er war inzwischen ein bisschen gealtert, dachte Nir. Ein bisschen rundlicher geworden. »Hör mal, kann ich dich zum Kaffee einladen?«

»Ich hab hier noch eine Stunde Dienst«, erwiderte Nir und tankte den Wagen auf. Benny bezahlte und gab ihm einen Hunderter Trinkgeld.

»Wir sehen uns«, sagte Benny. »Oder auch nicht.« Dann fuhr er davon und Nir betrachtete den Schein, entdeckte den Zettel, der daran hing. Darauf stand die Adresse einer Bar in der Nähe der Cinematheque in Tel Aviv, außerdem eine Uhrzeit später am selben Abend.

Nir fuhr in die Stadt und fand das Pub Hashoftim in der Ibn Gvirol, das es schon so lange gab, wie Nir denken konnte. Als er eintrat, waren die meisten Tische besetzt, aber Benny konnte er nirgendwo entdecken. Jemand tippte ihm auf die Schulter, Nir drehte sich um und sah einen älteren Mann, sehr aufrecht und mit dem freundlichen Funkeln eines Schwindlers im Blick. Irgendwie kam er ihm bekannt vor.

»Du siehst ein bisschen verloren aus, Soldat«, sagte der Mann.

»Ich dachte, ich wäre hier verabredet«, entgegnete Nir.

»Ich glaube, das ist auch so«, sagte der Mann. »Darf ich dich einladen?«

»Sie sind Colonel Grosse«, sagte Nir, der den Mann jetzt erkannte. »Sie waren Leiter der Abteilung für Terrorbekämpfung.«

»Ich bin pensioniert«, sagte Grosse. »Und sag ruhig Yair. Also, wie's sieht's aus mit einem Drink?«

»Gerne«, sagte Nir. Sie setzten sich mit einem Bier und einem Schnaps an den Tresen. »Ich hab das mitbekommen, als du angeschossen wurdest«, sagte Grosse. »Schlimme Sache.«

Nir zuckte zusammen. Grosse sagte: »Hast du noch Schmerzen?«

»Jetzt nicht mehr. Die haben mich wieder zusammengeflickt. Aber manchmal spür ich's noch, ich muss nur dran denken.«

»Na klar«, sagte Grosse. »Aber an sich bist du wieder fit?«

»Fit wie ein Turnschuh«, erwiderte Nir.

»Und was machst du jetzt?«

»Ich bin Tankwart.«

»Guter Job«, sagte Grosse.

»Auf jeden Fall.«

»Hast du nicht manchmal Lust, was anderes zu machen?«, fragte Grosse.

»Ich würde gerne reisen«, sagte Nir. »Was von der Welt sehen.«

Grosse nickte. »Da könnte ich dir helfen«, meinte er.

»Was machen Sie denn jetzt, Colonel?«, fragte Nir.

»Ich hab dir doch gesagt, nenn mich Yair«, sagte Grosse. »Ich leite einen privaten Sicherheitsdienst. Arrowhead Ltd. Wir haben eine Lizenz vom Verteidigungsministerium und übernehmen hauptsächlich Aufträge im Ausland. Viel in Südamerika, einiges in Afrika.«

»Eine Söldnertruppe?«, fragte Nir.

»Den Begriff würde ich nicht verwenden«, sagte Yair Grosse. »Wir bilden vor allen Dingen aus. Manchmal auch ein bisschen mehr. Im Großen und Ganzen ist der Job nicht schwer, aber gut bezahlt.«

Nir dachte an Südamerika. Das war keine Rucksackreise, und

er würde auch nicht wie erträumt irgendwo am Strand sitzen. Aber es war immerhin etwas.

»Ist das ein Jobangebot?«

»Du wurdest mir empfohlen«, sagte Grosse. »Willst du's dir überlegen?«

»Nein«, sagte Nir. »Ich bin dabei.«

Grosse grinste. »Guter Mann«, sagte er und hob sein Bier. Sie stießen an.

»L'chaim«, sagte Grosse.

60 ESEL

»Spielt eigentlich keine Rolle, wer wen bekämpft, Hauptsache, es sind keine Juden.« – Ami

Der Motor sprang stotternd an, dann verreckte er wieder. Der Junge mit dem AK-47 schlug ein paar Mal drauf, dann gab er es auf und schrie den Leuten am Ufer etwas zu.

Nir wusste nicht so genau, wo sie sich befanden. Irgendwo von Puerto Boyacá aus flussabwärts, am linken Ufer. Könnte auch eine Insel sein. Weiter weg sah er ein Farmhaus hinter Bäumen und daraus aufsteigenden Rauch. Am Ufer waren Männer mit Maschinengewehren, aber sie schienen freundlich. Ein paar wateten mit einem Seil ins Wasser und warfen es ihnen zu. Yair griff danach und die Männer zogen, und das Boot schob sich langsam zum Ufer.

»Pass auf, wo du hinzielst«, sagte Ami zu einem der Männer, als er an Land sprang.

»Qué?«

»Nutzloser Esel«, schimpfte Ami.

Ami war ein echtes Arschloch, dieser Ansicht waren die allermeisten Söldner – Verzeihung, Sicherheitsberater –, die für Arrowhead Ltd arbeiteten. Aber er verstand was von seinem Job.

Und so ganz falsch lag er hinsichtlich der aktuellen Kundschaft leider auch nicht. Die Männer waren jung, schlecht gekleidet und schlecht organisiert. Eher Sicarios als Soldaten. Sie sahen aus, als könnten sie einen umbringen, ohne auch nur mit der Wimper zu zucken, dabei wussten sie bestenfalls, wie man zielt und abdrückt, und das bekam mehr oder weniger jeder Vollidiot hin.

Andererseits wurde Arrowhead genau dafür gebraucht: um aus einer bunt zusammengewürfelten Crew mordlustiger Teenager wenn schon keine Spezialeinheit, so doch zumindest Kämpfer zu machen, die mit den Grundlagen der taktischen Kriegführung vertraut waren.

Aufregend war das, als er das erste Mal von Ben Gurion abgeflogen war. Nir hatte eine Kassette mit »The Joshua Tree« in seinen neuen Walkman eingelegt, und Bono sang über einen Ort, an dem die Straßen keine Namen hatten. Ami und Teddy Resnick saßen hinten im Flugzeug und rauchten. Nir hörte U2 und blickte aus dem Fenster auf die weiter unten treibenden Wolken.

In Paris stiegen sie um. Als Nächstes kam der lange Flug über den Atlantik. Ami kam vorbei und bot ihm eine Handvoll Pillen an.

»Nimm zwei davon mit einem Drink, dann bist du weg, bis wir ankommen«, sagte er – ein erfahrener Reisender zwischen den Kontinenten. Ami war Yairs Nummer zwei. Nir nahm die Pillen, steckte sie aber erst mal nur ein. Er wollte wach bleiben und die Landung miterleben.

Sie trafen auf heißem Asphalt in San Salvador ein. Nir war müde, aber gleichzeitig in Hochstimmung. Die Luft roch frisch und neu, ganz anders als in Tel Aviv. Sie passierten die Grenzkontrollen und traten in die Ankunftshalle. Nir kam alles neu vor. Die Schilder auf Spanisch, das Essen in den Vitrinen, die Mädchen.

Wobei er aber gar keine Zeit mehr hatte, sich umzusehen. Draußen wartete bereits ein Wagen auf sie. Sie fuhren in östlicher Richtung raus aus der Stadt, vorbei an einer kleineren Ortschaft und in ein Tal, wo zwei kleine Flugzeuge auf dem Gras standen und Männer mit Gewehren in Formation auf und ab marschierten.

»Schön, dich zu sehen«, sagte Yair und klopfte Nir auf die Schulter. Er war bereits da, wirkte frisch wie ein neu gedruckter Geldschein.

»Was sind das für Männer?«, fragte Nir und zeigte auf die Marschierenden.

Ami schüttelte angewidert den Kopf. »Contras«, sagte er. »Das sind Esel.«

In Ami Fox' Begriffswelt war jeder, den er ausbilden musste, ein Esel. Die Contras nannten ihn El Zorro. Im Gegenzug bezeichnete er sie als Esel, bellte Befehle und zeigte ihnen, wie man stürmt, eine Stellung verteidigt, eine Sprengladung improvisiert oder Granatwerfer benutzt. Nicht dass es die Contras besonders interessiert hätte. Sie waren aus Nicaragua und sollten eigentlich Sandinistas bekämpfen, die ebenfalls Nicaraguaner waren. Ganz schön verwirrend das alles.

»Spielt eigentlich keine Rolle, wer wen bekämpft«, erklärte Ami Nir eines Abends nach einem Trainingstag. »Hauptsache, es sind keine Juden.« Er schien zufrieden mit sich. »Wir bilden sie aus und verkaufen ihnen nach Möglichkeit Waffen.«

Nach einer Woche Training landete ein kleines Flugzeug, ein Mann stieg aus und Yair führte ihn im Lager herum. Der Mann kam und setzte sich später am Abend mit den Ausbildern zusammen, trank ein bisschen was, eine Flasche Wild Turkey ging herum. Er war Amerikaner.

Er sagte: »Ihr vollbringt hier Gottes Werk.«

Am Morgen war er weg. Am Nachmittag traf ein weiteres Flugzeug ein und warf Säcke ab. Nir wollte hin und nachsehen, aber die anderen hielten ihn zurück.

Stattdessen sah er einfach zu. Die Säcke waren mit Folie umwickelt, so wie die Mehlsäcke, die man in Getreidelagern sah. Hunderte. Dann am frühen Abend, nicht lange nach dem Abwurf, traf ein weiteres Flugzeug ein und sammelte sie alle ein und brachte sie woanders hin.

Der Auftrag erstreckte sich über drei Wochen. Nach den drei Wochen flogen sie über Europa zurück nach Israel. Nir bekam sein Geld, und zum ersten Mal seit Langem fühlte er sich gut, fühlte sich wieder wie er selbst. Er ging zum Strand, trieb Sport und ging sogar mit einem Mädchen aus. Die Musikszene in Tel Aviv kam allmählich in Schwung. Es gab viele neue Bands, und es entwickelte sich ein neuer Sound. Er flog noch ein paar Mal nach El Salvador. Jedes Mal galt es eine neue Gruppe Contras auszubilden und jedes Mal tauchten Mehlsäcke auf und verschwanden wieder. Der Amerikaner kam nicht noch mal.

Hin und wieder tauchten andere Israelis auf. Alle kannten Yair. Sie schauten einfach vorbei. Ein Paar, das in Kolumbien lebte und Blumen anbaute oder sonst was mit Landwirtschaft zu tun hatte. Einer kam aus Panama, ein Sonderberater von Noriega. Auch ein Juwelier aus Miami kam vorbei, Eli Siton. Er war mit Gold behängt und schlug sie alle einen nach dem anderen beim Backgammon. Ein Mann namens Bruce, der in Antigua lebte, reiste an. Er war wohl eine Art Waffenhändler. Yair und er redeten bis spät in die Nacht über gemeinsame Vorhaben. Eine Lieferung Kalaschnikows, Bazookas und jugoslawische Maschinengewehre für die Contras traf ein. Nir erkannte die Waffen. Sie stammten aus dem Libanon, waren während des Kriegs beschlagnahmt worden. Viel sowjetisches Zeug. Nir war nicht blöd. Er vermutete, SIBAT, die Abteilung für Sicherheitsexport des israelischen Verteidigungsministeriums, verkaufte den Contras im Auftrag der Amerikaner Waffen. Die Contras waren rechts und die Leute, die sie bekämpften, waren so eine Art Kommunisten, und die Amerikaner hassten Kommunisten. Also war damit allen gedient. Nir sah bei seinen Aufträgen jede Menge alte libanesische Waffen. Und auch neue aus israelischer Herstellung.

Ein paar Aufträge führten ihn weniger weit der Heimat entfernt. Irgendwo auf einem Feld in Belgien bildeten sie Männer für Mobutu aus. In Frankreich trafen sie sich mit Jean-Bédel Bokassa in seinem Exil. Er hatte eine Handvoll Männer und hoffte immer noch, die Leute zu stürzen, die ihn gestürzt hatten, und erneut Kaiser von Zentralafrika zu werden. Arrowhead hatte den Auftrag angenommen, aber als Nir die Männer sah, war ihm klar, dass Bokassa nichts davon haben würde.

Dann Chile, wo sie Einheiten für Pinochet ausbildeten. Allmählich schnappte Nir auch ein bisschen Spanisch auf und entwickelte eine Vorliebe für Empanadas. Er versuchte möglichst nicht darüber nachzudenken, was sie da eigentlich machten. War nur ein Job. Von Zeit zu Zeit wurden Waffenlieferungen organisiert. Hin und wieder tauchte ein zurückhaltender Amerikaner auf. Der nächste Auftrag war in Peru, wo sie Milizen darin ausbildeten, Aufständische des Leuchtenden Pfads aufzuspüren. Irgendein Israeli war immer schon vor Ort, ein Mann mit Beziehungen zu den Einheimischen, dann wurde ein weiterer stiller Waffenhandel vereinbart und die nächste Ausbildungsrunde irgendwo anders. Überall in Lateinamerika waren Israelis. Nir gewöhnte sich an einige Gesichter: Bruce Rappaport und Maurice Sarfati, die in Antigua lebten, Marcos Katz in Mexiko, Mike Harari in Panama, Arik Afek in Kolumbien. Die Liste ließ sich fortsetzen. Ein Mann, der 1986 in die Iran-Contra-Affäre verwickelt war, Amiram Nir, tauchte plötzlich tot in Mexiko als Opfer eines geheimnisvollen Flugzeugabsturzes auf.

»Ihr müsst die Amerikaner im Blick behalten«, murmelte Ami, als sie die Nachricht erfuhren. Sie waren erneut irgendwo in El Salvador, tranken Bier und ölten ihre Gewehre.

»Warum die Amerikaner?«, fragte Nir verblüfft.

»Die haben sein Flugzeug in die Luft gejagt«, sagte Ami, als ob es offensichtlich wäre. »CIA.«

»Und warum?«

Ami sagte nichts. Er schüttelte nur den Kopf.

Nir verstand die Iran-Contra-Sache nicht so richtig. Die His-bollah hatte Amerikaner im Libanon im Auftrag des Iran entführt, um die amerikanische Regierung zu erpressen. Die Amerikaner wandten sich an die Israelis, und es wurde ein Deal ausgeheckt, dem zufolge Israel im Austausch gegen die Geiseln Waffen an den Iran lieferte. Das Geld aus dem Handel wurde an Colonel Oliver North weitergeleitet, der davon wiederum Waffenlieferungen an die Contras in Nicaragua finanzierte. Ein paar der Waffen, die an die Contras gingen, stammten aus israelischen Beständen, die während des Kriegs im Libanon beschlagnahmt worden waren. Alle waren zufrieden, bis die Zeitungen auf die Geschichte kamen. Dann verloren viele ihre Jobs. Die Contras bekamen aber trotzdem ihre Waffen.

»Das war vor deiner Zeit«, sagte Ami. Und das war's wohl, dachte Nir.

Er stellte lieber nicht zu viele Fragen. In dieser Branche machte man so was nicht. Und dadurch wurde vieles einfacher. Man führte Aufträge aus und fuhr anschließend nach Hause. Außerdem konnte er seinen Ersparnissen gutes Geld hinzufügen. Ein paar Jahre würde er noch weitermachen, dachte er.

61 DER MEXIKANER

»Vielleicht ist er ein reicher Farmer.« – Teddy

Sie ließen sich an dem neuen Ort nieder. Das Ausbildungslager befand sich auf dem Gelände einer Farm und Puerto Boyacá lag praktisch auf der anderen Uferseite ein kleines Stück flussaufwärts. Auf einer Weide in der Nähe graste eine Herde Kühe, Nir sah Männer auf Pferden. Die Rekruten selbst waren jung, träge und schlecht gekleidet. Sie hatten die Augen alter Männer und waren immer gleich. Der Mann, der sie eingeladen hatte, tauchte ungefähr eine Stunde später auf. Ein Auto-Konvoi fuhr vorbei, durch das Tor und hielt. Nir hörte die Rekruten sagen: »El Mexicano, El Mexicano!«

Der Mexikaner stieg aus dem Wagen. Er hatte ein volles rundes Gesicht und einen vollen Haarschopf unter seinem Panamahut. Er war kein Mexikaner. Er trug eine goldene Uhr, dann sah er Yair und strahlte. Yair ging lächelnd auf ihn zu. Die beiden Männer schüttelten sich die Hände. Yair gab Nir ein Zeichen. Nir brachte ihm eine Uzi. Eine jüngere Version des Mexikaners stieg aus dem Wagen. Er war jung, übergewichtig und hatte dieselben dunklen Haare.

»Das ist mein Sohn, Freddie«, sagte der Mexikaner. »Er wird mit euch trainieren. Du wirst ihn doch gut ausbilden, Yair?«

»Ja«, sagte Yair schlicht. Er nahm Nir die Uzi ab und drückte sie Freddie in die Hand.

»Ein Geschenk«, sagte er.

Der Junge lachte und befingerte die Waffe.

»Darf ich sie ausprobieren, Papa?«, fragte er.

»Viel Spaß, Freddie«, sagte der Mexikaner und sah Nir an.

»Gehört der zu deinen Männern?«

»War ein toller Soldat«, erwiderte Yair. »Wurde im Gefecht verwundet«. Er stellte die anderen vor. »Das ist Nir. Nir, das ist Señor Gacha.«

»Freut mich, Sie kennenzulernen«, sagte der Mexikaner und gab Nir die Hand. Nicht weit von ihnen entfernt, zersiebte Freddie einen Holzzaun. Die jungen Rekruten umringten ihn, sahen ihm belustigt zu.

»Ganz meinerseits«, sagte Nir. Der Mexikaner nickte und drehte sich um. Damit war Nir entlassen. Er ging zurück zu Ami und Teddy Resnick, stellte sich neben sie.

»Freddie, du machst zu viel Krach!«, schrie Gacha. Sein Sohn lachte und schickte eine weitere Kugel in die Luft. Gacha lächelte, schüttelte den Kopf und klopfte Yair auf die Schulter.

»Wer zum Teufel ist der Typ?«, fragte Nir.

Ami sah ihn verwundert an.

»Das weißt du nicht?«

»Wie ein Farmer sieht er nicht aus«, sagte Nir. Zumindest auf dem Papier waren sie von der einheimischen Vereinigung der Rinderzüchter engagiert worden. Die hatte nämlich Ärger mit kommunistischen Guerrillakämpfern und brauchte eine Ausbildung, jedenfalls hatte Yair es ihnen vor der Abreise so erklärt. Es hatte Entführungen gegeben.

»Vielleicht ist er ja ein sehr reicher Farmer«, meinte Teddy Resnick und lachte.

»Der Einzige, der noch reicher ist als er, hat eine Hacienda flussaufwärts«, sagte Ami.

»Was?«, fragte Nir.

»Hast du schon mal was von Medellín gehört, du Hohlkopf?«, fragte Ami.

»Pablo Escobar? Klingelt was bei dir?«, fragte Teddy Resnick.

»Wir bilden … wen genau bilden wir an der Waffe aus?«, fragte Nir.

Ami zuckte mit den Schultern.

»Wen interessiert's«, sagte er.

Und das war's.

Gacha blieb nicht lange. Er fuhr mit seiner Wagenkolonne ab, nur Freddie, sein Sohn, blieb. Am späten Nachmittag ballerte Ami mal wieder zum Spaß auf Katzen und Freddie machte mit. Nir wollte schlafen. Er hatte ein Moskitonetz aufgehängt und sich daruntergelegt, aber irgendwie fand er keine Ruhe, sein Körper war noch in der falschen Zeitzone. Teddy lag da und schnarchte. Nir wusste nicht, wo Yair war. Wahrscheinlich am Aufbauen, Yair schlief nie, das musste Nir ihm lassen. Er kümmerte sich um seine Männer und ging sehr gewissenhaft seinen Pflichten nach. Nir roch Gras, der leichte Wind transportierte den Rauch, dann hörte er Yair wütend schreien. Yair duldete keine Drogen vor Ort. Sobald es ein bisschen abgekühlt hatte und sich alle ein bisschen ausgeruht hatten, würden sie die Rekruten zusammenstauchen. Yairs Lieblingsbeschäftigung. Drei Wochen lang gehörten sie ihm. Sie lebten und starben unter seiner Befehlsgewalt.

Nir konnte nicht schlafen. Er schob sich Walkman-Hörstöpsel in die Ohren. Dann spulte er über »Bullet the Blue Skies« vor und drückte auf Play, um sich der sanften Traurigkeit von »Running to Stand Still« zu überlassen.

Er erinnerte sich an ihre Ankunft in Bogotá. Yair hatte mit einem Mann in Uniform geredet. Nir hatte lange genug gedient, um zu erkennen, wenn er eine ranghohe Person vor sich hatte. Zumindest ranghoch beim kolumbianischen Militär. Was sie machten, war vollkommen legal, sonst würden sie's ja nicht machen, dachte er. Die Vereinigung der Rinderzüchter hatte also Verbindungen zur Armee, das stand schon mal fest. Er dachte weiter nach, erinnerte sich aber nur verschwommen an den Abend in Bogotá. Der Jetlag hatte ihm zugesetzt, und er war früh zu Bett gegangen. Sie hatten in der Hotelbar gesessen und irgendwann war Afek aufgetaucht, das wusste Nir noch. Afek tauchte immer irgendwann auf und führte immer was im Schilde. Er war nun mal so ein Typ. Er redete gerne. Dieses Mal hatte er leise mit Yair diskutiert. Worum war es da gegangen? Er hatte Yair gewarnt, sie befänden sich in Gefahr. Yair hatte ihn abgewimmelt. Afek war wie ein junger Hund, den man nicht loswurde. Und Nir war zu Bett gegangen.

Gacha. Er hatte nicht viel hergemacht. Keiner der Typen, für die sie arbeiteten, machte viel her. Soweit Nir wusste, konnten die Rinderzüchter im Magdalena Valley tatsächlich Probleme mit Guerrillakämpfern und Entführungen haben. Das war ziemlich weit verbreitet. Arrowhead hatte bereits zweimal Sicherheitsdienste bei wohlhabenden Privatpersonen in der Region geleistet und einmal sogar eine heimliche Erpressung in Guatemala durchgeführt, im Zuge deren man ein paar Menschen hatte weh tun müssen. Fast wie in alten Zeiten, als sie noch im Libanon Indianer gespielt hatten.

»Hola«, sagte eine Stimme und Nir öffnete die Augen. Hatte er geschlafen? Wie lange war er weg gewesen? Er war erledigt. Es war jetzt etwas kühler und dämmerte schon. Im Eingang stand ein Schatten. Er betrachtete die Umrisse der Gestalt, die jetzt näher kam. Sie schaltete das Licht ein und Nir blinzelte. Eine Frau im Tarnanzug und mit kurzen Haaren stand vor ihm.

»Wer bist du?«, fragte Nir.

»Deine Dolmetscherin«, sagte die Frau auf Englisch.

»Ich brauche doch keine scheiß Dolmetscherin«, sagte Ami auf Spanisch, stand auf und schlenderte zur Tür, streifte dabei zu nah an der Frau vorbei.

»Nichts für ungut, Schätzchen.«

Teddy Resnick zündete sich eine Zigarette an und betrachtete sie durch den Rauch.

»Musst ihn entschuldigen«, sagte er, »ist ein cabrón.«

Die Frau lächelte höflich. Teddy stand auf und streckte seine Hand aus.

»Teddy Resnick«, sagte er.

»Ana«, erwiderte die Frau und schüttelte seine Hand.

Nir schob sich unter dem Moskitonetz hervor.

»Ich bin Nir«, sagte er. »Freut mich.«

Die Frau sah ihn skeptisch an, dann lächelte sie.

»Der Colonel ruft euch«, sagte sie.

»Komm, Nir«, sagte Teddy. »Showtime.«

»Wer war der Mann, mit dem Yair in Bogotá geredet hat?«, fragte Nir beim Rausgehen.

»Afek? Kennst du den?«, sagte Resnick.

»Nein, der andere. Der Kolumbianer.«

Resnick betrachtete verstohlen die Dolmetscherin. »Der war vom DAS«, sagte er leise.

»Was ist das?«, fragte Nir.

»Der kolumbianische Geheimdienst«, erwiderte Resnick.

»Ach so.«

»Keine Angst«, sagte Resnick. »Wir sind legal.«

Sie kamen ans Flussufer. Die Männer vom Verband der Rinderzüchter salutierten. Yair war bereits mit Ami dort. Nir und Teddy gingen zu ihnen und bauten sich vor den Rekruten auf.

»Stillgestanden!«, brüllte Yair.

Die Sonne ging unter. Irgendwo schrie ein Papagei. Nir roch auf dem offenen Feuer gegarten Fisch. Sein Magen knurrte. Die Rekruten hatten vorher was gegessen. Er nicht. Er betrachtete ihre Gesichter im schwindenden Licht.

Ami ging an ihnen vorbei, musterte jeden Einzelnen, bellte Befehle und verlangte, dass sie gerade standen. Teddy und Nir verteilten Waffen: brandneue Galil-Sturmgewehre. »Ihr werdet Disziplin lernen, ihr werdet taktische Kriegführung lernen, ihr werdet den Umgang mit diesen Waffen lernen und ihr werdet meinen Befehlen folgen!«, sagte Yair. »Wenn nicht, erschieße ich euch.«

Ana übersetzte.

Nir sah die Rekruten nicken. Yair sprach eine Sprache, die sie verstanden.

»Runter auf den Boden, zwanzig Liegestütz«, sagte Yair.

Ana übersetzte.

Die meisten gingen zu Boden. Nur einer starrte Yair missmutig an.

»A la verga«, sagte er.

»Fick dich«, übersetzte Ana.

Yair hob seine Pistole, eine Desert Eagle aus israelischer Herstellung und brandneu. »Ich zähle bis eins«, sagte er.

Ana wollte übersetzen, aber das dauerte zu lange. Der Schuss war laut, und ein Vogelschwarm stob in einer einzigen dunklen Wolke im Licht der untergehenden Sonne aus den Bäumen auf. Der Junge, den Yair angeschossen hatte, ging zu Boden. Die Kugel hatte ihn ins Bein getroffen. Er schrie nicht, aber er wimmerte. Alle, die noch standen, gingen zu Boden und machten Liegestütz um ihr Leben. Freddie Gacha, der immer noch versuchte, sich auf nur eine zu beschränken, sah rüber und grinste dreckig. »Verfluchte Esel«, sagte Ami Fox. »Komm, Nir.«

Nir folgte ihm zu dem Jungen. Sie hoben ihn auf und zogen ihn weg, zeichneten eine blutige Spur in den Dreck. Sie ließen ihn unter einem Baum liegen, wo er verbluten oder die Wunde selbst abbinden konnte.

So begann der erste Trainingstag.

62 NILPFERDE

»Sind das hier die verfluchten Siebziger, oder was?« – Ami

Die Waffen waren neu. Nir hatte nicht viel damit zu tun. Das war Yairs Deal, und vielleicht auch der von Rappaport und Sarfati. Sie wurden in Israel hergestellt und legal nach Antigua exportiert. Nir hatte die Papiere gesehen, bevor sie Haifa an Bord eines dänischen Schiffes verlassen hatten. Zur Fracht gehörten vierhundert Galil-Gewehre, einhundert Mini-Uzis und Unmengen an Munition. In Antigua wurden die Waffen auf ein anderes Schiff umgeladen und nach Kolumbien geschickt. Jetzt gehörten sie Gacha, und seine Männer würden lernen, wie man damit umgeht. Außerdem gab es noch Panzerfäuste, Nachtsichtgeräte und anderes Spielzeug.

Die Ausbildung war nicht schwer, aber anstrengend. Die Rekruten bekamen Grundlagen beigebracht. Wie man eine Stellung einnimmt oder aus einem fahrenden Wagen schießt. Wie man sich bei einem Konflikt in urbaner Umgebung organisiert oder Sprengladungen verwendet. Sie benutzten die Farm und ein kleines verlassenes Dorf in deren Nähe, um verschiedene Gefechtsszenarien zu simulieren. Die Männer, die sie ausbildeten, waren noch kaum Männer, aber bereits Killer. Sie hörten zu und taten, was ihnen gesagt wurde. Im Verlauf der Tage wurden sie immer besser. Nir arbeitete, aß und schlief. Dann alles wieder von vorn. Das Essen wurde von einer kleinen armen alten Frau gekocht. Ana übersetzte Anweisungen, sagte aber selten selbst viel. Sie hielt mit den Männern Schritt und Nir fiel auf, dass sie insgeheim alles genau beobachtete. Er fragte sie, wo sie herkam.

»Von hier«, sagte sie. »Aus Puerto Boyacá.«

»Und die?«, fragte Nir.

»Die?«, fragte Ana. Sie sah die Rekruten an. »Hauptsächlich Medellín. Ein paar von den Farmen. Sind euch die Unterschiede zwischen den Armen und den Reichen aufgefallen?«

»Wieso?«, fragte Nir verdutzt. »Nein.«

»Manche kommen von der Straße, andere aus den Haciendas«, erklärte Ana. »Aber schlecht sind sie alle. Weißt du, warum ihr hier seid?«

»Um sie an der Waffe auszubilden?«, fragte Nir.

»Ja, klar«, sagte Ana. »Aber warum?«

»Guerrillas?«, riet Nir.

»FARC«, sagte Ana. »Das sind Kommunisten. Den Plantagenbesitzern, Bergbauunternehmen und Ölfirmen wie Texas Petroleum gefällt nicht, dass die FARC hier ist. Wenn du dich hier als Fremder umsiehst, fragst du dich doch, was das hier ist? Das ist das Nirgendwo. Aber mitten in Kolumbien, Nir. Es ist reich und es ist wild, unterhalb der Anden, zwischen Medellín und Bogotá. Manche behaupten, die FARC kämpfe für Gerechtigkeit, für die Rechte der Arbeiter. Und natürlich müssen sie dafür Gewalt einsetzen, wer tut das nicht? Aber dann haben sie sich alle zusammengetan, die Armee, die Kartelle, die Ölunternehmen und die Farmer, und haben Muerte a Secuestradores gegründet. Tod den Entführern. Und Geld reingesteckt. Genug, um israelische Waffen und israelische Experten zu bezahlen und ein paar Schläger von der Straße und Bauerntölpel als Miliz auszubilden. Jetzt nennen sie sich ACDEGAM, den Verband der Rinderzüchter. Aber das ist dasselbe. Deshalb seid ihr hier.« Sie sah ihn neugierig an.

»Stört dich das?«, fragte sie.

»Ich mache nur meinen Job«, sagte Nir. Ana nickte ernst. »Ich auch«, sagte sie.

»Aber du findest es nicht gut?«, sagte Nir. »Du hast Sympathien für …«

»Nein«, sagte sie rasch. »Ich arbeite.« Sie zuckte mit den Schultern. »Ich brauche einen Job. Meine Familie lebt seit Generationen hier. Ich bin nur … eine Angestellte«, sagte sie traurig.

»Hast du Angst vor denen?«, fragte Nir.

»Hast du denn keine?«, fragte Ana.

Nir nickte.

»Doch«, sagte er.

»Gut so«, sagte Ana.

»Was meinst du?«

Sie zuckte mit den Schultern.

»Nein, aber eigentlich nicht«, sagte Nir. »Yair war schon mal hier. Das ist alles …« Er suchte nach einem Wort. »Koscher«, sagte er.

»Was bedeutet koscher?«, sagte Ana.

»Das ist so was wie ein Speisegesetz«, erklärte Nir.

»Ein was?«

»Für Juden.«

»Verstehe ich immer noch nicht.«

»Ich meine, das ist schon okay«, sagte Nir. »Dass wir hier sind. Es ist offiziell.«

»Offiziell«, sagte Ana, »so lange, bis es das nicht mehr ist.«

»Ana!«, brüllte Yair von Weitem: »Komm her!«

Ana grinste.

»Ich muss arbeiten«, sagte sie.

»Ich auch«, sagte Nir.

Er sah sie zu Yair gehen, dann nahm er seine Uzi.

Ein paar Tage vergingen, dann war Freitag. Die vier Israelis feierten den Schabbatbeginn mit einem Essen. Teddy Resnick kochte Hühnersuppe und statt Challah nahmen sie Pandebono, das jemand aus einer Bäckerei in der Stadt mitgebracht hatte. Yair sagte ein Tischgebet, und sie tunkten das Brot in Salz. Nir hatte nie verstanden, warum Israelis im Ausland immer viel religiöser waren als zu Hause. Bevor man sich's versah, setzten sie Kipas auf und tanzten Horo.

Vielleicht, dachte er, weil sie fernab von Israel einfach nur noch Juden waren.

Die Rekruten sahen ihnen irritiert zu. Als sie mit dem Essen fertig waren, sagte Teddy: »Und jetzt?« Ami sagte: »Lasst uns ausgehen.«

»Geht ruhig«, sagte Yair. »Ich bleibe hier. Und passt auf euch auf, wenn ihr in die Stadt geht. So was wie in Santiago wollen wir nicht noch mal erleben.«

»Santiago«, sagte Ami. »So scheiße ist es hier nicht. Komm, Teddy. Nir, kommst du mit?«

»Weiß nicht«, sagte Nir.

»Du kommst mit«, sagte Ami. »Und du auch!«, rief er Ana zu. »Wir brauchen eine Dolmetscherin.«

»Ihr braucht doch keine Dolmetscherin, um Cerveza zu bestellen«, erwiderte Nir.

»Dann eben eine Einheimische«, sagte Ami. »Wo kann man denn in Puerto Boyacá was trinken gehen?«, fragte er Ana. Ana zuckte mit den Schultern.

»Überall, wo's Bier gibt.«

»Siehst du?«, sagte Ami. »Sie ist unverzichtbar. Komm schon.«

»Und wie kommen wir da hin?«, fragte Nir.

Ami war schon auf halbem Weg zu einem geparkten Truck, dann blieb er stehen und drehte sich um.

»Ah, ja«, sagte er.

Stattdessen gingen sie zum Flussufer. Mehrere Motorboote waren dort festgemacht, und sie nahmen eins davon. Ami befahl einem der Rekruten, das Boot zu steuern. Sie pflügten über das dunkle Wasser. Nir sah die Lichter in der Ferne, Puerto Boyacá lag ausgebreitet auf der anderen Seite. Er spürte Ana neben sich, sie saßen eng beieinander, Schulter an Schulter. Sie drehte sich zu ihm um und lächelte.

»Tanzt du gerne?«, fragte sie.

»Ob ich gerne tanze?«, fragte Nir.

Sie sah ihn verwundert an.

»Ja, ob du gerne tanzt«, wiederholte sie.

»Werden wir ja gleich merken«, erwiderte Nir.

Ihr Grinsen wurde breiter.

»Na dann«, sagte sie.

Sie machten das Boot an einem Landesteg fest. Leute liefen am Flussufer entlang. Sie gingen an einer Bar vorbei und dann an einer anderen. Die Bars waren klein und laut. Plastikstühle standen davor. Ana ging mit ihnen in einen Laden, der The Tropical hieß. Eine Discokugel drehte sich in der Mitte der Tanzfläche und Menschen wogten im glitzernden Licht darunter. Abba ging in »Saturday Night Fever« über.

»Sind das hier die verfluchten Siebziger, oder was?«, fragte Ami. »Ich gehe in eine richtige Bar.«

»Ich bleibe hier«, sagte Nir. Ana tanzte neben ihm.

Ami grinste anzüglich. »Kann ich mir vorstellen«, sagte er. »Komm, Teddy. Wir betrinken uns, wie sich das für Männer in unserem Alter gehört. Schnell und heftig.«

»Wie du meinst, Ami«, sagte Teddy und folgte Ami nach draußen.

»Ich dachte schon, die gehen gar nicht mehr!«, sagte Ana. Sie musste die Musik überbrüllen. Nir lächelte.

»Willst du was trinken?«, schrie er zurück.

»Ja!«

Sie gab dem Mann hinter der Bar Zeichen. Er stellte zwei Schnapsgläser auf den Tresen und füllte sie. Sie kippten sie gleichzeitig auf ein Kommando runter.

»Was zum Teufel ist das?«, schrie Nir. Seine Kehle brannte lichterloh.

»Aguardiente!«, sagte Ana.

»Das ist fürchterlich!«, sagte Nir.

»Noch zwei!«, sagte Ana zu dem Barmann.

Als der nächste Song anfing, spielte es keine Rolle mehr, dass es zehn Jahre zu spät und sie an einem Fluss irgendwo in Kolumbien waren. Nir gab sich der Dunkelheit, dem glitzernden Licht, der Hitze und dem Rauch hin. Er brauchte kein Hebräisch und kein Spanisch, er überließ sich dem Sound. Ana bewegte sich neben ihm, dann mit ihm. Wer brauchte schon Sprache, wenn man Körper für sich sprechen lassen konnte?

Schließlich torkelten sie nach draußen und teilten sich eine Zigarette, betrachteten den Fluss. Es war vier Uhr morgens. Nir überlegte, ob er Ana küssen sollte. Er hörte Schüsse in der Ferne, eine Stimme durch ein Megafon, durchdrehende Reifen. Dann sah er einen Konvoi von Jeeps vorbeifahren, Männer in Tarnanzügen mit Gewehren, die Megafonstimme verkündete auf Spanisch: »Están protegidos! Sie sind geschützt.«

Nir starrte hoch zu dem Mann im Jeep ganz vorne, Ami und Resnick kamen drei Häuser weiter aus einer Bar gewankt, jeder mit einem Mädchen.

»Carlos!«, schrie Ami.

Der Mann drehte sich um, sah Ami, lächelte und winkte.

»Amigo!«, sagte er. »Shalom!«

»Carlos, du Hurensohn, geht ins Bett!«, schrie Ami.

Der Mann schoss ein paar Mal in die Luft und jaulte vor Lachen.

»Wir müssen behalten, was uns gehört«, sagte er. »Die Stadt steht unter meinem Schutz!«

Ami schüttelte den Kopf. Carlos fuhr mit seinem Konvoi vorbei.

»Grüßt Yair von mir!«, sagte Carlos.

»Wer ist das?«, fragte Nir.

Ana starrte dem Konvoi hinterher.

»Carlos Castaño Gil«, sagte sie. »Er hat seine eigene Miliz und ist ein Freund von Pablo. Ihr bildet Männer wie seine aus.«

»Sieht danach aus, als hätten wir's schon getan«, erwiderte Nir. Ami und Resnick kamen und stellten sich zu ihnen.

»Dieser irre Wichser«, sagte Ami voller Zuneigung. »Wisst ihr, dass er ein Jahr in Tel Aviv verbracht hat? Ist ein Esel.«

Sie gingen zurück zum Boot. Der Junge, der es bewachte, war noch da, schlief aber. Sie weckten ihn.

»Hast du schon mal jemanden getötet, Kleiner?«, fragte Resnick betrunken. Ana übersetzte.

Der Junge starrte ihn stumm an. Dann hob er drei Finger.

»Wie alt bist du?«, fragte Resnick. »Fünfzehn?«

»Dieciseis«, antwortete der Junge.

»Sechzehn«, übersetzte Ana.

»Kleines Arschloch«, sagte Resnick. »Nein, übersetz das nicht. Komm, wir setzen über.«

Sie zwängten sich aufs Boot. Nir und Ana dicht zusammen, sie wechselten einen Blick, und sie lächelte. Nir dachte an den Kuss, aus dem nun nichts mehr wurde. Das Boot schnitt durchs Wasser, der Motor tuckerte. Die Nacht um sie herum wurde stiller. Die Bars und Discos am Ufer waren nur schwach erleuchtet. Schatten bewegten sich träge an der Promenade entlang. Carlos Castaños' Stimme hallte eigenartig in der Ferne: »Sie sind geschützt! Sie sind geschützt!«

In Nirs Kopf drehte sich alles. Der starke Schnaps und die späte Stunde verschworen sich gegen ihn. Er wollte in den Fluss kotzen und beugte sich auf Knien über den Rand.

Ein dunkler Schatten bewegte sich durchs Wasser. Nir starrte ihn an.

Ein gewaltiges Ding. Nir war sicher, dass er träumte. Der Schatten zog unter dem Boot durch und tauchte auf.

Ein riesiges Ungeheuer barst aus dem Wasser, das Maul weit aufgerissen, um zu beißen und zu töten. Das Boot schaukelte und drohte zu kentern. Nir verlor das Gleichgewicht, aber Ana packte ihn, bevor er in den Fluss fiel.

»Ach du Scheiße!«, schrie Ami.

Das Ungeheuer brüllte.

Ein Nilpferd.

Sie versuchten mit dem Boot zu entkommen, aber das Nilpferd war schnell und wütend. Ami schnappte sich eine Uzi.

»No dispares!«, schrie ein Rekrut. »Escobar, Escobar!« Er stand auf und wollte ihm die Waffe abnehmen. Ami drückte ab und schoss hoch in die Luft. Das Nilpferd brüllte noch einmal, dann sank es tief unter Wasser. Nir übernahm das Steuer. Das Boot fuhr weiter.

»Was soll die Scheiße?«, schrie Ami und richtete die Uzi auf den Rekruten. Der Junge sprach panisch und schnell.

»Das war eins von Escobars Nilpferden«, übersetzte Ana. »Das darfst du nicht erschießen.«

»Was soll das heißen, eins von Escobar?«

»Von weiter flussaufwärts«, sagte Ana. »Aus seinem Zoo. Die Nilpferde dort hauen ständig ab.«

»Gute Nacht, Ana«, sagte Nir und torkelte davon. Die Morgendämmerung zeichnete bereits schwache Lichtstreifen an den Horizont. Ami und Resnick rauchten am Flussufer, er sah sie im Schein ihrer Zigarettenglut. Übers Wasser, von weit her, hörte er vereinzelte Schüsse.

Und ging ins Bett.

63 DER VOGEL

»Werden Sie wissen, wie ich leide, Qualen leide?«
– Chaim Nachman Bialik, 1891

Panzerfausttraining.

Gefechtsfahrten unter Beschuss.

Mittagessen: Fisch vom Grill, Bohnen und Kochbanane.

Hindernisparcours.

Abendessen: Fisch vom Grill, Bohnen und Kochbanane.

Schlafen.

Die Stechmücken summten um das Netz herum. Ami schnarchte. Resnick blieb noch lange auf, las in einer Gedichtsammlung von Eli Netzer, die er von zu Hause mitgebracht hatte.

Frühstück: Tamales und Huevos Pericos. Kaffee für die Ausbilder. Heiße Schokolade für die Rekruten.

Sprengstofftraining.

Sprengfallen aus Granaten basteln.

Schießübungen.

Mittagessen.

Hindernisparcours. Schießen aus dem fahrenden Wagen. Essen.

Schlafen.

Frühstück: Freddie Gacha ärgert einen der jüngeren Rekruten. Niemand sagt was.

Ein eingenommenes Objekt räumen und sichern.

Einsatzplanung: Zugangs- und Fluchtwege in unübersichtlichen Situationen.

Mittagessen.

Sprengstoff.

Zielpersonen aufspüren und Verfolgung zwecks Eliminierung.

Abendessen: Steaks und eine Flasche Wein. Entspannen bei

einer Zigarette. Musik: Nir konnte U2 allmählich nicht mehr hören. Lesen: Resnick las das Buch von Eli Netzer fertig und meinte, er könne nicht verstehen, warum alle so einen Wirbel um ihn machten, aber seine Frau würde ihn gut kennen, denn er käme aus ihrem Kibbuz.

Schlafen: Es war zu heiß. Nir stand auf und pisste draußen im Mondlicht, ließ sich von Moskitos stechen.

Frühstück.

Gacha kam erneut auf einen kurzen Besuch vorbei und unterhielt sich leise mit Yair. Anschließend nahm er Freddie wieder mit. Kein Gacha mehr. Kein Freddie. Auch keine Fahrten mehr ans andere Flussufer.

Leichtes Training mit den neuen Galil-Gewehren.

Mittagessen.

Ein Telefonanruf für Yair. Das Gespräch war kurz, er kam offensichtlich wütend zurück.

»Was ist los, Boss?«, fragte Ami.

»Afek sagt, die DAS will unser Lager stürmen.« Resnick und Ami wechselten Blicke.

»Stimmt das, Boss?«

»Afek hat bloß eine große Klappe«, sagte Yair, guckte aber trotzdem besorgt.

»Vielleicht sollten wir lieber abhauen«, meinte Ami.

»Kann sein …«

Plötzlich lärmte es über ihnen in der Luft. Nir blickte auf wie im Traum. Der ganze Tagesablauf war im Arsch. Ratternde Rotorblätter. Er sah drei Helikopter auf sie zufliegen.

»Verdammte Scheiße!«, sagte Ami.

Yair sagte: »Schnappt euch die Fluchtrucksäcke. Wenn wir getrennt werden, treffen wir uns in Bogotá. Sollte die Strecke gesperrt sein, überquert ihr die Grenze, wie und wo ihr könnt. Los geht's.«

Sie rannten los. Nir griff sich einen Fluchtrucksack. Yair schrie den Rekruten Befehle zu, sie holten Uzis und Galils. Nir sah Soldaten in Tarnanzügen aus den Bäumen springen und Boote auf dem Fluss. Er dachte, was für eine Scheiße.

Sie rannten. Die Rekruten eröffneten das Feuer auf die herannahenden Soldaten. Diese erwiderten das Feuer. Nir sah Ana – packte sie – zerrte sie mit. Auch sie schnappte sich eine Uzi.

»Auf der anderen Seite des Dorfs ist ein Landungssteg«, sagte sie.

Yair erwiderte: »Ich weiß.«

Die Rekruten feuerten mit neuer Disziplin und gaben ihnen Deckung. Nir rannte um den Hindernisparcours in das verlassene Dorf, in dem sie trainiert hatten, achtete dabei auf Sprengfallen. Sie hatten überall welche versteckt. Er feuerte und traf einen Soldaten in die Brust. Dann sah er, wie ein anderer auf eine der Granaten trat. Die Explosion zerriss ihn.

Sie rannten weiter, zwischen Bäumen hindurch. Hinter ihnen flaute der Gefechtslärm ab, die Rekruten lieferten sich eine erbitterte Schlacht mit der Armee. Nirs Lunge brannte, sein Herz hämmerte und seine Hände schwitzten. Sie kamen zu dem versteckten Landungssteg, wo zwei Boote festgemacht waren.

»Steig ein«, blaffte Yair.

Ami stieg in das Boot und Resnick folgte ihm, als bereits die Soldaten auftauchten und feuerten. Nir und Yair feuerten zurück.

»Steig ins Boot!«, wiederholte Yair.

»Du zuerst!«, erwiderte Nir. »Ich geb euch Deckung.«

Yair widersprach nicht. Er sprang ins Boot. Aber es waren zu viele Soldaten. Sie würden es nicht schaffen, dachte er.

Ana steckte zwei Finger in den Mund und pfiff. Junge Frauen und Männer in Tarnanzügen kamen aus dem Unterholz und feuerten auf die Soldaten. Die Soldaten feuerten zurück.

»Nir! Komm!«

Nir drehte sich um und Schmerz explodierte in seinem Bein. Er ging zu Boden. Er sah Yair im Boot, der rausspringen und ihn trotz des heftigen Beschusses holen wollte. Nir rief: »Fahrt.«

»Wir lassen niemanden zurück!«, brüllte ihm Yair entgegen.

»Los, fahrt!«, rief jetzt auch Ana. Sie hielt die Uzi, als wäre sie ihr sehr vertraut. »Wir geben euch Deckung.«

»Wer bist du?«, schrie Yair. Er wollte aus dem Boot springen und Nir holen, aber der Kugelhagel zwischen ihnen ließ ihn zurückweichen. Nir sah das Boot langsam auf den Fluss treiben.

»Von der FARC«, sagte Ana. Sie grinste und mähte zwei Soldaten mit einer Gewehrsalve nieder, die das Pech hatten, genau in diesem Augenblick hinter den Bäumen hervorzukommen. Der Schmerz in Nirs Bein wurde immer schlimmer. Er sah das Boot mit seinen Freunden am Ufer entlang flussabwärts treiben.

»Médica!«, schrie Ana, woraufhin eine junge Frau angerannt kam und sich neben Nir kniete. Sie sah ihn ungerührt an und drehte ihn um, damit sie sein Bein untersuchen konnte. Als sie es berührte, schrie er. Die Frau sagte etwas.

»Du wirst es überleben«, übersetzte Ana. Die Sanitäterin arbeitete schnell. Sie riss Nirs Hose auf und legte ihm einen Druckverband an, dann verband sie das gesamte Bein. Nir wäre vor Schmerz fast ohnmächtig geworden. Das Boot mit Yair, Ami und Resnick war jetzt fast außer Sichtweite. Nir schloss die Augen, gab auf. Er würde hier sterben, auf ausländischem Boden verbluten, in einem Land, dessen Sprache er nicht einmal beherrschte.

»Mierda«, sagte er.

»Scheiße«, übersetzte Ana, dann fasste sie sich und lachte. Tote Soldaten lagen herum, weiter weg wurde immer noch geschossen. Dann hörte Nir die Helikopter über ihnen. Weitere Guerrillas tauchten auf, die ihn auf eine improvisierte Trage hoben.

»Wo ... wo bringt ihr mich hin?«, fragte Nir.

»In Sicherheit.«

Er schloss die Augen. Aus irgendeinem Grund dachte er an Cohen, der schweigend durch die Jahre ging. Ein Mann, für den das Land Israel möglicherweise geschaffen worden war, Cohen mit einem Gewehr und Cohen mit einem Zitat, immer verwendete er anderer Leute Worte und anderer Leute Gedanken. Aus irgendeinem Grund Bialiks »Der Vogel«: »Sing für mich, sag, lieber Zugvogel aus dem Land der fernen Wunder. Kann es sein, dass in dem heißen und schönen Land ähnlich viel Böses und Kummer herrschen?«

Nir stellte sich vor, wie Cohen Bialik zitierte. Der Gedanke strengte ihn an. Er blickte zum Himmel auf und sah einen Helikopter über sich kreisen. In genau diesem Moment musste jemand im Trainingslager die Panzerfaust abgefeuert haben. Nir dachte, gute Arbeit, volle Punktzahl in Aufmerksamkeit im Unterricht. Der Helikopter kippte durch die Explosion. Der Pilot verlor die Kontrolle. Er drehte sich in der Luft und stürzte in die Bäume. Nir schloss die Augen. Der Feuerball ließ die Welt hinter seinen Augenlidern auflodern. Er blieb die ganze Zeit bei Bewusstsein und bekam alles mit, die Explosion, den Hitzeschwall, die Bewegungen der Menschen um ihn herum.

Auch das Plätschern des Wassers, das still dahingleitende Boot mit den Paddeln, es trieb davon und trug ihn in ein Land der fernen Wunder.

64 ZUHAUSE

»Wird schnell kalt da oben.« – Rahim

Das Lager der FARC befand sich versteckt unter dem Blätterdach der Bäume und war wie ein kleiner Kibbuz mitten im Dschungel. Die Soldaten waren größtenteils jung, trugen Armeekleidung, waren bewaffnet und erfahren. Nir dachte, man hätte eine ganze Stadt dort verstecken können und niemand würde sie je finden. Er hinkte beim Gehen, aber immerhin konnte er gehen. Es war ein glatter Durchschuss gewesen und die Wunde heilte bereits. Ana sah er nicht sehr häufig.

»Warum hilfst du mir?«, fragte er sie.

»Tu ich gar nicht«, sagte sie. »Ich setze mich für unser Ziel ein.«

»Kannst du mich hier rausbringen?«, fragte er.

»Kannst du bezahlen?«

»Ich könnte bei der Ausbildung eurer Leute helfen.«

Sie lachte. »Die bekommen wir schon selbst hin«, sagte sie. »Wir sind eine Armee, Nir. Kein Kartell. Und wir sind Revolutionäre. Wir haben Genossen in aller Welt.«

»In Russland?«, fragte Nir.

Ana zuckte mit den Schultern.

»Überall wo Menschen für Freiheit und unser gemeinsames Ziel kämpfen«, sagte sie. »Auf Kuba, im Baskenland, in Irland und im Libanon.«

»Wieso im Libanon?«, fragte Nir.

Ana zuckte mit den Schultern. »Hisbollah nennen die sich da, glaube ich. Natürlich sind wegen dem Krieg jetzt viele Libanesen in Amerika. Manchmal arbeiten wir zusammen.«

»Und die Kartelle?«, fragte Nir.

»Manchmal arbeiten wir auch mit denen zusammen«, erwiderte Ana. »Die Kartelle sind nur ein Symptom. Die politischen Strukturen sind das Problem und die müssen zerstört werden.«

»Warum sitze ich dann nicht wie die anderen in einem Käfig?«, fragte Nir und zeigte auf die Gefangenen hinter dem Holzgitter, eine ganze Gruppe saß dort.

»Die sind wertvoll.«

»Und ich nicht?«

Sie seufzte. »Du bist eine Nervensäge«, sagte sie. »Kannst du für deine Freiheit bezahlen?«

»Vielleicht. Ich glaube schon. Kannst du mich denn rausbringen?«

Nir hatte zehntausend Dollar in seinem Fluchtrucksack gehabt, aber die hatte die FARC schon einkassiert.

»Kannst du uns Waffen besorgen, so wie für Pablo?«

»Ich hab dir doch gesagt, ich kenne Pablo nicht. Wir haben nicht für das Kartell gearbeitet. Wir haben …«

»Ja, ja«, sagte Ana. »Ihr habt für den Verband der Rinderzüchter gearbeitet. Interessiert dich das überhaupt?«

Die Frage überraschte ihn.

»Ich glaube schon«, sagte er. »Ich bilde mir ein, dass unsere Arbeit, meine Arbeit, einem guten Zweck dient. Keinem kriminellen.«

»Dann bist du ein Idiot«, sagte sie, aber sehr freundlich. »Ich kann dich in ein Flugzeug setzen, das dich hier rausbringt. Vielleicht nach Venezuela. Kannst du uns Waffen besorgen?«

Nir schüttelte den Kopf. »Nein«, sagte er. »Ich glaube nicht.«

»Sehr schade.«

»Was kann ich sonst tun?«, fragte Nir.

»Überleg es dir«, sagte Ana. »Einem findigen Typen wie dir fällt doch bestimmt was ein. Und bis dahin genießt du unsere Gastfreundschaft.«

Er war nicht eingesperrt, aber trotzdem ein Gefangener. Zu den Mahlzeiten saß er mit den Guerrillas zusammen und beobachtete das Kommen und Gehen im Lager. Ein Kommandant kam von außerhalb, um Nir zu begutachten. Anschließend sprach er leise mit Ana und später sprach Ana mit Nir. »Deine Freunde haben Kolumbien verlassen«, sagte sie. »Verstehe.«

»Können die Geld für dich auftreiben?«

»Kann sein, aber wie viel?« Er schüttelte den Kopf. »Ich hab gesehen, dass ihr Drogen geschmuggelt habt«, sagte er.

Drogas. Immerhin kannte er das Wort auf Spanisch.

»Hilft uns bei der Finanzierung der Revolution«, erklärte Ana.

»Vielleicht kann ich da was machen«, sagte Nir.

Sie sah ihn fragend an.

»Hab ich mir fast gedacht«, sagte sie.

»Kannst du mir ein Telefon besorgen?«

»Klar.«

Sie nahm ihn mit in den Dschungel, führte ihn an einem über einen Kilometer langen, gespannten Seil zu einem anderen versteckten Teil des Stützpunkts. Das Kommunikationszentrum. Dort gab es Funkgeräte und ein Satellitentelefon. Nir machte den Anruf, auf den er lieber verzichtet hätte.

Er holte tief Luft.

»Hier ist Nir«, sagte er.

Ana war nicht da, als er den Stützpunkt verließ. Sie führten ihn durch den Wald, teilweise mit verbundenen Augen, als hätte er sonst den Weg zurückgefunden oder finden wollen. Dann an einen Fluss, wo sie ihn in ein Boot setzten, das ihn an einen Anlegesteg brachte, wo ein Wagen wartete. Komisches Gefühl, wieder in einem Fahrzeug zu sitzen und auf einer Straße unterwegs zu sein. Er sah nur einige wenige Lichter. Puerto Boyacá kam ihm bereits vor wie ein ferner Traum. Sie kamen an einem verrosteten Texaco-Schild vorbei und bogen auf eine Schotterstraße ab, außer Dunkelheit war nichts zu sehen. Der Wagen fuhr ohne Scheinwerfer bis an einen seit langem verlassenen Flugplatz. Gras wuchs aus den Mauerrissen der fensterlosen Gebäude. Männer mit Schusswaffen kamen heraus. Der Wagen hielt. Nir wurde herausgeholt. Auf der Startbahn wartete bereits eine kleine Cessna.

Nir streckte sich. Sein Bein schmerzte vom langen Sitzen im Wagen. Er sah Männer versiegelte Säcke mit Kokain in das Flugzeug laden. Jetzt wusste er nicht einmal mehr, mit wem er es zu tun hatte. Gehörten die auch zur FARC? Oder einem Kartell? Der Armee? Allmählich begriff er, dass das alles eigentlich gar keine Rolle spielte. So wie auch er selbst eigentlich keine Rolle spielte. Auch er war nur Mittel zum Zweck.

»Bist du die Fracht?«

Der Pilot kam hinter einer Mauer hervor, schloss seinen Gürtel, griff in seine Tasche, zog ein Päckchen Zigaretten heraus und bot Nir eine an.

»Danke«, sagte Nir. »Ich versuche es mir abzugewöhnen.«

Der Pilot zündete sich eine an und paffte Rauch in die Luft. »Wie heißt du?«, fragte er.

»Mike.«

Der Pilot lachte.

»CIA?«, fragte er. »Mir sowieso egal. Ich bin Rahim.«

Sie schüttelten sich die Hände. Nir sah weiter zu, wie das Koks eingeladen wurde. Wie viele Kilo es wohl waren? Wohin wurde es gebracht?

»Zieh die an«, sagte Rahim. Er kramte im Cockpit und warf Nir eine kurze Lederjacke zu.

»Wird schnell kalt da oben«, erklärte ihm Rahim.

Nir zog die Jacke an, dann stiegen sie beide in das kleine Cockpit. Die Männer auf der stillgelegten Startbahn beobachteten sie, hielten ihre Gewehre lässig.

Rahim überprüfte die Instrumente und ließ den Motor an. Das kleine Flugzeug rollte ein Stück, dann wendete er es. Die Cessna nahm Fahrt auf, hob ab und schwang sich in die Lüfte. Das Flugzeug flog über das dunkle Land, folgte dem Lauf eines Flusses, möglicherweise war es der Río Magdalena.

Hin und wieder sah Nir unten Lichter. Sie flogen über dunstverhangene Dörfer hinweg. Im Cockpit war es kalt. Nir zitterte und sein Bein schmerzte, weil er keinen Platz dafür hatte. Mit dem Piloten zu sprechen, war unmöglich. Der Motor dröhnte im gesamten Cockpit. Über ihnen leuchteten die Sterne. Nir wurde unruhig vor lauter Vorfreude. Er war Frachtgut, so wie das Koks, sein Schicksal hing von ihrer beider Ankunft am Ziel ab. Wie das Koks, war auch er verzichtbar. Nur ließ sich Koks immer wieder neu beschaffen, und er war vermutlich der einzige Nir seiner Art.

Sollte er es schaffen, würde er nicht wieder zu Arrowhead zurückkehren, dachte er. Yair war ein guter Chef, aber vielleicht war es an der Zeit, sich zu überlegen, was er mit seinem Leben anfangen wollte. Vielleicht würde er erst mal wieder eine Weile lang Treibstoff zapfen. Sich eine Frau suchen, die zur Abwechslung mal nichts mit Drogen zu tun hatte. Er hatte in seinem Leben viele schlechte Entscheidungen getroffen. Vielleicht konnte er ja noch mal zur Schule gehen, ein Handwerk lernen. Klempner vielleicht.

Mit der Klempnerei ließ sich gutes Geld verdienen, und es wurde praktisch nie auf einen geschossen.

Die Cessna neigte sich stark, dann drehte sie sich wieder und stieg weiter auf. Nir sah unten Lichter aufblitzen. Der Pilot fluchte tonlos, das Gesicht vor Konzentration erstarrt. Die Maschine nahm Tempo auf, flog auf die tiefhängenden Wolken zu.

Sie wurden beschossen.

Es dauerte nur einen Moment. Die Maschine flog höher, die Welt unter ihnen verschwand hinter Wolkenfetzen. Rahim warf Nir einen Blick zu, zeigte ihm hocherhobene Daumen.

»Passiert das oft?«, schrie Nir.

»Was?«

»Egal!«

Sie flogen weiter und wieder sank die Cessna, sie glitten tief und schweigend dahin, Rahim navigierte nach den Instrumenten. Nir schlief ein. Als er aufwachte, war es immer noch dunkel, aber das Motorengeräusch hatte sich verändert und in der Ferne sahen sie Lichter in zwei parallelen Linien, die eine improvisierte Landebahn markierten. Nir spannte sich an. Erinnerte sich, dass ihm ein Pilot einmal erzählt hatte, die einzig gefährlichen Momente eines Flugs seien der Start und die Landung. Rahim konzentrierte sich. Das Flugzeug sank tiefer und tiefer, kam mit einem heftigen Rumms auf dem Boden auf und schließlich zum Stehen. Als der Motor ausging, fühlte sich die plötzliche Stille eigenartig an. Nir stieg aus der Maschine und wurde von Männern mit Gewehren umringt.

Er hatte Männer mit Gewehren inzwischen satt.

Rahim sprach Arabisch mit den Männern. Vielleicht dachten sie, Nir würde sie nicht verstehen. Sie luden das Koks aus. Nir wartete am Rande. Er musste pissen.

»Wo sind wir?«, fragte er.

»Venezuela«, sagte Rahim. »Komm schon.«

»Bist du wirklich Libanese?«, fragte Nir.

»Klar. Inzwischen sind viele von uns hier.«

»Hätte ich nicht gedacht«, sagte Nir.

Es dauerte nicht lange, bis das Koks ausgeladen war. Die Männer warteten.

Rahim zündete sich eine an und seufzte vor Freude.

»Worauf warten wir?«, fragte Nir.

»Du wartest auf mich.«

Nir drehte sich um. Benny kam auf ihn zu. Er trug wie immer ein kariertes, kurzärmeliges, bis zur Brust aufgeknöpftes Hemd. »Du hast mich doch gerufen, oder nicht?«

»Hätte nicht gedacht, dass du persönlich kommst.«

»Ich bin nicht wegen dir hier, Nirushka. Aber das ist ein neuer Geschäftszweig, und um neue Geschäftszweige kümmere ich mich persönlich.«

»Benny«, sagte Rahim. Sie gaben sich die Hand. »Schön, dich wiederzusehen.«

»Ist das alles?«, fragte Benny.

»Das ist alles. Und dein Mann da.«

»Lass uns das bald wieder machen«, sagte Benny.

»Wann immer du mich brauchst.«

Benny gab ihm ein Zeichen. Weitere Männer mit Gewehren tauchten auf, möglicherweise Einheimische. Dann kam einer von Bennys Leuten aus Tel Aviv, Nir fiel sein Name nicht mehr ein. Er hatte einen Aktenkoffer dabei, den er Rahim übergab. Er öffnete ihn, weil die Versuchung, ihn zu öffnen und nachzusehen, einfach zu groß war, dachte Nir. Auch wenn das eigentlich nicht nötig war, und meist nur Showzwecken diente, aber das galt ja ganz allgemein für Geld, meist wurde ja alles über anonyme Bankkonten abgewickelt. Einem Aktenkoffer voller Dollarscheine konnte niemand widerstehen.

»Danke«, sagte Rahim.

»Für die gemeinsame Sache«, sagte Benny.

»Wir geben es an die FARC weiter«, versprach Rahim. »Wir sind quitt.«

»Gut«. Benny nickte. Seine Männer nahmen das Koks und luden es auf einen Transporter. Wie weit es wohl gebracht wurde? Wo würde es landen? Vielleicht in Tel Aviv, wahrscheinlicher aber in Amsterdam oder Marseille. Nir hatte das alles satt. Er war so müde. Er wollte nur noch nach Hause.

»Ich muss pissen«, sagte er.

»Da hinten«, sagte Benny. »Ich muss auch.«

Nir drehte sich nicht nochmal um. Er ging hinter ein kleines aus Stein gemauertes Gebäude neben der Landebahn. Auch von Landebahnen mitten im Nirgendwo hatte er inzwischen genug. Aber jetzt würde er endlich nach Hause fahren. Pissen fühlte sich gut an. Er hörte Benny hinter sich herankommen.

»Hey, Benny«, sagte Nir.

»Ja?«

»*Why did the bullet lose its job?*«

»Wieso redest du Englisch mit mir?«, fragte Benny.

»Weil der Witz sonst nicht funktioniert«, sagte Nir.

»Okay, also *warum*?«, fragte Benny.

»Because it got fired.«

Nir hatte inzwischen fertig gepisst. Benny den Rücken zugewandt sagte er: »Hey, Benny. Ich fahr nach Hause.«

»Allerdings«, sagte Benny.

Er hielt Nir den Lauf seiner Pistole sachte an den Hinterkopf.

»Oh, Benny«, sagte Nir. »Oh, Benny, nicht.«

»Ich hab's kommen sehen, Nir«, sagte Benny. »Ich hab's schon lange kommen sehen.«

Der Schuss hallte leise in die Nacht. Benny kam hinter dem Gemäuer hervor und wusch sich die Hände in einem Steinbecken voll Regenwasser.

»Seid ihr fertig mit Laden?«, fragte er.

»Alles erledigt.«

»Na, dann los«, sagte Benny.

12

UNTER DEN KIEFERN

1993

65 AUF DER JAGD NACH EINER STORY

»Manche machen Schlagzeilen, andere werden nicht mal erwähnt.«
– Ruth

»Yair!«

»Yair!«

»Colonel Grosse! Was sagen Sie zu den Anschuldigungen der kolumbianischen Regierung gegen Sie?«

Ein warmer Wind wehte. Es stank nach heißem Öl, Autoabgasen, Zigaretten, Jasmin, Eukalyptus und Schweiß. Eine Traube von Journalisten und Fotografen tummelte sich draußen vor dem Gerichtsgebäude.

»Yair! Haben Sie die Männer ausgebildet, die Luis Carlos Galán erschossen haben?«

»Hey, Yair! Kennen Sie Pablo Escobar?«

»Yair!«

»Yair!«

»Colonel Grosse!«

Sylvie sah, dass er stehen blieb, sich umdrehte und wartete, bis alle still waren. Augenscheinlich genoss er die Aufmerksamkeit, dachte sie.

Er sagte: »Ich bin das alles schon tausend Mal durchgegangen. Die Männer, die wir in Kolumbien ausgebildet haben, waren vom Verein der Rinderzüchter. Pablo Escobar bin ich nie begegnet. Mit den politischen Attentaten in Kolumbien hatten wir nichts zu tun. Ich habe nur einfach Farmer ausgebildet, und jetzt möchte ich keine weiteren haltlosen Gerüchte oder Anschuldigungen gegen mich in der Presse mehr lesen! Arrowhead Ltd und ich haben vollkommen legal gehandelt. Wenn Sie weiterhin Lügen über mich oder meine Männer verbreiten, werde ich Sie verklagen, so wie ich Ron Ben-Yishai und *Yediot* verklagt habe.«

Sylvie schrieb alles mit.

»Was sagen Sie zum Mord an Ihrem Mitarbeiter Arik Afek, in Miami, zwei Monate nachdem er Ihnen zur Flucht aus Kolumbien verholfen hat?«

Grosse schüttelte den Kopf. »Arik Afek war ein wunderbarer Mensch, aber er hatte eine große Klappe«, sagte er. »Er hat mir nicht geholfen, und ich bin nicht geflohen. Ich habe das Land verlassen, nachdem mein Vertrag ausgelaufen war. Ich weiß nicht, warum Arik ermordet wurde. Diese Fragen müssen Sie der amerikanischen Polizei stellen. Sind wir hier fertig?«

»Was steht als Nächstes für Sie an, Colonel?«, schrie jemand. »Stimmt es, dass Sie in den afrikanischen Diamantenhandel einsteigen wollen?«

Grosse zuckte mit den Schultern. »Kein *Kommentar*«, sagte er, drehte sich um und betrat das Haus.

»Was denkst du, Sylvie?«, fragte Gabi neben ihr. Gabi arbeitete inzwischen für *Yediot*. Nachdem *haOlam haZeh* eingestellt worden war, war Sylvie zu *Ha'aretz* gewechselt.

Sylvie zuckte mit den Schultern. Sie steckte ihr Notizbuch wieder ein.

»Ich glaube nicht, dass das viel hergibt«, sagte sie.

»Kolumbien!«, sagte Gabi. »Drogen, Waffen, Pablo Escobar! Wenn das kein Aufmacher wird, dann weiß ich's nicht.«

»Keine Ahnung«, sagte Sylvie. »Ich suche immer noch einen.«

»Wollen wir einen Kaffee trinken gehen?«, fragte Gabi. »Wir könnten uns mal wieder austauschen …«

»Austauschen, worüber?«, fragte Sylvie und klopfte ihm auf die Schulter.

»Schön, dich zu sehen, Gabi.«

Sie drehte sich um und ging.

Das Problem war, überlegte sie, dass die Geschichte von Colonel Grosse und seiner kleinen Bande eine aus dem *alten* Israel war. Sie konnte nicht genau sagen inwiefern, aber es hatte sich etwas verändert – mindestens in den vergangenen zwei oder drei Jahren. Wie wenn ein Zimmer lange abgeschlossen war, jemand ein Fenster aufmacht und frischer sauberer Wind hineinweht. Sie konnte es nicht so richtig in Worte fassen, nicht definieren, was es war. Sie hätte nicht sagen können, ob sie es sich nur einbildete oder ob es real war, ein neuer Dauerzustand oder ein falscher Frühling. Sie war nicht sicher, ob sie diese neue Generation verstand. Als sie in ihren winzigen Fiat stieg und das Radio einschaltete, kannte sie keinen der neuen Songs. Was meinten Top Hat Carriers bloß, wenn sie sangen »the next one in line is a horse«?

»Me and me and me and me«, lautete der Refrain. Woher kam diese Musik nur? Vor zwei Jahren wäre so was niemals im Radio gelaufen. Und jetzt ständig.

Carmella Gross Wagner sang über ein impressionistisches Gemälde. The Elders of Safed sangen »We're not animals, we're the world«. Elektrische Gitarrenriffs und Schlagzeug, das wie Fäuste an Türen trommelte, junge wilde Musiker, Dr. Casper's Rabbit Show spielten eine punkige Version von »In a Red Dress«, das kleine Mädchen aus dem Originalsong, das nach dem Warum fragt, wird durch kreischenden Gesang unterbrochen: »Don't You Understand!« Der ganze Track ein einziger Protest und eine Verherrlichung der Jugend zugleich.

Was aber *bedeutete* es? Sylvie war in einem Alter, in dem sie deren Mutter hätte sein können. Wobei sie dann am Ende ja doch nie Kinder bekommen hatte. Es hatte einfach nicht geklappt. Aber sie verstand diese neue Generation nicht, geboren nach dem Einfall in den Libanon, in eine Zeit, in der plötzlich alle über Frieden sprachen, als wäre er möglich.

Alle wussten, dass Gespräche stattfanden.

Vielleicht wird ja dieses Mal was draus.

Sie fuhr Richtung Norden, hörte Armee-Radio, Where's The Kid sangen »Sugar Time«, »What I'm Going Through« und »Alice's Tea Party«. Neue Musik und das neue Gefühl, dass zum Schluss ja doch alles irgendwie gut gehen würde.

Vorerst aber jagte Sylvie Zeitungsgeschichten hinterher. Das Feld, als sie es endlich fand, lag irgendwo zwischen den Kibbuzim Gal'ed und Dalja. Drei Jahre zuvor hatte sie einen Artikel über Dalja geschrieben – ein Mitglied dort, ein junger lächelnder Mann, der dort das Gras schnitt und sechs Jahre zuvor gemeinsam mit einem Freund einen arabischen Tankwart ermordet hatte. Auf irgendwie verquere Weise hatten sie sich damit für den Mord an einer jungen Soldatin aus der Gegend, Hadas Kadmi, rächen wollen. Auch sie war eine junge Frau, die auf der Küstenstraße ums Leben gekommen war, und ihr Tod wurde den Arabern vorgeworfen.

Sylvie hatte verstehen wollen, wie es für den jungen Mann gewesen sein musste, jemanden zu ermorden und dann in den Alltag zurückzukehren, sechs Jahre lang dieses Geheimnis mit sich herumzutragen. Die Polizei kam erst dahinter, als der Freund wegen eines anderen Vergehens festgenommen wurde und plötzlich gestand.

Als Sylvie den Kibbuz besuchte, wollte niemand mit ihr sprechen.

»Er hat immer gelächelt«, war das einzige Zitat, das sie bekam, und zwar von einem Kind. Vermutlich lächelte er jetzt im Gefängnis nicht mehr.

Wie hieß er nochmal? Irgendwas Efroni. Sie erinnerte sich an den zutiefst bestürzten Blick der Mutter. Eine traurige Geschichte. Er war durch seinen Freund, der aus einem problembeladenen Elternhaus in den Kibbuz adoptiert worden war, auf Abwege geraten. Sylvie erinnerte sich an die Hava-Nahari-Geschichte, zehn Jahre zuvor. Niemand wollte die Verantwortung übernehmen. Immer fand man die Schuld bei anderen.

Aber Sylvie hatte genug von Mordgeschichten. Die waren gewöhnlich, alltäglich. Seite drei, wenn man Glück hatte. Eine von ihrem Ehemann ermordete Frau vielleicht auch nur Seite fünf, wenn sie's überhaupt bis in die Zeitung schaffte.

Sie bog von der Straße ab, folgte dem Schotterweg und fuhr auf die geparkten Autos und den Ü-Wagen auf einem Weizenfeld zu, wo Kibbuzniks in Shorts herumstanden und die Aufregung genossen. Das war was Neues, so ein Medienereignis wie dieses.

»Und was ist das für eine Geschichte?«, fragte Sylvie, stieg aus und vertrat sich die Beine. »Ach, komm«, sagte sie, als sie sah, dass Gabi schon dort war. Er lächelte verlegen.

»Eine fliegende Untertasse!«, sagte Gabi. »Eine echte Landung Außerirdischer. Hast du meine Artikelserie über das Thema gelesen?«

»Ja, Gabi«, sagte Sylvie. »Ich lese deine Artikel.«

Sie zündete sich eine Zigarette an. Was für eine Zeitverschwendung. Ende der achtziger Jahre waren jede Menge UFOs über Haifa gesehen worden. Eine Zeit lang war das voll angesagt, so wie Parapsychologie, Löffelverbiegen, Wünschelruten und der ganze Kram. Chiko und Dicko hatten im Kinderfernsehen Zaubertricks gezeigt. Ein Vater mit seinem Sohn, niedlicher Junge, bis er schließlich erwachsen wurde. Jetzt stand er wegen Vergewaltigung und Sittlichkeitsvergehen vor Gericht, und es sah ganz danach aus, als würde Dicko im Gefängnis landen. Ohne Zweifel würde er anderen die Schuld daran geben.

»Eine fliegende Untertasse«, sagte Sylvie und sog Rauch in ihre Lungen. Es fühlte sich gut an, unter freiem Himmel zu rauchen mit dem Geruch von frischem Heu und Landluft in der Nase.

»Sieh's dir an«, sagte Gabi.

Sie folgte ihm über das Feld und durch den hohen Weizen bis zu einem Kreis mitten im Getreide. Der Kreis war absolut rund, hatte ungefähr zehn Meter Durchmesser, und der Weizen dort war platt getreten. Sie sah, dass sich neben dem ersten zwei weitere, identische Kreise gebildet hatten, so dass es tatsächlich aussah, als wäre ein riesiges Raumschiff mitten in der Nacht auf diesem Weizenfeld gelandet. Wobei sich nur darüber spekulieren ließ, was es dort wohl gewollt hatte.

»Ist alles ein bisschen … Achtziger, Gabi«, sagte sie.

»Wird super aussehen«, versprach er.

»Wer? Die Außerirdischen?«, fragte Sylvie.

Gabi zuckte mit den Schultern. »Oder ein paar englische Freiwillige, die sich gestern Nacht zugedröhnt haben und mit einem langen dicken Stock aufs Feld sind«, sagte er. »In England machen die ständig solche Kornkreise.«

»Wenn du's sagst«, meinte Sylvie.

»Tolle Geschichte!«, erwiderte Gabi.

Aber Sylvie war noch dabei, sich umzusehen.

Sie machte sich Notizen, während die Expertin aus Haifa zu den Journalisten sprach. Hadassah Carmelis Blick loderte und ihre langen Ohrringe bebten, sobald sie das Wort ergriff. Sie war in den vergangenen Jahren immer stärker wahrgenommen worden, hatte sich inoffiziell sogar der Polizei in Haifa angeschlossen und war inzwischen die Person, an die man sich wandte, wenn man ein unidentifiziertes Flugobjekt am Himmel entdeckte.

»Die Außerirdischen wollen uns nichts Böses«, erklärte sie gegenüber der Presse. »Wir haben hier einen klassischen Landeplatz, man sieht den Abdruck des Raumschiffs deutlich.«

»War das eine fliegende Untertasse?«, fragte Gabi.

»Ja, ganz gewiss. Wie Sie wissen, gibt es drei Hauptkategorien von außerirdischen Flugobjekten, das zigarrenförmige Mutterschiff, die fliegende Untertasse und die …«

Sylvie verlor das Interesse. Sie sah die Kibbuzniks gaffen und gestikulieren. Ein Traktor mit Anhänger hielt und die Kinder sprangen herunter und verfolgten das aufregende Geschehen.

Sylvie musste das nicht sehen. Das war eine Geschichte aus den Achtzigern, die schon bald in Vergessenheit geraten würde, genauso wie die ganzen anderen gesichteten Raumschiffe. Bald würde Hadassah Carmeli aus dem öffentlichen Bewusstsein verschwunden sein.

Diese Art von Nachricht trug einfach nur so und so weit.

Sie stieg wieder in ihren Wagen und fuhr zurück zur Straße, Mikiyagi and the Juvenile Delinquents sangen »Got With Her«, und sie hatte das Gefühl, etwas übersehen zu haben, aber sie wusste nicht, was.

The Tractor's Revenge sangen »A Game of Tears«, als Sylvie an die Tankstelle an der Abzweigung Richtung Zikhron Ya'akov kam. Hatte Efroni hier den arabischen Tankwart ermordet? Sie tankte den Fiat voll, dann spazierte sie zum Café, um was zu trinken und eine zu rauchen.

Was war das, dachte sie? Im Café lief das Radio, immer noch die alten Songs, die Southern Command Band sang »A Dove With an Olive Branch«, sanfte Klavierklänge und Gesangsharmonien. Vor ein paar Jahren war das ein Hit gewesen, der Song handelte von der Hoffnung auf Frieden. Würde es dieses Mal wirklich Frieden geben? Eine Zwei-Staaten-Lösung?

Keine Kriege mehr, wie in den ganzen Songs? »The Final War«, »The Song of Peace«, »Flowers in the Gun Barrel«, »When Peace Comes«, »I Was Born for Peace«, »Here Comes Peace«, »Peace, Peace, Peace«. Niemand sonst sang so viel über Frieden und führte so viele Kriege.

Das konnte es nicht sein, dachte Sylvie, geistesabwesend. Irgendwas hatte sie übersehen. Vielleicht sollte sie zurück nach Tel Aviv fahren und mit ein paar dieser neuen Bands sprechen, versuchen, schlau aus ihnen zu werden. Ein neuer Sound und eine neue Generation, die Krieg gar nicht kannte und vielleicht auch nie kennenlernen würde. Das klang nach dem Anfang einer Geschichte.

Sie nahm eine Ausgabe von *Al Hamishmar* in die Hand, der Zeitung des Kibbuz. *Auf der Hut.* Wie sie die wohl nennen würden, wenn es Frieden gäbe? *Nicht mehr auf der Hut?* Wobei sie so lange vermutlich gar nicht existieren würde. Die Zeitung steckte, wie inzwischen die meisten kleineren Publikationen, in finanziellen Schwierigkeiten. Sylvie bedankte sich bei der Vorsehung, dass sie wenigstens nicht dort arbeitete.

Die Zeitung überlebte nur, weil Kibbuz-Angehörige verpflichtet waren, sie zu abonnieren. Sie lag bei jedem Kibbuznik zu Hause, sonst aber eigentlich nirgendwo.

Trotzdem. Es war eine gute Zeitung.

Sie blätterte die Artikel durch, überflog die Leserbriefe und betrachtete die schwarz eingerahmten Todesanzeigen, als ihr Blick auf eine kleine Bekanntmachung fiel.

Alle sind eingeladen,
zur Trauerfeier anlässlich des Jahrestags der Ermordung
unserer geliebten Tochter Einav Nevot.
1976 grausam aus dem Leben gerissen.
Bis heute unvergessen.
Um vierzehn Uhr Friedhof des Kibbuz Hadassah.

Irgendetwas beunruhigte sie an dieser Bekanntmachung, eine unter ungefähr einem Dutzend auf der Seite. Wer war Einav Nevot? Woher kannte Sylvie den Namen? Warum war sie ermordet worden?

Sie ging zum nächsten öffentlichen Telefon, steckte eine Münze ein, wählte die Nummer der Redaktion und ließ sich ins Archiv durchstellen.

»Haben wir was über Einav Nevot?«, fragte sie.

Es dauerte mehrere Minuten und eine Handvoll Münzen, bis sich Gerda, die steinalte Archivarin, wieder meldete.

»Das war eins der Mädchen, die in den siebziger Jahren an der Küstenstraße ermordet aufgefunden wurden«, sagte Gerda.

»Wie meinst du das? Eins der Mädchen?«

»Es gab mehrere«, sagte Gerda. »Lauter arme Dinger, alle entlang der Küstenstraße ermordet. Erinnerst du dich nicht mehr?«

»Doch, dunkel.«

»Vergewaltigt und ermordet. In einem Fall wurde der Täter gefasst und hinter Gitter gesteckt, wie hieß der noch?«

»Elisha Barnea«, erwiderte Sylvie, der plötzlich alles wieder einfiel. Barnea beteuerte bis heute seine Unschuld. »Ah, daher kenne ich den Namen. Wurde jemals jemand wegen des Mordes an Einav Nevot festgenommen?«

»Nein«, sagte Gerda. »Ihr Mörder befindet sich noch auf freiem Fuß.«

War das endlich ihre Geschichte?, fragte Sylvie und sagte: »Gerda, kannst du rausfinden, wer die anderen Mädchen waren?«

»Wie? Du glaubst wohl, ich hab sonst nichts zu tun, Sylvie?«

»Bitte, Gerda.« Sie hörte ein Lachen am anderen Ende der Leitung, dem man Gerdas zwei Päckchen pro Tag anhörte.

»Ruf mich in einer halben Stunde wieder an«, sagte sie.

»Danke, Gerda.«

Sie legte auf. Kaufte sich noch einen Kaffee und rauchte noch eine Zigarette draußen. Dann sah sie Gabis Wagen vorfahren. Er entdeckte sie und strahlte plötzlich. Er war wie ein junger Hund. Er stieg aus und kam zu ihr.

»Na, sieh mal einer an. Du hier?«, sagte er.

»Folgst du mir, Gabi?«, fragte sie, und er lachte.

»Die UFO-Lady hat sich ein bisschen in die Länge gezogen«, sagte er. »Ich bin auf dem Rückweg nach Tel Aviv. Und du?«

»Ich hab gleich noch was.«

»Sylvie Gold, unsere rasende Reporterin im Norden«, spottete Gabi. »Wie lautet die Meldung? Kibbuznik vom Traktor gefallen?«

»Aus den Kibbuzim gibt's jede Menge zu berichten«, sagte Sylvie ernst.

Gabi zuckte mit den Schultern. »Klar, aber an die Geschichten kommst du gar nicht ran. Die kehren alles unter den Teppich und niemand ruft je die Polizei. Schlimmer als früher im Schtetl.«

»Magst du keine Kibbuzniks?«, fragte Sylvie erstaunt.

»Mögen oder nicht mögen, was macht das schon für einen

Unterschied?«, fragte Gabi. »Genauso gut kannst du versuchen, Wasser aus einem Stein zu pressen. Hey, kann ich dich zum Kaffee einladen?«

»Ich hatte schon zwei.«

»Wie sieht's mit Mittagessen aus?«

»Ich kann nicht, ich muss mich in der Redaktion zurückmelden.«

Er sah sie argwöhnisch an. »Was hast du vor, Gold? Verschweigst du mir was?«

»Erstens, Gabi, immer. Zweitens, ich weiß es noch nicht.«

»Ich seh's dir doch an der Nasenspitze an, Sylvie«, sagte er. »Als hättest du eine Fährte aufgenommen.«

»Könnte aber die falsche sein.«

»Von mir aus«, sagte er. »Wir sehen uns in Tel Aviv.«

Er ging zurück zu seinem Wagen und fuhr los. Sylvie ging wieder rein, um zu telefonieren.

»So nu, Gerda?«

»Selber so nu«, sagte Gerda. »Hast mich auf eine Reise in die Vergangenheit geschickt, Sylvie.«

In Sylvies Magen verknotete sich etwas. »Wie viele waren es?«, fragte sie.

»Wer kann das schon so genau sagen? Die erste könnte Miryam Pinkus 1966 gewesen sein. Sie war siebzehn Jahre alt. Dann Sarah Lifa oder Lipa, 1968. Die nächste war Jaqueline Smith 1972, eine Freiwillige aus England. 1974 Esther Landes, das ist die, für die Elisha Barnea verurteilt wurde.«

»Hat es danach aufgehört?«

»Nein, Sylvie, eben nicht. Schreibst du mit?«

Der Knoten zog sich weiter zusammen. Eine Stimme in ihrem Kopf sagte, das ist nicht die Geschichte, die du willst. Das ist das alte Israel, nicht das neue. Ihr Stift drückte aufs Papier.

»Einav Nevot, 1976. Danach Leonore Ben-Lulu.«

»O Gott.«

»Geht noch weiter, 1983, Orly Dubi«, fuhr Gerda fort. »Ein Mann namens Haliwa wurde deshalb verurteilt. Kannst du dich an den erinnern? Man hat ihn den ›weinenden Vergewaltiger‹ genannt.«

Sylvie erinnerte sich. Auch an Landes und ein paar andere. Damals war das die Angst aller jungen Frauen. Eine Angst, die Sylvie nie verlassen hatte, dachte sie, bis heute nicht. Es hatte sich nichts geändert.

»Die Letzte war Hadas Kadmi, 1984«, sagte Gerda. »Auch für diese Tat wurde niemand verurteilt. Die meisten Fälle blieben ungelöst.«

»Und war es danach zu Ende?«, fragte Sylvie.

»Wer weiß das schon, Sylvie«, sagte Gerda. »Mädchen sind verschwunden, aber ihre Leichen wurden nie gefunden. Auch im Süden ist einiges passiert, dort wurden die Opfer erschossen, nicht stranguliert. Was soll ich sagen, Bubele? Ist eine alte Geschichte. Damals, 1983, ist eine Enthüllungsstory in *Davar* erschienen. *Yediot* hat im vergangenen Jahr auch noch mal was gebracht. Ich glaube, für dich ist in der Angelegenheit der Zug schon abgefahren.«

»Aber der Täter wurde doch gar nicht gefasst.«

»Na, einen haben sie.« »Danke, Gerda«, sagte Sylvie. »Ich bin spät dran.«

»Spät dran, wofür?«, fragte Gerda.

»Für die Trauerfeier.«

Sie legte auf, stieg wieder in ihren Fiat, im Mund den bitteren Geschmack von Kaffee und Zigaretten. Das war nicht die Geschichte, die sie erzählen wollte. Das wusste sie jetzt. Es war eine Geschichte über die Vergangenheit, und sie hatte doch eigentlich über die Zukunft schreiben wollen. Es war eine traurige Geschichte, und sie sehnte sich nach Hoffnung.

Sie schaltete das Radio ein. »Und jetzt … The Witches!«, sagte Kuttner. Sylvie lauschte gebannt, während Inbal Perlmuters kehlige Stimme dem alten Kinderlied »Magic on the Sea of Galilee« in einer Hardrockversion mit Bass, Schlagzeug und kehliger Röhre zu neuem Glanz verhalf. Sylvie fühlte sich in eine verzauberte Welt hineinversetzt, als würde ihr Inbal eine Gute-Nacht-Geschichte erzählen und ihr versprechen, dass zum Schluss alles wieder gut werde. Sylvie hing an jedem Takt und jedem Riff.

Nachdem sie ein paar Mal falsch abgebogen war, fand sie die lange Straße, die zum Kibbuz Hadassah führte. Um diese Tageszeit war das Tor geöffnet, und als sie die Scheibe runterließ und einen vorübergehenden Teenager nach dem Weg zum Friedhof fragte, zeigte er wortlos zur Straße, die um den Kibbuz, der auf einem Hügel erbaut war, herumführte. Ein Hund schlief in der Sonne und ringsum war es totenstill. Sie kam ans Ende der Straße und an ein kleines Kiefernwäldchen, wo sie eine kleine Gruppe auf ein niedriges Tor zugehen sah.

Sylvie parkte neben ein paar anderen Wagen, stieg aus und staunte über die frische Luft, den Kieferduft, die Stille. Sie ging zum Tor und betrat den kleinen Friedhof, die in ordentlichen Reihen unter den Bäumen angelegten Gräber waren von einem Teppich aus Kiefernnadeln bedeckt.

Sie folgte den Stimmen zum Grab von Einav Nevot.

Hier hatte die Tochter des Kibbuz Hadassah ihre letzte Ruhe gefunden. Eine Kerze auf dem Grab war angezündet und frische Blumen lagen auf dem Stein. Nur eine Handvoll Menschen waren erschienen. Sylvie blieb während der kurzen Andacht ein Stück zurück, es war der siebzehnte Jahrestag seit Einavs Ermordung.

Zunächst mussten hunderte gekommen sein, dachte Sylvie. Im ersten Jahr hatte sich vermutlich der gesamte Kibbuz hier versammelt. Doch dann waren immer weniger erschienen, bis nur noch die Eltern und ein paar alte Freunde kamen.

Doch da stand noch jemand etwas abseits im Schatten der Kiefern, groß und gerade, sein Gesicht war nicht zu erkennen. Wer war das? Sie lauschte den kurzen Reden. Die Mutter wirkte zerbrechlich. Eine Freundin aus Einavs Kindheit las ein Gedicht. Dann war es vorbei.

»Hallo«, sagte eine Frau. »Ich bin Ruth.« Sie sah Sylvie neugierig an. »Verzeihung, dass ich frage, aber wer bist du? Es kommt kaum noch jemand. Hast du Einav gekannt?«

»Nein«, sagte Sylvie. »Es tut mir so leid. Ich habe die Anzeige in der Zeitung gesehen, und ich …« Es fiel ihr schwer, in Worte zu fassen, warum sie hier war.

»Ich bin Journalistin«, sagte sie schließlich.

»Aber das ist schon vor … wolltest du was darüber schreiben?«, fragte Ruth. »Das ist so lange her. Als Einav ermordet wurde …« Ihre Augen füllten sich mit Tränen. »Am Anfang waren die Zeitungen voll und später hat es niemanden mehr interessiert.«

»Warst du mit ihr befreundet?«, fragte Sylvie.

»Wir haben zusammen in der Kommune gelebt, waren zusammen in der Bewegung, weißt du. Eines Abends ist sie weg, weil unsere Klos kaputt waren. Sie musste mal und meinte, sie fährt nach Hause, aber ich hab ihr gesagt, sie soll dableiben. Sie wollte nicht hören, sie hat nie auf andere gehört, wahrscheinlich ist sie nach Hause getrampt und dann hat sie jemand aufgelesen und … ihr das angetan. Sie war noch so jung. Wir waren noch so jung.«

Sylvie umarmte sie. Ein kleines Mädchen kam und zog Ruth am Arm.

»Mami, können wir jetzt gehen?«

Ruth ging, lächelte, wischte sich Tränen aus den Augen. »Augenblick, Einavy.«

»Du hast deine Tochter nach deiner Freundin benannt?«, sagte Sylvie.

»Ich wollte sie in Erinnerung behalten«, sagte Ruth. »Also dann, auf Wiedersehen. Meinst du, du kannst was darüber schreiben? Über sie?«

»Ich wüsste gar nicht, was«, sagte Sylvie.

Ruth nickte.

»Manche machen Schlagzeilen«, sagte Ruth, »andere werden

nicht mal erwähnt.« Sie berührte Sylvie leicht an der Schulter, dann ließ sie sich von ihrer Tochter wegziehen.

Sylvie blieb noch. Es war still auf dem Friedhof. Sie sah die Gestalt immer noch unter den Kiefern stehen. Ein Streichholz loderte auf, und Sylvie sah das Gesicht im Licht der Flamme.

»Cohen?«, sagte sie.

Er trat aus dem Zwielicht.

»Sylvie Gold«, sagte er. »Lange nicht gesehen.«

»Was machen Sie hier?«, fragte Sylvie.

»Zigarette?«, fragte er und bot ihr die Schachtel an. Sylvie nahm eine. Cohen hielt ihr schnell das Streichholz hin, und sie zündete die Zigarette daran an. Dann standen sie kurz schweigend nebeneinander und betrachteten das Grab. Inzwischen waren sie die einzigen dort.

»Haben Sie Einav gekannt?«, fragte Sylvie.

»Nur tot. Ich habe eine Weile an dem Fall gearbeitet.«

»Konnten Sie aus niemandem ein Geständnis herausprügeln?«

Er aschte auf den Boden. »Dann haben Sie also Ihre Hausaufgaben gemacht?«

»Ich weiß, dass Sie zu dem Team gehörten, das Elisha Barnea festgenommen hat.«

»Ich war damals ein kleiner Streifenpolizist.«

»Was soll das heißen, Cohen?«

»Dass ich damals nichts zu entscheiden hatte.«

Sie musterte ihn. Seine Augen, die häufig so hart wirkten, waren weit geöffnet.

»Sie haben aber nie dran geglaubt, oder?«, sagte sie. »Sie haben Barnea nie für den Täter gehalten.«

»Das bleibt unter uns«, sagte Cohen und Sylvie lachte. »Interessiert sowieso niemanden mehr, Cohen. Das gibt keine Geschichte mehr her.«

»Darf ich Sie zum Kaffee einladen?«, fragte er. Er sah aus wie viele Informanten, denen sie im Lauf der Jahre begegnet war. Sie wollten einfach nur reden, und wenn ihnen zufällig eine Journalistin über den Weg lief, konnten sie nicht mehr an sich halten. Sie dachte an Leute wie Cohen, ganz besonders an ihn, die still in sich zurückgezogen lebten und unzählige Geheimnisse im Tresor ihrer Gedanken verwahrten.

Und sie dachte erneut an die jüngere Generation mit ihrer neuen Musik. Würden sie ausgeglichen leben können, würden sie frei sein? Unbelastet von den schrecklichen Geheimnissen der Generation vor ihnen? Ihre Musik handelte nicht von Freiheit, sie *war* frei.

Ihr war das unmöglich, das begriff sie. Und Cohen ganz bestimmt gleich zehn Mal mehr.

»Klar«, sagte sie. »Gibt's hier was?«

»Fahren Sie mir einfach hinterher.«

Sie verließen den Kibbuz, fuhren vorbei an sonnengebräunten Jungen und Mädchen in Shorts, die im Gras saßen und auf eine Art lachten, wie sie es inzwischen verlernt hatte.

Sylvie folgte Cohen, bis sie wieder auf die Küstenstraße stießen.

Er bog an einer Hütte auf der dem Meer zugewandten Straßenseite ab, einen Katzensprung von Fureidis entfernt. Ein alter Araber verkaufte Olivenöl und über dem Feuer gebackenes Pita-Brot. Cohen bat ihn um Kaffee und bestellte nach kurzer Überlegung auch noch etwas zu essen für sie beide. Sie setzten sich, ließen sich von dem alten Mann schwarzen Kaffee in kleinen Porzellantassen servieren.

»Also«, sagte Sylvie. »Barnea.«

»1966 wurde ein Mädchen gefunden«, sagte Cohen. »Sie war meine Cousine.«

»Das tut mir sehr leid«, sagte Sylvie.

»Wenn Sie hier sind, kennen Sie wahrscheinlich auch die Namen der anderen«, sagte er.

»Allerdings.«

»Stranguliert und irgendwo an der Küstenstraße liegen gelassen, in einem Orangenhain, zwischen Bäumen, am Strand. Einmal auch bei den Fischteichen in Ma'agan Michael. Alle waren getrampt. Wir dachten, es muss jemand mit einem Auto sein. Wahrscheinlich hat er sie mitgenommen, es musste jemand sein, der unverdächtig gewirkt hat. Vielleicht ein Familienvater. Deshalb kam Haliwa für mich auch nie in Frage. Er hatte den größten Teil seines Lebens wegen anderer Vergewaltigungen im Gefängnis verbracht und war immer nur zwischendurch freigekommen. Und Autofahren konnte er auch nicht. Barnea hatte immerhin ein Auto.«

»Und was haben Sie gemacht?«, fragte Sylvie.

»Der Druck, der auf den Ermittlungen lag, war enorm hoch, der Fall musste unbedingt gelöst werden«, berichtete Cohen fast schon abwehrend. »Als Esther Landes ermordet wurde …. da war es am schlimmsten. Man hat uns klar gemacht, dass jemand verurteilt werden musste. Wir dachten eine Zeit lang, dass es vielleicht der Freund war. Aber der war Armeeveteran und Kriegsinvalide. Außerdem Aschkenasi. Barnea dagegen …«

Cohen grübelte.

»Er war ein Niemand«, sagte Sylvie.

»Außerdem seit dem Krieg nicht mehr ganz richtig im Kopf«, sagte Cohen. »Alle meinten, er könne keiner Fliege etwas zuleide tut, aber er hat gestanden.«

»Sie haben ihn dazu gebracht«, erwiderte Sylvie.

Cohen schwieg.

Sylvie sagte: »Und die Morde haben danach nicht aufgehört.«

»Nein«, sagte Cohen. »Haben sie nicht.«

Der alte Mann brachte ihnen heiße Pitas, kalten Labneh und sauer Eingelegtes. Er klopfte Cohen auf die Schulter und ging.

»Kennen Sie den Mann hier?«, fragte Sylvie.

»Ich kannte seinen Sohn«, erklärte Cohen und grinste plötzlich. »War ein erstklassiger Einbrecher.«

»Was ist passiert?«, fragte Sylvie.

»Nichts«, sagte Cohen. »Er ist nach Chicago gezogen und hat jetzt selbst zwei Kinder. Soweit ich weiß, arbeitet er als Schlosser.«

Sylvie riss ein Stück Pita ab und wischte Labneh damit auf.

»Einav Nevot«, sagte sie.

»Was ist mit ihr?«, sagte Cohen.

»War sie die Nächste?«

»Genau. Wir hatten damals eigentlich keinen Grund zu vermuten, dass es sich um einen, wie wir das heute nennen, Serienkiller handelt. Es hätten auch einzelne Morde sein können, die in keinem Zusammenhang zueinander stehen. So haben wir sie jedenfalls behandelt. Wir haben einen eifersüchtigen Freund gesucht oder einen bekannten Sexualstraftäter. Auch finanzielle Motive wurden in Betracht gezogen. Wir haben jeden unter die Lupe genommen, sogar Frauen. Erinnern Sie sich an Hava Nahari?«

»Ich habe damals über die Verhandlung berichtet«, sagte Sylvie.

»Aber wir sind nie so richtig weitergekommen. Oder es hieß, die Polizei habe ein Geständnis aus den Verantwortlichen herausgeprügelt, so wie bei dem Fall Daphna Carmon 1986.«

»Das war eine Gruppe junger Araber«, sagte Sylvie. »Einer von denen hat gestanden und später behauptet, die Polizei habe ihn geschlagen, bis ihm nichts anderes mehr übrig blieb, als zu gestehen, was sie von ihm hören wollten.«

»Ich sage nicht, dass so was nicht vorgekommen ist«, räumte Cohen ein.

»Und was sagen Sie stattdessen?«

»Dass wir's nicht wissen. Vielleicht werden wir's nie erfahren.«

»Meinen Sie, er hat aufgehört? Wer auch immer es war?«

»Wir hatten eine Theorie«, sagte Cohen. »Mein alter Partner Eddie und ich. Inzwischen ist er ziemlich weit aufgestiegen. Esther Landes hat er allerdings nie vergessen, genauso wenig wie ich. Das war unser erster großer Fall.«

»Und was war das für eine Theorie?«

»Wir dachten, dass es ein Tourist war«, sagte Cohen. »Dass er immer ungefähr zur Ferienzeit kam und ein paar Wochen blieb, vielleicht irgendwo in der Nähe von Hadera. Er ist einen Mietwagen gefahren. Einem Mietwagen würde man doch vertrauen, oder? Wenn einer anhält? Wir dachten, vielleicht ein Franzose. Aus einem Land, das nah genug war, so dass diese Urlaube für ihn zur Routine werden konnten. Vermutlich hat er Hebräisch gesprochen und einen guten Job gehabt. Dadurch war es leichter für ihn, einfach zu verschwinden. Der Mietwagen wurde abgegeben, einer unter vielen, ohne dass wir etwas davon mitbekommen hätten.«

»Haben Sie denn in dieser Richtung ermittelt?«, fragte Sylvie.

Sie trank den Kaffee. Süß und bitter zugleich.

»Wir haben es versucht. Unsere Chefs hielten das aber für Zeitverschwendung. Ein oder zwei Jahre vergingen, in denen wir uns um andere Fälle kümmern mussten. Oder es gab Krieg. Oder einen Drogenmord, damit wurde es in den 80er Jahren richtig schlimm. Oder es kam der ganz gewöhnliche Alltagstrott dazwischen: Vergewaltigungen, andere Morde, Unfälle mit Fahrerflucht, Entführungen, Körperverletzung, Einbrüche. Können Sie sich an den Überfall auf die Bank Ha'poalim 1984 erinnern? Anderthalb Millionen Dollar, das war ein Vermögen.« Cohen grinste. »Hat uns eine ganze Weile auf Trab gehalten.«

Sie hatte das Gefühl, er wollte auf etwas Bestimmtes hinaus. Sein Gewissen war belastet, wie man so schön sagt.

»Und was haben Sie gemacht? Was wurde aus der Theorie vom Touristen?«, fragte Sylvie.

»Nichts.«

»Komm schon, Cohen.«

»Ich kann Ihnen eine Geschichte erzählen«, sagte er. »Ist aber nur eine Geschichte, Sylvie Gold.«

»Ich mag Geschichten.«

Er zuckte mit den Schultern.

»Sagen wir, es waren einmal zwei Polizisten«, fing er an. »Sie hielten Augen und Ohren offen, kannten Leute bei Mietwagenfirmen und machten ein bisschen Druck auf sie, damit sie ihnen die ein oder andere Information lieferten. Genauso bei der Grenzpolizei. Sie prüften auch die Hotels in der Gegend. Ganz gezielt um die Ferien herum, immer wenn es gerade möglich war. Aber es ist nie was dabei herausgekommen. Eines Tages hatten sie wohl Glück. Ein Routinebericht traf ein über ein Mädchen, das ausgesagt hatte, sie sei von einem Mann mitgenommen worden, der sich an sie herangemacht habe. Sie sei aus dem Fahrzeug gesprungen und geflohen. Der Kollege, der den Fall aufnehmen sollte, hätte sie beinahe abgewimmelt. Sie war nicht die verlässlichste Zeugin. Ein Heimkind. Und sie konnte sich an nichts erinnern, was den Mann betraf, außer dass es ein weißer Wagen war, und sie dachte, sein Akzent könnte möglicherweise ein französischer gewesen sein. Irgendwie landete der Bericht dann doch auf dem Schreibtisch eines der beiden Polizisten, und er zeigte ihn dem anderen. Kann sein, dass die beiden damals ein bisschen genervt waren. Aus allen möglichen unzusammenhängenden Gründen. Sie ermittelten ein bisschen außerplanmäßig weiter und stießen auf einen Mann, auf den das Profil passte. Ein französischer, recht wohlhabender Tourist, der zweimal im Jahr Urlaub in Israel gemacht hat und gar nicht weit von hier was gemietet hatte. Jedenfalls war das so in der Geschichte. Und vielleicht haben ihn die beiden Polizisten ja beobachtet und gesehen, dass er häufig lange Spritztouren gemacht hat, immer wieder die Küstenstraße rauf und runter gefahren ist.«

»Das ist nicht viel«, sagte Sylvie.

»Nein«, sagte Cohen und zündete sich eine Zigarette an und bot auch ihr wieder eine an, aber sie schüttelte den Kopf. »Nein, nicht so richtig.«

»Und was haben Sie gemacht – was haben die beiden gemacht?«, fragte Sylvie.

»Ist nur eine Geschichte«, sagte Cohen. »Ist nicht wahr.«

»Ich meine ja, was haben die beiden in der Geschichte gemacht«, sagte Sylvie.

In der Ferne schrie eine Möwe. Die Sonne stand inzwischen tief am Horizont, und es wurde kühler. Cohen sagte: »Vielleicht sind sie hin und haben ihn mal besucht. Ihre Dienstabzeichen gezeigt, aber natürlich sind sie in Zivil bei ihm aufgetaucht. ›Würden Sie bitte mitkommen?‹, haben sie gesagt. ›Wir haben ein paar Fragen an Sie.‹ Und er ist mit ihnen mitgegangen, vor allem, als sie ihm ihre Pistolen vorgehalten haben.«

»O Gott, Cohen«, sagte Sylvie. »Sie sind mit ihm nach Tantura gefahren«, fuhr Cohen fort, und sie wusste nicht mal mehr, ob er sie überhaupt noch wahrnahm. »An genau die Stelle, wo vor so vielen Jahren Esther Landes gelegen hatte.«

»O Gott, Cohen«, sagte Sylvie erneut.

»Dann fragten sie ihn, ob er's getan hatte. Und er sagte nein. Nein, er habe keine Idee, was sie da von ihm wissen wollten. Wieso waren sie mit ihm dorthin gefahren? Er könne ihnen Geld geben, wenn sie ihn laufenließen. Es war dunkel, und es war still dort am Strand. Sie hatten Schaufeln mitgebracht.«

Sylvie wurde schlecht.

»›Bitte‹, sagte er. ›Bitte.‹ Hat Esther das auch gesagt, als ihr das passiert ist? Haben sie das alle gesagt? ›Bitte, nicht.‹« Cohen blies Rauch aus. »Sie drückten ihm eine Schaufel in die Hand und forderten ihn auf, zu graben«, sagte er.

»Cohen, nicht. Ich will nichts mehr hören.«

»Ist doch nur eine Geschichte.«

Weit oben am Himmel schrie eine Möwe. Sylvie drehte ihre leere Kaffeetasse zwischen den Fingern. Das war nicht die Geschichte, die sie gesucht hatte, dachte sie. Das war keine Geschichte, die man hören wollte. »Was ist dann passiert?«, fragte sie unwillkürlich.

»Der Mann hob eine Grube aus. Dann gaben ihm die beiden

Polizisten eine letzte Chance. Würde er gestehen, würden sie ihn wieder mitnehmen, sagten sie. Vor Gericht bringen, vor einen Richter. Sie wollten nur die Wahrheit wissen. Hatte er's getan? Hatte er all diese Frauen ermordet? Der Mann weinte. ›Ja‹, sagte er. Ja, er hatte es getan. ›Bitte, nehmt mich fest.‹«

»Aber dann haben Sie ihn erschossen«, flüsterte Sylvie.

»Sie meinen, die beiden aus der Geschichte?«, fragte Cohen. »Kann sein.«

»O Gott, Cohen.«

Plötzlich grinste er. »Ist ja nur eine Geschichte, Sylvie«, sagte er. »Wenn Sie jetzt nach Tantura fahren und graben würden, meinen Sie, Sie würden ein Skelett finden?«

»Ich denke, es gibt auch noch andere Wege, eine Leiche verschwinden zu lassen«, entgegnete Sylvie.

»Kann sein«, sagte Cohen. »Aber vielleicht haben die beiden Polizisten in der Nacht danach auch einfach besser geschlafen.«

»Und wenn nicht?«, fragte Sylvie. Sie merkte, dass ihr unwillkürlich Tränen in die Augen stiegen. »Wenn sie ihr Leben lang darüber nachgrübeln müssten, ob sie in jener Nacht den Richtigen gefunden oder einfach einen Touristen ermordet hatten …«

»Ich denke, sie haben gut geschlafen«, erwiderte Cohen. Er stand abrupt auf, streckte seine langen Beine aus und warf zwanzig Schekel auf den Tisch.

»Wenn Sie diese Geschichte jemals jemandem erzählen«, sagte er, »bringe ich Sie um.«

Damit ging er. Sylvie sah ihm nach.

Der alte Mann kam zu ihr, nahm das Geld und räumte den Tisch ab.

»Warum weinst du?«, fragte er. »Stimmt was nicht?«

Sylvie schüttelte den Kopf. »Bloß eine Allergie«, sagte sie.

»Ach ja«, sagte er, »meine Enkeltochter hat auch so was.«

Sylvie ging zurück zu ihrem Wagen, fuhr auf die Straße Richtung Tel Aviv und trat aufs Gas. Die gesamte Fahrt über hatte sie das Radio voll aufgedreht, E-Gitarren kreischten durchs offene Fenster auf die Straße, während Corinne Allal »There Are No Horses Who Speak Hebrew«, Where's the Kid »Her Sadness« und Dr. Casper's Rabbit Show über das kleine Mädchen im roten Kleid sangen, das nach dem Warum fragte?

Niemand hatte eine Antwort.

13

HIGH ROLLERS AND HAPPY PILLS

1994

66 EINE FAUST VOLL ECSTASY

»Exta, Exta. Dance, dance.« – Shai Goldin

Avi legte das neue Album von The Witches in den Walkman und die ersten Takte von »Until the Next Pleasure« dröhnten aus seinen Kopfhörern. Seine Haare reichten ihm bereits bis auf die Schultern, er wollte sie noch länger wachsen lassen. Lange Haare waren die Voraussetzung, sonst konnte man kein Rocker sein, wenigstens bis man achtzehn wurde, zur Armee musste und den Schädel rasiert bekam.

Seine Knie hoben und senkten sich, während er mit dem Fahrrad den Hang hinaufstrampelte. Inbal Perlmuter sang von Freuden, die Avi sich nicht einmal ansatzweise vorstellen konnte, auch wenn er sich die größte Mühe gab. Er war total verknallt in Inbal.

Liors kleine Schwester Natasha öffnete die Tür, als er klopfte. Sie war in einem rosa Kleid als Prinzessin verkleidet und schenkte Avi ihr schönstes Zahnspangenlächeln.

»Hey, Avi«, sagte sie. »Soll ich dir einen Witz erzählen?«

»Okay«, sagte Avi.

»Der Lehrer hat gesagt, wir sollen einen Aufsatz schreiben zum Thema ›Es gibt nur eine Mama‹. Also hab ich geschrieben, dass Mama mich gebeten hat, zwei Tomaten für einen Salat zu holen. Ich bin zum Kühlschrank, hab reingesehen und gesagt: ›Es gibt nur eine, Mama!‹«

Sie lachte laut los, schnaubte so heftig, dass ihr Rotz aus der Nase schoss. Avi grinste.

Lior rief von drinnen: »Tascha, verdammt, lass ihn in Ruhe!«

Die Goldin-Jungs saßen im Wohnzimmer. Der älteste, Shai, lümmelte sich im Sessel davor. Lior und Yair saßen auf dem Sofa. Im Fernseher lief *Star Trek* bei heruntergedrehter Lautstärke.

Alle blickten auf, als Avi eintrat.

Yair brummte. Shai starrte. Lior grinste, gab Avi ein Zeichen, er möge sich setzen.

Avi hockte sich auf eine Stuhlkante.

»Was ist los?«, fragte er.

»Wir haben Pläne«, sagte Lior.

»Was für Pläne?«, fragte Avi.

»Pläne, Geld zu verdienen«, sagte Lior.

Shai starrte Avi weiter an. Er war gerade erst von einer einjährigen Rucksackreise durch Asien zurück. Er trug eine gebatikte Pluderhose und sein bereits schütteres Haar hatte er mit einem Schweißband gebändigt. Sein Blick lag irgendwo zwischen bedrohlich und verloren. Von allen Goldin-Sprösslingen galt er allgemein als der hellste, hatte ursprünglich sogar vorgehabt, Mathematik zu studieren, bevor ihn die Verlockungen Thailands und Goas auf Abwege geführt hatten.

Avi war nur da, weil Lior gesagt hatte, das sei in Ordnung. Die anderen beiden Brüder beließen Familienangelegenheiten lieber in der Familie.

»Und? Nu?«, fragte Avi.

Lior grinste und streckte Avi seine Faust entgegen. Er öffnete sie langsam über dem Tisch und ließ vorsichtig rosa Pillen auf die gläserne Tischplatte regnen.

»Ecstasy«, sagte Lior.

»Was ist das?«, fragte Avi.

»Exta, Exta«, sagte Shai ungeduldig. »Dance, dance.«

»Was?«

»Wirst du schon sehen«, erwiderte Lior immer noch grinsend. Er steckte sich eine Pille in den Mund.

»Komm schon«, sagte er.

Avi näherte sich zurückhaltend. Shai und Yair nahmen jeder eine, und Shai grinste zum ersten Mal seit Avis Ankunft.

Wieder starrten ihn alle drei an.

Avi nahm eine Pille und betrachtete sie fragend.

»Woher hast du die?«, wollte er wissen.

»Was bist du denn für ein Schtinker?«, fragte Shai.

Lior sagte: »Reg dich ab, Mann. Avi gehört praktisch zur Familie.«

»Aber eben nicht richtig«, sagte Shai.

Avi steckte sich eine Pille in den Mund. Schmeckte nach nichts.

»Und jetzt?«, fragte er.

Lior zuckte mit den Schultern und Avi kapierte, dass es auch für ihn das erste Mal war.

Shai ging zur Anlage und legte eine Kassette ein. Ein stampfender Bass erfüllte den Raum. Shai drehte die Lautstärke hoch.

»Was ist das!«, überbrüllte Avi die Musik.

»Techno, Techno!«, rief Shai.

Er fing an zu tanzen, seine langen Arme schlenkerten schlaff an seiner Seite. Die kleine Natasha kam hereingeplatzt.

»Techno, Techno!«, schrie sie fröhlich und tanzte genauso wie Shai.

»Was soll der Scheiß, Lior?«, fragte Avi.

Lior zuckte mit den Schultern, wirkte verunsichert. »Weiß nicht«, sagte er.

»Merkst du was?«, fragte Avi.

»Nein. Du?«

»Nein.«

Shai öffnete die Türen zum Hof. Die Musik dröhnte nach draußen. Er tanzte unter den Wäscheleinen.

Avi setzte sich auf Shais Platz auf dem Sofa. Lior und er sahen zu, wie Captain Kirk auf einem fremden Planeten gegen einen Salzvampir kämpfte. Avi wusste nicht genau, was los war. Er wusste nicht, wie lange die Folge dauerte. Die Lichter im Fernsehen fingen an zu sprühen. Sein Körper zuckte im Rhythmus des Basses.

Er starrte das Raumschiff auf dem Bildschirm an. Irgendwie unglaublich.

»Boah«, sagte er.

Yair fing an zu tanzen. Er ging zu Shai nach draußen. Avi wurde plötzlich von Wärme durchflutet.

»Ich liebe dich, Mann«, sagte er zu Lior.

»Dude, ich liebe dich«, sagte Lior. »Brüder auf ewig.«

»Brüder«, sagte Avi und kicherte.

Die Musik riss sie jetzt mit. Plötzlich leuchtete sie ihnen ein. Der Krach löste sich in raffinierte Muster auf, wie Farben eines Kaleidoskops.

Warum war ihm das vorher noch nicht aufgefallen? Er folgte Lior nach draußen.

Es regnete, Avi ruderte wild mit den Armen, die Regentropfen berührten sein Gesicht wie feuchte Küsse.

Er wusste nicht, wie lange sie tanzten. Allmählich ließ die Euphorie nach. Die Musik büßte etwas von ihrer Bedeutung ein, bis sie schließlich wieder nur zum dumpfen Stampfen wurde. Avi sah auf die Uhr und stellte erschrocken fest, dass drei Stunden vergangen waren.

Den restlichen Nachmittag blieben sie drinnen, spielten Nintendo. Nach und nach fühlte Avi sich wieder ganz normal, obwohl er mit den Zähnen knirschte.

»Und was macht ihr mit den Dingern?«, fragte Avi. »Mit den Pillen?«

»Naturpartys«, sagte Lior.

»Was ist das?«

»Da nimmt man das im Wald oder so«, sagte Lior. »Leute kommen von überall her. Dort verkaufen wir das Zeug. Wir brauchen einfach nur mehr Geld, um mehr Pillen zu kaufen. Richtig große Mengen.«

»Und wo bekommen wir das Geld her?«, fragte Avi. »Überfallen wir eine Bank?«

»Keine Bank, das nicht …«, sagte Lior und lachte aufgekratzt.

Yair warf ihm einen ermahnenden Blick zu. Er starrte Avi an, eine angezündete Zigarette hing ihm aus dem Mund, so lässig, dass sie ihm aufs T-Shirt zu fallen drohte.

»Wir überfallen eine Pokerrunde«, sagte er.

67 DAS GROSSE SPIEL

»*Spieler oder Schläger.*« – Lior Goldin

Avi und Lior legten sich gegenüber dem Dan Panorama Hotel auf die Lauer.

»Ich seh nicht, was das bringen soll«, maulte Avi.

Lior nahm einen Schluck von der Cola, die sie bei Burger Ranch geholt hatten.

»Was interessiert's dich?«, fragte er. »Hast du vielleicht was Besseres vor? Halt einfach Ausschau nach Spielern oder Schlägern.«

»Ist wahrscheinlich das Beste«, sagte Avi.

Er biss in seinen Burger. Eine alte Frau ging mit einem sehr kleinen Hund vorbei. Der Hund kläffte Avi an und kackte auf den Boden. Die alte Dame sah Avi böse an und ging mit ihrem Hund weiter.

»Hey, Giveret!«, rief Lior. »Heben Sie die Hundescheiße auf!«

»Du kannst mich mal!«, rief die alte Frau, ohne sich noch einmal umzudrehen.

Avi lachte. Dann entdeckte er jemanden auf dem Weg zum Hotel.

»Hey«, sagte er, »ist das nicht Tuvia Tzafir?«

»Was? Der Komiker?«, fragte Lior.

»Kennst du noch einen anderen?«, fragte Avi.

»Kann's nicht genau sagen«, meinte Lior, »er trägt ein Basecap und eine Brille.«

»Damit du ihn nicht erkennst«, erklärte Avi.

Er nahm den Zettel, den Yair ihnen gegeben hatte, und strich den Namen durch.

»Dann sind wir hier ja wohl richtig«, sagte er.

Yair war auf die Idee gekommen. Er pokerte fast jeden Tag im Alhambra in Jaffa, dem einzigen Club, der nie den Ort wechselte, ein paar Prominente finanzierten ihn und hielten die Polizei fern. Yair hatte die Ohren aufgesperrt und bekam hin und wieder einen Tipp, manchmal waren es große, manchmal eher kleine Runden.

Aber nur ein Spiel war das Große Spiel und ausschließlich für Leute, denen die Kohle richtig locker saß. Irgendwann bekam Yair einen Tipp, wo es stattfand, nämlich einmal die Woche in einer Suite im Dan Panorama Hotel auf der Promenade. Yair wusste nicht, wann genau, und auch nicht, in welchem Raum. Deshalb saßen Avi und Lior jetzt schon den dritten Tag in Folge draußen in der Sonne und hofften, jemanden von der Liste der bekannten Mitspieler zu entdecken, auf der ein paar orthodoxe Sänger standen, die in der religiösen Gemeinde berühmt waren, ein Knesset-Abgeordneter, ein Armeegeneral, ein paar Geschäftsleute, Entertainer wie Tuvia Tzafir und ein Mathematiker vom Weizmann Institut.

Ein schwarzer Wagen hielt vor dem Hotel und zwei breitschultrige Männer in dunklen Anzügen kamen heraus. Sie gingen in das Hotel und kamen nicht wieder zurück.

Das waren die Schläger.

Lior rief Shai aus einer Telefonzelle an und gab ihm die Info durch. Dann ging er mit Avi ins Hotel und stand eine Weile in der Lobby herum.

Es dauerte nicht lange, bis sie einen irgendwie verstohlen wirkenden Orthodoxen mit dunkler Sonnenbrille hereinkommen sahen. Er war einer der Musiker auf der Liste. Er ging zu den Fahrstühlen. Sie stiegen mit ihm ein und blieben drin, bis er im dritten Stock ausstieg.

Avi blockierte die Tür, bevor sie sich schloss. Als der Mann weit genug weg war, streckte Lior den Kopf heraus und nickte.

Das Ganze hatte einiges von Erich Kästners *Emil und die Detektive*.

Sie folgten dem Orthodoxen und sahen, wie er dreimal rhythmisch an eine Tür am Ende des Gangs klopfte und anschließend dahinter verschwand.

»Hast du's dir gemerkt?«, fragte Lior.

»Glaub schon«, sagte Avi.

Er tappte drei Mal an die Wand.

»Nein, so«, sagte Lior und klopfte seine eigene Version.

Avi runzelte die Stirn. »Nein, das war so wie meins«, sagte er. »Glaube ich.«

Sie warteten noch eine Weile, aber sonst kam niemand mehr. Sie gingen wieder runter in die Lobby, riefen erneut Shai an und erzählten es ihm.

»Was sagt er?«, fragte Avi.

»Heute Abend«, sagte Lior.

Avi spürte, wie sich Aufregung in ihm breitmachte. »Was machen wir jetzt?«, fragte er.

»Wir beobachten«, sagte Lior. »Und warten.«

Avi nickte einfach. Dann sagte er: »Aber wir können das nicht machen, wenn Tuvia Tzafir da ist. Der ist … der ist doch berühmt.«

»Dann warten wir eben, bis er wieder geht«, sagte Lior. »Wen interessiert das schon. Komm.«

»Hey, Lior«, sagte Avi. »Hat dir dieses Exta gefallen?«

Lior zuckte mit den Schultern.

»War ganz okay«, sagte er.

»Stimmt«, sagte Avi. »War bisschen komisch.«

»Musst es ja nicht nehmen«, sagte Lior. »Musst es nur verkaufen.«

»Schon klar. Lior?«

»Ja?«

»Wer organisiert das Große Spiel?«

»Woher zum Teufel soll ich das wissen? Du hast doch gesehen, wer mitspielt. Alles Zivilisten.«

»Ich rede nicht von den Spielern. Ich rede davon, wer da abkassiert.«

»Mach dich mal locker. Die kriegen das erst mit, wenn es zu spät ist. Was glaubst du wohl, wie man groß rauskommt, Avi? Du musst bereit sein, es mit allen aufzunehmen, egal ob groß oder klein.«

»Okay, Lior.«

»Komm schon, du Blödmann. Hey, ist das Dudu Topaz?«

»Das gibt's nicht!«, sagte Avi.

»Nein, im Ernst, guck doch, das ist er.«

»Meinst du, der ist auch wegen dem Spiel hier?«

»Wieso? Willst du ihn um ein Autogramm bitten?«

Sie frotzelten miteinander und niemand schenkte ihnen Beachtung.

»Gut gemacht, Lior. Du auch«, sagte Yair zu Avi.

Avi war fast gerührt. Yair sagte nie etwas Nettes.

Sie standen draußen auf der Promenade. Es war spät am Abend und inzwischen ruhiger.

»Was ist mit der Security?«, fragte Shai.

»Mindestens zwei Männer sind drin«, sagte Avi. »Wahrscheinlich bewaffnet.«

»Wie viele Spieler sind noch drin?«

»Wir sind nicht sicher, wie viele wir gesehen haben«, sagte Avi. »Fünf von der Liste sind rein, und drei ziemlich stinksauer wieder gegangen, wahrscheinlich haben sie Geld auf dem Tisch gelassen.«

»Und genau da wollen wir's haben«, sagte Shai. »Wir warten noch. Yair, willst du einen Burger?«

»Ich will einen Burger«, sagte Yair.

»Wir hatten schon welche«, meinte Lior.

»Dann eben Pizza«, sagte Yair.

»Okay«, sagte Lior.

Sie zogen los, holten Pizza und Burger. Avi setzte sich zu ihnen und hatte das Gefühl, Teil der Gang zu sein.

Es war schön, irgendwo dazuzugehören.

Um eins gingen sie wieder auf Beobachtungsposten. Um zwei Uhr verließ ein weiterer Mann von der Liste die Runde. Der Knesset-Abgeordnete.

»Okay«, sagte Yair.

»Okay«, sagte Shai.

Avi ging allein ins Hotel. Es war spät und die Lobby mehr oder weniger menschenleer, und er erklärte dem verschlafenen Sicherheitsmann, er wolle nur seine Mutter abholen, die beim Reinigungsdienst Spätschicht hatte. Als er drinnen war, ging er durch die als »Nur für Mitarbeiter« gekennzeichnete Tür, fand den Ausgang zu den Mülltonnen hinten und ließ die Goldins rein.

Zusammen fuhren sie mit dem Lastenaufzug in den dritten Stock. Dann gingen sie leise durch den Gang und blieben vor dem Zimmer stehen.

Yair und Shai bezogen jeweils auf einer Seite der Tür Stellung, pressten sich flach an die Wand.

Avi klopfte, drei Mal im selben Rhythmus.

Die Tür ging auf.

Ein großer Mann sah auf Avi herunter.

Er sagte: »Was zum Teufel willst …«

Yair und Shai drehten sich beide gleichzeitig um, stellten sich vor Avi und pressten dem Mann ihre Pistolen in den Bauch.

»Psst«, sagte Yair.

Sie stießen den Mann in den Raum. Als sie eintraten, sah Avi fünf Spieler am Tisch, Chips und Bargeld in der Mitte.

Yair bewegte sich schnell und zog dem zweiten Sicherheitsmann seine Pistole über den Schädel, bevor dieser Gelegenheit bekam, zu schießen. Der Mann sackte auf den Teppich.

»Wisst ihr, wessen Spiel das ist?«, fragte der erste Sicherheitsmann.

»Halt die Fresse«, befahl Shai. Er zwang den Sicherheitsmann sich zu setzen und Lior fesselte seine Hände mit einem Stück Seil.

Shai warf Avi seinen Rucksack zu.

Avi ging um den Tisch herum und sammelte Geld ein.

»Brieftaschen her, alle zusammen«, sagte Shai. »Legt sie ganz langsam auf den Tisch. Niemand muss hier den Helden spielen.«

»Ihr habt keine Ahnung, mit wem ihr euch anlegt«, sagte einer der Spieler. Der General.

Avi sammelte Brieftaschen, Armbanduhren und Bargeld ein, stopfte alles in den Rucksack.

»Okay?«, fragte Shai.

»Okay«, sagte Avi.

»Wenn hier jemand rauskommt, erschieße ich ihn«, sagte Shai und zielte mit der Waffe auf die Tür, aber niemand kam heraus.

Soweit Avi wusste, spielten sie einfach weiter.

Small Baruch wartete auf der Promenade im Wagen, sie zwängten sich zu ihm hinein, und er fuhr schnell los.

»Yeah!«, sagte Yair.

Dann lachten alle gleichzeitig laut los, grölten und johlten und fuhren raus aus Tel Aviv und zurück ins sichere Haus der Goldins.

»Trance ist Freiheit.« – Shai Goldin

In den Zeitungen stand natürlich nichts. Niemand hatte der Polizei den Überfall auf die illegale Pokerrunde gemeldet. In der Nacht zählten sie ihre Beute auf dem Tisch im Wohnzimmer der Goldins, waren überrascht und hocherfreut über den Ertrag.

»Allein die Uhr ist schon an die zehntausend Schekel wert!«, sagte Yair, und alle starrten sie an, weil das eine unvorstellbare Summe war. Avi wusste nicht, was er erwartet hatte, das jedenfalls nicht: auf keinen Fall mehr als hunderttausend in bar.

Sie waren reich.

Shai gab Small Baruch fünftausend dafür, dass er den Fluchtwagen gefahren war. Lior und Avi bekamen jeweils dreihundert Schekel – »Taschengeld, ihr habt es euch verdient«, sagte er.

Der Rest floss in das Exta-Unternehmen.

Shai, der die entsprechenden Leute noch aus Goa kannte, fuhr mit Avi und Lior nach Tel Aviv. Dort gingen sie in einen Laden namens Krembo Records in der Sheinkin Street.

Im Laden war es dunkel, das einzige Licht kam von Leuchtstoffröhren und UV-Lampen, die die psychedelischen Gemälde an den Wänden unheimlich leuchten ließen. Ein tiefer stampfender Bass machte Avi Zahnschmerzen. Er betrachtete ein paar Flyer an einer Tafel.

Give Trance a Chance stand auf einem.

Verstärker zu verkaufen auf einem anderen. *Gebraucht in gutem Zustand. Nach Gil fragen.*

Auf wieder einem anderen bot *DJ Razz* seine Dienste an: *Trance, Techno, Goa Sound, All Styles*, Freundschafts- und Familienrabatt.

Avi konnte mit keinem so richtig etwas anfangen. Es gab noch mehr Verkaufsangebote, Lautsprecher, Plattenspieler, aber nichts über die nächste Trance Party.

Shai unterhielt sich leise mit dem Mann hinter dem Tresen, der ihm schließlich etwas in die Hand drückte. Dann kam Shai zurück, nickte, und sie folgten ihm hinaus in die pralle Sonne.

»Und?«, fragte Lior.

Wieder im Wagen, zeigte Shai ihm den winzigen Flyer, gerade mal so groß wie eine Streichholzschachtel. Außer einem Datum in zwei Tagen und der Adresse einer Tankstelle irgendwo im Norden stand nichts drauf.

»Das findet auf einer Tankstelle statt?«, fragte Lior.

»Nein, du Idiot«, erwiderte Shai. »Man bekommt die Wegbeschreibung aber erst an der Tankstelle.«

»Wer sind die, der Mossad?«, fragte Avi.

»Hör zu, du Blödmann«, erwiderte Shai. »Trance ist *Freiheit*. Ihr beiden habt echt keine Ahnung. Was hörst du denn sonst für einen Mist, Avi? Mashina?«

»Na klar«, sagte Avi.

»Trance ist wie …«, sagte Shai. »Das braucht keine *Worte*. Es geht nicht ums Denken, es geht ums *Sein*.«

»Was denn sein?«, fragte Avi.

»Ein Arschloch«, erwiderte Lior und beide grinsten dreckig.

»Halt die Klappe verdammt«, sagte Shai. »Es geht darum, eben nicht Teil von irgendwas zu sein, es geht darum, von allem wegzukommen. Und deshalb will man nicht, dass die Polizei, Sicherheitsdienste, neugierige Nachbarn oder sonst jemand weiß, wo man ist. Weil es nur um die *Musik* geht.«

»Und die Drogen«, sagte Lior.

»Und die Drogen«, sagte Shai. Er ließ den Motor an.

»Give Trance A Chance«, sagte Avi feierlich und lachte mit Lior.

Zwei Tage später saßen sie erneut im Wagen und fuhren Richtung Norden. Am Abend fanden sie die Tankstelle in der Nähe von Elyakim. Ein Mädchen in Shorts gab ihnen eine Wegbeschreibung. Sie fuhren im Dunkeln durch den Wald. Eine Klopapierrolle, die an einem Ast baumelte, zeigte eine Abzweigung an. Schon bald sahen sie Lichter vor sich. Aus riesigen Lautsprechern wummerte Musik.

Der Beat erfüllte den Wagen, gab dem Holpern der Reifen auf der unebenen Schotterstraße den Takt vor, Yair trommelte mit den Fingern auf den Sitz, Shai hustete. Andere Autos waren bereits da. Avi merkte erst da, dass noch drei weitere Wagen hinter ihnen waren, die sie, ohne es zu wollen, in einem Konvoi angeführt hatten.

Weiter hinten war ein DJ-Pult aufgebaut, angestrahlt von blinkenden Lichtern. Autos parkten durcheinander zwischen den Bäumen. Menschen tanzten auf freiem Feld, und ein Mädchen wirbelte Feuer an Seilen im Kreis.

Auf einer Seite war eine improvisierte Bar aufgebaut. Niemand beachtete die Goldins und Avi.

Alle tanzten getrennt, aber irgendwie tanzten alle zusammen.

Shai drückte Avi eine Tüte mit Pillen in die Hand, Lior ebenfalls.

»Wir sehen uns das mal an«, sagte er. »Ihr beiden verkauft so viel ihr könnt. Zweihundert für eine oder dreihundert für zwei. Kapiert? Gut.«

Avi war schwer versucht, eine zu nehmen. Sich der Musik zu überlassen, frei zu sein wie die anderen, locker zu machen und sich im Mondlicht zu wiegen. So zu tun, als wären sie auf Koh Phangan oder in Goa am Strand, das Avi alles nur aus seiner Fantasie kannte. Alle taten, als wären sie anderswo.

Oder würde es von nun an immer so sein? Soweit Avi wusste, musste er nicht mal mehr zur Armee. Rabin und Arafat hatten sich auf dem Rasen vor dem Weißen Haus die Hand gegeben, Bill Clinton hatte strahlend daneben gestanden.

»Ein neuer Frieden. Ein neues Israel.«

Ein Land des Wohlstands und des Glücks für alle.

»Wollt ihr Exta? Exta?«, fragte Avi.

Ein schlaksiger Langhaariger Mitte zwanzig hörte auf zu tanzen und zwinkerte.

»Wie viel?«, fragte er.

»Zweihundert«, sagte Avi.

»Zweihundert!«, wiederholte der Mann.

Zwei Mädchen sahen zu und kamen jetzt her.

»Hast du Ecstasy?«, fragte eine auf Englisch.

»Yes, yes«, sagte Avi. »Woher kommt ihr?«

»Dänemark«, antwortete das Mädchen. »Und du?«

»Von hier«, sagte Avi. Die beiden sahen ihn benebelt an.

»Wie viel?«, fragte die erste.

»Du bist süß«, sagte die zweite.

Avi wurde rot und hoffte, dass man es im Dunkeln nicht sah. »Zweihundert eine«, sagte er, »aber weil ihr's seid, könnt ihr zwei für dreihundert haben.«

»Er ist wirklich süß«, sagte die erste.

Sie kramten in ihren Schultertaschen.

»Hier.«

»Ja, ich nehme zwei«, sagte der Israeli. »Hey«, sagte er zu den Mädchen, »wollen wir die zusammen nehmen? Hey, Ofer!« Er winkte einem Typen, der zu tanzen aufhörte und rüberkam. »Der hat Exta.«

Avi sah leicht weggetreten zu, wie sie zu viert jeweils eine Pille schluckten und dann wieder tanzen gingen. Er betrachtete das Geld in seinen Händen.

Plötzlich hatte er sechshundert Schekel, und das für vier winzige Pillen. Vielleicht würde er hier sogar ein Mädchen kennenlernen. Plötzlich war er beliebt. Immer mehr Leute kamen zu ihm, sprachen ihn an. Bevor er es sich versah, hatte er zweitausend Schekel. Er fragte sich, wie es wohl bei Lior lief.

Die Tänzer waren jetzt überall, tanzten zwischen den Felsen, unter Bäumen, miteinander oder allein. Ein Feuer brannte mitten auf der improvisierten Tanzfläche und die Menschen tanzten drumherum, der Beat stampfte einfach immer weiter.

Ein Mädchen mit Dreadlocks kam zu Avi. Sie schwankte von einer Seite zur anderen.

»Gib mir zwei«, sagte sie.

»Dreihundert Schekel«, sagte Avi.

Das Mädchen kramte in ihrem Portemonnaie und zog verkrumpelte Scheine heraus. Sie beugte sich zu Avi vor. Er roch ihren Atem, er roch nach Alkohol und Zigaretten. Ihre heißen Lippen umschlossen seine, und sie steckte ihm ihre Zunge in den Hals, drückte sich fest an ihn. Avi fühlte sich schmerzhaft erregt. Das Mädchen zog sich zurück.

»Sagen wir zweihundert«, meinte sie. »Ich hab nicht mehr so viel.«

Avi gab ihr die Pillen, und sie grinste, fuhr mit ihren Fingern über sein Kinn, drehte sich um und warf beide Pillen auf einmal ein. Avi starrte ihr sehnsüchtig hinterher.

Er zog sich die Hose hoch. In dem Augenblick bauten sich zwei Typen vor ihm auf, die er nicht kannte. Sie stießen ihn zwischen die Bäume. Kiefernzapfen knackten unter seinen Füßen.

»Verkaufst du Pillen, du Wichser?«, fragte er erste und packte Avi am Hemd.

»Das ist *unsere* Party, du Arschgesicht«, sagte der zweite.

»Pisser.«

»Drecksack.«

»Du darfst nur dann Pillen verkaufen, wenn wir dir sagen, dass du Pillen verkaufen darfst«, sagte der erste.

»Nimm's nicht persönlich«, sagte der zweite. »Aber woher sollen wir wissen, dass du überhaupt echtes MDMA verkaufst und nicht irgendeinen verschnittenen Mist?«

»Betäubungsmittel für Pferde«, sagte der erste.

»Wer zum Teufel seid ihr?«, fragte Avi mutiger, als er war.

»Ich bin Dor«, sagte der erste, als hätte das etwas zu bedeuten.

»Und der da?«, fragte Avi.

»Ich bin Gadi«, erwiderte der zweite. »Das ist unsere Party, Mann. Wir haben uns schon gedacht, dass vielleicht irgendwann jemand versuchen wird, das Ganze zu übernehmen, aber wie alt bist du, fünfzehn? Sechzehn? Du bist bloß ein Putz.«

»Ein Klumnik«, sagte Dor.

»Ein Hundehaufen im Gras«, sagte Gadi.

»Ein Furz«, sagte Dor und fächelte sich Luft von der Nase. »Puff, weg bist du.«

Avi starrte sie an und verspannte in Erwartung einer Prügelei. Er sagte: »Kann sein.«

»Was kann sein, du Wichsgesicht?«

»Kann schon sein, dass ich ein Nichts bin«, sagte Avi. »Aber *die da* nicht.«

Dor drehte sich um und Yair schlug ihm ins Gesicht.

Avi trat Gadi in die Eier.

Yair sah es, grinste und sagte: »Schön«. Dann schlug er Dor noch einmal.

Shai und Lior tauchten plötzlich hinter ihm auf. Sie stießen Dor und Gadi tiefer in das kleine Wäldchen. Niemand bekam es mit. Oder vielleicht doch, aber es interessierte niemanden.

Die Goldins drückten die beiden Party-Organisatoren an einen Baum. Bauten sich bedrohlich vor ihnen im Dunkeln auf. Weiter hinten brannte Feuer. Avi dachte sehnsüchtig an das Mädchen mit den Dreadlocks. Er würde noch viele Tage an sie denken.

»Du hast mir die Nase gebrochen«, sagte Dor. Sein Gesicht war voller Blut.

»Ich mach's kurz«, sagte Shai. »Wir wollen eure Partys übernehmen.«

»Das sind bloß Partys, Mann«, sagte Gadi. »Bloß Spaß. Wir sind keine … ihr wisst schon.«

»Kriminellen?«, fragte Shai. Er holte aus, um Gadi zu schlagen, und Gadi zuckte zusammen.

Shai lachte und tätschelte ihn sanft.

»Du verstehst das ganz falsch«, sagte er. »Wir wollen euch nichts kaputt machen, Jungs. Wir wollen *investieren*.«

»Was soll das heißen, ihr wollt investieren?«, fragte Dor.

»Die Party ist geil«, sagte Shai. »Aber sie könnte noch viel besser sein. Eure Anlage ist scheiße, die Bar sieht aus wie auf einem Dorffest. Und die Leute sind alle total scharf auf Drogen.«

»Na ja, ist schwer, an Stoff ranzukommen«, erklärte Gadi. »Ich meine, da musst du schon …«

»Kriminell sein?«

»Ich wollte nicht …«

»Was soll das heißen, die Anlage ist scheiße!«, fragte Dor. »Wisst ihr, wie kompliziert das ist, das ganze Equipment hier rauszuschaffen? Lautsprecher, Verstärker, DJ-Pult, Generator? Wisst ihr, wie viel Arbeit das ist, die richtigen Locations zu finden? Irgendwo, einigermaßen versteckt, wo keinen Beduinen, Soldaten in der Grundausbildung oder Kinder auf einer Wanderung mit der Schule durchmarschieren? Das ist kein *Hobby*, Mann! Das ist eine Berufung!«

»Aber wir können helfen«, sagte Shai. »Wir können helfen, damit es *besser* wird. Mit einem neuen Sound, einer richtigen Bar – guten Drogen. Und Security. Wenn ihr mit uns arbeitet, kommt euch keiner mehr blöd.«

»Aber es ist uns auch so noch keiner blöd gekommen!«

Gadi stupste Dor an.

»Wir haben immer gedacht, dass es nur eine Frage der Zeit ist«, sagte er leise.

»Über wie viel sprechen wir hier?«, fragte Dor und kapitulierte sehr schnell. »Vom Prozentsatz her.«

»Wir geben euch zwanzig Prozent«, sagte Shai.

»Zwanzig! Das ist *unsere Party*!«, sagte Dor.

»Zwanzig von richtig viel ist besser als hundert Prozent von nichts«, sagte Shai.

»Er hat recht, Mann«, sagte Gadi.

»Und neue Musik«, erwiderte Shai. »Goa, Trance, nicht der Scheiß, den dein DJ da auflegt.«

»Kennst du dich aus mit Goa?«, fragte Dor.

»Ich hab dort *gelebt*«, erklärte Shai.

»Hey, sind wir uns da schon mal begegnet?«, fragte Dor. »Wann warst du da? Kennst du Raj?«

»Raj aus dem Schmuckladen?«, fragte Shai.

»Nein, vom Saftstand«, sagte Dor.

»Saft-Raj!«, sagte Shai. »Scheiße, Mann! Von dem hab ich die Hälfte von meinem Hasch!«

»Das gibt's nicht!«, sagte Dor. »Hey, bist du mal dem Deutschen begegnet, der sich immer am Coconut bekifft hat?«

»Der hat seine Hängematte nie verlassen!«, sagte Shai.

Dor und er platzten laut los vor Lachen und Dor wischte sich Rotz und Blut aus dem Gesicht.

»Wahrscheinlich bist du okay«, sagte er. »Ich bin Dor. Das ist Gadi.

»Ich bin Shai«, erwiderte Shai. »Das ist Yair. Und das ist mein Bruder Lior und sein Freund Avi.«

»Minderjährige, super«, sagte Gadi. »Schlau, wenn die beim Verkauf erwischt werden, ist das kein großes Ding. Hey, was hast du für eine Telefonnummer? Lass uns ein Treffen organisieren, wenn wir alle wieder in der Stadt sind, ja?«

Shai half Gadi und Dor auf. »Nichts für ungut, oder?«, sagte er. »Hier.«

Er öffnete die Hand. Vier Pillen lagen darin.

»Ist ja schließlich eine Party!«, sagte Gadi. »Sehr cool, Mann. Sehr cool.«

»L'chaim«, sagte Shai. Zu viert stießen sie mit den Pillen an, lachten und warfen sie ein.

»Was ist mit uns!«, fragte Lior.

»Halt die Klappe, Lior. Geh und verkauf den Rest.«

Die vier Männer spazierten zur Party zurück.

»Wichser«, sagte Lior. »Eines Tages bin ich der Boss, dann werden die schon sehen.«

»Ich hab vorhin geknutscht«, platzte es aus Avi heraus.

Lior sah ihn mitleidig an. »Masel tov«, sagte er. »Komm schon. Lass uns den Kram verkaufen.«

69 DER SCHULDENEINTREIBER

»*In diesem Land werden wir alle viel zu schnell erwachsen.*«
– Benny

Avi war auf der Rückfahrt nach Tel Aviv ganz schön müde. Er hatte das Mädchen mit den Dreadlocks gesucht, aber nicht noch mal gesehen. Lior schnarchte auf dem Sitz hinter ihm. Es war kurz vor Morgengrauen.

Am Ende der Party waren die Autos alle eins nach dem anderen vom Platz gefahren.

Shai und Yair hatten mit ihren neuen Geschäftspartnern gesprochen, waren Fragen der Logistik, des Equipments und der Locations durchgegangen. Jetzt saßen sie beide erledigt vorne, kamen zufrieden von den Pillen runter. Sie legten sogar eine Kassette mit Arik Einstein in den Player und sangen schräg mit zu »Drive Slowly«. Die Scheiße war was für alte Leute.

Sie hatten locker zwanzigtausend Schekel gemacht. Und das mit gerade mal knapp über hundert Pillen, plus / minus Sonderpreise.

Yair und Shai sprachen über Unternehmenserweiterung. In einem Jahr würden sie den Vertrieb auf jeder Open-Air Party kontrollieren, aber im nächsten Schritt galt es in die Clubs zu kommen. Keine Clubs wie das Logos oder das Roxanne. Es gab extra

Clubs für Techno und Trance, draußen in den Industriegebieten, in alten schallgeschützten Lagerhäusern, mit vielen Russen. Shai schätzte, dass dort Millionen zu verdienen waren.

Avi war schon mit den fünfhundert zufrieden, die er bekommen hatte.

Mit dem Geld und dem Kuss von dem Mädchen mit den Dreadlocks. Der hatte gar nichts gekostet.

Er starrte aus dem Fenster auf die vorüberziehenden Straßenlaternen. Schon bald tauchten weitere Häuser auf, dann immer mehr. Der Gush Dan im Großraum Tel Aviv war ein urbanes Siedlungsgebiet, aber noch Vorstadt.

Endlich hielten sie vor dem Haus der Goldins. Alle waren zufrieden mit den Ereignissen der Nacht.

»Passt auf, dass ihr Natasha nicht weckt«, sagte Shai.

»Sir, jawohl, Sir«, sagte Lior, und Avi grinste.

Shai öffnete die Tür. Drinnen war es dunkel. Sie gingen auf Zehenspitzen, damit Natasha nicht aufwachte.

Jemand schaltete das Licht ein.

Drei Männer saßen im Wohnzimmer und beobachteten sie.

Avi hörte eine Bewegung hinter sich. Noch mehr Männer mit Pistolen. Sie nahmen Yair und Shai die Waffen ab und stießen sie zu Boden.

Auch Avi und Lior wurden niedergedrückt, bis sie knieten.

Keiner sagte ein verfluchtes Wort. Der Mann im Sessel stand auf. Er ging auf und ab, musterte sie ohne besonderen Gesichtsausdruck.

Dann sagte er: »Ich hätte euch wirklich nicht für so dämlich gehalten.«

»Natasha …«, sagte Yair.

»Eure kleine Schwester? Der geht's gut«, sagte der Mann.

»Und Ima …«

»Wir haben eure Mutter oben im Bad eingeschlossen. Benehmt euch, dann passiert niemandem was.«

Niemand sagte ein Wort. Der Mann nickte.

Er sagte: »Wisst ihr, wer ich bin?«

Avi sah ihn an. Er kannte sein Gesicht aus der Zeitung.

Er sagte: »Sie sind Aryeh Rubenstein.«

Niemand sagte etwas.

Rubenstein sagte: »Richtig. Also, was ich nicht verstehe, ist, wieso habt ihr gedacht, dass ihr einfach so meine Pokerrunde überfallen könnt?«

»*Ihre* Pokerrunde?«, fragte Avi.

Yair presste die Worte durch aufeinandergebissene Zähne: »Halt die Klappe, Avi!«

»Ja, meine Pokerrunde«, sagte der Mann. »Was habt ihr denn gedacht, wer das organisiert?«

Shai sagte: »Wir haben es nicht gewusst, ich schwör's. Ich schwöre Ihnen, wir hatten keine Ahnung!«

»Spielt das überhaupt eine Rolle?«, fragte Rubenstein. Die anderen beiden Männer saßen auf dem Sofa. Bis jetzt hatten sie kein Wort gesagt. Sie schüttelten die Köpfe.

Nein, sagten sie wortlos. Das spielte keine Rolle. Spielte gar keine Rolle.

»Wir können alles zurückzahlen«, sagte Shai.

»Ja, wir können alles zurückzahlen!«, sagte Yair. »Wir haben nicht mal alles ausgegeben, wir haben nur Geld gebraucht, um …« Yair brach den Satz ab.

»Um Drogen zu kaufen«, sagte Rubenstein. »Hab ich recht?«

»Sie haben recht …«, räumte Yair ein.

»*Meine* Drogen«, sagte Rubenstein und trat Yair unvermittelt ins Gesicht. Das knackende Geräusch hallte entsetzlich in dem kleinen geschlossenen Raum. Yair wimmerte, Blut lief ihm übers Kinn.

»Wie bescheuert kann man sein?«, sagte Rubenstein. »Ihr wollt mich mit meinem eigenen Geld bezahlen?«

»Wir wussten nicht, dass wir von Ihnen kaufen!«, sagte Shai. »Das lief über einen Mann in Bat Yam, den ich kenne!«

»*Mein* Mann«, sagte Rubenstein. »*Meine* Drogen. Das sind alles meine Drogen.«

Avi starrte die Männer auf dem Sofa an. Sie sahen ihn an, dann richteten sie ihre Blicke auf die anderen. Sie sahen aus wie die biblischen Propheten des Zorns, kurz bevor sie das Volk Israel als ungenügend verurteilten.

»Wir haben es nicht gewusst«, sagte Shai.

»Wir können es euch zurückzahlen!«, sagte Yair. »Wir haben einiges vor, wir haben heute Abend zwanzigtausend Schekel eingenommen, die könnt ihr haben!«

»Zwanzigtausend?«, fragte Rubenstein. »Wie?«

»Auf einer Trance-Party«, sagte Shai verzweifelt.

Rubenstein sah zu den Männern auf dem Sofa, einer schüttelte den Kopf.

»Das ist Kleinkram«, sagte er.

»Das ist kein Kleinkram!«, sagte Shai. »Das ist die Zukunft. Seid ihr blöd? Exta ist eine Partydroge. Die muss auf die Partys gebracht werden. Wir können sie in den Clubs verkaufen, auf Partys, wir *sind* die Szene, Mann!«

»Zwanzigtausend? Nur heute?«

»Das war erst der Anfang. Wir können locker hunderttausend klarmachen, plus die Einnahmen an der Bar. Wenn man die Clubs dazuzählt, könnten wir locker eine Million im Monat ranholen.«

»Aber ihr habt auch zusätzliche Kosten«, sagte der Mann auf dem Sofa. »Equipment, DJ, Mitarbeiter, Gehälter, Transport. Schmiergeld für die Polizei. Die Anteile der Club-Betreiber. Ihr müsst die Leute bezahlen, die's vertreiben. Und so weiter.«

»Wer bist du?«, fragte Shai.

»Ich bin Benny«, sagte der Mann.

»Und der da?«, fragte Shai und nickte zu dem anderen Mann auf dem Sofa.

»Geht dich gar nichts an«, sagte Benny.

»»Mögen doch die Knaben anheben und vor uns Waffentanz

halten«, sagte der andere Mann. »Zweites Buch Samuel, 2:14.« Er wirkte desinteressiert.

»Wir können den Laden zum Laufen bringen«, sagte Shai. Avi wünschte, er würde verdammt nochmal den Rand halten. Avi wollte einfach nur lebendig aus der Sache rauskommen. Er wünschte, die Goldins hätten ihn vorher bei sich zu Hause abgesetzt und er wäre nicht noch mal mit reingekommen.

Der Mann auf dem Sofa, Benny, sah ihn erneut an, als könnte er es ihm vom Gesicht ablesen. Bildete er sich das nur ein oder nickte ihm Benny unmerklich zu?«

»Könnte funktionieren«, sagte Benny, und Avi sackte vor Erleichterung fast ein bisschen zusammen.

»Ich muss euch trotzdem bestrafen«, sagte Rubenstein. »Das versteht ihr.«

»Wir können alles …«

»Ihr *werdet* alles zurückzahlen. Ihr werdet für mich arbeiten. Aber hier geht es nicht um Geld. Es geht um meinen guten Ruf. Ich bin sicher, das versteht ihr. Also. Du. Bist du der Älteste? Shai?«

»Ja, aber …«

Zwei von Rubensteins Männern packten Shai von hinten und hoben ihn hoch.

Rubenstein hob die Waffe. Er drückte zweimal ab.

Shai schrie.

Avi sah entsetzt, wie Shai auf dem Boden zusammenbrach. Rubenstein hatte ihm in die Knie geschossen.

»Nein!«, schrie Yair, und ein Mann schlug ihm von hinten die Pistole über den Schädel. Er knallte mit dem Gesicht zu Boden und stand nicht auf.

Lior blieb als Einziger der Brüder übrig. Er rührte sich nicht, starrte Rubenstein an, verzog keine Miene. Aber Avi hatte noch nie so viel Hass in einem Blick gesehen. Von oben drangen gedämpfte Schreie herunter. Natasha und die Mutter.

»Du, du bist der kleine Sagi«, sagte Benny. »Wir setzen dich zu Hause ab. Steh auf.«

Avi stieß sich vom Boden ab, stolperte. Seine Beine waren nach dem langen Knien eingeschlafen.

»Lior«, sagte er. »Was macht ihr …?«

»Schon gut, Avi«, sagte Lior, drehte noch immer nicht den Kopf, sah ihn nicht an. »Geh.«

Und Avi fiel wieder ein, wie Lior gesagt hatte, *eines Tages bin ich der Chef, und dann wirst du schon sehen.* Er schauderte.

Er wollte nur noch nach Hause und für immer schlafen.

»Komm, Kleiner«, sagte Benny. Er hatte Avi eine Hand ins Genick gelegt und schob ihn jetzt zur Tür. Die Männer strömten aus dem Haus auf die stille Straße.

Avi dachte an Shai und ob er jemals wieder gehen oder überhaupt überleben würde. Er dachte an Natasha oben. Er war so müde und traurig.

Am liebsten hätte er geweint, aber Jungs weinen nicht.

Benny stieß ihn auf den Rücksitz eines schwarzen Wagens und stieg mit ihm ein. Einer seiner Männer fuhr.

Benny sagte: »Ich habe deinen Vater gekannt.«

Avi war verdutzt, aber versuchte, es sich nicht anmerken zu lassen.

»Warum?«, fragte er. »Hat er Sie festgenommen oder so?« Benny grinste. »Oder so«, sagte er. »Chief Inspector Sagi war ein harter Knochen. Wieso gibt sich ein Junge wie du mit solchen Arschlöchern ab?«

»Das sind meine Freunde«, sagte Avi.

»Das sind nicht deine Freunde«, erwiderte Benny. »Wenn du das nicht kapierst, bist du dümmer, als ich dachte. Und ich halte dich eigentlich nicht für dumm.«

Avi zuckte mit den Schultern.

»Hör mal, Kleiner«, sagte Benny. »In sagen wir mal zwei oder drei Jahren gehst du zur Armee, oder?«

»Ja«, sagte Avi.

»Du könntest tolle Sachen machen«, behauptete Benny. »Verschwende deine Zeit nicht mit Versagern. Ich will, dass du dich von denen fernhältst.«

»Halten Sie sich jetzt für meinen Vater, oder was?«, fragte Avi.

»Bestimmt nicht«, erwiderte Benny. »Aber dein Vater ist nicht da, der kann dir nichts Besseres raten, oder?«

Sie fuhren über stille Straßen. Ein einsamer Postbote ging von Tür zu Tür.

»Und was soll ich stattdessen machen?«, fragte Avi.

»Ein bisschen länger Kind bleiben«, sagte Benny. »In diesem Land werden wir alle viel zu schnell erwachsen.«

Avi antwortete nicht. Sie waren fast bei ihm zu Hause. Der Wagen fuhr langsamer.

»Wenn du was brauchst«, sagte Benny, »dann komm stattdessen zu mir. Was sagst du, Avi?«

»Was ihr da eben gemacht habt …«, sagte Avi und beendete den Gedanken nicht.

»Es musste sein«, sagte Benny. »Das weißt du.«

»Wahrscheinlich«, sagte Avi.

»Denkst du das, oder weißt du's?«

»Ich weiß es«, antwortete Avi.

Der Wagen hielt. Avi stieg aus. Er atmete die frische Morgenluft ein. Er roch Lagerfeuerrauch, Schweiß und Angst.

Er drehte sich zu Benny um, der hinten im Wagen saß.

»Dann muss ich mich wohl bedanken«, sagte Avi. »Denke ich.«

Benny lächelte.

»Wir sehen uns noch, Avi Sagi«, sagte er.

14

KAVIAR

1994

70 GEWÖHNLICHE LEUTE

»Manche Fische sind zum Essen, von anderen wirst du gefressen.«
– Alexei

23 Uhr

»Gute Nacht, Ofra.«

Seine Frau ignorierte ihn demonstrativ, presste die Lippen aufeinander. Vorher hatten sie sich angeschrien. Jetzt setzten sie den Streit wortlos fort. Benny saß allein im Wohnzimmer. Ofra schaltete das Licht am Wandschalter aus und ging nach oben, ließ ihn im Dunkeln sitzen.

»Du mich auch«, brummte Benny, als sie außer Hörweite war.

Sie hatten mal wieder so eine Phase, in der sie sich einfach nicht verstanden, ganz egal, wie sie's anstellten. Wenigstens schrien sie sich noch an. Das Schlimmste war das wochenlange Schweigen, wenn sie höflich in der Küche aneinander vorbeiglitten, den Kinder zuliebe aufgesetzt lächelten. Wobei die Kinder nicht blöd waren. Yoni ging jeden Abend aus und sagte nicht, wohin, und Michal schlug in der Schule über die Stränge. Und die kleine Maya war noch sehr anhänglich, wollte jede Nacht bei ihnen im Bett schlafen.

Wenigstens lief bei Sigali alles glatt, sie befand sich im Negev, studierte Psychologie. Benny wünschte, er könnte sie öfter sehen, aber sie kam nur jedes zweite Wochenende nach Hause.

Benny saß im Dunkeln. Es machte ihm nichts aus. Auf dem Fernseher flimmerte ein alter Schwarz-Weiß-Film, irgendein Western. Benny saß im Sessel und sah zu, wie sich Männer auf Pferden gegenseitig erschossen. Er hätte in den Club gehen können, dachte er. Aber er war ein Mann in seinen Vierzigern, mit Frau und Kindern. Er wollte nicht werden wie Yehezkel Aslan, der jeden Abend mit Models und Sängerinnen feiern ging, zumindest bis er im vergangenen Jahr mit seiner Freundin vor einem Fisch-restaurant von Kugeln zersiebt wurde. Aslan hatte fünf Kinder, verdammt nochmal. Es stand ihm gar nicht zu, jeden Abend aus-zugehen.

Aslan und Rubenstein hatten einander schon über Jahre ge-hasst. Die Casino-Flüge aber waren das Tüpfelchen auf dem i ge-wesen. Sie hatten Zocker in die Türkei ausgeflogen, ein Geschäft, das Aslan kontrollierte, bis Rubenstein beschloss, es ihm abzu-nehmen. Außerdem hatte Rubenstein den Wichser sowieso nicht ausstehen können. Und das wollte was heißen. Aber Benny war so nicht, er war ein Familienmensch, er ging nicht mitten in der Nacht weg und tat, als wäre er jemand anders als ein schon etwas älterer, schmerbäuchiger Typ mit schütterem Haar, und wenn er sich doch mal außer Haus vergnügte, dann tat er es diskret. Ofra war so schon genervt genug.

Er wartete auf Yoni, aber natürlich kam Yoni gar nicht nach Hause. Benny döste ein. Auf dem Bildschirm ritt ein Mann mit weißem Hut auf einer Straße in einer Stadt, in der es nur eine Straße gab. Er schoss aus der Hüfte und Männer mit schwarzen Hüten starben.

Benny drückte die Daumen, dass der Gute zum Schluss gewin-nen würde. Sich selbst hielt er auch für einen Guten. Er war so einer mit einem weißen Hut. Er sah zu, dass seine Familie gut versorgt war. Er liebte die Kinder. Und als er Ofra an ihrem Hoch-zeitstag den Ring an den Finger steckte und sagte: »Nun bist du mir mit diesem Ring angeheiligt nach dem Gesetz von Mosche und Israel«, hatte er das verdammt nochmal ernst gemeint.

Er seufzte. Am liebsten hätte er sich eine Zigarette angezündet, aber Ofra mochte es nicht, wenn er im Haus rauchte. Er würde es eben einfach aussitzen müssen, bis es vorbei war, sich die Wolken wieder verzogen hatten und sie plötzlich wieder eine Weile lang gut miteinander waren. Vorläufig schlief er gerne auf dem Sofa.

Er musste geschlafen haben. Als er aufwachte, war das Testbild auf dem Bildschirm zu sehen, das heißt, es war nach Sendeschluss und die Morgendämmerung machte sich bereits vorsichtig bemerkbar. Benny hatte einen bitteren Geschmack im Mund. Irgendetwas hatte ihn geweckt, aber was?

An der Tür klapperte etwas. Verdammt, dachte Benny.

Er stand auf, riss sie auf und Yoni fiel ihm entgegen.

Er stank nach Alkohol.

»Steh auf«, sagte Benny. Yoni blieb einfach auf dem Teppich liegen und grinste ihn treudoof an.

»Steh auf! Nein, wag es nicht, Yoni! Wag es n…«

Aber es war zu spät. Sein ältester Sohn, sein ganzer Stolz, kotzte auf den Teppich und um ein Haar auf Bennys Füße, wäre dieser nicht schnell beiseite gesprungen.

»Verdammt, Yoni!«, sagte er.

»Was ist?«, hörte er Ofras Stimme oben an der Treppe. Er drehte sich um und sah sie herunterkommen, die Haare vom Schlaf zerzaust.

»Oh, Yonile! Was ist passiert?«

»Was glaubst du wohl, was passiert ist?«, fragte Benny. »Sieh ihn dir doch an.«

»Ich weiß noch, als du öfter so nach Hause gekommen bist«, sagte Ofra.

»So betrunken war ich nie«, sagte Benny, angewidert.

»Komm schon, Yonile«, sagte Ofra, kniete sich neben ihren Teenagersohn und versuchte ihn auf die Füße zu ziehen.

»Er ist doch noch ein Kind«, sagte sie.

»In ein paar Monaten geht er zur Armee«, sagte Benny.

»Ja«, sagte Ofra. »Aber ein Kind ist er trotzdem. Hilf mir, ihn hochzubringen.«

Das tat Benny. Er machte immer alles, was Ofra ihm sagte. Zusammen trugen sie Yoni nach oben in sein Zimmer. Der Junge ließ sich aufs Bett fallen.

Ofra deckte ihn zu, als wäre er noch ein Kind. Benny stand da und sah seinen Sohn böse an. Laut der Uhr auf dem Nachttisch war es fünf Uhr morgens.

Ofra sagte: »Ich gehe wieder ins Bett.«

An der Tür drehte sie sich um, ihre Miene war jetzt milder und ihm fiel auf, wie viele Falten sie hatte, wie grau ihre Haare waren, und er begriff, wie sehr er sie immer noch liebte.

»Kommst du?«, fragte sie.

Benny sagte: »Gleich. Ich mach unten noch sauber«. Ofra lächelte und ließ ihn stehen. Benny setzte sich aufs Bett und strich Yoni übers Haar. Der Junge schnarchte.

Benny küsste seinen schlafenden Sohn auf die Stirn. Dann ging er raus, schloss leise die Tür und weiter nach unten, schrubbte die Kotze seines Sohnes vom Teppich.

Dann ging auch er endlich ins Bett, das wirklich sehr viel bequemer und wärmer war als das Sofa.

6:30 Uhr

Anderthalb Stunden später wurde er aus dem Tiefschlaf gerissen, als Maya zu ihnen ins Bett kam, sich zwischen sie legte. Benny brummte, drehte sich zur Seite um und vergrub seinen Kopf unter einem Kissen, während Maya sich aufsetzte, längst hellwach und munter einen Song von Aviv Geffen sang.

»Ich kann Aviv Geffen nicht ausstehen!«, murmelte Benny ins Laken. Er sagte es aber nicht laut: Maya wäre sonst sehr wütend geworden.

»Aviv sagt …«, sagte Maya und ließ sich darüber aus, was Aviv sagte, dachte oder sang. Aviv Geffen kleidete sich sehr abgefahren, schminkte sich, sang über Kinder, die durch die Luft flogen und nach dem Mondlicht griffen. Maya liebte ihn abgöttisch.

Endlich verlor Maya die Lust, über Aviv zu reden, zumindest ohne dafür Reaktionen der Erwachsenen zu bekommen.

»Aba, steh auf!«, sagte sie. »Steh auf! Steh auf!«

Benny tat, als würde er noch schlafen, auch wenn das natürlich unmöglich war. Dann brüllte er plötzlich wie ein Löwe, sprang auf und Maya lachte, während er sie durchkitzelte.

»Aba, hör auf! Aba!« Maya wand sich, kicherte. »Ich hab Hunger, Aba! Ich will Frühstück!«

»Jawohl, gnädige Frau«, sagte Benny. Ofra war bereits auf. Er hörte sie in der Küche mit Töpfen und Pfannen hantieren. Benny stand auf, klopfte bei Michal an die Tür.

»Zeit, aufzustehen!«

»Geh weg, Aba!«

»Schule!«

»Ich gehe nicht in die Schule! Ich gehe nie wieder in die Schule!«

»Steh auf, Michali!«

»Noch fünf Minuten!«, schrie Michal von drinnen. »Komm bloß nicht rein!«

»Fünf Minuten!«, schrie Benny zurück. Er wusste, dass er sie in fünf Minuten erneut wecken musste. Aber er roch Kaffee und folgte dem Duft in die Küche, wo Ofra ihm eine Tasse anbot.

»Danke, Schatz«, sagte er.

Sie berührte ihn leicht am Arm, ihr Streit war einfach so vorbei, und sie vertrugen sich wieder.

Benny trank seinen Kaffee. Ofra schaltete das Radio ein. In den Nachrichten ging es um die Friedensgespräche zwischen Premierminister Rabin und König Abdullah von Jordanien. Benny dachte an die Möglichkeiten, die eine offene Grenze mit sich bringen würde, glaubte aber, dass es eigentlich gar nicht darauf ankam. Die arabischen Familien, mit denen Rubenstein und er arbeiteten, hatten ihre eigenen Kanäle zum jordanischen Drogenmarkt. Im Anschluss an die Nachrichten spielte Galgalatz Aviv Geffen und Benny stöhnte.

Mit nasaler Stimme sang er »Should I be in Love With You?«

Maya machte ein trauriges Gesicht und tat so, als würde sie ein Mikrofon halten und jaulte: »If you want to blooooom then ruuuuuun awaaaaay …«

»Michali, Schule!«, schrie Benny die Treppe nach oben.

»Fünf Minuten!«

»Jetzt sofort, Michali!«

»Aba, nu!«

Er hörte einen dumpfen Aufprall und lächelte. Immerhin war sie jetzt raus aus dem Bett.

»Setzt du sie an der Schule ab?«, fragte er Ofra.

»Mache ich. Redest du mit Yoni? Heute Abend?«, fragte sie.

»Ich weiß nicht, was ich ihm sagen soll.«

»Du bist sein Vater. Du musst was sagen.«

Benny rieb sich die Schläfen. Er wollte eine Zigarette.

»Ich versuch's«, lenkte er ein.

»Bist du heute Abend zu Hause?«

»Ich weiß nicht, Liebes.«

Er küsste sie leicht auf die Lippen, drückte auch Maya ein Küsschen auf den Kopf und rief: »Schule, Michali!« – »Ich weiß!« – und ging aus dem Haus.

Als er im Wagen saß, zündete er sich eine Zigarette an, kurbelte das Fenster runter, schaltete das Radio ein und wurde erneut von Aviv Geffen verfolgt. Was fanden die jungen Leute nur an dem? Einer aus dem Norden von Tel Aviv, der Vater berühmt, Klavierunterricht, alle Chancen der Welt, ein total nichtssagender Typ. War nie bei der Armee gewesen, und sogar Benny hatte seinen Militärdienst geleistet, wenn auch nie aktiv gekämpft.

Er begriff diese Moonlight Kids einfach nicht, wie sie sich selbst nannten. Benny wurmte, dass Maya Poster von Aviv in ihrem Zimmer aufgehängt hatte und Ofra ständig in den Ohren lag, sie solle mit ihr zu einem seiner Konzerte gehen. War das nicht auch ein Song von Aviv Geffen, wo er mittendrin einfach schrie: »Unsere Generation ist im Arsch?« Jetzt ertappte er sich dabei, wie er dessen Songs summte. Das war das Schlimmste. Nach einer Weile, ob er es wollte oder nicht, sickerten die Songs einfach in sein Gehirn und machten sich dort breit. Als wäre nicht jede Generation auf ihre eigene Weise im Arsch.

9:30 Uhr

Die Café-Bäckerei in der Allenby Street gab es schon, solange Benny denken konnte. Die machten Cremeschnitten und Schillerlocken genau wie früher in Österreich. Wobei Benny gar nichts mit Österreich am Hut hatte, seine Familie stammte nicht mal ansatzweise aus dem Kaiserreich Österreich-Ungarn, jedenfalls nicht soweit er wusste. Aber er mochte das Gebäck.

Außerdem war dort niemand Polizist oder Verbrecher. Da saßen nur alte Männer, die Kreuzworträtsel lösten, und alte Damen, die ihre Hunde Gassi führten. Außerdem gab Giveret Bergmann, die Betreiberin, Benny immer ein Vanillekipferl zu seinem Cappuccino. Benny setzte sich an seinen gewohnten Tisch hinten, mit Blick zur Tür. Er zündete sich eine Zigarette an und Mrs Bergmann brachte ihm seinen Kaffee.

Als er sich das Kipferl in den Mund steckte, war es so süß und mürbe wie immer, so weich, dass er glaubte, es inhalieren zu können. Ofra schimpfte mit ihm, wenn er Süßigkeiten aß. Seit er vierzig war, hatte er ordentlich zugelegt, und zwar hauptsächlich am Bauch. Vor allem wegen der Süßigkeiten. Ofra hatte schon vor ein paar Jahren mit dem Rauchen aufgehört, jetzt setzte sie sich öfter auf den Fitnesstrainer und machte Step Aerobics und Spinning, oder wie auch immer das hieß. Aber Benny dachte, alles in allem war er glücklich, so wie er war.

Er wollte die Zeitung lesen und vielleicht noch eine Cremeschnitte essen, als die Tür aufging und ein stämmiger Mann hereinkam. Er kam aus der Sonne, so dass Benny sein Gesicht nicht klar erkennen konnte, aber irgendwas an ihm kam ihm bekannt vor, etwas Gefährliches, und Benny griff unauffällig nach seiner

Pistole unter dem Tisch. Dann kam der Mann einen Schritt näher und noch einen, entdeckte Benny und grinste.

Jetzt erkannte Benny ihn, auch wenn er es kaum glauben konnte. Er stand auf, schob den Tisch mit den Knien von sich, trat einen Schritt vor und blieb stehen.

»*Alexei?*«, sagte er.

Wieder grinste der Mann und streckte ihm die Hand entgegen.

»Weißt du noch?«, fragte er auf Englisch.

»Wie könnte ich das vergessen?«, Benny nahm seine Hand, und umarmte ihn. Alexei Ivanovich, das war der Name des verrückten Russen.

»Schön, dich zu sehen, Benny«, sagte Alexei. »Ich bin froh, dass du's aus dem Libanon rausgeschafft hast.«

»Dank dir«, sagte Benny. Er sah ihn durchdringend an. »Und dem KGB?«

Alexei lachte. »Hast du's noch nicht mitbekommen?«, fragte er. »Die Sowjetunion gibt's nicht mehr.«

»Ich meine vorher. Als die dich gerettet haben … ich hab mich gefragt …«

Alexei zuckte mit den Schultern. »Spielt das eine Rolle? Ist jetzt eine neue Zeit, mein Freund. Eine Zeit des Friedens und des Wohlstands für alle. Hast du's nicht gewusst?«

»Ich hör's immer wieder«, sagte Benny. »Komm, setz dich. Willst du einen Kaffee?«

»Da«, sagte Alexei und machte Mrs Bergmann Zeichen und sagte ganz schnell etwas auf Deutsch. Mrs Bergmann war verzaubert. Sie entgegnete mit einem schnellen deutschen Wortschwall, Alexei konterte, Mrs Bergmann lachte hocherfreut und klopfte ihm auf die Schulter.

Als sie wiederkam, hatte sie zwei Kaffee und eine Auswahl an Gebäckstücken auf einem Teller bereitgestellt. Sie zeigte auf Benny und sagte etwas auf Deutsch, dann lachten Alexei und sie wieder.

»Sie sagt, du lässt dir ihr Gebäck sehr gerne schmecken«, übersetzte Alexei.

»Allerdings«, sagte Benny, vielleicht inzwischen ein bisschen gereizt. Mrs Bergmann zog sich zurück. Aber mit einem Mund voll Strudel war es schwer, gereizt zu sein.

»Wie hast du mich gefunden?«, fragte Benny. »Was machst du hier? Was ist passiert, nachdem ich dich das letzte Mal gesehen habe? Ich hab öfter an dich gedacht, Alexei. Ich hab sogar versucht, herauszufinden, was aus dir geworden ist, aber niemand konnte mir sagen, wo der letzte Mann des KGB in Beirut abgeblieben war.«

»Ach, in Beirut war ich gar nicht so häufig«, sagte Alexei. »Und es gibt keinen KGB mehr, jedenfalls nicht unter diesem Namen. Ich bin einfach ein Mann im diplomatischen Dienst und beziehe ein Gehalt, Benny. Leider ist ein russisches Gehalt heutzutage nicht mehr viel wert. Deshalb habe ich mir jetzt einen neuen Job gesucht. Der ist sehr viel besser bezahlt. Zumindest so gut, dass es für ein bisschen Gebäck reicht.« Er lächelte und biss in eine Schillerlocke.

»Das ist sehr gut«, sagte er mit Buttercreme an den Lippen.

Benny kniff die Augen zusammen, trank von seinem Kaffee und zündete sich die dritte Zigarette des Tages an und spielte mit dem Feuerzeug auf dem Tisch.

»Ich vermute mal, unsere Begegnung hier ist kein Zufall«, sagte er. »Und auch kein reiner Freundschaftsbesuch.«

»Ist durchaus freundschaftlich gemeint«, sagte Alexei. »Aber ich bin dir dankbar für deine Direktheit. Das zeichnet euch Israelis aus. Andere betrachten es vielleicht als Unhöflichkeit, aber mir gefällt das.«

»Ohne Scheiß«, sagte Benny.

»Ohne Scheiß«, antwortete Alexei. Er wischte sich mit einer Serviette aus dem Spender über den Mund. »Mein neuer Arbeitgeber ist Yevgeni Nahumovich.«

Benny lehnte sich zurück.

»Der Milliardär«, sagte er.

»Der Milliardär«, sagte Alexei.

»*Da*«, bestätigte er auf Russisch und grinste.

»Hast ja anscheinend inzwischen viel zu lachen«, sagte Benny.

»Das Leben ist schön«, sagte Alexei. »Hab gehört, für dich auch. Laufen die Geschäfte?«

»Die Geschäfte laufen«, sagte Benny.

»Na dann, lach doch mal. Iss Kuchen.«

»Ich glaube, ich hatte erst mal genug vom Kuchen«, sagte Benny. »Was will Yevgeni Nahumovich von mir?«

»Von dir?«, sagte Alexei. »Nichts. Er weiß nicht mal, wer du bist.«

Benny wartete.

Alexei schob seinen Teller weg und nahm einen Schluck Kaffee. »Mr Nahumovich gehören mehrere neue Bürogebäude in der Nähe der Diamond Bourse«, sagte er. »Sehr schöne Räume. Mr Nahumovich investiert gerne in Immobilien. Er hat sich gerade erst eine Villa in Netanya gekauft, für die Familie. Die Kinder sollen Hebräisch lernen, Israelis werden. Mr Nahumovich ist ein sehr guter Jude.«

»Aber nur sein Großvater väterlicherseits war Jude, oder?«, sagte Benny, schließlich las er Zeitung wie alle anderen auch.

»Das mag sein«, erwiderte Alexei. »Trotzdem hat er das Recht auf einen israelischen Pass. Und Mr Nahumovich möchte sich gerne integrieren, daher die Bürohäuser. Es sieht so aus, als würde eine Bande Schutzgelder im Finanzbezirk erpressen, und besagte Bande ist nun mit Forderungen an Mr Nahumovichs Unternehmensführung herangetreten. Ich glaube, es wurden ein paar Fensterscheiben zerbrochen und ein Wagen in Brand gesetzt, als man nicht bezahlen wollte.«

»Aha«, sagte Benny.

Alexei zuckte mit den Schultern. »Das Problem ist bis in die obersten Etagen vorgedrungen und Mr Nahumovich hat mich gebeten, mich der Angelegenheit anzunehmen. Das tue ich.«

»Aha.«

»Und stell dir vor, wie erstaunt ich war, als ich dabei auf einen alten Freund gestoßen bin, Benny.«

»Ich versuch's.«

Alexei grinste. »Wirklich schön, dich zu sehen«, sagte er.

»Will Mr Nahumovich nicht zahlen?«, fragte Benny.

»Mr Nahumovich hat Wichtigeres zu tun«, sagte Alexei. »Ich bin hier, um dich zu bitten, dass ihr die Sache vergesst.«

Benny seufzte, drückte die Zigarette im Aschenbecher aus. »Weißt du, ich hab Kinder«, sagte er. »Mein Junge muss bald zur Armee. Jetzt geht er jeden Abend aus und betrinkt sich mit seinen Freunden. Hast du Kinder, Alexei?«

»Eins, zu Hause in Russland«, sagte Alexei. »Ein Mädchen. Sie studiert gerade Maschinenbau in Moskau.«

»Meine Tochter ist gerade erst zum Teenager geworden«, sagte Benny. »Jetzt schläft sie den ganzen Tag, kleidet sich schwarz und trägt einen Nasenring. Einen Nasenring, Alexei!«

»Kinder sind nicht einfach«, sagte Alexei.

»Niemand wird mit sauberen Mitteln so schnell reich«, sagte Benny. »Ich nicht, du nicht und Yevgeni Nahumovich schon gar nicht. Also, was ist der Deal?«

»Faire Frage«, sagte Alexei. »Wie andere eingewanderte Oligarchen betrachtet auch Mr Nahumovich Israel als Zufluchtsort. Ein liberales, internationales Land mit vorteilhaften Steuergesetzen und hervorragenden Banken, die sich durch einen besonders entspannten Umgang mit ausländischen Geldtransfers auszeichnen. Das kommt international agierenden Geschäftsleuten sehr entgegen. Kurz gesagt, Mr Nahumovich beabsichtigt, völlig unabhängig von seinen Unternehmungen im Ausland, Israel zu seiner Heimat zu machen, und in der Heimat bleibt man am besten koscher.«

»Und deshalb zahlt er kein Schutzgeld?«

»Komm schon, Benny. Manche Fische sind zum Essen, von anderen wirst du gefressen. Betrachte es als Gefälligkeit.«

»Sicher«, sagte Benny.

Er würde einem Mann, der in der Lage war, Präsidenten zu kaufen, nicht den Krieg erklären. Benny kannte seinen Platz in der Welt.

»Bolschoi spasibo, mein Freund«, sagte Alexei.

»Nicht der Rede wert. Allerdings werde ich meinem Chef erklären müssen, warum das Geld fehlt.«

»Ah«, sagte Alexei. »Du hast mir gerade einen Gefallen getan. Vielleicht kann ich mich ja revanchieren.«

»Ich bin ganz Ohr, Alexei«, sagte Benny.

»Benny, weißt du, in Russland hatten wir immer die Vory«, sagte Alexei. »Inzwischen nennen sie sich Mafiya, ich denke, die haben zu viele amerikanische Spielfilme gesehen. Das waren immer die subversiven Elemente der Gesellschaft, die sich nicht an die Gesetze gehalten haben. Obwohl man in der Sowjetunion, wenn man erwischt wurde, entweder hingerichtet oder nach Sibirien verbannt wurde … es gab sie trotzdem, weil sie Dienste angeboten haben, die selbst Leute im Zentralkomitee manchmal in Anspruch nehmen mussten.«

»Danke, dass du mir das organisierte Verbrechen erklärst, Alexei«, sagte Benny und Alexei lachte.

»Was brauchst du?«, fragte Benny. »Drogen? Mädchen?«

»Mr Nahumovich gibt eine Party«, fuhr Alexei fort. »Für wichtige Personen. Er hat einem Krankenhaus sehr viel Geld gespendet, vielleicht hat er es auch gekauft. Spielt keine Rolle. Im Anschluss an die Party wünschen sich einige Gäste möglicherweise noch eine kleinere, intimere Zusammenkunft.«

»Verstehe«, sagte Benny.

»Habt ihr häufig mit Politikern zu tun, Benny?«

Benny zuckte mit den Schultern. »Manchmal«, sagte er. »Nicht direkt.«

»Natürlich.«

»Es ist, wie du sagst«, meinte Benny. »Menschen brauchen bestimmte Dinge.«

Genau in diesem Augenblick klingelte sein Telefon. Benny hatte Mühe, es herauszuziehen, und als er sich endlich meldete, knisterte es in der Leitung, bis ihm einfiel, dass er die Antenne ganz ausfahren musste. Dann hörte er Ofra, die verzweifelt klang, und Bennys erster Gedanke war, dass vielleicht etwas Schlimmes passiert war, dass jemand einen Anschlag auf seine Familie verübt hatte, obwohl eigentlich alles in schönster Ordnung war, seit Rubenstein Aslan aus dem Weg geräumt und Rabin Arafat auf dem Rasen des Weißen Hauses die Hand geschüttelt hatte. Dann hörte er aber, dass Ofra über Michal und die Schule sprach, und Benny sagte: »Langsam, Ofra, was ist passiert?«

12:30 Uhr

»Michal hat ein anderes Kind geschlagen«, sagte die Direktorin Mrs Lipshitz mit missbilligend verkniffenem Mund. Benny und Ofra saßen in ihrem Büro. Benny kaute auf einem Pfefferminzbonbon und schluckte es, als ihm seine Frau ihren spitzen Ellbogen in die Seite stieß.

»Was genau ist passiert?«, fragte Benny.

Mrs Lipshitz richtete ihre kalten blauen Augen auf ihn. »Sie hat ein anderes Kind geschlagen«, wiederholte sie betont deutlich, als wäre Benny ein bisschen schwer von Begriff. »Um genau zu sein, Mr Pardes, sie hat einem anderen Mädchen büschelweise Haare ausgerissen und ihr das Gesicht blutig gekratzt. Sie können von Glück sagen, wenn die anderen Eltern keine Anzeige erstatten.«

»Niemand zeigt hier irgendwen an«, sagte Benny. »Ich will eine Erklärung. Ich schicke meine Tochter in Ihre Schule und erwarte im Gegenzug, dass sie betreut wird.«

»Sie schicken Ihr Kind in diese Schule, weil das gesetzlich vorgeschrieben ist, Mr Pardes«, sagte die Direktorin. »In diesem Land herrschen immer noch Ordnung und Gesetz.«

»Was … was passiert jetzt mit ihr?«, fragte Ofra.

»Sie wird suspendiert«, erwiderte Mrs Lipshitz. »Was danach kommt, überlegen wir noch. Ich hatte gehofft, einen Schulverweis vermeiden zu können …«

»Einen Schulverweis!«, sagte Benny.

»Ja, Mr Pardes. Sie waren beim letzten Elternabend wohl nicht dabei?«

»Ich war geschäftlich unterwegs«, sagte Benny.

»Natürlich«, sagte Mrs Lipshitz noch missbilligender. »Geschäftlich. Also, wie ich Ihrer Frau damals erklärt habe, sind Michals Noten in letzter Zeit schlechter geworden, ebenso wie ihr Verhalten. Sie ist unhöflich und missmutig, hört nicht auf ihre Lehrer und hat auch zu ihren Mitschülern kein gutes Verhältnis. Es hatte bereits zuvor einige kleinere Vorfälle gegeben, aber was heute passiert ist, bringt das Fass zum Überlaufen, wie man so schön sagt.«

Mrs Lipshitz sah nicht aus, als hätte sie viel für Fässer übrig. Oder für Wasser. Ihre Diplom-Urkunden schmückten die Wände des Büros. Ein Zeugnis des Oranim Teachers College, ein Master in Pädagogik vom Levinsky College, eine besondere Auszeichnung des Bildungsministeriums und eine weitere von Wizo.

Jitzchak Rabin blickte von einem Bild an der Wand herunter. Er wirkte deutlich besser gelaunt als Mrs Lipshitz. »Sie war ein bisschen schwierig zu Hause«, sagte Benny, »aber das waren nur ganz normale Teenagerprobleme. Wie lange soll die Suspendierung denn dauern?«

»Wie gesagt, Mr Pardes, so lange, bis wir entschieden haben, ob sie in die Schule zurückkehren darf oder … nicht.«

»Ich nehme sie nicht von der Schule!«, schrie Benny

»Schreien Sie mich nicht an, Mr Pardes«, gab Mrs Lipshitz zurück. »›Die nun säen in Tränen, im Jubel werden sie ernten.‹ Psalmen 126:5.«

570

»Was?«, sagte Benny. Das Zitat erinnerte ihn unangenehm an Cohen, der die Angewohnheit hatte, Bibelzitate herauszuballern wie andere einen Kugelhagel aus einem Gewehr.

Er holte tief Luft. »Ich möchte von Michal selbst hören, was passiert ist«, sagte er.

»Gewiss«, erwiderte Mrs Lipshitz. Sie drückte auf einen Knopf am Telefon auf ihrem Schreibtisch. »Orna, würden Sie bitte Michal zu uns hereinschicken? Danke sehr.«

Sie sah zu Benny und Ofra auf.

»Sie kommt gleich«, sagte sie.

Benny sagte: »Danke.«

Die Tür ging auf und Michal trat ein. Sie blieb trotzig und wütend stehen, jedenfalls dachte Benny das zunächst. Dann aber sah er die Körperhaltung seiner Tochter, ihren Stolz und ihre Sorge. Er wollte aufstehen, sie in den Arm nehmen und ihr sagen, dass alles wieder gut wird.

Mrs Lipshitz sagte: »Nun, Michal? Erkläre dein Verhalten.«

»Ich habe nichts zu erklären.«

»Du hast das andere Mädchen geschlagen«, sagte Mrs Lipshitz.

»Sie hat …!«, sagte Michal, sprach den Satz aber nicht zu Ende.

»Ja, Michal?«, fragte Mrs Lipshitz.

»Sie hat so Sachen gesagt«, erklärte Michal. »Da bin ich wütend geworden.«

»Du hast ihr das Gesicht zerkratzt!«, sagte Mrs Lipshitz. »Sie muss genäht werden!«

»Gut!«, sagte Michal.

»Michal!«, rief Ofra entsetzt.

»Was hat sie zu dir gesagt, Michali?«, fragte Benny. Seine Tochter stand stumm mit verschränkten Armen da.

»Was hat sie gesagt, Michali?«, wollte Benny wissen, und dieses Mal hatte seine Stimme eine gefährliche Schärfe, was selbst Mrs Lipshitz bemerkte und trotz all ihrer Diplome ein bisschen kleiner werden ließ.

»Nichts«, murmelte Michal. »Sag es mir«, verlangte Benny.

»Sie hat dich als Verbrecher beschimpft!«, schrie Michal. »Sie hat gesagt, wir sind Kriminelle und du bist ein Gangster, ein Drogendealer und ein … ein Mörder. Ich hab gesagt, sie soll ihre verfluchte Fresse halten, aber sie hat immer weitergemacht … also hab ich ihr gezeigt, was ich davon halte.«

»Mit Fäusten!«, sagte Mrs Lipshitz angewidert.

»Jedenfalls hat sie mir dann zugehört.« Michal grinste abfällig und drehte sich zu ihren Eltern um.

»Wir sind keine Kriminellen«, sagte sie. »Wir sind gute Menschen. Ganz normale Leute. Ich hab uns verteidigt, Papa. Mehr nicht.«

»Wir dulden an dieser Schule keine Gewalt«, sagte Mrs Lipshitz und sah dabei Benny an, nicht Michal. Er merkte, dass er die Fäuste in der Tasche ballte und schwer atmete.

Dann spreizte er die Finger, beruhigte sich und sagte: »Ich verstehe, Mrs Lipshitz.«

Mrs Lipshitz nahm einen Stift, hob ihn wie einen Zeigefinger. »Wir werden bei der nächsten Vorstandssitzung darüber beraten«, kündigte sie an. »Und Ihnen unsere Entscheidung mitteilen.«

»Gut«, sagte Benny und stand auf.

»Komm, Ofra«, sagte er. »Michali, du auch. Wir fahren nach Hause.«

13 Uhr

Auf der Heimfahrt sprach er nicht viel. Keiner von ihnen.

»Was wird jetzt aus mir, Papa?«, fragte Michal, und Benny sah, dass sie nur mit Mühe die Tränen zurückhielt. »Muss ich von der Schule runter?«

»Ich weiß es nicht, Motek«, antwortete Benny.

Er setzte sie zu Hause ab.

»Bring das in Ordnung, Benyamin«, sagte Ofra leise und beugte sich noch einmal durch das geöffnete Wagenfenster, als Michal schon im Haus war.

»Was soll ich machen, Ofra?«, fragte Benny. »Das sind Kinder. Michali muss zu der anderen hingehen, sich entschuldigen, und hoffentlich darf sie dann auf der Schule bleiben.«

»Du hältst dich für Wunder wie mächtig«, sagte Ofra. »Dabei bist du niemand.«

Sie ließ Benny stehen. Er starrte das Lenkrad an. Als er frustriert daraufschlug, ertönte die Hupe, und eine Taube flatterte erschrocken auf.

Er trat aufs Gas. Es gab Leute, die man ficken konnte, und andere, von denen man gefickt wurde. Was hätte er machen sollen, Amos losschicken, damit er das andere Mädchen zusammenschlägt?

Er fuhr zum Zentralen Busbahnhof. Das neue Gebäude war erst im letzten Jahr eröffnet worden. Benny hatte ein paar Schutzgelderpressungen dort laufen oder versuchte es zumindest, aber das Gebäude war riesig und die meisten Ladenlokale standen leer. Die geöffnet hatten, waren irgendwie scheiße. Benny parkte in der Fein Street. Mit der Gegend ging es rapide bergab. In einer Gasse in der Nähe von Bentovich Books sah er jemanden, der sich einen Schuss setzte. Benny trat den Junkie, bis der sich ungehalten brummend verzog.

Benny ging in die Hausnummer 1. Im Vergleich zu anderen Bordellen war dieses vermutlich nicht das schlimmste, und selbst zu dieser Tageszeit war einiges los. Er sah Marina, die Chefin, sie kam und umarmte ihn kurz und drückte ihm ein Küsschen auf die Wange.

»Willst du einen Tee?«, fragte sie.

Kaffee gab's keinen bei ihr. Nur Tee mit Zitrone und importiertem Würfelzucker, so wie man ihn in St. Petersburg oder sonst wo trank. Benny hatte sich zur Regel gemacht, niemals im Puff etwas zu essen oder zu trinken, also lehnte er höflich ab.

»Was führt dich her, Benny?«, fragte Marina. Benny hörte jemanden durch die dünnen Wände stöhnen. Das ganze Haus war über drei Stockwerke in kleine Kabinen eingeteilt. Fast musste er würgen, so sehr stank es nach Sperma und Putzmitteln. »Geld ist doch erst am Freitag fällig.«

»Ich brauche ein paar Mädchen für eine Party«, erklärte Benny. »Hast du ein paar neue?«

»Ich hab eine junge Araberin frisch vom Dorf«, sagte Marina. »Armes Ding, du kennst die Sorte. Ein bisschen rebellisch, sie ist weg von zu Hause, und ein Taxifahrer, den ich kenne, hat sie aufgegabelt und hergebracht. Hat ihr gesagt, ich würde Mädchen wie ihr helfen. Stimmt ja auch. Jedenfalls hat sie jetzt ein Gewerbe.«

»Keine Araberin«, sagte Benny.

Marina dachte nach.

»Ist es eine große Party?«, fragte sie.

»Kann sein. ich weiß es nicht.«

»Ich hab ein paar Ukrainerinnen, direkt aus dem Frachtcontainer in Kairo«, meinte Marina.

»Sind die sauber?«

»Bis jetzt schon.«

»Kannst du sie mir mal sicherheitshalber reservieren?«, fragte Benny.

»Für wann?«

»Heute Abend.«

»Die müssen arbeiten, Benny.«

»Wenn ich nicht anrufe, bekommst du trotzdem dein Geld.«

Marina zuckte mit den Schultern. »Tov, nu«, sagte sie.

Ihr Akzent war so breit, als hätte sie ihn in Borschtsch getunkt.

Benny verabschiedete sich und wollte gehen, gerade als ein Mann mit einem Handtuch um die Hüften, behaarter Brust und dickem Bauch aus einem der Zimmer torkelte.

Benny nickte höflich und sagte: »Minister …«

Draußen war die Luft frisch im Vergleich zu drinnen, erfüllt von den Abgasen der Busse, Grillrauch, Zigaretten und Pisse, wie immer in Tel Aviv.

Die Büroräume von VIP Escorts befanden sich im zweiten Stock eines Bürogebäudes abseits der Dizengoff Street.

Sarah, die Empfangsdame, lächelte, als sie Benny sah.

»Kaffee?«, fragte sie.

»Bitte.«

»Shai kommt gleich aus der Mittagspause zurück.«

»Ich bezahl ihn nicht fürs Mittagessen«, brummte Benny, dabei machte Shai seine Sache nicht schlecht. Er hielt die Mädchen und die Klienten bei Laune und war stets diskret. Also trank Benny seinen Kaffee. Sarah las *La'isha*, auf dem Titel war die Schönheitskönigin Jana Khodirker. Auch sie war aus Russland eingewandert, wogegen Benny in diesem Fall gar nichts hatte. Die Russen waren wie alle anderen Einwanderer, sie hatten ihre Eigenheiten, früher oder später würden sie sich in den Schmelztiegel einfügen und zu einer weiteren Facette von Israeli werden – was auch immer das heutzutage bedeutete.

Shai kam rein und Benny rief: »Charlie!«

Shai guckte gequält und sagte: »Du weißt, dass ich nicht mehr so heiße.«

»Auch mit einem neuen Namen wirst du kein Aschkenasi«, meinte Benny, und Shai erwiderte: »Mizrahi, Ashkenasi, schwarz, weiß, das hat alles keine Bedeutung mehr, Benny. Wann kapierst du das endlich? Ist ein neues Zeitalter, Mann. Bald bricht das einundzwanzigste Jahrhundert an. Schon mal was von Internet gehört, Benny? Da sind alle gleich, überall auf der Welt. Da gibt es keine Araber mehr, keine Juden und keine Kriege. Rabin wird schon bald Frieden schließen und du wirst sehen, in ein paar Jahren kannst du von hier aus direkt durch Jordanien und den Iran fahren. Bis nach China, wenn du willst. Stell dir das mal vor, Benny!«

»Bist du high?«, fragte Benny. Shai grinste und sagte: »Berauscht vom Leben, mein Freund.«

»Ich brauche Mädchen für heute Abend«, sagte Benny. »Für eine große Party.«

»Natürlich, na klar. Wir sind gerne behilflich. Um wie viel Uhr? Lass mich in die Bücher schauen. Sarah! Wer ist für heute Abend eingetragen?«

»Avigail, Lily, Galit, Rotem, Polina, Irina, Natasha M., Natasha P., Maria, Lucia, Elena und Venus.«

»Buch sie bitte alle«, sagte Benny, »und hol noch ein paar mehr dazu, wenn du kannst.«

»Klar, ich muss nur telefonieren«, sagte Shai. »Was ist der Anlass?«

»Keine Ahnung«, erwiderte Benny. »Irgendein russischer Milliardär hat was zu feiern.«

15 Uhr

Auf dem Nachhauseweg machte er an einem Falafelstand Halt, aß im Stehen und bekleckerte sich mit Hummus.

16:15 Uhr

Als er nach Hause kam, waren alle Kinder da. Yoni saß mit Maya auf dem Sofa, sie sahen irgendeine Kindersendung im Fernsehen.

»Hey, Papa«, sagte er. Immerhin war er angemessen verlegen. »Tut mir leid wegen gestern Nacht.«

Maya sprang auf und rannte zu Benny. Sie umarmte ihn.

»Papa!«

»Motek«, sagte Benny. In diesem Moment kam Michal mit einem Sandwich aus der Küche herein.

»Hey, Papa«, sagte sie.

Sie setzte sich in den Sessel neben dem Sofa und fing an zu essen.

Ofra kam die Treppe runter. »Ich habe mit Mrs Lipshitz gesprochen«, sagte sie.

»Ah?«, sagte Benny vorsichtig.

»Michal wird sich entschuldigen. Aufrichtig. Und dann werden wir der Schule einen größeren Betrag spenden. Mrs Lipshitz sagt, es wird ein neuer Kühlschrank und eine Kaffeemaschine im Lehrerzimmer gebraucht. Eine schicke, eine Espresso-Maschine.«

»Eine Espresso-Maschine!«, rief Benny. »Die sind sich wohl zu fein für Löslichen?«

Ofra ignorierte ihn.

»Nächste Woche darf Michali dann wieder kommen. Sie wird nur für ein paar Tage suspendiert.«

»Ich kümmere mich darum«, sagte Benny.

Ofras Blick wurde milder.

»Bleibst du zu Hause?«, fragte sie.

»Nicht lange, Schatz«, sagte Benny. »Ich bin nur gekommen, um ein paar Sachen zu holen. Habe ich einen Anzug?«

»Einen Anzug?«, fragte Ofra.

»Ja.«

»So was wie einen Hochzeitsanzug?«

»Gehe ich denn normalerweise im Anzug auf Hochzeiten?«, fragte Benny.

»Normalerweise nicht, nein.«

»Aber ich habe doch einen, oder?«

Ofra seufzte.

»Gehst du denn zu einer Hochzeit?«, fragte sie.

»Nein«, sagte Benny. »Zu einer Wohltätigkeitsveranstaltung.«

»Was hast du denn mit Wohltätigkeit am Hut?«, fragte Ofra.

»Nichts.« Einen Augenblick lang stieg Verbitterung in Benny auf, die er niederzukämpfen versuchte. »Ich wurde nur als Aushilfe eingestellt.«

»Na ja, wir suchen dir lieber trotzdem einen Anzug«, sagte Ofra.

Er folgte ihr nach oben, wo sie den Kleiderschrank durchsuchte und dann verschiedene Kleidungsstücke aufs Bett legte. Benny zog sich aus, war sich seines Bauchs und seines bleichen schwabbeligen Fleischs bewusst. Er stieg in eine Hose und Ofra sagte: »Du musst sie höher ziehen, über die Taille.«

Benny kam sich blöd vor, zog aber ein Hemd drüber und gefiel sich schon ein bisschen besser.

»Du brauchst einen Gürtel«, sagte Ofra. »Und steck das Hemd in die Hose.«

»Wofür hältst du mich, einen Botschafter?«, fragte Benny. Aber er tat, wie ihm geheißen, und als er in das Sakko schlüpfte, musste er zugeben, dass er gar nicht so schlecht aussah. »Sehr schön«, meinte Ofra. »Jetzt brauchst du nur noch Schuhe.«

Sie gab ihm ein paar schwarze glänzende und schließlich auch noch eine Krawatte. Benny konnte sich nicht mehr erinnern, wann er das letzte Mal eine Krawatte getragen hatte. Er bewunderte sich im Spiegel. Er sah aus wie ein anständiger Geschäftsmann, vielleicht kein sehr erfolgreicher, aber ein ehrlicher.

Ofra zog seine Krawatte zurecht.

»Komm nicht so spät nach Hause«, sagte sie.

Benny erwiderte: »Ich geb mir Mühe.«

19:30 Uhr

Aviv Geffen sang im Radio über die Kinder des Mondlichts, als Benny nach Tel Aviv zum Museum of Art fuhr. Er war einigermaßen befangen. Schwarze Regierungsfahrzeuge – Volvos, Regierungsangehörige fuhren immer Volvo – hielten vor dem Eingang, die Chauffeure ließen ihre Fahrgäste aussteigen. Benny parkte an der Straße. Er ging zum Lieferanteneingang, nannte Alexeis Namen und wurde eingelassen.

»Du bist gekommen«, sagte Alexei.

Benny fand ihn vor einem Gemälde von Nachum Gutman.

»Du hast mich eingeladen.«

»Ich wusste nicht, ob du gesehen werden willst.«

»Mit *denen* nicht«, sagte Benny, und Alexei lachte.

»Du meinst wohl, Politiker sind die wahren Verbrecher, oder wie?«, fragte er.

»Irgendwie schon«, sagte Benny. »Ich hatte einen langen Tag.«

Es gab nichts, wofür er sich hätte schämen müssen. Er saß nicht im Gefängnis, stand nicht unter Anklage. Er war nur ein Mann, der für seine Familie sorgte. Er stand neben Alexei und gemeinsam beobachteten sie die Ankunft der wichtigen Persönlichkeiten.

Shlomo Artzi und seine Band bauten in einer Ecke auf. Kellner gingen mit Champagnergläsern und Tabletts voller Kaviar auf Blinis umher. Benny erinnerte sich an die alten Zeiten, als es zu Hause nichts anderes als Sardinen aus der Dose gab. Manchmal, wenn man den Fisch aufschnitt, fand man Eier darin. Wie er den Anblick gehasst hatte, den Geruch und einfach alles daran. Aber sein Vater hatte sie immer gezwungen, die Eier mitzuessen.

Schwer zu glauben, dass das inzwischen Israel war, diese ganzen Männer in Anzügen und Krawatten, die nach neuem Geld stanken, Champagner tranken und Kaviar aßen.

»Wo ist dein Chef?«, fragte Benny.

Alexei zeigte auf ihn.

Ein Stück weiter stand ein nicht sehr beeindruckender Mann und begrüßte die Gäste. Benny war ein bisschen enttäuscht und wusste nicht einmal, warum. Nahumovich war für ihn unerreichbar, wie ein Berg oder eine Felswand. Was passiert, wenn so viel schmutziges Geld zusammenkommt, bis man nicht mehr weiß, wohin damit, und wenn man es wäscht, indem man ein Krankenhaus davon kauft, einen Fußballverein oder einen Politiker.

Benny bedeutete das nichts. Er war immer noch ein Mann der Straße, war im Dreck und im Lärm zu Hause und benutzte den Lieferanteneingang.

»Und wo ist deiner?«, fragte Alexei zurück.

»Amerika.«

»Ach, ja«, sagte Alexei. »In Amerika. Da will ich eines Tages auch hin. Kommt mir komisch vor. Wir haben so lange Krieg geführt. Und dann kam Gorbatschow und Glasnost und irgendwie war der ganze Kommunismus auf einmal gar nicht mehr so wichtig. Ich hoffe, wir werden das nicht noch mal bereuen.«

»Was hilft es schon, etwas zu bereuen?«, fragte Benny. »Was geschehen ist, kann man sowieso nicht rückgängig machen.«

Sie standen da und betrachteten die Gäste. Olmert, der aktuelle Bürgermeister von Jerusalem. Olmert liebte Geld, so wie Fliegen Scheiße lieben. Moshe Katsav, ein eingebildeter Typ im Anzug, der sich gewissen Tuscheleien zufolge gerne den Frauen aufdrängte, die unter ihm arbeiteten. Dschinghis, der ehemalige General und derzeit Abgeordneter der Knesset: nicht nur korrupt, sondern auch noch ein Vergewaltiger. Immer mehr kamen herein: Benizri, Deri, Ramon, Mordechai, Flatt-Sharon, Gonen Segev.

Da war Avigdor Lieberman, ein junger russischer Funktionär. Alexei beobachtete ihn mit einem eigenartigen Lächeln, als würde er ihn sehr gut kennen. Benny speicherte die Information ab.

Und Liebermans Chef, Benyamin Netanjahu, dessen Bruder bei der Operation Entebbe ums Leben gekommen und seither ein gefeierter Kriegsheld war. Netanjahu war gerade von seiner Amtszeit als israelischer Botschafter der UN zurück, hatte aber eine größere politische Laufbahn im Visier, und für diese würde er noch eine Menge Geld brauchen.

Es kamen immer mehr. Die Diebe, die Vergewaltiger, und hatte Bialik – oder war es Ben Gurion? – nicht geschrieben: »Erst wenn wir unseren eigenen hebräischen Dieb, unsere eigene hebräische Hure und unseren eigenen hebräischen Mörder haben, haben wir wahrhaftig einen Staat.« Hier wurde es wahr, dachte Benny. Hier wurde es Wirklichkeit. Vielleicht sollte jetzt alles anders werden.

Genau in diesem Moment fing Schlomo Artzi an, »Moon« zu singen, die versammelten Würdenträger drehten sich mit Getränken in der Hand um, wollten zusehen. Benny hatte genug. Er kam, er sah und war enttäuscht.

All die Leute waren einfach nur Männer in Anzügen – wobei andererseits Männer in Anzügen heutzutage die Welt regierten.

22:30 Uhr

Er machte noch einmal an der Villa Halt, um sich zu vergewissern, dass die Mädchen bereits dort waren, vor den Gästen, und auch diskret einen ausreichenden Vorrat an Pharmazeutika mitgebracht hatten. Sie waren gute Mädchen. Mit guten Drogen. Benny blieb nicht bis zur Ankunft der Politiker.

Alexei hatte ihm einen dicken Umschlag mit Bargeld zugeschoben, als er das Museum of Art verlassen hatte.

Benny war sich wie ein Zuhälter vorgekommen.

»Vergiss nicht, mein Freund«, sagte Alexei. »Es gibt Männer, die dir dienen, und andere, denen du dienst.«

00:00 Uhr

Als er nach Hause kam, lag Yoni schlafend auf dem Sofa, das Licht des Fernsehers flimmerte schwarz und weiß, schwarz und weiß auf seinem Gesicht. Benny deckte ihn zu, küsste ihn auf die Stirn, schaltete den Fernseher aus, in dem Cowboys Indianer über karge Landschaften verfolgten.

Er zog seine Schuhe aus und schlich auf Socken nach oben. Michals Tür war geschlossen, alles war still. Als Benny ins Bett wollte, merkte er, dass Maya sich wieder zu ihnen gelegt hatte und friedlich schnarchend quer auf der Decke lag, Ofra ganz am Rand. Benny zog den unbequemen Anzug im Dunkeln aus. Sakko und Krawatte passten nicht zu ihm, fand er. Er war ein einfacher Arbeiter.

Er schob Maya sanft beiseite, bis er genug Platz hatte, und schlüpfte ins Bett. Seine Tochter drehte sich um, schlang ihre dünnen Arme um seinen Hals und schmiegte sich an seine Brust. Er spürte ihren Atem.

Benny schloss die Augen und döste ein, ausnahmsweise zufrieden.

15

ARAD 95

1995

71 TAKE THE NINETIES

»And I don't belong to the children crying in the Square.«
– Lior Tirosh, Remnants of God

17. Juli 1995: Tagsüber

Avi hievte seinen Rucksack am Eingang zum Zentralen Busbahnhof auf den Rücken. Er hatte Wechselwäsche, eine Zahnbürste und Zahnpasta, Deo und einen leichten Schlafsack dabei. Außerdem ein paar hundert Schekel in seiner Brieftasche mit Klettverschluss sowie eine Fahrkarte für den Egged-Bus nach Arad.

Vorübergehend verirrte er sich in den labyrinthischen Gängen des Bahnhofs. Auf einer Decke auf dem Boden zwischen zwei Geschäften verkaufte ein Mann schwarz kopierte Kassetten, und aus einem tragbaren Kassettenrekorder dröhnte Zohar Argov. Eine Reihe Schaufensterpuppen, alle mit Sachen vom Vorjahr bekleidet, starrten Avi mit ausdruckslosen Gesichtern an.

Ein Mädchen in Jeans-Shorts und Jesuslatschen fuhr ebenfalls mit einem Rucksack die Rolltreppe nach oben. Avi starrte ihr hinterher und sah, dass die meisten anderen in dieselbe Richtung wollten. Er folgte ihr bis ins obere Stockwerk, fort von den Geschäften, dorthin, wo die Fahrgäste auf ihre Busse warteten. Jugendliche in seinem Alter standen herum oder saßen auf dem Boden, der eine oder andere spielte auf einer akustischen Gitarre, um sich die Zeit zu vertreiben. Avi hatte Klavierunterricht nehmen müssen, aber er war nie richtig gut gewesen und hatte immer gewünscht, er hätte stattdessen Gitarre spielen gelernt, um die Mädchen zu beeindrucken. Er wäre gerne in einer Rockband gewesen. Keiner wie Elders of Safed, aber vielleicht so einer wie Mashina. Er hätte der Sänger sein können, wie Yuval Banai bei Mashina. Die Band löste sich auf. In Arad würden sie ihr letztes Konzert aller Zeiten geben, und wenn es irgendwie ging, wollte Avi dabei sein. Vorausgesetzt, er bekam ein Ticket. Das Festival-Programm steckte in seiner Tasche. The Tractor's Revenge und Friends of Natasha. Aviv Geffen und Ofra Haza. Für jeden war etwas dabei. Eine Woche lang sollte die kleine Stadt in der Wüste zum pochenden Herzen der Musikszene des ganzen Landes werden.

Einem kleinen, von Feinden umgebenen Land, scherzte das Cameri Quintet im Fernsehen. Aber Rabin hatte nach Oslo und dem Handschlag vor dem Weißen Haus mit Arafat einen Friedensvertrag mit Jordanien unterzeichnet, und plötzlich schrumpfte die Liste der Feinde. Es sei denn, man hörte auf die rechten Demonstranten, die Siedler und Netanjahu und die Leute, die Bilder von Rabin verbrannten und ihn als Verräter beschimpften. Wobei Avi alldem keine große Aufmerksamkeit schenkte. Er wusste nur, dass er unterwegs in die Wüste war, um das Konzert von Mashina zu sehen, auch wenn es das Letzte war, das er je tun würde. Und er wollte unbedingt ein Mädchen küssen. Er versuchte möglichst nicht zu überlegen, wann er das zum letzten Mal getan hatte.

Das Mädchen in den Jeans-Shorts und den Jesuslatschen stand mit zwei Freundinnen am Falafelstand. Sie sah in seine Richtung, sagte was zu ihren Freundinnen und lachte. Avi wurde rot und senkte den Blick auf das Festival-Programm, wo er ein halbes Dutzend Konzerte eingekringelt hatte, die er zu sehen hoffte.

Eine herrliche Woche lang konnte er alles sein, was er sein wollte, weil niemand wusste, wer er war. Seine Mutter hatte ihn fahren lassen, andererseits hatten die meisten Mütter ihre Kinder fahren lassen. Avi war allein unterwegs, mit den Goldins hatte er nicht mehr so viel zu tun, nicht mehr seit der Sache mit dem Exta. Jetzt konzentrierte er sich auf sein Studium und den Sport, weil er beides brauchen würde, um in eine gute Kampfeinheit zu kommen, er wollte zu Matkal oder Flotilla 13, auf jeden Fall in eine Elite-Einheit, nicht so was wie Golani oder so. Aber jetzt im Moment spielte das keine Rolle, wichtig war nur der Ausflug nach

Arad. Und gerade in diesem Augenblick auch der Blick des Mädchens mit den Shorts und den Jesuslatschen, die sie als Kibbuznik erkennen ließen, weil, wer zum Teufel trug denn sonst noch Jesuslatschen?

Er blickte auf und sah, dass das Mädchen auf ihn zukam, und ihre beiden Freundinnen beobachteten sie mit kaum verhohlener Belustigung. Das Mädchen kam näher, und sie sagte: »Verzeihung, weißt du, wann der nächste Bus nach Arad fährt?«

»Ja«, sagte Avi, »ich meine, nein, ich meine …« Er zeigte auf den Bussteig, wo gerade ein Bus hinter der Glastür hielt. »Ich glaube, das ist er«, sagte er.

»Ich bin Inbal«, sagte das Mädchen, und dieses Mal wurde *sie* rot und Avi sah, dass ihre beiden Freundinnen zu ihnen guckten und lachten, und er sagte: »Ich bin Avi.« Und weil er nicht wusste, was er sonst sagen sollte: »Fährst du nach Arad?«

»Na ja, *klar*«, sagte Inbal, und dann lachten beide über die dumme Frage.

»Siehst du dir auch Mashina an?«, fragte Avi.

»Ich würde total gerne, aber ich hab kein Ticket. Du?«

»Ich auch nicht.«

»Die sind so toll«, sagte Inbal. Sie erinnerte ihn ein bisschen an Inbal Perlmuter von den Witches. The Witches hatten im Jahr davor in Arad gespielt, aber dieses Jahr traten sie nicht auf. »Glaubst du wirklich, dass es das letzte Mashina-Konzert sein wird?«

»Inbal, komm schon!«, hörte sie ihre Freundinnen rufen. Der Busfahrer stieg aus dem Bus, und ein Schaffner ging mit einem Fahrkartenlocher herum.

»Ich muss los«, sagte Inbal.

»Oh«, sagte Avi. »War schön dich, ich meine …«

»Kommst du nicht mit?«, fragte sie.

»Wohin? Oh, ach so«, sagte Avi, weil sie ja natürlich beide denselben Weg hatten. Wieder wurde er rot.

»Na, dann komm!«, sagte Inbal. Sie nahm seine Hand so selbstverständlich, dass es sich nicht einmal komisch anfühlte, eher so, als hätte es immer schon so sein sollen. Als der Bussteig geöffnet wurde, rannte er neben ihr her zum Bus, ihre Rucksäcke hopsten beim Rennen auf ihren Rücken auf und ab.

Es gab Gedränge um den Bus, der Fahrer stand da und rauchte, der Schaffner sagte: »Nur mit Fahrkarte, nur mit Fahrkarte!« Avi packte seinen Rucksack in den Frachtraum neben den von Inbal, und als sie endlich einstiegen, war der Bus bereits proppenvoll und die anderen beiden Kibbuznik-Mädchen hatten Plätze nebeneinander ganz vorne ergattert, so dass Inbal und Avi sich schließlich den letzten noch freien Platz ganz hinten, über den Reifen und dem Motor teilten. Der Fahrer rauchte zu Ende und nahm hinter dem Steuer Platz, schloss die Türen, und zum Glück blies die Klimaanlage kühle Luft in den Innenraum, als der Bus langsam anfuhr.

»Deine Freundinnen sehen nett aus«, sagte Avi, nur um etwas zu sagen.

»Die haben gewettet, dass ich mich nicht traue, dich anzusprechen«, sagte Inbal. Er spürte ihre Nähe, ihre Seite an seiner. Er dachte, dass es eine lange Fahrt war bis nach Arad.

»Und wieso hast du's dann gemacht?«, fragte er. Sie zuckte mit den Schultern. »Weiß nicht. Du hast so verloren ausgesehen.«

»War ich aber gar nicht, ich meine ...«

Sie lachte.

»Und süß«, sagte sie.

»Verloren und süß«, sagte Avi. »Ist meine Masche.«

»Alles klar!«, sagte Inbal. »Jetzt leuchtet mir alles ein.«

Der Bus rumpelte durch die Stadt. Unglaublich, wie schnell Tel Aviv hinter ihnen verschwand. Schon bald sahen sie nur noch die Straße, Hügel voller Kiefernwälder und staubige Autos, die unterwegs zu anderen Orten an ihnen vorbeifuhren. Hier und da passierten sie eine Tankstelle, ein paar Häuser, ein Feld mit trockenem Weizen. Avi erfuhr, dass Inbal aus einem Kibbuz im Norden stammte. Einem Kibbuz der jungen Wächter, der ihr wirklich viel bedeutet haben musste, wobei Avi gar nicht so richtig begriff, worin die Unterschiede zu den anderen bestanden. Ihre Klasse hieß Neurim, Jugend, anscheinend hatten alle Klassen in dem Kibbuz Namen, keine Nummern. Sie lebte dort nicht bei ihren Eltern, sondern in der Kommunalschule, die sie den Mossad nannte. Avi dachte an seine Cousins im Kibbuz und ihm wurde bewusst, dass er sie seit Jahren nicht gesehen hatte. Er konnte sich gar nicht mehr erinnern, wie sie aussahen.

»Und du hast nie bei deinen Eltern gelebt?«, fragte er. Sie schüttelte den Kopf.

»Wir haben sie immer zwischen vier und acht Uhr in ihrem Zimmer gesehen«, sagte sie. So nannte man im Kibbuz das Haus, in dem man lebte. »Danach sind wir zurück in unsere Schlafsäle.«

Er verstand nicht mal die Hälfte von dem, was sie sagte. Sie fand ihn genauso exotisch.

»Und dein Vater war Polizist?«, fragte sie mit großen Augen.

»Ja«, sagte Avi. Er wollte nicht über den Schlaganfall und die letzten Momente sprechen. Er wollte sich so an seinen Vater erinnern, wie er ihn gekannt hatte, als starken, zuversichtlichen und liebevollen Mann. Als er noch klein war, hatte sein Vater Avi immer zum Lachen gebracht. Alle anderen hatten den strengen Polizisten gesehen. Avi sah nur seinen Vater.

»Nach der Armee gehe ich zur Polizei«, erzählte er Inbal.

»Wohin denn bei der Armee?«, fragte sie.

»Weiß noch nicht. Auf jeden Fall in eine Kampfeinheit.«

»Vielleicht wird es schon bald keine Kriege mehr geben«, sagte sie.

»Vielleicht«, sagte Avi.

»Ich werde einer Armee-Kapelle beitreten«, sagte Inbal. »Dann ziehe ich nach Tel Aviv. Ich werde in einem Café arbeiten, aber nur ein paar Monate, dann werde ich entdeckt. Ich unterschreibe einen Plattenvertrag, nehme zwei Alben hier auf und ein drittes in der Abbey Road in London. Dann gehe ich auf Tour in Europa und Amerika, bis ich eine goldene Schallplatte bekomme, dann …«

»Du hast alles voll durchgeplant«, sagte Avi lachend.

»Muss man machen«, sagte Inbal und wirkte sehr ernst. »Man muss schließlich an die Zukunft denken.«

Dann hielt sie es nicht mehr aus und platzte laut lachend los.

»Dein *Gesicht*!«, sagte sie.

»Du hast geklungen wie eine Lehrerin!«, erwiderte Avi.

»Meine Mutter ist Lehrerin«, sagte Inbal. »Sie unterrichtet Kunst und Werken im Kibbuz.«

»Ich wette, sie ist hübsch«, sagte Avi aus einer Laune heraus und wünschte, der Boden würde sich auftun und ihn verschlucken.

»Wieso?«, fragte Inbal.

»Weil du es bist.«

Sie saß immer noch neben ihm, und er spürte ihre Nähe, ihre Wärme. Ihr Atem war ganz nah. Ihre Handrücken berührten sich. Er spürte die Bewegungen ihrer Hand. Sie hielt seine. Aber sie sagten nichts. Schweigend fuhren sie weiter in dem holprigen Bus.

Ganz plötzlich befanden sie sich in der Wüste. Eben waren da noch Hügel und Bäume, Schatten und Vögel, und jetzt plötzlich nur noch Sand. Die Sonne knallte auf sie herunter wie ein Mann, der mit einem Gürtel auf die Landschaft einprügelt, um sie zu bestrafen.

»Schau mal!«, sagte Inbal und zeigte. »Kamele!«

Am Straßenrand saßen zwei Kamele schlafend nebeneinander, ein Stück weiter waren Beduinenzelte aufgebaut. Der Bus hielt nicht, dem Fahrer waren die Kamele egal, und die Straße, die von den Bergen herunterführte, war inzwischen auch nicht mehr so abschüssig. Ringsherum die Weiten der Negev-Wüste.

Sie waren inzwischen der einzige bewegliche Punkt in der

Landschaft. Es fühlte sich an, als würden sie gar nicht vom Fleck kommen. Der Motor brummte und der Sitz vibrierte, die Klimaanlage blies schwüle Luft und im ganzen Bus unterhielten, lachten, sangen und verliebten sich Jugendliche wie sie.

Dann tauchte ein kleiner farbiger Streifen in der trostlosen Weite auf, und als der Bus sich ihm langsam näherte, entdeckte Avi andere Fahrzeuge, rote, blaue und grüne Ballons und Plakate am Straßenrand, die für die bevorstehenden Konzerte von David Broza, Yehudit Ravitz und natürlich Mashina warben. Und er sah Rasenflächen, die in Zickzacklinien bewässert wurden. *The Arad Festival Welcomes You!* stand auf einem Schild, und in wenigen Augenblicken hatten sie die winzige Stadt erreicht, ein kleiner grüner Fleck in all dem Gelb. Der Bus fuhr jetzt langsam, auf der Straße vor ihnen drängten sich Teenager, Stände waren aufgebaut, Polizei war unterwegs. Als der Bus endlich hielt, erwachten die Passagiere aus ihrer Reise-Lethargie, und wieder kam es zu Gedränge an den Türen. Als Avi nach draußen trat, legte sich die trockene Hitze bleischwer auf ihn.

Er fand seinen Rucksack und zog ihn auf den Rücken. Inbal stellte sich zu ihren beiden Freundinnen aus dem Kibbuz. Sie besprachen etwas, er konnte nicht hören, was. Keins der Mädchen sah in seine Richtung. Plötzlich fühlte er sich einsam, sitzengelassen, bis ihm wieder einfiel, dass er sich ja allein auf den Weg gemacht hatte und eigentlich niemanden brauchte, trotzdem tat es weh.

Dann rief Inbal ihn, und plötzlich wurde ihm sein Herz wieder leichter. Er ging zu ihnen.

»Wir suchen uns einen Platz zum Zelten«, sagte sie. »Kommst du mit?«

»Ich meine, klar«, sagte Avi. »Wollte ich auch.«

»Übernachtest du manchmal draußen, du Großstädter?«, fragte eins der anderen Mädchen, aber sie grinste, als sie ihm die Frage stellte.

»Ich bin Tami, das ist Roni«, sagte sie

»Tami und Roni, alles klar«, erwiderte Avi.

Er ging einen Schritt hinter ihnen. Jetzt war es vorbei mit dem Händchenhalten, aber Avi hatte keine Zeit, darüber nachzudenken. Stattdessen sah er sich alles an. Tausende von Teenagern spazierten umher. Überall dröhnte Musik aus Lautsprechern. An Ständen wurden Hotdogs und Maiskolben verkauft. Frauen von den Black Hebrews flochten Mädchen Zöpfchen in die Haare. Ein Fernsehjournalist stand schwitzend in der Hitze, eine Kamera war auf ihn gerichtet. Ein Jongleur jonglierte mit Bällen. Avi ging an einem Stand vorbei, an dem Hüte verkauft wurden, so wie der verrückte Hutmacher einen aufhatte, an einem anderen gab es billige Sonnenbrillen und an wieder einem anderen Leuchtstäbe. Er eilte den Mädchen einfach hinterher.

»Da bist du ja«, sagte Inbal. Und nahm, einfach so, wieder seine Hand. Avi sah ihre Freundinnen anzüglich grinsen, beachtete sie aber nicht. Er hielt Inbals Hand, weil sich das anfühlte, wie die natürlichste Sache der Welt, und zusammen gingen sie weiter. Avi sah eine Wand voller zerrissener Plakate, jemand hatte *Tod den Arabern* daraufgesprüht. Ein dünner Typ mischte Mehl und Wasser in einem Eimer. Er tauchte eine Rolle in den selbstgemachten Klebstoff, verteilte ihn auf der Wand und klebte ein Plakat seiner Band über das Graffiti.

»Hältst du das für deine persönliche Pinwand, oder wie?«, fragte ein Mann leicht verärgert, der ein Sandwich mit Tunfisch und Ei aß und sich aus einem Türeingang beugte.

Der dünne Typ zeigte auf die Wand. »Sieht doch sauber und ordentlich aus«, sagte er mit breitem russischen Akzent.

»Wenn's wenigstens eine nackte Frau oder so was wäre«, sagte der Mann mit dem Sandwich. »Dann hätten wir wenigstens alle was davon.«

Der dünne Typ steckte sich eine Zigarette zwischen die Lippen und zuckte mit den Schultern.

»Kein Budget«, sagte er.

Er bewunderte sein Werk und zündete sich die Kippe an, dann merkte er, dass Avi ihn anstarrte. »Halb sechs heute Nachmittag auf dem Festival«, sagte er. »Du solltest kommen.«

»Was ist das für Musik?«, fragte Avi.

»Ambient Hardcore Jazz-Trash«, erwiderte der Dünne.

Ein zweiter Mann, der jetzt den Eimer trug, kam angelatscht.

»Ist eher experimenteller Funk Metal, weißt du?«, meinte er.

»Seid ihr Russen?«, fragte Avi.

»Und wer bist du, Columbo?«, fragte der dünne Typ.

»Komm, Avi«, sagte Inbal und zog ihn hinter sich her. »Wir müssen uns einen Schlafplatz suchen.«

»Ich würde die nachher gerne sehen«, sagte Avi.

»Wir haben später noch Tickets für Aviv Geffen«, sagte Tami.

»Ich *liebe* Aviv Geffen«, sagte Roni.

»Der ist wirklich die Stimme unserer Generation«, behauptete Tami und Avi dachte, dass sie das wahrscheinlich jemanden im Fernsehen hatte sagen hören.

»Ach?«, sagte Avi. »Und was sagt er?«

»Was sagt wer?«, fragte Tami.

»Was sagt Aviv Geffen?«, fragte Avi.

»Er ist die Stimme«, erwiderte Roni, wiederholte langsam, was Tami gesagt hatte, als wäre Avi ein bisschen schwer von Begriff, »unserer Generation.«

»Aber was heißt das?«, fragte Avi.

»Sei kein Arsch«, sagte Tami.

Inbal verkniff sich ein Lachen.

»Gehst du auch zu Aviv Geffen?«, fragte Avi.

»Natürlich. Hast du kein Ticket?«, fragte Inbal.

»Nein. Ich wollte zu The Tractor's Revenge«, entgegnete Avi. »Aber«, ergänzte er, »ich könnte versuchen, das Ticket zu tauschen. Ich meine, ich hab nichts gegen Aviv Geffen, »It's Only the Moonlight‹ gefällt mir ganz gut.«

»Aviv ist der Beste«, sagte Roni.

»Der Beste«, sagte Avi. Inbal bedachte ihn mit einem Seitenblick, versuchte nicht zu lachen.

»Brich dir keinen ab«, sagte sie. Sie kam näher an ihn heran, als sie das sagte, er spürte ihren Atem an seiner Wange. Und aufgeregtes Flattern im Magen.

»Aber wie mache ich mich?«, fragte er, ebenfalls leise. Ihre Köpfe berührten sich, als wäre es das Normalste auf der Welt.

»Ganz gut.«

Plötzlich schoss sie vor, drückte ihm einen schnellen Kuss auf die Wange und zog sich wieder zurück, bevor er dazu kam, es zu realisieren. Avi grinste treudoof.

Ein schwarz gekleideter Orthodoxer, der trotz der Hitze einen Filzhut mit breiter Krempe trug und nicht weit entfernt einen eigenen Stand aufgebaut hatte, entdeckte Avi.

»Du!«, sagte er. »Leg Tefillin an? Komm, tu's jetzt, ist Mitzvah.«

Er war Chabadnik, die standen immer an öffentlichen Plätzen und versuchten Leute zu überzeugen. Der Mann hielt die Lederriemen der Tefillin in der einen Hand und eine Bibel in der anderen.

»Nein, danke«, sagte Avi.

»Hör zu«, sagte der Mann. »Wenn ich dir vierundzwanzig Schekel schenke, würdest du mir zwei zurückgeben?«

»Ja, sicher«, sagte Avi und spielte mit, obwohl er der Frage misstraute. »Sogar mehr, denke ich.«

»Schenkt Gott dir nicht vierundzwanzig Stunden jeden Tag zum Leben und Atmen?«, fragte der Mann.

»Ah, schon klar«, sagte Avi.

»Also, willst du ihm nicht wenigstens zwei zurückgeben? Ein Gebet am Morgen, eins am Abend, ist das zu viel verlangt?«

»Wahrscheinlich nicht«, sagte Avi.

»Komm, leg sie an«, sagte der Mann.

Avi wurde verlegen.

»Wann hast du das letzte Mal die Tefillin getragen?« fragte der Mann. »Bei deiner Bar Mitzvah?«

»Wahrscheinlich.«

Der Mann half ihm mit aus langer Erfahrung geborenem Geschick, die Lederriemen um seinen Arm und die Stirn zu wickeln.

»Sprich mir nach«, sagte er. »Baruch ata adonai…«

Als es vorbei war, verschwand Avi erleichtert. Die Mädchen aus dem Kibbuz sahen ihn eigenartig an.

»Was?«, fragte er abwehrend.

»Bist wohl wirklich ein Stadtkind«, sagte Tami, als würde das alles erklären, was es in ihren Augen vielleicht auch tat.

»Ich finde das süß«, sagte Inbal, die anderen Mädchen schnaubten.

»Du kannst dich nicht einfach weigern«, sagte Avi. »Außerdem, ich meine … was kann das schon schaden?«

»Hör nicht auf die«, sagte Inbal und schob ihren Arm durch seinen. »Komm, wir müssen einen Schlafplatz finden.«

Sie gingen langsam über den dichtgedrängten Markt. Die Luft war so heiß und trocken, die Sonne knallte herunter, der Staub legte sich auf alles. Ein Red Magen David Krankenwagen stand an der Seite, die Sanitäter wirkten gelangweilt und boten den vorbeiziehenden jungen Leuten Wasser an. Schilder warnten vor einem Hitzschlag. Ein Mann in Batikhose und Dreadlocks ließ Teller auf Stöcken kreisen. Unter einem Sonnendach mit der Aufschrift *Geschichtenerzähler* saß ein weißhaariger Mann in weißen Baumwollklamotten im Schneidersitz vor einer Gruppe Kinder und las ihnen aus einem Buch vor. Die Eltern standen daneben oder saßen bei ihren Kindern und sahen ihm zu.

Avi spürte Inbals Bewegung neben sich, ihren Arm, mit dem sie sich bei ihm untergehakt hatte. Sie kamen zu einer grasbewachsenen Fläche, wo lauter Teenager mit Schlafsäcken in Grüppchen zusammensaßen. Ein paar Bäume spendeten Schatten und Roni und Tami steuerten auf eine Stelle zu, die auf wundersame Weise frei geblieben war. Erleichtert stellten sie ihre Rucksäcke ab und setzten sich, Tami schraubte eine olivgrüne Wasserflasche aus Armeebeständen auf und trank, kippte sich das Wasser direkt in den Rachen, ohne die Flasche mit den Lippen zu berühren. Avi sah ihr beeindruckt zu.

»Zu Hause hütet sie die Schafe«, erklärte Inbal.

Irgendwo in der Nähe spielte ein Mädchen »Goodbye Youth, Hello Love« von Mashina auf einer akustischen Gitarre und Avi dachte an Baruch Goldstein, den Arzt, der im Vorjahr in der Höhle der Patriarchen neunundzwanzig Palästinenser beim Gebet ermordet hatte. Masina hatten den Song am Tag danach geschrieben und spielten im Text darauf an.

»Take … the Nineties«, sang das Mädchen und schlug in die Saiten. Avi summte mit dem Song mit. Inbal streckte sich auf dem schattigen Gras aus und betrachtete Avi. Sie wussten nichts voneinander, dachte er. Aber das war egal. Er legte sich auf den Rücken neben sie. Durch die Zweige über sich sah er in den klaren blauen Himmel und spürte Inbals Haare auf seiner Haut. Er drehte sich um und sah ihr in die Augen, auch sie sah ihn an und lächelte.

»I see an angel and he says, take …«, sagte Avi leise.

»The Nineties …«, setzte Inbal den Song fort. Jetzt lächelte sie nicht mehr. Wirkte fast ängstlich. Avi vergaß die Musik, den ganzen Trubel ringsum. Er blickte Inbal in die Augen und drehte sich halb zur Seite um. Sie machte es genauso. Sie waren sich so nah, berührten sich fast. Inbal schloss die Augen, ihr Gesicht kam seinem näher und ihre Nasen berührten sich.

Er küsste sie.

Oder küsste sie ihn? Er wusste es nicht. Ihre Lippen berührten sich sachte, ganz sanft. Inbals bewegten sich, als würde sie tonlos sprechen. Sie fuhr ihm mit der Hand über den Kopf, und er zitterte, war verlegen wegen seines steinharten Ständers.

Ihr Kuss dauerte an, ihre Lippen pressten sich fester auf seine.

Er spürte, wie ihre Zunge nur für einen kurzen Moment in seinen Mund stieß und ihn ein Stromstoß durchzuckte. Er wollte nicht, dass der Moment aufhörte.

Dann hörte er Tami sagen: »Ekelhaft!« Und Roni ergänzte: »Habt ihr kein Zuhause?« Inbal und Avi lösten sich voneinander, und er spürte ihren Atem, ihre Brüste unter dem T-Shirt und seine schmerzhafte Erektion. Er drehte sich auf den Bauch, um sie zu verstecken.

Inbal nahm die Hand nicht von seinem Kopf und fuhr ihm mit den Fingern durch die kurzen Haare.

»Ich würde furchtbar gerne Mashina sehen«, sagte sie verträumt.

17. Juli 1995: Nachts

Als es Abend wurde, nahm die Hitze ein wenig ab. Sie ließen ihre Rucksäcke an ihrem Schlaflager unter den Bäumen stehen und zogen los, um sich etwas zu essen zu suchen. Tami ging zum Haareflechten, Roni gab zehn Schekel an einem Schießstand aus und gewann einen Teddybär.

Avi und Inbal gingen Hand in Hand. Reden war zwischen ihnen gar nicht nötig. Einmal blieb Avi stehen, dachte an alles, was ihm widerfahren war, und sagte: »Ich bin nicht der, für den du mich hältst, weißt du?«

Inbal blieb auch stehen. Sie sah ihn sehr ernst an und sagte: »Ich bin auch nicht die, für die du mich hältst.«

Er wusste nicht, was sie meinte, aber er wusste, dass sie es ernst meinte. Dann küssten sie sich wieder, dieses Mal unter Luftballons und intensiver, ihre Körper schlangen sich umeinander, erst wagte sie einen Vorstoß mit ihrer Zunge, dann er. Sie begegneten sich, er streichelte ihr über den Kopf und spürte, wie sie sich an ihn presste, fast rieb.

Vielleicht brauchte sie keine Worte, dachte Avi. Vielleicht musste es jetzt gar nicht mehr sein als das, hier und jetzt, in diesem Augenblick.

Arad 95: Die Sonne ging über der Wüste unter und Aviv Geffen machte sich irgendwo außer Sichtweite für seinen Auftritt bereit. Vielleicht waren sie ja wirklich eine abgefuckte Generation. Avi brachte Inbal zum Konzert. Vor dem Tor verkaufte ein Mann Tickets.

»Zweihundert!«, sagte er, als Avi fragte, was eins kostete.

»So viel hab ich nicht«, sagte Avi.

»Pech«, erwiderte der Mann.

Avi drehte sich zu Inbal um. »Entschuldigung«, sagte er.

»Wofür denn?«

»Ich warte auf dich«, sagte Avi.

»Wir treffen uns danach an dem Baum wieder«, sagte sie. Die Mädchen drehten sich um und betraten den abgesperrten Bereich. Avi blieb stehen, sah ihnen nach und wünschte, er könnte mitgehen.

Kurz bevor sie drinnen verschwanden, kam Tami noch einmal zurück zu Avi. Er dachte, vielleicht wollte sie ihm ihr Ticket überlassen.

»Ich kenne dich zwar nicht«, sagte Tami. »Aber du siehst aus wie ein netter Typ, vielleicht ein bisschen verloren, aber harmlos. Aber das weiß man ja nie so genau, deshalb sag ich's dir jetzt ein für alle Mal. Da wo wir herkommen, passen wir aufeinander auf. Ist schon okay, was da zwischen dir und Inbal läuft, aber wehe, du verarschst sie, dann kannst du was erleben. Verstanden?«

»Verstanden«, sagte Avi, wobei er einen kurzen Augenblick brauchte, weil er ziemlich verdattert war.

»Sie hat einiges durchgemacht«, sagte Tami, dann drehte sie sich wieder um und ging rein. Avi sah sie nicht mehr.

Er war wieder allein, aber das war auch ganz schön. Die Straßenlaternen waren jetzt an und die festliche Atmosphäre setzte sich fort, er war frei. Er wusste nicht, was Tami gemeint hatte, wegen Inbal. Aber vielleicht hatte es deshalb zwischen ihnen gefunkt. Weil sie beide einiges hinter sich hatten.

Über die Mauer hinweg hörte er Aviv Geffen. Er war nicht der Einzige, der dort stand, viele Leute, die keine Tickets hatten, kamen und hörten sich das Konzert von draußen an. Heimat ist ein beängstigender Ort, sang Aviv. Ich lebe zwischen den Straßen.

Von mir aus, dachte Avi.

Später würde er Inbal wiedersehen. Sein Herz schlug schneller bei dem Gedanken. Er ging ziellos umher, ein Namenloser an einem Ort, der nicht sein Zuhause war, unter einem Himmel, der niemandem gehörte. Er kaufte sich Zuckerwatte an einem Stand und stopfte sie sich in den Mund. Er fühlte sich so hellwach, so lebendig. Dann sah er den Russen von vorher, der die Plakate aufgehängt hatte. Er stand auf einer improvisierten Bühne auf dem Rasen, wand sich und sang in ein Mikro, Schlagzeug und kreischende Gitarren um sich herum.

»Tod den Arabern!«, schrie der Mann. »Tod den Juden!«

Die kleine Menge um ihn herum wurde ungemütlich.

»Tod ... den Göttern!«, schrie der Mann.

Ein Punk mit Irokesenschnitt sprang auf die Bühne und schlug auf den Sänger ein, der torkelte rückwärts, hielt aber seine Gitarre fest. Die Freunde des Irokesen gingen auf die Band los. Die Band stürzte sich auf die Punks. Gelangweilte Sicherheitskräfte ließen sich noch einen Augenblick Zeit, bis sie eingriffen. Dem Sänger lief Blut über den rasierten Schädel, und das Blut verschmierte Hammer und Sichel, die er sich mit Filzstift auf die Glatze gemalt hatte.

Avi bedeutete das alles nichts. Er wandte sich ab von der Gewalt. In der Nacht ringsum fanden sich weitere Paare zusammen, Körper lagen eng umschlungen unter dem Sternenhimmel, Teenager streiften in Rudeln umher und die Luft fühlte sich jetzt anders an, verheißungsvoller, sie war erfüllt von einem gefährlichen Versprechen. Avi sah drei dunkle Gestalten bei einer Transaktion. Er dachte, ein Schwarzhändler würde Tickets verkaufen, aber als er näher kam, sah er, dass erst Geld den Besitzer wechselte, dann Pillen. Eine der Gestalten hob den Kopf.

»Avi!«

Es war Lior Goldin.

»Lior«, sagte Avi vorsichtig. »Was machst du denn hier?«

»Arbeiten«, erwiderte Lior. »Nu, nu, du hast doch, was du wolltest, oder? Verpiss dich«, blaffte er den Teenager an, dem er gerade etwas verkauft hatte. Der Junge im gestreiften T-Shirt und mit Beanie nickte langsam, drehte sich in Zeitlupe um und schlenderte zurück zu seinen Freunden, die auf ihn warteten.

Lior grinste.

»Avile!«, sagte er. »So, nu? Bist du jetzt ein Moonlight Kid?«

War doch eigentlich klar, dass er den Goldins hier begegnen würde, dachte Avi mit sinkendem Mut. Gerade als er sich zum ersten Mal richtig frei gefühlt hatte.

»Nein«, sagte er. »Ich wollte nur …« Er sprach den Satz nicht zu Ende. Yair stellte sich neben Lior. Er musterte Avi von oben bis unten und brummte.

»Willst du uns helfen?«, fragte Lior. »Wir räumen auf, Avi. Wird wie in alten Zeiten.«

»Das geht nicht«, sagte Avi. »Was, wenn Rubenstein …«

»Siehst du Rubenstein hier irgendwo?«, fragte Lior. Er guckte demonstrativ von links nach rechts und zurück. »Eines Tages ist der Wichser sowieso dran. Und bis dahin … willst du Geld verdienen oder nicht?«

»Klar«, sagte Avi. Lior war keiner, dem man einen Gefallen abschlagen konnte. »Was machen wir?«

»*Das* machen wir«, sagte Lior und öffnete die Hand. Drei dicke Pillen, ein bisschen schweißverschmiert.

»Exta?«, fragte Avi.

»Na klar«, sagte Lior und grinste, »oder so was Ähnliches. Hundert Schekel eine.«

»Ganz schön billig«, sagte Avi.

»Gerade kommt so viel rein«, sagte Lior. »Angebot und Nachfrage, du weißt schon. Eigentlich verkaufen wir's nicht mehr selbst, wir geben es an andere Crews weiter, aber Yair und ich dachten, wir kommen heute mal mit, hören uns die Musik an und reißen was auf.«

»Verstehe«, sagte Avi.

»Hast du schon was zum Ficken gefunden?«, fragte Lior.

»Ich arbeite dran«, murmelte Avi.

»Komm schon, du Trottel!«, sagte Lior. »Wir brauchen deine Muskeln, nicht deinen Charme. Wo treffen wir Shemesh, Yair?«

»Im Zentrum«, antwortete Yair.

»Als ob es in diesem Drecksnest überhaupt eins gäbe«, erwiderte Lior. »Hier«, sagte er und gab Avi eine Pille. »Nimm die. Fängt sowieso erst in einer Stunde an zu wirken.«

»Ich weiß nicht«, sagte Avi.

»Nimm sie«, sagte Lior.

Also nahm Avi sie.

Er stritt sich nicht gerne mit Lior.

Er folgte den Goldins, die sich jetzt durch die Menge drängelten. Avi hatte sein Ticket für The Tractor's Revenge, aber jetzt war er den Goldins begegnet und wurde sie nicht mehr los. Vielleicht würde er es ja trotzdem noch schaffen. Andererseits wär's ja schön, ein bisschen Kohle zu haben. Seit Rubenstein Avis Aktivitäten mit den Goldins einen Riegel vorgeschoben hatte, kam nicht mehr viel rein. Er hatte nur einen Job nach der Schule, lud Kisten aus beim Lebensmittelhändler um die Ecke. Aber das brachte nicht viel ein.

Die Pille schmeckte bitter, als er sie schluckte. Er trottete hinter den Goldins her. Sie kamen an eine schmale Straße mit weniger Menschen. Viel war dort nicht zu sehen, außer großen Müllcontainern auf beiden Straßenseiten, die alle überquollen vor Festivalmüll. Avi sah kaputte Sonnenbrillen und verbrauchte Leuchtstäbe, Zigarettenstummel und zerknüllte Verpackungen, leere Colaflaschen, ein zerrissener BH, kaputte Sandalen, Einwickelpapier mit nicht aufgegessenen, senfverschmierten Hotdogs. Ratten so groß wie kleine Katzen wuselten um die Container.

Sie warteten.

»Was machen wir hier?«, fragte Avi halb im Flüsterton.

»Was verkaufen«, sagte Lior und hob mit einer Hand seinen Schulrucksack hoch. Ein verwaschener Transformer war darauf abgebildet. Drei Gestalten tauchten am anderen Ende der Gasse auf. Ein Pfiff hallte durch den Lärm, Lior steckte zwei Finger in den Mund und antwortete.

Yair griff nach einer Holzlatte auf dem Boden. Brummte Avi zu, er sollte es genauso machen.

»Rechnen wir mit Ärger?«, fragte Avi. Er nahm eine Latte. Sie stammte von einem kaputten Teil des Zauns, den sie um die Konzertfläche gezogen hatten.

»Kein Ärger«, sagte Lior. »Es gibt nie Ärger, es sei denn, es gibt doch welchen.«

Avi merkte, dass sein Herz schneller schlug. Sein Mund war trocken, das Dunkel um ihn herum verdichtete sich. Die Riesenratten schlängelten sich durch den Müll. Eine stellte sich auf der Kante des Metallbehälters auf die Hinterpfoten und betrachtete Avi mit neugierigen Augen. Gar nicht so schlecht hier, schien sie sagen zu wollen. Gar nicht so schlecht hier unten bei den Ratten.

Avi blinzelte, die Ratte verschwand. Die Nacht erstarrte wie ein Schwarz-Weiß-Foto. Drei Gestalten kamen langsam durch die Gasse auf sie zu. Avi flüsterte: »Was hast du mir gegeben?«

»Was Neues«, sagte Lior abgelenkt. »Wird in einem Labor in Amerika hergestellt.«

»Eine Designerdroge«, erklärte Yair. Sie gingen zu den anderen und blieben mitten auf der Straße stehen.

»Habt ihr den Stoff?«, fragte der Mann auf der anderen Seite, ein kleiner Dicker mit einer schiefsitzenden Kippa auf dem Kopf. Er war ungefähr siebzehn.

»Habt ihr das Geld?«, fragte Lior zurück.

»Was ist das hier, mein erster Minjan?«

»Komm schon, Shemesh, ich bin nicht hier, weil ich Scheiße

labern will, ich will was aufreißen und ficken«, sagte Lior und Shemesh grinste.

»Dann viel Glück, mein Freund, wenn du feiern willst, gehört dir meine Stadt.«

Er warf Lior eine braune Sporttasche zu. Lior gab sie an Avi weiter, der sie öffnete, das Geld sah und nickte.

»Ist koscher«, sagte Shemesh. »So nu?«

Lior warf ihm den Transformers-Rucksack zu. Shemesh öffnete ihn, schien beeindruckt und machte ihn wieder zu.

»Willst du was?«, fragte er. »Bevor ihr geht?«

»Wir haben schon was eingeworfen«, sagte Lior und Shemesh grinste.

»Dann bis zum nächsten Mal, Boychiks«, sagte er.

»Bis bald, Shemesh.«

Aber Avis Eingeweide befanden sich in Aufruhr. Die Luft war zu unbeweglich und die Nacht zu sehr von Stille erfüllt. Die Straßenlaternen an einem Ende der Gasse flackerten und gingen aus. Eine Ratte huschte links an Avi vorbei und verschwand. Ein plötzlicher Windstoß kam aus dem Nichts, wehte Zigarettenstummel und weggeworfene Konzertflyer über den Gehweg.

»Das gefällt mir nicht«, sagte Avi.

»Was gibt's da nicht zu gefallen?«, fragte Lior, aber dann ging auch noch die Straßenlaterne am anderen Ende der Gasse aus. Es war stockdunkel. Jetzt hatte Avi Angst. Er hörte Schritte, jemand rannte.

»Stehen bleiben, sofort!«, schrie jemand. »Polizei, sofort stehen bleiben!«

»Bestimmt nicht!«, rief Shemesh und zog eine Waffe.

»Er hat eine Waffe!«, schrie Avi. Die herannahenden Schatten auf beiden Seiten der Allee bewegten sich jetzt langsamer.

»Wir sind auch bewaffnet!«

»Ist ja keine Kunst!«, schrie Shemesh. Er hob seine Pistole und drückte mehrmals ab, es knallte laut: eine Spielzeugpistole.

Shemesh brüllte los vor Lachen. Avi dachte, dass er längst high war.

»Shemesh, leg dich auf den Boden!«, rief die Polizistenstimme.

»Lebendig kriegt ihr mich nicht!« Dann warf Shemesh den Polizisten etwas entgegen, und sie wichen zurück. Als es explodierte, drang dicker Rauch aus: Irgendwie hatte Shemesh eine Rauchgranate in die Finger bekommen.

»Lauft!«

Avi rannte blindlings los. Seine Augen brannten. Er wusste, dass Lior und Yair irgendwo rechts von ihm waren und die Polizisten sie trotz des Qualms verfolgten, mit hocherhobenen Schlagstöcken hinter ihnen her waren; er hörte Shemesh stöhnen, als er getroffen wurde, hörte, wie der große Kerl zu Boden ging. Seine beiden jungen Mitarbeiter sprangen die Polizisten an. Avi wollte nur noch weg. Er durchbrach die Menschenabsperrung und den Rauch und rannte, rannte einfach immer weiter und blieb erst stehen, als er nicht mehr konnte und seine Lungen brannten.

Er wusste nicht, wo er war.

Lior sah er nicht mehr.

Er kotzte, stützte die Hände auf die Knie, kotzte die Falafel vom Mittagessen, den Hotdog und die Cola vom Abend aus. Die Kotze lief ihm über das Kinn, und er spuckte auf den Boden.

Irgendwo in der Ferne hörte er Musikfetzen, und einen kurzen Moment lang erhoben sich zehntausend Stimmen oder mehr zu einem Song. Das musste das Publikum beim Konzert von Aviv Geffen sein, und eine dieser Stimmen war die von Inbal, die ihn rief und »Growing Lost« sang. Avi kotzte, bis er nichts mehr im Magen hatte. Dann taumelte er auf der Stelle, blinzelte und merkte, dass er immer noch die Tasche mit dem Geld hatte.

Er lachte. Winzige Lichter tanzten am Rand seines Blickfelds. Wo waren die anderen? Warum war es dunkel, warum war er allein. »I love you very very much, I do, I do«, sang er leise. Jetzt ging es ihm besser, sehr viel besser. Allmählich erkannte er wieder die Dinge um sich herum. Unbewegliche Umrisse. Was war das? Ein Engel mit ausgebreiteten Flügeln. Eine erstarrte Ballerina ein kleines Stück weiter entfernt. Ein Dutzend faustgroße Schmetterlinge, die still in der Luft verharrten, eine Blume umringten, so groß wie ein Kind.

Wo war er nur?

Irgendwo jenseits des Dunkels befand sich das Festival, Musik hallte herüber, aber das Licht reichte nicht bis hinein in diesen Skulpturenpark. Vorsichtig bahnte er sich einen Weg zwischen den schweigenden Figuren hindurch.

Zwei Bäume standen in der Mitte des Gartens und dort ging er hin. Sie waren mit Früchten beladen. Er wusste nicht, was das für Früchte waren oder wer die Bäume gepflanzt hatte. Er wollte den widerlichen Geschmack aus dem Mund bekommen, also griff er, ohne nachzudenken, nach einem der Bäume.

Ein zusammengerolltes Ding auf einem Ast bewegte sich und zwei glühende Augen öffneten sich, eine gespaltene Zunge zischte ihn an. Avi sprang zurück. Die Schlange schlängelte sich über den Ast.

»Das würde ich lieber lassen«, sagte sie. »Wenn ich du wäre. Das eine schenkt dir Leben, das andere Wissen, und du bist zu jung, um überhaupt eins von beidem zu brauchen.«

»Du bist eine Schlange«, sagte Avi.

»Ach nee?«, erwiderte die Schlange.

Sie betrachteten einander verunsichert.

»Ich denke, du bist auf nem Trip«, sagte die Schlange endlich.

»Ich denke, da hast du wohl recht«, erwiderte Avi.

Sehnsüchtig schielte er nach der Frucht. Sie sah so verlockend aus, hing einfach am Baum.

»Bist du wirklich da?«, fragte er die Schlange.

Aber natürlich war da niemand.

Später wusste er nicht genau, wie lange er dort gesessen hatte. Irgendwann dachte er, er würde seinen Vater durch den Qualm auf sich zukommen sehen. Ein Mann in einer alten Polizeiuniform, mit Abzeichen an der Brust, einem großen schwarzen Schnurrbart und lebhaftem Blick.

Etwas verfing sich in Avis Herz und presste es zusammen.

»Aba?«, sagte er. »Aba!«

Der Mann im Rauch sah hierhin und dorthin, als wollte er feststellen, woher das Geräusch kam.

»Hör mal, Cohen«, sagte er. »Ich hab dir gesagt, du sollst mich in Ruhe lassen. Was?« Er legte den Kopf schief, lauschte. »Wir halten hier nur die Stellung, mehr nicht«, sagte er. »Pass auf meinen Jungen auf, wenn ich weg bin.«

Er drehte sich nach etwas um, das sich außer Sichtweite befand, und ging fort, er wurde immer kleiner. Avi starrte Inspector Sagi hinterher, verschwand aus seinem Blickfeld.

»Aba, warte!«, schrie er. »Aba!«

Der Rauch verdichtete sich um ihn herum.

»Die bleiben nie lange, weißt du«, sagte die Schlange.

»Die Toten?«, fragte Avi.

»Väter.«

Er hörte die Schlange zischend lachen, dann war sie verschwunden.

Als sich der Nebel in seinem Kopf allmählich verzog, merkte Avi, dass er auf dem Boden saß, den Rücken an einen alten Zaun gelehnt. Um ihn herum standen Statuen. Dann hörte er, wie sich ein Tor öffnete und wieder schloss. Ein Mann mit flammendem Schwert kam herein, schwang es hierhin und dorthin, auch wenn Avi gleichzeitig wusste, dass es nur eine Taschenlampe war. In ihrem Licht entdeckte er einen alten Jerusalemer Hohepriester, einen anderen Cohen mit wettergegerbtem Gesicht, dabei aber entsetzlich unbeweglich. Der Mann sah auch ihn. »Da bist du ja«, sagte er. »Ich hab dich gesucht. Du hast was genommen, was du nicht hättest nehmen dürfen.«

Avis Stimme versagte, der kluge alte Priester beugte sich zu ihm herab und streckte ihm seine Hand hin. Avi wollte danach greifen, stattdessen aber schnappte sich der weise alte Priester die braune Sporttasche.

Er setzte sich auf einen Felsen, öffnete die Tasche und kramte darin.

»Hast du gut gemacht«, sagte er. »Ich nehme das an mich.«

»Aber die Goldins«, sagte Avi. »Um die kleinen Pisser kümmere ich mich schon«, sagte der Mann. Er sah Avi nachdenklich an. Avi wurde bewusst, dass er ihn schon einmal gesehen hatte. Er war der dritte Mann auf dem Sofa gewesen, an dem Abend, als Rubenstein Shai Goldin die Knie zerschossen hatte.

»Der Acker sei verflucht um deinetwillen‹«, sagte Cohen, »›in Beschwer sollst du von ihm essen alle Tage deines Lebens. Dorn und Stechstrauch lässt er dir schießen.‹«

»Erstes Buch Mose«, murmelte Avi. »Das hat Gott gesagt, als er mit Adam sprach.« Er blickte zu dem weisen alten Priester auf.

»Bist du echt?«, fragte er.

Der Mann dachte ausgiebig über die Frage nach.

»Zu jeder Zeit und an jedem Ort«, sagte er, »muss es jemanden geben, der für die Seele seiner Nation eintritt«. Er starrte auf seine Hände. »Du bist bloß auf einem schlechten Trip«, sagte er. »Das hört bald auf. Wirst schon sehen, Avi.«

Der Priester verschwand in der Dunkelheit. Avi blieb allein zurück.

Eine Schlange schlängelte vorbei.

»Ich mag Where's the Kid lieber als Elders of Safed«, bemerkte sie beiläufig im Plauderton an.

»Ich denke, das geht den meisten so«, erwiderte Avi.

Die Schlange starrte ihn aus ihren hellen Augen an.

»Wenn du hier einfach nur rumsitzt«, sagte sie, »wie willst du dann jemals das Mädchen bekommen?«

Avi blinzelte. Die Schlange verschwand.

Inbal!

Er konnte das Aviv Geffen-Konzert nicht mehr hören, hatte es schon seit Stunden nicht mehr gehört. Wie lange war er hier gewesen? Avi sah sich um und merkte, dass er in einem kleinen Park voller künstlerischer Skulpturen stand. Was er für eine Schlange gehalten hatte, war ein Wasserschlauch, der an einen Hahn angeschlossen war.

Er sah sich um, aber die Tasche mit dem Geld war weg.

Er stand auf. Sein Mund war trocken. Er machte das Tor auf und rannte hinaus. Zurück zum Lärm und den Lichtern, inzwischen waren weniger Menschen unterwegs, aber die Stände waren noch geöffnet. Es war nur ein kurzer Weg zurück zum Schlafplatz. Avi suchte den Baum, bemühte sich, etwas im Dunkeln zu erkennen.

»Inbal!«, rief er.

»Avi!«, schrie sie und klammerte sich an ihn. Ihre Wange war feucht an seiner. Erstaunt merkte er, dass sie geweint hatte.

»Was ist passiert?«, fragte er.

»Unsere Sachen wurden geklaut«, berichtete Tami hinter ihm.

»Wir sind vom Konzert gekommen«, sagte Inbal, »und da waren so schreckliche Männer, die haben uns alles Mögliche nachgerufen, wir haben versucht, sie zu ignorieren, aber dann, dann …« Sie hielt ihn ganz fest, hatte die Arme um seinen Hals geschlungen. »Wir sind gerannt und haben einen Polizisten gefunden, dann sind sie weg. Und als wir zurückgekommen sind, waren unsere ganzen Sachen verschwunden. Deine auch.«

»Schon okay«, meinte Avi. Er strich ihr über den Rücken, wollte sie unbedingt beschützen, nie wieder loslassen und dafür sorgen, dass ihr von nun an nie wieder etwas Schlimmes widerfuhr. Außerdem merkte er, dass er schon wieder einen Steifen bekam.

»Sind doch nur Sachen«, sagte er.

»Und was machen wir jetzt?«, fragte Inbal.

»Wir schlafen unter dem Sternenhimmel«, sagte Avi. Es musste albern geklungen haben, so wie er's gesagt hatte, weil Inbal zu lachen anfing. Sie lachte an seinen Hals, schnaubte ganz unerwartet, dann hob sie den Kopf und küsste ihn leidenschaftlich auf den Mund.

18. Juli 1995: Tagsüber

Als der Morgen graute, lagen sie einander eng umschlungen in den Armen. Sie hatten bis spät in die Nacht zusammengelegen, leise geredet, sich geküsst und die Nähe des anderen gespürt. Irgendwann waren sie schließlich eingedöst und Avi war in einen tiefen Schlaf gefallen.

Als er die Augen öffnete, konnten nur wenige Stunden vergangen sein, aber er fühlte sich gut, erholt.

Die Sonne spähte zwischen den Zweigen hindurch. Inbal rührte sich, lächelte und kuschelte sich an ihn.

»Guten Morgen«, sagte Avi zärtlich.

»Guten Morgen …«

Tami und Roni lagen nicht weit entfernt. Avi sah erstaunt, dass auch sie einander umarmten.

»Tami schnarcht«, sagte er.

Inbal lachte. »Das stimmt wirklich«, sagte sie. »Wir drei haben uns seit dem Kindergarten ein Zimmer geteilt. Ich hab immer versucht, möglichst vor ihr einzuschlafen.«

»Ihr schlaft zu dritt in einem Zimmer?«, fragte Avi.

»Zu viert«, sagte Inbal. »Aber jetzt sind wir älter und dürfen uns jeweils zu zweit ein Zimmer teilen.«

»Und mit wem teilst du deins?«

»Mach dich locker!«, sagte Inbal. »Mit einem Mädchen namens Einat, sie steht auf Pferde und Gedichte, und sie hat einen Freund, der ein bisschen älter ist als wir und Traktor fährt.«

»Das ist ein großes Ding, oder? Traktor fahren?«, fragte Avi.

»Ein Riesending«, bestätigte Inbal. »Lach nicht! Wenn du im

Kibbuz einen Traktor-Führerschein hast, bist du so was wie … dann bist du der Größte. Ach! Apropos, hast du dir gestern Abend Tractor's Revenge angesehen?«

»Nein«, sagte Avi.

»Wieso nicht? Wo warst du überhaupt?«

»Ich hab ein paar Freunde von zu Hause getroffen«, sagte Avi. Er wollte eigentlich nicht drüber reden. Die vorangegangene Nacht verblasste bereits in seiner Erinnerung. War da nicht auch eine … Schlange gewesen? Dichter Rauch und ein Priester, der das Geld der Goldins mitgenommen hatte. Das zumindest hatte er nicht geträumt.

»Wir müssen einen Waschraum finden«, sagte er. »Und Zahnpasta.«

Inbal küsste ihn, sie schob ihre Zunge in seinen Mund und schnell wieder zurück. Als Avi den Kuss begeistert erwiderte, fing sie an zu lachen.

»Du hast recht«, sagte sie. »Wir brauchen Zahnpasta.«

Sie ließen Tami und Roni weiterschlafen und gingen ein Waschbecken suchen.

Draußen waren mobile Waschräume und Toiletten aufgebaut. Inbal schnorrte Zahnpasta von einem Mädchen. Avi und sie wuschen sich die Hände und die Gesichter und putzten sich die Zähne mit Zahnpasta auf den Fingern.

»Wie romantisch«, sagte Inbal.

Sie lachten. Inbal gab die Zahnpasta zurück, und sie gingen Hand in Hand los, um sich etwas zum Frühstück zu suchen. Es war der achtzehnte Juli 1995. Hochsommer. Ein ganz normaler Tag.

Sie kamen an einem verblichenen Wahlplakat an einer Wand draußen vor dem Herrenfrisör vorbei. Jitzchak Rabins Gesicht schälte sich ab. *Israel wartet auf Rabin* stand auf dem Plakat. Avi starrte es an.

Irgendwo in Oslo verhandelten abgesandte Israelis und Palästinenser über einen möglichen dauerhaften Frieden. Rabin war bereit, etwas später im Herbst die Verträge zu unterzeichnen, so wie er auch im vorangegangenen Jahr Frieden mit Jordanien geschlossen hatte. Wer hätte gedacht, dass ausgerechnet Rabin derjenige sein würde, der Frieden schafft. Rabin hatte die Armee angeführt, die das Westjordanland, Gaza und die Golanhöhen besetzt hatte. Rabin war Premierminister gewesen, als sich die Siedlungen bis in die besetzten Gebiete ausbreiteten. Rabin besaß ein Dollar-Konto im Ausland, und es hieß, er sei ein Säufer. Während der Intifada hatte er das Ministerium für Sicherheit geleitet, Masseninhaftierungen und die Zerstörung von Häusern angeordnet und gesagt, er wolle den Arabern Arme und Beine brechen, was einige Soldaten sehr wörtlich nahmen und als Aufforderung verstanden. Avi wusste all das, zumindest vage. Mr Moritz aus dem Lebensmittelladen, in dem er nach der Schule arbeitete, wetterte ständig gegen Rabin.

»Erschießen sollte man den«, sagte er.

Und trotzdem war es jetzt Rabin, der Frieden schloss. Es war Rabin, der Avi und Inbal und allen Moonlight Kids eine neue und andere Zukunft versprach.

Wer hätte das gedacht, sinnierte Avi.

»Was ist?«, fragte Inbal.

Avi schüttelte den Kopf.

»Nichts«, sagte er.

Sie holten sich Kaffee mit Milch und Käsebrote auf dem Markt und sahen Merav Michaeli aus Galgalatz in einem kurzen ärmellosen schwarzen Top aus ihrer Radiokabine kommen und sich ebenfalls Kaffee holen. Sie kam ihnen ganz nah und Inbal stieß Avi mit dem Ellbogen an. Auch er war noch nie zuvor einer Berühmtheit begegnet.

»Merav, gehst du heute Abend auch zum Konzert von Mashina?«, rief Inbal.

Michaeli drehte sich um, Rührstäbchen in der Hand.

»Willst du mich veräppeln?«, fragte sie. »Das letzte Konzert überhaupt? Da muss ich hin, allein um sagen zu können, dass ich da war.«

Inbal und Avi nahmen ihre Kaffees, setzten sich in den Schatten einer Palme und lauschten einem Straßenmusiker, der Mashina coverte. Sie sprachen darüber, was sie sich von der Zukunft wünschten, und über das, was unmittelbar vor ihnen lag, aber noch nicht ganz in Sichtweite war.

18. Juli 1995: Abends

Nachts herrschte eine andere Stimmung. Ein wilder Mond hatte Besitz von ihnen ergriffen. Avi und Inbal gingen zum Konzert von Mashina. Dünne Zäune fassten den Bereich um die provisorisch errichtete Theaterbühne ein. Sicherheitskräfte standen vor den einzigen Toren, ließen Leute durch den schmalen Eingang ein. Avi hörte Musik von drinnen. Tipex heizten das Publikum an. Mashina waren noch nicht einmal eingetroffen.

Tausende wollten zum Konzert. Ein riesiges Menschenmeer hatte sich versammelt und Avi hielt Inbals Hand ganz fest. Hin und wieder versuchte ein Polizist vergeblich die Menge zurückzudrängen, aber es waren zu viele und die Polizisten hoffnungslos in der Unterzahl.

»Zurückbleiben!«, schrie jemand durch ein Megafon. »Zurückbleiben!«

»Wir wollen Mashina sehen!«, brüllte jemand aus der Menge zurück. Jemand stieß Avi, und er stolperte, blieb aber stehen, weil er zwischen den vielen Menschen so eingezwängt war.

»Ich glaube, wir sollten lieber raus aus dem Gedränge«, sagte er zu Inbal. Sie klammerte sich an seine Hand, sie waren in der Nähe der Zäune. Von drinnen hörten sie Tipex. Es war unmöglich, zu den Toren zu gelangen. Avi stemmte sich gegen die Menschen hinter ihnen, merkte aber, dass es kein Zurück mehr gab.

Die Menschenflut trug sie mit sich. Der Mann am Megafon

gab das Schreien auf. Aus den Lautsprechern drinnen dröhnte die Stimme von Kobi Oz. Avi mochte Tipex nicht mal. Wegen denen war er nicht hier. Niemand war wegen Tipex hier. Er sah die Zäune an, sie waren oben mit Stacheldraht gesichert, damit sollte verhindert werden, dass sich Leute ohne zu bezahlen auf das Konzert stehlen konnten, aber trotzdem – plötzlich kam ihm das wie eine richtig schlechte Idee vor.

Sie verloren Tami und Roni irgendwo in der Menge. Inbal wurde gegen ihn gepresst, ihre Hand lag schweißnass in seiner. Die Stimmung kippte, wurde sehr ungemütlich.

Er kannte keinen der jungen Leute um sich herum. Da waren so viele. Er versuchte über ihre Köpfe hinwegzusehen, einen Weg hier raus zu finden, aber er sah nur ein Meer von jungen Leuten, ein endlos weites Menschenmeer.

Er wurde gegen einen der dünnen Zäune gepresst, das Metall glühte. Er hielt Inbal in seinen Armen und spürte ihren schnellen Herzschlag auf seiner Haut. Sie fühlte sich heiß an.

»Ich will Mashina nicht mehr sehen«, sagte Inbal. »Ich will nur noch nach Hause.«

»Wir kommen schon nach Hause«, sagte Avi. Die Menschen drängten gegen sie, pressten sie immer fester an den Zaun.

»Hey, passt doch auf!«, schrie Avi.

Aber niemand hörte ihn, oder wenn sie ihn hörten, konnten sie selbst nichts dagegen tun. Der Druck wurde immer größer. Avi wurde jetzt auch noch mit dem Gesicht an den Zaun gedrückt, das Gewicht all der Menschen hinter ihm, die immer heftiger drängten und drängten …

Er merkte, dass der Zaun nachgab.

Inbal schrie.

Es war so heiß und die Körper schoben sich mit immer mehr Macht gegen sie, ein Junge mit blau gefärbten Haaren und ein Mädchen in einem *Peace-Now*-T-Shirt, ein Mann mit einem Nasenring, alle schoben sich gegen Avi und Inbal, immer fester und fester …

Der Zaun quietschte und ächzte und kippte schließlich um und sie alle beide mit ihm.

»Avi!«, schrie Inbal. »Avi!«

Der dünne Zaun fiel, und sie fielen mit ihm. Der Stacheldraht löste sich. Auf der anderen Seite waren Menschen. Avi und Inbal rutschten über das Metall auf den Stacheldraht zu. Plötzlich sah er das Konzert. Tausende von Teenagern dicht gedrängt auf dem eingezäunten Gelände, die Bühne lag unglaublich klein und weit in der Ferne, die blecherne Stimme von Kobi Oz hallte aus den Lautsprechern.

Avi hörte Schreie.

Hinter ihnen drängten immer mehr Menschen heran, Avi versuchte aufzustehen, aber es ging nicht. Andere fielen auf ihn drauf, lasteten schwer auf ihm, eine panische Herde, die in alle Richtungen zu entkommen versuchte. Er merkte, wie Inbal ihm entrissen wurde. Ein Fuß landete auf seinem Kopf, ein Bein trat ihm in die Rippen, dann bekam er noch mehr Tritte ab, weitere Menschen landeten auf ihm, verzweifelt umklammerte er Inbals Hand, konnte sie aber kaum noch halten, plötzlich waren da die Stacheldrahtspiralen, er blieb mit der Hand darin hängen und schrie auf vor Schmerz, hörte auch Inbal schreien, als sich ihre Haare im Draht verfingen. Er versuchte an ihr zu ziehen, sie mussten unbedingt wieder auf die Füße kommen, aber von allen Seiten drängten Menschen gegen sie, die rein oder raus wollten.

Was danach geschah, blieb Avi nur bruchstückhaft in Erinnerung. Das Blaulicht der Krankenwagen. Das Heulen einer Sirene irgendwo weit entfernt. Schmerz, Blut. Jemand ging auf die Bühne und stellte die Musik ab.

»Warum singt ihr noch? Da draußen sind verletzte Jugendliche!«

Er lag begraben unter einem Meer, und das Meer bewegte sich unaufhörlich und wollte sich nicht teilen. Vorübergehend verlor er das Bewusstsein. Als er die Augen öffnete, schmerzte ihn das Licht. Musik war keine mehr zu hören. Tausende standen jetzt einfach nur verwirrt und orientierungslos da. Niemand wusste, was zu tun war. Avi kroch weiter, suchte Inbal.

Irgendwo waren Sanitäter. Polizei. Aber sie waren weit weg. Er sah jemanden in der Nähe auf dem Boden liegen. Inbal. Er kroch zu ihr. Sie lag auf dem Rücken, die Augen geschlossen. Ihre Kleidung war zerrissen, sie hatte einen Schuh verloren, und sie hing mit den Haaren im Stacheldraht.

Ihr Bein sah aus, als sei es gebrochen. Er zog sich über den Boden näher an sie heran.

»Sanitäter!«, schrie er. »Sanitäter!«

»Sie kommen«, hörte er jemanden sagen. Überall lagen Verletzte, ein paar bewegten sich nicht mehr. Er legte den Kopf auf Inbals Brust, spürte ihren schwachen Atem und fing an zu weinen.

»Sanitäter!«, schrie Avi. »Sanitäter!«

»Sie kommen doch schon«, hörte er wieder jemanden sagen, schloss die Augen und lauschte ihrem kaum hörbaren, schwachen Atem.

Goodbye youth, hello love, sangen Mashina, aber nur in seinem Kopf.

Dann wurde er von Händen gepackt und umgedreht, jemand sagte: »Sie leben noch.«

Er blinzelte. Verschwommene Gesichter über ihm.

Dann wollte ihn jemand wegziehen, aber er hielt sich fest, hielt Inbal fest. »Beruhige dich«, hörte er jemanden sagen. »Alles wird gut.«

Er spürte etwas kaltes Spitzes an seinem Arm, dann wurde er kraftlos und schlaff.

Inbal wurde weggebracht. Er sah sie nicht mehr.

Auch er selbst wurde auf eine Trage gehoben.

Er hätte schwören können, dass er den Tourbus von Mashina vorbeifahren sah.

Avi schloss die Augen, und er hörte die Band in Gedanken singen.

Take the nineties, take the nineties, take the nineties.

16

»DREI SCHÜSSE
AUS NÄCHSTER NÄHE«

1995

72 EIS AM STIEL

»Wollt ihr weinen?« – Yair

Sie waren bei den Goldins zu Hause und guckten »Eis am Stiel« auf Channel 2. Shai saß im Rollstuhl und rauchte Kette, Avi saß mit seinen Stacheldrahtnarben daneben. Seit dem Sommer war sein gebrochenes Bein wieder geheilt. Yair und Lior knackten Sonnenblumenkerne. Sogar die kleine Natasha saß bei ihnen.

In dem Film klauten drei Typen leere Flaschen aus einem kleinen Lebensmittelladen, brachten sie danach wieder rein und ließen sich das Pfand auszahlen. Ein hübsches Mädchen kam herein. Sie wollte ein halbes Brot kaufen, aber der Ladenbetreiber verkaufte nur ganze Laibe. Die Hauptfigur sagte, er bräuchte ebenfalls ein halbes Brot und so gab der Ladenbetreiber dem hübschen Mädchen und ihm jeweils ein halbes. Der Typ ist ihr dann hinterher und hat sie angesprochen.

An der Stelle fing Avi an, sich für den Film zu interessieren. Gut war er nicht, aber er entwickelte einen gewissen Sog.

Dann wurde die Sendung unterbrochen.

Ein offensichtlich panischer Nachrichtensprecher erschien auf dem Bildschirm.

»Ofer, bitte melden«, sagte er. »Ofer, bitte melden.«

Er sprach über Kopfhörer mit jemandem, der nicht zu sehen war. »Sagt Ofer bitte, er soll sich melden«, sagte er.

Dann wurde er wieder ausgeblendet und durch eine eigenartige Werbung mit einem Transformer abgelöst. Der Roboter schoss Energieblitze aus seiner Waffenhand.

Als der Nachrichtensprecher wieder auftauchte, wirkte er noch verlegener.

»Guten Abend«, sagte er. »Vor zirka einer Stunde wurde ein Attentat auf Premierminister Jitzchak Rabin verübt, die folgende Sondersendung ...«

Erneut verschwand er vom Bildschirm, redete aber weiter. Es wurden Aufnahmen des lächelnden Rabin gezeigt, wie er Leuten auf einer Bühne die Hände schüttelte, vor dem Kings of Israel Square in Tel Aviv hatten sich zahlreiche Menschen versammelt, sie hatten blau-weiße Ballons mitgebracht und sangen: »A Song for Peace …«

»Sprich ins Mikro, Guy«, sagte jemand abseits des Bildschirms, »ins Mikro.«

Rabin mit seiner Frau, Rabin lächelte.

»Er wurde von drei Schüssen getroffen und ins Krankenhaus gebracht, sein aktueller Zustand ist nicht bekannt, nicht bekannt …«

Alle starrten auf den Bildschirm.

Eine Gruppe Polizisten stieß einen Verdächtigen an eine Mauer.

»Der Verdächtige dort in der Mitte im blauen Hemd …«

»Wie viele Schüsse?«, fragte jemand abseits des Bildschirms.

»Drei Schüsse aus nächster Nähe, laut Augenzeugen ist Rabin zusammengebrochen …«

Natasha fing an zu weinen.

»Die Massendemonstration für den Frieden, auf der ein Ende der Gewalt gefordert wurde, man solle der Gewalt eine Absage erteilen …«

Verwirrte Polizisten auf dem Parkplatz.

Im Zimmer klingelte das Telefon. Niemand ging dran. Avi war völlig benommen.

Shai sagte: »Der ist tot.«

Das Telefon klingelte und klingelte.

»Woher willst du das wissen?«, fragte Avi.

»Der ist tot, Avi«, wiederholte Shai.

Im Fernsehen wurde jetzt umgeschaltet zu einem Reporter im Krankenhaus. »Mr Rabin befindet sich derzeit im OP …«

»Tot«, sagte Shai Goldin noch einmal und niemand widersprach ihm.

Avi wusste nicht so genau, wer vorgeschlagen hatte, hinzufahren. Natasha war auf dem Sofa eingeschlafen, ihr Gesicht tränenverschmiert. Shais Aschenbecher voller halb aufgerauchter Zigaretten quoll über. Avis Kehle war wund vom Rauchen.

Sie stiegen in den Wagen. Yair fuhr. Sie fuhren nach Tel Aviv und sahen eine Stadt im Schockzustand. Leute gingen benommen umher. Überall war Polizei unterwegs. Avi und die Goldins parkten und gingen den Rest des Wegs zu Fuß. Er wusste nicht, was sie vorfinden würden. Weinende Teenager und Kerzen hatte er nicht erwartet.

Der Platz war voll. Blau-weiße Ballons trieben über Müllhaufen, weggeworfene Flaggen, Transparente, die »Labour and Peace Now« forderten. Außerdem Plakate für ein Konzert von Aviv Geffen, der kurz zuvor dort aufgetreten war. Kinder saßen weinend in Gruppen zusammen. Avi wusste nicht, wo sie alle herkamen. Vielleicht waren sie wie die Goldins einfach aus einem Impuls heraus hergekommen.

Trauerkerzen brannten auf dem Boden. Die Mädchen saßen größtenteils, die Jungs standen, als wollten sie ihre Freundinnen vor einem schrecklichen, unsichtbaren Feind schützen. Polizisten gingen ziellos umher, wirkten ebenso verloren wie die trauernden Teenager.

»Und? Was wollt ihr machen?«, fragte Yair. »Wollt ihr weinen?«

»Ich würde lieber jemanden zum Weinen bringen«, sagte Lior.

»Genau«, meinte Avi.

Yair grinste.

»Dann suchen wir uns jemanden«, sagte er.

Sie gingen in die Nacht. Der Morgen dämmerte noch nicht am Horizont. Die Stadt, die niemals schlief, wartete erfüllt von Angst. Sie sahen einen schwarz gekleideten Orthodoxen eine Seitenstraße entlangeilen.

»Den schnappen wir uns«, sagte Lior.

Sie gingen ihm hinterher. Eine Gruppe näherte sich aus entgegengesetzter Richtung, der Mann in Schwarz ging zwischen ihnen durch, bog in eine schmale Gasse ab und verschwand.

»Was glotzt ihr Wichser denn so blöd?«, fragte einer von den anderen.

»Wir gucken dich an, ya Manyak«, sagte Lior.

Avi packte die Eisenstange, die er auf dem Platz gefunden und mitgenommen hatte, fester. Plötzlich überkam ihn eine bösartige Freude.

»Ach ja?«, sagte der andere. »Und was soll das?«, fragte Lior.

Avi wusste nicht mal, wer die Typen waren. Aber das spielte auch gar keine Rolle mehr.

»Was das soll? Wirst du gleich merken«, sagte er, nahm Anlauf und holte mit der Eisenstange aus. Der andere fiel getroffen auf die Knie, Blut strömte ihm über den Schädel.

Avi lachte.

»Wir machen euch fertig!«, schrie er. »Wir machen euch fertig!«

Dann stürzten sie sich mit Fäusten und Tritten auf ihn. Plötzlich war Lior an Avis Seite, er hatte Schlagringe über den Fingern und schlug dem anderen auf die Fresse. Jemand zertrümmerte eine Flasche auf Liors Schädel. Yair kam dazu, sagte kein Wort, brummte und ließ seine Fäuste sprechen.

Avi verlor die Metallstange und nahm einen Backstein in die Hand.

Kurz stand Avi neben sich, sah von der Seite aus zu. Sie waren wie Kinder, die alles aneinander ausließen, aber lange würden sie keine Kinder mehr bleiben. Er hob einen Backstein vom Boden auf.

Und stürzte sich wieder in die Schlägerei, schrie vor ungebändigter Freude.

17

ZIMMER 816

2001
Jerusalem

73 UNERLEDIGTE GESCHÄFTE

»Die haben ihre Methoden, wir haben unsere.« – Cohen

Der Anruf kam morgens früh um sieben.

Sylvie war bereits auf. Je älter sie wurde, umso früher wachte sie auf, der wenige Schlaf, den sie fand, war erfüllt von unbequemen Toten. Mit einer Klatschkolumne hatte sie angefangen. Manchmal wünschte sie, sie wäre dabei geblieben. Sie erinnerte sich an die Bomben auf Beirut, wie sie von Ministern und Politikern begrapscht wurde, an die toten Mädchen an der alten Küstenstraße und den Mord an Mela Malewsky, an den Würger von Tel Aviv und die Bandenkriege der Neunziger. Sie erinnerte sich, wie Arik die zweite Intifada losgetreten hatte, an Rabin und die Schüsse, die ihn hinterrücks trafen. An die toten Fans in Arad und den Tag, an dem die Musik starb. An Milliardäre und Söldner, Huren und Kriege. Manchmal wünschte sie, sie könnte einfach alles sauber schrubben.

All die Artikel, die sie geschrieben hatte, waren so spezifisch für ihre Zeit gewesen, für den Ort, an dem sie stattfanden. Sie waren einzigartig israelisch. Und erst später, als sie die vergilbten Zeitungsausschnitte betrachtete, erkannte sie, dass sich all diese Geschichten auch sonst überall hätten abspielen können.

»Im Hyatt«, hatte Cohen gesagt. Sie hatte gleich gewusst, dass er der Anrufer am anderen Ende war. »Aber du musst jetzt kommen.«

Sie war bereits angezogen, hatte auf einen Anruf gewartet. Die zweite Intifada, die täglichen Nachrichten, tote Kinder in Gaza, Selbstmordattentäter in Tel Aviv und die Raumstation Mir, die beim Wiedereintritt in die Erdatmosphäre zerbrach.

»Worum geht's?«, hatte sie Cohen gefragt.

»Unerledigte Geschäfte«, hatte er geantwortet, und sie hatte ihr Notizbuch genommen und war gegangen.

Vor dem Hotel parkten Polizeiwagen. Sie zeigte ihren Ausweis und wurde eingelassen.

Polizistinnen trösteten eine ältere Frau im Speisesaal. Sylvie kannte ihr Gesicht. Cohen kam Sylvie entgegen. Ein Sanitäter-Team war gerade am Gehen. Ein Mann in Zivil, wahrscheinlich von der inneren Sicherheit, stand unter einem »Rauchen verboten«-Schild und versteckte eine brennende Zigarette in der hohlen Hand.

Sie kamen zu Zimmer 816.

Die Tür stand weit offen, davor warteten noch mehr Polizisten und ein Gerichtsmediziner. Cohen nickte. Sylvie folgte ihm in den Raum.

Auf dem Boden lag Zrubavel »Dschinghis« Ha'navi. Auf den ersten Blick war er kaum zu erkennen. Eine Kugel hatte seinen Kiefer zertrümmert, eine zweite seinen Schädel durchschlagen, sie steckte im Gehirn. Dschinghis lag ausgestreckt dort, wirkte beinahe friedlich im Tod.

»Wer hat das getan?«, fragte Sylvie und wollte wegsehen, konnte es aber nicht.

Sie hatte Dschinghis so viele Jahre lang gehasst, für das, was er getan hatte, und für das, wofür er stand.

Jetzt stand fest, dass er niemals für die Vergewaltigungen, die er begangen hatte, zur Verantwortung gezogen werden würde. Oder dafür, dass er versucht hatte, sie zu töten. Auch nicht für seine Verbindungen zum Organisierten Verbrechen. Für die Morde an Beduinen, die er zu verantworten hatte, und die Einschüchterungsversuche gegenüber Journalisten. Nicht für seine Hetze, nicht für seinen Rassismus und auch für sonst nichts, das nun vermutlich niemals mehr ans Licht kommen würde. Jetzt war er tot und seine Verbrechen würden verziehen und vergessen werden und man würde sich an ihn erinnern und ihn feiern als einen großartigen General und Politiker, man würde Brücken nach ihm benennen.

Sie hätte zufrieden oder wütend sein sollen oder überhaupt irgendwas.

Aber jetzt, da er tot war, empfand sie gar nichts.

»Die Volksfront«, sagte Cohen. »Denken wir.«

»Wie?«

»Die wussten, wo er abgestiegen war«, erklärte Cohen. »Wir denken, sie haben unter Vorlage falscher Ausweispapiere ein Zimmer gebucht und über Nacht gewartet. Dschinghis ist heute Morgen mit seiner Frau zum Frühstück nach unten gegangen.«

»Hatte er keine Security dabei?«, fragte Sylvie.

»An so was hat er nicht geglaubt«, sagte Cohen. »Wie gesagt, er hat mit seiner Frau gefrühstückt, dann ist er allein mit dem Fahrstuhl in den achten Stock gefahren. Wir denken, dass die Täter ihm im Gang aufgelauert und dort auf ihn geschossen haben. Er hat sich wohl noch ins Zimmer geschleppt, und da haben sie ihm den Rest gegeben.«

»Warum haben Sie mich angerufen?«, fragte Sylvie.

»Ich dachte, Sie sollten sich das ansehen«, sagte Cohen.

»Habt ihr die Täter schon gefasst?«, fragte Sylvie.

»Sie werden gerade verhört.«

»Woher wussten die, dass er hier war? Woher hatten sie seine Zimmernummer?«

Sie dachte an den Anruf am Tag zuvor, als Cohen ihr geraten hatte, nach Jerusalem zu kommen, fast als hätte er's gewusst.

Cohen zuckte mit den Schultern.

»Die haben ihre Methoden«, erklärte er. »Wir haben unsere.«

»Warum die Volksfront?«, fragte Sylvie.

Cohen sagte: »Sie wissen ja, ich hab mal einen von denen verhaftet. Vor langer Zeit. Während des Libanon-Kriegs, ist lange her. Damals war er nur ein kleiner Fisch, und ich hab ihn laufen lassen. Ein Typ namens Rimawi. Vermutlich ist er jetzt kein kleiner Fisch mehr.«

Sylvie wurde ein bisschen schlecht.

»Sie haben ihn festgenommen?«

»Er gehörte zu einer Gruppe von Attentätern. Vielleicht war er sogar der Anführer.«

»Schon komisch«, sagte Sylvie.

Wieder zuckte Cohen mit den Schultern.

»Ist aber so«, sagte er.

Sylvie betrachtete den toten Minister für Tourismus. Die Palästinenser hatten noch nie einen Minister ermordet, es würde ganz bestimmt militärische Vergeltungsschläge geben. Wie immer. Dann würde der gesamte Teufelskreis der Gewalt erneut in Gang gesetzt.

Nicht dass er je aufgehört hatte.

Manchmal hatte sie das alles so satt.

Jemand streckte den Kopf zur Tür herein.

»Cohen, die Reporter sind draußen.«

»Jetzt schon?«, sagte Cohen. »Dann bringt ihn besser hinten raus.«

Sylvie warf einen letzten Blick auf die Leiche. Sie empfand nichts außer Trauer, wusste aber nicht einmal, um wen.

»Hinten raus … wie den Abfall«, sagte sie.

»Genau«, sagte Cohen. »Wie Abfall.«

18
TOD IN CANCÚN

2008
Mexiko

74 UNABHÄNGIGKEITSTAG

»Wer eine neue Nation aufbaut, muss Opfer bringen.« – Cohen

Die Sonne schien, das Meer war warm und die Palmen wiegten sich sanft im Wind. Avi saß auf einer Sonnenliege am Pool und trank Mescal. Er hatte schon schön einen sitzen.

Mädchen in Bikinis schlenderten über den Strand. Amerikanische Collegekids feierten hier Partys. Als Avi in Cancún angekommen war, hatte ihn das alles berauscht, die unbekümmerten amerikanischen Touristen, die sich an den Stränden tummelten. Man erkannte die Amerikaner schon am Gang. Als würde ihnen das ganze Land gehören. Als würde ihnen alles gehören. In Cancún gab es Polizisten, so wie es überall Polizisten gab. Allerdings waren sie dazu da, dafür zu sorgen, dass alles sauber blieb, und die Israelis waren ihnen scheißegal, solange sie keine Leichen herumliegen ließen, was Avi tunlichst vermied.

Die Sonne schien heftig. Er hatte an seiner Sommerbräune gearbeitet. Später würde er aufstehen, sich an einem der Stände was zu essen holen, anschließend vielleicht ein Nickerchen im Apartment halten. Als er hier angekommen war, hatte er jeden Abend Party gemacht, einfach nur gefeiert, dass er frei und am Leben war. Nach einer Weile hatte es ihm aber zugesetzt. Inzwischen guckte er sich mindestens genauso gerne einfach mal was auf Englisch im Fernsehen an.

»Bestell mir noch einen Drink, Avi«, bat ihn Astrid bereits leicht lallend.

»Ich bestell dir einen Burger«, erwiderte Avi. In Cancún hatte man sich auf Amerikaner eingestellt. Irgendwo gab es immer einen Burger.

»Ich will keinen Burger«, sagte Astrid, wobei sie wie viele Betrunkene auf eine deutliche Aussprache achtete. »Ich will was zu trinken.«

Avi gab dem Kellner ein Zeichen. Er hatte ihm vorher ein Trinkgeld gegeben, damit er sich merkte, was sie wollten. Der Kellner verschwand und kehrte mit einem weiteren Margarita für die Dame zurück.

»War das so schwer?«, fragte Astrid. Sie lag auf der Sonnenliege auf dem Bauch und blickte nicht auf. Der Kellner stellte das Glas mit dem Salzrand auf dem Boden neben ihr ab.

»Gracias, Alejandro«, murmelte Astrid.

Avi hatte Astrid ein paar Monate zuvor auf einer Party in der Stadt kennengelernt, abseits der Touristenmeile. Doña Lucía, eine von Avis Geschäftspartnerinnen, hatte die Party veranstaltet, eine ehemalige Polizistin, die ehemalige Armee-Angehörige und Polizisten für ihr eigenes, neu gegründetes Cártel de Cancún rekrutierte. Sie dachte: »Warum sollten die Kriminellen das ganze Geld bekommen?«

Astrid war mit einem schwedischen Schieber dort gewesen, ein paar Wochen später wurde der schwedische Schieber tot in einem Straßengraben gefunden, offenbar infolge eines unvermeidlichen Disputs, was Astrid anscheinend aber nicht aus der Ruhe brachte. Astrid brachte kaum etwas aus der Ruhe.

»Eigentlich war er bloß ein Banker, weißt du?«, hatte sie Avi erklärt, kurz nachdem sie zusammengekommen waren. Sie hatte mit der Schulter gezuckt. »Aber er hat gut ausgesehen.« Die Schweden waren hier, um Drogen zu kaufen, ebenso wie die Bulgaren, die Russen, die Holländer, die Engländer, die Libanesen und die Israelis. In Cancún waren alle willkommen. Auch Avi war bei seiner Ankunft willkommen gewesen. Nach seiner Festnahme in Israel hatte er sich bereit erklärt, als Kronzeuge aufzutreten, und als man ihn in der Heimat auf freien Fuß setzte, war er am Flughafen Ben Gurion mit einem falschen Pass in ein Flugzeug gestiegen und hatte es seither nicht bereut. Viel hatte er sowieso nicht zurückgelassen. Er wurde wegen Mitgliedschaft in einer kriminellen Vereinigung und Mordes gesucht. Benny hatte ihn gezwungen, einen Typen namens Ofer Gafni zu erschießen, als der im Krankenhaus war. Ofer hatte als Vollstrecker von eher niedrigem Rang bei einer Crew im Norden gearbeitet. Avi war nicht mal dahintergekommen, warum Benny ihn aus dem Weg räumen wollte, aber so war's, Avi hatte den Auftrag erledigt. Avi war als Polizist problemlos in das Zimmer gekommen, und eigentlich war die Sache total einfach, aber er hatte eine Kamera übersehen, und das war's dann.

Rubenstein, der knapp vier Jahrzehnte lang an der Spitze gestanden und sämtliche Anschläge überlebt hatte, die auf ihn verübt wurden, war schließlich ausgerechnet von den Amerikanern ausgeschaltet worden. Das Justizministerium klagte ihn wegen des organisierten Handels mit Ecstasy an, und er wurde an die USA ausgeliefert, wo er jetzt einen orangefarbenen Gefängnisoverall trug.

Aus der Ferne betrachtet wirkte das alles so läppisch. Mit ein paar Mezcal mehr und einer Zigarette hätte er beinahe nostalgisch werden können. In der Heimat ging einfach alles weiter wie bisher. An der Grenze zum Westjordanland wurde eine riesige Mauer gebaut und eine weitere um Gaza herum.

Und es gab einen zweiten, kürzeren Krieg im Libanon.

Ninette hatte die erste Staffel von *A Star is Born* gewonnen und wurde wahnsinnig berühmt. Avi mochte ihre Songs. Niemand hörte jetzt noch die alten Rockbands, so wie die, die Avi früher gemocht hatte, aber eigentlich vermisste er sie nicht. Mashina taten sich wieder zusammen und gingen auch wieder auf die Bühne, aber das interessierte niemanden mehr. Sie waren nur noch alte Männer, die alte Songs zum Besten gaben.

Cancún war okay. Man bekam sogar ein kleines bisschen Heimat mit. Fast alle Straßenhändler verkauften Kubbeh, frittierte Hackfleischklößchen, so wie Liors Mutter sie immer gemacht hatte. Neulich war er mit Lior im Chabad House zum Schabbatmahl gegangen, wo die Rebbetzin Hühnersuppe mit Matzeknödeln gemacht hatte, so wie sich das gehört.

Sein Telefon klingelte. Avi griff nach dem Handy, nahm noch einen Schluck Mezcal und antwortete.

»Ja?«

»Kommst du heute Abend?«, fragte Lior.

Lior war Avi vor ungefähr einem Jahr ins Exil gefolgt. Er betonte immer wieder, sein Umzug sei nur vorübergehend. Die Staatsanwaltschaft hatte angeblich einen Kronzeugen gegen Lior, der wegen Mordes angeklagt war, und so hatte auch er das Land eine Weile verlassen müssen und war nach Cancún gekommen. Sobald sich der Zeuge aus dem Staub gemacht hatte, würde er wieder zurückkehren. Avi hatte keinen Zweifel daran, dass sich der Zeuge früher oder später aus dem Staub machen würde. Aber bis dahin hatte er Lior an der Backe.

Sie teilten sich ein Apartment in dem Gebäude. Lior hatte sein eigenes Ding laufen in Cancún. Er hatte sich mit ein paar Typen von den Los Zetas im Golf-Kartell angefreundet und führte die Geschäfte in der Heimat und in Europa von hier aus weiter. Jetzt, wo Rubenstein im Gefängnis saß, war die Gelegenheit günstig, zu expandieren. Und Koks war wieder voll angesagt. Lior verdiente nicht schlecht.

»Ich weiß nicht«, sagte Avi. »Ich weiß nicht, ob mir danach ist.«

»Komm schon, Avi«, sagte Lior. »Es ist Unabhängigkeitstag! Alle werden da sein. Dudu Topaz tritt auf, die haben ihn extra einfliegen lassen.«

Unabhängigkeitstag. Alle Israelis in der Stadt kamen zusammen, Rabbis und Gangster, Touristen und Restaurantbetreiber. Sie mieteten einen Veranstaltungsort und schmückten ihn mit blauweißen Fähnchen. Sie versuchten Ninette dafür zu gewinnen, bekamen aber nur Dudu Topaz. Es sollte Zuckerwatte und Falafel geben.

Avi konnte sich nichts Schlimmeres vorstellen.

»Vielleicht«, sagte er.

»Weichei«, sagte Lior und legte auf.

In Wirklichkeit sahen sie sich inzwischen kaum noch. Die Wohnung war geräumig, und sie hielten sich zu den unterschiedlichsten Zeiten dort auf. Avi verbrachte mehr und mehr Zeit bei Astrid in deren Wohnung.

Sie schlief jetzt und schnarchte. Astrid hielt gerne Siesta, Avi hatte noch nie viel dafür übrig gehabt und die Zeit zwischen zwei und vier Uhr zu Hause in Israel immer gehasst, wenn die Geschäfte geschlossen waren, die Erwachsenen herauskamen und einen anschrien, nur weil man draußen Fußball spielte.

»Scheiß drauf«, sagte Avi. Nach dem letzten Mezcal war er leicht benebelt im Kopf und endlich so weit, etwas anderes zu tun, als nur an dem beschissenen Pool zu sitzen.

»Ich gehe, Astrid«, sagte er.

»Mmmmf«, machte Astrid und pupste leise.

Avi stand auf, zog sich um und ging. Er bat den Taxifahrer draußen, ihn zu Doña Lucía zu bringen.

Wie die meisten Polizisten arbeiteten auch die meisten Taxifahrer für Doña Lucía. Abseits der Touristenmeile wurde die Stadt zusehends zu einer ganz normalen Stadt, mit Wohnblocks, deren Bewohner als Putzkräfte, Bedienungen oder Chauffeure für die Amerikaner arbeiteten. Die Amerikaner liebten Drogen und alle verkauften ihnen welche. In der Stadt war so ziemlich jedes Kartell vertreten, was die einheimische Polizei auf Trab hielt, weil ständig irgendwo Leichen auftauchten.

Doña Lucía hatte Sinaloa im Rücken und musste sich vom Golf-Kartell oder sonst wem nichts gefallen lassen. In kurzer Zeit hatte sie sich die Stadt untertan gemacht. Der Fahrer fuhr direkt vor ihrem Anwesen vor. Bewaffnete Männer bewachten es. Sie klopften Avi ab, dann ließen sie ihn hinein.

»Avi«, sagte Doña Lucía. Sie aß ein Sandwich in der Küche. »Willst du auch was?«

»Nein, danke.«

»Iss«, sagte Doña Lucía und Avi knabberte ihr zuliebe an einem Sandwich.

»Ich hab alles für die Iren morgen vorbereitet«, sagte Avi.

»Gut.«

»Die Nigerianer wollen eine Antwort«, sagte Avi.

Dona Lucía verzog das Gesicht.

»Das sind gute Leute«, behauptete Avi.

Hauptsächlich verdiente er sein Geld inzwischen als Unterhändler. Das Arrangement funktionierte für alle Beteiligten und Avi machte sich gerne nützlich.

»Schön«, sagte Doña Lucía, »Dann arrangier das.«

»In Ordnung.«

»Hör mal, Avi«, sagte Doña Lucía.

»Ja?«

Sie kam näher an ihn heran, legte ihm eine Hand auf die Schulter.

»Pass auf dich auf, ja?«

»Na klar«, sagte Avi verwundert.

Doña Lucía nickte.

»Und trink nicht so viel«, sagte sie.

Als er ging, steckte ihm einer von Doña Lucías Männern einen Umschlag mit seinem Honorar vom letzten Deal zu. Avi dachte, dass er Astrid davon vielleicht schick ausführen wollte, irgendwo nicht zu touristisch und nicht zu provinziell. Irgendwo mit Tischdecken, einer Aussicht und Wein von einer Weinkarte. In ein Restaurant, in dem es keine Hamburger gab.

Nach dem Besuch bei Doña Lucía war er irgendwie beunruhigt. Niemand riet einem grundlos, man solle auf sich aufpassen. Er nahm erneut ein Taxi zur anderen Seite der Stadt und fuhr in eine kleine Werkstatt, wo hauptsächlich kaputte Motorroller repariert wurden. Avi hatte sie vor ungefähr einem Jahr gekauft, als die Werkstatt bankrott war. Miguel, der Geschäftsführer, schien sich zu freuen, ihn zu sehen.

»Kaffee, Avi?«, fragte er.

»Danke, Miguel.«

Im Büro gab es einen Safe, Avi hatte ihn einbauen lassen, als er die Werkstatt übernommen hatte. Jetzt wartete er, bis Miguel rausgegangen war, dann öffnete er den Safe.

Er war schlau genug, als Ausländer in Mexiko nicht mit einer Schusswaffe herumzulaufen, und er verwahrte die Glock lieber im Safe. Jetzt nahm er sie heraus und vergewisserte sich, dass sie geladen war.

»Danke für den Kaffee, Miguel.«

Wieder nahm er ein Taxi. Mit der Waffe fühlte er sich besser. Wenn nichts passierte, würde er sie wieder zurückbringen. Hinter dem Taxi fuhr ein schwarzer SUV. Avi sah ihn im Rückspiegel und bat den Fahrer: »Biegen Sie hier links ab.«

Der Fahrer gehorchte und der schwarze Wagen bog ebenfalls links ab.

»Jetzt rechts.«

Der schwarze SUV fuhr geradeaus weiter und verschwand. Avi spürte, wie sich die Verkrampfung in seinem Magen löste, wenn auch nur ein kleines bisschen. Es war nichts. Wahrscheinlich war's nichts.

Er fuhr ohne weitere Zwischenfälle zurück. Er kam sich albern vor im grellen Sonnenlicht auf der ihm wohlvertrauten Touristenmeile. Er hatte hier eine gute Sache am Laufen.

Sein Telefon klingelte.

»Lior?«

»Kommst du heute Abend?«

Gemeinsam im Exil zu sein, hatte sie beide irgendwie doch wieder zu Freunden gemacht. Avi fragte nie nach Natasha. Zuletzt hatte er gehört, dass sie eine Single veröffentlicht hatte und bei einer Reality-Show im Fernsehen mitmachen wollte. Jeder musste ja von irgendwas leben.

»Vielleicht.«

»Ich halte dir einen Platz frei.«

Lior legte auf. So war Lior, er war mit seinem Handy verheiratet. Wenn er sich nicht gerade um Geschäfte zu Hause, in Amsterdam oder sonst wo kümmern musste, rief er Avi fünf Mal täglich an.

Als Avi wieder in dem Wohnkomplex angekommen war, lag Astrid nicht mehr am Pool. Er fuhr mit dem Fahrstuhl nach oben. Nach der Hitze draußen war es im Apartment schön kühl. Er zog sich aus und duschte, kippte noch einen Mezcal, legte sich nackt aufs Bett und schlief.

Am frühen Abend wachte er auf. Das Apartment fühlte sich weniger leer als gottverlassen an. Avi zog sich Boxershorts an, setzte sich auf die Bettkante und zappte durch die verschiedenen Fernsehsender. Nachrichten auf Spanisch, eine Telenovela, CNN. Keine Nachrichten aus der Heimat. Er schaltete den Fernseher wieder aus, nahm seinen Laptop, ließ den Arm sinken.

Das Telefon klingelte.

Es war der Festnetz-Apparat, nicht das Handy.

Es klingelte ein paar Mal, bis Avi dranging.

»Hallo?« sagte er.

»Avi.«

Er erkannte die Stimme sofort, kannte sie sehr genau.

»Cohen«, sagte er.

»Wie ist es dir ergangen?«, fragte Cohen.

Avi hörte Geräusche im Hintergrund. Stimmen, Explosionen.

»Was ist das für ein Krach?«, fragte er.

»Feuerwerk«, erwiderte Cohen. »Ist doch Unabhängigkeitstag.«

»Was willst du, Cohen? Woher hast du meine Nummer?«

»Du warst immer ein guter Soldat, Avi«, sagte Cohen. »Ich wollte nur, dass du das weißt. Ich wollte, dass du weißt, dass es nicht deine Schuld ist. Wer eine neue Nation aufbaut, muss Opfer bringen. Das ist alles.«

»Wie geht's deiner Enkelin?«, fragte Avi und hasste sich. Hasste Cohen.

»Ihr geht's sehr gut«, erwiderte Cohen. »Danke.«

Avi glaubte zu hören, dass die Tür leise geöffnet wurde. Er drehte sich um, aber im Apartment war alles still. Er blickte hinaus in den Sonnenuntergang. Es war so schön hier, in Cancún.

Dann spürte er den Lauf der Waffe an seinem Kopf. Er rührte sich nicht.

»Warum, Cohen?«, sagte er.

»Es musste so kommen, Avi«, sagte Cohen. »Es stand schon lange an.«

Avi schloss die Augen.

Die Pistole macht *pfopp*, *pfopp*.

Dann herrschte Stille.

Jemand legte sachte den Hörer auf die Gabel.

Cohen betrachtete das Feuerwerk durchs Fenster. Auch er legte sachte auf. Die Familie hatte die Wände mit Flaggen und Luftballons geschmückt und auf dem Tisch lagen Geburtstagskarten von seinen Enkelkindern. Er feierte immer noch lieber das hebräische Datum, nicht das lateinische.

Ein Kuchen stand auf dem Tisch. Er erinnerte sich an eine Zeit, als es nicht einmal an seinem Geburtstag Kuchen gegeben hatte, und jetzt gab es häufig welchen.

In der ganzen Stadt wurden Raketen in die Luft geschossen und am Himmel über Tel Aviv explodierten bunte Lichter.

»Opa, ich hab Angst!«, sagte Elinor, rannte zu ihm und sprang auf seinen Schoß.

Cohen nahm sie in den Arm.

»Hab keine Angst«, sagte er. »Die Menschen feiern.«

Er hielt sie auf seinem Schoß und gemeinsam betrachteten sie das Feuerwerk. Sie war warm und lebendig in seinen Armen, seine Enkeltochter. Und er dachte daran, wie vollkommen sie in jeder Hinsicht war, das Fleisch seines Fleisches, das Blut seines Bluts.

»Ich liebe dieses Land«, sagte Cohen.